READER'S DIGEST

AUSWAHL BÜCHER

Die Kurzfassungen in diesem Buch erscheinen
mit Genehmigung der Autoren und Verleger

041142 (297)
Printed in Germany
ISBN: 978-3-89915-711-6

READER'S DIGEST

AUSWAHL BÜCHER

Reader's Digest

Deutschland · Schweiz · Österreich

INHALT

Mit ihrer 15-jährigen Tochter Charlotte fliegt Anna Waldmann nach Neuseeland. Dort erstellt Annas Vater, Professor Johannes Waldmann, als Walforscher ein brisantes Gutachten: es wird entscheiden, ob ein Energiekonzern vor der neuseeländischen Küste nach Gas suchen darf. Doch dann kommt Johannes Waldmann bei einem vermeintlichen Unfall ums Leben. Mithilfe des Außenseiters Chris Cassel stellt Anna Nachforschungen an – und stößt auf einen ungeheuren Umweltskandal.

Im Jahr 1922 gelang Howard Carter ein sensationeller Fund: Im Tal der Könige, unweit des Nils, stieß er auf die fast unversehrte Gruft eines in Vergessenheit geratenen Pharaos. Tutenchamun wird weltberühmt, seine Grabschätze faszinieren Millionen von Menschen. Doch ein geheimnisvolles Dunkel umgibt viele Bereiche seines Lebens. Auf einer atemberaubenden Spurensuche versucht der Schriftsteller James Patterson, diese Rätsel zu lüften – unter anderem die Umstände seines allzu frühen Todes …

Auf seinem ziellosen Streifzug durch die USA erreicht Jack Reacher der Notruf einer alten Army-Kameradin: Ein Mitglied ihrer früheren Einheit bei der Militärpolizei wurde über der Wüste aus einem Hubschrauber geworfen. Die beiden Ex-MPs schwören Rache und machen sich daran, ihr altes Team zusammenzutrommeln. Dabei lernen sie schnell: Es gibt mehr als ein Opfer. Mehr als einen Feind. Und weit mehr als eine Bedrohung.

Seite 248

Als Kamryn an ihrem Geburtstag einen Brief von ihrer ehemals besten Freundin Del bekommt, will sie ihn zunächst nicht öffnen. Zu tief sitzen die Wut und die Trauer über das, was sie ihr vor einigen Jahren angetan hat. Doch als Kamryn die Zeilen liest, ist sie wie vom Donner gerührt: Del ist todkrank. Sie bittet Kamryn, die Vergangenheit ruhen zu lassen und sich um ihre kleine Tochter zu kümmern, wenn sie selbst nicht mehr da ist. Daraufhin muss Kamryn eine schwere Entscheidung treffen …

Seite 426

Das
Geheimnis
der Wale
JO TAITINGER

Plötzlich spüre ich, wie etwas durch das Wasser auf mich zurast. Dann sehe ich es. Eine gigantische Unterwasserwelle rollt auf mich zu. Das Meer dröhnt, dass es mir beinahe den Schädel in Stücke spaltet. In der nächsten Sekunde erreicht mich die Druckwelle, presst mir die Luft aus den Lungen und reißt mir die Taucherbrille vom Kopf. Dann wird es schwarz um mich herum.

KAPITEL 1

Ich habe nie kapiert, warum er nach dem Tod von Mama abgehauen ist. Einfach so, von einem Tag auf den anderen. Zehn Jahre ist das her. Und jetzt sitze ich hier unter der Glaskuppel des neuen ICE-Terminals am Frankfurter Flughafen, schaue wie durch ein riesiges Insektenauge in einen undurchdringlich grauen Himmel, aus dem seit Stunden die Schneeflocken auf mich herabrieseln, und warte darauf, dass das Flugzeug endlich starten kann, das mich nach Neuseeland bringt – zu ihm. Johannes. Meinem Vater.

Sobald die Schneeflocken auf den Waben des Facettenauges landen, verschmelzen sie zu Tränen und laufen an den Seiten herunter. Drei Stunden hat unser Flug inzwischen Verspätung. Mein Herz pocht wie vor einer Abschlussprüfung, aber nur, weil ich bereits meinen vierten Kaffee intus habe. Charlotte sitzt mir gegenüber in einem dieser albernen Südsee-Korbstühle, hat die Beine über eine Armlehne gehängt, sich ihre Stöpsel ins Ohr gesteckt und macht gar nichts, außer mich keines Blickes zu würdigen. Ist mir schleierhaft, wie man so lange nichts tun kann.

Laufe ich ihm hinterher? Meinem eigenen Vater, den ich seit einem Jahrzehnt weder gesehen noch gesprochen habe? Na ja, wenn ich ehrlich bin, habe ich eher das Gefühl, vor etwas wegzulaufen. Aber ist das nicht immer so? Dass man vor einer Sache wegläuft, wenn man einer anderen hinterherläuft? Stellt sich also die Frage, wovor ich eigentlich weglaufe. Also, die Eine-Million-Euro-Frage: Wovor laufen Sie weg, Frau Waldmann?

A Vor der drohenden Drogenkarriere Ihrer Tochter
B Vor Ihrer beruflichen Erfolglosigkeit
C Vor Ihrer privaten Erfolglosigkeit (Stichwort: Beziehung)
D Vor allem zusammen

Richtige Antwort: D.

Etwas zieht an meinem Arm, ich sehe ein startendes Flugzeug an dem Insektenauge vorbeiziehen und verteile den Rest meines Kaffees auf meiner weißen Hose. Charlotte macht vor meinem Gesicht eine Bewegung, als wolle sie eine Scheibe sauber wischen. „Ding Dong! Ich würde ja lieber hierbleiben, aber wolltest du nicht unbedingt mit mir nach Neuseeland?“

„Und?“

„Ich schätze, oft sagen die unsere Namen nicht mehr durch.“

„Was? Wieso sagst du mir denn nichts?“

„Hab’s ja versucht.“

Der Steward, der die Bordkarten durch den Automaten schiebt, hat seine Augenbrauen hochgezogen, als wir endlich angerannt kommen, spart sich aber einen Kommentar. Dann sieht er Charlotte an, seine Augenbrauen glätten sich, und er fragt schwärmerisch: „Nach der Landung schon was vor?“

Und ich sage das Peinlichste, was man als Mutter in so einer Situation absondern kann: „Meine Tochter ist fünfzehn!“ Charlotte windet sich vor Scham, was ich diesmal sogar verstehen kann.

Wir hasten den Gang entlang, und ich habe gerade noch Gelegenheit, Charlotte ein „Entschuldige, das war echt blöd von mir“ zuzuraunen, als wir plötzlich im voll besetzten Flugzeug stehen, die Leute genervt anfangen zu applaudieren und der Kapitän über Lautsprecher sagt: „Da wir nunmehr auch unsere letzten Fluggäste begrüßen dürfen …“

Mein Gesicht glüht, als wir endlich auf unseren Plätzen sitzen. Wir rollen in Startposition. Charlotte guckt aus dem Fenster, wo nichts als Grau und Schnee zu sehen ist. „Stimmt“, sagt sie. „Das war echt blöd von dir.“ Und dann heben wir ab, Richtung Neuseeland.

FRANKFURT–SEOUL, Seoul–Auckland, Auckland–Christchurch. Insgesamt 26 Stunden Flugzeit. Genug, um sich zu überlegen, warum man einmal um den halben Erdball fliegt. Mit 42 Jahren. Mit einer Fünfzehnjährigen, die frühreif ist und definitiv den falschen Umgang hat.

In jeder Sitzlehne ist ein Display eingelassen, und man kann Filme sehen, bis der Arzt kommt. Charlotte hat ihre Stöpsel gegen einen Kopfhörer eingetauscht und sieht sich geschätzte zwölf Kinofilme an. Zwischendurch stiert sie aus dem Fenster und hört Musik oder schläft und hört Musik.

Ich habe ihn im Fernsehen gesehen. Johannes. Streng genommen an der Stimme erkannt. Zehn Jahre nichts, und dann genügen drei Worte und mir fällt beinahe das Bügeleisen aus der Hand. Am nächsten Tag sollte ich zu einem Vorstellungsgespräch bei einem Versicherungskonzern, das dann allerdings gründlich in die Hose ging. Herr Sturmläufer, dessen Assistentin ich hätte werden sollen, meinte, ich sei wohl eher der „verschlossene Typ", er lege aber Wert auf eine „offene Arbeitsatmosphäre" sowie „Flexibilität in jeder Lebenslage". Dabei starrte er meine Bluse an. Am Ende sagte ich ihm, dass unsere Vorstellungen von Flexibilität offenbar nicht deckungsgleich seien, und ließ ihn sitzen. Ungefähr fünf Minuten lang fühlte ich mich gut mit meiner Entscheidung. Danach fiel ich in dasselbe Loch zurück, aus dem ich zuvor herausgekrochen war: kein Job, eine Tochter, die mit schlafwandlerischer Sicherheit die schiefe Bahn ansteuerte, ein Kindsvater, der lieber eine neue Identität annahm, als Alimente zu zahlen, Männer, die sich zu einer Perlenkette des Desasters auffädeln ließen …

Aber zurück zu Johannes. Ich stand also da, das Bügeleisen in der Hand, und sah ihn an einem paradiesischen Strand neben einer Reporterin, die ihm ein fellbespanntes Mikro unter die Nase hielt. Er war in den Tagesthemen. Im Hintergrund standen Menschen ratlos um ein Dutzend gestrandeter Wale herum. Er hatte ein paar Falten mehr als früher und seine Haare waren fast vollständig ergraut, aber der Blick war genauso klar und die Augen genauso blau, wie ich sie in Erinnerung hatte. Als er in die Kamera sah, war es, als sähe er mich, wie ich mit dem erhobenen Bügeleisen vor dem Fernseher stand. Ich musste mich hinsetzen, fing an zu weinen und dachte: Warum hast du mich verlassen?

IN SEOUL haben wir vier Stunden Aufenthalt. Wobei das nicht ganz stimmt, denn der Flughafen ist auf einer vorgelagerten Insel untergebracht, die eigentliche Stadt befindet sich irgendwo anders. Wir haben also genau genommen vier Stunden Aufenthalt in einer Flughafen-Shoppingmall mit dauergrinsenden Verkäuferinnen, Tageslicht, das nach künstlicher Beleuchtung aussieht, und einer Luft, die einem nach zehn Minuten die Haut austrocknet. Im ersten Stock finden wir eine Ecke mit Sitzmöbeln, ziehen uns ein paar Sessel zusammen und legen die Beine hoch. Charlotte gönnt ihren Ohren zur Abwechslung eine Pause und lässt die Stöpsel draußen. Während wir jeder auf einem dieser pappigen Sandwiches kauen, die überall auf der Welt gleich aussehen, sieht sie mir sogar mal in die Augen. Ich möchte die Gelegenheit nutzen und mit ihr reden, doch bevor ich den richtigen Einstieg gefunden habe, sagt sie zu mir: „Du scheinst dich ja riesig zu freuen."

„Wieso?", frage ich.

„Du siehst aus, als müsstest du ins Dschungelcamp – und nicht nach Neuseeland.“

„Glücklich siehst du auch nicht gerade aus“, gebe ich zurück.

„War ja auch nicht meine Idee“, zischt sie. Und dann: „Jetzt hab ich’s: Du hast Schiss.“

Das Baguette in meinem Hals schwillt auf die Größe einer Honigmelone an. „Immerhin hab ich ihn zehn Jahre nicht gesehen.“

„Und wieso fliegen wir dann überhaupt?“

Antwort D, denke ich. Weil meine Tochter kifft und sich mit den falschen Typen rumtreibt, ich keinen Job habe, die Männer, die mich interessieren, nichts von mir wissen wollen, und ich die Männer, die mir nachlaufen, brauche wie ein Loch im Kopf.

Zwei Minuten später ist Charlotte eingeschlafen. Würde ich auch gern, doch mir gehen zu viele Dinge im Kopf herum. Ungefähr eine halbe Stunde lang versuche ich es, dann raffe ich mich auf und schlurfe von einem Shop in den nächsten. Irgendwann stoße ich auf ein Lederarmband mit Goldverschluss. Herstellungskosten ungefähr drei Euro achtzig, um jetzt für umgerechnet 45 Euro an einem Glitzerständer zu baumeln. Aber ich bin sicher, es würde Charlotte gefallen, und ich möchte ihr so gern zeigen, dass ich sie lieb habe, egal wie viel Mist sie baut. Es fühlt sich an wie ein Neuanfang, als ich es versuchshalber um mein Handgelenk schnüre. Ich überdenke unsere finanzielle Situation, schlucke zweimal trocken und gehe zur Kasse.

Als ich Charlotte aufwecke, weil unser Flug zum Check-in aufgerufen wird, liegt also diese kleine Plastiktüte in ihrem Schoß. Sie zieht verwundert ihre gepiercte Augenbraue in die Höhe, packt das Armband aus, pfeift durch die Zähne und legt es an. Ich sehe ihren Blick und weiß, dass ich ins Schwarze getroffen habe. Das macht mich für einen Augenblick so glücklich, dass ich mich beinahe dafür schäme.

„Mama“, sagt sie und lässt den Verschluss einschnappen, „ich neige dazu, dich zu unterschätzen.“ Sie dreht ihr Handgelenk hin und her. „Krass geiles Teil“, stellt sie fest.

10 000 Meter unter uns fällt in Rekordgeschwindigkeit die Sonne ins Meer. Kurz darauf ist es Nacht. Charlotte hat sich wieder einen Kopfhörer übergestülpt und sieht einen Film an, bei dem es vor allem darum zu gehen scheint, möglichst viele menschliche Körper auf möglichst blutige Weise durch die Luft fliegen zu lassen. Am liebsten würde ich sie fragen, ob sie sich nicht etwas anderes ansehen kann, aber ich habe mir in letzter Zeit oft

genug die Zunge verbrannt und will den zarten Setzling, für den ich immerhin 45 Euro bezahlt habe, nicht gleich wieder zertreten.

Mehr davon kann ich mir nämlich nicht leisten, nachdem mich die Einstellung eines Strafverfahrens gegen Charlotte gerade die letzten Ersparnisse gekostet hat. Am selben Abend, an dem nach zehn Jahren mein Vater plötzlich in meinem Wohnzimmer erschienen war und erklärt hatte, dass der Orientierungssinn der Wale, die im Hintergrund gerade qualvoll verendeten, durch den Lärm einer Unterwasserbaustelle zerstört worden sei, klingelte das Telefon. Ein Polizist fragte, ob ich kommen und Charlotte abholen könne. „Ihrer Tochter ist ein kleines Malheur unterlaufen", erklärte er.

Das „Malheur" stellte sich als Fahrt in einem gestohlenen Auto heraus, die ihr Ende in der Glaswand einer Bushaltestelle gefunden hatte. Entstandener Sachschaden: circa zehntausend Euro. Charlotte hatte 1,8 Promille, aber glücklicherweise hatte sie offenbar weder das Auto gestohlen, noch war sie damit gefahren. Die Polizei hatte sie bei dem Versuch angetroffen, von der Rückbank nach vorne zu klettern. Die beiden Jungs, die den Wagen geknackt hatten, waren längst über alle Berge. Nur Charlotte hatte wegen der Kindersicherung die Tür nicht aufbekommen. Sie behauptete steif und fest, die Jungs erst an diesem Abend auf einer Party kennen gelernt zu haben, außerdem hätte der Typ, der gefahren war, ihr versichert, der Wagen gehöre ihm. Es gab ein langes Hin und Her, mindestens ein Dutzend Anwaltsschreiben und am Ende einen Richter, der sie mit den Worten laufen ließ: „Bis demnächst in diesem Theater."

Ungefähr auf halbem Weg zwischen Seoul und Auckland sagt Charlotte plötzlich: „Weißt du was? Ich hab immer gedacht, ich würde mich an meinen Großvater erinnern. Aber eigentlich erinnere ich mich nur an das, was du mir über ihn erzählt hast. Und das war so gut wie nichts." Sie hat den Monitor ausgeschaltet, spielt mit dem Goldverschluss ihres Armbands und sieht ziemlich nachdenklich aus. „Eigentlich weiß ich also praktisch nichts über meinen Großvater."

Ich denke über Charlottes Worte nach. Was hätte ich ihr schon über ihren Großvater erzählen können? Dass er mir erst das Schwimmen, später dann das Tauchen beigebracht und mir gelegentlich in Mathe bei den Schulaufgaben geholfen hatte. Und dass ich manchmal nachts wach wurde, wenn er auf dem Bettrand saß und mir über den Kopf strich, weil er, wie üblich, erst nach Hause gekommen war, nachdem ich bereits eingeschlafen war.

Zehn Jahre ist es her, dass er seinem alten Leben, seinem Job, seinem Haus, seinen Freunden und seiner Familie den Rücken gekehrt hat. Und mit jedem Jahr, das er jetzt weg ist, scheine ich weniger über ihn zu wissen. Was weiß *ich* schon über ihn? Dass er schon damals ein anerkannter Meeresbiologe war. Dass er jeden Kampf auf sich nahm, sofern er nur aussichtslos genug war. Dass er immer in einer Mission unterwegs war, diese Mission aber nie ich war oder seine Familie. Dass es selbst in den seltenen Momenten, in denen er mal Zeit für mich hatte, eigentlich immer nur um ihn ging.

„Was willst du wissen?", frage ich Charlotte.

„Weiß nicht. Wie er so ist …"

Ich hole zweimal tief Luft und erzähle ihr die Wahrheit: dass er vor allem durch Abwesenheit geglänzt hat und das Bild, das ich von ihm habe, vor allem von der Sehnsucht nach dem Vater herrührt, den ich gern gehabt hätte. „Letztlich geht es mir also wie dir", schließe ich, „ich bilde mir nur ein, ihn zu kennen."

„Klingt ziemlich ätzend", stellt Charlotte fest. „Wieso läufst 'n dem hinterher, wenn er nichts von dir wissen will?"

„Erstens laufe ich ihm nicht hinterher", behaupte ich, „und zweitens glaube ich, er wäre gerne ein guter Vater gewesen, aber …"

„… er ist 'n Dreckskerl. So wie *mein* Vater. Und als wäre das noch nicht genug, laufen wir ihm jetzt auch noch hinterher."

„Ich laufe deinem Großvater nicht –"

Charlottes Hand schneidet mir das Wort ab. „Komm runter, Mama, ist sowieso zu spät." Damit setzt sie sich den Kopfhörer wieder auf, richtet ihren Blick auf den Monitor und wendet ihn bis zur Landung nicht mehr ab.

KAPITEL 2

Der Himmel ist schwarz, als wir in Auckland in die Maschine nach Christchurch steigen, die mir nach den beiden Jumbos wie eine Konservendose vorkommt. Inzwischen habe ich jedes Zeitgefühl verloren. Als die ersten Sonnenstrahlen des neuen Tages auf den Wellen des Pazifiks glitzern, setzen wir zum letzten Mal auf einer Landebahn auf. Wir sind da. Christchurch, Neuseeland. Am anderen Ende der Welt.

Auf wackligen Beinen ziehen wir unsere Rollkoffer durch die Eingangshalle, die Glastüren schieben sich auseinander und wir stehen im Nichts, auf einem sauber asphaltierten Platz, in der Mitte eine adrett bepflanzte Blumeninsel. In dem Häuschen neben uns wartet eine ältere Dame auf den ersten Bus in die Stadt. Sonst ist niemand zu sehen.

„Sollte der uns nicht abholen?“, fragt Charlotte.

Sollte er. Sechs Uhr vor dem Haupteingang war abgemacht. Aber mein Vater glänzt mal wieder durch Abwesenheit. Ich spüre, wie sich mit erstaunlicher Geschwindigkeit ein großes, schwarzes Loch in meinen Magen gräbt, von innen nach außen. Mein Leben liegt in Trümmern, meine Zukunft in den Sternen, ich stehe am Ende der Welt, habe seit vierzig Stunden nicht geschlafen, um nach zehn Jahren meinen Vater zu besuchen, und wer ist nicht da? Ich krame mein Handy aus dem Handgepäck und rufe ihn an. Ein Anrufbeantworter schaltet sich ein, und ich spreche für geschätzte 32,50 Euro pro Minute etwas auf Band.

Kurz bevor ich in Tränen ausbreche, höre ich Charlotte sagen: „Mach jetzt nicht schlapp, Mama.“

„Ich kann nicht mehr“, sage ich und schlage die Hände vors Gesicht. „Tut mir leid, Charlotte.“

Dann spüre ich, wie mich Charlotte am Arm zieht. „Los, komm jetzt.“

Ich nehme meinen Koffer und trotte hinter ihr her. „Aber wo willst du denn hin?“

„Augen geradeaus: Was siehst du?“

Ich blinzle in die Morgensonne. „Einen Taxistand?“, frage ich. Und weil mir mein Gehirn irgendwo zwischen Deutschland und Neuseeland abhandengekommen zu sein scheint, frage ich tatsächlich: „Und?“

„Wir nehmen ein Taxi“, klärt mich Charlotte auf.

Der Taxifahrer ist ein Maori und hat die Statur eines Eichenfasses. Er ist sehr freundlich und wirft unsere schweren Rollkoffer in den Kofferraum, als handle es sich um Handtaschen. Über seinen Shorts trägt er ein ärmelloses Shirt, der Rest seines Körpers ist von Tattoos bedeckt, die Charlotte unverwandt anstarrt. *„Ta moko“*, erklärt der Maori. „Wir nennen sie *ta moko*.“ Er lächelt. „Gefällt Ihnen?“

„Ja“, antworten Charlotte und ich wie aus einem Mund. Er erklärt uns, dass die Tätowierungen zeigen, zu welchem Stamm ein Krieger gehört.

„Was ist, wenn einer nicht mehr dazugehören will?“, fragt Charlotte.

Der Maori blickt in den noch tiefblauen Himmel, kratzt sich am Hals und sagt schließlich: „Machen wir nicht.“

Ich erkläre dem Taxifahrer, dass wir nach Tekoura müssen, und er sagt, dass er da sowieso als Nächstes hinfahren wollte, weil er dort lebt. Als ich ihm die Adresse gebe, nickt er eifrig: „Ah, der Professor!“ Johannes scheint hier ziemlich bekannt zu sein.

Wir fahren eine Straße mit einstöckigen Holzhäusern entlang, dann biegen wir ab, und plötzlich ist es da: das Meer. Blau und endlos und schlicht großartig. Die Sonne brennt uns in den Augen, und uns umfängt ein Rauschen, das von überall her gleichzeitig zu kommen scheint. „Oh, wow!“, bekomme ich gerade noch heraus und atme die salzige Luft ein.

„Uneingeschränkt krass“, sagt Charlotte.

Wir starren beide auf das Meer hinaus.

„Weißt du, was das Einzige ist, was noch schlimmer ist, als wenn du schlappmachst?“, fragt sie.

„Was?“

„Wenn du deinen Selbstmitleidigen kriegst.“

Vielleicht ist es dieser besondere Moment oder der Umstand, dass sie überhaupt mit mir redet. Jedenfalls bin ich tatsächlich glücklich, als sie das sagt, drücke ihre Hand, sage „Danke“, habe absurderweise das Gefühl, dass sie mich versteht und alles gut wird, und schlafe bis Tekoura wie ein Baby.

„Tantati Koura“, erklärt der Maori, als wir in die Bucht hinunterfahren, in der Tekoura liegt. „Heiliges Land.“ Von oben sieht es wie das Paradies aus. Über dem Fischerhafen kreisen Möwen, die Häuser wirken wie hingestreut, die Sonne leuchtet auf dem Wasser, als sei die gesamte Bucht mit flüssigem Gold gefüllt.

Doch die Idylle trügt. Als wir den Ort erreichen, erfahren wir, dass die Bucht tatsächlich mit Gold gefüllt ist. Allerdings ist es nicht flüssig, sondern gasförmig. Eine Gruppe von vielleicht zwanzig Menschen sitzt auf der Straße und versucht, die Durchfahrt zu versperren. Ein gelangweilt dreinblickender Polizist leitet den Verkehr um. Im Vorbeifahren sehe ich Transparente rechts und links der Hafenzufahrt. Auf einem steht: Whales are not for sale – Wale dürfen nicht verkauft werden.

Als ich unseren Taxifahrer frage, was der Menschenauflauf zu bedeuten hat, antwortet er: „Gas. Neuerdings dreht sich in dieser Bucht alles nur noch ums Gas.“

„In der Bucht gibt es Gas?“

„Sagt Gasonec. Eine englische Firma.“

Ich blicke zurück auf die Transparente. „Und Wale“, schließe ich.

Charlotte, die seit unserer Abfahrt nichts mehr gesagt hat, meldet sich zu Wort. „Was ist *Ihnen* lieber?“, fragt sie. „Gas oder Wale?“

„Wale sind unsere Geschichte“, sagt der Maori. „Aber Gas ist unsere Zukunft.“ Charlotte sieht zum Hafen, der jetzt wieder unter uns liegt. „Seit die Engländer hier sind“, erklärt der Maori entschuldigend, „brauche ich nur noch zwischen dem Flughafen und Tekoura hin- und herzupendeln. Sechzig Dollar hin, sechzig Dollar zurück. Wenn das so weitergeht, kann ich mir in einem halben Jahr ein neues Auto kaufen.“ Er lacht. „Mit Gasantrieb.“ Dann hält er an der Bordsteinkante. „Wir sind da. Macht sechzig Dollar.“

„Bist du sicher, dass wir hier richtig sind?“, fragt Charlotte.

Auch ich habe mir Johannes' Haus eher als Fischerhütte und nicht als Villa vorgestellt. Aber dieses Haus ist … stattlich. Viel Holz, viel Glas, viel Garten, viel Aussicht. Ich kontrolliere die Hausnummer am Briefkasten. „Wenn er mir die richtige Adresse gegeben hat, schon.“

Ich hole tief Luft und drücke die Gartentür auf. „Dann wollen wir mal …“

Als sich auch nach dem dritten Klingeln nichts rührt, werde ich langsam nervös. „Hoffentlich ist ihm nichts passiert“, denke ich laut.

Wir lassen unsere Koffer stehen, gehen um das Haus herum, spähen durch die Panoramatür ins Wohnzimmer. Nichts.

Charlotte lässt sich in die Hängematte fallen, die auf der Veranda hängt, und beschließt, sich erst wieder zu bewegen, wenn ihr jemand ein Bett anbietet. Während sie in der Morgensonne döst, schreite ich das Haus ab, blicke in die Bucht hinunter, bemerke ein Schiff, das von der anderen Seite nicht zu sehen war und das irgendwie zu groß für die Bucht ist, und frage mich, was wir jetzt tun sollen. Und in diesem Moment entdecke ich, verdeckt von den Blättern eines Riesenfarns, eine mir bekannte Gestalt: Hui Li.

Johannes hatte den steinernen Hund mit dem aufgerissenen Maul bei einer Expedition vor China auf dem Meeresgrund entdeckt und mit nach Hause gebracht. Eigentlich war er als Geschenk für mich gedacht, aber ich hatte eine panische Angst vor Hui Li, weil Johannes immer so tat, als würde er ihm die Hand abbeißen, wenn er sie in sein Maul steckte. Also stellten meine Eltern ihn an einen abgelegenen Platz im Garten und versteckten den Ersatzschlüssel in seinem Maul.

Ich hocke mich vor Hui Li und muss mich tatsächlich überwinden, ihm ins Maul zu greifen. Und siehe da, es geschehen zwei Dinge: Hui Li beißt mir *nicht* die Hand ab, und ich fördere einen Ring mit zwei Schlüsseln zutage.

Als wir das Haus betreten, schwinden die letzten Zweifel: hier wohnt

Johannes. Seit Jahren hat hier niemand mehr etwas weggeräumt. Alles stapelt sich, überzogen von einer dicken Staubschicht: Schuhe, Geschirr, Zeitschriften. Charlotte zieht mit dem Zeigefinger eine Schlangenlinie in den Staub auf dem Schuhregal und hält ihn mir vor die Nase. „Ich will nie wieder was über mein Zimmer hören."

Wir gehen ins Wohnzimmer. Hier sieht es etwas übersichtlicher aus. Jedenfalls gibt es Laufstraßen auf dem Boden. Die Wand gegenüber der Terrassentür ist von Fotos bedeckt. Es müssen Hunderte sein. Man sieht sofort, was Johannes wichtig ist: Wale, Delfine, Haie, Rochen, Korallen, Muränen. Dutzende faszinierende Bilder, die er mit einer Unterwasserkamera aufgenommen hat. Außerdem Forschungsschiffe, Menschen in Taucheranzügen, lachende Frauen, die ich noch nie im Leben gesehen habe. Die Ecke mit den Familienfotos nimmt sich vergleichsweise bescheiden aus. Charlotte deutet auf eine alte Schwarz-Weiß-Aufnahme links oben in der Ecke: Mama, Papa und ich als Baby auf Mamas Arm mit einer weißen Strickmütze auf dem Kopf. Sie lachen, ich schreie. Eine glückliche Kleinfamilie. So hätte es sein sollen. Ist aber nichts draus geworden. Vierzig Jahre ist das her. Beim Anblick des Fotos schnürt sich mir die Kehle zu.

Charlotte streicht mit den Fingern die Ecken glatt. „Schade, dass ich kaum etwas von den beiden weiß."

„Ein andermal", sage ich. „Zuerst muss ich schlafen."

Wir legen uns einander gegenüber auf das Sofa und rutschen ein paarmal hin und her, bis jedes unserer Beine einen Platz gefunden hat. Unter uns schimmert die Bucht, und während um uns herum der Tag erwacht und die Luft von Vogelgeschrei erfüllt ist, schließen wir die Augen. Mir fällt noch auf, dass ich nicht sagen könnte, wann Charlotte und ich uns das letzte Mal so nah waren, dann schlafe ich ein.

KAPITEL 3

Als ich aufschrecke, kommt es mir vor, als hätte ich keine zwei Minuten geschlafen. Doch die Sonne steht bereits hoch am Himmel. Langsam nimmt das Wohnzimmer Konturen an, ich erkenne einen Stuhl, der vor der Panoramatür steht, zwei Füße in Badelatschen, ineinander verschränkte Hände, auf den Knien aufgestützte Ellbogen, einen vorgebeugten Oberkörper in einem unentschuldbar geschmacklosen Hemd und obendrauf Johannes' zerknirschtes Gesicht.

Vorsichtig löse ich meine Beine aus der Verknotung mit Charlottes und setze mich auf. Er sieht gut aus, immer noch. Die weißen Haare stehen ihm. Zusammen mit der sonnengegerbten Haut sieht er aus wie der kühne Weltreisende und erfolgreiche Wissenschaftler, der er ist.

Leise, um Charlotte nicht zu wecken, sage ich: „Danke fürs Abholen."

Seine Mundwinkel machen etwas, wovon ich weiß, dass es einer Entschuldigung gleichkommt. „Tut mir wirklich leid …" Er reibt sich den Nacken. „Wenn ich anfangen wollte, dir zu erklären, was hier gerade los ist …"

„Lass mich raten", sage ich. „Du hast jede Menge zu tun."

Er hebt hilflos die Hände. Übersetzt heißt das: Du machst dir keine Vorstellung.

„Wichtige Dinge", vermute ich.

„Sehr wichtige", bestätigt er.

„Dann hat sich ja nicht viel verändert seit damals."

Sein Gesicht antwortet mit dem Ausdruck für maximale seelische Zerknirschung. „Ich bin froh, dass du hier bist", bringt er schließlich hervor.

Er steht auf, dann stehe ich auf, und wir gehen jeder zwei Schritte auf den anderen zu. Dann dauert es noch einmal endlose fünf Sekunden, bevor wir uns in den Armen halten und mir klar wird, dass ich auf diese Umarmung zehn Jahre lang gewartet habe.

Er fasst mich an den Schultern und sagt: „Das Dumme ist …" Wieder verziehen sich seine Mundwinkel zu einer Entschuldigung. Was das bedeutet, kann ich mir an einem Finger abzählen.

„Sag jetzt nicht, dass du gleich wieder los musst."

„Es dauert nur ein paar Stunden, aber es kann nicht warten."

„*Was* kann nicht warten?", frage ich.

„Die wollen aus dieser Bucht ein Gasexplorationsunternehmen machen. Es sei denn, ich kann nachweisen, dass Buckelwale hier ihre Jungen zur Welt bringen." Er erklärt mir, dass er die gesamte Bucht mit Hydrofonen „verwanzt" hat und dass eins davon nicht mehr aufzeichnet, weshalb er sofort das Mikro austauschen muss. Es ist wirklich wichtig, es kann nicht warten. Wenn ihm nicht in den nächsten Tagen, ach was, Stunden, Minuten!, der Nachweis gelingt, dass hier Buckelwale Schutz suchen, ist die Bucht verloren. „Warum kommt ihr nicht einfach mit?", beendet er seine Erklärung. „Du steuerst, wie früher."

„Aufs Meer?" Charlotte setzt sich auf. Offenbar hört sie schon seit geraumer Zeit unsere Unterhaltung mit. Sie grinst uns an. „Bin ich dabei."

Nachdem Johannes ihr umständlich klargemacht hat, dass er nicht glauben könne, wie groß Charlotte geworden sei, und sie ihm lässig entgegnet hat, in zehn Jahren schaffe das jeder, holt er ein paar Sachen aus seinem Arbeitszimmer und wir steigen in seinen Kombi, in dem es – unglaublich, aber wahr – noch chaotischer aussieht als in seinem Haus.

Auf dem Weg hinunter in die Bucht machen wir einen Umweg, um Johannes' Assistenten Eric abzuholen, Dr. Eric Cluster, genauer gesagt, einen Neuseeländer, der wie eine Mischung aus Harvard-Student und Hausmeister aussieht. Aus dem Gespräch, das die beiden führen, erschließt sich mir langsam die Dimension dessen, was diese Stadt seit Monaten in zwei Lager zu spalten scheint. Sogar Charlotte verzichtet auf ihre Ohrstöpsel und hört aufmerksam zu. Offenbar ist Johannes beauftragt worden, ein Gutachten über das Vorkommen und das Verhalten der Meeressäuger in der Bucht zu erstellen. Und von diesem Gutachten hängt alles ab.

Im Besonderen geht es um *Megaptera novaeangliae*, Buckelwale. Wenn Johannes in seinem Gutachten zu dem Schluss kommt, dass sie sich nicht, wie bisher angenommen, nur vereinzelt und zufällig in die Bucht verirren, sondern diese Bucht gezielt aufsuchen, um hier ihre Jungen auszutragen, gelten besondere Umweltauflagen für die Bucht. Dann kann Gasonec einpacken, und die bereits investierten Millionen sind unwiederbringlich im Sand verbuddelt.

Cluster dreht sich zu mir um und erklärt mir, dass bis jetzt noch kein Buckelwal je ein Junges in dieser Bucht zur Welt gebracht hat.

„Bis jetzt“, fährt Johannes dazwischen, „hatten sie auch immer einen Ort, wo sie das ungestört machen konnten.“ Wir erfahren, dass die Buckelwale ihre Jungen bislang bevorzugt in einer weiter nördlich gelegenen Bucht zur Welt gebracht haben, der Perkins-Bucht. Doch seit dort ein Jachthafen gebaut wird, sind die meisten von ihnen abgewandert. Johannes ist überzeugt, dass sie nach einem neuen Schlafzimmer suchen. „Und unsere Bucht ist dafür ideal! Sie sind dort geschützt, und es gibt jede Menge zu fressen. Es ist nur eine Frage der Zeit, bis die ersten von ihnen hier auftauchen.“

„Zeit, die du nicht hast“, ergänze ich.

„Sie läuft mir davon“, gibt Johannes zu.

„Und deshalb“, schließe ich, „musst du auch sofort das Mikro in dem Hydrofon austauschen. Denn in dem Moment, wo du den Paarungsgesang eines männlichen Buckelwals nachweisen kannst, ist klar, dass sie zur Aufzucht der Jungen diese Bucht aufsuchen.“

„Ey, Mama!“ Charlotte bohrt mir kumpelhaft ihre Faust in den Oberarm. „Woher weißt ’n du so über Wale Bescheid?“

„Dreimal darfst du raten“, antworte ich und sehe im Rückspiegel, wie sich Johannes’ Lippen zu einem Lächeln kräuseln. Es ist albern, aber es schmeichelt mir, Charlotte zu beeindrucken.

Sie überlegt einen Moment, dann sagt sie: „Krass, ist ja ein richtiger Krimi: Wettlauf gegen die Zeit und so …“ Zum zweiten Mal kommen wir am umzäunten Hafengelände mit den Demonstranten vorbei. Charlotte betrachtet die Transparente, die inzwischen eine ganz neue Bedeutung für sie haben. Fast etwas traurig ergänzt sie: „Aber bis jetzt ist es nur eine Vermutung.“

„Wissenschaftlich gesprochen ist es nur eine Vermutung“, gibt Johannes zu, „aber meine Intuition sagt mir, es ist mehr als das.“

Eric zieht zweifelnd die Brauen in die Höhe und öffnet die Tür. „Intuition und Wissenschaft sind immer eine schlechte Verbindung.“

Bevor auch ich aussteige, sage ich zu Johannes: „Harmonische Zusammenarbeit sieht anders aus, oder?“

„Lass mal, Eric ist sehr gewissenhaft. Und er hat Recht: Intuition und Wissenschaft vertragen sich nicht gut. Manchmal lasse ich mich zu sehr von meinen Wünschen leiten, und dann ist es gut, jemanden wie Eric zu haben.“

„Ist *das* etwa dein Boot?“, ruft Charlotte und deutet zum Wasser hinüber.

Eric hat zwei Taschen aus dem Kofferraum genommen und läuft bereits über den Steg auf eine dort vertäute Segeljacht zu.

Johannes folgt Charlottes Blick. „Mein zweites Zuhause.“

Eher dein erstes, denke ich.

Bevor Johannes und ich den Steg erreicht haben, ist Charlotte bereits an Bord geklettert und läuft die Reling entlang. „Krasses Teil!“, ruft sie uns zu. Die Jacht ist nagelneu und strahlt so hell, dass man Augenschmerzen davon bekommt. 15 Meter, würde ich sagen, und der Größe des Mastes nach zu urteilen ungefähr hundertdreißig Quadratmeter Segelfläche.

„Eine Bavaria 51 Cruiser“, erklärt Johannes. Er liebt Segeljachten. „Speziell auf meine Bedürfnisse zugeschnitten.“

Als wir das Ende des Stegs erreichen, bleibe ich abrupt stehen und starre ungläubig auf den Rumpf. Vor mir schaukelt in geschwungenen Lettern mein Name auf und ab. „Du hast sie nach mir benannt?“

Johannes blinzelt mit einem Auge. „Mir ist nichts Besseres eingefallen.“ Er lächelt.

„Machst dich gut so als Boot!“, ruft Charlotte.

Im Gegensatz zu Johannes und Charlotte stellen sich bei mir angesichts der Jacht eher ungute Gefühle ein. Als Kind habe ich mich auf Booten wie diesem unzählige Stunden zu Tode gelangweilt. Die Kabinen waren mit elektronischen Geräten vollgestopft, die ich alle nicht anfassen durfte, aber von einem Fernseher keine Spur. Als ich jetzt meinen Fuß auf den Rumpf setze, kommt es mir vor, als durchschritte ich eine unsichtbare Pforte in meine Kindheit. Viel hat sich im Vergleich zu damals nicht verändert. Monitore, Knöpfe, Konsolen. Ein Laptop. Die Atmosphäre ist so wie damals: Nicht stören, nichts anfassen. Aber in Johannes' zweitem Zuhause herrscht Ordnung. Ich sehe mich unter Deck um und bestaune die luxuriöse Ausstattung, als der Dieselmotor zu brummen anfängt. Mit dem altvertrauten Tuckern werden wir langsam aus dem Hafen herausgeschoben.

Es klopft. Ich liege auf der Matratze in einer der Kabinen, über mir Charlotte, die mit der Hand ihre Augen abschirmt und ihr Gesicht gegen die Luke drückt. „He, du Grufti, rauf mit dir!“ Dabei lacht sie. Ich kann sogar ihre Zähne aufblitzen sehen.

Boje 45 ist ziemlich weit draußen. Von hier sieht die Bucht so malerisch aus, dass sie sofort als Panoramatapete durchginge. Wir haben praktisch keinen Seegang, und die einzigen drei Wolken schweben über dem Festland wie hingetuscht.

Johannes verschwindet kurz unter Deck und kommt als blaues Neoprenmännchen zurück. Eric arretiert das Steuer und hilft ihm beim Anlegen der Sauerstoffflasche. Sein Blick sagt mir, Handreichungen sind ganz klar unter seiner Würde. Johannes zieht sich die Taucherflossen an, setzt sich die Brille auf und das Mundstück ein, gibt uns ein Daumen-hoch-Zeichen und lässt sich senkrecht ins Wasser fallen. Als Kind ist mir jedes Mal das Herz stehen geblieben, weil ich Angst hatte, er würde nicht wieder auftauchen. Aber er taucht wieder auf. Wie jedes Mal. Ich helfe ihm an Bord. Er nimmt seine Taucherbrille ab und fährt sich mit den Fingern durch die Haare.

„Was nicht in Ordnung?“, frage ich.

Er hat das Hydrofon mit nach oben gebracht und zieht aus einer Klappe an der Unterseite eine Art gummiummantelten USB-Stick heraus, auf dem die Daten gespeichert werden. Anschließend betastet er den Hohlraum hinter der Klappe. „Bei technischen Störungen ist in neun von zehn Fällen Feuchtigkeit das Problem. Aber der hier ist knochentrocken.“ Er wendet sich an Eric und reicht ihm den Stick. „Wir müssen das überprüfen.“ Wieder ist da dieser Blick bei Eric, und ich kann ihn verstehen. Wenn Johannes sagt: „Wir müssen das überprüfen“, heißt das übersetzt: „Überprüfen Sie das.“ Kein Bitte, kein Danke. Eric verschwindet mit dem Datenträger unter Deck, während Johannes vorsichtig das Hydrofon inspiziert.

Charlotte, die sich bis dahin auf dem Sonnendeck langgemacht hat, gesellt sich plötzlich zu uns. Die Stöpsel hat sie rausgenommen. „Singen die eigentlich wirklich“, fragt sie, „oder quieken die nur wie Unterwasserschweine?“ Damit entlockt sie Johannes ein Lächeln. Man könnte es als den Versuch einer Annäherung bezeichnen.

„Buckelwale singen tatsächlich, und zwar ganze Lieder.“ Johannes setzt sich neben sie und legt das Hydrofon vorsichtig auf den Oberschenkeln ab. „Das Besondere ist: Überall auf der Welt singen die Männchen zur Paarungszeit das gleiche Lied.“ Er wartet Charlottes Reaktion ab, bevor er die Pointe setzt. „Und es ist jedes Jahr ein anderes.“

„Wie soll ’n das gehen?“, fragt Charlotte.

„Das hat noch niemand herausfinden können“, antwortet Johannes. „Manchmal habe ich das Gefühl, dass die Wale ihr Geheimnis nicht preiszugeben bereit sind.“

Charlotte nickt in Richtung des Hydrofons. „Und das da nimmt den Gesang auf.“

„Vorausgesetzt, es funktioniert.“

„Und vorausgesetzt, die Buckelwale kommen wirklich in diese Bucht und singen. Was bisher nur eine Vermutung ist.“

Johannes wendet Charlotte sein Gesicht zu. Wieder hat sie ihm ein Lächeln entlockt. „Du verstehst es wirklich, einem Mut zu machen“, sagt er.

Plötzlich breitet sich ein fassungsloses Staunen auf Charlottes Gesicht aus, während sie aufs Meer hinausschaut. „Wie geil ist das denn!“ Keine fünfzig Meter entfernt schimmert ein Walrücken in der Sonne, dann ist kurz die Fluke zu sehen, ein blau leuchtender Schild, der majestätisch ins Wasser eintaucht. „Ist das ein Buckelwal?“

„Schön wär’s“, antwortet Johannes nach einem beiläufigen Seitenblick. „Das da drüben ist ein entfernter Verwandter.“

„Was denn für einer?“

„Frag mal deine Mutter!“, ruft Johannes ihr zu, wobei er mich ansieht.

Ich überlege einen Moment. Viel habe ich von dem Wal nicht zu sehen bekommen. „Auf jeden Fall ein Glattwal.“

Johannes zwinkert mir zu. „Woran erkannt?“

„Keine Finne“, sage ich.

„Sehr gut. Und welcher?“, will Johannes wissen.

„Das ist nicht fair“, wehre ich mich. „Ich hab ihn kaum gesehen.“ Ich blicke auf das Meer hinaus, als würde der Wal dort gleich noch einmal auftauchen, extra für mich. Macht er aber nicht. „Also gut“, sage ich, „der Form der Fluke nach zu urteilen würde ich sagen, es war ein … Südkaper?“

Johannes sieht Charlotte an und macht eine Präsentationsgeste in meine Richtung. „*Deine* Mutter.“

„Jo, Mama!“ Charlotte ist sichtlich beeindruckt. „Woher weißt ’n du *so* was?“

„Wenn du meinen Vater hättest“, antworte ich, „wüsstest du das auch.“

„Daaa!“ Charlotte deutet auf einen weiter entfernt liegenden Punkt, und tatsächlich durchstößt in dem Moment der riesige Kopf des Südkapers ein zweites Mal die Wasseroberfläche. An die Reling gelehnt verfolgen wir, wie er eine Wasserfontäne ausstößt, zum Abschied seinen silbernen Schild noch einmal aufleuchten lässt und schließlich in den Wellen verschwindet.

Als Charlotte sich endlich wieder zu uns setzt, ist sie noch immer ganz in Gedanken versunken. „Kannst du in deinem Gutachten nicht einfach behaupten, dass in der Bucht Buckelwale leben?“, überlegt sie. „Kann doch sowieso keiner das Gegenteil beweisen.“

„Das könnte ich schon tun“, antwortet Johannes. Er gibt es auf, den Fehler am Hydrofon finden zu wollen, steckt es in einen Aluminiumkoffer und holt ein neues heraus. „Aber das wäre Betrug.“

Charlotte rückt neben ihn. „Das ist aber ein hartes Wort. Mendel hat bei seiner Vererbungslehre auch geschummelt – hat unser Biolehrer erzählt. Durchgesetzt hat er sich trotzdem. Du nimmst einfach die Untersuchungsergebnisse vorweg – wie Mendel. Was gibt’s denn da zu grinsen, Mama?“

Ich setze mich den beiden gegenüber. „Ich hätte nie gedacht, dass etwas, was dein Biolehrer sagt, tatsächlich mal bei dir hängen bleiben würde.“

Charlotte rümpft die Nase. „Versuchst du gerade, witzig zu sein?“

„Vielleicht?“, antworte ich.

Sie lehnt sich zurück und schließt die Augen. „Nee, Mann“, sagt sie, „läuft nich’.“ Aber ihre Lippen kräuseln sich zu einem Lächeln.

Johannes blickt zwischen uns hin und her, bevor auch er zu lächeln beginnt. Das Boot schaukelt träge auf dem Wasser, die Möwen kreischen, die Sonne weckt meine Haut aus dem Frankfurter Winterschlaf. Für einen wundervollen Moment fühlt sich das verdammt nach Familie an.

KAPITEL 4

Als ich aufwache, habe ich das Gefühl, verschlafen zu haben. Dann sickern zwei Informationen in mein Bewusstsein: das Bett, in dem ich liege, ist nicht meins, und: es ist Nacht. Ich merke, dass jemand neben mir liegt, stelle fest, dass es Charlotte ist, und weiß wieder, dass wir in Neuseeland sind und mein Kopf gerade zwölf Stunden Zeitverschiebung verdaut. Eine halbe Stunde später ist es noch immer tiefschwarze Nacht und jeder Versuch, mich länger davon zu überzeugen, dass ich wieder einschlafen werde, zwecklos. Ein Blick auf meine Uhr sagt mir, dass es in Frankfurt gerade halb drei nachmittags ist. Das nächste Gefühl stellt sich ein, drängend: Hunger.

Auf dem Weg in die Küche bemerke ich einen Lichtstreifen unter Johannes' Arbeitszimmertür. Ich klopfe zaghaft, drehe den Knauf und strecke meinen Kopf hinein. Johannes sitzt am Schreibtisch, der in den Lichtkegel einer Lampe getaucht ist, und tippt auf der Tastatur seines Laptops herum. Er sieht sehr müde aus und zum ersten Mal auch gealtert. Er will diese Bucht retten, aber dazu braucht er Buckelwale. Es wird sein wie früher, denke ich, er wird alles geben, und es wird wieder nicht reichen. Früher war ich deshalb böse auf ihn, doch heute, jetzt und hier, nötigt er mir einigen Respekt ab. Niemand wird ihm jemals vorwerfen können, er habe nicht immer alles gegeben. Etwas, was ich von mir nicht sagen kann.

„Ich mach mir was zu essen", sage ich. „Willst du auch was?"

Er lehnt sich zurück und streckt die Arme über den Kopf. Ich höre seine Wirbel knacken. „Danke", sagt er, „ist lieb gemeint, aber ich gehe ins Bett." Er wartet, bis der Monitor erlischt, klappt den Rechner zu und steht auf.

„Gratuliere", sagt er, als wir uns an der Badezimmertür Gute Nacht sagen.

„Wozu?", frage ich.

„Charlotte. Ist ein klasse Mädchen."

Ich esse drei Sandwiches und zu jedem Sandwich eine Avocado, die offenbar aus dem Garten stammt. Dazu ein paar Pfirsiche in der Größe von Honigmelonen. Anschließend räume ich anderthalb Stunden lang die Küche auf, wische und putze und scheuere. Dann blicke ich aus dem Fenster und sehe, wie über der Bucht die Sonne aufgeht. Die Luft ist klar und kühl, das Meer ruhig und mächtig. Man kann so weit sehen, dass man gar nicht versteht, wo es aufhört. Ich lasse den Scheuerschwamm in die Spüle fallen, finde einen Rest Weißwein im Kühlschrank, schiebe die

Panoramatür auf, lege mich in die Hängematte und tue nichts anderes, als dabei zuzusehen, wie die Sonne ganz langsam aus dem Meer aufsteigt, und hin und wieder am Wein zu nippen.

Es ist kurz vor sieben, und eine laue Brise trägt die Schreie der Möwen aus der Bucht zu mir herauf, als mich die Müdigkeit wieder einholt. Im Halbschlaf höre ich, wie die Wohnzimmertür geöffnet wird und barfüßige Schritte durch den Raum kommen. Charlotte bleibt kurz neben mir stehen, schirmt ihre Augen ab, blickt in die Bucht hinunter und sagt: „Muss 'ne Computersimulation sein.“ Sie schaukelt sanft die Hängematte. „Mama?“

„Hm?“

„Können wir mir nachher 'ne Sonnenbrille kaufen?“

„Das übernehme ich“, ertönt eine dunkle Stimme hinter uns. Johannes steht in der Balkontür. Vier Stunden Schlaf haben aus dem alten, abgekämpften Krieger der letzten Nacht wieder den tatendurstigen Abenteurer gemacht. „Hunger?“, fragt er Charlotte.

Die betastet ihren Bauch: „Jetzt, wo du es sagst …“

„Dann lass uns mal frühstücken.“ Er wendet sich um und geht ins Haus. „In der Zwischenzeit“, ertönt seine Stimme aus dem Wohnzimmer, „lassen wir deine Mutter ein kleines Morgenschläfchen machen.“ Er kommt auf die Veranda, stopft mir ein Kissen unter den Kopf und breitet eine leichte Wolldecke über mich.

Charlotte ist bereits in der Küche und klappert mit den Tellern, also sage ich: „Kann mich nicht erinnern, je von dir zugedeckt worden zu sein.“

Johannes gibt der Hängematte einen Schubs. „Besser spät als nie“, sagt er im Hineingehen.

Von fern nehme ich wahr, wie sich über den Frühstücksvorbereitungen eine Unterhaltung zwischen Charlotte und Johannes entspinnt. Als sie dann am Tisch sitzen und der Kaffeeduft aus dem Haus auf die Veranda zieht, höre ich, wie sie ihn fragt: „Wie willst du eigentlich von mir angeredet werden? Mit Opa oder mit Johannes?“

„Wie du willst“, antwortet Johannes.

Es entsteht eine Pause. Tassen und Messer klappern. „Ich glaub, ich nenn dich Opa“, erklärt Charlotte schließlich.

Dann schlafe ich ein.

DIE SONNE steht hoch am Himmel, und ich koche unter der Wolldecke im eigenen Saft, als ich meine verklebten Augen reibe und einen Blick auf die Uhr riskiere. Viertel nach eins. Charlotte sitzt in Shorts und Trägerhemd auf der Veranda, die Füße auf den Stufen, die in den Garten führen. Sie hat eine sehr schicke Sonnenbrille auf und drückt auf ihrem Handy herum.

„Kein Empfang?", frage ich.

„Doch."

„Aber?"

„Sven schreibt nicht zurück."

Sven ist ein siebzehnjähriger Berufskiffer (sage ich), der gottgleich Gitarre spielt und weltmeisterlich Skateboard fährt (sagt Charlotte). Und er ist, wie Charlotte mich unlängst in Kenntnis gesetzt hat, der Mann, der sie ihrer Jungfernschaft entledigt hat. Außerdem, da gehe ich jede Wette ein, saß er am Steuer des geklauten Autos, das mich meine letzten Ersparnisse gekostet hat.

Ich sage nur: „Coole Brille."

Sie klappt ihr Handy zu und sieht mich an. Nehme ich jedenfalls an. Die Brille verdeckt ihr halbes Gesicht. „Krass, oder? 'ne original Ray-Ban."

Wie schön, dass wenigstens dein Großvater zu viel Kohle hat, denke ich. „Wo ist denn Johannes?"

„Sein Gutachten jagen."

Ich richte mich auf, schiebe die Beine über den Rand der Hängematte und wische mir den Schweiß von der Stirn. „Ich schlage vor, ich dusche jetzt, ziehe mir was Frisches an, und dann gehen du und ich und deine original Ray-Ban was zu essen einkaufen."

„Zu Fuß?"

Erstaunlicherweise hält Charlotte bis zur dritten Straßenkreuzung durch, bevor sich erste Ermüdungszeichen einstellen. „Bist du sicher, dass es hier in den Ort geht?"

„Bin ich nicht."

Charlotte bleibt stehen. „Wieso laufen wir dann hier lang?", mault sie.

So allein auf weiter Flur sieht sie aus wie ins Bild montiert. Die Sonne brennt senkrecht herab, die Bürgersteige sind menschenleer. Von irgendwoher dringt das gleichmäßige, metallische Klirren eines Hammers zu uns. Charlottes zarte Arme hängen demonstrativ kraftlos von den Schultern herab. Seit letztem Jahr ist sie größer als ich, vier Zentimeter.

„Wir können auch in die andere Richtung", schlage ich vor, „aber ob die richtig ist, weiß ich auch nicht. Jetzt komm schon …"

Ich will sie über die Straße ziehen, aber sie macht sich los wie ein störrischer Esel. „Du meinst, wir laufen einfach so in der Gegend rum und warten darauf, dass uns ein Supermarkt anspringt?"

„Hast du eine bessere Idee?", frage ich zurück. Entfernt nehme ich wahr, dass das metallische Klirren ausgesetzt hat.

Charlotte, deren Gesicht eben noch zu hundert Prozent aus Trotz bestand, blickt über meine Schulter hinweg, zieht millimeterweise ihre linke Augenbraue in die Höhe und lässt ein unauffälliges Schmunzeln erkennen. „Nicht umdrehen, Mama", flüstert sie. „Lendenfrontalangriff auf fünf Uhr."

„Lenden was?" Natürlich drehe ich mich sofort um. Und erstarre.

Ein Haus weiter, im Garagentor, steht ein Mann. Er trägt Shorts. Das war's. Na ja, er hält auch einen Hammer in der Hand, und er hat Haare, die in alle möglichen Richtungen abstehen. Ein paar ölige Striemen zieren sein Gesicht und seine ziemlich muskulöse Brust. Sein Blick ist der eines wilden Tieres. Eines nachdenklichen wilden Tieres. Eines nachdenklichen, warmherzigen wilden Tieres.

„Der kann einem ja richtig Angst machen", flüstere ich.

Charlottes Schmunzeln breitet sich aus. „Hättest du wohl gern?"

„Du spinnst ja!", zische ich und ziehe sie über die Straße.

Drei Straßenkreuzungen später habe auch ich das Gefühl, dass wir offenbar in der falschen Richtung unterwegs sind.

„Mama? Glaubst du, der Supermarkt kommt zu uns?"

Im Straßenknick vor uns zweigt ein kleiner Schotterplatz ab, auf dem eine Handvoll Autos vor einem Gebäude parkt. Es wird gerade eingerüstet, drei Maori sitzen auf dem Dach, lachen, lassen die Beine von der Kante baumeln und essen die größten Cheeseburger, die ich je gesehen habe.

Wir gehen zum Gerüst hinüber, blicken zum Dach empor, und ich frage, ob es hier in der Nähe einen Supermarkt gibt. Der Mann in der Mitte sagt auf Englisch: „Mein Sohn zeigt Ihnen den Weg." Er schlägt dreimal mit Wucht auf das Dach und ruft: „Paka!"

Kurz darauf öffnet sich die Tür, über der ich jetzt ein Schild mit der Aufschrift COMMUNITY HALL (Gemeindezentrum) bemerke, und ein jugendlicher Maori kommt heraus und schreitet unter dem Gerüst hindurch. Für sein Alter – ich schätze ihn auf 16 oder 17 – ist er ungewöhnlich athletisch. Dabei wiegt er höchstens halb so viel wie sein Vater. Überall da, wo sein T-Shirt aufhört, lugt ein Tattoo hervor. Als er uns sieht – oder besser: als er Charlotte sieht –, zieht ein Lächeln über sein Gesicht, wie ich es unvoreingenommener und freundlicher noch nie gesehen habe. Wie auf Knopfdruck richtet sich Charlotte zu voller Größe auf.

„Lendenfrontalangriff", murmle ich.

„Halt bloß die Klappe!", raunt sie mir zu.

Kurz darauf läuft Paka leichtfüßig vor uns her, führt uns einen gewundenen Weg entlang, biegt zweimal links ab und zeigt die Straße hinunter: „Immer geradeaus." Charlotte hat nur Augen für Paka. Und für das Tattoo, das sich auf seinem gestreckten Arm aus dem Ärmel herauswagt. Paka beschenkt sie mit einem weiteren Lächeln, und dann sehen wir ihm nach, wie er leichtfüßig den Weg zurückjoggt.

Eine halbe Stunde später stehen wir, jeder mit zwei Tüten beladen, vor dem Supermarkt. Die Mühelosigkeit, mit der Charlotte auf dem Hinweg Pakas schnellen Schritten gefolgt war, ist einer vollkommenen Unlust gewichen. Sie verstöpselt sich die Ohren und setzt sich missmutig in Bewegung.

Die erste Straße ist noch unproblematisch. Wir sind auf den Supermarkt zugelaufen, also laufen wir jetzt von ihm weg. Spätestens aber, als wir das zweite Mal abbiegen müssen, ahne ich, dass wir schon wieder in die falsche Richtung unterwegs sind. Ich versuche mir nichts anmerken zu lassen und halte unauffällig nach etwas Ausschau, das uns auf dem Hinweg bereits begegnet ist. Die Gegend, die Häuser, die Gärten … Alles scheint mir vage bekannt. Andererseits sehen die Häuser auf der anderen Seite fast genauso aus. An der nächsten Straßenkreuzung bleibe ich mit müden Armen und verschwitztem Gesicht stehen und stelle die Tüten ab.

Charlotte sieht mich an. „Nicht schon wieder!", brüllt sie.

Ich ziehe ihr einen Stöpsel aus dem Ohr. „Ich bin nicht taub, Charlotte."

„Und jetzt?", will sie von mir wissen.

Ich blicke einmal in jede Richtung und deute eine Straße hinunter: „Da lang?"

„Ohne mich." Demonstrativ stellt auch sie ihre Tüten ab, setzt sich auf den Bürgersteig und lehnt sich gegen einen Gartenzaun. Die Geste ist eindeutig: Keinen Meter weiter.

Ich setze mich neben sie. Auf dem Giebel des Nachbarhauses sitzt ein schwarz-weiß gefiederter Vogel, der angeberisch krächzt.

„Hörst du das?", frage ich. „Ich meine nicht den Vogel."

Charlotte lauscht, hört aber nichts. „Was 'n sonst?"

Mühsam stehe ich auf. „Lauf nicht weg, okay?"

„Keine Sorge. Ich bin so k. o., mich würde hier nicht mal ein Tsunami wegkriegen."

Ich spitze die Ohren und laufe vor bis zur nächsten Straßenecke. Und tatsächlich: Ganz in der Nähe wird gehämmert. Ich bin noch drei Häuser entfernt, als das Hämmern verstummt, aber bis dahin habe ich längst das geöffnete Garagentor ausgemacht. Und dann stehe ich da, in der Auffahrt, betrachte, wie er sich die Hände an einem Lappen abwischt und die Haube seines Wagens zuschlägt. In den zwei Stunden, seit wir hier das letzte Mal vorbeigekommen sind, sind noch ein paar Striemen hinzugekommen.

Er bemerkt mich, und mir wird klar, wie furchtbar ich aussehen muss: übernächtigt, ungeschminkt, mit einem formlosen T-Shirt, das mir am Rücken klebt. Als er fragt: „Wieder verlaufen?", antworte ich erleichtert: „Ja." Er heißt Chris und wollte ohnehin gerade eine Probefahrt machen, um zu sehen, ob sein Auto wieder funktioniert. Und, wer hätte es gedacht, auch er kennt Johannes und weiß, wo er wohnt.

Charlotte macht große Augen, als plötzlich ein Pick-up neben ihr hält. Wir stellen die Einkaufstüten auf die Ladefläche. „Jetzt rück doch mal ein Stück", sagt sie, als wir einsteigen, und schiebt mich auf der Sitzbank so nah an Chris heran, dass ich mit geschlossenen Augen seinen warmen Körper neben mir spüre.

KAPITEL 5

Wir stehen vor Johannes' Haus und beobachten, wie der Pick-up mit Chris um eine Ecke verschwindet, als die Tür aufgerissen wird und Johannes herausstürmt. Er sieht uns an, als wolle er fragen: Was macht ihr denn hier?

Ich zeige meine Tüten vor: „Ich wollte uns was kochen."

Johannes scheint mich nicht gehört zu haben. „Ich muss los", erklärt er und schiebt sich zwischen uns durch. „Ein Südkaper, am Strand." Er zieht zwei Schaufeln unter der Treppe hervor und legt sie in den Kofferraum seines Kombis. Bevor er die Haube zuschlägt, wirft er uns einen Blick zu. Endlich scheint er uns wahrzunehmen. „Jede helfende Hand ist willkommen."

ER IST GROSS, nein riesig. Von der Düne aus gesehen, auf der wir stehen, wirkt er wie vom Himmel gefallen, jedenfalls nicht von dieser Welt.

Menschen mit Eimern, Schaufeln und Decken laufen an uns vorbei. Johannes taucht neben mir auf, drückt mir drei Decken in die Arme, geht zum Wagen zurück, holt die Schaufeln und einen Koffer und murmelt im Vorbeigehen: „Wir haben nicht viel Zeit."

Ich will ihm folgen, doch Charlotte rührt sich nicht von der Stelle. Sie hat Tränen in den Augen. „Ich kann da nicht runter", sagt sie.

„Dann bleib hier", antworte ich und gehe los.

Ich bin noch keine zehn Schritte gegangen, da höre ich, wie sie hinter mir „Warte!“ ruft, und sehe, wie sie die Düne herabgelaufen kommt.

Er lebt. Und er atmet. Als Charlotte und ich die Hände an seinen Körper legen, spüren wir, wie er seine Lungen mit Luft zu füllen versucht. Neben seinem Kopf bleibt Charlotte stehen. Er sieht sie an – aus einem Auge, das groß genug wäre, um darin zu verschwinden.

Johannes weist den Herbeilaufenden Aufgaben zu. Eine Menschenkette wird gebildet, Eimer werden hin und her gereicht. Ein Maori ist auf den Wal geklettert, breitet Decken auf ihm aus und übergießt sie mit Wasser. Als ich ihm meine hinaufreiche, erkenne ich im Gegenlicht, dass es Paka ist, der junge Mann, der uns vorhin den Weg zum Supermarkt gezeigt hat.

Charlotte verharrt reglos neben dem Wal, während die Menschen um sie herumlaufen. Alle beeilen sich, aber niemand bricht in Hektik aus. Jeder scheint zu wissen, was er zu tun hat. Offenbar erleben die Bewohner dieses Ortes so etwas nicht zum ersten Mal.

„Ist das der von gestern?“, fragt Charlotte.

Ich schüttle den Kopf. „Der von gestern war ein Männchen.“

„Was passiert mit ihm?“

„Du meinst, falls wir ihn nicht wieder ins Wasser zurückbekommen?“

Sie nickt stumm, ohne ihren Blick von dem riesigen schwarzen Auge des Tieres zu lösen.

Ich schaue zur Sonne empor. „Bei dem Wetter wird er entweder an Überhitzung sterben, oder er wird ersticken.“

Jetzt sieht sie mich doch an. „Ersticken?“

Johannes, der gerade vorbeikommt, bleibt kurz stehen. „Ein Südkaper wiegt bis zu achtzig Tonnen“, erklärt er. „Im Wasser spürt er nichts davon, an Land aber wird er von seinem eigenen Gewicht erdrückt. Hörst du, wie verzweifelt er nach Luft ringt? Er kann seine Lungen nicht füllen.“

Ein Mann mit grau meliertem Haar, hochgekrempelten Anzughosen und einem weißen Kurzarmhemd kommt auf uns zu. Gut fünf Meter bevor er uns erreicht hat, hält er bereits seine Hand zur Begrüßung ausgestreckt.

Johannes schüttelt sie beiläufig. „Danke, dass du gekommen bist, Steven“, begrüßt er ihn auf Englisch. „Übrigens, das hier sind meine Tochter Anna und meine Enkelin Charlotte.“

Er stellt uns den Mann als Bürgermeister Steven Thompson vor, der sich beeilt, uns zu versichern, dass ihm ein einfaches Steven völlig ausreiche, und dabei ausgiebig erst Charlotte und dann mir die Hand schüttelt. Kurz darauf sehe ich ihn ein paar Meter weiter die nächsten Hände schütteln.

„Glaubst du, er wird es schaffen?“, frage ich Johannes.

„Ich glaube, darauf willst du keine ehrliche Antwort.“

Ohnmächtig stehen wir neben dem Wal. Schemenhaft nehme ich Paka wahr, der unablässig Decken ausbreitet und sie mit Wasser tränkt. Charlotte stiert blicklos geradeaus. Unsere Hilflosigkeit erfüllt mich mit einer solchen Traurigkeit, dass es Minuten dauert, ehe ich durch die Brandung, das Gewusel der Menschen und die Gespräche hindurch zwei Dinge wahrzunehmen beginne.

Erstens: Ich – beziehungsweise wir – werden beobachtet. Chris, der uns eben erst bei Johannes abgesetzt hat, ist das letzte Glied einer Menschenkette und schleudert mit weit ausholenden Bewegungen eimerweise Wasser auf den Wal. Zwischendurch sieht er immer wieder in unsere Richtung. Als sich unsere Blicke treffen, wird mir klar, dass es nicht nur Verzweiflung ist, die die Menschen hier antreibt, sondern auch Wut. Mich durchzuckt derselbe Gedanke wie vorhin: Der kann einem Angst machen.

Das Zweite, was ich wahrnehme, ist ein auf- und abschwellendes Summen, das sich bei näherem Hinhören als Gesang erweist. Ich entdecke einen Maori, der vor dem Wal im Sand kniet, eine Hand auf das Maul gelegt hat und in einer Art Maori-Mantra auf ihn einzuwirken versucht. Seine langen schwarzen Haare sind zu einem Zopf gebunden und glänzen auf seinem Rücken. Er hält die Augen geschlossen, während ihm die Sonne ins Gesicht scheint und seine dunkle Haut aufleuchten lässt. Es ist Pakas Vater – der Mann, der vorhin auf dem Dach der Community Hall saß, seine Beine baumeln ließ und Cheeseburger verspeiste.

Ich bin noch ganz von dem Anblick des singenden Maori in Anspruch genommen, als ich aus dem Augenwinkel sehe, wie Chris auf uns zugelaufen kommt.

„Hallo Chris“, begrüßt ihn Johannes und will uns ihm vorstellen, als Chris ihn bereits am Arm gepackt hat und mit ihm drei Meter weiter gegangen ist. Ich höre, wie er auf Johannes einredet. „Gefällt's dir?“, zischt er.

„Mit der Brechstange“, entgegnet Johannes, „wirst du auf Dauer nichts erreichen. Du bringst zu viele Leute gegen dich auf.“

„Na, dann gib dir mal schön Mühe, hübsch gefügig zu bleiben!“

Jetzt ist es Johannes, der ihn einige Meter weiterzieht. Doch der Wind trägt ihre Unterhaltung zu mir herüber. „Du weißt genau, dass das Unsinn ist, Chris. Ich brauche dir nicht zu sagen, dass ich nicht käuflich bin.“

„Weißt du, was passiert, wenn Gasonec hier anfängt zu bohren? Dann werden hier mehr Wale angeschwemmt, als wir abtransportieren können.“

Inzwischen reden die beiden so laut, dass jeder mithören kann. „Glaubst du etwa, das weiß ich nicht? Warum erzählst du mir das?“

Als Chris bemerkt, dass sich die ersten Helfer nach ihnen umdrehen, dämpft er seine Stimme. „Weil du der Einzige bist, der es noch verhindern kann. Die einstweilige Verfügung, die ich erwirkt habe, läuft nächste Woche aus. Die spitzen schon ihre Bohrer. Und ihre schärfste Waffe ist bereits im Einsatz.“ Chris deutet mit dem Kinn zur Düne hinüber, wo sich eine langbeinige Brünette in einem weißen Leinenanzug mit geübtem Schwung die Haare aus dem Gesicht streicht, ein Mann seine Kamera in Anschlag bringt und sich eine Frau mit Fellmikrofon neben die Langbeinige stellt.

„Die Capelli schon wieder“, knurrt Johannes.

„Tu doch nicht so! Neulich hab ich euch zusammen in den Dünen spazieren sehen. Was habt ihr gemacht – deinen Preis verhandelt?“

„Du hast sie doch nicht alle!“ Mit diesen Worten kehrt Johannes zu uns zurück.

Chris stapft derweil zum hinteren Ende des Wals, gesellt sich zu einer Gruppe schaufelnder Menschen, greift sich einen Spaten und hilft, entlang der Fluke einen Graben auszuheben. Im hohen Bogen spritzt der Sand über seine Schulter.

„Was sollen wir tun?“, frage ich Johannes, und als er nicht antwortet: „Sollen wir mithelfen beim Schaufeln?“

Johannes dreht wie ferngesteuert den Kopf hin und her. „Schaufeln ist zwecklos. Wir haben ablaufendes Wasser. Eine Stunde noch und er liegt auf dem Trockenen.“

„Aber es muss doch irgendetwas geben …“

Wir stehen vor dem Wal und schweigen. Irgendwann setzt sich Charlotte mit gekreuzten Beinen in den Sand. Bei den ersten Helfern sind Anzeichen von Resignation zu erkennen. Es wird weiterhin geschaufelt und Eimer werden herumgereicht, doch es ist klar, dass es nur noch darum geht, sich eine Illusion zu erhalten.

„Verdammt!“, sagt Johannes plötzlich. Für einen Moment fällt sein Kinn traurig auf die Brust und seine Schultern sinken ein.

„Was ist?“, frage ich.

„Amiri hat aufgehört zu singen.“ Pakas Vater hat die Augen geöffnet und ist aufgestanden. In einer den Horizont umspannenden Geste führt er seine Hände zusammen und legt seine Stirn an die Spitze der Walschnauze. „Es ist vorbei“, erklärt Johannes. „Amiri hat sich noch nie geirrt.“

Die Maori unter den Helfern, etwa die Hälfte, legen einer nach dem anderen die Arbeit nieder und verlassen langsam den Strand. Pakas Vater verschwindet hinter der Düne. Paka geht langsam über den Walrücken, steigt vorsichtig vom Schwanz, watet durch das Wasser und kommt zu uns herüber. Seine großen braunen Augen laufen über vor Trauer und Erschöpfung. Stumm nickt er uns zu und stellt sich neben Charlotte, die noch immer im Sand sitzt und nicht einmal versucht, ihre Tränen zurückzuhalten.

Sie sieht zu ihm auf. „Woher will dein Vater wissen, dass es vorbei ist?“, fragt sie auf Englisch.

„Er weiß es einfach“, antwortet Paka und setzt sich zu Charlotte in den Sand. Noch immer rollen lautlos Tränen über Charlottes Wangen.

Johannes blickt zum Dünenweg hinauf, hinter dem Pakas Vater verschwunden ist. Am höchsten Punkt steht die Frau im weißen Leinenanzug und gibt einer Fernsehreporterin bereitwillig Auskunft. Ihre Haltung ist die einer huldvollen, mitfühlenden Herrscherin. Neben ihr hat sich Steven Thompson eingefunden, der Bürgermeister.

„Du kannst etwas tun“, sagt Johannes, ohne mich anzusehen. „Komm mal mit.“

Wir lassen Charlotte und Paka bei dem Wal zurück und gehen den Dünenweg hinauf. Ich merke, wie mit jedem Schritt, den wir uns der Interviewgruppe nähern, Johannes’ Unmut wächst.

Er will sich an der Reporterin und dem Kameramann vorbeischieben, als der Bürgermeister, das Fellmikrofon vor dem Gesicht, ausruft: „Da ist er ja! Wenn es jemanden gibt, der Ihnen kompetent Auskunft geben kann, dann ist es Mr Waldmann.“

„Ah, Mr Waldmann!“ Die Reporterin stellt sich Johannes in den Weg und begrüßt ihn breit lächelnd, als hätte sie sein Eintreffen bereits sehnsüchtig erwartet. „Können Sie uns erklären, was hier passiert?“

„Was hier passiert?“ Johannes sieht die Reporterin an und deutet zum Strand hinunter, wo der Südkaper im Sand liegt. „Hier verendet gerade ein Südkaper qualvoll in der Sonne. Eine Kuh, ungefähr sechzehn Meter lang und sechzig Tonnen schwer. Wahrscheinlich hatte sie Junge und ist gestern noch sorglos und friedlich im Ozean unterwegs gewesen. Das passiert hier!“

Die Reporterin ist ein Profi. Zwei Sekunden lang ist sie von Johannes’ schroffer Art vor den Kopf gestoßen, dann hat sie sich und ihr mitfühlendes Lächeln wieder voll im Griff. „Worin sehen Sie die Ursache für dieses … tragische Ereignis?“

„Hören Sie, ich bin Wissenschaftler, kein Hellseher. Es gibt Walstrandungen, ohne dass menschliche Faktoren eine Rolle spielen. Wahrscheinlicher ist, dass durch äußere Einflüsse sein Sonarsystem geschädigt wurde und er sich deshalb nicht mehr orientieren konnte."

Die Reporterin versucht, möglichst betroffen auszusehen. Es gelingt ihr erstaunlich gut. „Es ist kein Geheimnis, dass eine britische Explorationsfirma die Gasvorkommen in dieser Region nutzen möchte. Viele Arbeitsplätze werden davon abhängen. Sehen Sie einen Zusammenhang zwischen dem heutigen Ereignis und …"

„Hören Sie auf! Ich sagte Ihnen bereits, dass ich kein Hellseher bin. Aber eins weiß ich sicher: Betroffenheit wird den Wal dort nicht mehr retten können." Mit diesen Worten wendet sich Johannes ab und geht zum Wagen.

„Wer war die Frau?", frage ich, während Johannes' Oberkörper im Heck seines Kombis verschwindet und er seinen Kofferraum durchforstet. Es ist klar, dass ich nicht die Reporterin meine.

„Rena Capelli", tönt es dumpf aus dem Wagen. „Pressesprecherin von Gasonec." Er taucht mit einem Alukoffer in der Hand aus dem Kofferraum auf. „Hier. Du warst immer eine tolle Fotografin. Wenn du noch etwas für den Wal tun willst, dokumentiere sein Schicksal, damit die Welt erfährt, was hier geschieht."

Vorsichtig lege ich den Koffer auf den Boden und öffne den Deckel. Eine Profiausrüstung, Nikon, unterwassertauglich. „*Ich* war eine tolle Fotografin?", frage ich verunsichert.

„Hab nie verstanden, weshalb du die Ausbildung abgebrochen hast. Wo du so starke Aufnahmen gemacht hast …"

Ich nehme die Kamera aus dem Koffer und fühle ihr Gewicht in meiner Hand. Ist lange her. Aber noch immer vertraut. „Du mochtest meine Bilder?" Ich klicke den Tragegurt an, hänge mir die Kamera um und lasse den Kofferdeckel zuschnappen. „Und wieso hast du mir das nie gesagt?"

„Hab ich nicht?"

„Nein."

Johannes lässt die Hecktür ins Schloss fallen. In seinem Blick mischen sich verschiedene Arten von Traurigkeit: die Erkenntnis, dass er mich tatsächlich nie gelobt hat, die Tatsache, dass der Südkaper sterben wird, die Unwahrscheinlichkeit, Gasonecs Bauvorhaben noch zu verhindern, eine lange Reihe vergeblicher Bemühungen.

„Ich dachte, das hätte ich", antwortet er matt.

Die ersten Aufnahmen sind noch ein Tasten nach Richtung, Licht, Winkel,

Bildausschnitt. Doch nach wenigen Minuten überlasse ich mich bei der Motivauswahl ganz meinem Instinkt: Rena Capelli im Gegenlicht, wie sie sich die Haare aus dem Gesicht streicht; Paka und Charlotte im Schatten des Wals, die Gesichter von trauriger Gewissheit erfüllt; das Auge des Wals in dem Moment, da man nicht mehr weiß, ob es noch beseelt ist; Chris, der abseits zwischen dürrem Gras in der Düne sitzt, neben sich einen Spaten, der seinen Stiel in den Himmel reckt; die Maori, wie sie dem Wal den Rücken zukehren und nach und nach den Strand verlassen. Es ist, als hätte ich die Kamera nie aus der Hand gelegt. Für eine Weile bin ich fast euphorisiert von diesem Gefühl, dann führt mich die Kamera zu dem Südkaper und den letzten desillusionierten Helfern zurück, die verloren am Strand stehen wie die Überlebenden einer Schlacht.

Als ich endlich die Kamera sinken lasse, löst sich die nervöse Spannung, meine Kraft entweicht, und meine Beine sinken bleischwer in den Sand ein. Charlotte sitzt allein im Sand. Als sie mich sieht, rappelt sie sich auf, kommt zu mir gelaufen, legt sich meinen Arm um die Schulter und sagt: „Lass uns gehen, bitte."

Arm in Arm gehen wir den Dünenweg hinauf. Im Vorbeigehen höre ich, wie Rena Capelli mit unverbrauchter Überzeugungskraft erklärt, dass es natürlich schrecklich sei, wenn so etwas passiere, aber man sehe es ja: Solche Dinge kämen vor, mit der oder ohne die Verwertung von Rohstoffen aus dem Meer. Charlotte drückt mich etwas fester an sich und legt ihren Kopf auf meine Schulter. Erst jetzt fällt mir auf, dass es Monate oder sogar Jahre her sein muss, seit sie das letzte Mal zärtlich zu mir war.

KAPITEL 6

Diesmal ist es immerhin halb fünf, als ich beschließe, dass es sinnlos ist, mich weiter hin und her zu wälzen und darauf zu warten, dass ich wieder einschlafe. Außerdem habe ich einen Hunger, der sofortiges Handeln verlangt. Wir hatten gestern Abend zwar noch gemeinsam gekocht, aber was ich als einen schönen Moment für uns alle geplant hatte, wurde ein appetit- und wortloses Beisammensitzen. Johannes steckte in seinem Groll fest, Charlotte in ihrer Trauer, ich war deprimiert.

Jetzt aber duldet mein Hunger keinen Aufschub. Charlotte liegt neben mir und schläft wie ein Säugling. Ich schleiche mich aus dem Zimmer und bin wenig überrascht, unter der Tür von Johannes' Arbeitszimmer einen

Lichtstreifen zu entdecken, wie in der Nacht zuvor. Als ich die Tür öffne, strömt mir der Duft von frischem Kaffee entgegen.

„Bist du schon wieder auf oder noch nicht im Bett?“, frage ich.

Johannes lehnt sich zurück, verschränkt die Hände hinter dem Kopf und sieht mich an, als wisse er es selbst nicht. „Eric hat den Datenträger ausgewertet.“ Er deutet mit dem Kinn Richtung Monitor. „Da ist was, aber es ist unbrauchbar. Sehr merkwürdig. Als sei die Datei zerstört worden. Ich muss gleich noch mal raus.“

Immer wieder dasselbe, geht es mir durch den Kopf: ich komme, du gehst. „Um fünf Uhr morgens?“

„Wenn das ausgetauschte Hydrofon nicht richtig aufzeichnet, haben wir wahrscheinlich unsere letzte Chance verspielt. Wenn sich allerdings erweisen sollte, dass auf dem Datenträger drauf ist, was ich glaube …“

„Der Gesang von Buckelwalen.“

Johannes lässt geräuschvoll die Hände auf seine Oberschenkel fallen. „Ich weiß es nicht.“ Zum ersten Mal, seit ich denken kann, höre ich Resignation in seiner Stimme. „Vielleicht ist auch nur wieder der Wunsch der Vater des Gedanken.“

Es ist ihm alles zu viel, denke ich. Immer wieder dieser Kampf, jeden Tag, ein Leben lang. Er möchte aufhören, zur Ruhe kommen, aber er kann nicht. Als säße ihm ein Dämon im Nacken. Sein Job ist ihm zu viel, dieses Gutachten ist ihm zu viel, und Charlotte und ich sind ihm auch zu viel.

„Wir wären besser zu Hause geblieben, was?“, sage ich.

Plötzlich erwacht er aus seinen Gedanken. „Ach Unsinn! Komm, setz dich. Möchtest du einen Kaffee? Ich hol dir eine Tasse …“

„Bleib sitzen“, antworte ich. „Ich mach schon.“

In der Küche nehme ich eine Tasse aus dem Ablaufgitter und blicke aus dem Fenster in die Bucht hinunter. In das Schwarz der Nacht mischen sich erste milchige Streifen. Man ahnt bereits, wo das Meer aufhört und der Himmel anfängt.

Johannes hat den Sessel herangezogen und ihn seitlich neben den Schreibtisch gestellt. „Komm“, wiederholt er, „setz dich.“ Ich gieße mir einen Kaffee ein, versinke in dem viel zu tiefen Sessel, halte die Tasse zwischen meinen Händen und warte. Irgendwann räuspert er sich. „Ich weiß, ich war dir nie ein besonders guter Vater. Das ist das eine. Das andere ist: Ich war auch kein besonders guter Ehemann.“

Ich versuche zu verstehen, was damit gemeint sein könnte. Und warte.

„Du weißt, wie deine Mutter ums Leben gekommen ist?“

„Sie war auf dem Weg nach Hause, übermüdet, ist am Steuer eingenickt und gegen einen Baum gefahren."

Mit den Fingern seiner rechten Hand zieht Johannes unsichtbare Rillen in die Tischplatte. „Stimmt schon", sagt er schließlich. „Nur war sie nicht auf dem Weg nach Hause, sondern von zu Hause weg." Dann erzählt er mir, was damals passiert ist.

BEVOR MAMA auf diesen Kongress gefahren war, hatte es einen Streit zwischen ihr und Johannes gegeben. Es war nicht ihr erster, aber er war heftiger als die vorherigen, auch wenn es um dasselbe Thema ging. Mama beklagte sich, sie hätten sich so weit auseinandergelebt, dass sie inzwischen mehr trenne als verbinde. Streng genommen sei das noch nie anders gewesen, weshalb schon ich nie erfahren hätte, wie sich eine Familie eigentlich anfühle, was deutlich daran zu erkennen sei, dass ich dieses Defizit jetzt offenbar eins zu eins an Charlotte weitergäbe. Der Streit eskalierte.

Unter diesen Vorzeichen fuhr sie zu der Konferenz. Das war Donnerstagabend. Montagmittag sollte sie zurück sein.

Den Freitag über war Funkstille. Samstagabend rief Mama aus dem Hotel an und sagte Johannes, dass es ihr leidtue, dass sie ihn vermisse und liebe und sich einen Neuanfang wünsche. „Lass uns in Ruhe darüber reden, wenn du wieder da bist", gab Johannes zur Antwort. Das war das letzte Mal, dass sie miteinander redeten. Doch nicht das letzte Mal, dass sie sich sahen.

Der letzte Vortrag endete Sonntagabend um elf, danach sollte es noch einen Umtrunk im Foyer geben, bevor die Teilnehmer sich in ihre Hotels zurückbegeben würden. Mama jedoch hielt es nicht länger aus. Sie wollte zu Johannes. Sie packte ihre Sachen, setzte sich ins Auto und fuhr vier Stunden am Stück durch die Nacht. Gegen halb vier Uhr morgens kam sie zu Hause an. Da war Johannes gerade erschöpft eingeschlafen. Neben ihm lag eine seiner Studentinnen.

Er wachte auf und sah Mama in der Tür stehen. Ihr Blick war ein grenzenloser Abgrund. Noch ehe er das Ausmaß der Situation begriffen hatte und in der Lage gewesen wäre, etwas zu sagen, hörte er sie bereits die Treppe hinunterlaufen und die Tür hinter sich zuschlagen. In der zweiten Kurve hinter der Ortschaft erwischte es sie. Überhöhte Geschwindigkeit.

Mama hat nie erfahren, dass ihm damals das Angebot aus Neuseeland bereits seit Wochen vorlag und er hin und her überlegt hatte, es anzunehmen. Er wollte den Montag noch abwarten, schauen, was passieren würde, wenn sie von der Konferenz zurück war und sie miteinander geredet hatten. Wahrscheinlich hätte er es abgelehnt – sicher sogar. Aber so … Am Abend nach Mamas Beerdigung rief er in Neuseeland an und sagte zu. Eine Woche später war er weg.

JOHANNES senkt den Kopf und vermeidet es, mich anzusehen. „Ich könnte dir nicht einmal sagen, was mich dazu getrieben hat, ausgerechnet in dieser Nacht mit einer Studentin ins Bett zu gehen. Eigentlich habe ich mir nie was aus meinen Studentinnen gemacht …“

Wir sitzen einander gegenüber und schweigen. Er hat alles gesagt, und ich habe nichts zu erwidern. Er weiß, er kann kein Mitleid von mir erwarten. Trotzdem würde ich ihn gern trösten. Doch mir fällt nichts Tröstliches ein.

„Jetzt weißt du, weshalb ich damals von heute auf morgen das Land verlassen habe …“

„Du hast dich geschämt“, stelle ich fest.

„Zu Tode geschämt.“ Er klappt den Rechner zu und erhebt sich.

Als sei das das Zeichen, stehe auch ich auf. Wir erstarren in einer ungelenken Umarmung. Bis Johannes mich wieder an den Schultern fasst – eine Geste, die gekonnt die Balance zwischen „auf Distanz halten“ und „zu sich heranziehen“ hält.

„Ich muss los“, sagt er.

„Ich weiß.“

Eine halbe Stunde später sitze ich auf der Veranda, erwarte den Sonnenaufgang und bilde mir ein, einen schwarzgrauen Punkt auf dem schwarzgrauen Wasser aus der Bucht fahren zu sehen.

ICH SITZE ALLEIN in der kleinen Einhandjolle, in der ich meine erste Segelprüfung ablege, halte mich krampfhaft an der Pinne fest und bereite eine Halse vor. War nicht meine Idee, einen Segelschein zu machen. Johannes hat darauf bestanden. Vorn am Steg stehen er und der Prüfer und beobachten mich. Es regnet in Strömen. Der Wind zerrt aus allen Richtungen gleichzeitig am Segel.

Der Prüfer rührt mit den Armen in der Luft, keine Ahnung, was er von mir will. Steuerbord, Backbord? Ich ziehe die Pinne zu mir heran. Gerade noch rechtzeitig spüre ich, wie sich unter mir der Schwerpunkt verlagert, ducke mich, höre den Mast über meinen Kopf hinwegsausen und springe auf die andere Seite. Die Jolle neigt sich, das Segel bläht sich, von irgendwoher dringt das Wort „Mama“ zu mir. Immerhin, die Halse scheint gelungen zu sein. Die Pinne in der Hand, suche ich nach dem richtigen Winkel zum Wind. Eigentlich müsste sich das Boot jetzt stabilisieren. Stattdessen wackelt und ruckelt es und zieht an mir herum.

„Mama!"

Ich schlage die Augen auf und halte die Kanten der Hängematte umklammert. Charlotte hört auf, mich hin und her zu schaukeln. Ich blicke in die Bucht und weiß nicht, ob es Morgen oder Abend ist.

„Wie spät ist es?", frage ich.

„Interessiert keine Sau", antwortet sie. „Die Polizei steht vor der Tür. Die wollen uns mitnehmen!"

„Und wohin?"

„Mann, Mama, hör auf, so bescheuerte Fragen zu stellen, und komm aus der Hängematte!"

Ich richte mich auf. „Wo ist denn Johannes?"

„Keine Ahnung." Sie nimmt meine Hand und zieht mich hoch. „Hier jedenfalls nicht."

Als ich das Gesicht des Polizisten sehe, beginne ich zu ahnen: etwas stimmt nicht. Der Polizist hat seine Mütze abgenommen und klopft sich damit lautlos gegen den Oberschenkel. Er ist jung, Anfang, Mitte zwanzig vielleicht.

„Mrs Waldmann?" Jedes Wort kostet ihn Überwindung.

„Ja?"

„Inspector Jenkins würde gern mit Ihnen sprechen."

„Warum", frage ich, „ist was passiert?"

„Inspector Jenkins wird Ihnen alles erklären." Die Mütze noch immer in der Hand, hält uns der Polizist die Tür des Wagens auf. Über Funk meldet er, wir seien „auf dem Weg". Dann dreht er den Zündschlüssel.

Am Hafen, der durch einen Felsausläufer vom Strand getrennt ist, herrscht Betriebsamkeit. Einige der campierenden Demonstranten haben sich auf der Mole versammelt und verfolgen, wie ein Polizeiboot – ein Schlauchboot – mit Seilen und Winden beladen wird, während ein anderes offenbar gerade von einer Erkundungsfahrt zurückkehrt. Es macht da fest, wo vorgestern die Bavaria von Johannes lag. Zwei Taucher gehen den Steg entlang und besteigen das frisch beladene Schlauchboot. Wo ist Johannes' Boot?

Als wir aus dem Wagen steigen, ist die Luft von einem dumpfen Dröhnen erfüllt. Instinktiv ziehe ich den Kopf ein, als aus dem für Gasonec umzäunten Bereich ein Hubschrauber aufsteigt und aufs Meer hinausfliegt.

Auf dem Parkplatz stehen Schaulustige in kleinen Grüppchen zusammen. Auch Chris ist da und Paka, der ihm hilft, seinen Pick-up zu beladen. Als sich unsere Blicke treffen, hält er inne. Reglos steht er neben der Ladefläche. Etwas Unaussprechliches liegt in seinem Blick, etwas Endgültiges. Wahrscheinlich weiß ich es bereits in diesem Moment. Und wahrscheinlich sage ich deshalb zu Charlotte: „Bleib du beim Wagen."

Der Polizist, der uns hergebracht hat, setzt seine Mütze auf und führt mich zum Steg hinunter. Bei jedem Schritt habe ich das Gefühl, im Asphalt stecken zu bleiben. Alle Geräusche, alles Licht dringen zu mir wie durch eine Folie. Ein Mann kommt auf uns zu. In Uniform. Inspector Jenkins. Wer sonst? Er sagt etwas zu mir. Über den Steg kommen Schritte. Es vibriert in den Fußsohlen. Noch ein Mann. Thompson, der Bürgermeister. Auch er redet auf mich ein. „Es gab einen Unfall." Jenkins oder Thompson, ich weiß nicht wer. Ein Unfall. Eine Explosion. Ich glaube das Boot zu sehen, die Bavaria. Eine Fackel in der Nacht. Auf dem Wasser. Sonst nichts. Nur Leere.

Ich höre meine Stimme, die sagt: „Ich will zu meiner Tochter."

„GLAUBST DU, er ist tot?"

Charlotte und ich sitzen neben dem Weg, der zum Jachthafen hinunterführt. Das sandige Schilfgras streicht um unsere Beine. Weit draußen, über dem Meer, ist ein stehender Punkt zu erkennen – der Hubschrauber. Seit einer halben Stunde bewegt er sich nicht von der Stelle.

„Ich dachte immer, er ist unsterblich", antworte ich schließlich. „Inzwischen bin ich nicht mehr so sicher."

Vom Meer steigt Wind zu uns herauf. Zuerst kräuselt er das Wasser, dann duckt sich das lange Gras unter ihm, am Ende fährt er kühl über unsere Gesichter.

„Die Maori glauben, dass der Wind die Seelen der Toten in den Himmel trägt", sagt Charlotte und dreht ihre Handfläche in den Luftstrom. „Und dass sie vorher ein letztes Mal für uns tanzen."

„Hat Paka dir das erzählt?", frage ich.

Sie nickt.

„Weißt du …" Ich lächle sie an und spüre die getrockneten Tränen auf meiner Wange. „Am Meer ist eigentlich immer Wind. Muss nichts heißen."

Ich höre, wie an der Straße hinter uns ein Wagen hält, drehe mich aber erst um, als eine Stimme fragt: „Soll ich Sie nach Hause fahren?"

Es ist Thompson. Charlotte steht bereits und hilft mir auf.

„Danke“, sage ich.

Auf der Fahrt sagt keiner ein Wort. Thompson begleitet uns bis zur Haustür. Ich sehe, dass er nach Worten sucht und keine findet.

Ich drehe den Schlüssel im Schloss. „Danke.“

Ich erwarte, dass er uns zum Abschied die Hände schüttelt. Stattdessen legt er mir seine Hand auf den Unterarm. „Wenn es irgendetwas gibt, was ich für Sie tun kann …“

„Danke“, wiederhole ich.

KAPITEL 7

Diesmal wache ich nicht mitten in der Nacht auf und habe Hunger. Ich schlafe gar nicht erst ein. Und Hunger habe ich auch keinen mehr. Dabei sind Charlotte und ich schon wieder mit leerem Magen ins Bett gegangen. Ich habe das Essen vom Vortag aufgewärmt, die Pfanne zwischen uns gestellt und über den Tisch und Johannes’ leeren Platz hinweg Charlotte angesehen. Irgendwann hat Charlotte dann stumm den Kopf geschüttelt, und ich habe alles, so wie es war, in den Mülleimer gekippt.

Jetzt liegt sie neben mir und schläft, zusammengerollt wie ein Embryo. Vor der Geburt war sie mir riesig erschienen, ein Monstrum, das ich kaum noch mit mir herumtragen konnte. Im Moment ihrer Geburt jedoch wurde sie plötzlich federleicht, und ich wagte kaum, sie anzufassen. Nun liegt sie neben mir, eine junge Frau, die einzig von ihrer Mutter noch daran gehindert wird, das Leben im Sturm zu erobern. Oder sehenden Auges ins offene Messer zu rennen. Was ist in all den Jahren dazwischen passiert? Das Leben ist wirklich nicht mehr als ein Augenzwinkern, denke ich. Man muss gut aufpassen, wenn man will, dass etwas bleibt.

Ob Johannes ebenso empfand, als ich zum ersten Mal nach Jahren wieder vor ihm stand: Was ist nur in der Zwischenzeit passiert? Nein, entscheide ich. Johannes ist nicht so. Doch je länger ich über meinen Vater nachdenke, desto stärker gerät alles ins Wanken, was ich über ihn zu wissen glaubte. Apropos wanken: Der Wind hat aufgefrischt. Ich spüre die kühle Nachtluft. Das Haus knackt und knarzt. Es ist größer als die meisten Häuser im Ort, doch wie alle anderen ist es aus Holz, es lebt.

Allerdings gibt dieses Haus im Moment Geräusche von sich, die selbst mit seinem Eigenleben nur schwer zu erklären sind. Ich bin so von Müdigkeit benebelt, dass es Minuten dauert, ehe die Information, dass offenbar noch jemand im Haus ist, bis zu mir durchdringt. Johannes ist nach Hause gekommen!

Ich springe aus dem Bett, laufe freudestrahlend in den Flur, schalte das Licht an und rufe: „Johannes!“ Keine Antwort. Ich reiße die Tür zum Arbeitszimmer auf: „Johannes?“ Nichts. Ich stehe im Flur und spüre, wie mir das Herz schwer wird und sich mein Brustkorb verschnürt. Ein kalter Windhauch streicht mir um die Knöchel. Ich spüre neue Tränen in mir aufsteigen.

Ich werfe noch einen Blick auf Johannes' Schreibtisch, dann ziehe ich die Tür ins Schloss. Zurück ins Bett, denke ich, doch meine Hand will sich nicht vom Knauf lösen. Ich lasse die Tür noch einmal aufschwingen.

Irgendetwas stimmt nicht. Der Laptop ist verschwunden.

Es zieht. Im Erdgeschoss muss irgendwo ein Fenster offen stehen. Im Halbdunkel tasten sich meine Füße die Stufen hinab. „Johannes?“ Meine Worte verlieren sich in der Wohnküche. Die Bucht glänzt im Mondschein, das Meer scheint mit Silber übergossen. Es kommt mir vor wie eine lange Zeit, die ich durch die Panoramatür in die Bucht hinunterblicke, bevor mir auffällt, dass sie einen Spaltbreit offen steht und es deshalb so zieht.

„Johannes?“ Meine Frage ist nur noch ein Flüstern.

Eine Bedrohung scheint mich zu umgeben wie ein Schatten. Und so ist es auch. Nur leider erkenne ich sie zu spät. Bis sich der Körper aus dem Dunkel des Raumes löst und ich die Schritte hinter mir höre, ist er bereits neben mir, stößt mich um, mein Knie schlägt auf den Boden und ein lähmender Schmerz bohrt sich durch die Kniescheibe bis hinauf in die Hüfte. Meine Hände suchen nach einem Halt und greifen ins Leere. Gleich würde ich längs auf dem Parkett aufschlagen, doch im letzten Moment trifft mich der Holm der Schiebetür an der Schulter, ich klatsche gegen die Scheibe, schreie auf und rutsche zu Boden. Der lebende Schatten, der jetzt über mir steht, verpasst der Glastür einen Tritt, schiebt sich durch den Spalt, springt von der Veranda und verschwindet in der Nacht. Das Einzige, was ich von ihm erkennen kann, ist Johannes' Laptop, den er unter den Arm geklemmt hat. Und seine mit blauen, weißen und gelben Rauten gemusterten Socken. Wie spießig, denke ich noch.

Das Licht geht an. Charlotte kommt mit steifen Beinen die Treppe herunter und reibt sich die Augen. Ich liege auf dem Boden, halte mir die Schulter und wimmere wie ein Kind. Aber ich bin so froh, sie zu sehen! Es kommt mir vor, als hätte mir jemand ein Messer in die Schulter gerammt. Meine Finger ertasten eine Beule.

Charlotte beugt sich über mich, um mir aufzuhelfen.

„Nicht“, schreie ich, „nicht anfassen!“

Als sie die Beule sieht, die meine Finger ertastet haben, wird sie kreidebleich und wendet den Kopf ab. „O Gott, mir wird schlecht“, stellt sie fest. „Aber bevor ich kotze, rufe ich noch den Notarzt.“

Und so macht sie es. Ruft den Notarzt und geht sich dann übergeben. Bis der Krankenwagen eintrifft, setzt sie sich wieder neben mich, und ich erkläre ihr, dass jemand ins Haus eingebrochen ist, um Johannes’ Laptop zu stehlen, und mich bei der Flucht gegen die Tür geschmettert hat. Ich liege unverändert auf dem Boden, halte mir die Schulter und versuche, mich möglichst nicht zu bewegen und am besten auch nicht zu atmen.

Als ich mit meinen Erklärungen fertig bin, sage ich in einem Moment seltener Klarsichtigkeit: „Charlotte, ich glaube, er kommt nicht zurück.“

„Sollte mich auch sehr wundern – jetzt, wo er den Laptop hat.“ Sie sitzt neben mir auf dem Boden, den Rücken gegen die Scheibe gelehnt.

„Gib mir mal deine Hand“, sage ich. Charlotte beugt sich vor und schiebt ihre Hand in meine. Und dann sage ich: „Ich meine nicht den Einbrecher.“

ENDLICH klopft es an der Tür. „Es ist offen!“, ruft Charlotte.

Ein junger, schlaksiger Mann betritt gähnend den Wohnraum. Er ist noch keine dreißig, hat lange, sonnengebleichte Haare, trägt ein Kurzarmhemd mit handtellergroßen Blumen drauf, Shorts und Flip-Flops und in der Hand einen schweren Koffer. Das soll ein Arzt sein?

„Ist der mit einem Surfbrett vorgefahren?“, frage ich Charlotte.

„Nicht schlecht, Mama.“ Charlotte tätschelt mir das Bein. „Nie den Humor verlieren.“

Statt mich auf einer Trage im Hubschrauber abzutransportieren, wie es meinen Schmerzen entspräche, kniet er sich neben mich, lächelt freundlich, sagt: „Entspannen Sie sich“, und betastet vorsichtig meine Schulter. Dann ergreift er mein Handgelenk, legt die andere Hand auf mein Schlüsselbein und lächelt erneut. „Atmen.“

Ich atme ein, und in dem Moment zieht er an meinem Arm und führt ihn über die Brust bis auf Kopfhöhe. Meine Augen weiten sich vor Entsetzen. Versucht er, mir den Arm auszureißen? Dann höre ich ein Geräusch, wie wenn man einen Ast übers Knie bricht, schreie auf, und die Beule auf meiner Schulter ist verschwunden.

„Schulter ausgekugelt“, erklärt er lapidar. „Nichts Besonderes.“

„Und jetzt?“, frage ich entgeistert. Vorsichtig bewege ich meine Finger. Keine Schmerzmittel, keine Spritzen, keine Narkose, kein Gips?

Er steht auf und nimmt seine Tasche. „Keinen Handstand die nächste Zeit. Schönen Tag noch.“ Zum Abschied zwinkert er uns zu.

So sitze ich auf dem Sofa, halte in Ermangelung einer Armschlinge meinen Arm umklammert und blicke in die Bucht, über der gerade die Sonne aufgeht, als Inspector Jenkins eintrifft, um den Tatort zu inspizieren. Er ist freundlich, besonnen, verbindlich. Jede seiner Gesten scheint zu sagen: Alles wird gut. Seine bloße Gegenwart sorgt dafür, dass ich mich entspanne.

„Ganz schönes Durcheinander“, stellt er fest. Er steht vor der Wand mit den Fotos und sieht sich im Zimmer um. „Wird nicht leicht sein, hier Spuren zu finden.“

Mein Blick in die Bucht wird von Jenkins' Kollegen verstellt. Es ist der, der uns bereits gestern mit dem Wagen abgeholt hat. Auf der Suche nach Fingerabdrücken bestäubt er die Schiebetür mit einem Pinsel. Ich rufe mir die Gestalt von letzter Nacht in Erinnerung, wie sie durch den Türspalt geschlüpft und in der Nacht verschwunden ist, den Laptop unterm Arm. „Er hatte Handschuhe an“, sage ich.

„Das wird es nicht einfacher machen.“ Inspector Jenkins setzt sich mir gegenüber in den Sessel und zieht einen Notizblock hervor. „Kann ich Ihnen ein paar Fragen stellen?“

Kaum hat er damit begonnen, klopft es an der geöffneten Wohnungstür und Bürgermeister Thompson kommt herein. Er schüttelt allen die Hand. „Schrecklich“, stellt er mit zerfurchter Stirn fest.

Ich nehme an, dass er es gut meint, aber seine schmierige Art ist das Letzte, was ich im Moment brauchen kann.

„Haben sie den geklont?“, raunt Charlotte neben mir auf dem Sofa. „Wir waren hier noch nirgends, wo der nicht war.“

„Haben Sie etwas dagegen, wenn ich mich dazusetze?“, fragt Thompson, und es ist unklar, ob seine Frage an mich oder den Inspector gerichtet ist.

Jenkins sieht mich an und macht eine Geste, die so viel heißt wie: Ist Ihr Haus.

„Bitte“, sage ich und deute auf den freien Sessel.

Jenkins fährt mit seiner Befragung fort. Ich berichte, dass ich über den Täter praktisch keine Aussage machen kann und dass, soweit ich feststellen konnte, außer Johannes' Laptop nichts gestohlen wurde. Zudem schien der Dieb nichts anderes bei sich zu haben, als er über die Veranda floh.

„Diese Dinger sind begehrt“, gibt Thompson zu bedenken.

„Sie glauben, dem Dieb ging es um den Laptop?“, frage ich.

Jenkins lehnt sich zurück und schlägt die Beine übereinander. Sein Stift zeichnet Miniaturfiguren auf den Block.

„Worum sollte es sonst gehen?“, sagt der Bürgermeister.

Um das, was auf der Festplatte war, du Hornochse, denke ich, werfe dem Inspector einen Blick zu und sage: „Weiß ich auch nicht.“

KAPITEL 8

Das Arbeitszimmer meines Vaters zu betreten kostet mich so viel Überwindung, dass es mir erst im zweiten Anlauf gelingt. Sein Stuhl knarzt, als ich mich darin zurücklehne. Schon als ich noch in den Kindergarten ging, war dies sein Arbeitsplatz. Und bereits damals hat er geknarzt. Ich sehe ihn darin sitzen, seine Finger um die gedrechselten Streben der Armlehne gelegt. Wohler als in diesem Stuhl hat er sich vermutlich nur unter Wasser gefühlt, in stummer Zwiesprache mit seinen Meeressäugern. Nicht zum ersten Mal frage ich mich, was jemand, der mit Menschen so wenig anzufangen wusste, sich von einer Frau und einem Kind versprochen hat. Und nicht zum ersten Mal finde ich keine Antwort. Der Stuhl jedenfalls scheint das Einzige zu sein, was ihm in sein neues Leben am anderen Ende der Welt gefolgt ist.

„Wonach suchst du eigentlich?“ Charlotte ertappt mich dabei, wie ich die Schubladen des Schreibtischs durchstöbere. Sie lehnt sich gegen den Türrahmen und verschränkt die Arme vor der Brust.

Ich lehne mich zurück. „Wenn ich das wüsste … Was glaubst du, warum hier jemand mitten in der Nacht einbricht und den Laptop mitgehen lässt?“

Sie kommt ins Zimmer und setzt sich auf die Schreibtischkante. „Verstehe“, denkt sie laut, „du suchst nach dem, wonach der Einbrecher gesucht hat. Nur weißt du nicht, was es ist.“

„So ist es.“

Ihr Blick wandert über den Schreibtisch, von einem Papierberg zum nächsten. „Und wenn Opa doch zurückkommt?“, überlegt sie. „Begeistert wird der nicht sein, wenn er merkt, dass du in seinen Sachen gewühlt hast.“

Ich lege meine Hand auf ihre und sehe zu ihr auf. In dem Riesenfarn vor dem Fenster sitzt ein bunt schillernder Vogel und krächzt. „Er kommt nicht zurück.“

Charlottes Kinn beginnt zu zittern. Ich sehe, wie sie ihre Tränen zurückzuhalten versucht. Es waren nur zwei Tage, die sie mit ihrem Großvater hatte, die allerdings ein Anfang sein sollten, kein Ende. „Aber du hast doch gesagt, dass er unsterblich ist."

„Ich habe gesagt, dass ich dachte, er sei unsterblich." Ich streiche ihr über die Hand. „Niemand ist unsterblich."

Charlotte schaut auf ihre Zehenspitzen, als suche sie nach etwas, was sie dem entgegenhalten kann. Plötzlich stutzt sie, bückt sich und zieht Johannes' Festnetztelefon hervor, das sich zwischen zwei Papierstapeln neben dem Schreibtisch versteckt hat. Die Taste mit dem Kassettensymbol blinkt. Charlotte sieht mich fragend an, ich blicke fragend zurück. Sie zögert noch einen Moment, dann drückt sie die Taste. Die erste Anruferin erkenne ich sofort an der Stimme.

Hallo? Papa? Ich bin's, Anna. Du erinnerst dich? Wir sind jetzt hier am Flughafen, Charlotte und ich, und eigentlich hättest du jetzt hier sein sollen, um uns abzuholen ... Bist du aber nicht ... Ach, was soll's ...

Ich schneide mir selbst das Wort ab und lösche den Anruf. Die nächste Anruferin ist ebenfalls eine Frau. Ihr Englisch klingt so angestrengt korrekt, dass man Gänsehaut davon bekommt.

Mr Waldmann, hier spricht Karuna vom Institut. Mr Cluster hat mir gesagt, dass Sie die Tondateien vorbeibringen wollten. Es wäre schön, wenn Sie zurückrufen könnten. Vielen Dank.

Der letzte Anruf ist wieder aus dem Institut. Noch einmal Karuna mit der strengen Stimme.

Mr Waldmann, ich versuche seit geraumer Zeit, Sie irgendwie zu erreichen. Es geht noch immer um die Tondateien. Mr Cluster benötigt dringend die Daten des Hydrofons. Bitte seien Sie so freundlich und setzen sich umgehend mit uns in Verbindung. Vielen Dank.

Charlotte schiebt in Zeitlupe die Papierstapel zurück über das Telefon. Anschließend legt sie ihre Finger auf einen Stapel, biegt mit dem Daumen die Ecken hoch und lässt sie zurückschnalzen. Das macht sie ungefähr zehn Mal. Danach sagt sie: „Bin ich bescheuert, oder wissen wir jetzt, worauf der Dieb aus war?"

„Du bist nicht bescheuert."

Wir überlegen noch, was wir mit dieser Information anfangen sollen, als aus dem Erdgeschoss eine Stimme zu uns heraufdringt: „Hallo! Jemand zu Hause?" Ich schließe die Schubladen und stehe auf. „So viele Leute wie in den letzten zwölf Stunden sind hier wahrscheinlich noch nie ein und aus gegangen."

„Garantiert wieder diese Zecke von Bürgermeister“, mault Charlotte. Doch dann ist eine zweite Stimme zu hören, die ihren Namen ruft, und wie auf Knopfdruck verwandelt sich der Widerwille in ihrem Gesicht in Freude.

„Scha-lot! Bist du da?“

„Paka!“, ruft sie und will schon aus dem Zimmer laufen, dreht sich aber noch einmal um. „Ist meine Schminke sehr verlaufen? Ich seh bestimmt total aus wie ’n Grufti. Ach, vergiss es“, sagt sie, bevor ich antworten kann. „Ich geh schnell ins Bad. Bin gleich unten.“ Und weg ist sie.

Paka und sein Vater Amiri stehen verlegen im Eingang. So sicher, wie Amiri am Strand bei dem Wal gewirkt hat, so unsicher scheint er jetzt zu sein. „Ihr Vater und ich … Wir waren Freunde.“ Er legt den Arm um seinen Sohn, der neben Amiri mit seinen 120 Kilo plötzlich sehr zerbrechlich wirkt. „Auch Paka war sein Freund.“ Amiri scheint darauf zu warten, dass ich etwas sage, aber ich wüsste nicht, was. „Es tut uns sehr leid, was passiert ist“, bringt er schließlich hervor.

Charlotte ist neben mir aufgetaucht. Sie hat es tatsächlich fertiggebracht, in nur zwei Minuten ihr ganzes Gesicht auszuwechseln. „Hi Paka“, begrüßt sie ihn mit verräterischer Beiläufigkeit. „Kommt doch rein.“

„Nein, wirklich“, wehrt Amiri ab, „wir wollten nur …“

„Doch“, sage ich, „Charlotte hat Recht. Bitte – kommen Sie doch herein.“

Kurz darauf sitzen wir unter dem Vordach der Veranda, und Charlotte bringt ein Tablett mit einer Karaffe und vier Gläsern. In der Karaffe ist Eistee mit Zitrone, den Charlotte selbst gemacht hat, sogar die Zitronen hat sie im Garten gepflückt und höchstselbst ausgepresst. Was immer es ist, das hier mit ihr geschieht, ich hoffe, sie nimmt etwas davon mit zurück nach Deutschland.

Paka erzählt, dass heute Abend das jährliche Sommerfest stattfindet, in der Community Hall, auf deren Dach wir Paka und Amiri zum ersten Mal gesehen haben. Charlotte möchte wissen, was dort passiert, und Paka berichtet begeistert, dass es Aufführungen geben wird, Musik, Tanz … Amiri sitzt daneben, schweigt und blickt sorgenvoll in die Bucht hinunter. Als Paka mit seinen Ausführungen fertig ist, sagt er auf Maori etwas zu seinem Vater, das eine knurrige Erwiderung von Amiri nach sich zieht. So geht das hin und her, bis Amiri sich schließlich geschlagen gibt.

„Ich bin wahrscheinlich der Letzte, der Ihren Vater gesehen hat.“ Ich weiß nicht, was ich sagen soll, also fülle ich reihum die Gläser nach. Zum

Glück fährt Amiri von selbst fort: „Also, ich habe nicht *ihn* gesehen, sondern sein Boot. Es brannte, auf dem Wasser." Ich habe ein Gefühl, als würden die Planken unter mir nachgeben. „Ich wollte früh zum Fischen raus", erzählt Amiri weiter, „da hab ich es gesehen. Aber es war sehr weit weg. Bis ich bei der Boje war …"

„Hat er keinen Notruf gefunkt?"

„Dasselbe hat mich Mr Cassel heute Morgen auch schon gefragt. Ich weiß es nicht, mein Boot hat kein Funkgerät. Vielleicht hat er gedacht, dass er allein damit fertig wird. Würde ihm ähnlich sehen."

„Mr Cassel?"

„Chris Cassel. Ich dachte, Sie kennen ihn. Er wohnt auch in Tekoura."

„Chris …", denke ich laut und merke, dass mich Charlotte schief von der Seite ansieht. „Ja, stimmt … Wie kommt es, dass er mit Ihnen darüber gesprochen hat?"

„Wir bereiten doch schon seit Tagen das Fest in der Community Hall vor. Heute Morgen kam er vorbei und wollte mit mir über den Unfall reden."

„Glauben Sie, Johannes hätte …?"

Amiri zieht qualvoll die Luft ein. „Nein", antwortet er. „Das Wasser ist zu kalt. Selbst wenn er das Boot unbeschadet verlassen hätte … Ich hätte ihn finden müssen, aber ich habe ihn nicht gefunden. Und allein hätte er es nicht geschafft."

Ich beuge mich vor. „Amiri, Sie waren sein Freund. Was, glauben Sie, ist passiert?"

„Ich weiß nicht mehr als das, was ich gesehen habe: ein brennendes Boot, das unterging, bevor ich es erreichte. Was genau passiert ist, wird man wahrscheinlich niemals klären können."

Ich verteile den letzten Eistee auf unsere Gläser. Paka und sein Vater sehen sehr traurig aus. Auch Charlotte scheint deprimiert zu sein. Nur ich merkwürdigerweise nicht. „Amiri", reiße ich ihn aus den Gedanken, „wenn mein Vater jetzt an meiner Stelle wäre: Hätte er sich mit Ihrer Antwort zufriedengegeben?"

„Wahrscheinlich nicht." Er sieht, wie sich ein Lächeln auf meinem Gesicht ausbreitet, und ahnt, was es bedeutet. „Sie scheinen ihrem Vater sehr ähnlich zu sein."

„Können Sie mich auf dem Weg in die Stadt am Hafen absetzen? Johannes' Wagen steht noch da unten auf dem Parkplatz."

Als ich letzte Nacht mit meiner ausgekugelten Schulter vor der Terrassentür lag, bis der Notarzt kam, ist mir klar geworden, dass Johannes höchstwahrscheinlich nicht zurückkommen wird. Seitdem warte ich insgeheim auf den Moment, wo sich diese Gewissheit wie eine riesige schwarze Welle vor mir aufbaut und mich niederstreckt. Solche Gefühle suchen sich einen Moment, in dem man nicht auf sie vorbereitet ist.

Es erwischt mich, als ich in Johannes' Wagen sitze. Genauer gesagt: als ich sein Handy aus der Konsole nehme und feststelle, dass er als Displayhintergrund ein Bild von mir gewählt hat: Ich, mit fünfundzwanzig, lachend, sorglos. So schnell kann ich das Handy gar nicht aus der Hand legen, wie meine Tränen hervorschießen. Dann sitze ich da, mit hängendem Kopf, kralle mich am Lenkrad fest und bin froh, dass Charlotte mich nicht so sieht. Kinder wollen, dass ihre Eltern stark sind, und Charlotte hat mich viel zu oft schwach erlebt.

Als letzter abgehender Anruf auf Johannes' Handy erscheint Eric Cluster, Johannes' Assistent. Der unbedingt die Daten des letzten Hydrofons haben wollte, wie wir von dem Anrufbeantworter wissen, und wahrscheinlich noch immer nicht hat. Ohne mir richtig klar darüber zu sein, warum, wähle ich seine Nummer. Sein „Hello?" klingt, als habe er sich in einem dunklen Labyrinth verlaufen. Dann wird mir klar, dass ihm sein Display wahrscheinlich gerade Johannes als Anrufer anzeigt.

„Hallo", sage ich, „hier spricht Anna Waldmann, die Tochter von Johannes …"

„Ah, hallo." Die Erleichterung, nicht von einem Geist heimgesucht worden zu sein, ist deutlich zu hören.

„Ich würde gern mit Ihnen reden."

„Oh, natürlich. Ich bin hier. Kommen Sie einfach vorbei, wann es Ihnen passt."

„Wo ist hier?", frage ich.

„Entschuldigung. Hier im Museum, meinte ich."

Das Museum stellt sich als Teil des Meeresbiologischen Instituts heraus. Genauer gesagt sind es drei ineinander übergehende Räume eines flach gestreckten Betonneubaus, die so aussehen, als hätten sie mal eine Pathologie für Wale werden sollen. Die Wände sind bis auf Augenhöhe gefliest, das einzige Tageslicht fällt milchig durch schachtartige Deckenaussparungen. Der erste Raum wird nahezu vollständig von dem Skelett eines Pottwals eingenommen, das an Stahlseilen von der Decke hängt. Der nächste Raum wird aus unsichtbaren Lautsprechern mit Buckelwalgesängen gefüllt. Es ist so beeindruckend, dass man wie beim Betreten einer Kathedrale unwillkürlich stehen bleibt. Andere Wale zischen und knacken, pfeifen und schnalzen, die Gesänge von Buckelwalen jedoch sind wahrhaft einzigartig.

Eric Cluster steht im dritten Raum hinter einem Pult und scheint einen Vortrag vorzubereiten, vor sich einen aufgeklappten Laptop, um sich herum Kabelsalat. Ein Beamer wirft ein blaues Rechteck auf die Wand. Zehn oder zwölf Stuhlreihen füllen den Raum etwa zur Hälfte. Vielleicht tue ich ihm Unrecht, aber als ich Eric Cluster am Pult stehen sehe, denke ich: Jetzt ist endlich er der Boss. Der Gedanke verflüchtigt sich allerdings sofort wieder, als er mich sieht und seine Züge von ehrlichem Mitleid zerfurcht sind.

Sofort verlässt er seinen Platz und kommt auf mich zu. „Wir wissen ja noch gar nichts, aber es … Es ist nicht anzunehmen, dass Ihr Vater … Ich weiß nicht, was ich sagen soll.“ Cluster erklärt mir, wie schrecklich leid es ihm tue und wie viel er Johannes zu verdanken habe, schließlich sei er sein Mentor gewesen. Und irgendwie auch sein Freund. Auch wenn es nicht einfach gewesen sei, mit jemandem wie Johannes befreundet zu sein. „Na ja, Sie wissen ja, wie er ist … war.“ Cluster fährt sich durch die Haare und sieht aus wie ein hilfloser Schuljunge. „Möchten Sie einen Kaffee?“

„Danke, gern“, sage ich.

„Milch und Zucker?“

„Beides.“

Cluster verlässt den Raum durch eine Seitentür und kehrt kurz darauf mit zwei Tassen zurück, die er ungeschickt balanciert. Wir setzen uns auf zwei der Stühle in der ersten Reihe, sehen uns an und schweigen. Aus dem Nachbarraum dringt der Gesang eines Buckelwals zu uns. Und dann wird mir klar, warum ich ihn angerufen habe.

„Was ist jetzt mit dem Gutachten?“, frage ich.

„Das Gutachten …“ Cluster kratzt sich seinen Dreitagebart. „Die trommeln schon mit den Fingern. Ich gebe ihnen, was wir zusammengetragen haben. Es ist nicht genug, um Gasonec aufzuhalten. Die einstweilige Verfügung von Chris Cassel läuft am Wochenende aus. Am Montag werden die Bohrungen beginnen … So sieht's aus.“

„Was ist mit den fehlenden Tondateien?“

„Die Hoffnung stirbt zuletzt …“

Ich überlege. In Johannes' Arbeitszimmer habe ich überall nachgesehen. Im Auto war ebenfalls nichts. „Im Haus habe ich nichts finden können“, sage ich.

„Hätte mich auch gewundert. Ohne Ihnen zu nahe treten zu wollen: Ich fürchte, der Stick mit den fehlenden Tondateien ist da, wo …“

„Wo mein Vater jetzt ist.“ Ich versuche, ein ganzes Knäuel von Gedanken zu entwirren, habe aber nebenbei noch Gelegenheit festzustellen, dass ich vermutlich in meinem ganzen Leben noch nie einen schlechteren Kaffee getrunken habe als diesen. „Haben Sie den gemacht?“, frage ich.

„Wieso? Schmeckt er Ihnen nicht?“

„Doch“, versichere ich und trinke noch einen Schluck. „Was ist, wenn der Stick mit den Tondateien noch im Hydrofon steckt?“

„Unwahrscheinlich. Aber theoretisch denkbar.“

„Und dort könnten die Walgesänge drauf sein, die das Vorkommen von Buckelwalen in der Bucht belegen.“

Cluster zieht die Augenbrauen in die Höhe. „Sehr unwahrscheinlich.“ Er trinkt seinen Kaffee, als gäbe es auf der Welt nichts Besseres. „Aber theoretisch denkbar.“

Ich zeige meine Tasse vor. „Wirklich gut“, lüge ich und nehme noch einen Schluck. „Wenn es theoretisch denkbar ist, dass da draußen Tondateien mit dem Gesang von Buckelwalen in einem Hydrofon stecken: Was machen wir dann noch hier?“

Cluster weicht zurück. „Sie überschätzen meine Fähigkeiten. Auf ein Boot bekommen Sie mich noch rauf, aber nicht in einen Taucheranzug. Ich kann mit Computern umgehen und Daten auswerten, und ich kenne mich mit wissenschaftlichen Arbeitsmethoden aus, aber verlangen Sie nicht von mir zu tauchen. Abgesehen davon: Boje 45 ist sehr weit draußen. Dort herrschen starke, rasch wechselnde Strömungen, und ich kann Ihnen sagen …“

„Aber ein Boot könnten Sie steuern.“

„Wenn es kein zu großes ist.“

„Na bestens. Das Tauchen übernehme ich.“ Ich stürze den Rest aus meiner Tasse in einem Zug herunter. „Toller Kaffee.“

KAPITEL 9

Das Gerüst vor der Community Hall ist verschwunden. Dafür erstrahlt die Fassade jetzt in einem Rosa, das in der Abendsonne zu glühen scheint. Die Einwohner von Tekoura haben sich für das große Fest herausgeputzt. Weiße Röcke, gebügelte Blusen, die Haare gesteckt oder geflochten. Es gibt kunstvollen Schmuck aus Walknochen zu bestaunen, manche Frauen sehen aus wie wandelnde Weihnachtsbäume. Viele Maori sind in traditioneller Tracht erschienen und tragen die typischen bunt gemusterten und gestreiften Fransenröcke.

Zum ersten Mal verstehe ich, weshalb die Versprechen von Gasonec und dieser Frau Capelli die Menschen hier so in Aufruhr versetzen. Viele sind arm. Und besonders deutlich sieht man es, wenn sie sich das Beste aus dem Schrank suchen, was sie haben. Vieles ist selbst genäht, kaum ein Schmuck ist echt. Außer Rena Capelli ist niemand modisch gekleidet. Aber viele wären gern so wie sie. Sie ist die fleischgewordene Verheißung auf ein Leben in Wohlstand und Luxus.

Was für die verführerische Stimme von Gasonec gilt, gilt auch für die Community Hall: strahlender Glanz, neuer Wohlstand, das Parkett ist neu, hinter der für das Fest errichteten Bühne prangt ein neuer Basketballkorb. Essen im Überfluss – die an der Rückwand aufgebauten Tische biegen sich unter gebratenen Hähnchenschenkeln, mehrstöckigen Kuchen, Sandwiches.

Ich bin auf der Suche nach Charlotte. Sie wollte mit Paka herkommen. Deshalb nehme ich an, dass sie sich in der Nähe der Bühne aufhält, denn Paka hat heute seinen großen Auftritt. Er steht allein im Zentrum der Bühne, nur mit einer Art Lendenschurz bekleidet, wirbelt mit einer Harpune herum und vollführt eine Art archaischen Tanzgesang. Sein tätowierter Oberkörper glänzt im Licht der Scheinwerfer.

Mehrere Hundert Menschen füllen den Saal. Charlotte ist nirgends zu sehen. Ich bewege mich auf der Suche nach ihr durch die Menge, als ich plötzlich ein „Guten Abend, Anna" neben mir höre. Ich fahre herum und blicke in das Gesicht von Chris Cassel, der ein schiefes Lächeln hervorbringt. Wir stehen so dicht voreinander, dass ich mir einbilde, er müsste meinen Herzschlag hören. Sieh an, denke ich, er kann tatsächlich lächeln.

Wenn ich nervös bin, kann man ziemlich sicher davon ausgehen, dass es nicht lange dauert, bis ich etwas Dummes sage. Irgendwie schaltet sich dann mein Gehirn aus. So wie jetzt, als ich Chris' Begrüßung mit den Worten erwidere: „Ich suche nur meine Tochter."

Er sieht mich verwundert an. „Charlotte ist da vorne." Er zeigt zum linken Bühnenrand, wo Charlotte begeistert Beifall klatscht, als Paka seine Darbietung beendet hat und sich glücklich verneigt.

Als der Beifall abgeklungen ist und Paka die Bühne verlassen hat, steht außer Chris noch Thompson neben mir und ergreift meine Hand, um sie zu schütteln. „Mrs Waldmann, ich freue mich, dass Sie den Weg hierher gefunden haben."

Chris und Thompson ignorieren sich nach Kräften. Trotzdem kann Chris sich eine Bemerkung nicht verkneifen. Den Blick zur Bühne gerichtet, sagt er: „Hübsche Feier, Herr Bürgermeister, aber etwas verfrüht, meinen Sie nicht?“

Auch Thompson starrt zur Bühne, als er antwortet: „Eine Feier ist nichts … Verwerfliches, Mr Cassel. Außerdem gibt es keine Anwesenheitspflicht. Es steht jedem frei zu gehen.“

„Das könnte Ihnen so passen.“

In der peinlichen Stille nach diesen Worten sehen Chris und der Bürgermeister mich an – als müsste ich ein Machtwort sprechen. Schließlich tritt jemand an Thompson heran und flüstert ihm etwas ins Ohr. „Entschuldigen Sie mich“, erklärt er mit einem triumphierenden Grinsen, „die Pflicht ruft.“

Amiri, Pakas Vater, hat inzwischen die Bühne betreten und sich das Mikrofon gegriffen. An seiner Körpersprache merkt man sofort, dass er es nicht gewohnt ist, vor so vielen Menschen zu sprechen. Er begrüßt die Anwesenden und erklärt: „Ich bin sehr stolz, dass wir die Community Hall dank der Mittel von Gasonec wieder der Gemeinde zur Verfügung stellen können. Möge sie auch weiterhin ein Ort der friedlichen Zusammenkunft sein und ein Symbol für den wirtschaftlichen Aufschwung der Region.“

Neben der Bühne stehen Rena Capelli und Thompson und unterhalten sich angeregt. Statt des weißen Anzugs trägt sie heute ein sehr teuer aussehendes apricotfarbenes Kostüm, das ihre schlanken Beine perfekt zur Geltung bringt.

„Auch der Teufel braucht Helfer“, zischt Chris neben mir, als er sieht, wohin ich meinen Blick richte.

Ich sehe ihm offen ins Gesicht. „Ich bin sicher, Sie haben Ihre Gründe, weshalb Sie schlecht auf Mr Thompson zu sprechen sind“, sage ich, „aber ihn deshalb gleich als Teufel zu bezeichnen, erscheint …“

„Thompson ist nur der Helfer“, unterbricht mich Chris. „Der Teufel trägt Rosa.“

Ich sehe zu Rena Capelli hinüber. „Apricot.“

Amiris Rede findet ein geteiltes Echo. Die meisten klatschen Beifall, doch es gibt auch skeptische Gesichter.

Bevor Amiri Gelegenheit hat, das Mikrofon wieder in den Ständer zurückzustecken, eilt Thompson auf die Bühne und nimmt es ihm aus der Hand. Er wolle die Feierlichkeiten nicht lange unterbrechen, aber er habe den Anwesenden eine freudige Nachricht mitzuteilen: „Soeben erreicht mich die Information, dass die nationale Umweltbehörde die einstweilige

Verfügung gegen Gasonec mit sofortiger Wirkung aufgehoben hat. Dem wirtschaftlichen Engagement der Firma in dieser Region steht damit nichts mehr im Wege." Thompson genießt den aufbrandenden Applaus, ehe er fortfährt: „Die Entscheidung der Umweltbehörde erfolgte nach eingehender Prüfung eines Gutachtens des Leiters des Meeresbiologischen Instituts, Professor Waldmann."

Thompson winkt in die Menge wie ein Goldmedaillengewinner und schickt sich an, die Bühne zu verlassen, doch nachdem der Applaus weitgehend verebbt ist, werden erste Stimmen unter den Anwesenden laut und wollen Antworten.

„Was bedeutet das jetzt konkret für uns?", will ein älterer Maori wissen.

„Konkret bedeutet das ...", beginnt Thompson und ist erleichtert, als er sieht, dass Rena Capelli ihm zur Hilfe eilt, die beschwingt lächelnd mit gleichermaßen sicherem wie elegantem Schritt über die Bühne trippelt. Thompson präsentiert sie mit ausgestrecktem Arm. „Was das konkret bedeutet, kann Mrs Capelli ihnen viel besser erklären als ich. Ich reiche also das Mikrofon weiter an die bezaubernde Sprecherin der Gasonec AG."

„Guten Abend." Rena Capelli lässt ihre Zähne aufblitzen. „Viele von Ihnen kennen mich ja bereits oder wissen zumindest, wer ich bin. Um die Frage zu beantworten, was der Beschluss des Umweltamtes für Folgen hat: Erst einmal müssen wir herausfinden, ob die Gasvorkommen in dieser Bucht so groß sind, wie wir vermuten. Das heißt konkret, wir werden zunächst keine Bohrungen vornehmen, sondern den Meeresboden untersuchen. Sollten sich dabei unsere Vermutungen und bisherigen Berechnungen bestätigen, würde das in dieser Region ein Investitionsvolumen von ..."

„Hören Sie auf!" Chris' Stimme durchschneidet den Raum und lässt Rena Capelli verstummen. Er spricht ohne Mikrofon, einfach von da aus, wo er steht. Aber seine Stimme trägt. „Sie werden Ihr Gas finden. Das ist kein Geheimnis. Und Sie werden bohren. Diese Bucht wird es nicht mehr geben. Nicht so, wie ihr alle sie kennt. Dafür werdet ihr neue Straßen haben, und der ein oder andere von euch auch ein neues Auto. Vielleicht wird es eine neue Schule geben. Aber auf diese Schule werden die Kinder von Gasonec-Mitarbeitern gehen. Ganz sicher werdet ihr ein oder zwei hübsche neue Gebäude haben. Aber in diesen Gebäuden werdet ihr nichts als Lügen zu hören bekommen. Und ihr werdet sie glauben. So wie jetzt."

Chris' Ansprache verpasst der ausgelassenen Atmosphäre einen empfindlichen Dämpfer. Daran ändert auch die Tatsache nichts, dass er anschließend den Saal verlässt. Thompson und Capelli bemühen sich um

Aufbruchstimmung, die sich jedoch nicht so recht einstellen will. Schließlich erklärt der Bürgermeister schulterzuckend das Büfett für eröffnet.

Ich schnappe ihn mir, bevor er Gelegenheit hat, die Community Hall zu verlassen. „Mr Thompson", sage ich, „wie kann es sein, dass der Bundesbehörde ein Gutachten weitergeleitet wird, obwohl noch gar nicht alle relevanten Informationen ausgewertet wurden?"

„Es sind alle Informationen berücksichtigt worden, die vorlagen."

„Das ging ja sehr schnell, finden Sie nicht?"

Zum ersten Mal wirkt Thompsons Lächeln angestrengt. „Ich will ganz ehrlich zu Ihnen sein, Mrs Waldmann: Ich selbst habe Eric Cluster darum gebeten, das Gutachten fristgerecht einzureichen. Die Frist war heute. Ich wollte Klarheit. Und Rechtssicherheit. Es gab überhaupt keinen Grund, sich damit Zeit zu lassen. Das Gutachten ist eindeutig, die Behörde hat sofort entschieden. Das ist der Sachverhalt. Wenn Sie da irgendwo Unregelmäßigkeiten oder gar Betrug wittern, sollten Sie sich auf mehr als weibliche Intuition stützen können, bevor Sie irgendwelche Verdächtigungen vorbringen." Er atmet hörbar ein. „Die Sache mit Ihrem Vater tut mir sehr leid. Er hinterlässt eine Lücke, die nicht zu füllen sein wird. Auch menschlich – bei allen Differenzen. Und was den Einbruch betrifft: Ich bin sicher, das wird sich aufklären. Ich verstehe vollkommen, dass Sie bei dem, was in den letzten Tagen auf Sie eingestürzt ist, etwas überreizt sein müssen. Vielleicht versuchen Sie erst einmal, ein wenig zur Ruhe zu kommen."

Es gibt Dinge, die ich an manchen Männern zu hassen gelernt habe. Eins davon ist, wenn sie dich mit scheinbar rationalen Argumenten von deiner eigenen Unzulänglichkeit überzeugen wollen und das Ganze noch mit vorgeblicher Fürsorge tarnen. Das Perfide daran ist, dass im ersten Moment ein weiblicher Unterlegenheitsreflex einsetzt: Wahrscheinlich hat er Recht, das war einfach zu viel die letzten Tage, vielleicht siehst du tatsächlich Gespenster. In Wirklichkeit geht es um Macht und wie man sie ausspielt.

Ich halte mich zurück und greife mir an die Stirn, als hätte ich einen Migräneanfall. Er will Machtspielchen mit mir spielen? Kann er haben. „Es tut mir leid", sage ich, „es ging mir nicht darum, jemanden zu beschuldigen. Es ist nur … Mein Vater …" Ich lege ihm kurz meine Hand auf den Unterarm. „Entschuldigen Sie, ich glaube, ich gehe jetzt besser nach Hause."

Und schon habe ich ihn am Wickel. „Soll ich Sie bringen?", fragt er. „Ich könnte …"

Meine abwehrende Hand schneidet ihm das Wort ab. „Nein, lassen Sie nur. Vielen Dank, ein bisschen frische Luft wird mir guttun."

Auf dem Weg nach draußen laufe ich Amiri in die Arme. Mein Gesichtsausdruck scheint Bände zu sprechen. Jedenfalls setzt er sofort zu einer Erklärung an. „Mrs Waldmann, ich verstehe Ihren Schmerz. Und ich habe sehr großen Respekt vor der Arbeit Ihres Vaters …"

„Sie reden schon wie der Bürgermeister", zische ich genervt.

Er macht eine hilflose Geste. „Sie wissen, er war mein Freund … Aber Sie müssen auch unsere Seite sehen …"

Im Grunde habe ich Mitleid mit Amiri. Und wer weiß, wie ich an seiner Stelle denken würde. Aber ich bin nicht an seiner Stelle und außerdem gerade auf hundertachtzig, weil dieser Thompson mich wie ein dummes, kleines Blondchen behandelt hat. „Oh, ich sehe Ihre Seite sehr gut. Es geht um Geld, um die Zukunft, um ein Haus, ein Auto, eine gute Schule für Paka, damit er mal viel Geld verdienen und sich ein größeres Haus und ein größeres Auto leisten kann. Aber ich sehe auch, dass diese Stadt belogen wird. Und wenn Sie ehrlich zu sich selbst sind, Amiri, dann wissen Sie das auch." Ich gehe an ihm vorbei, ohne seine Reaktion abzuwarten.

Draußen treffe ich auf Charlotte. Sie sitzt auf der Stufe zum Parkplatz, sodass ich in dem Gedränge beinahe über sie stolpere. Als ich ihr trauriges Gesicht sehe, hocke ich mich vor sie in den Kies. „Was ist passiert?" Sie antwortet nicht. Ich sehe mich um. „Wo ist Paka?" Charlotte blickt demonstrativ ins Nichts. „Habt ihr euch gestritten?"

„Ja."

„Na komm", sage ich, „lass mich nicht so zappeln."

„Hast du gesehen, wie er applaudiert hat, als Thompson seine Ansprache gehalten hat? Das kann doch nicht sein! Gestern noch hat er alles versucht, um einen Wal zu retten, heute beklatscht er das Ende der Bucht."

Ich quetsche mich neben sie. „Vielleicht ist er einfach noch nicht so weit", erkläre ich. „Oder wir sind noch nicht so weit. Wer weiß?"

„Was soll 'n *das* heißen?"

„Aus Sicht der Bewohner gibt es gute Argumente, das Vorhaben zu befürworten."

Charlotte sieht mich an. „Glaubst du doch selbst nicht."

„Was ich damit sagen will, ist: dass der Mensch gern das glaubt, was er glauben möchte – Erlösung, Vergebung, dass der andere einen auch liebt …"

„Reichtum für alle", unterbricht sie mich.

„Reichtum für alle", bestätige ich.

Aus den Augenwinkeln nehme ich den apricotfarbenen Zipfel eines Kostüms wahr, der an mir vorbeigleitet.

„Der Mensch ist dumm“, beendet Charlotte ihre Überlegungen.

Wie um zu beweisen, dass sie Recht hat, folge ich einem kindischen Impuls, stehe auf und laufe zur abgeteilten Parkbucht, die den Ehrengästen vorbehalten ist. „Frau Capelli!“

Sie hat die Fahrertür geöffnet und will gerade in ihren schwarzen Geländewagen steigen. Als ich an sie herantrete, setzt sie ihr Sahnehäubchenlächeln auf, hinter ihren Augen jedoch glimmt Feindseligkeit. „Mrs Waldmann … Wir alle sind sehr erschüttert wegen des Unfalls Ihres Vaters.“

Wir, denke ich. Von wem redet die? „Ja“, sage ich, „*wir* auch.“ Ihre Augen gehen in Lauerstellung. „Sie wissen, dass das Gutachten nicht vollständig ist!“, fauche ich.

„Der Umweltbehörde war es offenbar vollständig genug.“ Rena Capelli lächelt.

Ich könnte mir in den Hintern beißen. Ich habe nichts gegen sie in der Hand. Und das weiß sie. „Ich werde die Arbeit meines Vaters zu Ende führen“, sage ich und versuche, es wie eine Drohung klingen zu lassen.

Inzwischen ist unsere Unterhaltung ein Spiel mit offenen Karten. Und alle Trümpfe liegen bei ihr. „Tun Sie, was Sie nicht lassen können.“

Charlotte taucht neben mir auf und nimmt meinen Arm. Aber ich will mich nicht wegziehen lassen. „Ich werde beweisen, dass Buckelwale in dieser Bucht ihren Nachwuchs zur Welt bringen! Und das wird das Ende Ihrer Gasförderung bedeuten!“

Rena Capelli wirft einen Blick auf ihre Armbanduhr. „Dann sollten Sie sich beeilen.“ Sie steigt in den Wagen, schließt die Tür, lässt den Motor an und das Fenster herunter. „Unter uns, Mrs Waldmann, weil ich es gut mit Ihnen meine und weil ich Sie irgendwie mag in all Ihrer … Tragik: Gasonec wird einen Betrag im zweistelligen Millionenbereich hier investieren. Und verdienen werden wir ein Vielfaches dieser Investitionen. Glauben Sie allen Ernstes, dass jemand wie Sie dieses Vorhaben torpedieren kann? Noch dazu ohne handfeste Beweise?“

Mit bescheidenem Summen schließt sich das getönte Fenster, und Rena Capelli und ihr Geländewagen rollen vom Parkplatz.

„Mein Gott, bin ich bescheuert!“ Wir schlurfen über den Parkplatz zu Johannes’ Kombi. Charlotte hat ihren Arm um meine Schulter gelegt. „Wie bin ich bloß auf die Idee gekommen, mich mit dieser Capelli anzulegen?“

Ich schimpfe immer noch mit mir selbst, als Charlotte plötzlich herumfährt. „Jetzt halt mal die Luft an, Mama! Ich find's super, was du gemacht hast. War vielleicht nicht schlau, aber gut fand ich's trotzdem. Diese Capelli pustet doch auch nur heiße Luft raus. Kann mich gar nicht erinnern, wann du jemandem mal so die Stirn geboten hast."

„Klingt ja fast so, als wärst du stolz auf mich."

„Nicht wenn du jetzt aufgibst."

Ich schließe den Kombi auf. Wir steigen ein. Bevor ich den Wagen anlasse, sagt Charlotte noch: „Glaubst du, Opa hätte sich von einer wie der einschüchtern lassen?"

Ich nehme die Straße, die nach rechts abzweigt und zum Hafen hinunterführt. Charlotte sieht von ihrem Handy auf. „Mann, Mama, du fährst schon wieder falsch! Johannes' Haus ist in der anderen Richtung."

Zwei Tage lang hat sie ihr Handy nicht angerührt. Dann streitet sie sich mit Paka, und schon sieht sie nach, ob Sven sich gemeldet hat. Meine Freundin Brigitte hat es erst neulich auf den Punkt gebracht: *In dem Alter ist die Jagd noch interessanter als das Wild.*

„Ich weiß", antworte ich.

Charlotte ist so mit ihrem SMS-Postfach beschäftigt, dass es zwei Straßenkreuzungen dauert, bevor meine Antwort den Weg bis in ihre Schaltzentrale gefunden hat. „Hä?"

„Wir fahren zum Hafen."

Sie wirft mir einen Seitenblick zu und richtet ihre Aufmerksamkeit wieder auf ihr Handy. „Unlogisch", stellt sie fest.

Auf dem letzten Grundstück am Hafen steht eine Halle mit einem Wellblechdach, dessen hinteres Ende über das Wasser ragt. Die Halle gehört, wie Johannes mir erzählt hat, Chris Cassel. Es ist seine Bootswerkstatt. Und wie ich richtig vermutet habe, hat er die Community Hall in einer Stimmung verlassen, die von ihm verlangte, sich erst einmal abzureagieren. Jedenfalls sehe ich Licht in der Halle.

„Was soll 'n das werden?", fragt Charlotte, als ich den Wagen parke.

„Bin gleich wieder zurück", sage ich und schnappe mir meine Handtasche, „pass du solange auf, dass der Wagen nicht wegrollt."

„Unlogisch."

„Hat Sven sich schon gemeldet?"

„Bis gleich, Mama."

Die Halle bietet Platz für vier Boote. Ein Boot liegt, die Unterseite nach oben, auf Holzstreben. Auf einer Werkbank sind Werkzeuge verstreut.

Zwei von der Decke hängende Lampen beleuchten den Bootsrumpf. Der Rest der Werkstatt befindet sich im Halbdunkel. Es riecht nach Farbe und Terpentin.

Von Chris Cassel ist nichts zu sehen. Ich bleibe stehen und lausche. Ohne zu wissen warum, denke ich: Ich hätte nicht herkommen sollen. Irgendetwas jagt mir Angst ein. Als müssten dem Wasser gleich Zombies entsteigen. Ich trete an das Boot heran, an dem Chris offenbar gerade arbeitet. Auf einer Fläche von der Größe eines Tellers ist die Farbe vom Rumpf geschliffen worden. Man muss sehr genau hinsehen, um den Riss zu erkennen, der inzwischen mit Epoxidharz verspachtelt und glatt geschliffen wurde. Ich fahre mit der Hand über die Stelle und kann selbst mit geschlossenen Augen keinen Absatz ertasten. Chris Cassel versteht sein Handwerk. Auf dem Boden, zwischen meinen Füßen, bemerke ich einige Spritzer einer bräunlichen Flüssigkeit. Grundierung, denke ich zunächst. Andererseits: Für Grundierung ist sie zu dickflüssig. Ich tippe mit dem Zeigefinger hinein. Es ist Blut.

„Suchen Sie etwas Bestimmtes?"

Mit einem Aufschrei drehe ich mich um. Vor mir steht Chris Cassel, seine Augen liegen tief in ihren Höhlen. Der Typ ist wirklich unheimlich.

„Da ist Blut auf dem Boden."

„Sonst noch was?"

Ich bemerke den frischen Verband um seinen Daumen. An einer Stelle sickert Blut durch. „Sie haben sich geschnitten", bemerke ich messerscharf. Er zuckt die Schultern. Dann stehen wir uns gegenüber, und mit jedem Schlag rutscht mein Herz einen Zentimeter tiefer in meine Hose. „Ist es schlimm?", frage ich. „Soll ich Sie zum Arzt bringen?"

Er sieht mich an, ohne eine Regung erkennen zu lassen. „Warum sind Sie hier?", fragt er nach einer kleinen Ewigkeit.

Ich reiße mich zusammen, so gut es geht. „Ich brauche ein Boot."

„Soso."

„Das ist kein Witz. Ich brauche ein Boot." Ich krame in meiner Handtasche herum und ziehe meinen Bootsführerschein heraus. Er nimmt ihn und studiert das Bild, auf dem ich zwanzig Jahre jünger bin als heute. „Hübsch", sagt er und gibt ihn mir zurück.

„Geben Sie mir jetzt ein Boot oder nicht?"

„Nein." Er will mit der verletzten Hand eine Dose greifen, zuckt kurz zusammen, klemmt sie in die Armbeuge und schraubt den Deckel auf. „*Ein* Toter reicht."

Ich verstaue den Bootsführerschein wieder in der Handtasche. „Wie soll ich denn das verstehen?"

Er dreht sich zu mir um. „Ich weiß nicht, warum Ihr Vater umgekommen ist, Anna." Als er meinen Namen ausspricht, läuft es mir gleichzeitig heiß und kalt den Rücken runter. „Aber Sie sollten sich nicht auch noch in Gefahr bringen."

Ich schultere meine Handtasche und wende mich zum Gehen. „Wissen Sie, was mir wirklich auf die Nerven geht?" Chris blickt mich aus seinen tiefliegenden Augen an. „Dass jeder in diesem Ort meint, mir erzählen zu müssen, was ich tun und was ich lassen soll, Mr Cassel. Ich werde mir mein Boot woanders besorgen."

Als ich bereits in der Tür stehe, höre ich hinter mir noch einmal seine Stimme. „Seien Sie um acht Uhr am Steg", sagt er. „Da, wo Johannes sein Boot liegen hatte."

Na also, denke ich. Geht doch. „Danke."

KAPITEL 10

Gegen die *Anna* von Johannes nimmt sich die *Seastar* von Chris wie eine verarmte Adlige aus. Edles Holz, würdevoll gealtert. Eine aristokratische Schönheit, die mit milder Güte selbst auf Boote herabblickt, die sie an Größe weit überragen. Chris erwartet mich an der Reling. Den ganzen Weg die Stufen hinunter und über den Steg lässt er mich nicht aus den Augen. Ich komme mir vor wie auf einem Laufsteg. Als ich meine Hand in seine lege, um mir an Bord helfen zu lassen, habe ich das Gefühl, an einen Stromkreislauf angeschlossen zu werden. Es ist unsere erste Berührung.

„Wer fährt mit Ihnen?"

Ich verstaue meine Taschen unter Deck und mache mich mit den Instrumenten vertraut. „Schönes Boot."

Chris legt die Hand auf das Steuer. „Wer fährt mit Ihnen?"

„Weshalb wollen Sie das wissen?"

„Sie können da draußen nicht allein tauchen."

Ich ertappe mich bei der Vorstellung, Chris und ich würden gemeinsam auf das Meer hinausfahren. „Schon wieder jemand, der mir sagt, was ich kann und was ich nicht kann", stelle ich so abweisend wie möglich fest und starte den Motor.

Chris legt mir die Hand auf den Unterarm. Wieder durchzuckt es mich. „Das da draußen ist kein Kinderspiel. Bei Ebbe zieht die Strömung alles, was sie in die Finger bekommt, aufs offene Meer hinaus. Wenn Sie davon erfasst werden, kommen Sie aus eigener Kraft nicht mehr zurück."

Ich blicke an Chris vorbei und sehe meinen Begleiter den Steg entlangkommen. „Sie haben doch nur Angst um Ihr Boot."

Chris folgt meinem Blick und erkennt Eric Cluster. „Jetzt schon."

Cluster steigt unsicher an Bord. „Hallo Mr Cassel", begrüßt er Chris mit einem Lächeln, das wohl vor allem ihm selbst Zuversicht einflößen soll.

„Hallo", antwortet Chris knapp.

„Ich dachte schon, Sie kommen nicht mehr", sage ich.

„Ich kann Sie doch da nicht allein rausfahren lassen."

Chris verdreht die Augen, springt auf den Steg und löst die Leinen.

„Keine Angst!", rufe ich, als er mir das Tau zuwirft. „Ich weiß, was ich tue."

Er blickt mir nach, während ich die *Seastar* langsam vom Steg wegsteuere. Dann schüttelt er kaum sichtbar den Kopf.

Auf dem Weg aus der Bucht sehe ich vor dem für Gasonec umzäunten Bereich ein Schiff liegen, das gerade beladen wird und das ich im ersten Moment für eine Fähre halte. Cluster, der mir gegenübersitzt und das Meer zu beruhigen versucht, indem er sich am Handlauf festkrallt, bemerkt meinen fragenden Gesichtsausdruck.

„Die *Seawolf*", erklärt er. „Gehört Gasonec. Wahrscheinlich bereiten sie gerade den ersten Airgun-Einsatz vor."

„Airgun?"

„Druckluftkanonen. Neue Methode, um mit Schalldruckwellen den Meeresboden zu durchleuchten. Teuer, aber zuverlässig."

Mit unbehaglichen Gefühlen steuere ich an der *Seawolf* vorbei und nehme Kurs auf das offene Meer. Die Boje 45 taucht auf. An der Oberfläche wirkt das Wasser relativ ruhig und ungefährlich, aber auch Johannes hat von dieser Strömung gesprochen, die einen bei Flut in die Bucht spült und bei Ebbe auf das Meer zieht. Johannes. An dieser Stelle muss sein Boot in Brand geraten und gesunken sein.

Die *Seawolf* von Gasonec hat abgelegt und liegt jetzt nicht weit von uns vor Anker. Das Ufer erscheint mir sehr viel weiter weg als beim letzten Mal. Ich müsste auf die Flut warten, wenn ich es ohne Boot zurückschaffen wollte. Aber wir haben Ebbe. Ich merke es, als ich in den Leerlauf schalte. Es zieht uns einfach immer weiter.

„Sie müssen nichts weiter tun, als das Boot auf der Stelle zu halten, während ich tauche“, erkläre ich. „Schaffen Sie das?“

Cluster macht eine beschwichtigende Geste und ringt seine Übelkeit nieder. „Solange ich nicht selbst da runtermuss …“

Ich knote mir ein Seil um die Hüfte und weise Cluster an, das andere Ende an irgendetwas festzubinden, das garantiert nicht abreißt. „In welcher Tiefe ist das Hydrofon?“, frage ich.

„Zwanzig Meter“, antwortet Cluster und fummelt das Seil um die Reling.

Ich zähle die Schlingen des Seils ab. Fünfundzwanzig Meter. Das sollte reichen. Der Neoprenanzug sitzt, die Brille ebenfalls. Die Flossen voraus stelle ich mich auf das Heck und gebe Cluster ein Daumen-hoch-Zeichen. Cluster lächelt gequält und streckt ebenfalls seinen Daumen in die Höhe. Dann lasse ich mich senkrecht ins Wasser fallen.

Ich kann nicht glauben, dass ich tatsächlich vergessen hatte, wie schön diese Unterwasserwelt ist. Die Schwerelosigkeit, das Blau, das Licht, das sich an der Oberfläche bricht wie in einem Prisma und sich in unzähligen Strahlen in der Tiefe verliert. Und die Ruhe. Außer dem Strömungsgeräusch, das ich mache, wenn ich den Sauerstoff in meine Lungen ziehe, herrscht vollkommene Stille. Nein, stimmt nicht: das Surren des Motors ist zu hören und das Zirpen und Knacken von Delfinen.

Langsam ziehe ich mich am Bojenseil in die Tiefe. Nach fünf Metern erreiche ich die erste Markierung. Das Blau um mich herum wird dunkler, die Strömung stärker. Mein Körper treibt vom Seil weg wie eine Fahne. Nur nicht loslassen, ermahne ich mich. Ein nervöser Schwarm kleiner Fische umkreist mich und flitzt davon, Hunderte silbrig blinkender Flecken. Nach zehn Metern folgen die Markierungen meterweise, und die Dunkelheit nimmt rasch zu. Ich taste mich bis zur nächsten großen Markierung vor. Fünfzehn Meter. Der Wasserdruck legt meiner Lunge Manschetten an. Weiter geht's. Sechzehn, siebzehn, achtzehn … Bei zweiundzwanzig stoße ich auf eine Metallschnur, die von dem dicken Bojenseil abgeht. Auf der Schnur ist kaum Spannung. Ich ziehe sie vorsichtig zu mir heran, eine Hand sicher an dem Seil, das in die Tiefe geht, und sehe umrisshaft einen Kasten auf mich zukommen.

Bevor der mich jedoch erreicht, wird es schlagartig Nacht und eine plötzliche Strömung reißt an mir. Ich kann mich gerade noch mit beiden Händen am Seil festhalten, das selbst zu schwingen beginnt. Und dann ist er da, schwebt über mir. Vielmehr: sie. Eine Walkuh, groß wie ein U-Boot. Und als ich die Umrisse der Brustflossen, der Flipper, sehe, glaube ich, meinen Augen nicht zu trauen: Es ist ein Buckelwal!

Ich scheine sie neugierig zu machen. Jedenfalls lässt sie sich mit der Strömung zurücktreiben, bis ich in ihr Blickfeld rücke. Schließlich kommt sie auf Armeslänge an mich heran. Die Kamera, schießt es mir durch den Kopf, ich habe die Kamera nicht dabei! Ich löse eine Hand von der Schnur und fange an, sie zu streicheln. Die Haut ist wie nichts, das ich kenne. Glatt und kalt und doch voller Leben. Die Walkuh lässt sich ein Stück zurücktreiben, als wolle sie mich beschnüffeln, bleibt aber ständig mit mir in Berührung. Einen Moment verweilt sie noch, dann löst sie sich von meiner Hand, gleitet rückwärts davon, dreht sich in Zeitlupe um die eigene Achse und verschwindet mit einem einzigen Schlag ihrer Fluke in der blauschwarzen Endlosigkeit des Meeres. Mir kommen vor Glück die Tränen. Minutenlang blicke ich in die Richtung, in der die Walkuh entschwunden ist.

Irgendwann erinnere ich mich daran, weshalb ich hier bin. Ich taste nach der Schnur und ziehe das Hydrofon zu mir heran. Viel sehen kann ich nicht, doch das ist auch nicht nötig. Schließlich war ich dabei, als Johannes es präpariert hat. Die Klappe ist auf der Unterseite. Um den Mechanismus zu entriegeln, muss man gleichzeitig die an den Seiten befindlichen Stifte ins Gehäuse drücken und der Deckel geht auf. Ich taste nach dem USB-Stick, aber das Gehäuse ist leer. Das Hydrofon selbst scheint beschädigt zu sein. Ich löse es von dem Schäkel, der es an der Schnur hält, um es mit nach oben zu nehmen.

Doch so weit kommt es nicht. Plötzlich spüre ich, wie etwas durch das Wasser auf mich zurast. Mit großer Geschwindigkeit. Etwas Unheilvolles. Dann sehe ich es. Eine gigantische Unterwasserwelle rollt auf mich zu. Das Meer dröhnt so sehr, dass es mir beinahe den Schädel in Stücke spaltet. Reflexartig halte ich mir die Hände auf die Ohren. In der nächsten Sekunde erreicht mich die Druckwelle, presst mir die Luft aus den Lungen und reißt mir die Taucherbrille vom Kopf. Meine Arme werden nach hinten gerissen, ein nie gekannter Schmerz stößt mir ins Brustbein, ich überschlage mich, sehe rote Taucherflossen an mir vorbeiwirbeln und denke, dass es meine eigenen sein müssen. Mein Mageninhalt schießt die Speiseröhre hinauf. Panisch nehme ich das Mundstück heraus, übergebe mich ins Wasser und setze das Mundstück wieder ein. Unmöglich zu sagen, ob meine Ohren dröhnen oder das Meer. Jeder Orientierungsversuch ist unmöglich. Das Seil, das Seil! Ich ertaste den Knoten an meiner Hüfte, umklammere das Seil und ziehe mich daran hoch. Zehn, zwölf Mal ziehe ich mich weiter, bevor mir klar wird, dass nicht ich dem Seil entgegenkomme, sondern das Seil mir. Cluster, du Idiot, denke ich, dann wird es schwarz um mich herum.

Da ist dieser Ton. Wie eine Sirene. In mir. Ich lebe. Immerhin. Das Fiepen in meinem Ohr ist wie ein Laserstrahl, der meine Nerven der Länge nach in Streifen schneidet. Bis in den großen Zeh hinein. Das Mundstück ist noch da. Ich atme. Ich lebe und ich atme. Unter Wasser. Ich treibe unter Wasser. Da ist etwas, ganz nah. Ein Arm. Mein Arm. Beweg die Finger, Anna. Los, beweg deine Finger! Na bitte.

Da ist noch ein Arm. Logisch. Doch die Finger lassen sich nicht bewegen. Und noch einer. Seit wann habe ich drei Arme? Ein Gesicht vor meinem, eine Taucherbrille, Augen, die mich anstarren. Chris, denke ich, was machst du denn hier? Er umfasst meine Taille, zieht mich zu sich heran, und wir treiben langsam nach oben.

Gemeinsam mit Cluster zieht er mich an Bord. Er sagt etwas, doch ich habe nur dieses Fiepen im Ohr, das mir durch Mark und Bein geht und von dem mir so übel wird, dass ich mich über die Reling lehnen und zum zweiten Mal übergeben muss. Chris hilft mir, hält mich fest, wischt mir den Mund sauber, als ich fertig bin. „Besser?“, fragt er.

Ich nicke. Als ich wieder zwei Arme und zwei Beine habe und eins und eins zusammenzählen kann, frage ich: „Was machen Sie denn hier?“

Chris knotet die zwei halben Schläge auf, mit denen ich das Seil um meine Taille befestigt habe. „Ich hab die *Seawolf* rausfahren sehen“, sagt er. „Sie hatten Druckluftkanonen im Schlepptau. Das machen die nicht, wenn sie die nicht auch einsetzen wollen.“ Chris wickelt das Seil auf und verstaut es unter der Bank. Dabei wirft er Cluster, der mit Büßermiene dasitzt, einen inquisitorischen Blick zu.

„Tut mir leid“, entschuldigt sich Cluster, dem sämtliches Blut aus dem Gesicht gewichen ist. „Ich dachte, der Knoten wäre fest genug.“

Chris behält den Blick bei, richtet ihn jetzt aber auf mich. „Sicher, dass mit Ihrem Vestibularorgan alles in Ordnung ist?“, fragt er. Ich verstehe buchstäblich kein Wort und knete mit den Fingern meine Ohren. „Was ist mit Ihren Ohren?“

„Sie scheinen zu explodieren“, antworte ich.

„Ein Knalltrauma.“

„Toll“, sage ich. „Und was macht man damit?“

„Abwarten und beobachten. Wenn es morgen nicht besser ist, bringe ich Sie zum Arzt.“

Erst jetzt ist die Bedeutung der Erklärung durchgesickert, weshalb Chris uns hinterhergefahren ist. „Die haben mit der Exploration begonnen?“

„Sieht so aus.“

„Das ist illegal!“, fährt Cluster dazwischen. „Sie hätten den Bereich wenigstens absperren müssen! Nur weil die einstweilige Verfügung aufgehoben ist, können sie hier nicht einfach machen, was sie wollen.“

Chris lässt seinen Blick über die Bucht schweifen. „Stimmt. Legal ist es nicht. Die scheinen es sehr eilig zu haben.“

„Können wir sie damit drankriegen?“, frage ich. „Juristisch, meine ich.“

„Na und ob“, sagt Cluster, „das wird ein Nachspiel haben.“

Chris schüttelt den Kopf, während er sein Schlauchboot am Heck der *Seastar* vertäut. „Eine Konventionalstrafe. Mehr nicht. Das ist schon einkalkuliert. Können wir?“

Ich nicke.

„Sie müssen ja wissen, was bei Firmen wie Gasonec einkalkuliert ist“, zischt Cluster. Die beiden werfen sich Blicke zu, die mir Rätsel aufgeben.

Chris übernimmt das Steuer, schiebt den Gashebel ein paar Zentimeter nach vorn und steuert langsam zurück in die Bucht. „Wenn Sie ein Wal gewesen wären, dann hätten wir jetzt bessere Karten.“

Ich setze zu einer Erwiderung an, als mir etwas einfällt. „Da war einer.“ Chris und Cluster sehen mich an. „Ein Buckelwal“, erkläre ich, „eine Kuh. Ich habe sie gestreichelt. Dann ist sie aufs Meer hinaus …“

Chris zieht die Stirn in Falten. „Hoffentlich ist sie weit genug aus der Bucht gekommen.“

„Ich wünschte, die wäre eine Woche früher gekommen!“, sagt Cluster.

Chris sprüht Zornesfunken. Der Umstand, dass Johannes Recht hatte und es Buckelwale in der Bucht gibt, es jetzt aber zu spät ist, Gasonec noch aufzuhalten, lässt ihn vor Wut zittern. Erst als wir fast schon im Hafen sind, sagt er: „Hat sich Ihre Heldentat wenigstens gelohnt?“

Mein Gehirn ist noch immer vor allem mit der Wiederherstellung meiner fünf Sinne beschäftigt.

„Das Hydrofon!“, hakt Chris nach. „Waren Sie erfolgreich?“

Ich schüttle den Kopf, was einen sofortigen Schwindel zur Folge hat. „Die Klappe war zu, aber der Stick hat gefehlt. Außerdem war das Hydrofon beschädigt.“

NACHDEM Chris die *Seastar* festgemacht hat, rettet sich Cluster auf den sicheren Steg, atmet dreimal tief durch, beteuert mehrmals, wie leid ihm alles tue, auch dass „an der Geschichte mit Gasonec“ jetzt wohl nichts mehr zu machen sei, wünscht mir alles Gute und verabschiedet sich.

Sobald ich aufzustehen versuche, werde ich von einem Schwindel erfasst, der mich augenblicklich zurück auf die Bank sinken lässt.

„Ist Ihnen schlecht?“, ruft Chris vom Steg.

Ich nicke.

Er kommt an Bord, schultert Sauerstoffflaschen, Ausrüstung, Taucheranzüge und sagt: „Ruhen Sie sich aus. Bin gleich wieder da.“

Ich sehe ihm nach, wie er, beladen wie ein Packesel, zum Parkplatz hinaufgeht. Für einen Moment komme ich mir furchtbar klein und verlassen vor und bin von einer kindlichen Dankbarkeit erfüllt, als er drei Minuten später zurückkommt. Er gibt mir eine Tablette, von der er sagt, sie helfe gegen Übelkeit, außerdem eine Cola, mit der ich sie hinunterspülen soll. Anschließend hilft er mir von Bord. Er lässt mich ein paar Minuten auf dem Steg sitzen, bis sich mein Magen etwas beruhigt hat, und macht in der Zwischenzeit das Boot so weit klar, dass es erst einmal liegen bleiben kann. Schließlich sagt er, dass er mich nach Hause fahren wird. Ich weiß, es ist albern, aber ich kann nicht in Worte fassen, wie glücklich es mich macht, dass in diesem Moment mal jemand für *mich* da ist, sich um *mich* kümmert.

Er hält mir die Tür seines Pick-ups auf und hilft mir, auf den Sitz zu klettern. „Geht es?“

Ich versuche mich an einem Lächeln. „Ich glaube, es ist ein dreigestrichenes C.“

„Das Klingeln in den Ohren?“

„Wenn es doch nur klingeln würde.“

Auch Chris bemüht sich zu lächeln, schließt die Tür, geht um den Wagen und steigt auf der Fahrerseite ein.

„Was machen wir jetzt?“, frage ich.

„Ich fahr Sie nach Hause, und Sie legen sich hin. Morgen früh komme ich vorbei. Wenn dann aus dem dreigestrichenen C noch kein zweigestrichenes G geworden ist, bringe ich Sie zu einem Arzt.“

„Und die Bucht?“, frage ich.

„Sie wären um ein Haar ertrunken, erinnern Sie sich noch? Ist ungefähr eine Stunde her. Reicht Ihnen das nicht? Der Bucht können Sie Adieu sagen. Das Gericht hat entschieden, Gasonec hat mit der Exploration begonnen, es gibt keinen Beweis für das, was Sie gesehen haben. Goliath hat gewonnen.“

„Hören Sie: *Mein* Kampf ist noch nicht vorbei. Und Ihrer auch nicht, das nehme ich Ihnen nicht ab. Allein schaffe ich das nicht. Ich brauche einen Verbündeten.“

„Sie brauchen Ruhe.“ Er gibt Gas, was offenbar bedeutet, dass er diese Unterhaltung für beendet betrachtet. Bis wir vor Johannes’ Haus angekommen sind, sagt keiner mehr ein Wort.

Zeit genug, meine Gehirnwindungen zu durchforsten. „Was hat Cluster eigentlich gemeint, als er gesagt hat, Sie müssten ja wissen, was bei Firmen wie Gasonec einkalkuliert sei?“

„Ist eine lange Geschichte.“ Chris steigt aus, geht um den Pick-up herum und hält mir die Tür auf. „Geht’s?“

Er hilft mir aus dem Wagen. Es geht. Ich stehe zwar etwas wacklig, aber ich stehe. Auf beiden Beinen.

Ich schließe die Tür auf. Chris verabschiedet sich und geht. Er hat bereits das Gartentor erreicht, als ich ihm nachrufe: „Danke übrigens!“

„Wofür?“

„Haben Sie mir nicht vorhin das Leben gerettet?“

„Ach ja.“ Er winkt ab, als mache er den ganzen Tag nichts anderes, als Leben zu retten. Dann ist er weg.

KAPITEL 11

Charlotte muss es ebenso schlecht gehen wie mir. Ich habe ihr gesagt, dass sich unsere letzte Hoffnung zerschlagen hat und die Aufzeichnungen verloren sind. Während ich auf dem Sofa liege, den Blick an die Decke gerichtet, und darauf warte, dass sich mein Schwindel und das Fiepen in meinen Ohren beruhigen, werkelt sie um mich herum und räumt das Wohnzimmer auf. Die Male, die Charlotte in den letzten drei Jahren ihr eigenes Zimmer aufgeräumt hat, lassen sich an einer Hand abzählen. Und jetzt wühlt sie sich durch dieses Chaos, stopft die eine Hälfte in Müllsäcke, die sie vor die Tür trägt, die andere Hälfte wird entstaubt, sortiert, weggeräumt.

Ich bin halb eingeschlafen, trotz Fiepen und trotz Schwindel, als es an der offen stehenden Haustür klopft.

„Bleib liegen“, sagt Charlotte und geht aus dem Zimmer.

„Hallo“, sagt eine Stimme.

„Hallo“, antwortet Charlotte, und ich weiß, dass es Paka sein muss, der sich nach dem Streit gestern Abend mit ihr versöhnen will.

Nach einer Weile hört man Paka sagen: „Kann ich mit dir reden?“

Charlottes Antwort ist deutlich vernehmbar: „Nein.“

Aber Paka lässt sich nicht abwimmeln. Gut so. Jungs, die sich von ihr einschüchtern lassen, werden spätestens nach einer Woche abserviert. „*Whanaungatanga*“, sagt er. Oder so ähnlich. „Weißt du, was das bedeutet?“

„Lass mich raten“, entgegnet Charlotte. „Wale bedeuten mir viel, aber Geld bedeutet mir mehr?“

„Es bedeutet, dass deine Familie dein Zuhause ist.“

„Schön. Dann hab ich ja jetzt etwas gelernt. Tschüss.“

„Warte. Aua! Willst du mir den Fuß brechen?“ Offenbar versucht Charlotte, die Tür zuzudrücken, und Paka hat seinen Fuß dazwischengestellt.

„Was?“, ruft sie und klingt wie ich, wenn ich mich nicht leiden kann.

„Du bist böse auf mich. Das verstehe ich. Aber du musst auch mich verstehen.“

„Ach, muss ich das?“

„Du weißt nicht, wie das war, bevor Gasonec kam. Du weißt nicht, wie mein Vater war“, sagt Paka. „Er war … verloren. Es war sehr schlimm. Er hat viel getrunken. Und jetzt … wird er wieder respektiert. Und respektiert sich auch selbst wieder. Er hat Arbeit. Und meine Mutter und er schreien sich nicht mehr dauernd an.“

„Und ohne Gasonec gäbe es keine Möglichkeit für ihn, respektiert zu werden?“

„Vielleicht. Aber ich habe Angst, dass es wieder so wird wie früher.“

Es wird still. Schließlich bricht Charlotte das Schweigen. „Ich verstehe dich, Paka. Ehrlich. Ich weiß auch manchmal nicht, was richtig und was falsch ist. Aber eins weiß ich: Kein Wal der Welt ist schuld daran, wenn dein Vater zu viel trinkt.“

Charlotte, manchmal neige ich dazu, dich zu unterschätzen.

„Okay“, sagt Paka, als hätte sie ihm ein Angebot gemacht, „ich denk drüber nach. Aber nur, wenn du dich mit mir triffst.“

„Falsche Antwort“, sagt Charlotte. „Das eine hat mit dem anderen nichts zu tun. Ich lasse mich nicht erpressen.“

„Entschuldige, ich wollte nicht …“

Charlotte erlöst ihn. „Denkst du wirklich drüber nach?“

„Natürlich, ich …“

„Wie wär's mit morgen?“

Charlotte, denke ich, du wirst deinen Weg machen. Dann denke ich noch, dass die Kinder ihren Weg nur dann machen können, wenn man ihnen auch das Vertrauen mit auf den Weg gibt, dass sie ihn machen werden. Und dann schlafe ich ein.

VON FERN höre ich Stimmen, ein Mann und eine Frau. Doch was sie sagen, ergibt keinen Sinn.

„Gleich hab ich Sie", sagt die Frau.

„Elf. Mal sehen."

„Sieht trotzdem nicht gut aus für Sie."

„Was richtig gewesen wäre, weiß man ja immer erst, wenn es vorbei ist."

„Sieben. Ich hab es Ihnen ja gesagt – jetzt sind Sie dran."

Meine Finger fahren eine Kante entlang. Leder. Ich liege auf dem Sofa. Wo ich vorhin eingeschlafen bin. Auch mein Tinnitus ist noch da.

„Pasch fünf", sagt die Frau. „Wollen Sie aufgeben oder sich noch weiter quälen?"

Ich schlage die Augen auf, doch es bleibt dunkel. Ich sehe in die Richtung, aus der die Stimmen kommen, trete näher und erkenne Charlotte und Chris, die wie Verliebte bei Kerzenschein an dem kleinen Tisch auf der Terrasse sitzen und Backgammon spielen. Ich richte mich auf. Zu dem Fiepen gesellt sich der Schwindel. Ich gehe zur Spüle, lasse mir ein Glas Wasser einlaufen, kehre zur Terrasse zurück und lehne mich in den Türrahmen. Die beiden haben es sich bei einer Flasche Weißwein gemütlich gemacht, wie alte Freunde. Wie Vater und Tochter. Sie schauen kurz auf, sagen Hallo und wenden sich wieder dem Spiel zu.

Chris redet mit mir, während er würfelt und über seinen nächsten Zug nachdenkt. „Geht's besser?"

„Ein bisschen."

„Ist Ihnen noch übel?"

Ich ziehe mir einen Stuhl heran und setze mich. „Weiß nicht", überlege ich, „vielleicht, ja, etwas."

„Chris und Opa haben hier jede Woche Backgammon gespielt, wusstest du das?", fragt Charlotte. Witzbold, denke ich, bis vor drei Tagen wusste ich über Johannes' Privatleben weniger als über das deines Chemielehrers. Charlotte würfelt eine Sechs und eine Vier, und ihre Mundwinkel heben sich zu einem Grinsen. „Da geht schon wieder einer den Bach runter." Sie setzt die Steine.

Chris lehnt sich zurück, kratzt sich mit gespielter Verzweiflung am Hinterkopf und verkündet: „Ich sollte mehr Wein trinken."

„Hat schon die letzten drei Spiele nicht geholfen", bemerkt Charlotte, „aber bitte, nur zu."

So hab ich mir immer mein Leben erträumt. Vater, Mutter, Kind, Gesellschaftsspiele auf der Terrasse. Ein bisschen spießig, ich weiß, aber ich habe mir halt immer gewünscht, was ich selbst nie hatte. Eine glückliche Kleinfamilie. Nichts, wofür man sich rechtfertigen müsste.

„Wie spät ist es?“, frage ich.

„Halb zwölf“, antwortet Chris nach einem Blick auf seine Armbanduhr.

„Nachts?“, frage ich.

Charlotte und Chris wechseln einen Blick. „Nee“, sagt Charlotte, „mittags.“

Ich suche nach einer sinnvollen Frage. „Seit wann sind Sie schon hier?“

Chris sieht mich an. „Seit elf Spielen. Zehn davon hab ich verloren. Und das eine gewonnene habe ich nur dem Mitleid Ihrer Tochter zu verdanken.“

„Da kennen Sie mich schlecht“, wirft Charlotte ein. „Mitleid gibt es bei mir nicht. Nein, das eine Spiel hab ich ehrlich verpeilt, und Sie haben ausnahmsweise keine kapitalen Fehler gemacht.“

Chris beschenkt mich mit seinem schiefen Lächeln. „Ist sie nicht nett zu mir?“

Da ist eine Frage, die gestellt werden will, aber es dauert einen Moment, ehe ich sie gefunden habe. „Warum sind Sie überhaupt hier?“

Chris lässt die Würfel über den Tisch hoppeln. „Krankenbesuch“, antwortet er. „Ich wollte nachsehen, wie es Ihnen geht.“

„Aber wollten Sie nicht erst morgen kommen?“, frage ich. „Oder ist heute schon morgen?“

„Mama.“ Charlotte lässt die Würfel aus der Hand springen und fängt sie wieder auf. „Ich dachte, du hast einen *Gehör*schaden und keinen *Gehirn*schaden. Heute ist heute, und morgen ist morgen. Tag ist Tag, und Nacht ist Nacht. Klar so weit?“

„Völlig.“ Ich beuge mich über den Tisch, nehme ihr halb volles Weißweinglas, trinke einen Schluck und setze es vor mir ab. „Wer trinkt da eigentlich schon wieder?“

„*Ein* Glas Weißwein, Mama. Jetzt komm mal runter!“

Chris lässt die Würfel in das Spielfeld klackern. „Ich geb es auf“, verkündet er. „Dein Opa hat auch immer gewonnen.“

Langsam kommt mein Gehirn wieder auf Touren. Die Szene am Strand kommt mir in den Sinn, als Chris und Johannes sich gestritten haben. „Mein Vater und Sie scheinen eine komische Beziehung gehabt zu haben“, sage ich. „Sie waren beide gegen Gasonec, Sie haben sich regelmäßig zum Backgammon getroffen. Und trotzdem waren Sie verfeindet.“

„Nicht verfeindet. Zerstritten, würde ich sagen.“

Charlotte blickt zwischen uns hin und her, räumt die Steine in den Koffer, klappt ihn zu, drückt den Bügel in das Scharnier und verkündet auf Deutsch, damit Chris sie nicht versteht: „Ich bin plötzlich furchtbar müde, Mama. Ich muss auf der Stelle ins Bett.“ Sie zwinkert mir zu. „Wahrscheinlich hab ich mal wieder zu viel Wein getrunken.“

„Gute Nacht“, sage ich nur. „Schlaf gut.“

„Wenn ihr nicht zu laut seid.“

„Charlotte!“

Sie wechselt wieder ins Englische. „Wenn Sie mal wieder eine Abreibung brauchen“, sagt sie zu Chris, „können Sie jederzeit vorbeikommen.“ Sie geben sich die Hand, wie Sportsmänner.

„War mir eine Freude“, sagt Chris.

„Und mir erst.“ Sie klemmt sich den Holzkoffer unter den Arm, verschwindet im Haus und tapst die Stufen zum Obergeschoss hinauf. Kurz darauf fällt die Schlafzimmertür ins Schloss, und es gibt nur noch Chris und mich, zwei halb heruntergebrannte Kerzen und den Sternenhimmel.

„Weshalb waren Sie so zerstritten, mein Vater und Sie?“, will ich wissen.

Seine Stirn bewölkt sich. „Er hätte den Auftrag für das Gutachten nicht annehmen dürfen.“

„Er war Wissenschaftler“, wende ich ein.

„Seine ‚Wissenschaft‘ hat meine einstweilige Verfügung ausgehebelt und dazu geführt, dass Gasonec demnächst Gas in der Bucht fördert.“

„Wenn er den Auftrag nicht angenommen hätte, hätte es ein anderer gemacht, oder?“

„Jedes andere Gutachten wäre anfechtbar gewesen. Wir hätten Jahre gewonnen. Formfehler, Verfahrensfehler, Messfehler … Johannes hätte jedes Gutachten mit dem kleinen Finger kippen können. In dem Moment aber, wo er selbst den Auftrag angenommen hat, war es praktisch in Stein gemeißelt. Niemand ficht ein Gutachten von Johannes Waldmann an …“

„Die entscheidenden Informationen sind nicht berücksichtigt worden!“

„Scheint niemanden zu stören.“

„Aber ich habe sie gesehen, verdammt noch mal! Eine Buckelwalkuh, hier vor der Bucht. Ich habe sie angefasst, verstehen Sie?“

Chris leert sein Glas. „Das wird Ihnen niemand glauben wollen.“

Ich trinke Charlottes Glas aus. „Und was ist mit dem Bürgermeister? Was, wenn ich ihn überzeugen kann?“

„Ebenso gut könnten Sie versuchen, einen Stein davon zu überzeugen, dass er ein Baum ist.“

„Mir ist schon klar, dass ihm die wirtschaftliche Entwicklung in der Region über alles geht, aber ich glaube, er würde mir trotzdem helfen. Und wenn es nur aus Sympathie wäre. Ich meine, Thompson ist doch hier geboren und aufgewachsen. Dem muss doch etwas an seiner Heimat liegen und an den Menschen, die hier leben!“

„Haie werden auch irgendwo geboren. Die haben dasselbe Interesse an den Fischen, die dort leben. Sie ernähren sich von ihnen.“ Er steht auf und rückt seinen Stuhl an den Tisch. „Ich gehe jetzt. Gute Nacht.“ Drei Sekunden später gibt es nur noch mich, die heruntergebrannten Kerzen, den Nachthimmel und keinen Chris mehr.

KAPITEL 12

Das Büro des Bürgermeisters ist das eines Mannes, der nicht viele Gedanken auf das Repräsentieren verschwendet. Im Vorzimmer stehen drei abgenutzte Ledersessel, die Topfpflanzen machen den Eindruck, als wären sie meist sich selbst überlassen, der Empfangstresen ist von ausgesuchter Schlichtheit, die Nationalflagge über dem Wasserspender ist vergilbt.

Die Sekretärin ist ebenso übergewichtig wie freundlich. Ich habe keine Ahnung, warum, aber sie weiß sofort, wer ich bin. „Sie müssen Mrs Waldmann sein“, begrüßt sie mich. Anschließend stemmt sie ihre Hände gegen den Schreibtisch, erhebt sich, schüttelt mir die Hand, erklärt mir, wie leid ihr die Sache mit meinem Vater tue und was für ein außergewöhnlicher Mensch er gewesen sei und dass Mr Thompson mich sicher bereits erwarte. Sie klopft an eine Tür, dreht den Knauf und streckt den Kopf durch den Spalt. „Steven? Mrs Waldmann ist hier.“

Als sie mir die Tür aufhält, ist Thompson schon hinter seinem Schreibtisch hervorgekommen und steuert auf mich zu, den Arm zum unvermeidlichen Händeschütteln vorgestreckt. „Mrs Waldmann, Anna! In einer Stunde wäre ich bei Ihnen vorbeigekommen.“

„Warum?“, frage ich.

Er weist mir einen Stuhl zu, zieht sich hinter seinen Schreibtisch zurück, strahlt mich an, greift sich eine Mappe und hält sie hoch. „Das Gutachten Ihres Vaters. Nach unserem Gespräch in der Community Hall habe ich mir eine Kopie faxen lassen.“

Er reicht sie mir über den Schreibtisch. „Untersuchung über das Vorkommen von Glattwalen in der Bucht von Tekoura“. Einleitung, Aufgabenstellung, Durchführung, Auflistung der Hydrofonaufzeichnungen, Bewertung, Ergebnis: keine Buckelwale.

„Hier steht, die Untersuchungen seien erfolgreich abgeschlossen worden“, sage ich.

„Wie ich Ihnen gesagt habe.“ Thompsons Lächeln scheint unverwüstlich.

„Aber die Aufzeichnungen des letzten Hydrofons lagen nicht vor!“

„Dann waren sie offenbar nicht relevant.“

Ich weiß nicht, was ich sagen soll. Und Thompson hat offenbar noch mehr Überraschungen auf Lager. Er geht durch den Raum und öffnet einen Aktenschrank. Als er sich zu mir umdreht, hält er Johannes' Laptop in der Hand. „Inspector Jenkins war heute Morgen hier.“ Er überreicht mir den Laptop. „Lag in den Dünen. Ist dem Dieb offenbar zu heiß geworden. Verwertbare Fingerabdrücke waren leider keine drauf.“

Komisch, denke ich, warum überrascht mich das nicht? Ich begutachte den Laptop, über dessen Display und Gehäuse sich ein klaffender Riss zieht. Natürlich lässt er sich nicht mehr hochfahren. Ich klappe ihn zu und drehe ihn in meinen Händen. Auf der Unterseite hat jemand ein Loch hineingeschlagen, wahrscheinlich mit einem Hammer – genau an der Stelle, an der die Festplatte sitzt, die jetzt mehrfach gesprungen ist.

„Darf ich Sie etwas Persönliches fragen?“

„Gern“, antwortet Thompson.

„Auf welcher Seite stehen Sie?“

Sein Lächeln ist sturm- und feuerfest. „Mrs Waldmann, ich bin der demokratisch gewählte Bürgermeister dieses Ortes. Dies ist meine dritte Amtszeit. Ich stehe auf der Seite der Bürger. Immer. Das ist mein Job, und deshalb bekleide ich dieses Amt.“

Was immer das heißt, denke ich. Auf der Seite der Bürger … Im Zweifelsfall ist die Seite der Bürger die, auf die sich der Bürgermeister schlägt. Ich will aufstehen, muss mich aber an der Stuhllehne festhalten, weil der Schwindel wieder einsetzt.

„Ist Ihnen nicht gut?“, fragt Thompson besorgt, und ich bin froh, endlich das Lächeln von seinem Gesicht verschwinden zu sehen.

„Geht schon“, sage ich, „die Folgen eines Knalltraumas.“

„Haben Sie Schießübungen gemacht?“

Ich sehe ihn durchdringend an. „Sie wissen es wirklich nicht? Das Knalltrauma habe ich Gasonec zu verdanken. Ich war gestern auf Tauchgang, als sie ihre Druckluftkanonen getestet haben.“

Thompson wirkt ehrlich schockiert. „Das kann nicht sein.“

„Glauben Sie mir. Ich war dabei. Gestern Mittag.“

„Davon wusste ich nichts. Gasonec hätte das anmelden und die Bucht absperren müssen. Ich verstehe das nicht. Vielleicht ein technischer Fehler?“

„Umso schlimmer“, entgegne ich. „Dann kann es jederzeit wieder passieren. Sie haben ein Schiff in Ihrer Bucht liegen, Herr Bürgermeister, von dem unkalkulierbare Risiken ausgehen.“

„Ich werde mich sofort darum kümmern. Wenn das stimmt, was Sie sagen, dann wird das Konsequenzen haben. Mein Ehrenwort!“

Er will von seinem Stuhl aufstehen, um mir zu helfen, als sein Telefon klingelt. „Thompson.“ Sein Gesicht zeigt sein Entsetzen. „So viele?“

Es sind fünf. Lebende Monumente. Selbst vom Parkplatz aus gesehen ist ihr Anblick so erschreckend, dass ich unwillkürlich den Kopf abwende. Ich will da nicht runter, denke ich. Wie erstarrt stehe ich neben dem Wagen, blicke zum Strand hinunter und spüre, wie mir Tränen über das Gesicht laufen. So ein paradiesischer Ort. Ein Grün wie aus dem Märchenbuch, ein Licht, so verheißungsvoll, wie ich es in Europa noch nie gesehen habe, Wellen aus flüssigem Kristall, eine warme, salzige Brise, die mit jedem Atemzug ein Versprechen einlöst. Und inmitten dieser Herrlichkeit fünf gestrandete Wale.

„Den Walen wird Ihr Mitleid kaum helfen.“ Ich fahre zusammen. Neben mir steht Chris. In der einen Hand hält er Eimer und Schaufel, in der anderen zwei Decken. „Kommen Sie!“

Ich nicke. „Sie haben Recht.“ Mit den Handrücken wische ich mir die Tränen aus dem Gesicht. „Gehen Sie ruhig vor. Ich komme gleich nach.“

Unten laufen Helfer zusammen. Mit jeder Minute werden es mehr. Als ich mich umsehe, ist der Parkplatz, der eben noch halb leer war, voll besetzt. Ich glaube, Charlotte und Paka in dem Gewusel auszumachen und Amiri. Viele Touristen sind dabei, außerdem die Demonstranten und sogar Mitarbeiter von Gasonec, die an ihren grauen Overalls zu erkennen sind. Der Helikopter eines Fernsehsenders knattert über die Küstenlinie. In der geöffneten Schiebetür ist ein Mann mit einer Kamera auf der Schulter zu erkennen.

Mir wird die Sicht verstellt, als direkt vor mir der Übertragungswagen eines Radiosenders parkt. Die Tür wird zurückgeschoben. Ich sehe einen Techniker, der mit Kopfhörer und Mikrofon hantiert, und eine Reporterin.

Heute möchte ich nicht in Rena Capellis Haut stecken. Den Anblick fünf gestrandeter Meeressäuger können auch das strahlendste Lächeln und das eleganteste Kostüm nicht beschönigen. Doch ich sehe sie nirgends. Rena Capelli, Gasonecs Wunderwaffe, zieht es offenbar vor, in Deckung zu bleiben. Johannes' Worte kommen mir in den Sinn: *Wenn du noch etwas für den Wal tun willst* … Ich hole die Kamera aus dem Koffer, schraube ein Zoomobjektiv auf und folge den anderen zum Strand hinunter.

Der Blick durch den Sucher macht den Anblick erträglicher. Man hat einfach mehr Abstand zu dem, was man sieht. Ich fotografiere: die Wale, den Strand, die Menschen, das Licht, Gesichter, Ohnmacht. Erst als jemand *mich* durch die Linse ansieht, nehme ich die Kamera herunter.

Es ist Amiri. Er sieht mich an, als wäre gerade sein gesamtes Leben aus den Fugen geraten. In dem Moment, als ich die Kamera sinken lasse, wird mir klar: Neulich hatte er vor dem Wal gekniet, Kontakt zu ihm aufgenommen, auf ihn eingesprochen und gesungen. Heute macht er … nichts.

„Ich habe so etwas noch nie gesehen", erklärt er.

„Werden sie überleben?", frage ich.

Amiri weiß, dass ich die Antwort bereits kenne. Und erspart sie uns.

Eine Weile stehen wir nebeneinander und blicken zu den Walen und den vielen Helfern hinüber. Ich sehe, wie Chris auf den Bürgermeister einredet und dabei seine Worte mit eindeutigen Gesten unterstreicht. Amiri und ich tauschen noch einen Blick, dann gehe ich zu den beiden hinüber, die Kamera im Anschlag.

Bis ich bei Chris und Thompson bin, ist der Bürgermeister von zwei Kamerateams eingekeilt. Neben ihm steht ein Journalist, spricht von dem „apokalyptischen Anblick, der sich den Bewohnern von Tekoura heute Morgen geboten hat" und fragt Thompson, was er zu den Walstrandungen sagen könne. Thompson, der bei der Erwähnung des Ortsnamens kurz zusammenzuckt, ist bemüht, den Imageschaden zu begrenzen und gleichzeitig Chris aus dem Bild zu drängen. Als er gefragt wird, wie hoch er die Wahrscheinlichkeit einschätzt, dass die Wale durch ein Trauma das Gehör und die Orientierung verloren haben könnten, antwortet er: „Zu diesem Zeitpunkt über die Wahrscheinlichkeit von Gehörtraumata als Ursache für die Walstrandungen zu sprechen, kann nur spekulativ sein. Der Nachweis eines solchen Traumas ist nicht ohne Weiteres zu erbringen. Die Ohren der marinen Säuger müssen entsprechend präpariert und obduziert werden, und es gibt nur wenige Spezialisten, die mit diesem Verfahren vertraut sind. Glücklicherweise hat Gasonec bereits eine Untersuchung in Auftrag gegeben, die das klären soll. Soweit ich informiert bin, hat sich der entsprechende Experte aus Auckland bereits auf den Weg gemacht."

„Was ist denn an dem Verfahren so kompliziert?", fragt eine andere Reporterin.

„Ich bin kein Spezialist auf diesem Gebiet, doch es geht dabei um Minuten, weshalb das Verfahren oft keine eindeutigen Ergebnisse erbringt."

Die Reporterin erkennt die Schwachstelle sofort. „Wollen Sie damit sagen, dass wir möglicherweise nie erfahren werden, weshalb diese Meeressäuger sterben mussten?"

Thompson ist verunsichert und blickt abwechselnd die Reporterin und die Kamera an. „Erstens sind sie noch nicht tot. Und zweitens werden wir alles in unserer Macht Stehende tun, um die Ursache für dieses Ereignis herauszufinden und zu verhindern, dass sich etwas Derartiges wiederholt. Jetzt entschuldigen Sie mich bitte, hier gibt es ein paar Wale, die gerettet werden wollen."

Er bahnt sich einen Weg durch die Journalisten, was mehr nach Flucht aussieht, als ihm recht sein kann, und geht geschäftig zu den Walen hinüber. Das rückt Chris in den Mittelpunkt der Aufmerksamkeit, was Thompson noch viel weniger recht sein kann.

Einer der Journalisten erkennt ihn. „Mr Cassel, eine Frage bitte!"

Chris sieht ihn an, als wittere er einen Hinterhalt. Misstrauen, schießt es mir durch den Kopf. Das Wort, das ihn am treffendsten charakterisiert: Misstrauen aus schlechter Erfahrung. Zum ersten Mal flößt er mir keine Angst mehr ein, sondern ich habe Mitleid mit ihm. Zum ersten Mal glaube ich sein wahres Ich zu erkennen.

Bevor Chris sein Einverständnis signalisiert hat, fährt der Reporter bereits fort: „Vor mir steht Chris Cassel, der Mann, der versucht hat, Gasonec per einstweiliger Verfügung von seinem Vorhaben abzubringen. Ein Versuch, der, wie wir inzwischen wissen, gescheitert ist. Mr Cassel, wie fühlen Sie sich angesichts Ihrer Niederlage?"

Chris' Augen funkeln vor Zorn. „Für wie eitel halten Sie mich? Hier geht es doch nicht um mich! Da!" Er geht auf die Kamera zu und dreht den Mann, der sie hält, so, dass seine Kamera auf die sterbenden Wale gerichtet ist. „*Darum* geht es. Nicht *ich* habe hier eine Niederlage erlitten, sondern diese Bucht und die Bewohner von Tekoura. Diese fünf Wale dort werden gerade der Profitgier von Gasonec geopfert. Und das ist erst der Anfang!" Mit diesen Worten überlässt er den Anblick der sterbenden Meeressäuger der Kamera und den Reportern und geht davon. Ich sehe ihm nach, sehe seinen aufrechten stolzen Gang und ertappe mich bei dem Gedanken, dass ich mich in diesen Mann verlieben könnte.

Erst als sich die Kamera zwischen Chris und mich schiebt, begreife ich, dass der Reporter bei mir angelangt ist. Sein fellbespanntes Mikrofon schwebt vor meinem Gesicht. Er wartet auf eine Antwort. „Inwieweit, glauben Sie“, wiederholt er seine Frage, „steht die Strandung der Wale in Zusammenhang mit Gasonecs Explorationsvorhaben? Das Gutachten Ihres Vaters hat ja keinerlei …“

„Das Gutachten meines Vaters ist nicht abgeschlossen“, platzt es aus mir heraus. „Die Daten sind unvollständig ausgewertet worden. Mein Vater war überzeugt davon, dass diese Bucht ein idealer Ort für Buckelwale wäre, um hier ihre Kälber zur Welt zu bringen, und dass sie früher oder später hierherkommen würden.“

Der Reporter setzt nach: „Mrs Waldmann, Ihr Vater ist unter mysteriösen Umständen gestorben. Können Sie sich vorstellen, dass sein Tod in irgendeinem Zusammenhang mit seiner Arbeit als Gutachter steht?“

Ich sehe ihn scharf an. „Darüber werde ich hier nicht spekulieren. Alles, was ich weiß, ist, dass Gasonec bereits seit gestern illegale Explorationsarbeiten in der Bucht vornimmt und dass man kein Genie sein muss, um einen Zusammenhang zwischen diesen Arbeiten und den gestrandeten Walen zu vermuten. Wer so etwas tut, dem ist vermutlich eine Menge zuzutrauen.“

Als ich mich umwende und gehe, denke ich, wenn die das in den Nachrichten bringen, ist das für Gasonec eine offene Kriegserklärung.

Als ich zum Auto komme, wartet bereits Rena Capelli auf mich. Für einen Augenblick rutscht mir das Herz in die Hose, dann gewinnt mein Zorn die Oberhand. Drei Meter vor ihr bleibe ich stehen, richte meine Kamera auf sie und fange das Konzentrat eines säuerlich-genervten Lächelns ein. Sie erwartet, dass ich etwas sage. Tue ich aber nicht. Stattdessen stelle ich die Fototasche auf der Motorhaube ab.

„Sie sollten diese kindischen Albernheiten unterlassen“, sagt sie schließlich, und es bleibt unklar, ob sie damit das Foto oder das Interview meint.

„Sie haben gestern illegal Explorationsarbeiten in der Bucht vorgenommen“, sage ich.

Capelli sieht sich um. „Wir haben einen Testlauf mit den Druckluftkanonen gemacht, das war alles.“ Sie macht eine Handbewegung, als wolle sie sich Luft zufächeln.

„Illegal“, beharre ich.

„Mrs Waldmann, tun Sie mir den Gefallen und ersparen Sie uns Ihren Kleingeist. Wir investieren hier einen hohen zweistelligen Millionenbetrag. Es liegt in der Natur der Sache, dass man bei so einem Projekt nicht auf jedes einzelne Vogelzwitschern und Froschquaken Rücksicht nehmen kann."

„In dieser Bucht gibt es Buckelwale", sage ich. „Und ich werde das beweisen. Ich werde die Arbeit meines Vaters zu Ende führen, und Sie werden Ihren zweistelligen Millionenbetrag abschreiben müssen."

Capellis Gesichtsausdruck verändert sich. Sie kann nicht glauben, dass ich ihr tatsächlich gerade den Kampf angesagt habe. „Sie sollten sich *sehr* gut überlegen, was Sie tun", zischt sie. „Das hier ist ein paar Nummern zu groß für Sie. Und Frösche, die zu viel quaken, kommen gern mal unter die Räder." Mit diesen Worten wirft sie sich die Haare über die Schulter und klackert an mir vorbei über den Parkplatz.

Ich schraube nachdenklich das Objektiv ab und verstaue alles im Koffer, als ich Charlotte bemerke, die zwischen den Autos hindurch auf mich zukommt. Wir steigen ein.

„Mama", sagt Charlotte respektvoll und knallt die Tür zu, „das war gut!"

Ich sehe sie verständnislos an.

„Das Interview, meine ich. Aber glaubst du wirklich, dass diese Typen von Gasonec etwas mit Opas Tod zu tun haben könnten?"

„Ich weiß es nicht, Charlotte." Seufzend blicke ich Rena Capellis Geländewagen nach, der gerade vom Parkplatz rollt. „Ehrlich gesagt weiß ich im Moment gar nichts mehr."

KAPITEL 13

Der Teil des Instituts, in dem die Bibliothek, die Büros und die Vorlesungsräume untergebracht sind, gehört zu einem ehrwürdigen Gebäudekomplex, den man aus alten Filmen zu kennen meint, in denen englische Professoren mit grauen Bärten und wirren Haaren in verschwiegenen Katakomben illegale Experimente durchführen. Roter Backstein, Zinnen, Spitzbögen, Gesimse, knarzende Türen und efeubewachsene Fassaden.

Ich sitze mit Chris im Wagen in einer Parkbucht mit Blick auf eine Wiese von der Größe eines Fußballfeldes, die sich zwischen uns und dem Haupteingang erstreckt. Riesige alte Bäume spenden Schatten. Die wandernden Wasserstrahlen der Rasensprenger leuchten im Morgenlicht. Wenn nicht gerade Semesterferien sind, so wie jetzt, sitzen hier sicher die Studenten in friedlichen Gruppen zusammen und klagen über ihre Prüfungsaufgaben.

Bei Sonnenaufgang hatte jemand an die Haustür gedonnert. Ich fiel praktisch aus dem Bett, noch immer von Übelkeit geplagt und desorientiert, stolperte die Treppe herunter, drehte den Türknauf und hatte Chris vor mir. „Sie waren in den Nachrichten“, erklärte er, „auf CNN. Wahrscheinlich kennen eine Milliarde Menschen seit gestern Abend Ihr Gesicht. Sie werden Hilfe brauchen. Und eine andere als meine werden Sie kaum bekommen.“

Und jetzt sitzen wir in seinem Wagen vor dem Unigebäude und überlegen, wie es weitergehen soll.

„Angenommen, es gelingt Ihnen tatsächlich, sich die letzten Tondateien aus dem Hydrofon anzuhören – was versprechen Sie sich davon?“

„Wenn dieser Dr. Cluster genauso gewissenhaft Tondateien auswertet, wie er Sicherheitsleinen festknotet“, antworte ich, „könnten da noch eine Menge Überraschungen lauern.“ Ich sehe auf meine Fingerspitzen. „Danke, dass Sie mich begleiten.“

„Ich bin froh, dass es Ihnen besser geht.“

„Ist nicht so schlimm, man denkt nur, man wird verrückt und verliert jede Orientierung. Jetzt habe ich eine Vorstellung davon, wie es den Walen gehen muss.“

Ich sehe wieder die Wut in Chris Augen aufblitzen. „Der Lärm bewirkt bei den Tieren eine zeitweilige Gehörschwellenverschiebung. Wale hören mit so genannten Hörzellen, in denen sich Fühler befinden. Wenn starke akustische Wellen auf diese Härchen treffen, werden diese davon flach gelegt wie niedergetrampeltes Gras. Bis sie sich nach Stunden oder Tagen wieder aufrichten, haben die Tiere oft bereits ihre Gruppe verloren und sind gestrandet.“ Er atmet tief durch und sieht mich an. „Sie sollten sich beeilen und reingehen – bevor Cluster kommt. Er wird sich ungern von Ihnen erzählen lassen, dass er seine Arbeit nicht gewissenhaft erledigt.“

„Sie kommen nicht mit?“

„Es geht um Ihren Vater.“

„Ich denke, Sie wollen mir helfen?“

„In diesem Fall werden Sie allein mehr erreichen.“

Ich forsche in Chris’ Gesicht. „Gibt es etwas, was ich wissen müsste?“

„Ich habe dem Institut Ihres Vaters öffentlich Korruption unterstellt.“

Beinahe muss ich lachen. „Gibt es auch eine Person oder eine Institution, mit der Sie sich nicht anlegen?“

„Ja.“ Er starrt zum Unigebäude hinüber. „Sie.“

Plötzlich wird es sehr still im Wagen. Nur die Rasensprenger sind zu hören: *Zzp, zzp, zzp, zzp.*

„Sie glauben, mein Vater war korrupt?“

„Ihr Vater ist für seine Überzeugungen gestorben, Anna. Ich schulde ihm etwas.“

DRINNEN ist es kühl und riecht nach alten Mauern. Meine Füße tragen mich auf ausgetretenen Steinstufen in den zweiten Stock hinauf. Chris hatte Recht, Cluster ist noch nicht da. Seine Assistentin schon. Es ist Karuna, die ich auf dem Anrufbeantworter gehört habe. Sie ist zehn oder fünfzehn Jahre jünger als ich, hat eine makellose helle Haut, üppiges rotes Haar und trägt ein geblümtes Kleid. Sie sieht so offen und ehrlich aus, dass ich meinen Plan, sie zu beschummeln, in dem Moment aufgebe, als ich den Raum betrete.

Ich unterbreche sie dabei, wie sie zwei Stapel neu erworbener Bücher für den Bestand der Bibliothek katalogisiert. Nachdem ich ihr erklärt habe, warum ich hier bin, sagt sie: „Wir alle haben gehofft, dass sich Walgesänge auf den Dateien finden würden … Aber es waren keine drauf, glauben Sie mir.“

„Könnte ich die letzten Tondateien trotzdem noch mal anhören?“, frage ich. „Nur die, die mein Vater nicht mehr hören konnte. Bitte.“

„Sie bringen mich in eine ziemliche Zwickmühle. Universitätsfremden Personen darf ich diese Dateien eigentlich nicht zugänglich machen …“

„Und mir als Tochter meines Vaters?“, hake ich nach.

Karunas Mundwinkel heben sich zu einem Lächeln. „‚Tochter meines Vaters‘ ist kein offizieller Status, fürchte ich.“ Sie legt das Buch, das sie in der Hand hält, zurück auf einen der Stapel. „Wissen Sie was? Ich wollte gerade selbst noch einmal ins Labor und mir die Dateien anhören. Manchmal stecken da zufällig zwei Kopfhörer in der Konsole.“ Karuna erhebt sich zu der stattlichen Größe von ungefähr eins fünfundachtzig, streicht sich ihr Kleid glatt, durchschreitet den Raum und hält mir die Tür auf.

Als ich an ihr vorbeigehe, habe ich einen Geistesblitz. „Sie mochten meinen Vater.“ Ich sage es wie eine Feststellung.

Karuna lässt ein Lächeln erkennen. „Der Professor machte es einem nicht leicht.“ Sie schließt die Tür hinter uns ab. „Aber ich mochte ihn.“

Sie mochten ihn *sehr*, denke ich. Doch das behalte ich lieber für mich.

„In vierzig Minuten beginnt die offizielle Sprechzeit für die Studenten.

Dann muss ich wieder in diesem Büro sitzen.“ Karuna geht voran in den Keller und durch einen langen Flur. An dessen Ende wuchtet sie eine Stahltür auf. „Professor Waldmann wollte möglichst wenig Nebengeräusche“, erklärt sie.

Der Raum erweist sich als ein Betonschlauch. Über einer farbneutralen Konsole hängen nebeneinander sechs Flachbildschirme an der Wand. Auf der Konsole liegen sechs Computertastaturen mit jeweils einer Maus, davor stehen sechs nicht drehbare Bürostühle mit lautlosen Gummireifen. Plötzlich nehme ich wieder das Fiepen in meinen Ohren wahr, von dem ich schon dachte, es hätte sich verflüchtigt.

Karuna bittet mich, den Kopf abzuwenden, als sie das Passwort für das Intranet eingibt. Zwei Minuten später sind auf den sechs Monitoren Balken mit unterschiedlich gefärbten Linien, Blasen und nebelähnlichen Gebilden zu sehen. Karuna erklärt mir, dass sie gerade die letzten sechs Tondateien in 64-facher Geschwindigkeit gleichzeitig durch ein Computerprogramm laufen lässt, das die unterschiedlichen Geräusche identifiziert, analysiert und entsprechend darstellt. Sobald es sich um Geräusche handelt, die möglicherweise von einem Meeressäuger stammen, macht das Programm auf die entsprechende Stelle aufmerksam. Karuna zeigt auf eine Spalte, in der ständig kleine bunte Funken aufglühen und verblassen. „Wenn die Farben in den blau-grünen Bereich wechseln, wird es interessant. Der Gesang eines Buckelwals ist wie ein großes Wetterleuchten in Blau und Violett. Das Anforderungsprofil für dieses Labor wurde von Johannes erstellt.“ Von Johannes, soso.

„Was ist hiermit?“ Ich deute auf den zweiten Monitor von links, wo digitale türkisfarbene Knallerbsen explodieren.

„Eine Delfinfamilie auf Fischfang.“ Karuna hüpft mit dem Cursor von einem Monitor zum nächsten und hält das Bild an. „Schön, nicht? Manchmal denke ich, wenn alle Menschen das sehen und hören könnten, würde keiner je wieder auf die Idee kommen, Meeressäuger zu jagen. Wollen Sie mal reinhören?“

„Wenn das geht.“

Plötzlich füllt sich der Raum mit dem Zischen, Knacken und Knarzen von Delfinen. Ich komme mir vor wie in einem Meeresaquarium. Die Laute scheinen von überall her gleichzeitig zu kommen. Auf dem Monitor ist ein Miniaturfeuerwerk zu sehen. Ich sitze stumm da und lausche. „Ja“, sage ich irgendwann. „Es *ist* schön.“

Auch auf den zweiten sechs Tondateien sind keine Gesänge von Buckelwalen zu entdecken. Südkaper, Delfine, Orcas und sogar Pottwale – alle haben ihre Signatur hinterlassen. Aber kein einziger Buckelwal. Am liebsten würde ich rausfahren, einen mit dem Lasso einfangen und an der Fluke in die Bucht ziehen.

„Was ist das?", frage ich und deute auf einen flachen rosafarbenen Streifen, der seit einiger Zeit über den unteren Bildrand der beiden rechten Monitore flimmert.

„Ein Störgeräusch", erklärt Karuna. „Das Meer ist voll davon. Die Schiffsschraube eines vorbeifahrenden Containerschiffs zum Beispiel. Nur kein Buckelwal. Es sei denn, die sind neuerdings motorbetrieben."

Ich sehe mir die Linie eine Weile an. „Kann ich mir die mal anhören?"

Sie deutet unter die Konsole, wo vor jedem Platz ein Kopfhörer eingestöpselt ist. „Das Signal ist sehr schwach. Nehmen Sie lieber den da."

Ich drücke mir den Kopfhörer auf die Ohren. Klingt wie eine Bohrmaschine. „Also, eine Schiffsschraube ist das nicht."

Karuna greift sich den Kopfhörer, der an ihrem Platz hängt. „Nein", sagt sie nach einer Weile. „Klingt so, als käme es vom Land. Eine Bohrung."

„Die Hydrofone können Geräusche vom Land aufnehmen?"

„Wenn die Erschütterungen groß genug sind, ja. Johannes hat sogar vermutet, dass der Baustellenlärm aus der Perkins-Bucht die Wale bis hierher verfolgt."

„Können Sie sehen, aus welcher Richtung das kommt?"

Karuna drückt wieder auf einer Schalttafel herum. Auf einem der mittleren Monitore erscheint eine Karte des Küstenverlaufs. „Die Quelle muss in etwa hier sein." Sie kreist eine Region ein. „Es fehlen allerdings einige charakteristische Frequenzanteile."

„Was bedeutet das?"

„Dass sich die Quelle vermutlich ein paar Kilometer weiter im Landesinnern befindet."

„Aber das ist doch –", setze ich an, doch in diesem Moment öffnet sich die Tür und Eric Cluster betritt den Raum. Mist, wir haben völlig die Zeit vergessen. Karuna müsste seit einer halben Stunde in ihrem Büro sitzen.

Etwas blitzt in Clusters Augen auf, aber nur für einen Sekundenbruchteil. Dann beginnt er zu lächeln. „Mrs Waldmann, irgendwie hab ich mir gedacht, dass ich Sie hier unten finden würde." Er nickt in Richtung der Monitore. „Waren Sie erfolgreich?"

„Leider nein", antworte ich.

„Schade, ich hätte mich gern geirrt." Cluster zaubert ein Lächeln auf sein

Gesicht. „Ich hoffe, Sie haben nichts dagegen, wenn ich mir jetzt meine Mitarbeiterin ausleihe.“

Ich lächle mein gewinnendstes Lächeln zurück. „Es tut mir leid. Ich hoffe es war in Ordnung, dass ich Karuna gebeten habe, mir die …“

Cluster winkt gönnerhaft ab. „Aber selbstverständlich. Außerdem: Vier Ohren hören bekanntlich mehr als zwei. Sie hätten ja auch etwas finden können.“

An der Art, wie Karuna Cluster ansieht und sich für die Verspätung entschuldigt, merke ich, dass sie ihn nicht mag. Jedenfalls nicht so wie meinen Vater, Johannes. Wir stehen bereits im Flur und Cluster schließt die Tür, als mir auffällt, dass er Sandalen mit Socken trägt – mit blauen, weißen und gelben Rauten gemusterte Socken.

„Stimmt etwas nicht?“, fragt Cluster mit argwöhnischem Tonfall.

Ich reiße meinen Blick von den Socken los und sehe ihm offen ins Gesicht. „Darf ich Ihnen etwas Persönliches sagen?“

„Bitte.“

„Socken und Sandalen …“ Ich mache ein Gesicht, als täte es mir leid, ihm das sagen zu müssen. „Ist einfach keine gute Kombination.“

Karuna kann sich ein Schmunzeln nicht verkneifen. Cluster blickt auf seine Sandalen, als sehe er sie zum ersten Mal. „Danke“, sagt er verwirrt. „Werde es beherzigen.“

CHRIS hat einen zerlöcherten Strohhut auf, lehnt an der Motorhaube seines Wagens und isst ein Eis. Der Mann kann also auch entspannt aussehen. Als ich bei ihm bin, greift er neben sich und hält auch mir ein Eis hin.

„Woher wussten Sie, wann ich herauskommen würde?“, frage ich und führe den ersten Löffel zum Mund. Mango. Köstlich.

„Hab Cluster reingehen sehen“, erklärt Chris.

Du siehst nicht nur verdammt gut aus, denke ich, ein Schlauberger bist du auch noch. Wir löffeln unser Eis zu Ende, und ich genieße es, neben ihm an der Haube zu lehnen. Uns trennen nicht mehr als zwei Handbreit. Die Sonne kommt durch die Bäume und zwickt auf meiner winterlich weißen Haut.

„Was jetzt?“, fragt Chris irgendwann.

Ich nehme ihm den Eisbecher aus der Hand und gehe zum nächsten Mülleimer. Als ich zurückkomme, weiß ich die Antwort. „Haben Sie eine Karte vom Umland im Wagen?“ Wir breiten die Karte auf der Motorhaube aus. Ich umkreise mit meinem Finger den Küstenstreifen nördlich von

Tekoura. Inzwischen sind unsere Körper nur noch eine Handbreit voneinander entfernt. „Was wird hier gebaut?“

Chris muss nicht lange überlegen. „Nichts.“

„Aber dort wird gebohrt.“

„Sagt wer?“

„Die Tondateien.“

Er schüttelt den Kopf. „Das ist alles Maoriland.“

„Und da darf nicht gebaut werden?“

„Nur von den Maori.“ Er sieht mich an. „Da wird gebaut?“

Wir steigen ein. Ich nehme die Karte auf den Schoß und bin froh, eine Aufgabe zu haben. Das darf doch nicht wahr sein, denke ich. Ich bin eine erwachsene Frau von über vierzig Jahren, und trotzdem fangen meine Knie an zu zittern, sobald dieser Typ mir in die Augen sieht. Gut, dass Charlotte nicht hier ist. Ich höre im Geiste ihre Stimme: *Mama, du bist so was von peinlich!*

KAPITEL 14

Wir fahren die Küstenstraße entlang. Für einige schaurig-schöne Minuten vergesse ich, dass Chris und ich in einer Mission unterwegs sind. Ich halte den Arm aus dem Fenster, schließe die Augen, lausche der Brandung und lege im Geist meine Hand auf Chris’ Oberschenkel. Da biegt er in einen holprigen Schotterweg, und ich werde in die Realität zurückgeruckelt.

„Merkwürdig“, sagt Chris.

Inzwischen weiß ich, dass das einfach seine Art ist: Er wirft einem einen Brocken vor die Füße, und man muss zusehen, was man damit anfängt.

„Was?“, frage ich.

Er deutet auf den Schotterweg. Kies. Ich sehe Kies. Daneben undurchdringliches Grün, große, ledrige Blätter, Palmwedel und Riesenfarne. Urwald nennt man das wohl. Ich sage nichts. Ist wie Armdrücken. Wollen doch mal sehen, wer als Erster nachgibt.

„Lkw-Spuren“, erklärt Chris schließlich.

Gewonnen. Ich grinse ihn an, und er hat keine Ahnung warum. Wahrscheinlich hält er mich inzwischen für etwas bescheuert. Wir fahren langsam weiter.

Plötzlich tritt Chris auf die Bremse. Der Urwald vor uns hat ein Loch, vielmehr ein Rechteck. Auf einer Fläche von … mehreren Fußballfeldern? Ich kann so etwas schlecht schätzen. Jedenfalls ist der Urwald hier gerodet, und die abgeholzte Fläche ist umzäunt, von einem Zaun, der so hoch ist, dass ich nicht oben heranreiche.

„Was zum Teufel …“, entfährt es Chris. Der Rest bleibt unausgesprochen.

Wir steigen aus. Da, wo der Weg in das abgezäunte Areal hineinführt, wird der Boden schlammig. Jetzt erkenne auch ich die Abdrücke der Lkw-Reifen. Das Tor ist mit einem faustgroßen Vorhängeschloss gesichert, die Kette ist so dick wie mein Unterarm. Auf einem Schild steht NO TRESPASSING! (Kein Durchgang), was angesichts dieses Hochsicherheitszauns überflüssig ist, mich aber auf eine Idee bringt. Ich fahre den Pick-up direkt neben den Zaun. Dann steige ich auf die Motorhaube und das Dach, schwinge mich mit elegantem Schwung über den Zaun und klettere auf der anderen Seite herunter.

In Chris' tiefblauen Augen glaube ich ein Funkeln zu erkennen. Er scheint beeindruckt. Sieht sich um. Niemand da. Nur entfernte Geräusche sind zu hören. Bohrgeräusche.

„Könnte Ärger geben“, sagt er durch den Zaun.

„Will ich hoffen“, antworte ich.

Er zieht den Autoschlüssel ab und klettert ebenfalls über den Zaun.

Wir stapfen über den matschigen Boden. Die Bohrgeräusche werden lauter. Als wir den Rand einer Senke erreichen, zieht mich Chris ohne Vorwarnung ins Gebüsch. Keine zehn Meter vor uns steht eine Gruppe Männer über eine Landkarte gebeugt und diskutiert. Leider gehen die Gesprächsfetzen im Baulärm unter. Von einem Bürocontainer führt ein dickes schwarzes Kabel in den Dschungel jenseits des Zaunes. Daneben parken ein paar Autos, ein Bulldozer sowie ein Kipplaster.

In der Mitte der Senke steht ein dreibeiniges Gerüst, und man muss keine Ingenieurin sein, um zu erkennen, dass es sich bei diesem spinnenartigen Ding um eine Bohreinheit handelt. Da, wo der Bohrstab im Boden verschwindet, blubbert schwarzbrauner Schlamm aus dem Erdreich. Über die Senke hinweg versuchen zwei Männer, sich etwas zuzurufen. Einer von ihnen steht hinter einem kameraähnlichen Kasten, der ebenfalls auf einem dreibeinigen Stativ sitzt. Der andere hält einen rot-weiß gestreiften Stab in der Hand. Offenbar wird hier Land vermessen.

Chris steht so dicht neben mir, dass ich seinen Atem spüren kann.

„Sind die von Gasonec?“, frage ich.

Chris zieht nachdenklich die Stirn in Falten. „Gasonec besitzt hier kein Land.“

„Was nicht heißen muss, dass die hier nicht für Gasonec arbeiten.“

Er schüttelt den Kopf. „Für alles, was mit Logistik zu tun hat, hat Gasonec eine eigene Firma.“

„Logistik?“

„Pipelines …“ Er sieht sich um. „Vielleicht eine Raffinerie. Hier werden gerade Bodenproben genommen.“

Er fährt herum, als hinter uns plötzlich Hundegebell ertönt. Zwei Schäferhunde rasen mit hängenden Zungen auf uns zu.

„Verdammt!“, sagt Chris, ohne jeden Anflug von Panik.

Als die Hunde so nahe kommen, dass ich ihre gefletschten Zähne erkennen kann, stellt Chris sich vor mich. Eine Armeslänge von uns entfernt bleiben die Biester endlich stehen. Sie bellen uns an, als ginge es um ihr Leben. Mein Wagemut und ich schnurren in Sekundenschnelle auf die Größe eines Fingerhuts zusammen. Aus dem Hintergrund knattert ein Wachmann auf einem dieser vierrädrigen Beachcruiser heran. Als er absteigt und ich sein Pistolenholster sehe, muss ich mich an Chris festhalten. Der Wachmann hat offensichtlich Spaß an dem Schauspiel. Dann ruft er den Hunden etwas zu, die beiden setzen sich und verstummen.

Der Wachmann sieht uns an. Offenbar erwartet er eine Erklärung. Chris erwidert unbeeindruckt seinen Blick. Schließlich gibt sich der Wachmann geschlagen. „Was haben Sie hier zu suchen?“

„Was haben *Sie* hier zu suchen?“, entgegnet Chris. „Hier ist Maoriland.“

„Sind Sie Maori?“

„Sind *Sie* einer?“

„Sie sollten jetzt verschwinden – und zwar schleunigst.“ Der Wachmann macht eine drohende Geste.

Bevor Chris Gelegenheit hat zu antworten: *Sie sollten jetzt gehen*, ergreife ich seinen Arm und ziehe ihn weg. Die Schäferhunde verfolgen uns mit ihren Blicken.

„Der ist nur ein Handlanger“, sage ich. „Der weiß selbst nicht, wem er gehört.“

Hinter den Gläsern der Sonnenbrille sind die Augen des Wachmanns nicht zu erkennen, doch ich sehe seinen Mundwinkel zucken. Treffer. Armes Schwein – nicht zu wissen, für wen man den Kopf hinhält. Wir stapfen zum Zaun zurück, im Nacken zwei hechelnde Schäferhunde und einen Idioten mit Pistole. Statt uns das Tor aufzuschließen, verlangt er von uns, dass wir das Gelände so verlassen, wie wir es betreten haben – über den Zaun. Entweder will er uns demütigen, oder er hat gar keinen Schlüssel für dieses Vorhangschlossmonster. Oder beides.

Chris hilft mir, den Zaun hinaufzukommen. Er hebt mich hoch wie eine Ballerina. Mein Herz hüpft ein kleines bisschen, als ich seine kraftvollen Arme spüre. Wir steigen in den Wagen, und ich sehe aus den Augenwinkeln, dass der Wachmann die Nummer von Chris' Pick-up notieren will. „Nicht nötig!“, ruft Chris ihm zu. „Ich heiße Chris Cassel. Wer immer das ist, für den Sie arbeiten: Er weiß, wer ich bin.“

„JETZT werden wir beide richtigen Ärger bekommen“, sage ich, als wir wieder die Küstenstraße erreicht haben.

„Ärger hab ich sowieso.“ Was für eine Überraschung!

Eine Weile sage ich nichts. Erst als die Bucht unter uns liegt und Tekoura in Sicht kommt, frage ich: „Wie kann ich herausfinden, wem das Land gehört?“

„Im Katasteramt. Aber Maoriland kann nicht ohne Weiteres verkauft werden. Es könnte verpachtet sein.“

„Wer auch immer es ist“, überlege ich laut, „er scheint ziemlich sicher zu sein, dass Gasonec in der Bucht große Gasvorkommen finden wird.“

Wir haben die Stadtgrenze erreicht, als ich sein Schmunzeln bemerke. „Was ist?“

Er wirft mir einen Blick zu. „Ich habe überlegt, ob ich Ihnen sagen soll, dass man Ihnen beim Katasteramt nicht einfach so Einblick in die Akten gewähren wird. Aber erstens glaube ich nicht, dass Sie das abhalten würde, und zweitens ahne ich, dass Sie sich die Information trotzdem irgendwie beschaffen werden.“

Ich muss lächeln und sehe aus den Augenwinkeln, dass er es auch tut. Er setzt mich zu Hause ab. Zu Hause. Bei Johannes. „Tschüss.“

„Tschüss.“

„Und danke für … den Tag. Das hat …“

„Spaß gemacht?“

„Ja“, überlege ich, „irgendwie hat es Spaß gemacht.“

„Mir auch.“

„HAST DU einen Geist gesehen?“, fragt Charlotte, als ich ins Haus komme. Sie steht am Herd und brät einen Fisch, der zu groß ist für die Pfanne.

„Wie kommst du denn darauf?“

„Du siehst irgendwie merkwürdig aus." Charlotte wendet umständlich den Fisch. Dann blickt sie mich an, als sehe sie mich erst jetzt richtig. „Mama – hast du dich etwa verknallt?"

„Red keinen Unsinn! Chris und ich haben eine interessante Entdeckung gemacht." Ich setze mich an den gedeckten Tisch, erzähle Charlotte von meinen Nachforschungen und wie Chris und ich plötzlich einem Wachmann mit zwei Schäferhunden gegenüberstanden.

„Also doch", sagt Charlotte. „Du bist verknallt."

„Nein!" Erst jetzt bemerke ich das kleine Wunder, das sich in meiner Abwesenheit vollzogen hat. „Du hast gekocht", stelle ich fest.

„Blitzmerker."

„Und den Tisch gedeckt."

„Ja, und ich wäre dir dankbar, wenn du keinen Staatsakt daraus machen würdest."

„Wo hast du den Fisch denn überhaupt her?"

„Von Paka. Ist ein Hoki. Hat er selbst gefangen."

Ich filetiere den Fisch und verteile ihn auf unseren Tellern. Charlotte hat sogar für jeden von uns eine Zitrone aus dem Garten geholt.

„Schmeckt ja köstlich", bemerke ich erstaunt.

„Anfängerglück", antwortet Charlotte mit vollem Mund.

Ich genieße den zweiten Bissen und betrachte Charlotte. Dann meine Hände. Das Besteck schwebt über dem Teller. Die Pfanne, der Fisch, der Geruch von Urlaub im Süden.

„Ja", sage ich schließlich. „Vielleicht. Ein bisschen." Ich werfe ihr einen entschuldigenden Blick zu. „Verknallt."

Charlotte zieht nur die Schultern hoch. „War mir eh klar."

Nach einer Weile wird mir klar, was zu einem guten Essen noch fehlt: ein guter Wein. Ich gehe zum Kühlschrank, in dem noch drei Flaschen kalt gestellt sind, und ziehe einen Sauvignon Blanc heraus.

„Auch einen Schluck?", frage ich über die Schulter.

Charlotte lässt sich Zeit mit der Antwort. „Glaubst du nicht, dann wache ich morgen als Alkoholikerin auf?"

Ich nehme ein zweites Glas aus dem Schrank. Und dann passiert es: Als ich mich wieder an den Tisch setze, streift mein Blick Johannes' leeren Platz, mein Magen verknotet sich, und mir schießen Tränen in die Augen.

„Mama!"

Ich kriege kein Wort heraus und kann nur abwinken. Als ich mich wieder im Griff habe, strecke ich Charlotte mein Glas entgegen und sage: „Auf Johannes! Der hätte seinen Wein sicher gern noch selbst getrunken."

Sie stößt mit mir an. „Auf Johannes!"

Wir trinken. Die anschließende Schweigeminute beendet Charlotte, indem sie fragt: „Vermisst du ihn sehr?"

Ich denke nach. Lange. Ernsthaft. „Weißt du was?", sage ich schließlich. „Ich weiß es nicht. Ist das nicht verrückt? Ich weiß es tatsächlich nicht."

Und dann erzähle ich ihr von meiner Großmutter Elvira, von der ich als Kind wissen wollte, wie das damals im Krieg war, und die mir erzählt hat, dass es wie ein Leben im Zeitraffer war. An einem Tag konnte man todtraurig darüber sein, dass der Mann der besten Freundin in Russland erfroren war, und am nächsten war man überglücklich, dass der eigene unverletzt von der Front zurückkam. Noch zwanzig Jahre später konnte sie einzelne Tage genau rekonstruieren, während ihr aus späteren Lebensabschnitten die Erinnerung an ganze Monate oder sogar Jahre fehlte.

„Ich weiß, der Krieg ist mit nichts vergleichbar", sage ich zum Schluss, „aber ich glaube, ich fühle mich ein bisschen so, wie meine Oma sich damals gefühlt haben muss."

Wir trinken schweigend unsere Gläser aus. Anschließend räumt Charlotte das Geschirr ab und schiebt den Fischkopf aus der Pfanne in den Mülleimer. Als sie sich wieder zu mir setzt und uns beiden nachgießt, ahne ich, dass unser Gespräch noch nicht beendet ist.

„Wie war das eigentlich mit meinem Vater?", fragt sie schließlich. „Hast du ihn geliebt – ich meine, so richtig?"

„Klar. Glaubst du, sonst hätte ich ein Kind mit ihm bekommen wollen?"

„Hast du aber nicht – mich mit ihm zusammen bekommen. Bevor ich zur Welt kam, hatte er sich schon verdrückt. Stimmt doch, oder?"

„Ich glaube, meine Schwangerschaft hat ihn überfordert."

„Das klingt ja, als hätte er dich neun Monate lang auf den Schultern tragen müssen."

„Im Grunde war er noch nicht reif für ein Kind."

„Und dann ist er einfach so abgehauen."

So ist es. „Ehrlich gesagt: Wenn ich objektiv auf uns geschaut hätte, hätte ich es vorher ahnen können. Er hatte einfach Angst."

„Und später", fährt sie fort, „hat er da nie nach mir gefragt? Kein einziges Mal?"

Nein. „Ich nehme an, er hat seine Angst bis heute nicht überwunden."

„Der Dreckskerl!“

„Versuche, ihn nicht zu hassen“, sage ich. „Er ist ein Teil von dir …“

„Genau das hat Paka auch gesagt!“, ruft Charlotte dazwischen.

„Und was hast du Paka geantwortet?“, will ich wissen.

„Dass er trotzdem ein Dreckskerl ist!“ Charlotte springt vom Tisch auf und läuft die Treppe hinauf. Die Schlafzimmertür wird zugeschlagen.

Ich blicke in die Bucht hinunter. „Ich fürchte, du hast Recht.“

KAPITEL 15

Quer zur Promenade verläuft eine kleine Straße, die zum Hafen hinunterführt. Sie ist von kleinen Geschäften gesäumt. Man kommt sich ein bisschen vor wie in einem amerikanischen Western. Die Häuser sind meist zweigeschossig und aus Holz, die Schilder über den Türen handgemalt. Im Schatten überdachter Veranden dösen alte Männer neben surrenden Ventilatoren.

In einem Café, das von einer Großfamilie geführt wird, lasse ich mir von der Tochter ein selbst gebackenes Sandwich mit hausgemachter Marmelade empfehlen, das die Großmutter sofort in Angriff nimmt, während die Mutter mir mit rührender Hingabe einen Milchkaffee zubereitet. Der Großvater fragt mich, wo ich sitzen möchte, und stellt mir eine Karaffe mit Wasser auf den Tisch. „Ganz schön heiß heute“, sagt er. Während ich dem Treiben auf den Bürgersteigen zusehe und dabei auf Thompson warte, überlege ich, weshalb mir die gemütliche Atmosphäre in diesem Café so nahegeht. Dann weiß ich es plötzlich: Zufriedenheit. Tochter, Mutter, Oma, Opa – alle sind eins mit dem, was sie tun. Auch das kann Familie sein.

Ich sehe Thompson auf mich zusteuern. Er ist die Freundlichkeit in Person, aber langsam geht mir seine übertrieben verbindliche Art auf die Nerven.

„Danke, dass Sie sich Zeit für mich nehmen“, sage ich, nachdem er Platz genommen hat.

„Um ehrlich zu sein …“, entgegnet er mit einem konspirativen Lächeln, „ich bin ganz dankbar für die angenehme Ablenkung.“

Wir tauschen Belanglosigkeiten aus – bis die Mutter herauskommt, mit einem „Bitte schön, Steven“ einen frisch gepressten Kiwisaft vor Thompson abstellt und ich zur Sache komme.

„Danke noch mal, dass Sie gekommen sind“, sage ich so freundlich wie möglich. „Ich wusste nicht, an wen ich mich sonst hätte wenden können.“

Thompson zieht seinen Saft durch den Strohhalm und sieht mich beglückt an. „Als ich Ihnen sagte, dass Sie sich jederzeit an mich wenden können, falls ich etwas für Sie tun kann, war das durchaus ernst gemeint.“

„Gut.“ Ich ziehe Chris' Landkarte aus der Handtasche, bemerke, wie sich Thompsons Brauen kräuseln, schiebe meinen Teller beiseite und breite sie zwischen uns aus. Ich deute auf die Stelle, an der Chris und ich über den hohen Maschendrahtzaun geklettert sind. „Das ist Maoriland, stimmt 's?“

„Korrekt.“

„Weshalb wird dann dort gebaut?“

Thompson stellt bedächtig sein Glas ab. „Hat Ihnen Chris Cassel das erzählt?“

„Nein. Ich war da. Sieht so aus, als plane jemand, dort eine Raffinerie zu bauen. Und das, obwohl Gasonec noch gar kein Gas gefunden hat.“

Thompson lächelt mich an, und ich meine, echtes Mitgefühl in seinem Blick zu erkennen. „Was ich jetzt sage, ist nicht gegen Sie persönlich gerichtet“, schickt er vorweg. „Für einen Außenstehenden ist es nicht so einfach, unsere Lebensverhältnisse zu verstehen. Wir leben hier alle auf altem, geheiligtem Maoriland. Das Problem dabei ist: Praktisch ganz Neuseeland ist altes, geheiligtes Maoriland. Gleichzeitig müssen wir aber auch in der Jetztzeit leben und außerdem noch an die Zukunft denken. Geheiligtes Land ist eine schöne Sache, aber es ernährt uns nicht.“

„Können Sie mir sagen, wer dieses Land gepachtet hat?“

Thompson lehnt sich entspannt zurück. Für ihn ist dieses Gespräch offenbar beendet. „Ich bin nicht sicher, ob ich Ihnen das sagen dürfte – wenn ich es wüsste.“ Er zieht mit einem röchelnden Geräusch den Rest seines Kiwisaftes durch den Strohhalm. „Da oben wird gebaut? Gut. Da oben wird Geld investiert? Gut! Wir brauchen Menschen, die an die Zukunft dieser Region glauben.“

„Mein Vater hat auch an diese Region geglaubt“, sage ich und ärgere mich bereits über den Nachsatz, bevor er mir herausrutscht. „Er ist sogar dafür gestorben.“ Mehr noch ärgere ich mich darüber, dass ich Thompson damit die Gelegenheit gebe, das Register einfühlsamen Verständnisses zu ziehen.

„Ich verstehe, dass Sie so denken. Nur sehe ich, ganz ehrlich, keinen Zusammenhang zwischen dem Tod Ihres Vaters und dieser Baustelle.“

„Wenn die Baustelle nicht Gasonec gehört, dann bedeutet das, dass Gasonec mit jemandem zusammenarbeitet.“

„Oder dass jemand auf den Erfolg dieses Unternehmens spekuliert“, belehrt mich Thompson. „So funktioniert freie Marktwirtschaft. Auch bei uns.“

„Und so wird über Leichen gegangen. Auch bei Ihnen.“

Judith Keen – ihren Namen verrät mir das vergilbte Schildchen auf ihrem Schreibtisch – ist geschätzte 65 Jahre alt und in Wahrheit wahrscheinlich erst Anfang fünfzig. Der Mops in ihrem Schoß scheint mit ihr zusammengewachsen zu sein und steht ihr an Körperfülle in nichts nach. Ich mag Hunde nicht, zumal ich an einer Tierhaarallergie leide, aber mir bleibt keine Wahl. Ohne den Mops keine Judith, ohne Judith keine Akteneinsicht.

Ich bin zum ersten Mal in meinem Leben in einem Katasteramt und bin erstaunt, dass es genauso riecht, wie ich es mir immer vorgestellt habe: nach dickem Papier, das in langen Reihen würdevoll altert. Als ich an Judith herantrete, schiebt sie unauffällig eine zur Hälfte aufgegessene Schokoladentafel aus meinem Blickfeld. „Wie kann ich Ihnen helfen, Mrs Waldmann?“

Langsam wird es mir unheimlich, dass jeder in diesem Ort meinen Namen zu kennen scheint. „Woher wissen Sie, wer ich bin?“, frage ich.

„Ich hab Sie in den Nachrichten gesehen. Das mit Ihrem Vater tut mir so leid!“ Judith erzählt ohne Punkt und Komma – von meinem Vater, einem „wahrhaft ehrenhaften Mann“, von der Schönheit dieser Bucht und dass nach den Walstrandungen nicht nur sie, sondern auch Camper die ganze Nacht kein Auge zutun konnte, dass die Aussicht auf Reichtum vor allem das Schlechte im Menschen hervorbringe und …

„Heißt so Ihr Hund“, nutze ich eine Atempause, „Camper?“

„Ja!“ Sie tätschelt seinen Kopf, worauf er artig mit dem Ohr zuckt.

Ich heuchle Interesse und trete an ihren Schreibtisch heran, um besser in ihren Schoß sehen zu können. „Der ist aber süß!“, lüge ich. „Darf ich ihn mal streicheln?“ Ich fühle, wie sich mir die Nackenhaare aufstellen.

„O bitte!“ Judith nimmt ihn aus dem Schoß und legt ihn vor mir auf den Schreibtisch, ohne dass das Tier eine Regung erkennen lässt.

Ich überwinde mich und streiche Camper über den zerknautschten Kopf. Ein Geruch, der mich an Brokkoli und Blumenkohl erinnert, entsteigt seinem Fell. Als ich den Geruch nicht mehr ertrage, sage ich: „Weshalb ich eigentlich hier bin … Kann ich bei Ihnen erfahren, wem ein bestimmtes Stück Land gehört?“

„Theoretisch schon. Vorausgesetzt, es gehört zu unserem Bezirk und Sie können ein vom Gericht bestätigtes juristisches Eigeninteresse nachweisen.“

Sie deutet auf eine Regionalkarte, die hinter mir an der Wand hängt. „Um welches Land geht es denn?"

Ich trete vor die Karte und sehe mir die vielen kleinen Parzellen an, in die der Bezirk unterteilt ist. Als ich die entsprechende Stelle gefunden habe, lege ich meinen Finger darauf. „D23, E22 und F22", sage ich.

Judith starrt gebannt auf ihren Monitor und klickt sich durch. „Also, was ich Ihnen sagen kann, ist, dass sich alle drei Parzellen in Privatbesitz befinden … seit … 1975."

Ich habe mich millimeterweise so weit über den Tisch gelehnt, dass ich einen Blick auf den Monitor erhasche. Dort sieht der Bezirk aus wie ein großes Malen-nach-Zahlen-Bild. „Was bedeuten denn die Farben?"

„Grün bedeutet Naturschutzgebiet, die gelben Parzellen sind verpachtet."

„Das heißt, dass diese drei Parzellen verpachtet sind."

Judith sieht mich streng an. „Ja, das bedeutet es."

„Und von wem an wen?"

„Mrs Waldmann! Sie wissen, dass ich Ihnen das nicht sagen darf."

Ich kraule Camper und lächle um mein Leben. „Hören Sie, Judith, können Sie nicht eine Ausnahme machen? Es ist wirklich sehr wichtig, und außerdem *habe* ich ein juristisches Eigeninteresse, es ist nur nicht …"

„Vom Gericht bestätigt."

„Genau."

„Was glauben Sie", fragt mich Judith, und ihr Blick wird von Sekunde zu Sekunde strenger, „würde das Gericht Ihr juristisches Eigeninteresse wohl bestätigen?"

Ich versuche so zerknirscht auszusehen, als hätte ich gerade ihren Mops überfahren und stünde jetzt lebenslang in ihrer Schuld. „Wohl eher nicht."

Judith zieht erst eine, dann die zweite Augenbraue in die Höhe. „Am liebsten mag er es, wenn er *hier* gestreichelt wird." Sie zeigt auf die von mir abgewandte Seite. Meine Hand tastet sich über Campers Rücken. Inzwischen habe ich eine Gänsehaut bis zu den Knöcheln hinunter. Außerdem gibt es keine Stelle an meinem Körper, die nicht entsetzlich juckt.

„Nein, nein", sagt Judith mit einem verschwörerischen Augenzwinkern, „Sie müssen schon um den Tisch herumkommen."

Schlagartig wird mir klar, was sie meint. Ich gehe lächelnd um den Tisch herum, streichle Camper an der von Judith bezeichneten Stelle und lese auf dem Monitor: Crossyard, Commonwealth Center, Tekoura.

Als Judith sicher ist, dass ich genug Zeit hatte, um diese Information zu verinnerlichen, sagt sie: „Ich glaube, jetzt ist es Zeit, dass er wieder auf meinen Schoß kommt. Sonst verwöhnen Sie ihn mir noch zu sehr."

IM GEGENSATZ zu neulich Nacht erscheint mir Chris' Bootswerkstatt heute Abend als der romantischste Ort der Welt. Das Licht der untergehenden Sonne spiegelt sich auf dem Wasser und flackert in Wellenlinien über die Decke. Der Raum erstrahlt in einem warmen Orange, die Luft schmeckt salzig, es riecht nach Aufbruch und Neuanfang. Und Farbe. Das Gefühl allerdings ist dasselbe wie bei meinem letzten Besuch: Ich hätte nicht kommen sollen.

Sicher, ich will Chris berichten, was ich auf dem Katasteramt herausgefunden habe, aber es gibt keinen Grund, damit nicht bis morgen zu warten. Ich bleibe noch eine Weile in der Tür stehen, betrachte das Lichtspiel an der Decke und vor allem Chris, der über das Boot gebeugt steht, das noch immer kieloben auf den Holzstreben liegt. Er hat mich noch nicht bemerkt, weil er völlig in seine Arbeit vertieft ist. Die Stelle, die er neulich verspachtelt und grundiert hat, wird jetzt mit einem Königsblau gestrichen. Er arbeitet ruhig und besonnen. Ich mag das: Wenn Menschen sich Zeit nehmen und etwas so machen, wie es gemacht werden will.

„Sie verlaufen sich aber oft", sagt Chris, ohne aufzusehen.

„Ich … ich war beim Katasteramt."

„Dachte ich mir."

„Das Land ist seit 1975 in Privatbesitz."

„Maoriland."

„Ich dachte, Maoriland bedeutet seit tausend Jahren oder so."

Chris legt den Pinsel ab und erklärt mir, dass 1975 das Waitangi-Tribunal stattfand, das den Maori ihr altes Land wieder zuerkannte, nimmt erneut den Pinsel in die Hand und taucht ihn vorsichtig in die Farbdose.

„Inzwischen ist es verpachtet", sage ich.

Chris mustert mich. Ich überlege, ob ich seinen Gesichtsausdruck falsch deute oder ob es tatsächlich Feindseligkeit ist, die mir da entgegenschlägt. „Und Sie haben herausgefunden, von wem", stellt er fest.

Ich nicke. „Crossyard."

Chris nimmt seine Arbeit wieder auf. „Und wer ist Crossyard?"

„Ich hatte gehofft, Sie könnten mir das sagen."

„Da muss ich passen", sagt Chris.

Wütend sage ich: „Können Sie eigentlich auch mal freundlich und umgänglich sein?"

Chris streift den Pinsel ab, drückt den Deckel auf die Dose und trägt beides zur Werkbank hinüber. „Fragen Sie doch einfach weiter Thompson, wenn Sie etwas über Crossyard in Erfahrung bringen wollen. Scheint doch gut zu funktionieren.“

Ich erspare mir die Frage, woher er das weiß, und überlege stattdessen, weshalb es ihn so ärgert. Entweder er weiß etwas über Thompson, wovon ich keine Ahnung habe, oder er ist tatsächlich … eifersüchtig?

„Ich spreche mit jedem, der mir helfen kann“, erkläre ich. „Wenn ich nur mit Leuten reden würde, die Sie vorher für gut befunden haben, dürfte ich wahrscheinlich nicht einmal Selbstgespräche führen.“ Damit entlocke ich ihm immerhin ein Schmunzeln. „Und falls Sie das tröstet: Von Thompson habe ich rein gar nichts erfahren.“

Chris hat den Pinsel eingeweicht, sich die Farbspritzer an den Fingern mit einem terpentingetränkten Lappen abgewischt und seinen Arbeitsplatz aufgeräumt. „Wie sind Sie hergekommen?“, fragt er.

„Zu Fuß.“

„Soll ich Sie nach Hause fahren?“

„Ist das Ihre Art, freundlich und umgänglich zu sein?“, entgegne ich.

„Sie können auch laufen, wenn Ihnen das lieber ist.“ Diesmal bekommt er sogar ein Lächeln zustande.

KAPITEL 16

Das schwindende Tageslicht färbt den Himmel lila. Chris biegt mit seinem Pick-up in die letzte Serpentine ein, von der aus man Johannes' Haus am Hang gut sehen kann. Ich erstarre. Aus dem Dachstuhl und den Fenstern des Hauses lodern Flammen.

„Charlotte!“, schreie ich panisch.

Chris fährt mit quietschenden Reifen um die Kurven. Vor Johannes' Haus macht er eine Vollbremsung. Zwei Löschfahrzeuge und zwei Polizeiwagen versperren die Straße. Blaulicht flackert über den Asphalt. Ich springe aus dem Wagen, stoße einen Polizisten zur Seite und renne zum Haus.

„Charlotte!“, schreie ich wieder, als sie mir aufgelöst und mit wirrem Haar entgegenkommt.

„Ich bin nicht taub, Mama“, sagt sie.

Wir stehen auf den Stufen vor der Haustür. Der Gestank des Rauchs schnürt mir die Atemwege zu. Aus dem hinteren Teil des Hauses schlagen Flammen empor. Die Wiese ist mit verkohlten oder noch brennenden Dingen übersät: Stühle, Dokumente, Akten, der Fernseher, das Sofa, Kleidungsstücke. Charlotte hat offenbar versucht, ins Haus zu kommen, wurde aber von einem Polizisten zurückgehalten. Sie hat gerade mit Jenkins diskutiert, der mich sachlich grüßt und einigermaßen betroffen aussieht.

Ich schließe Charlotte erleichtert in die Arme. „Ich dachte, du wärst da drin“, erkläre ich meinen Gefühlsausbruch.

„Schon okay“, sagt sie.

„Alles in Ordnung?“

„Mit mir schon. Nur die hier …“, sie macht eine Geste, die den Polizisten, Jenkins und die Polizeiwagen einschließt, „drehen total am Rad.“

Im Halbdunkel sehe ich einen Mann durch das Gartentor kommen, hoffe, dass es Chris ist, und stelle fest, dass es sich um Thompson handelt. Zur Abwechslung will er niemandem die Hand schütteln. „Sind Sie verletzt?“, fragt er. Ich schüttle den Kopf. Er sieht sich um. Das Feuer ist unter Kontrolle. „Großer Gott!“ Er lässt sich von Jenkins auf den neuesten Stand bringen und erklärt mir, dass das Haus bis auf Weiteres nicht betreten werden darf. „Sonst kommen Sie mit einer Rauchvergiftung heraus.“

Das leuchtet mir ein. „Können Sie mir eine Atemmaske besorgen?“, frage ich.

Jenkins spricht mit dem Beamten, dessen breite Schultern nach wie vor den Hauseingang blockieren und der sich daraufhin in Bewegung setzt.

„Es tut mir so leid“, sagt Thompson, der es schwer ertragen kann, wenn jemand mal gar nichts sagt, „wenigstens konnten wir das Haus retten.“

Ich blicke zum Fenster von Johannes’ Arbeitszimmer empor. „Die Arbeit eines ganzen Lebens …“, sage ich.

„Es tut mir wirklich leid“, wiederholt Thompson. „Wir werden den Schuldigen finden, das verspreche ich.“

Ich überlege noch, ob auf dieses Versprechen mehr zu geben ist als auf ein Wahlversprechen, als mir jemand eine Atemschutzmaske reicht.

Ich komme bis ins Wohnzimmer. Dort bleibe ich wie angewurzelt stehen. Es war ein Schwelbrand, der sich an den Innenwänden vom ersten Stock ins Erdgeschoss hinabgefressen hat. Inzwischen ist er gelöscht, die Balkontür ist geöffnet und lässt den Rauch entweichen. Was mich innehalten lässt, ist der Anblick der Fotowand. Ausnahmslos alle Fotos, angefangen von unseren Familienfotos links oben in der Ecke bis zu den Unterwasseraufnahmen der Pottwale rechts unten, sind zerstört. Entweder sind sie von der Wand gefallen und kräuseln sich jetzt als schwarze Krusten aus Asche entlang der Wand, oder sie hängen als verkohlte Rollen an der Wand und zerfallen, sobald man sie berührt. Die Erinnerungen eines ganzen Lebens, ausgelöscht von einem Moment zum nächsten. Es ist, als wäre Johannes gerade zum zweiten Mal gestorben.

Als ich aus dem Haus komme, erwarten mich Chris und Charlotte. Thompson und Jenkins stehen im Kreis von Uniformierten am Gartentor zusammen. Ich nehme die Atemmaske ab und spüre den Ruß und die getrockneten Tränen auf meinem Gesicht. Keiner sagt etwas. Mein Gesicht scheint Bände zu sprechen.

„Und jetzt?“, fragt Charlotte irgendwann.

Ich ziehe die Schultern hoch.

„Kommen Sie“, sagt Chris und wendet sich zum Gehen.

„Wohin?“, fragt Charlotte.

„Heute Nacht schlafen Sie bei mir.“

Ich bin erleichtert, nicht nur weil wir bei Chris übernachten können, sondern weil er mir erspart, darüber nachzudenken, wie es jetzt weitergeht. Ich weiß es nämlich nicht.

CHRIS fährt aus der Stadt heraus. Die Sonne ist untergegangen, und das Meer hat die Farbe von flüssigem Blei angenommen. Vor Erschöpfung fallen mir immer wieder die Augen zu. Ich fühle mich entwurzelt. Erst morgen werde ich wissen, ob ich überhaupt noch einen Pass und ein Rückflugticket besitze oder ob alles verbrannt ist, zusammen mit Charlottes MP3-Player.

Charlotte und ich sitzen eng aneinandergeschmiegt, blicken aus dem Fenster und verfolgen, wie am Horizont das Meer und der Himmel miteinander verschmelzen. Irgendwann sinkt ihr Kopf gegen meine Schulter. Einen kostbaren Moment lang ist sie wieder mein kleines Mädchen. Ihr Kopf wird schwer, gleichzeitig weicht die Spannung aus ihrem Körper. „Ich hab dich lieb, Mama“, sagt sie so leise, dass ich einen Moment lang zweifle, ob ich es wirklich gehört habe. Hinter der nächsten Biegung beginnt sie gleichmäßig und kaum hörbar zu schnaufen.

„Ich dich auch“, flüstere ich. „Wo fahren wir überhaupt hin?“, frage ich im Halbschlaf.

„Das sehen Sie, wenn wir da sind“, antwortet Chris.

Ist gut, denke ich, ist gut. Und mein Kopf sinkt gegen den von Charlotte.

ICH ERWACHE, weil mich eine Hand vorsichtig an der Schulter berührt. Es ist Chris' Hand. Ich weiß es, bevor ich weiß, wo ich bin und dass Charlotte neben mir sitzt. Das Meer ist deutlich zu hören. Ich schmecke das Salz in der Luft.

Chris hat am Ende eines schmalen Pfades geparkt. Vor uns erhebt sich die Silhouette eines imposanten Landhauses, dessen Dach sich in den Nachthimmel reckt. Links wird das Grundstück von Wald eingeschlossen, rechts fällt es zur Küste hin ab. Ich meine, im Garten die Ecke eines Pools auszumachen.

Ich schiebe Charlotte von mir weg, ohne dass sie aufwacht. „Gehört das Ihnen?", frage ich ungläubig.

Chris öffnet die Tür und steigt aus. „Ich war lange nicht mehr hier", antwortet er.

„Danach habe ich nicht gefragt", sage ich.

Chris sieht mich an. „Ja, gehört mir."

Na, auf die Erklärung bin ich aber mal gespannt, denke ich, während er das Tor entriegelt und aufdrückt. Anschließend steigt er wieder ein und fährt uns über den kiesbestreuten Halbkreis bis vor die Haustür. Wortlos wuchtet er zwei Taschen von der Ladefläche, trägt sie ins Haus und kehrt kurz darauf zurück. Als er die Beifahrertür öffnet, rutscht Charlottes Arm aus ihrem Schoß. Der Rest von ihr bewegt sich keinen Millimeter. Wenn sie einmal schläft, dann schläft sie. So war sie schon als Baby.

„Was machen wir mit ihr?", frage ich.

Chris schiebt seine Arme unter Charlottes Beinen und hinter ihrem Rücken durch und hebt sie aus dem Wagen wie einen großen Hund. Er trägt sie die Stufen ins Haus hinauf und weiter in den ersten Stock, wo eine Tür geöffnet und wenig später wieder geschlossen wird. Dann kommen seine Schritte die Treppe herab und hallen durch das Foyer, wo ich unter einem kitschigen Kronleuchter stehe. Die Luft ist abgestanden und kühl, der Marmorboden ist von einer feinen Staubschicht bedeckt, in der unsere Schuhe Abdrücke hinterlassen. Ich werde in den Salon geleitet. Die Möbel sind mit Tüchern verhängt und machen den Eindruck, als würden sie um Mitternacht zu tanzen anfangen. Chris schichtet Holz im Kamin auf. Während ich durch die Panoramatür in die Bucht hinunterblicke, beginnt es hinter mir zu knistern.

„Ich könnte einen Wein aus dem Keller holen", schlägt er vor.

„Würde ich trinken", antworte ich.

Bis Chris wieder aus dem Keller zurück ist, lodert das Feuer hell im

Kamin, ich habe in der Küche zwei Weingläser gefunden und außerdem zwei dicke Kissen, die ich vor der Terrassentür auf den Boden lege. Wenig später sitzen wir auf den Kissen, die Beine über Kreuz, und blicken in die Nacht hinaus. Der Mond hängt schwer über der Bucht, auf der anderen Seite ist Tekoura als eine Ansammlung kleiner Lichter zu sehen. Wir trinken.

„Also“, sage ich schließlich, „warum leben Sie nicht in diesem Haus, sondern in der Hundehütte da drüben?“ Ich deute mit dem Kinn Richtung Tekoura.

Chris trinkt einen Schluck. „Zu viel Vergangenheit.“

Also schön, neues Thema. „Okay. Was würden Sie tun, wenn Sie tun könnten, was Sie wollten?“

„Wonach ich strebe – ist es das, was Sie meinen?“

Ich nicke.

Er lässt den Rotwein in seinem Glas kreisen. „Andere daran hindern, diese Welt zu zerstören.“

„Machen Sie doch schon.“

Er trinkt und schmunzelt. „Und Sie“, fragt er, „was würden Sie tun?“

Dich küssen, denke ich. Mir rutscht das Herz in den Magen. Weiß er, was ich gerade denke? „Ich würde gern noch runtergehen“, beeile ich mich zu sagen. „Ans Meer.“

Ich leere mein Glas und halte es ihm hin. Ein ganz klitzekleines bisschen bin ich beschwipst. Er verteilt den Rest der Flasche auf unsere Gläser, steht auf und zieht mich hoch. Wir gehen durch den Garten, am Pool vorbei, der sich als Brunnen herausstellt, anschließend die in den Fels geschlagenen Steinstufen hinunter, die glücklicherweise vom Mondlicht erhellt werden. Chris geht voran, an zwei besonders unwegsamen Stellen reicht er mir die Hand. Beim zweiten Mal durchfährt mich ein Gedanke: Es wird passieren. Wir werden uns küssen. Da unten am Strand.

Es gibt einen schmalen Sandstreifen, der, wie mir klar wird, nur über diese Treppe erreichbar ist. Oder vom Wasser aus. Ein Privatstrand. Wir streifen unsere Schuhe ab und laufen über den kühlen Sand.

Ich versuche noch, diese ganze Szenerie mit dem Mann in Einklang zu bringen, der mit Farbklecksen auf den schäbigen Jeans in seiner Werkstatt so akribisch Risse spachtelt und Bootsrümpfe lackiert, als er sagt: „Sie sind seltsam: Eben erst haben Sie Ihr Haus verloren, jetzt sorgen Sie sich um meine gute Laune.“

Für ihn bin also ich die Seltsame von uns beiden. „Ich hab in den letzten Tagen immer wieder an meine Großmutter denken müssen", höre ich mich sagen. „Was sie vom Krieg erzählt hat. Sie verlor ihr Zuhause, war jahrelang auf der Flucht, irgendwann mussten ihr zwei Finger amputiert werden, weil sie erfroren waren, immer wieder wäre sie beinahe verhungert. Am Ende aber war all das völlig unwichtig – denn ihr kleiner Bruder hatte überlebt." Ich trinke mein Glas aus und stelle es in den Sand. Inzwischen bin ich mehr als ein klitzekleines bisschen beschwipst. „Ich schätze, was ich damit zu sagen versuche, ist: Erstens war es nicht mein Haus, und zweitens sind mir Menschen wichtiger als Wände mit einem Dach obendrauf."

Wir sind stehen geblieben. Eine Welle leckt mir die Zehen, was einen angenehmen Schauer mein Rückgrat hinaufjagt. Könnte auch Chris sein, der sich mir zuwendet und verlegen sein Weinglas betastet. Oder der Mond. Ist alles nicht mehr richtig auseinanderzuhalten.

„Hab ich wahrscheinlich verpasst – mich für Menschen zu interessieren."

„Lassen Sie mich raten: Zuerst waren es die Boote, dann die Wale."

„Nicht ganz. Spielt aber auch keine Rolle mehr. Jetzt ist es sowieso zu spät."

„Okay." Ich gehe einen Schritt auf ihn zu. „Schluss mit dem Selbstmitleid. Es ist nie zu spät, und das weißt du auch." Bin ich froh, dass ich beschwipst bin. Ich nehme ihm das Glas aus der Hand und stelle es zu meinem in den Sand.

„Ich glaube, ich …"

„Red keinen Quatsch", unterbreche ich ihn, strecke mich, ziehe seinen Kopf zu mir herunter und drücke meine Lippen auf seine. Es dauert einige Sekunden, bevor er meinen Kuss erwidert. Dann aber richtig.

Nachdem sich unsere Lippen wieder voneinander gelöst haben, stehen wir verlegen nebeneinander und blicken in die nächtliche Bucht hinaus. Auf der anderen Seite zeichnet sich die *Seawolf*, das Explorationsschiff von Gasonec, als leuchtender Strich auf dem Wasser ab. Erkennen können wir es nur deshalb, weil es hell erleuchtet ist. Die Vorbereitungen für die Exploration laufen auf Hochtouren.

„Die scheinen es verdammt eilig zu haben", bemerkt Chris. Offenbar hat er meine Gedanken gelesen.

Meine Hand tastet nach seiner und findet sie. Unsere Finger verschränken sich ineinander. „Uns bleibt nicht mehr viel Zeit", antworte ich.

KAPITEL 17

Den nächsten Tag verbringe ich im Wesentlichen mit zwei Dingen. Erstens versuche ich zu ergründen, was dieser Kuss am Strand bedeutet und vor allem: warum diesem einen Kuss kein zweiter gefolgt ist, ganz zu schweigen von all den Dingen, die sich üblicherweise anschließen. Zweitens versuche ich herauszufinden, wer hinter Crossyard steckt.

Chris hat uns nach dem Frühstück in die Stadt zurückgefahren und zu Hause abgesetzt. Inzwischen dürfen wir Johannes' Haus wieder betreten, was aber ohne Rauchvergiftung noch immer nicht möglich ist. Wir überlegen deshalb, mit den Matratzen aus dem Schlafzimmer in die Garage umzuziehen, doch auch die Matratzen sind so kontaminiert, dass man unmöglich eine ganze Nacht darauf liegen kann. Glücklicherweise erinnert sich Charlotte daran, bei ihren Aufräumarbeiten eine originalverschweißte Luftmatratze in einem Schrank verstaut zu haben, die vom Brand verschont geblieben und ein Meter vierzig mal zwei Meter zwanzig groß ist, sodass wir beide darauf liegen können.

Gegen Mittag kommt Chris noch mal vorbei, gibt sich unterkühlt, lässt uns aber zwei Schlafsäcke und zwei Kopfkissen da. Anschließend fahren Charlotte und ich zum Hafen runter und geben in der kleinen Western-Einkaufsstraße den größten Teil unserer Reisekasse für neue Klamotten aus, zwei Sonnenhüte inklusive. Sämtliche Habseligkeiten verloren zu haben ist einerseits ganz großer Mist, andererseits verbunden mit einem eigentümlichen Freiheitsgefühl.

Ich setze Charlotte bei Paka ab, fahre in die Stadt und versuche hinter das Geheimnis von Crossyard zu kommen. Mit dem Ergebnis, dass ich vier Stunden später bei geöffneter Garagentür auf der Luftmatratze liege bei ungefähr 32 Grad im Schatten, ein Gefühl bleierner Schwere im Körper – und nichts herausgefunden habe. Weder über Crossyard noch über den Kuss im Speziellen oder den gestrigen Abend im Allgemeinen. Als ich Schritte vernehme, die sich der Garage nähern, hebe ich mühsam den Kopf.

Charlotte, mit hundertmal so viel Energie wie ich, fragt: „Was hast du herausgefunden?"

„Nichts. Ich habe keine Ahnung, wer Crossyard ist. Und ich habe keine Ahnung, ob ich mit dem Kuss letzte Nacht nicht alles kaputt gemacht habe."

„Ihr habt euch geküsst?"

„*Ich* habe *ihn* geküsst. Am Meer. Im Mondschein.“

„Und dann?“, will Charlotte wissen.

Ich drehe mich auf die Seite. „Nichts.“

„Mutter, ich bin schwer enttäuscht. Muss ich dir neuerdings auch noch erklären, wie man Männer rumkriegt?“

Ich blinzle ins Gegenlicht. „Ja, ich bin auch schwer enttäuscht.“ Dann setze ich mich abrupt auf. „Heißt das etwa, du hast mit Paka … Du hast ihn rumgekriegt?“

„Da ist nicht viel rumzukriegen. Leider.“ Sie setzt sich zu mir auf die Luftmatratze. „Aber süß ist er schon.“

Ich taste nach ihrer Hand, bis ich sie gefunden habe. Gestern Abend, nachdem mir Chris mein Bett gezeigt hat, um mich den Rest der Nacht darin allein zu lassen, hatte ich das Gefühl oder die Sehnsucht, dass all dem, was mir in den letzten Tagen widerfahren ist, ein tieferer Sinn innewohnt. Eines jedenfalls ist klar: Charlotte und mich haben diese Reise und die Ereignisse der letzten Tage einander wieder nähergebracht. Und das ist mehr, als ich zu hoffen gewagt hätte.

„Ach übrigens“, sagt Charlotte, „ich weiß, wer Crossyard ist.“

Ich reiße die Augen auf: „Wie bitte?“

„Hab ein bisschen im Internet recherchiert und bin über ein paar Querverweise auf die Hafenverwaltung in Christchurch gekommen.“

„Crossyard gehört der Hafenverwaltung in Christchurch?“

„Nein.“ Charlotte lässt mich noch einige Sekunden im Ungewissen, bevor sie fortfährt. „Sie liegt dort vor Anker. Die *Crossyard* ist ein Boot“, erlöst mich Charlotte schließlich. „Ankert an einem Dauerliegeplatz in der Marina. Hier.“ Sie zieht ein gefaltetes Blatt aus der Seitentasche ihrer sehr kurzen Shorts. Als ich es auseinanderfalte, kommt ein Foto vom Hafen in Christchurch zum Vorschein, aufgenommen aus der Vogelperspektive. „Ein Luftbild von Google Earth“, erklärt Charlotte. „Wenn ich den Liegeplan richtig gelesen habe, dann ist es das hier.“ Sie zeigt auf eine mit Bleistift markierte Jacht.

Ich reibe mir die Müdigkeit aus dem Gesicht. „Du meinst, ein Boot hat das Grundstück gepachtet und lässt dort Bohrungen durchführen?“

„Wie er das juristisch gedreht hat, kann ich dir nicht sagen, und ich dachte ja auch, das muss ein Zufall sein, aber als ich bei der Hafenverwaltung angerufen habe, um herauszufinden, wer der Eigner ist …“

„Die haben dir gesagt, wem das Boot gehört?“

„Ich hab denen erzählt, mein Vater sei Mr Simmons, der Besitzer der

Bellevue, die auf dem Platz daneben ankert. Und dass ich gestern auf der *Bellevue* eine Party gefeiert hätte und ein paar Freunde auf der *Crossyard* randaliert hätten – und dass es total nett wäre, wenn er mir sagen könnte, wer der Besitzer ist, damit ich den ganzen Ärger aus der Welt schaffen könnte, bevor mein Vater davon erfährt."

„Wow!", sage ich anerkennend.

„Und?", fragt Charlotte. „Willst du nicht wissen, wer es ist?"

„Ach so, doch, klar."

„Thompson. Steven Thompson, der Bürgermeister von Tekoura."

Es ist spätabends, als ich in Christchurch am Hafen eintreffe. Charlotte habe ich in Tekoura gelassen, bei Paka. Sie hat protestiert, aber ich ahne, dass es möglicherweise etwas sehr Waghalsiges sein könnte, was ich hier machen würde. Da will ich Charlotte auf keinen Fall mit hineinziehen. Jetzt, an der Promenade im Hafen, wird dieser Verdacht langsam zur Gewissheit.

Der Zugang zum Jachthafen ist bewacht. Jeder, der den Steg betreten will, muss einen Besucherausweis vorzeigen können oder dem Mann am Eingang bekannt sein. Ungefähr die Hälfte derer, die an seinem Häuschen vorbeigehen, nicken ihm nur zu. Ich erinnere mich an Asterix, der sich einmal Zugang zu einem bewachten Römerzelt verschaffen musste. Frechheit siegt, dachte er sich, ging schnurstracks auf das Zelt zu, sagte „Ist's gestattet?", und ging zwischen den beiden Wachen hindurch.

„'n Abend", sage ich beiläufig und gehe zügig und wie selbstverständlich am Pförtnerhäuschen vorbei. Na bitte. Fünf Meter halte ich noch die Luft an, dann atme ich langsam aus, und mein Herzschlag beginnt sich zu beruhigen. Eine Tür wird geöffnet.

„Miss?" Der Pförtner schlendert lässig auf mich zu. Polohemd, Shorts, Sandalen, freundliches Lächeln unter der Schiebermütze mit Hafenlogo.

Ich lächle arglos. Versuche aber, sehr geschäftig zu wirken. „Ja?"

„Könnte ich bitte Ihren Besucherausweis sehen?"

„Können Sie, sobald ich beim Boot war." Ich zeige meine Handtasche vor, als beweise das alles. „Hab mein Portemonnaie vergessen."

„Aber ohne Besucherausweis kann ich Sie hier nicht reinlassen."

„Wenn Sie mich nicht reinlassen, kann ich Ihnen den nicht zeigen."

Remis. Er taxiert mich einen Moment lang. Und Gott sei Dank weiß ich eine halbe Sekunde früher als er, was er als Nächstes von mir wissen will. „Welches Boot?"

„Die *Bellevue*“, antworte ich und zeige in die Richtung, in der ich die *Crossyard* vermute, „ich bin ein Gast der Simmons’.“

Er zögert.

Ich blicke auf die Uhr: „Hören Sie, ich muss jetzt wirklich …“

„Okay, gehen Sie.“ Uff.

Minuten später habe ich die *Crossyard* gefunden, eine Motorjacht von ungefähr fünfzehn Meter Länge. Für Leute mit zu viel Geld und ohne sportliche Ambitionen. Eine der vorderen Kabinen ist erleuchtet.

Ich versuche, von niemandem bemerkt zu werden. An Deck bewegt sich nichts. Aus der Kabine meine ich, Stimmen zu vernehmen. Um mein wie verrückt klopfendes Herz zu beruhigen, zähle ich von zehn bis null und klettere an Bord. Lautlos und vorsichtig nähere ich mich der Luke und wage einen Blick hinein. Ich höre eine Männerstimme. Plötzlich läuft ein Mann unter mir durch. Ich schrecke zurück. Als ich mich wieder über die Luke wage, sehe ich Thompson in Hemd und Shorts, wie er auf der Bettkante sitzt und zwei Champagnergläser füllt. Eine zweite Stimme ist zu hören, eine Frauenstimme. Jemand kommt und bleibt unter mir stehen. Ich sehe dunkle Haare und ein apricotfarbenes Negligé und weiß, es ist Rena Capelli.

Thompson sagt etwas, Capelli lacht hell auf, setzt sich zu ihm auf das Bett und schlägt die Beine übereinander. Ihr Negligé gibt exakt so viel Bein frei, dass das Signal eindeutig, aber nicht ordinär ist. Zwei Minuten später stehen die halb leeren Gläser auf dem Nachttisch, und Capelli knöpft Thompson das Hemd auf. Steven spielt eindeutig nicht in ihrer Liga, und unter normalen Umständen würde eine wie sie keinen zweiten Blick auf ihn verschwenden, aber schließlich geht es um eine Investition im zweistelligen Millionenbereich. Da springt man schon mal über seinen Schatten. Ich warte, bis statt Worten helles Glucksen und erstes Stöhnen zu hören ist. Dann schleiche ich mich zum Heck und wage mich in die Höhle des Löwen.

Das Boot ist nagelneu. Woher hat ein bescheidener Staatsdiener wie Steven Thompson das Geld für eine solche Jacht? Die Antwort liegt auf ihm und juckelt mit der Hüfte vor und zurück. Ich beobachte die Szene durch den Türspalt.

Der Lichtstreifen aus ihrer Kabine erhellt nicht viel, aber genug, um den Schreibtisch auszumachen und einen Blick auf die Sachen werfen zu können, die darauf verstreut liegen. Kein Stick. In die Wand hinter der Couch ist der Tresor eingelassen. Der Safe ist nicht verschlossen, meine Hände tasten die Fächer ab. Nichts. Verdammt! Ich schleiche zum Schreibtisch zurück und durchsuche die beiden Schubfächer. Wieder nichts. Mein Herz schlägt bis zum Hals. „Aaaaaahhhh!“, tönt es aus der Kabine. Gleichermaßen frustriert wie panisch blicke ich mich um, stütze mich auf der Stuhllehne ab. Dort hängt Thompsons Jackett. Der Stoff, den meine Hand gerade zerknetet, fühlt sich verdammt teuer an. Schlüsselbund, Brieftasche und Handy. Alles da, wo es hingehört. Die Innentasche allerdings wird leicht ausgebeult, von etwas Hartem.

„Ja, ja, jaaa!“ Während ich durch den Türspalt beobachte, wie Rena Capelli auf Thompsons Brust herumdrückt, als wolle sie ihn reanimieren, finde ich den gummiummantelten Stick. Einen, wie man ihn für Unterwasseraufnahmen benutzt.

Ich werfe einen letzten prüfenden Blick auf den Schreibtisch. Interessant wird es bei einer Klarsichtmappe des Auckland Marine Medical Center. Offenbar enthält sie einen Untersuchungsbericht zur Todesursache der gestrandeten Wale. Wenn da drinsteht, was ich hoffe, könnte ich Gasonec vielleicht doch noch den Gashahn zudrehen. Schnell ziehe ich die Mappe aus dem Stapel und wende mich zur Treppe. Mein Fuß hat die erste Stufe ertastet, als das Kabinenlicht angeht.

„Was für ein unerwarteter Gast!“ Thompson hat einen seidenen Morgenmantel übergestreift. „Bitte“, er vollführt eine gönnerhafte Geste, „setzen Sie sich doch.“

„Danke“, entgegne ich patzig, „ich stehe lieber.“

„Nein, bitte, ich bestehe darauf: Setzen Sie sich!“ Er deutet auf die Mappe. „So können Sie in Ruhe studieren, was Sie da in der Hand halten.“

Rena Capelli kommt aus der Kabine, wirft mir einen kurzen Blick zu und geht zur Bar hinüber. Sie ist vollständig bekleidet, hat ihr Make-up nachgezogen und sich die Haare zurechtgemacht. Die Frau ist ein Phänomen. „Tun Sie, was er sagt.“ Sie gießt sich und Thompson einen Drink ein, taucht eine Zange in ein silbernes Gefäß und lässt in jedes Glas zwei Eiswürfel fallen. „Sie werden überrascht sein.“

Ich setze mich. Während ich den Bericht durchgehe, lehnen Capelli und Thompson an der Bar. Das Ergebnis des Gutachtens: Alle Wale sind infolge eines akustischen Traumas gestrandet. Die Erschütterung war so schwer, dass die Scherkräfte der Druckwelle sogar Geweberisse verursacht haben. Die Ursache der Druckwelle ist jedoch unklar, ein Zusammenhang mit Gasonecs Explorationsarbeiten konnte nicht nachgewiesen werden.

„Gasonec ist fein raus“, stelle ich fest und schiebe den Stick, den meine linke Hand noch immer umklammert hält, unauffällig in die Hosentasche.

Capelli stellt mir einen Whiskey hin. „Hier, nehmen Sie auch einen."

Thompson kommt und stützt sich auf der Tischplatte ab. Sein Morgenmantel gibt den Blick auf eine schütter behaarte Brust frei. „Natürlich ist Gasonec fein raus." Er legt seinen Arm um Capellis Taille und zieht sie zu sich heran. „Glauben Sie, wir würden irgendetwas dem Zufall überlassen?"

Die beiden grinsen sich an. Anschließend löst sich Capelli aus Thompsons Umarmung und durchschreitet gemäßigten Schrittes den Raum. „Einbruch, Diebstahl wichtiger Dokumente …" Ihre Katzenaugen taxieren mich. „Ich könnte Sie auf der Stelle festnehmen lassen. Aber das würde nur unnötiges Aufsehen erregen." Sie bleibt stehen und lehnt sich gegen die Bar. „Tatsächlich ist Gasonec *so* fein raus, dass wir uns erlauben können, Sie laufen zu lassen. Übermorgen früh um acht Uhr werden wir die Bucht mit einem Pingerzaun absperren. Das ist eine Kette aus Bojen mit Lautsprechern, die unter Wasser Lärm aussenden. Fischer benutzen sie, um Delfine zu vertreiben. Und das funktioniert ganz sicher auch mit den Buckelwalen, die Ihnen so am Herzen liegen. Wir werden also mit den Explorationsarbeiten beginnen. Nichts und niemand wird das noch verhindern können, Sie schon gar nicht. Also, von mir aus behalten Sie den Untersuchungsbericht und hängen Sie ihn sich übers Bett. Aber …" – sie kommt auf mich zu und sieht mich eindringlich an – „kreuzen Sie nicht noch einmal meinen Weg."

Nicht umdrehen, denke ich. Mit schnellen Schritten und weichen Knien gehe ich über den Steg und auf das Pförtnerhäuschen zu. Ich habe den Stick in der Tasche. Johannes, denke ich, lieber Papa, hoffentlich bist du nicht ganz umsonst gestorben.

KAPITEL 18

In der Wassergarage seiner Werkstatt liegt Chris' eigenes Boot vertäut, die *Seastar*. Die alte Dame scheint froh zu sein, mal nicht den ganzen Tag in der prallen Sonne liegen zu müssen, wo ihr Lack Risse bekommt und ihr Holz spröde wird. Chris hat die Polster von den Bänken entfernt und reibt mit Stahlwolle die hölzernen Sitzflächen glatt. Er ist schlecht gelaunt.

„Die Kunden wollen für alles immer Hochglanzlack", sagt er, als er mich bemerkt, „je giftiger, desto besser. Dabei ist Öl viel besser für das Holz."

Er pustet den abgeriebenen Staub aus den Fugen. „Ich sage ihnen, dass sie sich dann genauso gut ein Kunststoffboot kaufen können, aber davon wollen sie nichts wissen."

Ich erzähle ihm, was Charlotte herausgefunden hat und wo ich gestern Abend war. Chris scheint wenig überrascht. „War doch klar, dass Thompson seinen Schnitt macht", ist sein Kommentar.

Ich berichte ihm, dass ich Thompson gesehen habe – mit Rena Capelli. Und was anschließend passiert ist. Statt zu antworten, pustet Chris den Staub aus den Ritzen. Schließlich ziehe ich den Stick aus der Tasche. „Schau mal, was ich habe."

Endlich legt er sein Stahlwollknäuel aus der Hand und dreht sich zu mir um. „Ist es das, wonach du gesucht hast?"

Ich? Ich dachte, *wir* hätten danach gesucht.

„Du hättest eigentlich gleich in Christchurch bleiben können", fährt er fort.

Ich habe das Gefühl, dass der Steg unter mir zu schwanken beginnt und sich die Wände der Werkstatt auswölben und zusammenziehen. „Was ist eigentlich los?", frage ich schließlich.

Chris zieht sich die Handschuhe aus, wischt sich die Hände an einem Lappen ab und verschwindet unter Deck. Kurz darauf erscheint er mit einem Briefumschlag, kommt an die Reling, geht aber nicht von Bord. „Hier." Er reicht mir den Umschlag. Zwei Tickets. Christchurch–Frankfurt.

Der Boden gibt unter mir nach. „Ich dachte, du willst mir helfen?"

„Das *ist* meine Hilfe."

Sie haben ihn gekauft. Gasonec hat ihn unter Druck gesetzt. Er hat Angst und will mich lieber loswerden, als sich seine Gefühle einzugestehen. Er selbst ist von Gasonec. Er hasst mich.

„Weißt du, was ich glaube?", sage ich zögerlich. „In Wirklichkeit willst du Gasonec gar nicht aufhalten und es ist dir ganz recht, wenn diese Bucht zerstört wird. Dann bist du der Gute, der getan hat, was in seiner Macht stand, und die Bösen sind so klein und verlogen, wie du sie gern haben möchtest. Und das Wichtigste: Du hattest Recht!"

Chris schüttelt den Kopf. „Hier geht es nicht um Eitelkeiten. Du forderst einen übermächtigen Gegner heraus, der über Leichen geht. Ich kann nicht zulassen, dass dir etwas zustößt. Dafür habe ich in meinem Leben schon zu viel Mist gebaut. Gasonec ist zu groß für dich. Du weißt nicht, wie so ein Konzern tickt."

Ist doch nicht zu fassen: Seit ich hier bin, versuchen alle Leute, mich kleinzureden. Erst Thompson, dann Capelli und jetzt auch noch Chris. „Du scheinst es dafür ja umso besser zu wissen – wie so ein Konzern tickt."

Chris senkt für einen Moment den Blick. Dann sieht er mich wieder an. „Ich war der Beste." Seine Augen verdunkeln sich. „Und auch noch stolz darauf. Ich hab über und unter Wasser mehr Flora und Fauna zerstört, als du dir vorstellen kannst …"

„Und warum?"

Er schnauft. „Aus demselben Grund, aus dem es alle anderen machen: rücksichtslose Gier. Mehr, mehr, schneller, höher, weiter. Es gab nicht eine Minute, in der ich versucht hätte, mein Tun vor mir zu rechtfertigen."

„Daher das Haus", denke ich laut.

„Daher das Haus", bestätigt er.

Wir schweigen.

„Warum bist du ausgestiegen?", frage ich irgendwann.

„Es gab nicht mal einen besonderen Anlass. Ist das nicht traurig? Kein Erweckungserlebnis oder so. Nur das Haus. Als es fertig war, hab ich mir fünf ganze Tage Urlaub genommen. Da saß ich dann – auf der Terrasse. Einen Drink in der Hand und ein dickes Auto vor der Tür, und nach drei Tagen mit dieser Bucht vor Augen dachte ich plötzlich: Was ist das nur für ein Leben, das du führst? Am Montag rief ich meine Sekretärin an, um zu sagen, dass ich nicht mehr zurückkomme. Ich hab nicht einmal mein Büro geräumt."

„Und dann?"

Chris zieht die Schultern hoch. „Der Besitzer der Bootswerkstatt war alt, er suchte jemanden, der sie übernahm. Ich kaufte sie." Er sieht sich um, als müsse er Abschied nehmen. „Es war eine gute Zeit. Ich hatte eine Aufgabe." Er sieht mir in die Augen. „Dann kam Gasonec hierher. In meine Bucht."

Lange sehen wir uns nur an.

„Wenn ich bleibe", frage ich, „hilfst du mir dann?"

„Fahr zu Johannes, packt eure Sachen, und heute Nachmittag bringe ich euch zum Flughafen."

„Angenommen, ich bleibe", wiederhole ich, „hilfst du mir dann?"

„Geh deine Sachen packen."

„Gib mir eine Antwort", verlange ich.

Er sieht mich an, und in dem Moment weiß ich es: Er hat sich tatsächlich in mich verliebt.

„Geh deine Sachen packen."

CHARLOTTE ist nicht allein, als ich nach Hause komme. Sie unterhält sich mit einem Polizisten, der am Zaun lehnt und ihr schöne Augen macht. „Das ist Jack", begrüßt mich Charlotte, „unser Bodyguard."

Es stellt sich heraus, dass Jack nicht *unser* Bodyguard ist, sondern Johannes' Haus bewachen soll, falls jemand auf die Idee kommen sollte, ein zweites Mal Feuer zu legen.

„Charlotte", sage ich, „ich muss mit dir reden. Und zwar unter vier Augen." Ich ziehe sie Richtung Garage.

„Du machst es aber spannend", bemerkt Charlotte.

Wir stehen im Dunkeln. Ich ziehe das Netbook aus der Tasche, für das ich den Rest unserer Reisekasse geopfert habe. Ab morgen werden wir uns von den Früchten im Garten ernähren müssen. Eine Minute später sitzen wir im Schein des Monitors auf der Matratze.

„Geiles Teil", sagt Charlotte. Ich krame die neuen Hörer hervor und stöpsele sie ein. „Du hast mir neue Kopfhörer gekauft?"

„Träum weiter", antworte ich und ziehe den USB-Stick aus der Tasche. Beim Anblick des Sticks wird Charlotte endlich ernst. Während ich ihr erkläre, wie ich zu dem Stick gekommen bin, schiebe ich ihn in den Anschluss und öffne die Datei. Ich reiche Charlotte die Ohrstöpsel. Ich weiß, was sie gleich zu hören bekommen wird. Ich habe mir die Datei bereits auf dem Parkplatz vor dem Einkaufszentrum angehört.

„Da ist nur Rauschen", beschwert sich Charlotte. Ich bedeute ihr, Geduld zu haben. Die nächsten fünf Minuten sagt Charlotte kein Wort. Zwischendurch fängt sie an zu weinen. Schließlich zieht sie sich die Stöpsel aus den Ohren. „Und jetzt?"

„Johannes hatte Recht", sage ich. „Die Buckelwale suchen diese Bucht auf. Und nicht nur einer. Jetzt müssen wir uns entscheiden."

Ich erzähle ihr, dass ich zwei Rückflugtickets in der Tasche habe und dass Chris glaubt, wir seien in Gefahr, womit er ganz ohne Zweifel Recht hat. Andererseits wird morgen früh der größte Bereich der Bucht gesperrt und Gasonec beginnt mit den Explorationsarbeiten. Von da an wird sich kein Wal je wieder in diese Bucht wagen, und falls doch, wird es seinen unweigerlichen Tod bedeuten. Es wird der Anfang vom Ende dieser Bucht sein.

Charlotte schüttelt ratlos den Kopf.

„Mit dem Stick allein werden wir nichts mehr erreichen", erkläre ich. „Charlotte, ich glaube, ich weiß inzwischen, was da draußen passiert ist. So ungefähr jedenfalls. Wenn ich richtig liege, war Johannes nicht allein auf dem Boot, als er starb. Und deshalb glaube ich, dass es noch eine letzte Chance gibt, diese Bucht zu retten."

Charlotte sieht mich an. „Darf ich fragen, wie du darauf kommst?"

„Socken", antworte ich. „Geschmacklose Socken mit geschmacklosen Mustern." Ich lege Charlotte meine Vermutungen dar und setze ihr meinen Plan auseinander, wie Gasonec möglicherweise doch noch aufzuhalten ist.

„Und jetzt", schließt Charlotte, „müssen wir uns entscheiden."

Ich nicke.

„Weißt du was, Mama …" Sie zieht ihr T-Shirt über den Kopf und sitzt plötzlich im BH neben mir. „Ich hab mich bereits entschieden." Sie dreht mir ihren Rücken zu. Auf ihrer Schulter prangt ein großflächiges, wunderschönes Tattoo. „Hat Paka mir gestochen", erklärt sie. „Er hat das gleiche. Es bedeutet, dass alle Dinge miteinander verbunden sind."

„Und das bedeutet?"

„Wir müssen diese Bucht retten. Wir bleiben."

KAPITEL 19

Wie ich vermutet habe, ist Cluster so überrascht, mich zu sehen, dass ich ihm das unmöglich abnehmen kann. Ich treffe ihn im letzten Museumsraum an, hinter dem Pult, an dem er neulich seinen Vortrag vorbereitet hat. Am liebsten würde ich mit offenen Karten spielen und ihm sagen, dass jeder Idiot sich an zwei Fingern ausrechnen könnte, dass Thompson ihn vermutlich schon vor Stunden angerufen und instruiert hat. Aber da ja hier alle glauben, sie könnten ihr Spiel mit mir treiben, spiele ich es eben mit.

„Mr Cluster", ich strahle über das ganze Gesicht, „stellen Sie sich vor: Ich habe den Stick gefunden, den wir gesucht haben."

„Das ist ja unglaublich! Wo war er denn?"

Das weißt du besser als ich. „Im Wagen meines Vaters", lüge ich und strahle noch ein bisschen mehr. Spätestens jetzt müsste ihm eigentlich klar sein, dass ich ihn durchschaut habe. Ich strecke ihm freudig den Stick hin.

„Sind Sie sicher, dass es der richtige ist?", fragt er.

„Ich hoffe es. Könnten Sie ihn durch dieses Programm laufen lassen?"

Cluster sieht auf seine Uhr, den Stick in der Hand. „Schlechter Zeitpunkt", sagt er und lächelt, „aber das hier hat natürlich Vorrang."

„Toll“, sage ich und bin kurz davor, in die Hände zu klatschen, „vielen Dank!“

Er erklärt mir, dass wir es nicht hier am Computer machen könnten, weil die entsprechende Software nur auf den Rechnern im Labor installiert sei, was garantiert gelogen ist. Wir gehen also rüber ins Institut, wo er mich an der Kellertreppe bittet zu warten, er müsse im Büro den Schlüssel für das Akustiklabor holen. Mit diesen Worten und dem Stick verschwindet er, und ich greife zu meinem Handy, um zu telefonieren. Zwei Minuten später marschieren wir in den Keller. Unsere Schritte hallen durch den Gang – das Klacken meiner Absätze und das Schlurfen seiner Sandalen –, dann stehen wir vor der Stahltür, und Cluster schiebt den Schlüssel in den Zylinder.

„Da bin ich aber mal gespannt“, behauptet er, zieht den Stick aus seiner Hosentasche und verschwindet unter der Konsole, um ihn irgendwo einzustecken. Auf einem der Monitore erscheint das Symbol eines externen Datenträgers. „Meine Güte, das ist tatsächlich der fehlende Stick!“, stellt Cluster fest und öffnet die Dateien. Die Monitore füllen sich mit Skalen, Linien und Farben. Weshalb nur, Mr Cluster, ahne ich, dass keine Buckelwale darauf zu hören sein werden?

Ich behalte die Zeitleiste im Blick, während das Computerprogramm in 64-facher Geschwindigkeit die Dateien scannt. 14, 15, 16, 17 Minuten … 16:40 ist lange vorbei, aber es ist weit und breit kein Buckelwalgesang zu hören oder zu sehen. Cluster versucht sich an einem angestrengt konzentrierten Gesichtsausdruck. Ein paar Minuten lang sehe ich mir sein erbärmliches Schauspiel noch an, dann erlöse ich ihn. „Sie können aufhören“, sage ich, „wenn Sie den Stick genommen hätten, den ich Ihnen gegeben habe, wären längst Gesänge zu hören.“

„Was soll das heißen?“

Ich beobachte, wie sich erste Risse in seiner Fassade zeigen. „Glauben Sie wirklich, ich hätte Sie allein mit dem Stick in Ihr Büro gehen lassen, ohne ihn vorher anzuhören und zu kopieren? Ich weiß, Sie halten mich nicht für besonders intelligent, und da mögen Sie Recht haben. Aber eins ist klar: *Sie* sind auf jeden Fall noch deutlich dümmer als ich.“

„Wovon reden Sie? Das ist der Stick, den Sie mir vorhin gegeben haben. Weshalb sollte ich … Das ist doch blanker Unsinn!“

„So, ist es das?“ Ich stehe auf, gehe zur Tür und lege die Hand auf die Klinke. Bitte, lieber Gott, denke ich im Stillen, lass einmal in meinem Leben etwas so funktionieren, wie ich es mir vorher ausgedacht habe.

Ich drücke die Stahltür auf. Im Flur steht Karuna, unfassbar enttäuscht, und hält den Stick in der Hand. Danke, Gott.

„Was …", setzt Cluster an, „das muss ein Irrtum sein! Ich …"

Er will aufstehen, doch ich lege ihm die Hände auf die schmächtigen Schultern und drücke ihn auf den Stuhl zurück. Karuna schüttelt noch immer entsetzt den Kopf, sie scheint es nicht fassen zu können, dass Cluster Beweise unterschlagen haben soll. Und wer weiß, was noch.

„Es tut mir leid, Mr Cluster", sage ich, „aber Sie tragen wirklich die hässlichsten Socken der Welt."

„Was soll denn das jetzt!", ruft Cluster. Auch Karuna sieht mich fragend an.

„Wenn Sie das nächste Mal in das Haus Ihres soeben verstorbenen Chefs einbrechen, um dessen Laptop zu klauen", sage ich, „dann sollten Sie unbedingt andere Socken tragen, die man nicht sofort wiedererkennt."

Der Abgrund, der sich vor Cluster auftut, wird größer und größer. Der vor Karuna ebenfalls. „*Sie* haben Johannes' Laptop gestohlen?", fragt sie fassungslos. Cluster schluckt und schweigt. Offenbar sind ihm die Erklärungen ausgegangen.

„Wer hat sie geschmiert?", frage ich. „Thompson oder Capelli?" Cluster schüttelt den Kopf. „Wer dann? Cluster! Es kommt sowieso raus."

Er lässt die Hände in den Schoß sinken. „Beide."

Cluster sackt in sich zusammen. Mir wird klar: Da muss noch mehr dahinterstecken. Eine größere Schuld, deren Last ihn zerquetscht.

„Sie waren dabei", sage ich in die Stille des Raumes hinein. „Sie waren auf dem Boot, als mein Vater starb." Ich bin mir plötzlich ganz sicher.

Cluster legt in Zeitlupe seine Hände auf die Konsole, sodass sich seine Daumen berühren. Ich stehe hinter ihm, Karuna sieht mich an, während sich ihre Augen mit Tränen füllen. Zweimal setzt Cluster an, etwas zu sagen, beim dritten Anlauf formen sich die ersten Worte: „Auf seine Art war Ihr Vater genauso selbstsüchtig wie Gasonec."

Zehn Minuten später kennen wir die ganze Geschichte. Zumindest Clusters Version. Doch ich bin geneigt, ihm zu glauben. Johannes war ein Gott, der niemanden neben sich gelten ließ. Immer wieder hatte er Cluster gesagt, was für ein guter Wissenschaftler er sei, doch wirklich ernst hatte er ihn nie genommen. Er hatte ihn immer von oben herab behandelt. Dann war Gasonec gekommen und hatte diese verschlafene Region zum Leben erweckt. Man würde zwei oder drei Fördertürme in der Bucht in Kauf nehmen müssen, und die Wale müssten sich einen anderen Ort zur Aufzucht ihrer Kälber suchen, aber es würde Arbeit geben, Wohlstand, Bildung, und das Meer ist so groß … Für die Wale wäre auch anderswo Platz. Als Gasonec dann das Areal am Hafen einzäunte, rief das Chris Cassel auf den Plan, der die einstweilige Verfügung erwirkte. Also musste ein Gutachten in Auftrag gegeben werden, und Johannes wurde damit beauftragt. Thompson wollte sichergehen, dass dieses Gutachten das Vorhaben von Gasonec nicht behindern würde. Natürlich wusste er, dass er Johannes damit nicht kommen konnte, also versuchte er es bei Cluster.

„Mit Erfolg“, bemerke ich.

Zuerst nicht. Aber dann brachte Thompson Capelli mit. Sie war schlau und wusste, welche Knöpfe sie zu drücken hatte. Sie bot Cluster eine Professur in England an: ein eigenes Institut, ein eigenes Team, eine Villa mit Meerblick. Also manipulierte er das Gutachten. Es gab bereits vorher Aufnahmen von Buckelwalgesängen. Seit Wochen waren sie in der Bucht, und es war reiner Zufall, dass bislang keiner von ihnen angespült wurde. Den letzten Stick wollte Johannes unbedingt selbst raufholen, in einer Nacht-und-Nebel-Aktion, und noch an Bord auswerten.

Es war ein Unfall. Johannes ertappte Cluster dabei, wie er versuchte, die Tondateien durch zusammengeschnittene Stücke anderer Aufnahmen zu ersetzen. Er stand oben an der Kajütentür, wo Cluster ihn nicht bemerkt hatte. „Cluster, was machen Sie da!“, schrie er und wollte sich auf ihn stürzen. Dabei strauchelte er, fiel die Stufen hinunter und schlug mit dem Kopf an das Messinggestänge des Handlaufs. Dann lag er reglos auf dem Kabinenboden, die Augen geöffnet. Er atmete und war bei Bewusstsein, aber er konnte nicht sprechen oder sich bewegen. Cluster geriet in Panik. Was sollte er tun? Einen Helikopter anfordern, die Küstenwache alarmieren? Am Ende rief er Thompson auf dessen Handy an. Der sagte ihm, er solle bleiben, wo er sei. Er werde gleich bei ihm sein und sich um alles kümmern. Erst eine Stunde später kam Thompson – mit einer Motorjacht, aus Christchurch.

„Der *Crossyard*“, werfe ich ein.

Cluster dachte, er hätte einen Arzt an Bord. Doch alles, was er dabeihatte, waren zwei Kanister Benzin. Er setzte das Boot in Brand und fuhr mit Cluster nach Christchurch zurück. Der Treibstofftank der *Anna* hatte 320 Liter Fassungsvermögen. Cluster und Thompson hatten den Küstenausläufer noch nicht hinter sich gelassen, als das Boot explodierte und ein Feuerball den Nachthimmel erhellte. Cluster hätte nicht einmal sagen können, ob Johannes zu diesem Zeitpunkt noch am Leben war oder nicht.

Inzwischen schluchzt er wie ein Kind, und Karuna laufen lautlose Tränen über die Wangen. Auch ich würde gern weinen, hemmungslos heulen, doch meine Augen sind trocken, mein Blick ist klar. Es will sich keine Trauer einstellen. Dafür läuft mein Gehirn auf Hochtouren.

„Es waren bereits vor Wochen Buckelwale in der Bucht?", frage ich.

Cluster nickt.

„Und wann sperrt Gasonec die Bucht ab?"

„Morgen früh um acht."

Ich nehme Karuna den Stick aus der Hand. „Das, was hier drauf ist", sage ich, „könnte man das auch unter Wasser abspielen?"

Es ist Karuna, die antwortet. „Natürlich. Wir haben im Institut jede Menge Unterwasserlautsprecher."

„Und man könnte damit Walkühe anlocken?"

Inzwischen ist bei beiden der Tränenfluss versiegt.

„Früher oder später", antwortet Cluster.

„Dann wollen wir hoffen, dass es früher passiert", antworte ich. „Ein Später wird es nicht geben."

Cluster sieht mich ungläubig an. „Sie wollen mich nicht der Polizei melden?"

„Das machen Sie selbst – wirkt strafmildernd. Aber vorher haben wir noch eine Mission zu erfüllen."

„Du bist verrückt, wenn du glaubst, dass das funktioniert", sagt Chris, während er an Bord steigt.

Ja, denke ich, vermutlich. „Weshalb gibst du mir dann dein Boot?"

Die Deckenlampen seiner Bootswerkstatt werfen gespenstische Schatten auf sein Gesicht. „Ich gebe es dir nicht, ich stelle mich als Fahrer zur Verfügung."

Ich kann mir ein Lächeln nicht verkneifen. „Das erklärt natürlich alles."

Es ist halb drei Uhr morgens. Ich weiß nicht, wie das hier ausgeht. Vielleicht sitze ich schon heute Nachmittag im Flugzeug nach Europa. Möglicherweise sitze ich auch im Gefängnis.

Cluster, Karuna und Charlotte kommen in die Werkstatt, jeder mit einer Plastikwanne voller Elektrokrempel. In Clusters Wanne liegen zwei Lautsprecherboxen, über die er gerade so hinwegsehen kann.

„Hier drüben!", rufe ich aus der Bootsgarage.

„Ah!", ruft Cluster. Im nächsten Moment verschwindet sein Kopf zwischen den Bootsrümpfen, die Wanne kracht auf den Boden, und er stößt einen Schrei aus. Chris sieht mich an und verdreht die Augen. „Nichts passiert!“, ruft Cluster. „Alles noch heil.“

„Tu mir einen Gefallen und sei nachsichtig mit ihm. Er hat etwas gutzumachen“, bitte ich Chris.

Als Charlotte an Bord kommt, stellt sie ihre Kiste ab und schließt mich in die Arme. „Wenn es nicht klappt“, flüstert sie mir ins Ohr, „haben wir es wenigstens versucht.“

Es ist kurz vor drei, als alles so weit vorbereitet ist, dass wir auslaufen können. Ich stehe am Steuer, Chris löst die Leinen.

„Wartet!“, ruft eine Stimme vom Eingang, dann kommt jemand angerannt.

„Paka!“, ruft Charlotte freudig. Sie hat mir berichtet, dass es wegen der Bucht und Gasonec zwischen Paka und Amiri in den letzten Tagen oft Streit gab, und ich frage mich, ob sein Vater weiß, wo er gerade steckt.

„Hallo Chris!“, hat Paka gerade noch Gelegenheit zu rufen, dann steht er an Deck, und er und Charlotte liegen sich in den Armen.

„Weiß Amiri, dass du hier bist?“, frage ich Paka.

Er nickt traurig. „Er glaubt, dass ich das Falsche tue, und will, dass es mir mal besser geht als ihm. Ich habe ihm gesagt, dass es mir nicht besser geht, wenn ich keine Heimat mehr habe.“ Er blickt Charlotte an. „Und dass kein Wal der Welt schuld daran sein kann, wenn er zu viel trinkt.“

In der Kühle der Nacht fahren wir auf das Meer hinaus. Wir haben kaum Seegang und nur sehr wenig Wind. Der Mond hängt über der Bucht wie hingemalt. Der für Gasonec abgesperrte Teil des Hafengeländes ist bereits erleuchtet. Dort werden die Boote bestückt, die im Morgengrauen die Bucht mit dem Pingerzaun absperren sollen.

„Hier müsste eine günstige Position sein“, sagt Cluster irgendwann.

Chris stellt den Motor ab. An einem mit einem Gewicht beschwerten Seil lässt Karuna die Lautsprecher ins Wasser gleiten, bis auf dreißig Meter Tiefe. Dann nickt sie Cluster zu, der auf seinem Laptop die Datei des letzten Sticks öffnet und den mitgebrachten Verstärker aufdreht.

„Okay!“, ruft Chris von unter Deck, wo er an seinem Sonar prüft, ob es funktioniert. „Nicht lauter! Schließlich wollen wir sie nicht verjagen.“

AUSSER CHRIS, der in der Kajüte vor seinem Aufzeichnungsgerät sitzt, hocken wir alle schweigend an Deck. Leise dringen die Buckelwalgesänge, die wir über Lautsprecher auf das offene Meer hinausschicken, aus dem Bootsinnern zu uns herauf. Langsam zieht der Mond über uns hinweg. Paka hält Charlottes Hand und streichelt ihren Arm. Zärtlich lehnt sie ihren Kopf an seine Schulter. Cluster schaut betreten drein.

Irgendwann halte ich es nicht mehr aus und gehe zu Chris unter Deck. „Wie sieht es aus?“, frage ich.

Er deutet auf den Monitor, wo sich unterschiedlich große Schatten durch den Raum bewegen. „Das hier ist ein Fischschwarm, das vermutlich eine Gruppe nachtaktiver Haie“, erklärt er. „Und das hier kann alles Mögliche sein, aber garantiert kein Buckelwal.“

Wir beobachten den Monitor. Wenn ich die Augen schließe, spüre ich Chris’ Körper neben mir, ohne ihn zu berühren. Nach einer Weile lasse ich meinen Kopf auf seine Schulter sinken. Was Charlotte darf, denke ich, darf ich auch. Chris lässt sich nichts anmerken.

Als die ersten Sonnenstrahlen durch die schmalen Fenster fallen und den Raum zum Leben erwecken, stehe ich auf und gehe wieder an Deck. Charlottes Oberkörper liegt quer über Pakas Schoß. Sie schläft. Paka streichelt das Tattoo, das er ihr gestochen hat. Falls wir heute Abend tatsächlich wieder im Flugzeug sitzen, wird sie ein gebrochenes Herz zurücklassen. Clusters Büßermine ist unverändert.

Karuna lächelt mich traurig an, deutet mit dem Kinn Richtung Hafen und sagt: „Es geht los.“

In der Ferne ist eine Reihe orangefarbener Schlauchboote zu erkennen, die wie eine Entenfamilie auf das Meer hinauszieht. In zwei Stunden werden sie den größten Teil der Bucht mit einem Pingerzaun abgeteilt haben. Eine Stunde später werden die Explorationsarbeiten beginnen. Das Aus für die Wale in dieser Bucht – für immer.

„Anna, komm her!“, ruft Chris von unten. Er zeigt mir einen kleinen schwarzen Strich auf dem Monitor.

Ich starre den Strich an, als könnte er jeden Moment zu sprechen anfangen. „Ein Buckelwal?“

„Wenn ich Johannes’ Ausrüstung hätte, könnte ich es vielleicht sagen. So kann ich nur sagen, dass es groß ist und schwer und vermutlich ein Meeressäuger.“

„Sie fangen an, die Bucht abzuriegeln“, sage ich.

Chris blickt auf seine Uhr. „Eine Stunde früher als erlaubt. Das war zu erwarten. Aber solange sich mein Boot im Sperrbezirk befindet, können sie nicht anfangen.“

Ich deute auf den schwarzen Strich. „Schwimmt der auf uns zu?“

„Scheint so. Kann natürlich sein, dass die Motorengeräusche der Schlauchboote ihn vertreiben werden. Sag Karuna, sie soll die Lautsprecher langsam bis auf fünfzig Meter Tiefe absenken."

Ich will gerade nach oben gehen, als ich höre, wie die Hafenwacht die *Seastar* anfunkt. „Was willst du jetzt machen?", frage ich.

„Oh, die funken mich schon seit fast einer Stunde an."

„Und – was hast du geantwortet?"

„Gar nichts. Was könnte ich ihnen schon antworten? Dass ich weiß, dass wir hier nicht sein dürfen? Früher oder später werden sie ein Boot schicken und uns hier wegholen. Je länger sie damit warten, desto besser."

Während Karuna langsam die Lautsprecher in die Tiefe gleiten lässt, beobachtet Cluster nervös, wie die Schlauchboote ausschwärmen. „Das wird nichts mehr."

Chris kommt kurz an Deck. Als er sieht, wie weit die Vorbereitungen für die Absperrung bereits vorangeschritten sind, verfinstert sich sein Gesicht und er geht in seine Kajüte zurück. Ich gehe ihm nach. Er zeigt mir den Strich auf dem Monitor. „Es tut mir leid, Anna, selbst wenn das eine Buckelwalkuh ist, ist sie zu langsam. Bei dem Tempo haben die den Schallzaun installiert, bevor sie in der Bucht ist."

Wieder an Deck sehe ich Charlotte, die vom Lärm der Schlauchboote aufgewacht ist, Paka, Cluster und Karuna, die alle auf denselben Punkt starren. Einen Punkt in der Luft. „Chris!", rufe ich im nächsten Moment nach unten. „Die schicken uns einen Helikopter auf den Hals!"

„Weiß ich", ruft Chris zurück, „sie haben es über Funk angekündigt! Ist mir recht, der macht wenigstens unter Wasser keinen Krach. Und abschleppen kann er uns auch nicht. Lasst euch irgendwas einfallen – wir brauchen Zeit. Eine halbe Stunde mindestens. Und sagt ihnen nicht, dass ich an Bord bin, sonst schöpfen die sofort Verdacht!"

Zwei Minuten später steht der Helikopter über dem Boot in der Luft. Er macht solchen Lärm, dass wir automatisch die Köpfe einziehen. „Sie befinden sich unerlaubt in einem Sperrgebiet!", dröhnt es über Lautsprecher. „Verlassen Sie unverzüglich den abgesperrten Bereich der Bucht!"

Ich blicke auf das Meer hinaus, wo möglicherweise keine zwei Kilometer entfernt eine Buckelwalkuh auf uns zuschwimmt. Die Sonne treibt wie eine leuchtende Riesenorange auf dem Meer. Es könnte das Paradies sein.

Ich blicke zum Helikopter hinauf und signalisiere, das wir manövrierunfähig sind. Der Pilot steuert den Helikopter neben das Boot. „Sie müssen augenblicklich das Sperrgebiet verlassen!", brüllt mir der Lautsprecher ins Ohr. Ich gestikuliere wild in der Luft. Der Helikopter nähert sich mir auf Rufweite. Dann öffnet sich die Schiebetür. Ein Mann mit Kopfhörer erscheint, sein Sprechfunkgerät um den Hals. „Was ist los?“, ruft er. Ich erkläre ihm, dass unser Funkgerät und unser Motor ausgefallen seien. Er glaubt mir kein Wort. Aber das macht nichts. Hauptsache, wir gewinnen etwas Zeit. Er fordert ein Schnellboot an, das uns aus der Sicherheitszone schleppen wird. So lange wird der Hubschrauber über uns kreisen und uns keine Sekunde aus den Augen lassen.

In der Kajüte ist ein Krach wie auf dem Jahrmarkt. „Was ist denn das?“, frage ich Chris.

„Was du da hörst, ist die schlechte Nachricht: das ist der Pingerzaun. Ab sofort ist die Bucht für Meeressäuger sozusagen von Wachhunden umstellt.“

„Gibt es auch eine gute Nachricht?“

„Vielleicht.“ Chris deutet auf den Monitor.

„Sie ist drin“, sage ich.

„Sieht so aus. Und das Gute ist: Jetzt jagen die Wachhunde sie nicht weg von der Bucht, sondern in die Bucht hinein. Schau mal, wie schnell sie plötzlich schwimmt.“

Das Schnellboot macht seinem Namen alle Ehre. Nur fünfzehn Minuten nachdem der Pilot es angefordert hat, ist es bei uns. Jetzt fällt auch mir keine Ausrede mehr ein, mit der wir noch Zeit gewinnen könnten.

„Chris“, rufe ich, „sie sind hier!“

„Gebt mir fünf Minuten, verdammt!“

Drei Männer in Uniform versammeln sich an der Reling und fordern eine Erklärung. Paka, Charlotte, Karuna und Cluster sehen mich an, als hätte ich übersinnliche Fähigkeiten. „Hören Sie“, rufe ich, „hier in der Bucht ist ein Buckelwal! Sie dürfen nicht zulassen, dass Gas…“

„Ich höre wohl nicht richtig!“, ruft der mit den größten Epauletten an seiner Uniform. „Sie lassen uns hier rauskommen, weil sie einen Buckelwal in der Bucht vermuten?!“ Er befiehlt dem Steuermann, seitlich an die *Seastar* heranzufahren. Ich will etwas erwidern, aber er schneidet mir das Wort ab. „Ich komme jetzt an Bord“, erklärt er, „und werde Ihr Boot unverzüglich in den Hafen fahren. Und wenn einer von Ihnen Ärger macht, lasse ich Sie allesamt festnehmen!“ Er klettert über die Reling und wirft einen wütenden Blick in die Runde. „Wissen Sie, was Sie für Kosten verursachen?“

„Bitte glauben Sie mir, es gibt Buckelwale in der Bucht!“

„Blödsinn! Wenn es hier Buckelwale gäbe, hätte Gasonec niemals eine Bohrerlaubnis erhalten.“

Er stößt mich beiseite und geht unter Deck. Ich folge ihm auf dem Fuß.

„Cassel", stöhnt er, kaum dass er die Kajüte betreten hat, „hätte ich mir ja gleich denken können. Das wird Sie teuer zu stehen kommen!"

Chris reagiert gelassen. „Mrs Waldmann hat Recht. Das Gutachten des Professors war manipuliert. Oben an Bord sitzt Waldmanns Assistent, der das bezeugen wird. In diesem Moment schwimmt ein Buckelwal auf uns zu, Sie müssen nur drei Minuten Geduld haben, dann können Sie sich mit eigenen Augen davon überzeugen, dass –"

„Schluss mit dem Kinderkram! Das können Sie alles dem Staatsanwalt erklären. Starten Sie Ihr Boot und folgen Sie uns in den Hafen, Cassel, und zwar *jetzt*!"

„Wenn Sie sich die Mühe machten, mal einen Blick auf diesen Monitor hier zu wer..."

„Cassel! Seit Monaten legen Sie die ganze Stadt lahm. Sie starten jetzt Ihr Boot und fahren hinter uns her!"

„Nein."

„Wie bitte?!"

„Ich sagte Nein. Und hören Sie auf herumzuschreien. Sie sind hier nicht beim Militär."

„Cassel, Sie riskieren gerade eine Bewährungsstrafe, ist Ihnen das klar? Wo sind die Schlüssel?"

Chris wirft einen Seitenblick auf den Monitor. „Natürlich ist mir das klar. Ich geb Ihnen ja die Schlüssel. Mir nach." Im Vorbeigehen beugt er sich zu mir herunter und flüstert mir ins Ohr: „Warte, bis sie unter uns ist, dann sag Karuna, sie soll die Lautsprecher hochziehen, und zwar schnell."

Ich blicke auf den Monitor. Was immer es ist, es ist zu weit weg. Wenn nicht noch ein Wunder geschieht, haben wir verloren.

Ich setze gerade zu einem Stoßgebet an, als ich durch das Dröhnen des Helikopters hindurch höre, wie der Polizist Chris eine Haftstrafe androht, weil er soeben die Bootsschlüssel über Bord geworfen hat. Weitere Minuten vergehen, in denen das Schnellboot sich vor uns setzt und die beiden Boote miteinander vertäut werden. Aus dem kleinen Strich auf dem Monitor ist etwas geworden, das die Größe meines kleinen Fingers hat. Aber es ist nicht unter uns, noch lange nicht. Was soll ich tun? Ich höre, wie der Motor des Schnellbootes aufheult. Wir setzen uns in Bewegung. Bitte, denke ich, *bitte* sei ein Buckelwal und lass mich nicht im Stich! Die *Seastar* wird um die eigene Achse gedreht. Ich stürze an Deck.

Der Polizist hat das Steuer der *Seastar* übernommen, Chris steht auf dem Schnellboot und hält sich an der Reling fest. Die Morgensonne scheint in sein Gesicht und spiegelt sich in den Handschellen, die ihm die Küstenwache angelegt hat. Der Helikopter kreist bedrohlich über unseren Köpfen.

„Cluster“, sage ich, „drehen Sie auf volle Lautstärke, Karuna, ziehen Sie den Lautsprecher bis kurz unter die Oberfläche, so schnell Sie können.“

Alle sehen mich ungläubig an.

„Aber es ist zu spät“, setzt Cluster an, „wir sind doch schon …“

„Machen Sie schon!“

Cluster dreht die Lautstärke auf und beeilt sich, Karuna zu helfen. Noch einmal blicke ich auf das Meer hinaus, wo sich die gleißende Morgensonne, die sich inzwischen vom Wasser gelöst hat, millionenfach in den Wellen bricht. Es riecht nach Salz und einem heißen Tag.

Karuna und Cluster sind fertig. Es gibt nichts mehr zu tun. Wir haben alles versucht. Inzwischen werden wir so schnell gezogen, dass man den Fahrtwind im Gesicht spürt. Charlotte und ich setzen uns zu den anderen.

Der Pilot des Helikopters sieht es als Erster. Plötzlich schwebt er auf Augenhöhe neben den Booten über dem Wasser. „Achtung!“, dröhnt es aus dem Lautsprecher, „langsam!“

Wie auf ein vereinbartes Signal springen wir alle gleichzeitig von unseren Sitzen auf. Ich habe gerade noch Gelegenheit wahrzunehmen, wie das Schnellboot das Tempo drosselt, als es geschieht: Keine zehn Meter hinter uns stößt die Schnauze eines Buckelwals durch die Wellen, zieht den tonnenschweren Körper hinter sich her, bis er beinahe vollständig aus dem Wasser ragt und für einen wunderbaren Augenblick stillzustehen scheint, sich in der Morgensonne um die eigene Achse dreht und krachend auf die Oberfläche stürzt. Die Welle erschüttert die *Seastar* und lässt uns alle lachend durcheinanderpurzeln. Als ich aufsehe, erblicke ich Chris, der an der Reling des Schnellbootes steht und seine blinkenden Handschellen in den Himmel reckt.

Ich spüre, wie Charlotte neben mich tritt und ihren Arm um mich legt.

„Ich wünschte, Johannes wäre hier“, sagt sie.

„Das ist er, Charlotte.“

Jo Taitinger: „Das Geheimnis der Wale“ ist der Roman zum Film nach einem Drehbuch von Richard Reitinger und Natalie Scharf.

Darsteller

ANNA WALDMANN	Veronica Ferres
CHRIS CASSEL	Christopher Lambert
CHARLOTTE WALDMANN	Alicia von Rittberg
PAKA	Joe Dekkers-Reihana
ERIC CLUSTER	Clemens Schick
JOHANNES WALDMANN	Mario Adorf
RENA CAPELLI	Elena Uhlig
STEVEN THOMPSON	Fritz Karl
AMIRI	Rawiri Paratene

Stab

REGIE	Philipp Kadelbach
DREHBUCH	Richard Reitinger, Natalie Scharf
NACH EINER KONZEPTION VON	Matthias Popp
PRODUZENTEN	Nico Hofmann, Sascha Schwingel, Moritz von Koss
KOPRODUZENTEN	Veronica Ferres, Martin J. Krug
PRODUKTIONSLEITUNG	Peter Jansen
SERVICE PRODUKTION SÜDAFRIKA	Two Oceans Production, Giselher Venske
KAMERA	David Slama
SZENENBILD	Sylvain Gingras
KOSTÜME	Anette Guther, Wolfgang Ender
CASTING	Nina Haun, Stuart Turner,
CUTTER	Nils Landmark
TON	Michael Bartylak
ART DIRECTOR	Willow Howell
MASKE	Sabine Schumann
MUSIK	Karim Sebastian Elias, Martin Todsharow
POST PRODUCTION	Esther Reinecke
REDAKTION	Birte Dronsek, Rita Nasser

JO TAITINGER

Packender Umweltthriller vor der malerischen Küste Neuseelands

Jo Taitinger ist das Pseudonym eines Schriftstellers, der unter verschiedenen Namen – unter anderem als Edgar Rai – Romane und Drehbücher verfasst. Geboren 1967 in Hessen, studierte er Musikwissenschaft und Anglistik in Marburg und Berlin und war unter anderem als Basketballtrainer, Chorleiter, Handwerker und Onlineredakteur tätig. Seit 2001 ist er freier Schriftsteller und seit 2003 Dozent für kreatives Schreiben an der FU Berlin.

Grundlage für seinen Roman *Das Geheimnis der Wale* war der erfolgreiche gleichnamige ZDF-Zweiteiler mit Veronica Ferres, Christopher Lambert und Mario Adorf in den Hauptrollen, der bei seiner Erstausstrahlung fast sieben Millionen Zuschauer erreichte. Der „packende Umweltthriller" (Moviepilot), der vor allem den Konflikt zwischen Naturschutz und der skrupellosen Ausbeutung von Energievorkommen zum Thema hat, weist daneben auf ein weiteres besorgniserregendes Problem hin: Wie sich mittlerweile herausstellt, leiden Wale und Delfine sehr unter dem zunehmenden Lärm in den Weltmeeren. Da sie sich in erster Linie über ihren Hörsinn Orientierung verschaffen, empfinden sie viele Geräusche als qualvoll und werden davon aus ihren Lebensräumen vertrieben oder verenden hilflos an Stränden. Besonders gefährlich sind die im Roman von der Gasexplorationsfirma Gasonec eingesetzten „Airguns", die zur Erkundung des Meeresbodens verwendet werden und durch ihre Explosionsgeräusche den Orientierungssinn der Wale zerstören. Als 2007 in der Nordsee im Naturschutzgebiet Doggerbank mit solchen Schallkanonen nach Ölvorkommen gesucht wurde, versuchten internationale Naturschützer vergeblich, dies zu verhindern, machten aber mit ihrem Protest nachhaltig auf dieses Problem aufmerksam.

James Patterson

und Martin Dugard

Königs-Mord

Ein junger Pharao stirbt,
als er sich gerade anschickt,
ein großer Herrscher zu werden.

Ein besessener Ägyptologe
weiht sein Leben der Jagd nach
alten Gräbern im Wüstensand.

Ein erfolgreicher Schriftsteller
schöpft Verdacht – und macht sich
daran, ein über 3000 Jahre altes
Rätsel zu lösen.

PROLOG

Tal der Könige, 1900

Am Silvestertag gab ein ernster, gut aussehender Archäologe namens Howard Carter in fließendem Arabisch die Order, mit der Grabung zu beginnen.

Carter stand in einer erdrückend engen Kammer rund hundert Meter unter der Erdoberfläche. Trotz der stickigen Luft schmachtete er nach einer Zigarette; er war nun einmal süchtig nach den verdammten Dingern. In den Achselhöhlen seines weißen Hemdes zeichneten sich Schweißflecken ab, seine Arbeitsstiefel waren staubbedeckt. Auf sein Kommando ließen die Sandalen tragenden ägyptischen Arbeiter die Schaufeln fliegen.

Fast zwei Jahre war es her, dass Carter draußen in der Wüste von seinem Pferd abgeworfen worden war. Dieser „Glücksfall" hatte sein Leben verändert. Hart war er auf der steinigen Erde gelandet und hatte zu seinem Erstaunen einen tiefen Felsspalt direkt vor sich gesehen. Es schien der verborgene Eingang zu einer alten Grabkammer zu sein.

Rasch und ohne Aufsehen hatte sich der 26-jährige Ägyptologe die nötigen staatlichen Genehmigungen besorgt und Arbeiter für die Grabung eingestellt.

Nun hoffte er, in sehr jungem Alter berühmt zu werden – und steinreich.

Anfangs hatten sich die altägyptischen Herrscher in aufwändigen Steinpyramiden beisetzen lassen, doch jahrhundertelange Grabräuberei ließ spätere Pharaonen dazu übergehen, ihre Grabstätten in verborgene Felskammern unter die Erde zu verlegen. War der Pharao nach seinem Tod mumifiziert und mit seinen irdischen Besitztümern in einer solchen Gruft eingesiegelt, gab man sich allergrößte Mühe, den Bauort in Vergessenheit geraten zu lassen.

Doch alle Geheimhaltung nützte nichts. Anscheinend wurde jedes Grab irgendwann von Räubern gefunden.

Carter, ein breitschultriger Mann, der gern Fliege, Leinenhose und einen Homburger Hut trug, hoffte nun endlich auf eine Ausnahme. Der Kalksteinschutt, mit dem irgendein Baumeister vor langer Zeit die Gänge und den Treppenschacht hatte füllen lassen – eine einfache, aber sinnreiche Methode, Banditen abzuschrecken –, wirkte unberührt.

Monate hatten Carter und seine Arbeiter gebraucht, um das Geröll hinauszuschaffen. Mit jeder abtransportierten Ladung wuchs Carters Zuversicht, dass am Ende, tief unter der Erde, eine große unversehrte Grabkammer wartete. Sollte er Recht behalten, so musste sie mit unschätzbaren Kostbarkeiten gefüllt sein und auch die Königsmumie enthalten.

Reich würde Carter dann werden, reicher als in seinen wildesten Träumen, und seine Träume waren schon spektakulär genug.

„Die Männer haben sich nun bis in eine Tiefe von 97 Metern vorgearbeitet", hatte Carter an Lady Amherst, seine langjährige Mäzenin, geschrieben, „und es ist noch kein Ende abzusehen." Der enge Eingang, auf den er bei seinem Sturz gestoßen war, hatte sich als Pforte zu einem wahren Labyrinth erwiesen, das immer weiter in die Erde führte.

An einem Punkt zweigte ein Gang in eine Kammer ab, die ein überlebensgroßes Pharaonenstandbild enthielt. Doch dann endete der Gang blind an einem senkrechten, mit Steinen und Schutt gefüllten Schacht.

Monat um Monat wühlten sich die Arbeiter vorwärts und hatten jetzt schon eine Tiefe erreicht, die es erforderlich machte, dass sie jeden Tag mit Seilen hinuntergelassen wurden. Immer größere Hoffnungen beflügelten Carter, sodass er sogar den ungewöhnlichen Schritt unternahm, den britischen Generalkonsul in Kairo schon im Voraus zur Öffnung eines „jungfräulichen Grabes" einzuladen.

Nun stand er am Boden des Schachtes. Vor sich eine Tür, mit Lehmmörtel versiegelt, mit dem Zeichen eines Pharaos gestempelt – der Eingang zu einer Grabkammer.

Carter befahl den Arbeitern, die Tür aufzubrechen.

Lärm und erstickende Staubwolken füllten den Schacht, als die Männer die uralte Türvermauerung niederrissen. Carter hustete in sein Taschentuch und bemühte sich, in den Dunstschleiern etwas zu erkennen.

Hämmernden Herzens hielt er endlich seine Lampe in die Grabkammer hinein. Aufgeregt spähten die hinter ihm stehenden Arbeiter über seine Schulter.

Die Kammer war leer. Der Schatz und die Königsmumie waren schon geraubt. Von anderen.

Palm Beach, Florida, heute

„James Patterson hier. Ist Michael da? Ich habe ihm etwas Spannendes zu erzählen."

Wie man sich denken kann, liebe ich spannende Geschichten, und ich glaubte einen echten Knüller ausgegraben zu haben, über den zu schreiben sich lohnte. Deshalb der Anruf bei meinem Lektor bei Little, Brown & Co., Michael Pietsch, der zugleich der Verlagschef ist.

Während ich darauf wartete, dass Michael an den Apparat kam, blickte ich mich in meinem Büro im Obergeschoss um. Bin ich eigentlich übergeschnappt?, fragte ich mich.

Ein neues Romanprojekt war das Allerletzte, das ich brauchte. Sage und schreibe vierundzwanzig Manuskripte – und keines davon fertig – drängten sich auf dem fußballfeldgroßen Schreibtisch, der mein Büro fast ausfüllt.

„Ich muss völlig verrückt sein, glaubst du das nicht auch?", sagte ich, als Michael sich meldete. Er ist ein sehr ruhiger, ein beruhigender Mensch, hochintelligent, ein wunderbarer Vater, der weiß, wie man mit schwierigen Kindern wie mir umgeht. Über die Jahre sind wir ein gutes Gespann geworden und haben zusammen mehr als ein Dutzend Spitzenseller auf die Beine gestellt.

„Klar bist du verrückt, aber wozu der Anruf?", fragte er zurück. „Warum sitzt du nicht an deinen Manuskripten und schreibst?"

„Ich habe eine Idee."

„Nur eine?"

„Ja, aber eine, die mir besonders gefällt, Michael. Gib mir eine Minute, um dich einzuwickeln. Da du ja sowieso alles kennst und alles weißt, wird dir bekannt sein, dass im Augenblick eine Sammlung von Tutanchamun-Memorabilien als Wanderausstellung um die Welt geht. Überall Warteschlangen, alles Wochen vorher ausverkauft. Vor Jahren habe ich selber eine Tut-Ausstellung in der New Yorker Met besucht, vor Kurzem noch einmal eine in Fort Lauderdale. Ich habe hautnah miterlebt, wie Tut den Leuten den Kopf verdreht – Mann, Frau und Kind, Arm wie Reich.

Tutanchamun hat etwas an sich, das Altägypten für die meisten Menschen zum Leben erweckt. Es sind nicht nur die unglaublichen Grabschätze, nicht nur die Kunstwerke, nicht nur die spektakuläre Entdeckung des Grabes durch Howard Carter. Das alles auch, ja, aber da ist noch etwas Magisches, etwas Ikonisches. Jahrtausendelang blieb Tuts Name aus den ägyptischen Annalen gestrichen, und heute ist er der wohl berühmteste aller Pharaonen. Und dabei weiß man eigentlich nicht viel von ihm.

Michael, ich will ein Buch über Tut schreiben. Drei Teile: Gegenwart – meine eigenen Recherchen über den Kindkönig, meine Lernfortschritte, die ich hoffentlich mache; dann die abenteuerliche Entdeckung des Grabes und der Schätze durch Carter, was wahrscheinlich ein eigenes Buch lohnte; und einen dritten Teil über Tut selbst.

Na, was hältst du davon? Willst du die Notbremse ziehen? Willst du das eine Mal den Versuch machen, mich vor mir selber zu retten?“

Michaels ansteckendes Lachen drang aus der Leitung. „Jim, wie fast jeder bin ich fasziniert vom alten Ägypten, den Pyramiden, dem Tal der Könige, Tutanchamun, Nofretete, den Ramessiden. Deshalb muss ich dir sagen: Deine Idee gefällt mir sehr gut.“

Nun war es an mir, erleichtert zu lächeln und zu lachen. „Das freut mich! Da kann ich den letzten Clou, mit dem ich dich herumkriegen wollte, nun auch noch anhängen – obwohl ich ihn nicht mehr brauche. Michael, ich habe das Gefühl, dass Tutanchamun ermordet wurde. Und ich hoffe, das – jedenfalls auf dem Papier – beweisen zu können.“

Michael lachte wieder. „Allein beim Namen Tut bin ich dir schon auf den Leim gegangen“, gestand er.

ERSTER TEIL

Erstes Kapitel

Tal der Könige, 1492 v. Chr.

„Das ist weit genug! Das Ganze haaaaalt!“

Mehr als fünfhundert Kriegsgefangene, die in Richtung Theben marschierten, verhielten ihren Schritt auf einem weiten Feld zwei Meilen vor der Stadt. Soldaten der Palastgarde bewachten den Trupp in der glühenden Mittagssonne. Nicht dass das nötig gewesen wäre. Die Füße der ausgemergelten Gefangenen waren mit Lederriemen so gefesselt, dass sie gehen, aber nicht rennen konnten.

Ineni, der hoch angesehene Baumeister des Königs, ließ die Augen über die traurige Szene schweifen. Er kannte die Männer gut. Fünf Jahre hatten sie in einem abgelegenen Tal an einem neuen Grab für Thutmosis I. gearbeitet. Am Tag hatten sie sengende Sommerhitze und die überraschend frostigen Windböen ertragen, die manchmal aus der Wüste herüberfegten. Bei Nacht hatten sie unter einem sternenübersäten Himmel geschlafen.

Mehr als tausend Jahre war es her, dass Cheops am unteren Nil bei Giseh seine große Pyramide hatte errichten lassen. Aber so imposant und ehrfurchtgebietend die Pyramiden waren, sie stellten auch einen Leuchtturm der Versuchung für jeden kleinen Dieb und jeden Grabschänder dar. Nicht ein einziges Grab war ungeplündert geblieben. Nicht eines.

Gegen das Übel der Grabräuberei glaubte Ineni die Lösung gefunden zu haben. Durch Sklavenarbeit, durch die Hand dieser Gefangenen, hatte er eine geheime Grabstätte für Thutmosis I. anlegen lassen. Keine flüchtig hergerichtete Höhle, sondern ein ausgehauenes Grab mit mehreren Gängen, Korridoren und einem halben Dutzend Kammern. Der Steinsarkophag des Königs sollte genau in der Mitte, in der größten, prächtigsten Kammer, ruhen.

Gewiss, dachte Ineni, während er sich einen Schweißtropfen von der Stirn wischte, ein unterirdisches Grab ist nicht so grandios wie eine himmelstürmende Pyramide, aber in vieler Hinsicht ist es besser. Die Wände waren geglättet und mit farbigen Szenen aus dem Leben des Pharaos bemalt – aus dem, das er gerade geführt hatte, und aus dem herrlichen, das kommen sollte.

Vor allem aber war die Totenruhe des Pharaos gewährleistet. Hoffentlich in alle Ewigkeit.

Diese neue Grabanlage gefiel Ineni so sehr, dass er bereits an einer Ruhestätte dieses Typs für sich selbst arbeitete. ICH ALLEIN ÜBERWACHTE DEN AUSBAU DES FELSENGRABES SEINER MAJESTÄT, ließ er an die Wand seiner eigenen Grabkammer schreiben. NIEMAND SAH ES, NIEMAND HÖRTE ES!

Ganz allein war er natürlich nicht gewesen. Die Hauptarbeit hatten die Gefangenen getan. Er hatte sie dabei kennen gelernt, Nubier, Hethiter. Er hatte von ihren Frauen und Kindern gehört. Einige der Gefangenen waren seine Freunde geworden.

Nachdem das Grab des Thutmosis versiegelt und der Eingang mit Steinen unkenntlich gemacht worden war, hatte Ineni die Männer vom Bauort wegführen lassen, fort aus jenem Tal, das einst „Tal der Könige“ genannt werden würde, weil der architektonische Kunstgriff des Baumeisters Schule machte und viele Pharaonen sich dort versteckte Grüfte anlegen ließen.

Inenis Blick wanderte über die Gesichter der Gefangenen. Sie kannten die Lage des königlichen Geheimgrabes, und das ging nicht an. Der Baumeister wandte sich ab und gab der Garde ein Zeichen.

„Tut, was getan werden muss. Seid gnädig. Tut es schnell. Dies sind gute Männer.“

Und so begann das blutige Abschlachten der Gefangenen. Ihre Schreie hallten zum Himmel, und Ineni hoffte, dass die vielen Götter Ägyptens seine schwierige, aber notwendige Entscheidung gutheißen würden.

Theben, 1357 v. Chr.

Amenophis III. stürzte einen Becher Rotwein hinunter, während er in den sonnenhellen Thronsaal schlurfte.

Früher einmal war der Pharao schlank und athletisch gewesen, ein Krieger, gefürchtet in allen Landen. Nun war er „reich", eine höfliche Umschreibung dafür, dass sein mächtiger Bauch ihm überall voranschritt.

„Vom vielen Wein wirst du noch dick", scherzte Teje, seine Königin und Lieblingsfrau – Letzteres wohl deshalb, weil ihr Humor dem seinen ähnelte.

„Zu spät", knurrte Amenophis mit hörbar schwerer Zunge. „Mindestens ein Dutzend Jahre zu spät."

Nach einer morgendlichen Ausflugsfahrt auf dem Nil war Teje ohne großes Zeremoniell, mit leise auf dem Steinboden schlappenden Sandalen, von der Haupthalle her eingetreten. Die Königin hatte volle Lippen und einen wohlgerundeten Busen. Sie trug ein weißes, an der schmalen Taille gerafftes Leinenkleid mit senkrechten blauen Streifen.

Beide wussten, warum sie ihn heute aufsuchte.

„Pharao", begann sie, „wir müssen reden. Diesmal musst du den Rat einer Frau beherzigen, mein Geliebter. Du *musst.*"

Amenophis tat so, als höre er es nicht. Er dachte daran, etwas Opium auf seine vereiterten Zähne zu streichen, um den Schmerz zu lindern, und dann vor dem Essen vielleicht ein Schläfchen zu halten. Nein. Erst ein Besuch bei der reizvollen Resi im Harem zu einem nachmittäglichen Techtelmechtel, dann Schlaf. Glücksgefühl wärmte sein Herz, wenn er nur an sie dachte.

Droben in Memphis, der nördlichen Hauptstadt seines Reiches, belästigten ihn die Beamten unaufhörlich mit Berichten über die Ernte und mit Steuerschätzungen. Nichts als Besprechungen den ganzen Tag. Ja, Ägypten brauchte solche Bürokraten; ohne die Heerscharen der Beamten wäre das Reich nur ein halbwilder, zurückgebliebener Landstrich. Doch nach drei Jahrzehnten an der Macht brauchte Amenophis Zerstreuung.

Deshalb liebte er Theben weit mehr als Memphis.

In einer Woche per Boot auf dem Nil erreichbar, unterschied sich Theben von der nördlichen Kapitale so sehr, als läge es in einem anderen Land. Hier konnte man als Pharao in der Wüstensonne baden, Wein trinken und mit seinem Harem schlafen – einem Dutzend vom König persönlich ausgewählter Schönheiten –, ohne dass irgendein Bürokrat das Vergnügen störte. In Theben hatte man als Pharao Zeit zum Nachdenken, zum Träumen. In Theben war der Pharao niemandem Rechenschaft schuldig – außer seinem Weib.

Amenophis blickte zu seiner Frau. „Ich bin ein verfetteter alter König, der keine Kraft mehr hat, sein Reich zu regieren. Ist es das, was du mir sagen willst? Sprich es aus."

Teje biss sich auf die Zunge. In vieler Hinsicht liebte sie diesen dicken alten Mann, diese Gottheit. Doch nun war Amenophis dem Tod nahe. Entscheidungen mussten gefällt werden, ehe es zu spät war – für Ägypten und für seine Königin.

„Nun gut", seufzte er. „Reden wir. Ich werde bald sterben. Und?"

„Die Zukunft Ägyptens steht auf dem Spiel. Das weißt du. Du musst handeln."

„Mit diesem Wechselbalg werde ich niemals die Macht teilen!", rief der Pharao.

Empörung ließ Amenophis' Trunkenheit teilweise verfliegen. Nun zitterten die Palastwände von seinen wütenden Widerworten. Er und Teje waren allein, und doch bekam jeder Leibwächter vor der Tür, jede Sklavin, die in der großen Vorhalle die Fliesen putzte, den Wortwechsel mit. Schon bald würde das Fußvolk mit Freunden und Verwandten darüber reden, und Einzelheiten der königlichen Auseinandersetzung würden sich in ganz Theben verbreiten.

„Du sprichst von einem *Kind*, das in einer Nacht der Leidenschaft gezeugt wurde. Der Pharao möge mir bitte erklären, wieso dieses Kind ein Wechselbalg sein soll."

„Ich bereue nicht die Liebesnacht, ich bereue nur, was dabei herausgekommen ist. Er wird nie als Mitregent auf dem Thron sitzen. Das würde ich nicht ertragen. Er ist ein Weichling, eine Jammergestalt."

Teje feixte. „Wir wissen doch beide, dass er dir eines Tages nachfolgen wird."

„Das erhoffst du dir, nicht wahr? Gibt meine Königin nicht zu, dass sie eigennützige Gründe hat, den Jungen als meinen Mitregenten sehen zu wollen?"

„Die Königin gibt nichts dergleichen zu. Die Königin will nur das Beste für Ägypten. Du willst doch selbst, dass dein Sohn den Thron besteigt – gerüstet mit deiner Weisheit, die du dir in vielen Jahren hart erworben hast."

Unter einem Nachfolger wirst du alles verlieren, was du hast, dachte der zynische Amenophis. Versuche also nicht, mir weiszumachen, du wüsstest, was für Ägypten das Beste ist. Bist *du* gegen die Hethiter in den Krieg gezogen und hast dem Durst in hitzeverbrannten Wüsten getrotzt? Hast *du* die Zedernwälder von Byblos gerochen? Du trägst Gold und Lapislazuli, die als Tribut von den Ländern gezahlt wurden, die ich erobert habe, aber von der Welt außerhalb Thebens weißt du nichts.

„Seine Arme hängen bis auf die Knie, sein Gesicht ist lang wie das eines Pferdes", höhnte Amenophis. „Er hat nicht den Mumm, ein Schwert zu führen. Pharao sein heißt fleischgewordener Gott sein. Dieser Junge ist eine Missgeburt."

„Er ist dazu geboren, unser Volk zu führen. Er kann den Kriegswagen so gut lenken wie jeder andere Mann", erwiderte Teje. „Er ist gebildet und klug."

Der Pharao schnaubte. Der bloße Anblick seines Sohnes – der ebenfalls Amenophis hieß – an den Zügeln eines Streitwagens war lächerlich. Ein Wunder, dass der Schwachkopf noch nicht zu Tode getrampelt worden war.

„Durch ein Kornfeld fahren ist eines. Im Krieg eine Attacke anführen etwas ganz anderes", sagte der König.

Ein leichtes Rauschgefühl stieg plötzlich in ihm auf. Das Opium tat seine Wirkung, aber der Schmerz war immer noch unerträglich. Was er brauchte, war mehr Wein.

Amenophis hob den vollen Becher an die Lippen. Die rote Flüssigkeit rann ihm übers Gesicht, troff den dicken Hals hinunter unter den Kragen auf die Bronzehaut seines Bauches. Unter seinem weißen Rock, den er um die Hüfte geschlungen trug, sammelte sie sich und bildete dort einen Fleck, der wie Blut aussah.

Rücklings taumelte der Pharao in die Kissen seiner Liege. Es war ein Akt des Rückzugs, und sie wussten es beide.

Teje stand über ihm, drängend, fordernd, während feurige Sonnenstrahlen die auf die Bodenfliesen gemalten Krokodile und Kobras entflammten.

„Meine Grabausschmückung ist ja fast fertig", murmelte der Pharao.

Er griff nach einem Teller mit dattel- und honiggewürztem Brot, ohne zu ahnen, dass die bei jedem Biss spürbaren Sandkörnchen die Ursache seiner Schmerzen waren. Jahrelang hatte der Wüstensand im Brot seinen Zahnschmelz abgeschliffen und dem Verfall und den Infektionen Tür und Tor geöffnet, an denen er bald sterben würde.

Teje reichte ihm einen Kelch Wein und schwieg, während Amenophis das Brot mit einem langen Schluck hinunterspülte. Souverän wie eine Sphinx wartete sie, bis sich ihr Mann ihrem starken Willen beugte.

„Thutmosis wäre ein großartiger Pharao gewesen", sagte er traurig.

„Dieser Sohn wandert jetzt durch die Unterwelt", erwiderte Teje.

Amenophis nickte bedrückt. Ihr gemeinsamer ältester Sohn, sein Liebling, sein Favorit, war tot. Bald würde er sich zu ihm gesellen. Ägypten brauchte einen starken König. Einfluss auf die Auswahl würde er nur dann haben, wenn er sie selbst traf.

„Bring mir den Wechselbalg", knurrte Amenophis. „Nun gut, er soll König werden. Aber es ist eine Schande, dass ich ihm Ägypten überlasse. Eine Schande für uns beide."

Didlington Hall, bei Swaffham, England, 1887

„Howard, was soll das, was machst du da?", rief Lord Amherst, als er die Tür zur Bibliothek aufriss. „Habe ich dir nicht gesagt, dass diese Artefakte unersetzlich sind? Du bist wirklich ein eigensinniger Kerl!"

Erschrocken fuhr der dreizehnjährige Howard Carter herum. Ertappt! Mehrfach hatte man ihn ermahnt, diesen Raum in Ruhe zu lassen. Ein eigensinniger Kerl, ja, das war er.

Es war Mittag. Eigentlich hatte Howard seinem Vater helfen sollen, der im Auftrag Seiner Lordschaft gerade ein neues Bild malte. In einem Augenblick der Langeweile hatte er sich in den verbotensten und imponierendsten Raum von Didlington Hall davongestohlen: die Bibliothek.

Er konnte es nicht lassen. Die Faszination dieses Raumes war unwiderstehlich, die Stille, und vor allem die fremdartigen massiven Steinstatuen, die überall in der Bibliothek standen und aus einer fernen Welt, den Wüsten Ägyptens, stammten. Sie boten Howard unmittelbaren Anschauungsunterricht in Geschichte. Unersetzlich, fürwahr.

Zum Glück war Lord Amherst ein freundlicher Mensch mit fünf Töchtern. Howard war für ihn so etwas wie ein angenommener Sohn. Er erkannte die wesensmäßige, manchmal brennende Wissbegierde dieses schlanken Jungen mit dem starken Kinn und sah in ihm Züge seiner selbst. Er und der junge Howard: Beide wollten – nein, verlangten sie Antworten auf Fragen der Vergangenheit. Vor allem von der Geschichte des Altertums waren sie besessen.

Statt Howard also aus der Bibliothek zu werfen, ging Lord Amherst mit ihm durch den holzgetäfelten Raum und führte ihm geduldig die Bedeutung der wichtigsten Bücher vor Augen. Er besaß eine kostbare Sammlung von teilweise jahrhundertealten Bibeln. Er besaß Inkunabeln, also Bücher, die kurz nach der Erfindung des Buchdrucks entstanden waren. Er besaß Werke mit Prachteinbänden, Erstausgaben berühmter Autoren und so weiter und so fort.

Und dann war da noch die ägyptische Sammlung.

Sie beschränkte sich nicht auf umfangreiche Fachliteratur zur altägyptischen Geschichte. Als eingefleischter Ägypten-Liebhaber hatte Lord Amherst die Bibliothek auch mit Mitbringseln und Fundstücken dekoriert. Die größeren Statuen waren mehr als mannshoch und standen wie Wächterfiguren zwischen den schweren Ohrensesseln und den Leselampen. Daneben gab es Dutzende kleinerer Statuen und rare Inschriften auf Papyrus hinter Glas, sicher vor dem Zugriff menschlicher Hände wie denen von Howard. Amherst hatte diese Sammlung vor zwanzig Jahren von einem deutschen Priester erworben und sie seither zielstrebig ausgebaut.

„Dies ist nicht nur die größte ägyptologische Sammlung Europas, es ist die Freude meines Lebens“, gestand er Howard.

„Und meines auch.“ Der Junge strahlte.

Am Ende der Führung stand eine Ankündigung, die den Lauf der Geschichte ändern sollte: Lord Amherst gab dem Jungen uneingeschränkten Zugang zu seiner Sammlung. Dass ein kleiner Zusammenstoß mit einer Statue einen Schaden anrichten konnte, der in die Tausende ging, spielte keine Rolle mehr – Amherst hatte die Leidenschaft in Howards Augen gesehen, als er ihm von den Mysterien der ägyptischen Kultur erzählt hatte, von dem seltsamen Alphabet, den Göttern, der Jenseitsfixierung, den geheimnisvollen Grabkammern.

Amherst ermutigte den Jungen, sich in die Ägyptologie zu vertiefen. Und genau das tat Howard Carter dann auch – bis zur Stunde seines Todes.

Didlington Hall, 1891

Ende Mai war es, fast Juni. Der nun 17-jährige Carter ging über den Watteau Walk auf die weißen Säulen zu, die den Südeingang von Didlington Hall flankierten.

Frischer Grasduft lag in der Luft, aber Carters Schritte waren müde. Den Tag hatte er verbracht, wie er die meisten Tage verbrachte: mit dem Zeichnen von Haustieren. Das Handwerk ernährte seinen Mann, ja – nicht besonders üppig, und es war gewiss nicht sehr aufregend. Aber andere Qualifikationen besaß er nicht und konnte sich keiner höheren Schulbildung rühmen. Zwar hatte er sich daran gewöhnt, von den Amhersts als Familienmitglied behandelt zu werden – er bewegte sich unbefangen in Adelskreisen und durfte jederzeit in Lord Amhersts Bibliothek –, doch de facto war er zu einem Leben auf bescheidenster materieller Grundlage und geringem Renommee verurteilt.

Carter betrat die kühle Eingangshalle von Didlington Hall. Teure Gemälde und andere Kunstwerke – manche davon aus dem 11. Jahrhundert – zierten den weitläufigen Saal.

Ein Butler wies Carter in die Bibliothek. Dort saßen Lady Amherst und ihre Jüngste, die 25-jährige Alicia. Herzlich begrüßten sie Carter und stellten ihn einem leutseligen Fremden vor, der eindeutig ein Auge auf Alicia geworfen hatte.

Ein knochiger junger Mann, Anfang zwanzig. Er hieß Percy Newberry. Gesicht und Hände tiefbraun von der Arbeit im Freien, das Gesicht von einem mächtigen Schnurrbart halb verdeckt. Bald erfuhr Carter, dass es sich um einen Ägyptologen handelte, der hier zweierlei erobern wollte: Alicias Herz und Lady Amhersts Geldbeutel. Gerade war er vom Nil zurückgekehrt, wo er von November bis April an einer Stätte namens Beni Hasan Ruinen erforscht hatte.

Lady Amherst, die für Carter immer viel Sympathie empfunden hatte, wollte die beiden Männer unbedingt zusammenbringen, das merkte man. Carter setzte sich und lauschte begierig den unglaublichen Geschichten, die Newberry vom Leben am Nil erzählte. Von der Arbeit in den Felsgräbern von Sonnenaufgang bis zum Abendessen, vom Studieren und Diskutieren bis spät in die Nacht. Newberry sprach mit Leidenschaft, die Arbeit war seine große Passion. Carter mochte ihn sofort.

Im Auftrag des Britischen Museums hatte Newberrys Expedition eine umfassende visuelle Dokumentation der in den Pharaonengräbern befindlichen Zeichnungen und farbigen Hieroglyphen in Angriff genommen, ehe diese verblassten – was oft geschah, wenn antike Zeichnungen plötzlich der Luft und menschlichen Ausdünstungen ausgesetzt wurden. Die Aufgabe war enorm. Mehr als tausend Quadratmeter Wandzeichnungen mussten dokumentiert werden.

Zuerst war die Arbeit glatt vonstattengegangen, dann aber hatte sich die Beziehung Newberrys zu seinem Zeichner verschlechtert. Nun suchte Newberry neben Finanzmitteln für eine neue Saison auch einen neuen Zeichner. Mitbringen musste dieser fundierte Kenntnisse Ägyptens und Zeichen- und Maltalent.

Und hier saß der ideale Kandidat: Howard Carter.

Alexandria, 1891

Nur der widerwärtige Umstand, dass er seekrank war, verhinderte, dass Carter vor Vorfreude platzte. Mein Gott, er war in Alexandria! Mit den Beinen stemmte er sich gegen das Rollen des Dampfers, während seine Augen die Kais nach Percy Newberry absuchten.

Soeben hatte Carter den alten Hafen erreicht, der von Alexander dem Großen gegründet worden war, dem Mann, der der Pharaonenherrschaft ein Ende gesetzt hatte. Manche nannten die Stadt das Tor zu Afrika, andere die Drehscheibe der Welt. Für den 17-jährigen Carter war Alexandria einfach der Ort, an dem sein Leben beginnen sollte.

Aber erst musste er Percy Newberry finden, der ihn aus der Monotonie des Haustierzeichnens befreit und ihm am Britischen Museum eine Ausbildung als Expeditionszeichner verschafft hatte. Er war Carter nach Ägypten vorausgefahren und sollte nun eigentlich am Hafen auf ihn warten.

Irgendwo. Aber wo?

Carter war schlank, etwas hohlwangig, mit einem schütteren Bärtchen, das sich noch zu dem buschigen Schnauzer auswachsen sollte, den er die nächsten vier Jahrzehnte trug. Heiß wie vor einem Hochofen war die Luft; die Decksplanken des Schiffes versengten durch die Schuhsohlen hindurch fast Carters Füße. Er war für Oktober in England, nicht für Oktober in Ägypten gekleidet. Gern hätte er seinen Anzug und seine Krawatte gegen das einfache weiße Gewand der Hafenarbeiter getauscht. Ihnen schien die Hitze nichts auszumachen.

Carter blinzelte ins helle Sonnenlicht und versuchte weiterhin, Newberry zu erspähen. Aber es zeigte sich kein Engländer im Gewimmel der halb bekleideten Mauren, Türken, Nubier und Ägypter. Kein newberryscher Strohhut, nirgends. Wo zum Teufel stecken Sie, Percy?

Carter ließ den Blick über die Stadt schweifen und entdeckte die hoch aufragende Pompeiussäule. Er kontrollierte nochmals, ob er alles bei sich hatte. Die Liste war kurz: Skizzenbuch, Notizbuch, Reisetasche.

Laut platschend fiel der Anker ins Wasser des Westhafens. Wie ein Heuschreckenschwarm stürmten Hafenarbeiter aufs Schiff. Carter hatte Mühe, nicht umgestoßen zu werden, als er sich seinen Weg zur Gangway bahnte, die an der Schiffswand hinabgelassen wurde. Er kletterte hinab in ein wartendes Boot, ein Mann ruderte ihn an Land.

Carter bezahlte seinen Fährmann und betrat den steinernen Kai. Und da stand Percy Newberry, strahlend und mit Strohhut.

„Wo waren Sie?“, wagte Carter eine Beschwerde an seinen Chef und

Brötchengeber. „Ich bin immer die Pünktlichkeit und Gewissenhaftigkeit selbst.“

Newberry lachte nur. „Das möchte ich Ihnen auch geraten haben, wenn Sie es schon so hinausposaunen. Willkommen in Ägypten!“

So begann Howard Carters ägyptisches Abenteuer. Er wusste es noch nicht: Ein halbes Kind war gekommen, um den Kindkönig zu finden.

Beni Hasan, 1891

Carter erwachte in einem Grab. Er brannte darauf, mit der Arbeit zu beginnen, obwohl es stockfinster war und der kleine Raum, nun ja, nach Tod roch.

Der Boden der Kammer bestand aus behauenem Fels, darauf lag eine feine Sandschicht. An der Decke hingen Fledermäuse. Ihr Flügelrascheln ließ, wie Carter später einmal formulierte, an „Geister der alten Toten“ denken, die sich regten.

Neben ihm lag Newberry. Wie Carter hatte er die Nacht in der Grabkammer verbracht, denn sie waren nach Anbruch der Dunkelheit eingetroffen und hatten keinen anderen Schlafplatz.

Sollte dies Carters erster Tag als Ägyptologe werden – und er wurde es –, hätte er nicht stilechter beginnen können.

Von Alexandria aus waren Carter und Newberry mit dem Zug nach Kairo gefahren und hatten eine Woche mit Flinders Petrie verbracht, dem „Altmeister“ der ägyptischen Grabungen, wie Lord Amherst ihn wegen seiner langjährigen Erfahrung in den Gräbern ehrfürchtig nannte. Aufregend waren die Tage in der ägyptischen Hauptstadt, aber bald war es an der Zeit, wieder aufzubrechen. Von Kairo fuhren Carter und Newberry, wieder mit der Bahn, südwärts. Die Strecke lief am Nil entlang. War man von Alexandria aus durch das üppig grüne Nildelta gerollt, so nahm südlich von Kairo die Landschaft trockene, einödhafte Züge an. Beidseits des Nils zog sich ein grüner Streifen Vegetation hin, so weit die alljährlichen Überschwemmungen reichten, aber insgesamt hatte man das überwältigend starke Gefühl, von Wüste umgeben zu sein.

Bei Nilkilometer 267 stiegen die Männer am Bahnhof Abu Kerkas aus und mieteten Esel – je einen für sich selbst und je einen für das Gepäck. Dank seinen vielen Jahren des Landlebens hatte Carter keine Schwierigkeiten, die Grautiere zu lenken.

Ritten sie in Flussnähe noch über fruchtbaren schwarzen Lehm, wurde der Pfad bald trocken und steinig. Die Sonne sank, und Carter und Newberry wussten, dass sie sich beeilen mussten, um vor der Dunkelheit noch die Gräber zu erreichen.

Sie schafften es nicht.

Immer enger und holpriger wurde der Weg, der nun einen Steilabbruch hinaufführte. Doch endlich erreichten sie die Gräber, die annehmbaren Schutz vor dem Wind und der Nachtkälte boten. Dank der abgeschiedenen Lage konnten die Männer einfach durch den uralten steinernen Eingang treten und sich zur Nachtruhe betten.

Nun schlurfte Carter nach draußen, um mit eigenen Augen zu sehen, wie sich die ägyptische Wüste bei Sonnenaufgang darbot. Er wurde nicht enttäuscht. „Der Ausblick war atemberaubend“, schrieb er später. „Sanft im Sonnenlicht aufleuchtend, zog sich das Niltal endlos in die Ferne; das fruchtbare Schwemmland in freundlichem Kontrast zu den Rändern der gelbbraunen Wüste.“

Welten lagen zwischen diesem Land und den grünen Weiden von Swaffham. Und doch hatte Carter das Gefühl, endlich zu Hause angelangt zu sein.

Zweites Kapitel

Theben, 1347 v. Chr.

Dumpf tönte das Brüllen der Menschenmenge durch die dicken Tempelmauern und ließ sie in ihren Grundfesten erbeben. Die Straßen von Theben waren ein Tollhaus – ohrenbetäubender Lärm, in den Seitengassen hektisch sich paarende Männer und Frauen, unempfindlich gegen den schalen Uringestank, den Wüstenstaub, den Geruch von Erbrochenem.

So ging es zu beim Sedfest in Theben, in einer Zeit, da ganz Ägypten die Unsterblichkeit des Pharaos feierte. Doch Feststimmung herrschte nur draußen vor den heiligen Mauern.

Drinnen im Tempel von Karnak bemerkte Nofretete den Lärm der Massen gar nicht. Die Königin, deren Name „Die Schöne ist gekommen“ bedeutete, ein schlankes Bündel Genie und provozierende Erotik, konnte Männer durch ihre bloße Anwesenheit knieweich machen. Sonst für ihre souveräne Haltung bekannt, hätte sie heute die Beherrschung verlieren und jemanden schallend ohrfeigen können. Entweder die ängstliche Memme, die ihr Ehemann war, oder den dummen Bildhauer mit dem Bauernbart, der Stunden für eine einfache Zeichnung brauchte; schwer zu entscheiden.

Nofretete setzte sich auf ihren Thron und versuchte, ihren Mann mit den Augen des Bildhauers zu sehen. Amenophis IV. war Anfang zwanzig und auf der Höhe seiner Macht und Männlichkeit. Doch er hatte hässliche Raffzähne und lange, spinnenbeinartige Finger an den Händen. Und diese Ohren! Konnten sie noch einen einzigen Deut größer werden?

Dennoch liebte sie ihn auf ihre Art. Sein Leben lang war ihr Mann eine Missgeburt gewesen. Doch er war ihre Missgeburt, und zufällig war die Missgeburt Pharao, sodass Nofretete dadurch zur Königin wurde.

Und wie sie die Königinnenrolle ausfüllte! Sie vollzog heilige, nur den Pharaonen vorbehaltene Rituale; auf dem geschorenen Haupt trug sie häufig die Nubierperücke mit den gestuften Löckchen, die zuvor nur Männer getragen hatten; und mit geschickter Hand lenkte sie wie ein Mann ihren eigenen Streitwagen.

Vieles davon war möglich, weil Ägypten Frauen stets besser behandelt hatte als andere Hochkulturen. Frauen durften Geschäfte tätigen, Haus- und Grundeigentum besitzen, sich bei Rechtsstreitigkeiten selbst vertreten und Arzt werden. Frauen waren sogar schon Pharao geworden, und Königinnen mit der Kraft einer Nofretete konnten ihre viel schwächeren Männer beherrschen und lenken.

„Göttlich siehst du aus“, schnurrte Nofretete jetzt.

„Ich bin ja auch göttlich.“ Amenophis lachte. Es war ihr gemeinsamer kleiner Scherz.

„Ist es so schwer, mich zu zeigen, wie ich bin?!“, bellte der König schließlich den Künstler an. Die Pharaonenrolle war für ihn neu, und er wusste noch nicht, dass es ein Zeichen von Schwäche war, die Stimme zu erheben. Amenophis III. war an einer schmerzhaften Mundinfektion gestorben. Nur kurze Zeit hatte Amenophis IV. gemeinsam mit seinem Vater die Regierungsgeschäfte geführt.

Nofretete sah, dass er heute allzu menschlich wirkte – ausgerechnet heute, an dem Tag, an dem Ägypten sich in der Stärke seines Pharaos sonnen sollte.

Und genau das war ein Problem: Der Pharao musste seine Unsterblichkeit beweisen, indem er mit seinem Kriegswagen durch die Menschenmenge jagte. Selbst unter den günstigsten Umständen war dies ein riskantes, halsbrecherisches Unterfangen, das nur allzu leicht mit einem Sturz enden konnte. Und zu stürzen hätte eine Katastrophe für den jungen Pharao bedeutet. Wie Eingeweihte des Palastes sehr wohl wussten, war Amenophis IV. ein sehr schlechter Wagenlenker. Das rituelle Rennen konnte eine Selbstmordaktion für ihn werden.

Ging er aber durch irgendein Wunder unversehrt daraus hervor, war sein Thronanspruch gesichert. An seiner Mannhaftigkeit würde niemand mehr Zweifel hegen. Mit einer einzigen todesmutigen Fahrt lieferte der Pharao den augenfälligen, handgreiflichen Beweis seiner Macht. Ägypten wüsste: er war der einzige, der wahre Pharao.

Lief jedoch etwas schief – wurde Amenophis abgeworfen, verlor er die Zügel und stürzte in die Menge, löste sich ein Rad und brachte den Kriegswagen ins Schleudern –, dann war offensichtlich, dass dieser seltsam aussehende Mann, der Anspruch auf den Thron erhob, kein Gott war. Und war er kein Gott, fanden die Hohepriester des Tempels Wege, einen anderen an seine Stelle zu setzen. Auf irgendeine Weise brachten sie ihn dann um. Und wahrscheinlich seine Königin gleich mit.

„Wie geht es dir?“, fragte Nofretete. „Ich habe das größte Vertrauen in dich, Herr.“

„Du lügst … so schön“, erwiderte der Pharao.

„Wie lange noch?“, schrie Nofretete herumwirbelnd den Bildhauer an.

„Mindestens die Hälfte einer Stunde.“ Der verhutzelte kleine Mann zerknüllte ein Blatt Papyrus und begann von Neuem.

„Allerhöchstens noch einige Augenblicke.“

„Aber Königin …“

„Nicht einen Wimpernschlag länger.“

„Ich tue mein Bestes“, seufzte der Bildhauer.

Nofretete verzog die Lippen zu einem dünnen Lächeln – und nahm sich vor, den so genannten Künstler töten zu lassen, sobald die Statue fertig war.

SCHWATZEND tänzelten und trippelten die Hohepriester in den Tempelraum, als der Bildhauer endlich gegangen war. Sie waren so hochnäsig wie die berühmten Katzen der Königin. Nofretete verachtete ihre Macht und die Art, wie sie sich durch den Tempeldienst bereicherten.

„Wohin geht es nun?“, fragte Amenophis IV. den alten Hohepriester Ptahmose und schlüpfte wieder in sein zeremonielles Sed-Gewand.

„Zum Tempel des Upuaut, Herr. Wir müssen die Standarte mit heiligem Öl salben.“

„Diesen Gott erkenne ich nicht an“, verkündete Amenophis. „Upuaut bedeutet mir nichts.“

Wie ein Schlag durchfuhr es die Priester bei dieser Ketzerei. Selbst Nofretete erschrak, obwohl sich ihre religiösen Überzeugungen weitgehend mit denen ihres Mannes deckten. Ägypten war ein Land mehrerer Götter, und nach dem Gesetz mussten alle verehrt werden.

Ehe Nofretete etwas Diplomatisches sagen konnte, fasste Amenophis sie an der Hand und riss sie mit sich, den glatten steinernen Gang hinunter, zur Straße hin. „Ich weiß, was ich tue!“, konnte er ihr noch zurufen, dann schwoll das Brüllen der Menge ohrenbetäubend an.

Durch den rückwärtigen Zugang betrat das Königspaar die Tribüne, blieb aber so weit hinten stehen, dass es die versammelten Massen beobachten konnte, ohne selbst gesehen zu werden.

Beim Anblick des Volkes erbebte Nofretete. „Wegen dir sind alle gekommen“, sagte sie ihrem Mann. „Sie lieben dich, wie ich dich liebe.“

Reich und Arm, Schreiber, Arzt und Bauer, alle waren gekommen, oft von weit her. Mit Freudenschreien hatten sie die Viehzählung begleitet, die der Pharao am Morgen vorgenommen hatte. Eine noch größere Gruppe hatte das Anlegen des Sed-Gewandes zur Mittagszeit bestaunt. Doch das war sechs Stunden her.

Nun zählte die Menge Zehntausende. Zu viel Sonne und zu viel Bier hatten ihre Begeisterung in Ruhelosigkeit verwandelt. Handwerker, Händler, selbst Sklaven erhoben ihre Stimme wie ein Mann und forderten, der Pharao möge das gefährliche Kultrennen beginnen.

Wie konnte er dabei scheitern – wenn er göttlich war?

Nofretete blickte ihren Mann an und erwartete, ihn vor Angst beben zu sehen. Stattdessen blickte Amenophis gelassen drein. „Wenn ich das geschafft habe, habe ich ganz Ägypten meinen Stempel aufgedrückt“, sagte er zu ihr. „Dann werde ich diesen hochnäsigen Affen im Tempel nicht mehr gestatten …“

„So sprichst du über die Priester?“, unterbrach Nofretete ihn entgeistert. Sie achtete die Priester ebenfalls gering, hütete sich aber davor, so zu reden. Was war in ihren Mann gefahren? Äußerte er sich so, weil er wusste, dass der Tod auf ihn wartete?

„Ja, so spreche ich über sie. Du hast es gehört. Sie werden mir nicht mehr hineinreden in die Führung des Reiches. Von morgen an werden Amun, Re-Harachte und die anderen armseligen Götter verboten sein.“

„Das ist Häresie!“, entfuhr es Nofretete. Schwäche überkam sie. War Amenophis verrückt geworden? War es die Angst, die jetzt aus ihm sprach?

„Aton werden wir verehren – nur ihn allein.“ Aton war der Sonnengott.

„Sind die Priester eingeweiht? Weiß es auch nur einer von ihnen? Weiß es Ptahmose?“

Das listige Lächeln ihres Mannes gab der Königin Antwort.

„Sie werden vor Wut toben. Sie werden dir nach dem Leben trachten. Und mir auch."

„Das macht nichts. Willst du wissen warum?"

Eigentlich wollte sie es nicht wissen. In seinem gegenwärtigen Zustand sagte Amenophis gewiss etwas völlig Verrücktes. Er enttäuschte sie nicht.

„Ich baue eine neue Stadt für uns."

„Ich begreife nicht, Pharao", stammelte Nofretete. „Welche neue Stadt? Wo soll sie stehen? Warum hast du mir bisher nichts davon gesagt?"

„Sie wird auf halbem Weg zwischen hier und Memphis stehen", fuhr er fort. „Es wird die größte Stadt der Welt sein. Von dort werde ich nicht mehr fortgehen. Nicht einmal, um in den Krieg zu ziehen oder Tribut entgegenzunehmen. Theben und Memphis können von mir aus wieder zu Wüste werden."

Laut rief die Menge jetzt den Namen des Pharaos, aber Nofretete wollte ihn noch nicht gehen lassen. Sie klammerte sich an ihren Mann, sagte aber nichts mehr. Doch er löste sich von ihr und schritt, ohne einen Kuss, ohne ein Abschiedswort, nach vorn zum Tribünenrand.

„Oh." Er drehte sich noch einmal zu ihr um. „Das Beste habe ich für den Schluss aufgespart. Morgen werde ich zu Ehren unseres großen Gottes meinen Namen ändern. Niemand wird mich je wieder mit meinem Vater verwechseln."

„Und wie nenne ich dich dann?", fragte die Königin wie vom Donner gerührt und mit weichen Knien.

„Echnaton." Es bedeutete: „der Aton nützlicher dient".

Und dann schritt der Pharao unter frenetischem Applaus zu seinem Streitwagen und stieg hinein.

JUBEL brandete durch Theben, als die Pferde des Pharaos Tempo aufnahmen.

Hoch auf der Tribüne beobachtete Nofretete … *Echnaton* … und versuchte, nach außen hin ruhig zu bleiben.

Aus dem Hintergrund musterten sie zwei tiefliegende Augen mit lüsternem Blick. Sie gehörten einem kräftig gebauten Mann Ende dreißig, der Eje hieß. Er war der persönliche Sekretär des Pharao und Wesir, der höchste Beamte des Königreichs.

Alle verfolgten fasziniert die rasende Fahrt des pferdegesichtigen Königs in seinem Lieblingsstreitwagen, nur Eje nicht. Hungrig und sehnsüchtig starrte er auf die nervöse junge Königin. Sie ließ ihren Zeigefinger in den Mund gleiten und wollte an ihrem lackierten Nagel kauen, aber dann fiel ihr ein, dass Tausende zu Augenzeugen ihrer Unsicherheit werden konnten.

Der Sekretär leckte sich die Lippen. Er konnte fast jede Frau in Ägypten haben, aber ausgerechnet diese begehrte er. Er musterte ihren anmutigen Hals, die sanfte Rundung ihrer Hüften. Sie war viel klüger als der Pharao, diese Missgeburt, der sie nicht verdiente. Eje hatte schon unter dem Vater des jetzigen Königs gedient und wusste, wie ein Pharao auszusehen und sich zu verhalten hatte – Amenophis war dazu nicht Manns genug.

Aber wenn nicht Amenophis, wer sollte dann herrschen?

Die Frage beantwortete Eje gleich selbst: Ich.

Plötzlich wandte sich Nofretete ihm zu. Sie ertappte ihn dabei, wie er sie fixierte, tat aber so, als hätte sie es nicht bemerkt. Sie tat immer so, als bemerke sie ihn nicht.

Eje lächelte und blickte auf die Straße hinunter. Ein Wunder: Der Pharao hatte die erste Hälfte der Strecke lebend überstanden und umrundete gerade die Wendemarke.

Da löste sich eines der beiden Räder, flog wild schleudernd in die Menge und köpfte fast einen Zuschauer. Ein vielstimmiger Schrei. Erschrocken stoben die Umstehenden auseinander, in Angst, der Wagen würde in die Menge rasen und Dutzende Unbeteiligte töten.

Der Pharao wurde aus dem Wagen nach vorn auf die Flanke eines der Pferde geschleudert. Krampfhaft hielt er sich am Geschirr fest und baumelte kopfüber an der Seite des Tieres hinab. Verängstigt galoppierte das Gespann schneller und schneller dahin, den Wagen hinter sich herschleifend, die Hufe gefährlich nah am Gesicht des Pharaos.

Eje schaute hinüber zu Nofretete, die nun mit der Hand den Mund bedeckte. Selbst jetzt, da die Zukunft Ägyptens sich in einigen Augenblicken entschied, konnte der Wesir die Augen nicht von ihr wenden. Sie war außerordentlich in jeder Hinsicht, jeder Zoll eine Königin, wahrscheinlich die eindrucksvollste Persönlichkeit in ganz Ägypten.

Da! Ein tausendstimmiges Aufbrüllen, ein Jubel so laut, dass der Boden unter der Tribüne erzitterte.

Rasch blickte Eje zurück auf die Rennstrecke und sah, dass der Pharao es irgendwie geschafft hatte, sich aufzurichten und auf den Rücken des Pferdes zu schwingen. Nun saß er rittlings auf dem weißen Renner und hatte die Kontrolle über das Gespann zurückgewonnen.

Nofretetes Hände sanken herab. Der Schreck wich aus ihren Augen. Eine Frau, wie verwandelt, glühend vor Stolz und Liebe.

Als der Pharao die Pferde vor der Tribüne zum Stehen brachte, kannte die Begeisterung keine Grenzen. Er blickte zu Nofretete hinauf, Erleichterung und Zuversicht in den Augen. Er stieg ab und ging langsam die Mitte der Prachtstraße hinab, wobei er sich in der Gewissheit sonnte, dass er beides war, Herrscher und Gott.

Da legte Nofretete ihre Lippen an Ejes Ohr. Er roch ihr Parfum, spürte die Wärme ihrer Haut. Mehr denn je begehrte er diese hinreißende Frau.

„Von morgen an", flüsterte sie, „wird Ägypten sich für immer ändern. Denk an meine Worte. Und, Eje …"

„Ja, meine Königin?"

„Wenn du mich noch ein einziges Mal so anschaust, verfüttere ich dein Herz an die Krokodile."

Achetaton, 1345 v. Chr.

Nur im Altertum war ein solches Wunder möglich – ein solches Mirakel der Baukunst. In nur zwei Jahren war die Stadt fertiggestellt, deren Name „Horizont des Aton" bedeutete. Eje hatte die Arbeiten geleitet, und nun sandte er eine Nachricht an den Pharao. Er rechnete mit drei, vielleicht vier Wochen, bis Echnaton und sein Gefolge in der neuen Residenz eintrafen. Doch er hatte den Drang des Königs, aus Theben zu fliehen, unterschätzt.

Eine Woche nachdem seine Nachricht angekommen war, schlürfte Eje auf der Terrasse des neuen Königspalastes Bier. Er war einsam und langweilte sich. Seine Frau war noch in Theben. Schlimmer: seine Haremsdamen auch.

Er blickte auf den Nil hinaus und bewunderte die Aussicht. Es war ein wirklich herrlicher Nachmittag. Klar und blau war der Himmel, die Hitze erträglich, wenn man im Schatten blieb.

Dann erblickte der Wesir etwas so Schockierendes, dass er fast seinen tönernen Krug fallen ließ.

Eine Armada von Schiffen schob sich langsam den Nil hinauf. Dutzende. Nein, Hunderte. Deutlich sah Eje schon aus meilenweiter Entfernung die großen dreieckigen Segel. Tausende Bürger Thebens säumten die Decks, bereit, ihr neues Leben in Achetaton zu beginnen.

Und am Bug des größten Nilschiffes stand, um aus erster Hand das von ihm Geschaffene zu sehen, Echnaton. Neben ihm die betörende Nofretete und ihre drei koketten Töchter. Triumphierend hob Echnaton die königliche Standarte, doch Eje hatte nur Augen für Nofretete und die Mädchen.

Keine Knaben. Nur Mädchen.

„Ich bringe ihn um", stieß Eje in einer plötzlichen Eingebung hervor.

Natürlich. Das war die ideale Lösung. So berückend Nofretete auch war, sie hatte dem Pharao noch keinen Erben geboren. Und ohne männlichen Erben gab es keine klare Thronfolge. Starb der Pharao plötzlich, war da niemand, der Eje davon abhalten konnte, sich zum Pharao zu erklären.

Niemand außer Nofretete, der Bienenkönigin.

„Mit ihr befasse ich mich, wenn die Zeit gekommen ist", murmelte Eje, schon mit der Planung seines Verbrechens beschäftigt. Fehler konnte er sich hierbei nicht leisten. Ein makelloses Mordkomplott war vonnöten, wollte er den König töten und dabei unentdeckt bleiben. Er brauchte Geduld und musste mit Bedacht die richtige Zeit und die richtige Art der Ausführung wählen.

Eje schürzte die Lippen. Geduld hatte er, mehr als genug. Nach wenigen Augenblicken stand ihm der Plan vor Augen, jede Einzelheit, jeder Trick, aber die Ausführung würde Zeit kosten.

„Eines Tages sitze ich auf dem Thron", sagte er entschlossen.

Amarna, 1892

Nicht zu fassen – Amarna, die Ausgrabungsstätte des antiken Achetaton!

Sorgfältig studierte Howard Carter das Gelände, um die richtige Stelle zu finden. Er brauchte einen Standort mit guter Aussicht, nahe bei den Gräbern, die in den Bergen östlich der Stadt für die Beamten und den König angelegt worden waren. Den Sand hatte er bereits auf Abflussrinnen untersucht, damit plötzliche Regengüsse und das Nilhochwasser ihn nicht im Schlaf überraschen konnten.

Endlich legte er sich auf eine Stelle fest. Ja, hier.

Langsam ließ er den Blick in beide Richtungen über den Horizont schweifen, dann gab er seiner kleinen Arbeiterschar ein Zeichen. Flugs gingen die Ägypter ans Werk – jedenfalls so rasch es ihre gelassene Lebens- und Arbeitsmoral erlaubte.

Wer hätte sich das träumen lassen – er baute sich hier ein Domizil, eine einfache Hütte aus Lehmziegeln wie einst die alten Ägypter. Zum ersten Mal in seinem Leben schlug Carter Wurzeln, wenn auch nicht sehr tiefe.

Arbeiten würde er in Amarna, der einstigen Residenz von Echnaton und Nofretete. Die einst stolze, heute dem Erdboden gleichgemachte Stadt lag auf einem flachen Plateau am östlichen Nilufer und wurde von steilen Felswänden in einem Halbrund umschlossen. In dieser vor Kurzem wiederentdeckten Stadt gab es selbstredend keine Unterkünfte: Deshalb musste Carter selbst ein Haus bauen.

Es war Januar, Höhepunkt der Grabungssaison. Carter hatte Beni Hasan – und Percy Newberry – verlassen und sich nach Amarna begeben. Eingefädelt hatte dies wiederum sein Mäzen Lord Amherst. Unter dem altgedienten Archäologen Flinders Petrie sollte Carter in Amarna als Expeditionszeichner arbeiten, der große und kleine Entdeckungen dokumentierte.

Gleich nach Carters Ankunft hatte Petrie ihn wissen lassen, dass man hier nur zu Fuß ging, nicht ritt. Als sparsamer Mensch hielt Petrie die Anschaffung von Eseln nicht für nötig, wenn das Ziel zu Fuß ebenso rasch und weitaus billiger zu erreichen war. Zusätzlich bekam Carter mitgeteilt, dass er hier nicht nur als Zeichner tätig sein sollte. Petrie hatte Dutzende akademisch gebildete Engländer, die sich dank ihrem Wissen für hoch qualifiziert hielten, die Schaufel in die Hand nehmen sehen. Die meisten hatten jämmerlich versagt. Da also Mangel an Ausgräbern herrschte und Petrie intuitiv glaubte, der selbstsichere junge Carter werde sich leichter ausbilden lassen als Ältere, weniger Ehrgeizige, teilte er ihm mit, sein Aufgabengebiet sei erweitert worden: auf das aktive Graben.

Erstaunlicherweise waren die Ergebnisse bisher recht mager ausgefallen. „Carters Interesse liegt allein bei Malerei und Naturgeschichte“, hatte Petrie am 9. Januar, knapp eine Woche nach Carters Eintreffen, in sein Tagebuch notiert. „Als Ausgräber ist er für mich nutzlos.“

Ein verfrühtes Urteil über den Mann, der im Tal der Könige die berühmteste Entdeckung aller Zeiten machen sollte.

Achetaton, 1345 v. Chr.

General Haremhab, kämpferisch und aggressiv, konnte nicht glauben, was er von diesem törichten, nutzlosen Pharao zu hören bekam.

„Wir werden keinen Krieg gegen unsere Nachbarn führen“, verkündete Echnaton, der in schlaffer Haltung auf dem Thron saß.

Die Worte allein hätten den General nicht eingeschüchtert, aber der brennende Blick, mit dem Echnaton ihn anstarrte, war ihm nicht geheuer. Manche Männer leiteten Macht aus ihren Privilegien ab. Andere aus ihrer Stellung. Wieder andere aus ihrer körperlichen Überlegenheit. Der Pharao tat so, als besäße er alle drei Eigenschaften. Dies gab ihm eine Sicherheit, die Haremhab, gelinde gesagt, aus der Fassung brachte.

Liebend gern hätte der General den unfähigen Pharao mit einem Militärputsch gestürzt. Stattdessen musste er nun hören, wie der missgestaltete Schwächling diese Bankrotterklärung abgab. Und er konnte nichts dagegen tun.

„Aber Pharao, wenn ich einwenden darf: Wir sind in vielerlei Weise auf Krieg angewiesen. Er schenkt uns Reichtum, Sicherheit, unsere Stellung. Ohne ihn gehen wir zugrunde. Dein Vater …"

„Ich will von meinem Vater nichts hören. Er liegt im Grab. Seine Wege und seine Götter sind vergangen und vergessen. Sie sind so tot wie er."

„Aber Herr, wir sind das mächtigste Reich in allen Himmelsrichtungen. Dies müssen wir doch schützen."

Alles hat sich zum Schlimmeren gewendet, seit du nach Achetaton gegangen bist!, wollte Haremhab rufen. *Das Land verweichlicht. Der König verlässt den Palast nicht mehr. Die großen Städte Memphis und Theben verfallen. Das ägyptische Volk ist in raschem Niedergang begriffen.*

Aber er schwieg. Und erduldete die einschläfernden, dummen, idealistischen Tiraden des Pharaos.

„Wir werden uns ja auch schützen. Wir werden Aton anbeten, der unsere Grenzen schützen wird. Für Kriege sehe ich keine Notwendigkeit. Was ist Schlimmes daran, eine friedfertige Nation zu sein?"

„Ich glaube an Frieden durch Stärke, Herr. Aus langer Erfahrung wissen wir, dass das besser ist."

„Dass du das sagen wirst, habe ich natürlich von dir erwartet, General. Das ist dein Beruf."

„Was geschieht, wenn Stärke nicht ausgespielt wird? Darf ich dich das fragen?"

Überheblich und herablassend lächelte der Pharao. „General, wie lange ist es her, dass du einmal einen Tag damit verbracht hast, nur zu träumen?"

Haremhab klappte die Kinnlade herunter. „Wie bitte …?"

„Du hast mich gehört. Hast du schon einmal ein Gedicht geschrieben? Verlierst du dich nie in Gedanken? Hast du schon einmal ein Gemälde vollendet?"

„Ich bin Krieger, Herr. Zum Sitzen und Nachdenken bin ich nicht ausgebildet. Ich bin ausgebildet zum Handeln."

„Dann handle einmal folgendermaßen." Echnaton schloss die Augen wie zu einer Meditation.

Haremhab wartete, solange er konnte. „Herr, was verlangst du denn, was ich tun soll?"

„Komm zur Ruhe. Vertreib einmal den Krieg aus deinen Gedanken. Ägypten braucht keine Kriege mehr, denn der große Sonnengott wird uns schützen und uns alles schenken, dessen wir bedürfen."

Und uns zugrunde richten, dachte Haremhab zornig.

„Du bist entlassen", verkündete der Pharao mit einer leichten Handbewegung. „Geh und schreibe ein Gedicht."

Achetaton, 1341 v. Chr.

„Tut. Mein armer Tut. Was soll nur aus dir werden?"

Nofretete wiegte ihr Neugeborenes in den Armen. Sie fürchtete um sein Leben. Leiblich war das Kind nicht das ihre, doch ihr dummer Ehemann mit den umherschweifenden Augen war sein Vater, deshalb galt das Kind auch als ihr, der Königin, Sohn.

Der Name der leiblichen Mutter war Kija, und der Pharao hatte der hübschen jungen Nebenfrau den Titel „Ehefrau und große Geliebte" verliehen, was sie an Wertschätzung über Nofretete stellte.

Kija stammte aus dem am Oberlauf des Euphrat gelegenen Reich Mittani und hatte ursprünglich Taduchepa geheißen. Im Rahmen eines Friedensvertrages war sie von ihrem Vater nach Ägypten geschickt worden. Drei lange Jahre hatte Nofretete die Anwesenheit dieser Frau ertragen und sie oft genug im Bett des Pharaos gesehen. Der Mann, den Nofretete einst geliebt hatte, war ihr fremd geworden. Er verehrte nur noch seinen geliebten Aton und seine kindliche Braut. Der Pharao hatte sogar begonnen, sich selbst als Aton auszugeben, sich mit ihm gleichzusetzen. Allein Nofretete hatte die Stirn, ihm darin zu widersprechen, und deshalb hatte er sie aus seinem Bett vertrieben.

Ich bin immer noch die Mutter seiner Kinder, rief sie sich ins Gedächtnis.

Ja, aber es sind nur Mädchen. Dieses Kind, der Sohn, wird der nächste Pharao. Wenn der König stirbt, fällt das Reich an diesen Säugling. Und was wird dann aus mir?

All das spielt keine Rolle mehr. Wenn mein Mann stirbt, wird vom großen ägyptischen Reich nichts mehr übrig sein. Dafür hat er gesorgt, dieser Schwachkopf.

Die Menschen in Ägypten hungerten und fielen ins Nomadentum zurück, verließen ihre Höfe und Städte, zogen umher und lebten von der Hand in den Mund, alles nur wegen Echnatons Pflichtvergessenheit oder vielleicht auch seines Wahnsinns. Die Priester von Theben wollten ihn töten, weil er seinen Gott über ihre Götter gestellt und sich selbst zum Gott erhoben hatte. Der Wesir spielte noch den treuen Diener, doch wenn er Echnatons Anmaßung satthatte, würde auch er ihm in den Rücken fallen. Und Haremhab, wo stand er? Gewiss verging keine Nacht, in der der General nicht von einer militärischen Machtübernahme träumte.

Worauf warteten sie also alle noch? Könnte es sein, dass sie den Pharao tatsächlich für einen Gott hielten? Wie töricht Männer doch waren. Oder wie verlogen.

Das Kind begann zu weinen. Armer Tut.

Nofretete wollte dem Kleinen ins Ohr flüstern, seine Mutter werde in ebendiesem Augenblick in ihr Grab gelegt. Sie war im Kindbett gestorben, und nie würde Tut den Trost ihrer Arme spüren, nie an ihrer Brust saugen. Doch die Zeit für solche Reden war vorüber.

„Weine nicht, mein Sohn“, sagte Nofretete. „Ich bin jetzt deine Mutter, und ich werde dich erziehen zu dem Pharao, der dein Vater nicht ist. Du wirst den Thron besteigen, ich verspreche es dir.“

Drittes Kapitel

Deir el-Bahri, 1894

Glühende Sonne brannte auf Carters Nacken nieder. Es war Ramadan, der heilige Monat der Moslems, was bedeutete, dass die Grabungssaison vorbei war, da die Männer tagsüber fasteten. Das schwächte sie so sehr, dass sie in der heißen Sonne nicht graben konnten.

So arbeitete Carter jetzt im Alleingang. In der Nordwestkammer eines gerade freigelegten Tempels bei Luxor machte er abwechselnd Fotos und Zeichnungen. Er war neunzehn Jahre alt.

Es war Carters zweite Grabungssaison am Tempel der Hatschepsut, einer Pharaonin, die fast so berühmt war wie Nofretete. Der Bau lag in einem steinigen Talkessel am Fuß einer Felswand, gut drei Kilometer vom Nil entfernt. Am Tag kletterte das Thermometer oft auf weit über vierzig Grad, und Schatten gab es nicht.

Dennoch arbeitete Carter so, wie er es von Petrie gelernt hatte: von Sonnenauf- bis Sonnenuntergang. Hauptsächlich weil er seine Arbeit so liebte. Sie war sein Leben. Etwas anderes gab es für ihn nicht.

Derzeit war sein Vorgesetzter ein Schweizer, Édouard Naville. Unter dem Schutt von Deir el-Bahri hatte der fleißige Ausgräber seit Langem eine ausgedehnte Tempelanlage vermutet. Mehrere Jahre archäologischer Arbeit hatten bewiesen, dass er Recht hatte. Langgestreckte Kolonnaden und hohe Mauern erhoben sich jetzt auf dem Gelände. Erdrutsche und Stürme hatten sie in den Schuttmassen versinken lassen. Nach Jahrhunderten waren sie nun freigelegt.

Über Carters wachsende Professionalität freute sich Naville, doch zugleich sorgte er sich über dessen Arbeitstempo. Als Zeichner und Fotograf war ihm der junge Engländer zu langsam. Die methodische Gründlichkeit, die Petrie ihm anerzogen hatte, gereichte Carter jetzt zum Nachteil.

Dabei hatte es einen Silberstreif am Horizont gegeben. Naville hatte die Einstellung eines zweiten Zeichners beantragt, der Carter helfen sollte. Die Wahl war auf keinen anderen als auf dessen dreißigjährigen Bruder Vernet gefallen. Seite an Seite hatten die beiden in den ersten Monaten des Jahres 1894 gearbeitet und eine Reihe herausragender Zeichnungen angefertigt, die bald in Buchform erscheinen sollten. Als Naville die Grabungsstätte zum Ramadan schloss, bat er die Brüder Carter, die Dokumentationstätigkeit fortzusetzen. Doch der eigentlich robuste Vernet war der Hitze und den Entbehrungen nicht gewachsen. Er musste nach England zurück und es seinem Bruder überlassen, die Dokumentation abzuschließen.

Carter hatte gern mit Vernet gearbeitet, aber keinen Augenblick erwogen, mit ihm nach England heimzukehren. Das Leben eines Ägyptologen hatte seine Gefahren, gewiss. Es war nicht jedermanns Traumberuf, gewiss. Aber für Carter war es das Paradies.

Und eines Tages, so hoffte er, würde er König sein – im Tal der Könige. Er träumte von der sensationellsten Grabentdeckung aller Zeiten. Wie die aussehen sollte, war ihm freilich noch unklar.

Deir el-Bahri, 1899

Kein Schatten im Tal der Hatschepsut, nicht ein Fleckchen. Als Carter in den Ruinen des uralten Totentempels seine Staffelei aufstellte, begann die Uhr zu ticken.

Eben zeigte sich der erste Fingerbreit Märzsonne am Horizont. In einer Stunde würde die Tageshitze drückend werden und Schweißperlen würden Carters Hutband säumen. In zwei Stunden würden seine Pinselstriche trocknen, sobald die Aquarellfarbe das Papier erreichte. Und in drei Stunden würde die Hitze die Mine in seinem Stift so weich werden lassen, dass er keine einzige Linie mehr zeichnen konnte.

Deshalb arbeitete er schnell. Rasch nahmen die Umrisse des Tempels

Gestalt an. Carter achtete darauf, dass die Proportionen des massigen Baus zu denen der ebenso massigen Felswand passten, die sich dahinter erhob.

Carter hatte sich den Ruf eines vorzüglichen Universalzeichners erworben – seine Sujets reichten von Tieren im Zoo von Kairo bis zu detaillierten Innenansichten von Gräbern. Aber er war nun seit acht Jahren in Ägypten. Es war ihm unmöglich, ein Aquarell wie dieses hier zu malen, ohne sich zugleich die Geschichte auszumalen, die dahinterstand.

Der Tempel hatte Königin Hatschepsut gehört. Fünfzehn Jahre hatte man daran gebaut. Er wirkte eher wie ein Palast, nicht wie ein Grab, und zeichnete sich durch besondere Prachtentfaltung aus. Doch zur Zeit seines Baus im 15. Jahrhundert vor Christus waren die Pharaonen längst dazu übergegangen, ihre Gräber versteckt anzulegen, statt durch Prunk und Glanz die Grabräuber anzuziehen.

Kein gewöhnlicher Tempel also. Aber Hatschepsut war auch kein gewöhnlicher Pharao gewesen. Nach dem Tod ihres Mannes, der zugleich ihr Halbbruder gewesen war, hatte sie entgegen jahrhundertealter Tradition als erste Frau den Pharaonenthron bestiegen. Unter ihrer Herrschaft – und der ihrer Kinder und Kindeskinder – hatte das Land geblüht.

Carter wusste auch von ihrem Vater, Thutmosis I., dem ersten Pharao, der sich nicht mehr in einer Pyramide, sondern in einem Felsgrab im später so genannten Tal der Könige hatte beisetzen lassen. Die Pyramiden, so auftrumpfend, so verlockend, waren leicht zu plündern gewesen, was bedeutete, dass die Pharaonen ihrer Grabbeigaben beraubt wurden, die sie für ihre Reise ins Jenseits benötigten. Ein Felsgrab in einem einsamen Tal schien die beste Methode, Dieben das Handwerk zu legen. So hatte Baumeister Ineni gedacht. Leider hatte er sich geirrt.

Mit schneller Hand tupfte Carter Farbe aufs Papier. Die Sonne stand nun schon über dem Horizont und stach ihm direkt in die Augen. Er wandte den Blick ab, um keine Augenentzündung zu bekommen. Diese Krankheit trat unter Ägyptologen häufig auf und konnte zu Berufsunfähigkeit führen.

Ein paar Hundert Meter entfernt kletterten Touristen und ihre ägyptischen Führer von ihren Maultieren und machten sich auf den Weg zum Tempel.

Dass sie sich hier in Gesellschaft eines der vielversprechendsten Ägyptologen der Welt befanden, ahnten sie nicht. Vom schlecht bezahlten Hilfszeichner hatte sich Carter emporgearbeitet und eignete sich jetzt die Methoden der großen Ausgräber an.

Das Allererste, dessen ein Ausgräber bedurfte, war Glück. Das wusste

Carter nur zu gut. Gleich danach aber kam Geld, viel Geld. Er musste einen reichen Wohltäter finden, der seine Arbeit finanzierte. Er hatte solche Mäzene in Luxor gesehen, die im „Winter Palace Hotel" residierten oder auf teuren Jachten das Nachtleben am Nil genossen.

Sich souverän in solcher Gesellschaft – oder in irgendeiner Gesellschaft – zu bewegen hatte Carter noch nicht gelernt, aber er würde es lernen müssen. Konnte es denn so schwer sein, Hofnarr unter Narren zu sein?

Tal der Könige, Januar 1900

„Die Herren ziehen am besten den Mantel aus", riet Carter der Gruppe, als sie sich dem Grab näherten. „Drinnen wird es recht warm. Die Damen werden sich damit begnügen müssen, den Hut abzusetzen."

Seine Arbeitsmoral und seine Leidenschaft für die Ägyptologie hatten den ehrgeizigen 25-Jährigen vom Niemand in eine relativ hohe Position aufsteigen lassen: Er war jetzt Chefinspektor der Ägyptischen Altertümerverwaltung für Oberägypten. Für dieses Amt hatte er Percy Newberry ausgestochen. Nun hatte er die Oberaufsicht über alle Grabungen in dieser Region.

Viele im Zirkel der britischen Ägyptologen fanden dies geschmacklos, ja lächerlich. Sie beanstandeten Carters Mangel an Buchwissen, seine fehlenden akademischen Titel und – vielleicht in erster Linie – seine Tischmanieren. Für sie war er nicht einer der führenden Ägyptologen der Welt, sondern ein ungehobelter Emporkömmling. Selbst Gaston Maspero, Carters neuer Vorgesetzter, hielt seinen Untergebenen für einen sturen Querkopf.

Freilich hatte Carter auch seine Freunde und Bewunderer, besonders unter den Frauen. Lady Amherst hieß ihn nach wie vor auf Didlington Hall willkommen, wann immer er in England auftauchte. Durch seine vielen Abenteuer in der ägyptischen Wüste war er für sie so etwas wie ein Familienheld geworden.

Gewiss war Carter mittlerweile ein Mann von einiger Bedeutung, auch wenn er nicht wusste, mit welcher Gabel man den Salat aß. Er war nun Museumskurator für das gesamte Tal der Könige, ein abgelegenes Labyrinth aus Hügeln, Felswänden und Trockenflussbetten gut fünf Kilometer westlich des Nils im Schatten von el-Qurn, dem „Horn", der höchsten Erhebung der thebanischen Berge.

Niemand wusste genau, wie viele ägyptische Könige hier unter der sonnenverbrannten Erde beigesetzt waren. Und höchstwahrscheinlich würde es auch nie jemand wissen. Zeit und Wetter, Geröll und Flugsand hatten das Aussehen des Tals völlig verändert und für perfekte Tarnung gesorgt. Wer hier doch noch einmal ein Grab entdeckte, hatte die berühmte Nadel im Heuhaufen gefunden. Deshalb war jede Neuentdeckung eine Sensation, und Grabräuber wie Touristen brannten darauf, jede einzelne Grabkammer unter die Lupe zu nehmen.

Seit der Italiener Giovanni Battista Belzoni, der ursprünglich in einem Zirkus als Kraftmensch aufgetreten und erst später zur Ägyptologie gelangt war, hier 1815 die ersten ernsthaften Grabungen vorgenommen hatte, waren in der Mondlandschaft des Tals mehr als zwei Dutzend Pharaonengräber gefunden worden. Nach dreizehn Jahren hatte Belzoni das Graben eingestellt: er hielt das Tal für abgegrast. Doch er hatte sich geirrt, denn später entdeckte man noch zahlreiche Gräber.

Um eine Konzession zu erhalten, mussten die Ausgräber sich verpflichten, alle Schätze zur Hälfte mit dem ägyptischen Staat zu teilen. Manchmal war es zur Auffindung eines Grabes nur nötig, ein paar Steine wegzuräumen. Oft aber musste man Berge von hart gewordenenem Sand und Geröll abtragen und mühsam bis auf den gewachsenen Fels vorstoßen.

In erster Linie lockte der Schatz. Dann erst die Geschichte.

Eine Grabungskonzession war für Carter unerschwinglich. Dennoch leistete er in seiner neuen Stellung gründliche Arbeit im Tal. Er errichtete einen Eselspferch mit Platz für hundert Tiere. Er begann, die Grabeingänge mit schweren Gittertüren gegen die dreisten Räuber und Eindringlinge zu sichern, die nachts das Tal durchstreiften. Er ließ elektrisches Licht in die Gräber legen, um sie für die europäischen Touristen einladender zu machen, die bei Tage kamen.

Und aus Gründen, die nichts mit seinem Amt, aber viel mit seinem künftigen Erfolg zu tun hatten, begann Carter, reiche Touristen zu umwerben. Er hoffte, einen Gönner zu finden, der ihm eine Konzession finanzierte.

Ein vielversprechender Kandidat war der amerikanische Geschäftsmann Theodore Davis, ein kleiner, eigensinniger Mann mit einem weißen, von Ohr zu Ohr reichenden dicken Schnauzbart. Als regelmäßiger Besucher von Luxor, der Stätte des alten Theben, interessierte er sich seit Kurzem immer stärker, bis zur Besessenheit, für Ägyptologie.

Nun stand Carter mit Davis und seiner Gruppe am Eingang des Grabes von Amenophis II. – ein spektakulärer, aber auch gefährlicher Ort für Grünschnäbel in Sachen Ägyptologie, insbesondere für reiche, einflussreiche, die vielleicht einen Beinbruch oder einen Herzschlag erleiden konnten.

Das Grab war in eine hohe Felswand gehauen worden, deshalb mussten alle zuerst eine lange, wacklige Leiter hinauf, wobei Carter führte. Die Gruppe trug denkbar ungeeignete Kleidung für einen Felsgrabbesuch, die Herren Krawatte und Halbschuhe, die Damen ausladende Hüte und lange Kleider. Carter gab allen eine Kerze und schärfte jedem ein, sich nie von der Gruppe zu trennen. Durch einen engen, niedrigen, abschüssigen Gang führte er sie ins Innere der Felsen.

„Bitte jetzt genau aufpassen, wo Sie hintreten!“, rief Carter, als der Fußboden plötzlich verschwand: Um Eindringlinge abzuschrecken oder zu Tode stürzen zu lassen, hatten die Erbauer eine zehn Meter tiefe und drei Meter breite Fallgrube angelegt. Carter hatte Bretter über das Loch gelegt, und einer nach dem anderen tastete sich nun vorsichtig hinüber. In Wirklichkeit bauschte Carter die Gefahr ein bisschen auf, um das Interesse der potenziellen Investoren anzustacheln.

Immer tiefer führte der Stollen in den Fels. An einer Stelle hatte sich eine Treppe befunden, die aber zerstört war: Vorsichtig kletterte die Gruppe über loses Geröll. Hier waren bereits Wandmalereien zu sehen, Figuren und Hieroglyphen auf braungelb getöntem Grund.

Als sie an eine weitere zerstörte Treppe gelangten, mussten sich die Touristen, eine Hand über die andere setzend, über einen Geröllberg hangeln und sich am anderen Ende durch eine enge Öffnung zwängen. Die meisten schwitzten inzwischen und atmeten schwer. Die stickige Luft setzte ihnen zu. Unsicher jonglierten die Besucher mit ihren Kerzen; so mancher Finger und mancher Unterarm war inzwischen von heißem Wachs verbrannt.

Dennoch kletterten alle tapfer weiter und folgten Carter wie einem Höhlenforscher ins Erdinnere.

Der Gang knickte ab und mündete plötzlich in eine rechtwinklige Kammer. Und diese Kammer lohnte jeden Schritt des schwierigen Weges.

Die Decke war blau bemalt, mit gelben Sternen. Und in der Raummitte stand ein Steinsarkophag – mit der Mumie.

„Sehen Sie hier, dieses Hieroglyphenband rund um den oberen Teil des Sarkophags“, flüsterte Carter heiser, „das ist der Fluch der Mumie. Nur deshalb hat bis heute niemand die Mumie stehlen können.“

Erschauernd lauschte die Gruppe. Carter konnte ein Grinsen kaum unterdrücken. Was für leichtgläubige Narren! Natürlich stand in den Hieroglyphen nichts dergleichen. Er log, dass sich die Balken bogen, um Davis vielleicht zu animieren, ihm eine Konzession zu verschaffen.

Zu Carters Freude tat Davis ihm den Gefallen.

Tal der Könige, 1902

Dreiundvierzig. Diese Zahl ging Carter nicht mehr aus dem Kopf, als er auf dem Horn stand, von dem aus man das Tal der Könige überblickte.

In der Nacht hatte es geregnet; wahre Sintfluten waren vom Himmel gerauscht, kleine Flüsse hatten sich gebildet, Erdrutsche waren von den Hängen niedergegangen.

Auch war die obere Erdschicht weggespült worden, und das machte das Tal für Carter für kurze Zeit zum idealen Terrain. Suchend spähten seine Augen über den blank gewaschenen Boden und fahndeten nach verräterischen Klüften, nach „sprechenden" Spalten, hinter denen sich vielleicht ein neuer Grabeingang verbergen mochte. Dreiundvierzig, dreiundvierzig, summte es in Carters Kopf.

Herzklopfen hatte er, wieder einmal. Immer noch fühlte er vom Tal der Könige eine Magie ausgehen, die ihresgleichen suchte, immer noch schien das Tal ein Eigenleben zu führen. Carter fand es abwechselnd spirituell und verspielt, eine spitzbübisch neckende Wüste, die Ägyptologen, die glaubten, dort sei nichts mehr zu holen, fortwährend Lügen strafte. Immer wieder hatten große Forscher erklärt, man habe alles gefunden, was zu finden sei. Und dann kam ein neues Grab, ein neues Mumienversteck zum Vorschein, und der hektische, teure Grabungsbetrieb lief wieder an.

Sorgsam hatte Carter die Aufzeichnungen aller Ägyptologen studiert, die seit Napoleons Zug durch Ägypten Ende des 18. Jahrhunderts hier gearbeitet hatten. Auch mit der Thronfolge der Pharaonen hatte er sich befasst und ihre Namen mit der Aufstellung der bis dato bereits gefundenen Mumien verglichen. Ein simpler Datenabgleich sagte ihm, dass hier immer noch etliche Pharaonen begraben sein mussten und ihrer Entdeckung harrten.

So blickte er nun hinaus ins Tal. Wo mochte sie liegen, die geheimnisvolle Dreiundvierzig?

Die Gräber waren in der Reihenfolge ihrer Entdeckung nummeriert, und in den vergangenen drei Jahren hatte der Franzose Victor Loret nicht weniger als zehn neue Gräber gefunden. Nach der Entdeckung von Grab 42 im Jahr 1900 – wobei Carter ihm in den entscheidenden Phasen der Ausgrabung bereits geholfen hatte – hatte Loret allerdings die Segel gestrichen und das Tal verlassen.

Irgendwo im Wüstensand schlummerte Grab 43 und wartete auf seinen Entdecker.

Carter hatte den traurigen Verdacht, dass er dieser Mann nicht sein würde. Mehrere Hundert Arbeiter für eine Saison einzustellen kostete mehr als fünftausend Pfund. Zu dieser enormen Summe kamen noch die Kosten für eine Jahreskonzession, für Unterkunft, Verpflegung, Esel, Schaufeln, Hacken und Schubkarren. Ägyptologie war ein Hobby für Reiche, ganz klar. Welche Chance hatte der Sohn eines kleinen Porträtzeichners auf das große Entdeckerglück? Aber davon träumen konnte Carter immer noch. Und er träumte lieber hier als im verregneten England.

Er starrte hinaus auf die Runzeln und Schrunden des Tals, als könnte er allein durch intensives Hinblicken dem Boden einen Hinweis auf ein Grab abringen. Schließlich ließ er sich im Schneidersitz auf dem einzigen glatten Fleck gelben Wüstenbodens in hundert Meter Umkreis nieder und schlug seine Zeichenmappe auf.

Mit leichtem Strich skizzierte er die Umrisse des Talbodens und der niedrigen, flachen Hügel im Westen. Wie immer, bestand die Herausforderung darin, den Frieden und die Erhabenheit einzufangen, die dieser Ort ausstrahlte. Bei allem Genie Carters als Zeichner: Linien auf Papier konnten die Wunder dieses magischen Ortes niemals vollständig wiedergeben.

Geschichte war hier geschrieben worden und wurde noch geschrieben. Und wie gern hätte er daran mitgeschrieben. Als Entdecker von Grab 43.

Tal der Könige, 1. Februar 1903

Mit zusammengekniffenen Augen blinzelte Carter ins bleiche Morgenlicht, als er ins Freie stolperte. Sofort reichte ihm ein treuer ägyptischer Arbeiter Wasser und eine Zigarette.

Während Carter gierig trank, warf ihm ein zweiter Einheimischer einen langen Zweireihermantel über. Dies hätte dem jungen Engländer ein distinguiertes Flair geben können, hätten die Umstehenden nicht geschworen, er sähe aus wie ein Gespenst.

In der Tat war er völlig erschöpft. Den größten Teil der Nacht hatte er auf dem harten Boden im Freien geschlafen.

Um vier Uhr morgens hatte er zwei Männer als Wachen an den Eingang gestellt und war dann hineingegangen, um die große Premiere vorzubereiten – elektrische Lampen waren installiert, Balken über die tiefen Fallgruben gelegt, Strickleitern und Handläufe angebracht, Laufbretter ausgelegt, damit seine achtzehn Gäste nicht durch versehentliche Berührung archäologische Zeugnisse zerstörten.

Endlich hatte Howard Carter sein Grab gefunden!

Thutmosis IV. war der achte Pharao der 18. Dynastie gewesen. Er herrschte von 1401 bis 1391 v. Chr. und war der Vater Amenophis' III. und der Großvater Echnatons. In der Südostecke des Tals, mehrere Hundert Meter außerhalb der Totenstadt, war sein Leichnam in ein prachtvolles Grab eingesiegelt worden. Mit Bedacht hatte er sich eine möglichst abgelegene, einsame Stelle ausgesucht. Trotzdem fanden ihn Grabräuber nur 97 Jahre nach seinem Tod.

Am 17. Januar 1903 fand auch Howard Carter ihn. Thutmosis IV. war Grab 43. Es war die erste große Entdeckung in Carters Laufbahn.

Zwei Wochen hatte er auf die Rückkehr seines Mäzens Theodore Davis, der stromaufwärts nach Assuan gereist war, warten müssen. Nun wollte Carter wieder einmal eine Führung veranstalten – diesmal allerdings in einem selbst entdeckten Grab.

Im Jahr zuvor hatte Davis eine Exklusivlizenz für das Tal erworben und sofort Carter als Grabungschef eingestellt. Die erste Saison hatte noch keine herausragenden Ergebnisse erbracht; entdeckt hatte Carter lediglich das Grab eines kleinen Würdenträgers und einen Kasten mit zwei ledernen Lendenschurzen.

Für die Saison 1903 nahm sich Carter ein kleines, vergessenes Tal innerhalb des Tals vor. Binnen weniger Tage hatten seine Männer einen Grabeingang gefunden, der noch die kleinen, in Stein gebetteten Gefäße aufwies, die nach ägyptischem Glauben magische Kräfte besaßen.

In diese Öffnung ging Carter der Gruppe jetzt voran.

Steil führte der Gang in die Tiefe. Stolz und aufgedreht berichtete Carter in knappen Sätzen von den im Grab gemachten Funden: dem Kriegswagen, dem Sarkophag, den in der Grabkammer überall verstreuten, gewiss von den Räubern durcheinandergeworfenen kostbaren Beigaben.

Die Luft war stickig. Vor Weiterführung der Grabung würde Carter Ventilatoren und Frischluftleitungen einbauen müssen. Zur ersten Besichtigung reichte die Luft jedoch. Als Carter die zufriedene Gruppe durch den steilen Gang zum Ausgang zurückführte, war sein Werk für heute getan. Ein wenig fühlte er sich selbst wie ein Gott.

Draußen warteten Tee und ein Lunch auf weiß gedecktem Tisch. Tief beeindruckt vom Gesehenen, ließ die Gruppe Carter und Davis beim Essen hochleben.

Carter lenkte die Loblieder auf seinen selbstgefälligen Chef, der anfing, sich nicht nur als Geldgeber, sondern auch als gestandenen Ägyptologen zu betrachten. Applaus und Huldigungen machten die Runde, und jedermann prophezeite der Saison großartige Erfolge.

„Aller Dank gebührt Mr Davis!", verkündete Carter, glaubte aber selbst kein Wort davon. Aller Dank gebührt mir und vielleicht Thutmosis IV., dachte er.

Tal der Könige, 12. Februar 1904

Carter rang nach Atem, und der arme Percy Newberry brach in der schlechten Luft fast zusammen. Aber ihr Ziel lag in greifbarer Nähe, und fieberhaft arbeiteten sie auf ihre jüngste große Grabkammerentdeckung zu.

Das Glück war Carter unglaublich hold gewesen. Bereits wenige Wochen nach Entdeckung des Thutmosis-Grabes hatte er auf derselben Talseite ein weiteres Grab ausfindig gemacht. Darin lag eine Mumie in einem Sarg.

Die Identität des Toten war noch unbekannt, doch eine aufsehenerregende Entdeckung hatte Carter schon gemacht. Vor Kurzem war er auf Hinweise gestoßen, wo der Begräbnisort Hatschepsuts liegen könnte, deren Mumie bislang verschollen war. Der Totentempel der Pharaonin auf der anderen Seite des Bergzugs war genau auf dieses jetzt entdeckte Grab ausgerichtet. Carter hielt es für möglich, ja sogar wahrscheinlich, dass ein Tunnel sie verband.

„Auf ein unberührtes Grab hoffe ich nicht", hatte er Édouard Naville in Anspielung auf den Traum aller Ägyptologen von einem jungfräulichen Grab geschrieben. „Regenwasser wird uns sehr zu schaffen machen, aber ich hoffe doch das Beste."

Mit dem Regenwasser hatte er Recht. Die Wolkenbrüche, die Felsschutt und Geröll von den Hängen ins Tal spülten, hatten Steine und Sand in die Graböffnungen geschwemmt, wo sie betonhart geworden waren. Seit Mitte Oktober hatten Carters Arbeiter in den Grabgängen die Spitzhauen geschwungen und das verklumpte Material nach draußen geschafft.

Im Schutt waren Keramik und Bruchstücke anderer Grabbeigaben gefunden worden: Nahrung für Carters Hoffnung, dass die seit Langem gesuchte Mumie der Hatschepsut hier ruhte. Fand er sie, würde dies seine Karriere krönen und ihm Weltruhm eintragen.

Nach vier Monaten hatten die Arbeiter endlich die Grabkammer erreicht. Newberry und Carter waren darangegangen, die Türvermauerung aus Lehm und Steinen zu durchbrechen, die den Zugang zur Grabkammer blockierte. Dann traten beide Männer ein.

Dumpfe, abgestandene Luft fegte aus der Kammer durch die Öffnung ins Freie. Nach einigen Schritten konnte es Newberry nicht mehr aushalten. Er drängte Carter, ihm zu folgen, und taumelte zurück ans Licht.

Aber Carter stieß weiter vor. Alles andere war undenkbar. Dreizehn lange, harte Jahre hatte er für diesen Tag gearbeitet, für diese Entdeckung.

Die Hitze und die schlechte Luft verschworen sich gegen ihn. Jede Faser seiner Kleidung war mit Schweiß durchtränkt, jeden Atemzug musste er sich mühsam erkämpfen.

Wie er vorhergesagt hatte, war das Grab nicht unberührt. Es enthielt einen *leeren* Sarkophag, einen Kanopenkrug und zerbrochene Vasen mit den Namen der Hatschepsut und ihres Vaters.

Diese Gegenstände waren von historischem Interesse. Mehr nicht.

Aber Carter wollte mehr. Unbedingt. Mit der reinen Auffindung von Gräbern wollte er sich nicht mehr zufriedengeben. Er wollte jetzt Gräber von hoher Bedeutung, die seit ihrer Versiegelung unberührt geblieben waren, und vor allem wollte er die großen Schätze, die pharaonischen Grabbeigaben.

„Als wahre Schreckensgestalt", schrieb ein Freund von Davis, „stieg Carter aus dem Grab, triefnass, Gesicht und Hände von schwarzem Staub bedeckt – ihm war sterbenselend, er musste sich eine Weile hinlegen."

Am nächsten Tag jedoch war er schon wieder voll im Einsatz, auf der Suche nach dem Fund, der sich hartnäckig seinem Zugriff entzog, dem jungfräulichen Grab, das seinen Namen weltbekannt machen würde.

Vielleicht das Grab der Hatschepsut.

Oder eines anderen Pharaos von noch größerer Bedeutung.

Die Schatzsuche ging weiter und füllte schließlich Carters ganzes Leben aus.

Achetaton, 1335 v. Chr.

Nofretete weinte, wie sie noch nie geweint hatte.

„Eje!", schrie sie schließlich. „Holt mir Eje! Ich brauche ihn auf der Stelle. Jetzt!"

Eilenden Schrittes betrat der königliche Sekretär das Schlafzimmer. Nofretete war am Fuß des Bettes zusammengesunken, die geschmeidige Gestalt von einem kunstvollen Gewand verhüllt. Der Pharao lag auf dem Rücken, unbekleidet, bedeckt nur von einem Stück Laken, das Nofretete über seinen Unterleib geworfen hatte.

„Er ist tot", sagte sie, ehe Eje ein Wort herausbrachte.

Ihre Blicke trafen sich, und in diesem kurzen Moment, in dem Nofretetes Augen aufglühten wie Feuer, verschob sich die Macht im Königspalast unaufhaltsam zugunsten der jungen Witwe. Sie war nicht mehr das Weib des Pharaos, sondern Herrscherin über ganz Ägypten. Sie war göttlich. Und Eje immer noch lediglich ein Beamter – sofern sie ihn leben ließ.

Er räusperte sich. „Was ist geschehen?“

„Was soll schon geschehen sein, Sekretär? Siehst du das denn nicht? Ich konnte ihn kaum von mir herunterbekommen.“

Tatsächlich war der Pharao mit Ende dreißig schwer geworden; seine Masse wog Nofretete doppelt auf. Eje konnte sich vorstellen, wie sich die Königin hatte anstrengen müssen, ihren toten Gemahl nach seinem letzten Zusammenbruch von sich herunterzuschieben.

„Ich werde für seine Beisetzung sorgen, Majestät. Ich werde alles tun.“

„Und sende die Boten aus“, befahl Nofretete mit zitternder Unterlippe. „Sende sie nach Memphis und nach Theben. Verkünde aller Welt, dass der große Pharao tot ist.“

„Majestät, hältst du das für klug? Jedenfalls bis wir wissen, wer Echnatons Nachfolge antritt?“ Herausfordernd blickte der Wesir sie an. Immerhin war Eje ein mächtiger Mann im Reich. Alles in ihm sträubte sich dagegen, Befehle von einer Frau anzunehmen.

Nofretetes Augen funkelten. „Hast du vergessen, dass mein Mann ein außereheliches Kind gezeugt hat?“ Hohn klang aus ihrer Stimme. Auch sie hatte Echnaton nach ihrem Umzug nach Achetaton einen Erben geschenkt, doch das Kind war gestorben. „Wenn die Zeit kommt und er zum Mann herangewachsen ist, werde ich meines Mannes Sohn auf den Thron setzen. Bis dahin aber bin ich der Pharao, Eje. Täusche dich darüber nicht.“ Sie hielt inne und blickte noch einmal zu Echnaton hinüber. „Und nun lass mich mit meinem Mann allein. Geh! Erledige deine Pflichten.“

Eje senkte den Blick. Er machte auf dem Absatz kehrt und verließ eilig den sonnendurchfluteten Raum. Ja, er wollte tun wie befohlen – vorläufig.

NOFRETETE blickte auf ihren Gemahl hinab. Dann setzte sie sich neben ihn aufs Bett und strich ihm sanft über das geschorene Haupt. Mit einem Finger fuhr sie bis hinab auf seine Brust. Dann streichelte sie sein Gesicht und prägte sich jede Einzelheit ein.

Dies würden ihre letzten gemeinsamen Augenblicke sein, und sie wollte ihn im Gedächtnis behalten als den kraftvollen Mann, der er einst gewesen war, nicht als den schwachen und kapriziösen Pharao, der er später geworden war. Beim Gedanken an das, was nun mit seinem Leib geschehen würde, schauderte es Nofretete.

Sie legte ihren Zeigefinger auf seinen Nasenrücken. An dieser Stelle würden die königlichen Mumifizierer anfangen und einen langen Draht durch die Nasenlöcher in dieses herrliche und exzentrische Gehirn schieben. Sie würden den Draht hin und her drehen, bis die gallertartige Gehirnmasse zerstört war und als graues Rinnsal aus der Nase lief. Dann würden sie den Körper umdrehen und den Kopf über den Rand des Alabastertisches schieben, sodass das Gehirn in einen vergoldeten Eimer fließen konnte.

Nun legte Nofretete die Hand auf die Lenden ihres Mannes, die Stelle ertastend, wo man ihn aufschneiden, eine Hand hineinschieben und die inneren Organe herausreißen würde.

Mit einem Lächeln legte sie die Hand auf sein Brustbein, dorthin, wo sie so oft den Kopf gebettet und seinem Herzschlag gelauscht hatte. Das Herz, immerhin, würden sie heil lassen. Wie alle Ägypter hielt Nofretete das Herz für den Quell alles Wissens und aller Weisheit. Echnaton bedürfte aller Größe seines Herzens, um den Zauber wirksam werden zu lassen, der seinen Leichnam wieder zum Leben erwecken würde.

Siebzig Tage, so lange dauerte die komplette Einbalsamierung.

Siebzig Tage, bis der Leib in der Wüstenhitze so ausgetrocknet war, dass er sich auf der Reise ins Jenseits nicht zersetzte.

Siebzig Tage, bis man den Leib ins Grab legen würde, sechseinhalb Meilen von dem Ort entfernt, an dem Nofretete jetzt saß.

Mochten die anderen Pharaonen ihre Totenstadt im Tal der Könige bevölkern – Echnaton hatte sich eine Stelle vor den Toren seines geliebten Achetaton ausgesucht, ein Tal ganz für sich, sonnenbeschienen, sodass er sich der wunderbaren Majestät des Aton auf ewig erfreuen konnte.

„Dorthin werde ich dir eines Tages nachfolgen.“ Nofretete beugte sich vor und küsste die Lippen, die schon über jede Partie ihres Körpers gewandert waren.

Noch ein letztes Mal blickte sie auf Echnaton hinab, dann verließ sie den Raum. Ihr Gemahl war tot. Ihr gemeinsamer Sohn war vor ihm aus dem Leben geschieden. Und unter ihren verbleibenden Kindern befand sich nur ein einziger Knabe. Es war nun ihre Pflicht, an dessen Seite zu regieren, bis er zum Mann herangewachsen war.

Sie winkte ihrer Kammerzofe. „Bring mir Tutanchaton.“

ZWEITER TEIL

Viertes Kapitel

Palm Beach, Florida, heute

Eines der faszinierendsten Fundstücke aus Tutanchamuns Grab ist eine armlose Kleiderpuppe. Sie wurde wohl zum Aufhängen seiner Gewänder benutzt. Sie trägt Tutanchamuns aufgemaltes Gesicht. Das Antlitz ist das eines Knaben, es wirkt sanft, freundlich, wissend.

Wie an so manchem Vormittag schwang ich den Golfschläger, mit den Gedanken aber war ich bei dem so jung gestorbenen Pharao, dessen Geburtsname wegen der Aton-Verehrung seines Vaters Tutanchaton gelautet hatte, „lebendiges Abbild Atons“. Immer mysteriöser wurde die Sache, immer stärker entwickelte sie sich zum Kriminalfall. Meine Besessenheit grenzte langsam an die Howard Carters.

Bei allem gebührenden Respekt, Dr. Cross – an Ihre Tatorte kehre ich erst zurück, nachdem der Fall Tut abgeschlossen ist.

Schriftstellerisch erwartete mich hier eine ganz neue Aufgabe, vor allem wegen der erforderlichen Recherchen. Ich hatte das Glück gehabt, mich mit Marty Dugard zu verbandeln, einem begabten und großherzigen Autor und Rechercheur, der bereits nach London und dann zum Tal der Könige gereist war, um die Authentizität meiner Geschichte untermauern zu helfen und – wichtiger noch – Details zu sammeln, die womöglich zur Lösung dieses Mordfalls beitragen konnten. Hier ruhte ein großer Stoff, der weit hinausreichte über alle Dutzendkrimis. Ging es doch um Könige und Königinnen, vergrabene Schätze, einen Ausgräber, der mich an einen Indiana Jones mit viel Wut im Bauch erinnerte, sowie um den Mord an einem jungen Mann, der fast noch ein Teenager gewesen war, und wohl auch an seiner Frau.

Im Büro fand ich eine dicke Akte vor, die meine unermüdliche Assistentin Mary Jordan zusammengestellt hatte. Das Indiziengebäude, das auf Mord hindeutete, wuchs. Einer Pressemeldung vom 8. März 2005 entnahm ich, dass in Ägypten an Tutanchamuns Mumie eine Ganzkörpertomografie vorgenommen worden war. Deren Resultate hatten Dr. Zahi Hawass, den Generalsekretär der Ägyptischen Altertümerverwaltung, zu der Aussage geführt, Tutanchamun sei nach einem Beinbruch an einer Infektion gestorben. Verursacht worden sei die Infektion durch eine Nekrose.

Erst sah das wie ein Volltreffer für den Generalsekretär aus, dann aber las ich etwas weiter unten: „Der gebrochene rechte Oberschenkel zeigte keine Anzeichen von Kalkbildung oder ein Hämatom.“ Nach einem frischen Beinbruch hätte beides – Verknöcherung und Hämatombildung – aber sofort eingesetzt.

In der Tat hielt ein Teil des Expertenteams, das die Ergebnisse der Computertomografie auswertete, den Beinbruch nicht für die Todesursache. Diese Experten glaubten, dass der Beinbruch nach Entdeckung des Grabes bei einem Versuch, die Mumie zu bewegen, verursacht worden war. 2007 vertrat Zahi Hawass in einem Interview allerdings wieder die These vom Beinbruch als Todesursache.

Noch merkwürdiger das nächste Indiz, das ich fand. Röntgenaufnahmen hatten vorher schon eine Schädelverdickung gezeigt. Sie deutete auf eine Hirnhautverkalkung hin, die eintreten kann, wenn sich nach einem Schädeltrauma ein Bluterguss bildet, ein so genanntes chronisches Subduralhämatom. Die CT ergab jedoch keine Anzeichen für einen Schlag auf den Kopf. Vielleicht hatte das ägyptische Expertenteam aber zu viel Zeit damit verbracht, die Beinbruchtheorie zu untermauern, und darüber die Wunde an Tutanchamuns Schädelbasis vernachlässigt.

Die Röntgenaufnahmen stammten von R. G. Harrison, einem britischen Anatomen, der in den Sechziger- und Siebzigerjahren des letzten Jahrhunderts ausgiebige Forschungen an der Mumie durchgeführt hatte. Er hatte nicht nur das Skelett geröntgt, sondern auch die extreme Maßnahme ergriffen, den Kopf vom Körper abzutrennen, damit er ihn separat röntgen konnte. Aufgrund seiner Resultate kam Harrison zu dem Verdacht: Mord.

Dies schien mir einleuchtend. Ein Subduralhämatom kann sich bilden, wenn man einen starken Schlag auf den Kopf bekommt und ihn zunächst überlebt, einige Wochen später aber doch stirbt. Aus der Quetschung durch den Schlag entwickelt sich ein Bluterguss, das besagte chronische Subduralhämatom, und dieses Hämatom fängt an zu verkalken.

All dies machte die Behauptung, Tutanchamun sei an einem Beinbruch gestorben, für mich immer unwahrscheinlicher. Plausibler war eine Gegenposition, für die ich mich immer mehr erwärmte. Kombinierte man den Bericht von 2005 mit den Röntgenresultaten von 1969 und 1978, schien zweierlei wahrscheinlich: Tutanchamuns Beinbruch war nicht zu seinen Lebzeiten erfolgt, und der Pharao hatte ein Schädeltrauma durch einen Schlag auf den Hinterkopf mit einem stumpfen Gegenstand erlitten.

Sollte es also Mord gewesen, sollte Tutanchamun vielleicht mit einer Keule erschlagen worden sein: Wer war der Täter gewesen?

Tal der Könige, 1907

Wie sind die Helden gefallen!

Howard Carter stand vor dem Winter Palace Hotel in Luxor, unter dem Arm eine Mappe mit Aquarellen. Sein Jackett war fadenscheinig, auf den Ärmeln glänzten hässliche Flicken. Nicht viel besser sahen seine Schuhe aus, abgetragen, schmutzig.

In der Hoffnung, irgendein Gimpel von Tourist werde ein Auge auf eines seiner Bilder werfen, baute er an der Marmortreppe zum Haupteingang seine Staffelei auf. Sollte dann die Kasse klingeln, hätte er das heiß ersehnte Geld für Whisky und Zigaretten und vielleicht auch ein gepflegtes Essen im Hotelrestaurant. Carter mochte ein Clochard geworden sein, doch Lebensart hatte er immer noch.

Angefangen hatten seine Probleme, als ihn die Altertümerverwaltung aus dem Tal abzog und auf einen Posten bei Kairo versetzte. Deshalb musste sich Davis nach einem neuen leitenden Ägyptologen umsehen. Schlimmer noch: Die Verwaltung der Gräber von Sakkara wurde für Carter zum Albtraum. Als er seinen ägyptischen Grabwächtern – zu Recht – erlaubt hatte, gewaltsam gegen eine Horde betrunkener französischer Touristen vorzugehen, schuf dies internationale Verwicklungen. Nach neun Monaten zunehmender Ächtung und Ungnade hatte Carter zurücktreten müssen.

Um die Wahrheit zu sagen: er wollte unbedingt zurück ins Tal. Immer noch hegte er die Hoffnung, Hatschepsuts Mumie zu finden – und vielleicht sogar das jungfräuliche Grab, dem alle nachjagten.

Einige kleine Funde, die man kürzlich im Tal gemacht hatte, deuteten darauf hin, dass dieses Grab einem längst vergessenen Pharao namens Tutanchamun gehören könnte. Irgendwie war König Tut in den Annalen der Geschichte übersehen worden – oder bewusst daraus gestrichen.

Nirgendwo in den zahlreichen Schreinen und Tempeln, in denen man die Abfolge der Pharaonen in Stein gemeißelt hatte, fand sich sein Name. 1837 hatte der britische Ägyptologe Sir John Gardner Wilkinson ihn allerdings auf einer Statue bemerkt. Von dieser einzigen Erwähnung abgesehen, war Tutanchamun jedoch praktisch unbekannt.

Ironischerweise war es Theodore Davis gewesen – der Amerikaner, den Carter seinerzeit überredet hatte, ihm die erste Grabungskonzession zu finanzieren –, der interessante neue Hinweise auf Tutanchamun zutage gefördert hatte.

Die unglaubliche Geschichte, die Carter zu Ohren kam, hatte begonnen, als Davis und sein neuer leitender Ägyptologe, Edward Ayrton, in einer

Mittagspause in der drückenden Hitze zusammensaßen. In einem gewissen Sinn „gehörte“ das Tal der Könige den beiden. Davis hatte immer noch das Exklusivrecht, dort zu graben, und nach Carters Verbannung war der unter Petrie ausgebildete Ayrton zu Davis' Topmann aufgestiegen.

Bisher war die Saison gut gelaufen: Am 18. Dezember hatte man das Grab des Pharaos Siptah entdeckt. Nun, da die Januarsonne in der Südwestecke des Tals sie dazu getrieben hatte, ein Fleckchen Schatten zu suchen, nahmen sich die beiden Männer einen Augenblick Zeit für neue Grabungspläne.

Ayrton rauchte schweigend, während der exzentrische Davis ins Nichts starrte – jedenfalls schien es so. „Mein Blick wurde hingezogen zu einem großen, leicht gekippten Felsblock“, erinnerte sich Davis später, „aus irgendeinem geheimnisvollen Grund weckte er mein Interesse.“

Die beiden Männer schleppten sich zurück ins Sonnenlicht. Erst vor wenigen Monaten war der spindeldürre Ayrton von Davis eingestellt worden, kannte sich mit der impulsiven Art seines Chefs aber schon gut aus. Wenn Davis sich den Felsen anschauen wollte, dann würden sie ihn sich anschauen.

Ayrton umrundete den Felsblock und betrachtete ihn von mehreren Seiten. Dann fiel er, aufmerksam geworden, auf die Knie und fing an, lose Erde vom Fuß des Felsens wegzuschaben.

Dort lag – seit Ewigkeiten unberührt – ein kostbarer Fund!

„Nach sorgfältiger Prüfung und nach Freilegung durch die Hände meines Assistenten, Mr Ayrton, kam ein schöner blauer Becher ans Licht“, schrieb Davis später. Es handelte sich um einen Fayencebecher – also ein Gefäß mit farbiger Glasur –, der, von ein paar Kratzern abgesehen, unversehrt war.

Solche Becher hatten die alten Ägypter bei Bestattungen benutzt. Und dieser hier trug den Namen eines Pharaos: Tutanchamun. Daraus konnte man mit Vorsicht folgern, dass dieser Tutanchamun – wer immer er gewesen war – hier in der Nähe im Tal der Könige begraben lag.

Mit dem „schönen blauen Becher“ fest in der Hand erweiterte Davis die Liste der gesuchten Gräber um den Namen dieses neuen, rätselhaften Pharaos. Und Davis war sicher, dass er das Grab finden würde.

Carter, der jetzt davon lebte, Touristen Aquarelle zu verkaufen, konnte diese neue Entwicklung nicht nutzbringend verwerten. Er nahm sie lediglich zur Kenntnis.

Irgendwo da draußen lag Tutanchamun und wartete auf seinen Entdecker.

Achetaton, 1335 v. Chr.

Morgensonne, so segensreich und allwissend, schien warm auf Nofretete herab, während sie in ihren Privatgemächern darauf wartete, dass Tut zu ihr gebracht wurde. Erst wenige Stunden war Echnaton tot. Sie hatte bereits eine Gruppe „Klageweiber" ausgewählt, Frauen, die am Totenbett ihres Gemahls laut trauerten, sich auf die entblößte Brust schlugen, sich die Haare rauften.

Die Zeit war gekommen, dass die Königin und ihr Junge ein ernstes Gespräch über seine Zukunft und die ganz Ägyptens führten.

Nofretete liebte den sechsjährigen Tutanchaton: seine zutraulichen braunen Augen, seine Leidenschaft für Brettspiele, sogar seine endlosen Fragen, warum die Königsfamilie nie Städte wie Theben und Memphis aufsuche. Alles an Tut bezauberte sie. Bis auf ein quälendes Detail: Er war nicht ihr leiblicher Sohn.

Als intelligente und praktisch denkende Frau ihrer Zeit wusste Nofretete, dass ein Pharao Bedürfnisse haben mochte, die von einer einzigen Frau nicht befriedigt werden konnten. Dennoch hatte es sie mit Zorn erfüllt, dass Echnaton Kija geheiratet und geschwängert hatte. In seiner Gerechtigkeit und Weisheit hatte der große Gott Aton dafür gesorgt, dass Kija gestorben war, als sie Tut das Leben schenkte. Und Nofretete hatte in der Folge dafür gesorgt, dass es nie wieder eine zweite Ehefrau am Königshof gab.

Jede Fantasie ihres Gatten hatte sie erfüllt, und wenn sie es einmal nicht konnte, hatte sie seine Aufmerksamkeit auf die Haremsmädchen gelenkt, denn jedermann wusste, dass ein Pharao, selbst ein so exotischer wie Echnaton, niemals eine gemeine Hure heiratete.

So kam es, dass Nofretete anfing, Tutanchaton als ihren eigenen Sohn aufzuziehen. Der Knabe hatte seine leibliche Mutter nie kennen gelernt, und obwohl man ihm von ihrem tragischen Leben und Sterben erzählt hatte, war er noch zu jung, um vollständig zu begreifen, dass er im Schoß einer anderen Frau gezeugt worden war als der, die ihn jetzt mit liebevoller Hand aufzog.

„Du wolltest mich sprechen, Mutter?" Er war so arglos – und doch so voller Leben. Zärtlichkeit überwältigte Nofretete, während sie ihn betrachtete. Sie liebte ihn, ja, doch nicht jeder am Hof tat das. Für einige war er bereits der verhasste Rivale.

„Ja, Tut. Komm her. Setz dich neben mich. Nah zu deiner Mutter."

Barfüßig schlenderte er über den gefliesten Boden heran und ließ sich neben Nofretete auf den Diwan fallen. „Das mit dem Pharao habe ich gehört“, sagte er leise. „Es tut mir leid.“

Sie legte ihm eine Hand unters Kinn und hob seinen Kopf, bis ihre Blicke sich trafen. „Deinem Vater ging es schon längere Zeit nicht gut“, erzählte sie. „Tut, es gibt da etwas, über das wir sprechen müssen. Bitte merke genau auf. Es ist wichtig.“

„Ja, Mutter?“

„Du bist ein Knabe und noch nicht ausgebildet in allem, was ein Pharao können muss. Aber es muss dir klar sein, dass dies dein Ziel ist: der Thron.“

Der Junge schüttelte den Kopf. „Ich verstehe nicht.“

„Du wirst eines Tages Pharao werden, Tut.“

„Ich will nicht Pharao werden. Nein! Warum kannst du nicht Pharao werden, Mutter?“

„Dass eine Frau Ägypten regiert, wird nicht als gut angesehen. Weil ich aber königlichen Geblüts bin, werde ich eine Möglichkeit finden, die Regierungsgewalt auszuüben, bis du alles gelernt hast, was man braucht, um ein großer Pharao zu sein.“

„Wie lange wird das dauern, Mutter?“

„Ein Dutzend Jahre, vielleicht weniger. Du bist ja sehr aufgeweckt, Tut. Es eilt nicht. Wichtig ist, dass du lernst, weise zu sein und stark und voller Mitgefühl für das Volk Ägyptens, nach dem Vorbild deines Vaters. Er war ein guter Mann. Immer ein guter Mann.“

„Semenchkare hätte einen guten Pharao abgegeben“, erwiderte Tut. „Und er war dein Sohn. Dieser Tag muss dich sehr traurig machen.“

Der Knabe war klug, was wahrscheinlich der Grund war, weshalb sie ihn so liebte.

„Semenchkare ist tot.“ Dass sie ihren eigenen Sohn nie so geliebt hatte wie Tut, verschwieg sie. Sie hatte es versucht, aber in Semenchkares Augen war kein Licht gewesen, und sie fühlte kein Band zwischen Mutter und Sohn. Jemand wie er durfte Ägypten nicht regieren.

„Nein, Tut. Du musst es werden.“

Er nickte einfach. „Also, was muss ich nun tun? Hilf mir, Mutter.“

„Siehst du, wie wir hier sitzen, eng nebeneinander? So werden wir erst einmal Ägypten regieren. Seite an Seite, wir beide. Vorläufig treffe ich die Entscheidungen, denn du bist noch zu jung. Wenn du zum Mann heranwächst, wirst du immer stärker daran beteiligt werden. Dann wirst du das Wissen haben, kluge Entscheidungen zu fällen.“

„Dann werde ich herrschen, als Pharao?“

„Ja, Tut. Und ich weiß: du wirst große Dinge tun. Du wirst ein Pharao sein, an den man immer denken wird."

So war es geplant, den Kindkönig auf den Thron zu heben, aber es kam anders. Ganz anders. Wieder einmal kam der Tod dazwischen – vielleicht sogar Mord.

Achetaton, 1334 v. Chr.

Sie standen auf einem grünen Feld am Westufer des Nils. Es war Februar; milde Sonne küsste die Erde.

„Um Pharao zu werden, musst du mannbar werden", tönte der militärische Ausbilder. „Eines Tages wirst du so groß und stark sein wie ich. Hast du die Ausbildung hinter dir, kannst du es mit jedem Mann aufnehmen."

Tut blickte auf die schwellenden Armmuskeln und den gewaltigen Brustkorb des Ausbilders und konnte nicht glauben, dass er ihm je gleichen würde, aber er lauschte gespannt.

Tut war ein hageres Kind. Eine Gaumenspalte ließ ihn leicht lispeln; davon abgesehen hatte er die makellose Schönheit seiner Mutter. Seine Arme waren dünn, und über den in Sandalen steckenden Füßen sah man Beine, die auch nicht muskulöser waren.

„Bist du bereit, Herr?", fragte der Ausbilder.

Tut versuchte zu antworten, doch vor Nervosität kam nur ein Seufzen über seine Lippen.

Der Ausbilder unterdrückte ein Lächeln. „Reden wir über die verschiedenen Arten von Bogen, die wir in der Schießausbildung benutzen werden."

Es gab davon mehr, als Tut auswendig aufzählen konnte – und mit jedem Bogentyp müsse sich ein Pharao am Ende auskennen, erklärte der Ausbilder, ebenso mit Schild und Keule, dem Schwertkampf, dem Speerwurf, dem Lenken eines Kriegswagens, dem Reiten, dem Nahkampf mit Dolchen, Wurfhölzern, Streitäxten. Für die heutige Lehrstunde lagen bereit: ein doppelter Kompositbogen, ein einfacher Kompositbogen, ein Stabbogen und einige leichte Kurzbogen. Ein einschüchterndes Arsenal für einen Knaben.

Die Bogen waren aus Birkenholz, verstärkt durch eine Sehnen- und Rindenumwicklung. Blattgold- und Elfenbeindekor zierte ihre Rundung. Der Bogen des Ausbilders war größer als Tut; dessen Bogen dagegen reichte dem Lehrer, wenn er ihn auf den Boden stellte, nur bis kurz übers Knie.

Der Ausbilder legte den Bogen in Tuts kleine Hände. „Jetzt hör mir zu. Du wirst dies alles auch im Jenseits brauchen. Am Tag deiner Grablegung werden alle deine Bogen mit dir beigesetzt. Lerne also, gut mit ihnen umzugehen, Hoheit. Die Kriegskunst, die du erlernen wirst, wird dir gut zustattenkommen – ewig."

Tut legte einen Pfeil auf und zog die Sehne zurück. Gleich beim ersten Schuss traf er das Ziel, das allerdings nicht weit von ihm entfernt stand.

„Sehr gut, Herr. Du hast es im Blut."

Achetaton, 1333 v. Chr.

„Du kommst zu spät. Das dulde ich nicht, Tutanchaton! Ausreden lasse ich nicht gelten."

Atemlos stürzte Tut in den Unterrichtsraum der Prinzenschule, Nilschlamm an den Füßen, seinen Lieblingsjagdbogen noch in der Hand. Draußen im Schilf hatte er wieder Enten gejagt und darüber den Unterrichtsbeginn glatt vergessen.

Sich zu säubern, hatte er keine Zeit gehabt, und nun stand der Pharao in spe einem zornigen Lehrer gegenüber.

„Lehrer, ich …"

„Schweig! Kein Wort mehr. Setz dich und übe deine Hieroglyphen!"

Der Lehrer war ein hagerer, schlecht gelaunter junger Mann, der im Zimmer nicht umherging, sondern wie ein aufgeregter Vogel darin herumflatterte. Zum Vergnügen seiner Schwester äffte Tut ihn gern nach, doch jetzt kicherte sie zu sehr über das Missgeschick ihres Bruders, als dass er Lust gehabt hätte, einen Scherz zu versuchen.

Die normale Strafe für Unpünktlichkeit bestand darin, dass man die ersten fünfundzwanzig Schriftzeichen des Hieroglyphenalphabets hundertmal auf eine Rolle Papyrus schreiben musste. Das dauerte oft zwei Stunden. Zwei Stunden, die, wie der Lehrer wusste, für Tut eine Qual sondergleichen bedeutete.

Er war jetzt acht, und derzeit schwärmte er für den Unterricht im Kriegswagenlenken. Zwei Stunden Schreiben, das hieß zwei verlorene Stunden, die er nicht mit den Zügeln in der Hand durch die Wüste preschen konnte.

Sein Vater wäre entsetzt gewesen, aber Tut sehnte sich danach, die ägyptischen Krieger in den Kampf zu führen. Er sah sich schon im Streitwagen, vor sich zwei schnelle Rosse, hinter sich eine Streitmacht von Tausenden, die auf sein Wort hörte.

„Gut gemacht, Pharao", flüsterte seine Schwester Anchesenpaaton. Sie war ein paar Jahre älter als er und ein schönes Mädchen, hübscher noch als Tut.

„Eines Tages", verkündete der Lehrer, „wenn du als Pharao das Land regierst, kannst du mich wegen Unbotmäßigkeit töten lassen, aber bis dahin ist dieser Unterrichtsraum mein Reich, und du tust, was ich dir sage – und das heißt auch, dass du pünktlich kommst. Hast du mich verstanden, Tutanchaton?"

Wütend und rot geworden nickte Tut. Er steckte sich ein neues Stück Schilfrohr in den Mund, während er sorgfältig vermied, zu seiner Schwester hinüberzublicken. Er kaute am Ende des Schilfrohrs, bis es zerfaserte und einen lockeren und geschmeidigen Pinsel abgab. Dann tauchte er sein neues Schreibwerkzeug in eine Wasserschale und strich damit über einen Block Trockentusche. Auf einem Papyrusbogen begann er zu zeichnen: mühelos formte seine Hand die Myriaden von Falken, Eulen, Füßen und sonstigen Zeichen, aus denen die Hieroglyphenschrift bestand.

Bald aber ließen die Nachmittagshitze und die Stille des Unterrichtsraumes seine Gedanken wandern. Er liebte die freie Natur, und an einem so schönen Tag drinnen hocken zu müssen tat ihm in der Seele weh. Er sehnte sich danach, im Nil zu schwimmen, stets auf der Hut vor den Krokodilen, die dort lauerten. Oder vielleicht Anchesenpaaton auf eine Fahrt im Streitwagen mitzunehmen – er liebte sie sehr. Oder vielleicht einfach auf einem Gipfel zu stehen und die purpurfarbenen Felsen eines fernen Tafelbergs zu bestaunen, zu schwelgen in dem fantastischen Gedanken, dass all dies Land, so weit das Auge reichte, eines Tages ihm gehören würde.

Dies war kein jugendlicher Tagtraum – es war Wirklichkeit.

Während er die Schriftzeichen malte, behielt Tut den strengen Lehrer im Auge, die Plage seiner Kindheit. Noch eine Strafe in seinem langen Register war das Letzte, was er brauchte. Nofretete hatte sich da sehr klar ausgedrückt. Bestand er in einem Fach nicht oder fiel auch nur zurück, hieß das Hausarrest, hieß das Eingesperrtsein im Palast. Eine schlimmere Strafe war für Tut nicht denkbar.

Dann hüllte dieselbe Nachmittagssonne, die ihn von seiner Aufgabe abgelenkt hatte, zu Tuts Erstaunen und Freude auch den Lehrer in ihren warmen Zauber. Gespannt sah Tut, wie sich der Lehrer auf seinem Stuhl zurücklehnte und die Augen schloss. Sein Kopf fiel zurück, der Mund öffnete sich leicht, und ganz leise begann er zu schnarchen.

Anchesenpaaton hielt sich den Mund zu, um nicht zu kichern. Leise legte Tut den Pinsel auf eine elfenbeinerne Palette, tippte der Schwester auf die Schulter und deutete mit dem Daumen zur Tür.

„Nein", wisperte Anchesenpaaton unhörbar. „Das geht nicht. Das dürfen wir nicht, Tut."

Trotzdem stand er leise auf und fasste sie am Arm. Ein schneller Blick auf den Lehrer, dessen sanftes Schnarchen lauter geworden war, dann stand auch sie auf. Gemeinsam schlichen sie auf Zehenspitzen zur Tür, hinter der die Freiheit auf sie wartete, der Fluss. Zur Sicherheit nahm Tut im Vorbeigehen seinen Jagdbogen mit.

Plötzlich versperrte Ejes mächtige Gestalt ihnen den Weg. „Wohin wollt ihr denn, ihr beiden?“, dröhnte der königliche Sekretär. Anchesenpaaton fuhr heftig zusammen.

Aus dem Schlaf geschreckt, sprang der Lehrer auf die Füße.

Eje packte Tut und Anchesenpaaton heftig am Arm und zerrte sie in den Raum zurück, wobei sich seine Fingernägel in Tuts Bizeps gruben. „Lass mich los!“, schrie der Junge, doch Eje verstärkte nur seinen Griff. „Eines Tages bin ich Pharao, dann wirst du aus dem Palast geworfen. Ehrenwort, Sekretär. Und du auch, Lehrer!“

Dann riss Tut sich los und rannte und rannte so lange, bis er am Nilufer stand. Und was noch besser war: Anchesenpaaton war mit ihm gelaufen – jeden Schritt des Weges.

„Was glaubst du, was sie mit uns machen, wenn sie uns schnappen?“, fragte Tut grinsend, als sie geduckt im Schilf hockten, um nicht von Eje und ihrer anderen Nemesis, dem Lehrer, entdeckt zu werden.

Anchesenpaaton war normalerweise die Vernünftigere von ihnen beiden. Ihr impulsiver Entschluss, mit ihm fortzulaufen, war für Tut die vielleicht größte Überraschung seit dem Tag, da ihr Vater gestorben war.

Aber es war eine schöne Überraschung, die bewirkte, dass er sich auf der Welt nicht mehr so einsam fühlte. Wie wohl es tat, eine Kampfgenossin zu haben, eine Freundin, und sei es nur, um gemeinsam mit ihr die Strafe auf sich zu nehmen, die diesem Abenteuer auf dem Fuße folgen musste.

Tut blickte seiner Schwester in die Augen und lächelte. Eigentlich war sie aufgrund der Ehe seines Vaters mit der unglücklichen Kija nur seine Halbschwester. Obschon sie und Tut also vom selben Vater stammten, hatte er oft das Gefühl, dass sie nicht Bruder und Schwester waren, sondern ein unzertrennliches Freundespaar.

Sie war wie er, und sie war nicht wie er. Es war schwer zu erklären. Sicher war nur eins. Er liebte sie, er liebte sie sehr, seine Anche.

„Sie werden uns nicht schlagen“, verkündete Tut und beantwortete damit seine eigene Frage.

„Was heißt ‚sie‘?“, fragte Anchesenpaaton. „Mutter ist es, die unsere Strafe bestimmen wird.“

„Nein, das verhält sich etwas anders“, erklärte Tut geduldig. „Eje und der Lehrer sind Männer. Sie glauben, Macht über Mutter zu haben.“

Im Rahmen seiner Ausbildung für das Pharaonenamt legte Nofretete großen Wert darauf, dass Tut an Besprechungen mit ihren Beratern teilnahm. Schon für den Knaben war deutlich sichtbar, wie sehr Eje die Macht begehrte, die Nofretete besaß. Immer wieder warf der Wesir zornige Seitenblicke auf Tut, als beleidige ihn der Junge durch seine bloße Gegenwart.

Tut hatte Angst vor Eje, und als er da so im Schilf saß und an ihn dachte, rieb er vorsichtig die Kratzer, die Ejes dicke Fingernägel auf seinem Arm hinterlassen hatten.

„Vor Eje musst du dich in Acht nehmen“, warnte Tut die Schwester. „Ich traue ihm nicht. Du solltest ihm auch nicht trauen. Ich glaube, er will Mutter heiraten und Pharao werden.“

Anchesenpaaton lächelte. „Das kann er nicht, Tut. Du bist der Pharao.“

„Nicht wenn er die Königin zur Frau nimmt. Eine Einheirat in die Dynastie würde es ihm gestatten, den Thron zu besteigen.“

„Das gefällt mir nicht“, erwiderte Anchesenpaaton leise, „und Eje kann ich nicht ausstehen. Er ist übellaunig und behandelt Mutter schlecht. Und General Haremhab ist hinterlistig. Behalte auch ihn im Auge.“

„Ich werde vor allen auf der Hut sein“, versicherte Tut. Dann tat er etwas, mit dem er selbst nicht gerechnet hatte. Er beugte sich vor und gab Anche einen Kuss. Noch überraschender: Sie wehrte sich nicht.

Da die Kinder nun sicher waren, ihren Häschern entronnen zu sein, standen sie auf und rannten lachend zum Fluss. Vor den Krokodilen, die dort lauerten, hatten sie weniger Angst als vor den mächtigen Männern, die den Palast unsicher machten.

Fünftes Kapitel

Luxor, 1908

Howard Carter war einbestellt.

Sein alter Freund Gaston Maspero, der Leiter der Altertümerverwaltung, wollte mit Carter über dessen „Zukunft“ sprechen. In den vier Jahren, seit Carter seinen Posten verlassen hatte, hatte es nicht viele Gespräche dieser Art gegeben. Deshalb war die Einladung hochwillkommen. Ein Rettungsring, zu dem man als Ertrinkender griff.

Vom Tal der Könige lag das Winter Palace rund acht Kilometer entfernt. Stellte man sich auf die marmorne Freitreppe am Haupteingang des Hotels, konnte man über den Nil hinweg den fernen Felsrücken erkennen, der das Tal rückwärtig abschloss. Wenn kein Wind wehte und kein Wüstenstaub in der Luft hing, schienen diese Felsen zum Greifen nah zu sein.

Wie sehr sich Carter dorthin zurücksehnte – Tag für Tag. Ein weniger leidenschaftlicher Ägyptologe hätte sich nie so erniedrigt, wie Carter es getan hatte – ein fliegender Händler, der auf der Straße vor Touristen buckelte. Sein schmales Einkommen aus dem Aquarellverkauf besserte er dadurch auf, dass er Antiquitäten auf dem Schwarzmarkt verhökerte, wodurch er auf die Stufe der Männer herabgesunken war, die er einst von Amts wegen als Grabräuber verfolgt hatte.

Um das Maß der Erniedrigungen voll zu machen, waren seine hoch geschätzten Mäzene, Lord und Lady Amherst, in Not geraten. 1907 hatten sie Didlington Hall verkaufen müssen, und Lord Amherst ging es gesundheitlich nicht gut. Mit gerade einmal 34 war aus Carter kaum mehr geworden als ein autodidaktischer Ägyptennarr und Speichellecker.

Da griff das Schicksal in Gestalt von Maspero ein. Tusch und großer Auftritt: der unvergleichliche Lord Carnarvon.

George Edward Stanhope Molyneux Herbert, besser bekannt als der Fünfte Earl of Carnarvon – oder einfach Seine Lordschaft –, war ein blasser, hagerer Mann mit spitzem, pockennarbigem Gesicht. Er rauchte ununterbrochen, trieb Autosport, besaß Pferde und führte allgemein das exzessive Leben eines reichen Nichtstuers und Bonvivants. Selbst ein Autounfall, der ihn 1901 fast das Leben gekostet hätte, hielt ihn nicht davon ab, weiterhin sein in den Schoß gefallenes Vermögen mit vollen Händen auszugeben. Ein unverdientes Luxusleben, zu dem niemand berechtigt war – jedenfalls nicht in Carters Augen.

Im Dezember 1905 war Seine Lordschaft zum ersten Mal nach Ägypten gekommen; diese Reise und nachfolgende Besuche hatten ihm den Mund wässrig gemacht nach ägyptischer Kultur. Schritt für Schritt wandelte sich Carnarvon von einem Mann, den das Hier und Jetzt verzehrte, zu einem Mann, den die Vergangenheit verzehrte – genauer: das Altertum.

Und nun wollte er, wie viele Reiche, die sich in Ägypten und in die Schatzsuche verliebt hatten, selbst graben beziehungsweise graben lassen.

Carters und Theodore Davis' Erfolge waren wohlbekannt; ganz in der Nähe seines Hotels konnte Carnarvon Davis' Jacht bewundern, die dort lag. Britische Bekannte hatten Kleinkonzessionen erworben, und zu dieser historischen Goldgräberei wollte Seine Lordschaft sich auch gesellen. Er sah ein neues, faszinierendes Tätigkeitsfeld.

Leider enttäuschte die erste Saison. Und faszinierend war sie auch nicht. Arthur Weigall, der Carters Nachfolge als Chefinspektor für Oberägypten angetreten hatte, hielt Carnarvon zu Recht für einen blutigen Laien. Er hatte ihm eine Schutthalde namens Scheich Abd el-Qurna zugewiesen, die denn auch nichts erbrachte. Einziger Fund einer sechswöchigen Saison war eine mumifizierte Katze in einem hölzernen Katzensarg. Obgleich enttäuscht, schätzte Carnarvon die Entdeckung trotzdem. Schließlich war es seine erste. Damit hatte er quasi die höheren Weihen als Ägyptologe empfangen.

Als größtes Erfolgshindernis stellte sich Carnarvon selbst heraus. Statt einen erfahrenen Fachmann einzustellen, leitete er die Grabungen selbst. Tag für Tag saß er in einem Unterstand mit Fliegengittern und rauchte Zigarette auf Zigarette, während seine Männer, allesamt nicht handverlesen, sich draußen in Hitze und Staub abarbeiteten.

Was Carnarvon brauchte – das sagte man ihm auch des Öfteren –, war ein sattelfester Grabungsleiter vom Fach.

Und Howard Carter brauchte einen zahlungskräftigen Mäzen mit einer Konzession, um wieder mitzuspielen.

Nach der Saison ersuchte Carnarvon von England aus Weigall um einen „Fachmann, da ich nicht die Zeit habe, mir die erforderlichen Kenntnisse selbst anzueignen". Zusammen liefen diese Fäden bei Maspero, der Carnarvon ja seinerzeit die Konzession verschafft hatte.

So kam es, dass Carter zum Winter Palace gerufen wurde, um vor Carnarvon und Maspero zu stehen und über die Möglichkeit zu sprechen, wieder einmal eine große Grabung zu leiten. Seine Kleidung war abgerissener denn je, und unter dem Arm trug er die allgegenwärtige Zeichenmappe, als ob er gerufen worden sei, die Gruppe im Bild festzuhalten – was er in seiner Niedergeschlagenheit durchaus nicht für ausgeschlossen hielt.

Ob er wieder mitmischen wolle?, wurde er gefragt.

Und ob er wollte, der abgehalfterte Ägyptologe! Überglücklich über diese neue Chance willigte er hastig ein.

Achetaton, 1333 v. Chr.

„Was ist los, Mutter?", fragte Tut.

Der hübsche Knabe stand neben Nofretete in einem Garten, umgeben von Feigenbäumen, Dattelpalmen und einem dichten grünen Grasteppich.

Die Königin saß im Schatten einer kleinen Fächerpalme. Ihr schönes Gesicht war verzerrt und starr. Beide wussten, dass es ihr nicht gut ging, und doch tat sie so, als gebe es keinerlei Grund zur Sorge.

Mit sechs Jahren erst den Vater und nun mit acht vielleicht auch noch die Mutter zu verlieren, auf solche Schicksalsschläge konnte kein Kind gefasst sein. Aber Tut war kein gewöhnliches Kind. Er hatte königliches Blut: Er war göttlich.

So setzte er sich neben seine Mutter auf die kleine Bank. Er sah, wie sie sich zurücklehnte und zu entspannen versuchte, dann aber vor Schmerz zusammenzuckte, als ihre Haut mit der harten Lehne in Berührung kam.

„Ich sterbe, Tut, und ich muss dich um etwas bitten, was dir vielleicht seltsam vorkommt."

„Sprich nicht so, Mutter. Du stirbst nicht."

„Doch. Entweder bin ich vergiftet worden, oder es gibt in meinem Körper eine Krankheit, die Aton nicht von mir nehmen will. Ich habe angeordnet, dass meine Grabkammer beschleunigt fertiggestellt wird, weil mir vielleicht nicht mehr viel Zeit bleibt."

Nofretete schloss die Augen. Schmerz schoss durch ihren Körper. Behutsam, um ihr nicht wehzutun, legte Tut seine Hand auf die ihre.

Diese kleine Geste der Freundlichkeit und des Mitgefühls ließ Nofretete lächeln. „Du wirst ein großer Pharao. Da bin ich ganz sicher."

„Danke, Mutter." Er hielt inne und wagte nicht auszusprechen, was ihm auf der Seele lag.

„Was willst du sagen?", fragte Nofretete.

„Versprichst du mir, dass du nicht wütend wirst?"

Sie ließ einen Augenblick verstreichen, während sie die Antwort erwog. „Versprochen. Jetzt stell deine Frage. Du musst immer ehrlich mit mir sein, Tut."

„Hat Eje dir das angetan? Ich merke doch, wie er dich anschaut. Es ist schwer auszumachen, ob er dich liebt oder ob er dich hasst."

„Ich glaube, es ist eine Mischung aus beidem. Im Übrigen fürchte ich Eje nicht. Aber *du* solltest es tun. Du bist noch ein Knabe und musst vor mächtigen, gewissenlosen Männern geschützt werden, die vielleicht danach trachten, dir zu schaden."

„Glaubst du, er will Pharao werden?"

„Ja, Tut, das glaube ich. Und er ist nicht der Einzige, der davon träumt, Ägypten zu regieren."

„Aber er ist kein Edler."

„Du auch nicht, Tut. Vergiss nicht, dass deine leibliche Mutter gemeiner Herkunft war. Du gehörst nur halb zur Dynastie. Deine Schwester Anche hingegen ist rein königlichen Geblüts. Deshalb habe ich dich heute rufen lassen."

„Was meinst du? Was willst du sagen, Mutter?"

„Anchesenpaaton kann nicht auf den Pharaonenthron, weil sie eine Frau ist. Damit du als Pharao regieren und deine Nachfolge sichern kannst, musst du dein Blut mit dem einer Frau mischen, die rein königlichen Blutes ist. Verstehst du das?"

„Das heißt also …"

Vor Verwirrung versagte ihm die Stimme, und Nofretete beendete den Satz für ihn.

„Du musst deine Schwester zur Frau nehmen."

Luxor, 1909

Carter war zurückgekehrt in die Welt, die er über alles liebte. Ein wenig älter vielleicht, ein paar Gürtellöcher dünner, aber er mischte wieder mit.

Während die Sonne über dem großartigen Nil aufging, ließ er, wie schon früher so oft, seinen Blick über ein kleines Heer von Arbeitern gleiten. Gewiss, er grub im „unpopulären" Bereich der thebanischen Totenstadt, dort, wo es höchstens Gräber von Edelleuten und reichen Händlern, keine Pharaonengräber zu finden gab. Nachdem er aber so lange von der Hand in den Mund gelebt hatte, war Carter das egal.

Herrlich, wieder Arbeit zu haben! Genüsslich zündete er sich eine Zigarette an und gab den Männern die Order, mit dem Graben zu beginnen.

Neben ihm stand Lord Carnarvon, elegant im Anzug und mit breitkrempigem Strohhut. Zu ihm hatte Carter ein deutlich anderes Verhältnis als seinerzeit zu Lord Amherst und auch noch zu Theodore Davis. Dass Carter Eigenwillen oder gar Eigensinn zeigte, gab es nicht mehr. Er war jetzt ein Angestellter und wurde nicht mehr als Mitglied der Familie behandelt.

Doch das kümmerte ihn wenig. In seinem Kopf schwirrten Pläne, die darauf hinausliefen, Carnarvons reichlich dilettantische Gräberei zu professionalisieren und zu verwissenschaftlichen. Carters Können und Carnarvons Geld boten zusammen die Chance, dass man endlich doch einen bedeutenden Fund machte.

Und eines Tages, so Gott wollte, würden sie dann auch im Tal der Könige wieder graben dürfen. Nach echten Schätzen.

Achetaton, 1330 v. Chr.

Die eheliche Vereinigung wurde von keiner Feierlichkeit, von keinem Wort des Hohepriesters begleitet. Anchesenpaaton hatte einfach ihre Besitztümer in Tuts Teil des Palastes bringen lassen, dorthin, wo ihr Vater einst sein Haupt gebettet hatte.

Das war vor drei Jahren gewesen. Seither hatten sie in getrennten Räumen geschlafen, waren aber noch engere Freunde geworden. Ab heute nun – Nofretete war an diesem Tag ins Grab gelegt worden – würde Tut allein regieren.

Nervös nestelte Anchesenpaaton an ihrem halb durchsichtigen weißen Gewand, als sie und Tut sich zum ersten Mal anschickten, ein Bett miteinander zu teilen. Er stand noch nicht in der Blüte seiner Jugend wie sie, seine einige Jahre ältere Halbschwester und Gemahlin, und zeigte trotzdem schon Zeichen der Mannesreife, was ihr nicht verborgen geblieben war.

Zeit, dass sie einen Erben zeugten – oder zumindest, unerfahren, wie sie waren, anfingen zu üben.

Tut band sich den langen Zeremonialbart ab und legte ihn auf das Tischchen neben dem Bett. Nofretete hatte mit beiden – jeweils getrennt – Aufklärungsgespräche geführt, und Tut glaubte ganz gut zu wissen, wie die Sache sich verhielt. Doch er hatte nie einen Harem besucht, und was nun auf ihn zukam, mutete ihn unnatürlich und unerquicklich an.

Diskret wandte sich Anchesenpaaton von ihm ab, als sie das Gewand von den Schultern streifte. Tut sah zu, wie der Stoffschleier über ihre schmalen Hüften glitt und lautlos zu Boden fiel.

Mit einer Hand bedeckte Anchesenpaaton ihre knospenden Brüste, drehte sich um, hob die Bettdecke und glitt unter den warmen Baumwollüberwurf. Tut roch die duftenden Öle, die sie zur Körper- und Haarpflege benutzte.

„Jetzt du, *Pharao*."

Tut spürte so etwas wie Schmetterlinge im Bauch, und Bangen überfiel ihn bei dem Gedanken, dass er sich jetzt hier ausziehen sollte, mit Anche im selben Raum.

„Hast du je schon einmal getafelt wie heute?", fragte er etwas ins Blaue hinein, auf das Festmahl anspielend, das heute im Rahmen von Nofretetes Beisetzung stattgefunden hatte. Alle Priester Atons hatten ihr die Ehre erwiesen. Auch Eje war zugegen gewesen, und Tut war aufgefallen, dass der Wesir heute mehr getrunken hatte als sonst und in einer Ecke mit den Heerführern getuschelt hatte.

„So viele Speisen habe ich, glaube ich, im Leben noch nicht gesehen“, stimmte Anchesenpaaton zu.

„Hätte doch Mutter noch dabei sein können.“

„Jetzt kannst du deinen Anspruch auf den Thron anmelden. Niemand kann ihn dir verwehren.“

„Ja“, bestätigte Tut leise und fühlte zum ersten Mal die tonnenschwere Last, die das Pharaonenamt mit sich brachte. Sie drückte ihn nieder wie ein Kalksteinquader.

„Wir sind allein, Tut“, flüsterte Anchesenpaaton, von einer anderen Verantwortung belastet. „Nur wir beide in dieser schwierigen und komplizierten Welt. Kein Vater, keine Mutter, die uns anleiten. Nur wir.“

„Man kriegt richtig Angst, wenn du das so sagst.“

„Ja. Aber, Tut, wir wollen versprechen, dass wir immer aufeinander aufpassen und uns schützen vor denen, die uns etwas antun wollen.“

„Ich verspreche es, Anche. Ich werde nicht zulassen, dass dir jemand etwas antut.“

„Ich verspreche es auch.“

Verlegene Stille senkte sich über den Raum. Warm strich die Wüstenluft durch das offene Fenster, und Tut roch den schwachen, wunderbar vertrauten Moschusduft des Nils.

Anchesenpaaton holte tief Atem, schlug dann das Laken zurück und zeigte sich unerschrocken ihrem Gemahl.

In ihren vielen gemeinsamen Jahren hatte Tut seine Halbschwester noch nie nackt gesehen. Es verschlug ihm den Atem, wie wohlgestaltet und schön sie war.

„Zieh den Rock aus, Tut“, forderte sie ihn auf.

Der Pharao tat es. Und auch er war schön.

Theben, 1326 v. Chr.

So viel hatte sich geändert. Auf Drängen seiner Berater hatte Tut Achetaton verlassen. Theben war nun wieder religiöses Zentrum und königliche Residenz, Memphis die Hauptstadt. Um das Ende des Atonkultes seines Vaters deutlich zu machen, hatte der Pharao zudem seinen Namen zu Tutanchamun geändert, und seine Gemahlin hatte es ihm gleichgetan.

Doch nicht nur ihr alter Name, auch die Nächte der Leidenschaft waren für Anchesenamun nur noch eine bittersüße Erinnerung. Dennoch: Nie war die junge Königin aufgeregter gewesen als jetzt – und nie verängstigter.

„Es ist ausgeblieben“, flüsterte sie, drehte sich im Bett um und legte Tut das Kinn auf die Brust.

„Nun, wenn schon, so manches bleibt aus.“

„Tut, mein Blut ist schon seit drei Monaten ausgeblieben. Wir bekommen ein Kind. Ich bin sicher. Denk dir einen Namen aus.“

„Nofretete“, erwiderte er.

„Und wenn es ein Junge ist?“

„Nofretete.“ Tut lachte.

Anchesenamun blickte ihn an. „Wir bekommen ein Kind“, wiederholte sie.

DAS WAR vor fünf Monaten gewesen.

Auf einem königlichen Gebärstuhl hockend, spannte Anchesenamun jetzt die Bauchmuskeln an und presste ein letztes Mal. Während Tut bei ihr stand und ihr die Hand hielt, gesellte sich das Kind endlich zu ihnen, in die wartenden Hände des Leibarztes.

Es war eine Totgeburt.

Auf den ersten Blick sah man, dass das Kind missgebildet war, eine Schulter viel höher als die andere, das Rückgrat seitlich verkrümmt. Und ebenso sah man auf den ersten Blick, dass es tot war.

„Hol den Hofzauberer“, befahl der Arzt mit Nachdruck einer direkt hinter Anchesenamun stehenden Kurtisane.

Der Hofzauberer würde beauftragt werden, die Krankheit zu heilen, die der Königin die Fehlgeburt beschert hatte: Zwischen ihren Beinen würde er vor dem Gebärstuhl ein Kohlenfeuer entzünden, damit der Rauch in den Schoß eindringe und alle Unreinheiten austilge.

„Ist es ein Junge oder ein Mädchen?“, fragte Anchesenamun mit schwacher Stimme. Am liebsten hätte sie geweint, hielt aber die Tränen zurück.

„Das spielt keine Rolle mehr, Königin“, entgegnete der Arzt.

„Junge oder Mädchen?!“, bellte Tut mit einer Stimme, die zeigte, dass er solche Überhebung nicht duldete.

Der Arzt schreckte hoch und besann sich seiner Stellung. „Ein Mädchen, Majestät.“

Anchesenamun streckte die Arme aus. Die Nabelschnur, die Mutter und Kind verband, war noch nicht durchtrennt, und nun zog die Königin das tote Kind an ihre Brust und schluchzte verzweifelt. Sie strich mit einem Finger über den Kopf des Kindes, berührte die kleine Nase, streichelte die schwarzen Haarsträhnen. Die Augen des Kindes waren geschlossen, sie küsste jedes Auge.

Nur allzu bald, das wusste sie, würden die königlichen Einbalsamierer das Neugeborene mumifizieren und in das Königsgrab legen. Dort würde es warten, bis die Eltern sich zu ihm gesellten. „Im Jenseits lernen wir uns kennen“, flüsterte Anchesenamun. „Ich hab dich lieb, meine kleine Nofretete.“

Ebene in Kanaan, 1324 v. Chr.

Jetzt kam es darauf an. War er wirklich schon bereit dazu – bereit, vielleicht zu sterben? Tut stand allein in seinem Zelt, verkrampft vor Nervosität und Angst. Adrenalin schoss durch seinen Körper; seine Fäuste ballten und öffneten sich; ein halbes Dutzend Mal wippte er leicht auf den Zehen. Gerade einmal siebzehn Jahre war er und zog jetzt zum ersten Mal in den Krieg.

Von draußen drang Schwertgeklirr und Pferdewiehern ins Zelt. Eine große Heerschar sammelte sich zum Kampf. Das Heer Ägyptens. Sein Heer.

Leise sprach Tut ein Gebet zu Amun, einem der vier Hauptgötter. Er schnallte sich den ledernen Brustpanzer um, steckte das Schwert in die Scheide und trat dann hinaus in die brennende Sonne zu seinen Soldaten.

Anders als viele dieser Männer, die sich auf dem Feldzug von ihren Frauen begleiten ließen, war Tut allein ins Feld gezogen. Trauer um ihr Kind hatte das Verhältnis zu Anchesenamun verändert. Zwar war sie wieder schwanger geworden, doch die alte Vertrautheit hatte sich nicht mehr eingestellt. Anchesenamun war launenhafter als früher, erwachsener.

Anders als sein Vater, der zeitlebens Tag für Tag bei Nofretete geblieben war, ging Tut auf Reisen. Er jagte Hirsche mit Eje, dem er nach wie vor misstraute. Und er ließ sich von General Haremhab in seinen Bann ziehen, insbesondere beim Thema Krieg. Echte Mannwerdung hieß: Er musste in die Schlacht. Er musste ins Feld, mit seinem Heer.

Nun bot sich ihm die Chance, zum ersten Mal zu kämpfen. Heute kam sie, die große Mutprobe. Vielleicht auf Leben und Tod.

Das ägyptische Heer lag vor der Kanaanäerstadt Megiddo, die durch hohe Mauern aus Lehmziegeln und Kalkstein geschützt wurde. Es war gut möglich, dass die Kanaanäer die offene Feldschlacht verweigerten und sich lieber in ihrer Festung belagern ließen, statt sich vor den Augen ihrer Frauen und Kinder abschlachten zu lassen.

Tut betete, dass ihm dies erspart bleiben möge. Er dürstete danach, den Geschmack des Kampfes zu kosten.

Schwer wog das glänzende Schwert an seiner Hüfte, als er sein Streitwagengespann in Augenschein nahm. Wie vor ihm so mancher Soldat, schwor sich Tut, stark zu sein und keine Angst zu zeigen, befürchtete aber, dass er vielleicht doch kehrtmachen und fliehen würde.

„Du hast großes Zeichentalent, Pharao. Deine Bilder der Götter sind so kraftvoll, dass ich den Drang spüre, mich bei ihrem Anblick zu verbeugen", sagte Haremhab, der an Tuts Seite getreten war. Es war ein vergiftetes Kompliment, dieses Lob der Kunstpassion des Jünglings, eine durchsichtige Unterstellung, er sei furchtsam wie sein Vater.

„Soll das heißen, ich hätte in Theben bleiben sollen, General?" Tut hatte keine Scheu, harte Fragen zu stellen, auch nicht gegenüber Männern, die Jahrzehnte älter waren.

Er wischte sich den Schweiß von der Stirn und musterte seine Männer – Fußtruppen, Bogenschützen und Streitwagentruppe –, die sich in langen Kolonnen formierten. Mit einem einzigen Rundblick erfasste man ein Waffenarsenal, das wohl seinesgleichen suchte: Kriegsbogen und Keulen, sorgfältig geschärfte Streitäxte, Speere und Dolche, die in der Sonne funkelten. Über eine solche Macht zu gebieten erregte Tut in einem Maße, wie er es sich nie hätte träumen lassen. Nein, er war nicht seines Vaters Sohn. Er war ein Krieger!

„Ich habe dir ein Kompliment gemacht, Pharao", antwortete der verschlagene Haremhab.

„Dann nehme ich dein Kompliment an. Sag mir, General, welche Strategie hast du heute?"

Mit zusammengekniffenen Augen musterte der General die fernen Befestigungen von Megiddo. „Darf ich offen sprechen, Herr?"

„Natürlich. Du kennst mich doch inzwischen gut genug. Ich muss die Wahrheit wissen – immer. Sag sie mir."

„Ich habe dieses elende Nest schon einmal erobert. Es ist ein Loch voller Huren und Diebe, die nur eine Sprache verstehen, nackte Gewalt. Wenn sie zum Kampf herauskommen, werden wir sie zuerst unter Pfeilbeschuss nehmen und dann die Wagen ausschicken, um ihr Heer zu zerstreuen. Unsere Kämpfer werden über sie herfallen und sie abschlachten wie kleine Ferkel, mehr sind sie nicht. Die Erde wird sich tränken mit ihrem Blut, das aus ihren Leibern fließen wird wie Wasser über einen reißenden Katarakt."

Haremhab grinste mörderisch. Seine kriecherische Haltung war verflogen; er lauerte auf eine Zimperlichkeit des Pharaos.

„Wenn dieser Augenblick kommt, General, werde ich persönlich einen Kanaanäer ausweiden. Mit seinen Innereien werde ich meine Wagenachsen schmieren."

„So soll es sein“, sprach Haremhab, scheinbar zufrieden mit den Worten des Pharaos.

Tut starrte nach Megiddo hinüber und wandte sich danach wieder an Haremhab. „Und wenn sie nicht herauskommen, was dann?“

„Dann belagern wir sie. Wir vergiften ihre Brunnen und hungern sie aus. Vielleicht wird es Monate dauern, aber wir werden einmarschieren. Das garantiere ich. Das muss man erlebt haben, eine solche Stadt zu plündern. Die Frauen können sich dir nicht verweigern. Und die Männer bringen dir von selbst die jüngsten und hübschesten. Dir steht natürlich die erste Wahl zu.“ Haremhab machte eine sorgsam gesetzte Kunstpause. „Das heißt, wenn du überhaupt eine erwachsene Frau willst. Sie können sehr ungestüm sein, Pharao. Besonders wenn sie sich einem Sieger unterwerfen sollen.“

Tut widerstand dem Drang, das Schwert zu ziehen und Haremhab einen Arm abzuhacken, um ihn auf seinen Platz zu verweisen. „Mein Weib ist Frau genug für mich. Meinen Anteil an ungestümen Huren überlasse ich gern dir.“

Plötzlich schien Haremhab etwas aufzufallen.

„Was ist, General?“

Haremhab deutete mit knorrigem Finger gen Megiddo. „Die Stadttore. Da, schau selbst. Sie gehen auf! Die Kanaanäer stellen sich zum Kampf!“

„Halt!“, rief Haremhab gebieterisch mit sonorer Stimme, die über die Ebene schallte. Wie ein Mann hielt das gut gedrillte ägyptische Heer im Schritt inne. Auch Tut blieb stehen. Dann starrte er verblüfft auf das Schauspiel, das sich vor ihm entfaltete.

In einer Meile Entfernung strömte das kanaanäische Heer aus der Deckung hervor. In drei Marschsäulen näherte sich die Infanterie, vielleicht fünftausend Mann. An ihren Flügeln die Bogenschützen, bereit, die Ägypter zu beschießen, sollten sie ihnen in die Flanke zu fallen versuchen.

In vorderster Front, fast wie ein Spiegelbild Haremhabs, Tuts und der übrigen ägyptischen Befehlshaber, rückten die kanaanäischen Kriegswagen vor. In jedem Wagen zwei Mann, ein Fahrer und ein Bogenschütze, wodurch auch in voller Fahrt Pfeile abgeschossen werden konnten.

Rasch näherten sich die Kanaanäer, als wollten sie das Schlachtfeld im Handstreich einnehmen. Ihre breiten Schultern und die mächtigen dunklen Bärte, die ihre Brust bedeckten, ließen sie größer und stärker aussehen als die Ägypter.

Zu seiner Schmach schnürte sich Tuts Kehle in Panik zu. Brechreiz stieg in ihm auf. Ein Blick auf die Kanaanäer sagte ihm, dass sich ihr Vormarsch nicht verlangsamt, ihr Tempo nicht verringert hatte. Sie wuchsen zu erschreckender Größe und waren gerade noch fünfhundert Meter entfernt.

Aber ihre Pferde! Tut bemerkte, dass sie schlecht trainiert waren, scheuten und vor dem Kampfgetümmel zurückschreckten. Selbst die Tiere haben genug Verstand, sich vor der kommenden Schlacht zu fürchten, dachte er. Dies waren nicht die Rosse siegreicher Krieger, sondern Pferde, die sich auskannten im Kehrtmachen und Fliehen.

Die Erkenntnis elektrisierte Tut, doch sein Magen rebellierte trotzdem. Er beugte sich vor und erbrach sich in seinen Wagen, wischte sich rasch den Mund ab und richtete sich wieder auf, damit seine Männer den Pharao nicht für schwach hielten.

Dem scharfen Auge Haremhabs freilich entging nichts. „Das ist mir selbst auch schon oft widerfahren, Pharao." Beißender Spott lag in seiner Stimme.

Nein, jetzt war nicht die Zeit, Haremhab einen Arm abzuhauen. Später vielleicht. Wenn der Sieg sicher war.

„Es geschieht nicht wieder!", bellte Tut den General an.

Seine Ausbildung hatte auch Kriegstaktik umfasst. Haremhabs Hohn im Ohr, übernahm Tut nun das Kommando. Er streifte den Kompositbogen von der Schulter. Er war aus Kirschholz und Leder gefertigt, sein glänzendes Elfenbeindekor fast zu schön für das Schlachtfeld.

„Gib Befehl zur Schlachtordnung!", gebot Tut dem General.

Haremhab starrte ihn wütend an, sagte aber noch nichts. Er war es nicht gewohnt, herumkommandiert zu werden, besonders nicht von einem Jüngling. „Wie du willst, König", erwiderte er schließlich. Dann wandte er sich an das versammelte Heer. „Schlachtordnung!"

Die Ägypter schwärmten aus, bis sie eine langgezogene, aber schmale Linie bildeten, Schulter an Schulter, zwanzig Mann hintereinander pro Reihe, den Kanaanäern zugekehrt. Vor der Linie bezogen die gut ausgebildeten Wagenlenker Position. Die Bogenschützen eilten an die rechte und linke Flanke.

Haremhab und die gesamte Streitmacht erwarteten Tuts nächsten Befehl.

Gemäß konventioneller Kriegskunst war auf einem offenen Schlachtfeld wie dieser Ebene der Verteidiger im Vorteil, deshalb empfahl es sich, die Kanaanäer den ersten Schritt tun zu lassen. Doch Tut wusste, dass solche Taktik nicht immer verfing. Adrenalin durchschoss ihn und erfüllte ihn mit neuer Furchtlosigkeit – und da wusste er, dass an diesem Tag die Ägypter angreifen mussten.

„Ich möchte ihnen nicht die Möglichkeit geben, hinter die Stadtmauer zu fliehen", sagte Tut tonlos.

„Wir warten erst einmal ab", konterte der General.

Tut leckte sich die Lippen. Die Zügel des Gespanns fest in der Hand, stieg er aus dem Wagen und wandte sich seinen Kriegern zu.

Ihre Körper glänzten vor Schweiß, sie sahen müde aus nach dem zweiwöchigen Anmarsch von Memphis, aber an ihrer Professionalität konnte kein Zweifel bestehen. Zuverlässige Kämpfer waren das, die darauf brannten, sich zu schlagen und den Siegespreis einzuheimsen. Ausgebildet und gedrillt für die Urbefriedigung, im Nahkampf gegen einen Erzfeind Ägyptens anzutreten. Und dann – zu plündern.

Tuts Herz raste. Nie war er so stolz gewesen, ein Ägypter zu sein. Erwartungsvoll blickten seine Truppen ihn an, des nächsten Kommandos harrend.

„General, gib den Bogenschützen Befehl!"

Nun hatte das Fieber sogar Haremhab angesteckt, und als seine Worte über die Ebene hallten, lag ähnliche Erregung darin wie in den Worten des Pharaos.

„Bogenschützen, legt an!"

Die Kanaanäer sahen, wie die Ägypter Pfeile aus den Köchern zogen, sie auflegten und die Sehnen spannten. Ein fernes Horn gab den Kanaanäern den Angriffsbefehl, und sie flogen auf die Ägypter zu, um die Reihen der Angreifer durcheinanderzuwirbeln. Zugleich legten die kanaanäischen Bogenschützen an.

Nun zog auch Tut einen Pfeil aus dem Köcher, um den allerersten Schuss dieses Krieges zu tun. In hohem Bogen stieg der Pfeil gen Himmel und schlug ins Ziel. Erst dann gab er das Kommando.

„Schießt!"

Dünn und schrill war seine Stimme, immer noch die eines Knaben an der Schwelle zum Mannesalter. Doch es lag Wildheit darin und eine Furchtlosigkeit, die die Ägypter beflügelte.

Die Bogenschützen schossen eine Salve ab, die den Himmel verdunkelte, ehe sie auf die kanaanäischen Fußtruppen und Wagenlenker niederging. Hunderte fielen, schrien zum Himmel, wanden sich vor Qual.

Tuts Augen weiteten sich entsetzt. Unruhig tänzelten die ägyptischen Fußtruppen, rührten sich aber nicht von der Stelle.

Haremhab nannte ihm den Grund. „Sie warten auf dich, Pharao."

Tut schluckte. Wie lange war es her, dass man ihn in der Führung des Kriegswagens unterwiesen hatte? Sechs Jahre? Sieben? Er glaubte es ebenso gut zu können wie jeder Mann, aber er konnte nicht sicher sein.

„Steh mir bei, Mutter", flüsterte er. Dann stieg der junge Pharao in seinen Wagen zurück. „Lass zum Angriff blasen, General!"

Haremhab winkte dem Trompeter. Das Schlachtsignal ertönte.

Tut schlang den Bogen wieder um seine Schulter. Er zog das Schwert aus der Scheide. Zeit, es mit Feindesblut zu weihen. Er peitschte mit den Zügeln auf die Flanken seiner Pferde und preschte geradewegs auf die Kanaanäer zu.

Wie ein einziger Mann stürmten die ägyptischen Fußtruppen vorwärts. Über ihre Köpfe schwirrte eine weitere Pfeilsalve hinweg und schlug in die kanaanäische Kampflinie ein.

Neben Tut schossen Haremhab und die übrigen ägyptischen Wagenlenker dahin. Binnen Sekunden überrollten sie die Leiber kanaanäischer Krieger, die sich vor Schmerz wanden. Tut hörte das Zischen von Schwerthieben, die ihm galten.

Die Zügel in der einen Hand, schwang er das eigene Schwert. Verblüfft sah er, wie die Klinge einem Mann den Kopf abschlug. Tut hatte ihn getötet, sein erstes Opfer.

Die Kanaanäer wandten sich zur Flucht, ließen Schilde und manchmal auch die Schwerter fallen und rannten um ihr Leben. Doch Tut sah, dass die großen hölzernen Stadttore geschlossen und verriegelt waren. Es gab kein Entkommen.

Die Frauen von Kanaan opferten lieber ihre Männer und Söhne, als sich den Ägyptern auszuliefern. Es blieb Tuts Kämpfern überlassen, das Blutbad zu vollenden. Bald war die Wüste mit kanaanäischen Leichen übersät.

Tut hatte den Kampf gekostet und war zum Mann geworden – und zum wahren König.

Sechstes Kapitel

Theben, 1912

Seine kleinen und großen Erfolge der Ausgrabungsjahre 1907 bis 1911 hatte Carter in einem Buch dokumentiert. Trotz fehlender Konzession für das Tal der Könige hatte die Partnerschaft zwischen ihm und Carnarvon durchaus reiche Frucht getragen.

Carter hatte seine Grabungstechniken verfeinert, präzisiert, professionalisiert. Zur Dokumentierung von Entdeckungen hatte er die Fotografie eingeführt, fertigte aber weiterhin kunstvolle Zeichnungen an. Mit Arbeiterscharen, die manchmal fast dreihundert Köpfe zählten, hatten er und Carnarvon Gräber von Edelleuten und sonstigen hochrangigen Amtsträgern entdeckt.

Doch so gut das Dokumentationsbuch auch aufgenommen worden war, so starkes Interesse die wissenschaftlich fundierten Entdeckungen Carters und Carnarvons in London und Kairo auch geweckt hatten, immer wieder stahl ihnen der Amerikaner Theodore Davis die Schau, und das ärgerte Carter.

Nun machte eine Geschichte über Davis die Runde, aus der hervorzugehen schien, dass er nicht nur ein neues, sondern das *letzte* Grab im Tal gefunden hatte: Davis glaubte, die lang gesuchte Ruhestätte Tutanchamuns gefunden zu haben.

Es hatte damit angefangen, dass Davis und Edward Ayrton eine verborgene Türöffnung entdeckten, vermauert mit Lehmziegeln, gestempelt mit dem Bild eines Schakals, der neun Gefangene bewacht. Das unversehrte Siegel der königlichen Totenstadt zeigte an, dass eine Mumie in der Grabkammer lag.

Neben diesem Siegel befand sich ein zweites – mit dem Namen Tutanchamun.

Sofort rissen Davis und Ayrton die Vermauerung nieder und entfernten die Ziegel mit bloßen Händen. Dann betraten sie die enge Vorkammer.

Ein Gang führte zur Grabkammer. Schutt übersäte den Boden. Ein vergoldetes Stück Holz zeigte das Bild der Königin Teje, die als Mutter des „Ketzerkönigs“ Echnaton bekannt war.

Aufregende vier Tage lagen hinter dem Grabungsteam. Am 3. Januar durchsuchten Davis' Arbeiter einen uralten Abfallhaufen und fanden acht große, versiegelte Gefäße mit Tutanchamuns Namen. Wie sich herausstellte, enthielten sie Balsamierungsmaterial und Reste eines Festmahls, ferner mit Beeren und Blüten bestickte Blumenkragen. Sehr wahrscheinlich hatte es sich um ein Mahl im Rahmen der Bestattungsfeierlichkeiten Tutanchamuns gehandelt. Die Blumen waren von einer Art, wie sie im März und April blühten – ein Indiz für die Zeit, zu welcher der geheimnisvolle Pharao gestorben war.

Und nun dies. Am Ende des Ganges gähnte die Grabkammer. Wasser war eingedrungen und hatte schweren Schaden angerichtet, doch überall auf den Wänden war das Siegel Tutanchamuns zu sehen.

Auf dem Boden: ein Sarg. Einst hatte er auf einem hölzernen Podest gestanden, das mit der Zeit aber verrottet war, und der Sarg war umgekippt. Der Deckel war abgefallen, und als Davis hineinblickte, sah er zu seiner großen Freude eine Mumie, die ihn anstarrte.

Ein Teil der Binden war schon abgerollt worden. Davis erkannte Haare, Zähne, die Überreste einer Nase. Er zog ein Haar heraus, wackelte an einem Zahn, versuchte den Zustand der Mumie festzustellen. Nicht überraschend, dass Teile abbröckelten.

Nur einen Herzschlag lang war Davis bestürzt. Ohne auf Ayrtons Hilfe zu warten, hob er die Mumie aus dem Sarg und trug sie auf seinen Armen hinaus ins Sonnenlicht, als wäre sie ein kleines Kind. Geblendet stand er da. Um ihn herum Touristen, die die Augen aufrissen.

Auf dem staubigen Hauptpfad kam zufällig ein Arzt des Weges. Davis kannte ihn und winkte ihm. Der Arzt untersuchte die Mumie – und bestimmte sie als weiblich.

Rasch kombinierte Davis: Im Arm hielt er, nach vorliegenden Indizien, die Überreste der Königin Teje. Nun war er überzeugt, dass es sich um das Grab Tutanchamuns handelte. Alles, was er tun musste, war, tiefer zu graben, dann stieß er gewiss auf den Pharao selbst.

Strahlend, siegessicher, stolz auf seinen archäologischen Spürsinn, stand Davis im Tal der Könige, eine 3300 Jahre alte Frau im Arm.

Leider hatte er nichts als Trugschlüsse gezogen.

Luxor, 1912

Carter und Carnarvon waren nicht die einzigen Ägyptologen, die in jenem Jahr ein Buch herausgebracht hatten. Carter blätterte Davis' „The Tombs of Harmhabi and Toutankhamanou" durch und war überzeugter denn je, dass Tuts vielgesuchtes Grab immer noch irgendwo draußen im Tal verborgen lag.

Später schrieb er, er sei „sehr sicher" gewesen, „dass es noch von Abraumhalden früherer Grabungen verdeckte Areale gab, die noch nicht gründlich untersucht worden waren". Den Tag ins Auge fassend, da Davis' Konzession auslief und er und Carnarvon wieder ins Tal durften, fügte Carter hinzu: „Ich will feststellen, dass wir entschieden Hoffnung hatten, das Grab eines bestimmten Königs zu finden, und dieser König war Tutanchamun."

Carter zündete sich eine Zigarette an und nahm die Beschreibung des angeblich von Davis gefundenen Tutanchamun-Grabes noch einmal genau unter die Lupe. Seiner Meinung nach waren die vergoldeten Artefakte und Alabastergegenstände in diesem Grab zu geringwertig, um als Beigaben für einen Pharao infrage zu kommen. Wahrscheinlicher, dass sie Jahre später, bei einer Neuöffnung des Grabes, dort abgelegt worden waren. Ein immer stärkerer Zusammenhang zwischen Achetaton und dem Grab machte es wahrscheinlich, dass Königin Teje irgendwann, nachdem sie in der neuen Residenzstadt ihres Sohnes Echnaton gestorben war, von Achetaton ins Tal der Könige umgebettet worden war.

Nein, Tut war nicht gefunden worden. Doch die anderen Funde im Tal – die Krüge mit Balsamierungsflüssigkeit; der Fayencebecher; die Reste eines Mahls mit Inschriften, die besagten, dass das Mahl bei Tuts Beisetzungszeremonie stattgefunden hatte; die Grabvermauerungen mit seinem Symbol – zeigten eindeutig: es hatte ihn gegeben.

„Um die Gründe für unsere Zuversicht zu erklären, müssen wir uns den publizierten Ergebnissen der Grabungen von Mr Davis zuwenden“, schrieb Carter weiter. „Davis behauptete, die Grabstätte Tutanchamuns gefunden zu haben. Diese Theorie war gänzlich unhaltbar … Wir hatten ja drei sichere Hinweise: den unter einem Felsen gefundenen Fayencebecher, Goldfolienfragmente aus einem kleinen Schachtgrab sowie das Versteck mit wichtigem Bestattungsmaterial. Das alles schien Tutanchamun definitiv mit genau diesem Teil des Tals zu verbinden.“

Nun brauchte Carter nur noch die Chance, dort den Spaten in die Hand zu nehmen. „Mit all den Beweisen vor uns waren wir tiefinnerlich fest überzeugt, dass das Grab Tutanchamuns noch der Entdeckung harrte und dass es nicht weit von der Mitte des Tals entfernt sein konnte.“

Ein Hindernis musste noch fallen: Davis musste seine Konzession aufgeben.

Zwei Jahre später tat der Amerikaner genau das.

Tal der Könige, 1915

Ohne Zögern riss Lord Carnarvon Davis’ Konzession an sich. Nach acht Jahren Wartezeit durfte Carter nun endlich wieder ins Tal. Am 8. Februar begann er mit den Grabungen nach dem lange ersehnten jungfräulichen Grab.

Als Davis die Konzession mit den Worten abgab, das Tal sei „erschöpft“, hätte ihm kaum einer aus dem Kreis der Ägyptologen widersprochen. „Allerdings erinnerten wir uns, dass Belzoni schon vor hundert Jahren das Gleiche behauptet hatte“, schrieb Carter.

Zäh hielt er an dem Glauben fest, dass Davis bei der Identifizierung der entdeckten Mumie von Behauptungen ausgegangen war, die sich nicht beweisen ließen. „Wir sahen klar und deutlich, dass sehr schwere Arbeit vor uns lag und dass wir Tausende Tonnen Schutt forträumen mussten, ehe wir irgendetwas finden konnten. Dennoch winkte die Chance, dass am Ende doch ein Grab als Lohn auf uns wartete, und für diese Chance arbeiteten wir."

Eigentlich hätte der 8. Februar 1915 ein Triumphtag für Carter werden sollen: der Tag des ersten Spatenstichs zur späteren Krönung seines Lebenswerks. Es gab nur ein Problem. Ein Weltkrieg tobte.

Im Tal der Könige war ein Grabungsstopp verhängt worden. Schlimmer noch: Carter erhielt von der British Army einen Gestellungsbefehl.

Wie konnte die korrupte, verdorbene moderne Welt es wagen, seine Suche nach einem ägyptischen König zu sabotieren?

Ebene von Kanaan, 1324 v. Chr.

Ein großes Lagerfeuer erhellte die Nacht und warf flackernden Lichtschein auf die Zelte der großen ägyptischen Armee. Tut saß auf seinem Feldherrnthron, zu beiden Seiten schwerttragende Wachen.

Er hatte mehr Wein getrunken, als klug war, dennoch spürte er nur wenig Wirkung. Während er sich einen Überwurf gegen die kalte Nachtluft umlegen ließ, merkte er, dass seine Männer ihn beobachteten. Ein neuer Respekt war spürbar. Ihre Augen sagten: Heute, auf dem Schlachtfeld, hast du dich als wahrer König erwiesen.

Auch Frauen umringten das Feuer, einige waren sehr schön. Zum Teil waren es Prostituierte, die den langen Marsch von Memphis bis hierher auf sich genommen hatten. Bei den meisten aber handelte es sich um gefangene Feindesfrauen mit gefesselten Händen. Schreck, Angst, Verlust stand in ihren Zügen. Sie hatten mit ansehen müssen, wie ihre Männer und Söhne verblutet waren. Nun würden sie, wenn das Feuer heruntergebrannt war, unter den Ägyptern herumgereicht werden – ein Schicksal, das viele wünschen ließ, auch durch das Schwert gefallen zu sein. Manchen wurde der Wunsch, ins Jenseits zu kommen, schon bald erfüllt.

Tut merkte, dass eine der Frauen ihn ansah. Drüben am Feuer, etwas abseits von den anderen, saß ein Mädchen mit wunderschönem Haar. Irgendjemandes Tochter, dachte Tut. Sie war so alt wie er, vielleicht jünger.

Ein seltsames Gefühl stieg in ihm auf, eine Empfindung, die er zuerst dem Wein zuschrieb. Dann aber spürte er, es war Nervosität, die gleiche

Unsicherheit, die ihn vor der Schlacht beinahe gelähmt hätte. Tut zuckte die Achseln und wandte sich von dem Mädchen ab, das ihn anzublicken wagte. Er zwang sich, an Anchesenamun zu denken, die mit ihrem zweiten Kind schwanger ging. Seine Königin, seine Geliebte, seine Gefährtin seit Kindertagen. Dennoch wanderte sein Blick zu der Gefangenen zurück. Sie warf ihr Haar zurück und zeigte herausfordernd ihr Profil. Wenn sie sich schon einem Ägypter hingeben sollte, dann offenkundig am liebsten gleich dem Pharao.

Er sah sie aufstehen, hochgereckt im Feuerschein, mit vollem Busen, eine Gestalt, wie er sie schon seit Langem begehrte. Ihr Gewand war übers Knie hochgerutscht, was der Fantasie freien Lauf ließ, und Tut legte ihr keine Zügel an. Was Wunder. Er war fern der Heimat und hatte gerade eine entscheidende Schlacht gewonnen.

Ich bin Pharao, rief sich Tut ins Gedächtnis. Welche Rolle spielt es, was andere denken? Lass meine Gemahlin wütend auf mich sein. Mein Vater hatte Geliebte, desgleichen mein Großvater. Welche Rolle spielt es, sollte ich diese Frau ins Bett nehmen – oder vielleicht gleich zur Gemahlin?

Tut schob sich nach vorn, bis er auf der Thronkante saß. Die Augen der Frau zeigten, dass sie damit rechnete, jetzt gerufen zu werden. Ihr trotziger Ausdruck bekam etwas Lockendes.

Tut erhob sich und starrte sie an. Tiefes, mächtiges Sehnen durchzog ihn. Er maß das Mädchen mit den Augen – Antlitz, Lippen, jede Kurve –, drehte sich dann um und ging ins Zelt zurück.

Allein. Er blieb Anche treu.

Tuts Palast, 1324 v. Chr.

Anchesenamun taumelte in den Thronraum, die Hände um ihren schwellenden Bauch gekrampft. Sie war im sechsten Monat ihrer zweiten Schwangerschaft.

Jeden Morgen hatte sie still zu Amun gebetet, er möge diesmal das Kind am Leben lassen. Bis jetzt waren diese Gebete erhört worden, doch nun war etwas eingetreten, etwas Neues, Unerwartetes, Erschreckendes.

„Tut“, flüsterte sie an der Tür. „Tut, bitte.“

Seine Berater umstanden im Halbkreis den Thron. Man war mitten in der Morgenbesprechung, in der es um den geplanten Feldzug nach Nubien ging. Der Pharao trug nur seinen königlichen Rock und einen Zierkragen, denn es war Sommer in Theben, und schon am frühen Vormittag herrschte drückende Hitze. Bei seinem Entschluss, die Residenz nach Theben zurückzuverlegen, hatte Tut mit solchen Wetterextremen nicht gerechnet.

Rasch ging er auf seine Königin zu, ohne Rücksicht darauf, dass die Berater vielleicht murren mochten. „Was gibt es, Anche?“, fragte er. Seit seiner Rückkehr aus dem Krieg standen sie sich näher denn je.

„Tut, ich spüre nichts mehr.“

Er warf einen Blick auf seine Berater zurück, die – erfolglos – so taten, als interessiere sie das ganze Gespräch überhaupt nicht.

„Ich bin sicher, dass das Kind nur schläft“, sagte Tut leise.

Anchesenamun schüttelte den Kopf. „Es ist schon den ganzen Tag reglos. Normalerweise rührt es sich immerzu. Hier.“ Sie nahm Tuts Hand und führte sie auf die Rundung ihres Bauches. „Spürst du das?“ Er nickte. „Das ist sein Fuß“, erklärte sie. „Sonst strampelt es die ganze Zeit. Heute hat sich sein Fuß noch nicht bewegt.“

Plötzlich keuchte sie vor Schmerz auf und stürzte zu Boden.

Die Berater eilten hinzu. „Wache!“, rief Eje. „Sofort den königlichen Leibarzt!“

Anchesenamuns Antlitz war kreideweiß geworden. Eine Schmerzwelle schoss durch ihren Leib und ließ sie aufschreien.

„Was ist?“, rief Tut, ihre Hand in der seinen. „Was hast du?“

„Das Kind kommt, Tut. Jetzt schon.“

Und bei diesen Worten begann Anchesenamun zu weinen. Sie wusste, dass eine Frühgeburt in diesem Stadium alle Hoffnungen zerstörte. Unmöglich, dass das Kind am Leben blieb.

Es war, als existierten Tut und die Berater nicht mehr. Allein mit dem Kind, krümmte sie sich auf dem Fußboden zusammen und schluchzte bitterlich, das Gesicht auf den kühlen, glatten Stein gepresst.

„Ich schäme mich so“, flüsterte sie.

„Meine Königin …“

„Ich bin nicht würdig, deine Königin genannt zu werden.“ Sie richtete sich auf und sah tief in Tuts Augen. „Ich kann dir keinen Erben schenken. Siehst du? Ich kann es nicht.“

Die Berater schwiegen, doch keiner hätte widersprochen.

„Red keinen Unsinn“, protestierte Tut mit unaufrichtiger Stimme. Dies war der Augenblick, den er gefürchtet hatte, seit Anchesenamun ihm ihre zweite Schwangerschaft angekündigt hatte. „Wir legen das Kind in meine Grabstätte. Sie ist schon weitgehend fertiggestellt.“

„Du hörst mir nicht zu!“, keuchte Anchesenamun, während eine Wehe eine neue Schmerzwelle durch ihren Körper schickte.

„Sie hat Recht“, meldete sich Haremhab zu Wort. „Sie sieht die Dinge klar.“

Tut stand auf und stellte sich dicht vor seinen General. „Du wagst es, dem Pharao zu widersprechen?“

Haremhab wich aus, gab aber nicht klein bei. „Nein, Herr. Ich stimme nur deiner Königin zu. Du hast sie gehört. Sie will dir sagen, dass du dir eine andere Gemahlin nehmen sollst. Hör auf sie.“

Tut beugte sich nieder und hob Anchesenamun hoch. Liebevoll küsste er sie auf die Wange, während sie die Arme um seinen Hals schlang, und trug sie ins königliche Schlafgemach.

„Mit dir befasse ich mich später“, fuhr er Haremhab an. „Ägypten hat viele Generäle in seinen Diensten. Vergiss das nicht.“ An Eje gewandt fügte er hinzu: „Schick den Arzt ins Schlafzimmer. Beeil dich, Sekretär!“

An seinem Bett entkleidete sich Tut und ließ den Rock auf den Boden fallen. Ein Diener würde ihn morgens aufheben und reinigen. Viele Tage waren vergangen, seit Anchesenamun ihr zweites Kind verloren hatte.

Tut wischte sich die Augenschminke ab, die schwarz war und bis an die Schläfen reichte. Aus einem Becher auf dem Nachttisch spülte er sich den Mund mit Wasser und glitt dann ins Bett. Kühl drückte sich das Kissen an sein kahl geschorenes Haupt, die Baumwolllaken umschmeichelten seinen Körper. Wie die meisten Ägypter war er von Hygiene und Sauberkeit besessen. In regelmäßigen Abständen wurde sein Körperhaar mit Rasiermessern und Scheren entfernt.

Er legte sich zurück und fragte sich, wie es jetzt weitergehen sollte.

Den ganzen Abend hatte der Palast widergehallt von einem heftigen Streitgespräch zwischen Eje und dem Pharao.

„Ägypten ist wieder mächtig und wohlhabend!“, hatte der Wesir gerufen. „Ich war dabei die treibende Kraft, Pharao. Nicht du. Nicht deine Königin. Dein Vater hat das Land fast in den Ruin getrieben, und ich habe es wieder aufgebaut. Nun setzt du dadurch, dass du keinen Erben zeugst, alles aufs Spiel, wofür wir gearbeitet haben. Was du da ‚Liebe‘ nennst, ist für Ägypten eine größere Bedrohung als die Kanaanäer, die Nubier und all unsere anderen Nachbarn. Diese Menschen“, – mit weit ausholender Geste deutete Eje auf die Stadt – „verdienen einen Pharao, der zuerst an das Volk denkt.“

„Ich bin Pharao. Ich kann handeln, wie ich will. Du bist nur ein Mensch, Sekretär."

Nun, da Tut allein in seinem Schlafgemach lag – zuvor hatte er Anchesenamun zu ihrem Zimmer gebracht –, war er sich bewusst, dass jeder im Palast gespannt auf die nächste Entwicklung wartete. Würde Eje sein Versprechen wahr machen und eine Dienstmagd an Tuts Bett führen?

Um Mitternacht – der Vollmond schien durchs offene Fenster – erhielt Tut die Antwort. Zwei Personen näherten sich, zwei verschiedene Schritte wurden hörbar, der eine schwer und angestrengt, der andere leichtfüßig.

Ein Rascheln, dann kam die leichtfüßige Person auf Zehenspitzen ins Zimmer. Tut spürte ein Zögern, vielleicht Angst, als sich der Schritt seinem Bett näherte. Fast hörte er das hämmernde Herz des jungen Mädchens.

Was muss sie sich denken?, fragte sich Tut, während er, auf dem Rücken liegend, angestrengt ins Dunkel starrte. Sie ist gekommen, um mit dem Pharao zu schlafen.

Er drehte sich auf die Seite, um die Besucherin in Augenschein zu nehmen. Seine unbedingte Treue zur Königin drängte ihn dazu, sie wegzuschicken, aber er zögerte, ohne zu wissen warum.

Dann sah er sie.

Sechzehn oder siebzehn mochte sie sein. Tut entsann sich, sie auf einem offiziellen Festmahl bewundert zu haben, offenbar die Tochter eines lokalen Würdenträgers. Dass sie eine große Schönheit war, stand außer Zweifel. Demütig stand sie neben dem Bett, Mondlicht leuchtete durch ihr dünnes Gewand. Wie gebannt blickte Tut sie an: ihre Formen, ihr langes schwarzes Haar, die dunklen, noch geschminkten Augen.

„Wie heißt du?", fragte er leise, erstaunt, das Pochen des eigenen Herzens zu spüren, erstaunt, so zartfühlend ihr gegenüber zu sein.

„Tuja", flüsterte sie.

„Leg dein Kleid ab, Tuja. Hab keine Angst. Dafür gibt es keinen Grund. Hier nicht."

Tuja tat wie geheißen, ließ das Gewand von den Schultern gleiten und zu Boden fallen.

„Dreh dich für mich um. Du bist sehr schön. Bitte, fürchte dich nicht."

Sie wirbelte im Kreis herum, dann trat sie zögernd einen Schritt auf ihn zu.

„Warte." Plötzlich stand Tut Anchesenamuns Bild vor Augen. Was tat seine Königin gerade? Und was würde sie sagen, sähe sie ihn jetzt?

Tuja hielt inne und legte verschüchtert die Hände über ihre Brust.

Da stand Tut auf und ging auf sie zu. Ihre Augen wurden groß, als sie ihn anblickte, was seine Erregung nur verstärkte.

Er küsste Tuja auf den Mund. Weiche Lippen, weicher als Anches Mund. Ihr Atem war frisch und rein.

In der langen, schlaflosen Nacht, die folgte, dachte der junge Pharao nicht mehr an seine Königin.

SCHLAFLOS war auch Anchesenamun. Der bloße Gedanke an das, was jetzt in Tuts Gemach vor sich ging, erfüllte sie mit Eifersucht und nicht geringer Trauer. Von klein auf hatte sie nur Tut geliebt. Und die Männer im Palast hatten ihr immer den Weg versperrt.

Sie stand auf, warf sich etwas über und ging leise hinaus in die Gärten. Kalt war die Luft, ein Frösteln überlief sie. Aber es lag ihr zu viel auf der Seele, als dass sie sich um die Kälte geschert hätte. Wieder dachte sie an Tut und das Mädchen.

Es macht ihm keine Freude, redete sie sich ein.

O doch, o doch, widersprach eine innere Stimme.

Abends beim Essen hatte sie gehört, wie die Diener über sie lachten, voll Spott, dass eine Königin nicht imstande war, Kinder in die Welt zu setzen.

Doch, ich kann es!, wollte sie schreien. Ich habe zwei wunderbare Kinder in die Welt gesetzt. Es war der Ratschluss der Götter, sie ins Jenseits zu schicken. Ich werde wieder schwanger werden.

Warum weist niemand mit dem Finger auf Tut?

Warum quält er sich nicht mit Geburtswehen, nur um hinterher zu sehen, dass das Kind stirbt? Warum darf er zur Zeugung eines Erben eine Frau in sein Bett nehmen, während ich hier allein bleibe? Was, wenn ich einen Mann in mein Bett nehmen wollte? Was dann? Vielleicht gelüstet es mich ja manchmal danach.

Sie tigerte auf und ab. Sie war barfuß; kleine Steine auf dem Gartenweg schnitten in ihre Fußsohlen, sodass sie vorsichtig auftrat. Ein spitzer Stein ließ sie innehalten. Dennoch freute sie sich über den kleinen Schmerz. Kein Vergleich mit dem Kindbett, Tut! Das waren Schmerzen!

Sie erwog, in den anderen Flügel des Palastes zu rennen und das Liebespaar zu stellen, verschwitzt, ineinander verschlungen, im Bett.

Du hast ihm ja selbst dazu geraten, erinnerte sie sich.

Ja, aber ich habe es nicht so gemeint.

Sie wollte hineinplatzen und dem Mädchen das Gesicht zerkratzen, bis es für immer entstellt war. Und dann wollte sie Tut schlagen.

Nein, das kann ich nicht. Ich liebe ihn doch. Er ist mein König, der König von ganz Ägypten.

Aber er hat dich preisgegeben. In diesem Augenblick liegt er in den Armen einer anderen.

Er ist Pharao, und Pharaonen haben Harems. Das ist nur ein Mädchen unter vielen.

Aber wir haben uns etwas versprochen. Wir haben versprochen, treu zu sein. Er wollte mich töten, wenn ich das Versprechen bräche.

Nein, das gilt nicht mehr. Vielleicht wird er dich nie mehr berühren. Aber töten wird er dich nicht.

Ich bin die Königin. Ich bin die Frau rein königlichen Geblüts. Erst durch die Heirat mit mir hat Tut den Thron gewonnen. Das Gleiche kann ich auch mit einem anderen Mann tun. Ihr werdet es sehen.

„ES LIEGT an dir, Pharao", versetzte Eje, den Mund spöttisch verzogen.

Gemeinsam eilten sie zu den königlichen Stallungen. Die Luft roch nach Pferdedung und süßer grüner Luzerne. Zu seiner geplanten Wagenausfahrt hatte Tut sich verspätet.

Wieder hatte Tuja ihn die ganze Nacht wach gehalten, und statt sich tagsüber auszuschlafen, wollte er sich mit einem scharfen Galopp durch die Wüste am Ostufer des Nils erquicken. Wirre Gedanken und Sorgen drückten ihn, wegen Tuja, aber auch wegen Anchesenamun.

„Was meinst du damit?", fragte er.

„Tuja ist nicht schwanger geworden. Es liegt nicht an ihr, Pharao, und auch nicht an deiner Königin. *Du* bist der Grund, dass es keinen königlichen Erben gibt. Es liegt an dir!"

Tut fuhr auf und errötete. „Das ist nicht möglich! Meine Manneskraft steht außer Frage."

Er hatte seinen Wagen erreicht und schnappte einem jungen Stallburschen die Zügel weg. Die Pferde wieherten erwartungsvoll.

„Wie es aussieht, hast du keine Pfeile mehr im Köcher", fuhr Eje fort.

Dies brachte das Fass zum Überlaufen. „Garde!", rief Tut. „Ergreift ihn!"

Die Leibgarde umringte den Wesir. Die sechs Männer überragten Eje um Haupteslänge, zögerten aber, als seien sie nicht mehr sicher, wer hier das Sagen habe.

„Ihr sollt ihn ergreifen!", schrie Tut. Wut und Demütigung brachen sich Bahn. Er konnte jede Jungfrau in Ägypten schwängern, wenn er wollte. Es war nicht seine Schuld, dass Tuja kein Kind bekam. Vielleicht hatte Eje sie absichtlich ausgesucht, weil er wusste, dass sie unfruchtbar war. Vielleicht gehörte das zu seiner Intrige.

Eje wehrte sich nicht, als die Garde ihn an Armen und Schultern packte. Keine Regung – nur das höhnische Grinsen.

„Ich bin der Pharao, Eje. Daran wirst du in Zukunft denken." Tut bestieg seinen Wagen. „Ich fahre aus", sagte er zum Hauptmann der Wache. „Wenn ich zurückgekehrt bin, hast du dem Wesir fünfzig Peitschenhiebe gegeben. Verstanden?"

Nun schwand das Grinsen aus Ejes Gesicht. Tut sah es mit Vergnügen. Schon zehn Hiebe wären mehr als genug gewesen. Fünfzig Hiebe würden Ejes Rücken bis auf die Knochen aufreißen und bleibende Narben hinterlassen, ein lebenslanges Zeichen seiner Schande.

Ein letzter strafender Blick, dann peitschte Tut mit den Zügeln und raste hinaus in die Wüste.

Die federnden Räder aus Ulmenholz waren die einzige Stoßdämpfung des Wagens, doch das ebene Terrain ließ die Fahrt glatt verlaufen.

In der Ferne ein einsamer Kamelreiter, sonst nur die unendliche Wüste. So liebte es Tut.

Binnen weniger Minuten war seine Stirn verschwitzt, von den Pferden aufgewirbelter Staub bedeckte seine Brust. Die Fahrt, die er sonst so genoss, beruhigte ihn heute nicht.

So empört war er über Ejes Anmaßung und so gedankenverloren, was seine Erbfolge anging, dass er nicht bemerkte, wie sich der Wüstenboden auf den letzten Meilen verändert hatte: Er war unebener geworden.

Eine Erdspalte, womöglich durch einen Regenguss geschaffen, entging seinem Blick – bis es zu spät war auszuweichen.

Der Wagen krachte in die Spalte; Tut wurde kopfüber hinausgeschleudert. Hart landete er auf dem Boden und verlor das Bewusstsein.

Als er stöhnend wieder zu sich kam, blickte er auf und sah über sich das Gesicht … eines Kamels.

Der Reiter kniete über Tut und untersuchte ihn auf Verletzungen. Ganz offensichtlich wusste er nicht, dass er den Pharao vor sich hatte.

Stattdessen nahm der Räuber – um einen solchen handelte es sich, wie Tut jetzt merkte – dem Herrscher den aufwändigen Halskragen ab und durchsuchte den königlichen Leib nach Geld.

Tut hätte dem Mann gern gesagt, wer er war, brachte aber seltsamerweise kein Wort hervor.

Erst als der Mann sicher war, dass Tut keine Börse mit sich führte, ließ er von ihm ab und ging, nicht ohne noch die Sandalen und den Rock des Königs zu stehlen.

Bei Einbruch der Dunkelheit spürte Tut, wie sich die Ohnmacht wieder über ihn senkte.

„Wir müssen reden."

„Sprich, ich höre."

Es war eine Stunde vor Sonnenaufgang. Helle Aufregung im ganzen Palast. Nach der größten Suchaktion der ägyptischen Geschichte hatte man den Pharao westlich von Theben in der Wüste aufgefunden, all seiner Besitztümer beraubt, ohne Zweifel von einem Nomaden. Der junge Pharao war immer noch bewusstlos.

Hohes Fieber schüttelte ihn, sein Leib war von Wunden und Abschürfungen bedeckt. Nun standen Eje und Haremhab zu beiden Seiten seines Bettes und blickten auf ihren ohnmächtigen Herrscher herab. Das riesige Schlafgemach lag im Dunkeln; nur das fahle Mondlicht schien durch das Fenster.

„Wir sollten draußen im Saal weitersprechen", sagte Eje.

Haremhab schürzte die Lippen. Quer über sein Gesicht lief eine lange, gerade Narbe, die ein Hethiterschwert hinterlassen hatte. Bei Gemütserregung nahm sie eine rötliche Farbe an und wirkte wie ein auffallender Strich. „Wenn wir irgendwo anders hingehen, werden wir beobachtet. Der Pharao kann uns nicht hören, das ist offensichtlich. Es ist besser, wir reden hier."

Widerspruch hörte Eje nicht gern, aber Haremhab hatte wahrscheinlich Recht. Außerdem litt der Wesir noch starke Schmerzen von der demütigenden Strafe, die Tut ihm hatte zuteilwerden lassen. Wegen seiner Stellung waren die Wachen schonend mit ihm umgegangen, dennoch hatten einige Peitschenhiebe ins Fleisch geschnitten. Nun war sein Rücken eine geschwollene Masse, ein Gewirr von Striemen, aus denen Blut sickerte.

„Also gut. Dann hier", fügte sich Eje. Mit einem Blick rundum vergewisserte er sich, dass niemand mithörte. „Ich werde langsam zum alten Mann. Von Jugend an habe ich meinem Volk gedient und kenne die verschlungenen Wege der Hofpolitik. Wir haben beide miterlebt, wie Echnatons Regime das Land zugrunde gerichtet hat, und wissen, dass Tut zu langsam vorgeht, um den Schaden zu beheben."

„Willst du damit sagen …"

„Ja", gab Eje rundheraus zu. „Und wenn du mir hilfst, kann ich dafür sorgen, dass du mein Nachfolger wirst. Ich werde nicht mehr lange leben, aber in meiner kurzen Zeit als Pharao kann ich Ägypten zurückführen zum einstigen Ruhm. Du, General, wirst die Aufgabe vollenden."

Haremhabs Narbe begann feuerrot zu leuchten. „Wie sollen wir das bewerkstelligen? Schau ihn dir an. Er ist ein Jüngling. Ohne jeden Zweifel wird er von seinem Sturz genesen." Der General seufzte. Bangen erfüllte ihn, aber auch Erregung, Vorfreude auf den Pharaonenthron. „Nie hätte ich gedacht, dass der Tag käme, da ich offen darüber sprechen würde, den Pharao zu töten."

Bevor Eje antworten konnte, hörte man das Schaben von Sandalen auf dem Fliesenboden. Die Männer wandten sich in Richtung des Geräuschs.

„Zeig dich!", befahl Eje. „Komm heraus! Wer ist da?"

Juje, die Kammerzofe der Königin, ein hochgewachsenes Mädchen mit grünen Augen, trat aus dem Schatten hervor. Sie war noch keine zwanzig. Der Palast wusste, dass sie Anchesenamuns Vertraute war. Wenn irgendjemand dieses Gespräch zur Königin weitertrug, dann sie.

Angst stand in ihren Augen. „Ich habe nichts gehört, Wesir."

„Es geht nicht darum, ob du etwas gehört hast, sondern darum, ob du etwas sagen wirst."

„Ich sage kein Wort. Ich verspreche es."

Eje packte sie am Arm und riss sie an sich. Nur eine Handbreit war sein Gesicht von dem ihren entfernt, als er die leise Drohung ausstieß: „Ich weiß." Dann wandte er sich an Haremhab. „Du denkst dir einen Plan für ihn aus." Er nickte zu Tut hin. „Ich kümmere mich um das Mädchen."

AM ANFANG war Juje überzeugt, dass Eje sie umbringen und irgendwo verscharren wollte. Mit Gewalt zerrte er sie aus Tuts Schlafgemach; sein Griff war so brutal, dass sie fürchtete, ihr Arm könne brechen.

Zwei Türen weiter befand sich ein anderes Schlafgemach. Dorthin zog er sie und schleuderte sie aufs Bett.

„Hör zu", sagte Eje einfach. „Du wirst meine Spionin sein. Erklärst du dich einverstanden?"

„Ich begreife nicht. Welche Art von Spionin?"

„Du wirst mir die Geheimnisse der Königin hinterbringen. Diese Art von Spionin."

„Sie wird Verdacht schöpfen. Sie lässt sich nicht hinters Licht führen."

Eje schwieg einen Augenblick. Dann hob er die Faust und schlug das Mädchen in die Rippen. Ein nie gefühlter Schmerz durchschoss Juje. Vor Atemnot konnte sie nicht einmal schreien.

„Jede kleine Einzelheit, die von den Lippen der Königin kommt, wirst du mir berichten. Hast du verstanden?"

Juje nickte. Natürlich hatte sie verstanden.

Eine Woche war nach Tuts Sturz verstrichen. Er hatte sich so weit erholt, dass er sich aufrichten und Brühe und ein Glas Wein zu sich nehmen konnte. Der Wein enthielt zermahlene Eierschalen, nach ärztlicher Meinung ein Heilmittel für Tuts verletzte Hirnschale.

Die meiste Zeit verbrachte er noch schlafend. Mit Argusaugen wachten Tuja und die Königin über ihn. Die beiden Frauen wechselten sich ab im Krankendienst. Anchesenamun hatte entschieden, dass sie diejenigen sein würden, die ihn gesund pflegten.

Anche wischte ihm die Stirn mit einem kühlen Tuch, beugte sich nieder und küsste ihn zärtlich. Einige Zeit zuvor hatte er ein paar Worte mit ihr gewechselt, aber sie wusste, dass er noch nicht außer Gefahr war.

Die Wunden würden irgendwann heilen, doch seine Infektionen konnten sich verschlimmern. Sie hatte dies viele Male bei Kranken gesehen.

Noch einmal küsste sie ihn und flüsterte dann: „Ich vergebe dir." Sie meinte es ernst. Zum Wohle Ägyptens war Tut untreu geworden, und das erst als letzte Notmaßnahme. Vor allem: sie selbst hatte ihm ja dazu geraten.

Die Königin stand auf und strich ihr Gewand glatt. Tut sollte jetzt schlafen. Leise atmend lag er in der Dunkelheit.

Die Sonne war längst untergegangen, als die Königin sich in ihren Flügel des Palastes zurückbegab. Müde und schläfrig war sie nach einem langen Tag am Krankenbett.

Plötzlich, am anderen Ende des Saales, ein Geräusch. „Wer ist da?", fragte sie. „Ich habe jemanden gehört."

Niemand antwortete, und so setzte die Königin ihren Weg fort, bis sie ihre Gemächer erreichte.

Augenblicke später trat eine hünenhafte Gestalt hinter einigen Statuen hervor, die den Saal schmückten. Auf leisen Sohlen glitt der Mann rasch in Tuts Gemach und eilte auf das Bett des Pharaos zu.

Siebtes Kapitel

Tal der Könige, 1917

Wie ein General, der eine kleine Armee befehligt, bellte Carter Kommandos und verteilte seine Arbeiter an die Stellen, an denen sie graben, graben und nochmals graben sollten. Die Männer begaben sich an die zugewiesenen Positionen und lehnten sich auf ihre wie Gartenhacken aussehenden Grabwerkzeuge. Sie wussten, dass sie mit der Arbeit erst auf Carters Order beginnen sollten.

Der jetzt 43-jährige Ägyptologe, der fließend Arabisch sprach und sich in der ägyptischen Kultur auskannte, war von der British Army als wertvoller Mitarbeiter eingezogen worden. Statt Pharaonen zu suchen, hatte er den Krieg in Kairo verbracht und für den militärischen Geheimdienst gearbeitet.

„Kriegsdienst nahm in den nächsten zwei Jahren den größten Teil meiner Zeit in Anspruch“, schrieb er später über diese Zeit, „aber hie und da gab es Arbeitspausen, in denen ich kleine Grabungen vornehmen konnte.“

Dann, am 1. Dezember 1917, während in Europa noch der Krieg tobte, wurde er endlich aus dem Dienst entlassen und durfte zurück in sein geliebtes Tal der Könige.

„Die Schwierigkeit lag darin, den richtigen Ort für den ersten Spatenstich zu finden“, notierte er. „Ich schlug Lord Carnarvon vor, in einem Dreieck zu beginnen, dessen Spitzen von den Gräbern Ramses' II., Merenptahs und Ramses' VI. gebildet wurden.“

Wie der Soldat sich im Schützengraben nach Heimat und Familie sehnt, so hatte Carter sich nach dem Tal gesehnt. Nun wieder hier unter stahlblauem Himmel zu stehen, den hauchfeinen Wüstenstaub auf der Haut zu fühlen – ein berauschendes Gefühl, diese neue, alte Liebe.

„Fangt an!“, rief er mit hallender Stimme.

Die Turias gruben sich in den Boden.

In der Umgebung der Gräber Ramses' II. und Ramses' VI. wollte Carter bis auf den Felsboden vorstoßen. Dazu musste er Tausende Tonnen Steine und Erde abtragen. Er hatte bereits Feldbahngleise legen lassen, ein kleiner Lorenzug sollte den Schutt abtransportieren.

Ein ehrgeiziger Plan, aber nach einem vollen Jahrzehnt Wartezeit gaben sich Carter und Seine Lordschaft nicht mehr mit Kleinigkeiten ab. Zu viel Energie hatte sich aufgestaut, zu viel Ehrgeiz angesammelt.

Davis hatte das Tal für archäologisch ausgereizt gehalten, und der Amerikaner galt als führender Kenner des Tals. Doch nun war Davis tot, einem Herzinfarkt erlegen, sechs Monate nach seinem Abzug aus dem Tal. Carter dagegen war springlebendig und ging mit neuer Energie ans Werk.

Was wohl seine Arbeiter denken mochten, diese breitschultrigen Veteranen mit den schwieligen Händen, die in ihrem Leben so viel Erde bewegt hatten? Hielten auch sie das Tal für abgegrast? Hielten sie die schweißtreibende Arbeit in der glühenden Sonne von vornherein für sinnlos? Oder hofften sie vielleicht im Herzen doch noch auf eine große Entdeckung?

Tal der Könige, 1920

Im Jahr 1917 wurde Tuts Grab nicht gefunden. Auch 1918 nicht. Und 1919 ebenfalls nicht. Mit immer tieferer Enttäuschung blickte Carter ins Tal der Könige hinaus, ein Don Quichotte, der müde geworden war.

Mehrere lange Saisons hindurch hatten Hunderte von Lord Carnarvon bezahlte Arbeiter hier geschuftet – und nichts Hochwertiges gefunden. In Luxor spottete man schon über Carter, den Ägyptologen von der traurigen Gestalt, der gegen seine ganz eigenen Windmühlen ankämpfte.

Gefunden hatte er Gräber, die angefangen, aber nicht vollendet worden waren; Verstecke mit Alabasterkrügen; eine Reihe Arbeiterhütten. Carters Geduld mochte unerschöpflich scheinen – die Carnarvons ging zu Ende. „Wir hatten nun mehrere Winter im Tal gegraben und sehr dürftige Resultate erzielt", klagte Carter in seinen Aufzeichnungen. „Immer stärker drängte sich die Frage auf, ob wir die Arbeit nicht einstellen oder an einer anderen, vielversprechenderen Stelle fortführen sollten. War es nach diesen dürren Jahren gerechtfertigt weiterzugraben?"

Seine Augen schweiften über das Tal und suchten irgendein Anzeichen, das auf Tutanchamun hinwies. Mit Carters Worten: „Solange es noch einen einzigen Fleck unberührten Bodens gab, lohnte sich das Risiko." Seine Begründung war einfach: „Wenn man den Glückstreffer landet, wird man belohnt für Jahre und Jahre öder und fruchtloser Arbeit."

Sinnend blickte er auf die Feuersteinknollen und die Fundamente der Arbeiterhütten am Grab Ramses' VI. Dort wollte er nächstes Jahr den Spaten ansetzen – sofern es ein nächstes Jahr gab.

Tuts Palast, 1324 v. Chr.

Wie ein Gespenst schlich die einsame Gestalt durchs Schlafgemach des Pharaos – ein zorniges, rachsüchtiges Gespenst.

Es war ein Soldat der ägyptischen Armee, ein Mann namens Abdul, der mit acht Jahren eingezogen worden war und sein ganzes Leben im Dienst des Pharaos verbracht hatte. Er hatte keine Frau, keine Kinder, seine Eltern waren schon längst im Jenseits. Mit einem Wort: ein Krieger, der ein Niemand war und nichts hatte.

Unsicher bewegte sich Abdul durch die Luxuswelt des Palastes. Bei jedem Schritt durch die Säle und Gänge rechnete er mit Entdeckung. Aber er hatte niemanden gesehen, nur die Königin, die Tuts Schlafgemach verließ. Es war, als hätten alle Wachen in dieser Nacht frei. War auch das von langer Hand eingefädelt?

Seine Sandalen hatte er in der Kaserne gelassen; auf dem Fliesenboden des Palastes ging man barfuß leiser. In der Hand trug er eine Spezialwaffe, die einer der besten Waffenmacher General Haremhabs für ihn angefertigt hatte: ein glatter Nilstein, so groß wie eine Pampelmuse, der mit Lederriemen an einem zwei Fuß langen Stab aus poliertem Ebenholz befestigt war. Eine elegante Kriegskeule, für den Kampf eigentlich viel zu schön, wie Abdul sehr wohl wusste.

Aber perfekt geeignet, einen jungen Pharao zu ermorden.

Tal der Könige, 26. Februar 1920

Eine Entdeckung, endlich, aber welcher Art war sie?

Carter beugte sich als Erster vor, um den Fund zu begutachten. Direkt hinter ihm stand Lord Carnarvon, ihm zur Seite seine Frau, Lady Carnarvon.

Zunächst erblickten sie nur einen Schutthaufen der üblichen Art – Steine, Sand, Feuersteinsplitter, Keramikscherben, Abfall einer früheren Grabung vor langer Zeit.

Glatt und weiß ragten allerdings Alabasterkrüge heraus – ein Dutzend oder mehr. Und sie waren unversehrt.

Carter trat vor, um die Krüge von Schutt zu befreien, aber die normalerweise zurückhaltende Lady Carnarvon war schneller. Obwohl recht massig und nicht mehr die Jüngste, fiel sie auf die Knie und schabte fieberhaft Erde zur Seite. Unendlich viel Zeit und Geld hatten die Carnarvons in das Tal investiert, und nun winkte der erste wertvolle Fund als Lohn der Mühe. Lady Carnarvon wollte es sich nicht nehmen lassen, die Entdeckerlust ebenso auszukosten wie die Männer.

Carter und die anderen traten zurück und schauten zu, wie sie einen Krug nach dem anderen mit der Hand aus der Erde schabte.

Als sie fertig war, wurde eine Zählung vorgenommen: dreizehn. Die Krüge waren wunderbar gut erhalten und mit sehr hoher Wahrscheinlichkeit bei der Bestattung eines Königs namens Merenptah verwendet worden. Allerdings trugen sie keinerlei Schriftzeichen, die auf Tutanchamun hingewiesen hätten.

Ein relativ kleiner Fund, ja, aber ansehnlich und besser als gar nichts. Die Saison 1920 ging in ein paar Wochen zu Ende, und nun leuchtete nach schwerer Arbeit doch noch ein Hoffnungsschimmer am Horizont.

„Von allem, was wir im Tal gefunden hatten, kam dies einer echten Entdeckung am nächsten", schrieb Carter in sein Tagebuch.

Er war wieder der Don Quichotte von Ägypten, der den Mut nie sinken ließ.

Highclere Castle bei Newbury, England, 1922

Summa summarum war Carters kostspielige Arbeit im Tal fruchtlos geblieben. Er hatte nichts gefunden, das die Hunderttausende Pfund Sterling gerechtfertigt hätte, die Lord Carnarvon für die Suche nach einem großen Pharao – oder auch nur einem kleineren – aufgebracht hatte.

Die Alabasterkrüge hatten nach der Saison 1920 die Hoffnung wieder aufflackern lassen und die Enttäuschung über die magere Ausbeute der Vorjahre vorübergehend beiseitegedrängt. Das Jahr 1921 erbrachte dann aber wiederum nichts Bedeutendes. Und es gab keinen Grund anzunehmen, dass die Saison 1922 anders verlaufen würde.

Nun spazierten die beiden Männer durch den weitläufigen Park von Highclere Castle, Carnarvons Familiensitz. Die Stimmung war angespannt, und Carter ahnte, dass er herbestellt worden war, um eine sehr schlechte Nachricht entgegenzunehmen.

Über die Jahre waren die beiden ein Freundespaar der seltsamen Art geworden. Unzählige Stunden hatten sie zusammen verbracht, bangend und hoffend, der nächste Spatenstich möge endlich den ersehnten Schatz ans Licht bringen.

Tonnen und Abertonnen Gestein waren bewegt worden. Aber auf wirklich wesentliche Funde war Carter in fast zwanzig Jahren Arbeit nicht gestoßen. Zudem war der Krieg als großer Hemmschuh dazwischengekommen. Lord Carnarvons Gesundheit litt, da ihm die warmen ägyptischen Sommer fehlten. Und nun war er nicht mehr bereit, Unsummen in Grabungen zu stecken, die nichts erbrachten.

Dennoch plädierte Carter in ruhigem Ton noch einmal für seine Sache: Am Grab Ramses' VI. hatte er die Fundamente alter Arbeiterhütten entdeckt, aber wegen der Touristenströme, die dieses Grab besuchten, nicht tiefer graben können. Sein Plan: Anfang November, nach Ende der Touristensaison, wollte er hier noch einmal ansetzen.

Carnarvon weigerte sich. Er hatte genug vom Tal der Könige. Ausgrabungen mit seinem Geld werde es nicht mehr geben. „Es tut mir so leid, Howard. Ich bin darüber fast so traurig wie Sie“, seufzte Carnarvon.

Das wäre eine schlimme Abfuhr für Carter gewesen, hätte er sie nicht vorausgeahnt und darauf seinen nächsten Schachzug aufgebaut. Er räusperte sich. „Ein letztes Grab bleibt noch zu entdecken, Sir. Ich bin ganz sicher. So sicher, dass ich – wenn Sie mir Ihre Konzession überlassen – den nächsten Grabungswinter selbst finanzieren werde. Natürlich“, setzte er rasch hinzu, „würde ich alle Funde zur Hälfte mit Ihnen teilen.“

Carnarvon war wie vom Donner gerührt. „So viel Geld haben Sie nicht!“, rief er.

„Ich treibe es schon auf, Sir.“

„Auftreiben? Den Lohn für hundert Arbeiter? Die Bezahlung der Wachen? Die Verpflegungskosten?“

Ein seltenes Lächeln überzog Carters Gesicht. „So schrecklich hungrig bin ich gar nicht – nach Verpflegung, meine ich. Zigaretten, na ja, dafür müssten schon ein paar Pennys da sein.“

Carnarvon kniff die Augen zusammen. Dieser Glaube, diese Zuversicht rührte ihn. „Gut, ich finanziere noch ein Jahr. Aber wirklich nur noch ein einziges, Howard. Dies ist Ihre letzte Chance. Finden Sie den König, sonst machen wir Schluss.“

DRITTER TEIL

Achtes Kapitel

Palm Beach, Florida, heute

„Warum lächelst du, Jim?“, fragte Susan. Meine Frau stand in der Tür zu meinem Büro.

Gerade hatte ich nach einem Gespräch mit Marty Dugard den Hörer aufgelegt. „Mein Bauchgefühl wird stärker. Tutanchamun ist ermordet worden, Sue. Ich muss nur noch rauskriegen, wer den armen Burschen auf dem Gewissen hat.“

„Bauchgefühl, was heißt das schon, wenn du’s nicht beweisen kannst?“

„Oh, ich werde es schon beweisen." Ich grinste. „Und danke für das Vertrauensvotum."

„Gern geschehen!", rief sie über die Schulter.

Ganz Unrecht hatte Sue nicht. Wie sollte ich beweisen, dass Tut nicht an den Verletzungen gestorben war, die er sich beim Sturz aus dem Wagen in der Wüste zugezogen hatte? Das war derzeit die verbreitetste Theorie über seinen Tod.

Mein populärster Romanheld, Dr. Alex Cross, lebt von seinen Ahnungen und Instinkten; da ist er ganz mein Kind, mir geht es ähnlich. In diesem Augenblick fühlte ich, dass mir bald klar werden würde, wer für Tuts Tod verantwortlich war – vielleicht jemand, auf den man nicht so leicht kam. Das war es, was ich im Augenblick spannend fand.

Vor dem Anruf von Marty Dugard hatte ich mir Notizen zu einem neuen Cross-Manuskript gemacht. Die Zettel dazu stapelten sich auf meinem Schreibtisch gleich neben den Stapeln zu einem Dutzend weiterer Projekte, die ich in Arbeit hatte. Ich habe die Fähigkeit – Gott sei's geklagt –, an mehreren Projekten gleichzeitig werkeln zu können. Tutanchamun aber lenkte mich derzeit von allen anderen ab. Ich schob das Cross-Manuskript beiseite und griff nach meiner Pharaonenliste.

Das Neue Reich, die Ära der 18. bis 20. Dynastie, umfasst einen Zeitraum von gut fünfhundert Jahren. Zweiunddreißig Pharaonen regierten während dieser Epoche. Diejenigen, die mich interessierten, waren Tutanchamun und sein königlicher Nachfolger. Dieser Schluss war naheliegend: am meisten von Tuts Tod profitiert hatte der Mann, der nach ihm den Thron bestiegen hatte. Folge der Spur des Geldes, folge der Spur der Macht.

Ich ließ den Finger die Liste hinuntergleiten. Laut las ich die Abfolge der Könige vor: „Amenophis II., Thutmosis IV., Amenophis III., Echnaton …"

Nach Tutanchamun hielt ich inne.

Nicht nur der nächste, die *beiden* nächsten Namen fesselten meine Aufmerksamkeit. Ich kannte die Liste natürlich bereits, doch erst jetzt begriff ich, was sie bedeuten konnte. Dies waren nicht nur Namen – es waren Stücke eines Puzzles, das seit Jahrtausenden auf seine Lösung wartete.

Während ich die Puzzlestücke anstarrte, stieg der Gedanke in mir auf, dass ich hier keinen zusammenhanglosen Mordfall, sondern eine kaltblütige Konspiration vor mir hatte. Da war wieder mein Bauchgefühl …

Tal der Könige, 1. November 1922

Die Männer waren zur Arbeit angetreten. Die meisten von ihnen kannte Carter nach den vielen Jahren schon von Angesicht und Namen. Lässig hatten sie die Grabwerkzeuge über die Schulter gelegt. An den Füßen trugen sie Sandalen, am Körper knöchellange, wallende weiße Gewänder.

„*Mabruk!*“, grüßten sie im Chor. Ihr Lächeln war ein sicheres Zeichen, dass sie sich auf eine neue Saison unter ihrem schwierigen, anspruchsvollen Chef freuten.

Carter versuchte zuversichtlich dreinzuschauen, doch sogar an ihm nagten Selbstzweifel. „Wir hatten nun mehrere Winter mit außerordentlich mageren Ergebnissen im Tal gegraben“, schrieb er in einem Anflug von Selbstkritik. „Nach diesen unfruchtbaren Jahren – durften wir uns berechtigt fühlen weiterzumachen?“

Er war zu dem Entschluss gekommen: Ja, er durfte, und deshalb hatte er Lord Carnarvon überredet, noch einmal mehrere Tausend Pfund aufs Spiel zu setzen. Mit einem Nicken zum Vorarbeiter hin gab Carter nun das offizielle Startsignal.

Diesmal hatten sie den Arbeitsbeginn zwei Monate vorverlegt, in der Hoffnung, das Werk rechtzeitig vor der Touristensaison abzuschließen.

Ganz in der Nähe, vor der gähnenden Leere des Eingangs zum Grab Ramses' VI., lag ein bereits vor fünf Jahren ausgegrabenes dreieckiges Ruinenfeld – die alten Arbeiterhütten.

Zunächst sollten Carters Männer die Lage und Größe jeder Hütte genau vermessen. Dann sollten sie die Reste abtragen und weitergraben bis zum Felsboden. Waren sie bis dahin durchgedrungen, konnten sie den verbleibenden Schutt und Sand forträumen und die verräterische Felsspalte suchen, die eventuell zu Tutanchamun und seinem Grab führte. Ein Grabbaumeister hätte tief in den gewachsenen Fels hineingebaut, um die solideste und dauerhafteste Grabstätte zu schaffen, die sich denken ließ. Den Eingang bildete vielleicht eine Treppe oder ein lange verborgener Gang.

So hoffte Carter jedenfalls. „Seit je hatte ich eine Art abergläubisches Gefühl, dass in dieser Ecke des Tals einer der fehlenden Könige, vielleicht Tutanchamun, zu finden sein mochte“, schrieb er in seinem Tagebuch.

Dennoch: Mehr als ein starkes Bauchgefühl als Kompass hatte er nicht. Gewiss, dies war der letzte Teil des Tals, der noch nicht gründlich erforscht worden war. Doch wer konnte sagen, ob oder wann hier ein versteckter Schatz ans Licht kommen würde?

Carter verfiel in die Angewohnheit, die Männer bei der Arbeit zu beobachten. Sie redeten ununterbrochen, sie schwatzten über ihre Freunde und Frauen, während sich ihre Schaufeln in die steinige Erde gruben. Bei jedem Aufschlag auf Stein ertönte ein Klirren, ein hämmernder Rhythmus, der in Carters Ohren fast wie Musik klang.

Trotz ihrer Redseligkeit leisteten die Männer zielstrebige und präzise Arbeit. Jahrelange Schufterei im Tal hatten sie zu tüchtigen Praktikern, Ägyptologen eigener Art gemacht. Sie wussten, wann sie vorsichtig vorzugehen hatten und wann sie wie die Berserker schaufeln durften.

So blieb Carter kaum mehr, als dabeizustehen, die Aufsicht zu führen und zu hoffen, dass dies „sein" Jahr werden würde. Auch bei zügigem Arbeitstempo würde es Tage dauern, bis der Felsboden erreicht war. Eigentlich hätte er heimgehen können, raus aus der Sonne, um die Lebensmittel und Weinflaschen auszupacken, die gerade aus London eingetroffen waren.

Aber nein, er blieb bei seiner Grabung. Die nagenden „Zweifel, genährt von früheren Enttäuschungen", wollte er lieber dort erdulden als daheim.

Er zündete sich eine weitere Zigarette an und schaute zu, wie die Schaufeln flogen.

Tal der Könige, 4. November 1922

Frühmorgens war es, am dritten Tag der Saison. Schon war der Optimismus des ersten Tages verflogen, schon machten sich Murren und Resignation breit. Die Arbeiter schwatzten immer noch, schienen aber bedrückter, enttäuschter, als hätten sie bereits die Hoffnung fahren lassen.

Ein Junge, Sohn eines Arbeiters, spielte gedankenverloren im losen Sand. Eigentlich war er Wasserträger, aber die Sonne stand noch nicht hoch genug, die Männer hatten noch keinen Durst, deshalb vergnügte er sich damit, „Ausgräber" zu spielen.

Er wusste, dass er sich von den Arbeiterhütten fernzuhalten hatte, wo die Männer gruben, und stocherte deshalb in der Nähe mit zwei Stöcken im Boden. Weich und fein war der Sand. Auch Kinderarme konnten darin mit Stöcken sehr gut graben.

Da stieß der eine Stock auf etwas Hartes! Das Herz des Jungen schlug höher. Er ließ den Stock fallen und begann die Erde mit den Händen wegzuschaben. Schon bald zeigte sich ein massiver Gegenstand. Flach, glatt, aus Stein. Je mehr Sand der Junge wegräumte, desto größer wurden seine Augen.

Es war eine Stufe.

Hier, nicht dort drüben, wo die Männer gruben.

Vor langer Zeit hatte jemand in den gewachsenen Fels eine Stufe gehauen. Die Zeit und die Elemente hatten sie zugedeckt, bis dieser junge Wasserträger Jahrtausende später sie mit zwei Stöckchen wieder freilegte.

Rasch fegte er den Sand in das Loch zurück und markierte die Stelle sorgfältig. Dann rannte er los, um Mr Carter davon zu berichten.

Tal der Könige, 1324 v. Chr.

„Schachtarbeit einstellen!"

Laut hallte die Stimme durch den Gang und übertönte das Hämmern, Klopfen und Meißeln.

Der Aufseher reagierte wütend. Niemand außer dem Pharao konnte einen solchen Befehl erteilen. Er stampfte auf, setzte die schwielige Hand auf die Hüfte und wandte sich um, damit er dem anmaßenden Schwachkopf ins Auge sehen konnte, wer immer er sein mochte.

Eilige Schritte ertönten im Gang, dann die wütenden Schreie der Arbeiter, die von dem Störenfried beiseitegestoßen wurden. Ein königlicher Bote blieb atemlos direkt vor dem Aufseher stehen.

Dieser glaubte, dass der Mann für den Wesir arbeitete, aber er war sich nicht sicher. Besser, er hielt seinen Zorn im Zaum. „Mit welchem Recht platzt du in meine Baustelle und erteilst solche Order?", fragte er in gemessenem Ton.

„Auf Befehl des Wesirs", entgegnete der Bote.

Der Aufseher beruhigte sich etwas. „Ich höre. Aus welchem Grund?"

„Der Pharao ist tot." Der Bote beugte sich vor und flüsterte so leise, dass der Aufseher ihn kaum verstand. „Man munkelt, dass er ermordet worden ist und dass noch weitere ihr Leben lassen müssen."

Schreck weitete die Augen des Aufsehers, was den schwatzhaften Boten freute. „Ist das ein Geheimnis?", fragte der Aufseher.

„Ein Staatsgeheimnis. An deiner Stelle würde ich es nicht wiederholen."

„Du hast es aber gerade wiederholt."

„Ich, ja, aber du darfst es nicht, Totengräber."

Angespannte Stille folgte. Die Nachricht hatte den Aufseher wie ein Schlag getroffen, und erst allmählich wurden ihm alle Weiterungen klar, die daraus folgten. „In siebzig Tagen kann ich dieses Grab nicht fertigstellen." Er spielte auf die vorgeschriebene Trauer-, Einbalsamierungs- und Mumifizierungszeit an, die der Grablegung des Pharaos voranging. „Es ist unmöglich."

„Deshalb bin ich ja hier. Wir werden dieses Grab hier später fertigstellen. Der Pharao wird in dem Grab in der Mitte des Tals beigesetzt."

Wieder war der Aufseher fassungslos. „Das ist kein Grab für einen Pharao. Eine winzige Anlage. Nur vier Kammern und ein schmaler Gang. Wie ein Wandschrank!“

„Ja, aber ein Wandschrank, der fertig ist.“

„Es muss noch ausgemalt werden“, wandte der Aufseher ein. Es war Brauch, die Wände in leuchtenden Farben mit Szenen aus dem Leben des Pharaos und seiner Reise ins Jenseits zu schmücken.

„Genau. Gib deinen Männern schleunigst Malwerkzeug in die Hand.“

„Schachtarbeit einstellen!“, brüllte nun seinerseits der Aufseher. Er hielt inne und sah den Boten fragend an. „Wer wird dann …?“

„Dieses Grab erben?“, vollendete der Bote, der die Frage geahnt hatte.

Der Aufseher nickte.

„Der Wesir hat sich gnädigst erboten, es dem Pharao abzunehmen.“

ANCHESENAMUN stand auf der obersten Stufe der Steintreppe, die ins Grab ihres Gemahls führte. Noch mehr als zwei Monate Zeit blieben bis zur Beisetzung, doch sie wollte mit eigenen Augen sehen, wo er zur ewigen Ruhe gebettet werden sollte. Sie nickte ihrer Kammerzofe Juje zu und bedeutete ihr, ihr nicht zu folgen. Dann schritt sie die Treppe hinab.

Diese führte zu einem Gang. Enttäuscht bemerkte Anchesenamun das fehlende Dekor, die nackten Wände. Sie wusste, dass die Zeit knapp war. Dennoch, ein paar einfache Malereien wären besser und passender gewesen.

Sie drehte sich zum hellen Ende des Ganges um. Niemand folgte ihr. Keine Menschenseele war zu sehen.

Erleichtert seufzte Anchesenamun auf. Allein wollte sie jetzt sein, nur allein. Sie hatte über vieles nachzudenken.

Der Gang führte in eine große Kammer, die in eine kleinere mündete. Flackerndes Licht von kleinen Lampen tanzte über die Wände.

Freude und Erleichterung erfüllten die Königin, als sie hier Wandmalereien über Ereignisse ausTuts Leben erblickte. Erinnerung, Gedenken, wenigstens hier.

In der Mitte der kleinen Kammer stand Tuts Thron, als warte er auf des Königs Rückkehr. Anchesenamun ging hin und strich mit der Hand über das Holz.

Lächelnd betrachtete sie die Rückenlehne des Throns, auf der eine Szene aus ihrem gemeinsamen Leben dargestellt war: Sie salbte Tut mit Öl. Sie erinnerte sich an Momente wie diesen, als wäre es gestern gewesen.

Es gab aber noch einen weiteren Grund, aus dem sie gekommen war. Anchesenamun fürchtete um ihr Leben.

Sie schritt um den Thron herum. Die Emotionen, die in ihr aufstiegen, machten ihr Angst. Nie hatte sie sich so allein gefühlt, nie hatte sie Tuts tröstende Stimme so gebraucht. Er hätte gewusst, was zu tun wäre. Sie hatte miterlebt, wie er im Beisein Ejes immer selbstsicherer geworden war, so sehr, dass Eje schließlich kaum noch Macht über ihn hatte. Immer wieder hatte Tut sie daran erinnert, dass Eje und sein Weib für ihre Eltern ja nur hochgestellte Knechte gewesen waren. Ejes Weib war sogar Nofretetes Großamme gewesen. Von ihnen hatte die Königin nichts zu befürchten.

Tief Atem holend, ließ Anchesenamun sich langsam auf dem Thron nieder. Erst saß sie kerzengerade, dann lehnte sie sich langsam zurück in eine lässig entspannte Haltung. So hatte Tut auch immer auf dem Thron gesessen, nicht stocksteif wie ein Herrscher, der sich seiner selbst nicht gewiss ist, sondern leger, selbstsicher.

Fast konnte sie seine Stimme hören, als sie jetzt da saß. Er hatte stets unverblümt gesprochen, ohne Angst, die Wahrheit zu sagen, wo Wahrheit nottat. Anchesenamun fühlte Kraft in sich aufsteigen, als käme sie von Tut selbst. Aber es war zu viel. Sie brach in Tränen aus, schluchzte, allein im Grab.

Tut hatte diese Welt verlassen; eine grausame, unumstößliche Tatsache. Wie sollte sie ohne ihn regieren?

Seine Stimme erklang, stark und klar: Eine Frau kann in diesen Zeiten nicht Pharao sein. Du hast zwei Möglichkeiten. Entweder du heiratest Eje und lässt ihn herrschen. Oder du suchst dir einen ausländischen König, der den Thron besteigt. Einige ihrer Schwestern hatten Asiaten geheiratet. Warum sollte sie das nicht auch tun?

Weil sie Prinzessinnen waren, ich aber die Königin bin – und im Augenblick sogar Pharao.

Anchesenamun hörte auf zu weinen, aber die Trauer in ihrem Herzen war groß. Sie wollte nicht wieder heiraten, und Eje schon gar nicht. Aber sie war die Königin, und sie hatte keine Wahl. Für welchen Plan sie sich auch entschied, er musste dem Wohl Ägyptens dienen.

Sie ließ den Blick noch einmal über die Wände schweifen. Sie musste rasch handeln.

Festen Schrittes verließ Anchesenamun die Grabkammer, die Schultern gestrafft, das Haupt erhoben. Im Geist schrieb sie bereits den Brief, der ihr die Freiheit bringen konnte.

Die Freiheit, oder den Tod – wie dem armen Tut.

VON NAH UND FERN waren die reichsten und mächtigsten Untertanen angereist, um den jungen König zu betrauern. Sie trugen ihre kostbarsten Röcke, Gewänder und Goldkragen. Eine Szene höfischer Prachtentfaltung, die so gar nicht in dieses trostlose Tal passte.

So viele Trauernde waren versammelt und so eng war der Grabeingang, dass nur einigen Auserwählten die Ehre zuteilwurde, eintreten und die letzte Ruhestätte des Pharaos besichtigen zu dürfen.

Schwer war der Sarkophag und steil die Treppe, mühsam und langwierig die Überführung. Der Schweiß auf den Schultern der Männer machte die Last glitschig; es war offensichtlich, wie sehr sie darum kämpfen mussten, den Pharao nicht fallen zu lassen.

Draußen die Menge der Trauernden in der glühenden Sonne. Selbst die reichsten Frauen schwitzten und litten; dick lief ihnen die Schminke von den Augen. Manche wurden von Sklaven befächelt, was etwas Abkühlung verschaffte in der stillen, heißen Luft.

Niemand wagte es, Schatten zu suchen. Das konnte warten, bis der Leib des Pharaos in der Erde versiegelt war.

Ein Aufseher hatte die Aufgabe, den Grabschatz zu bewachen, denn auch wohlhabenden Hochgestellten aus Theben war es zuzutrauen, dass sie sich ein goldenes Schmuckstück griffen, wenn sich die Gelegenheit bot.

Nach vollendeter Grablegung schritt der Aufseher schweigend durch die Menge und stieg die Treppe hinab. An der Rückwand der großen Kammer versiegelten Männer die Grabkammer bereits mit Steinen und Mörtel.

Dahinter ruhte Tutanchamun nun in einem massiv goldenen Sarg, der in einen zweiten Sarg gelegt worden war und dieser wiederum in einen dritten. Die ineinander verschachtelten Särge ihrerseits ruhten in einem Sarkophag aus gelbem Quarzit mit einem Deckel aus Rosengranit. Der Sarkophag stand in einem vergoldeten Schrein, dieser in einem zweiten, dieser in einem dritten Schrein. Das Ganze war schließlich umgeben von einem Außenschrein mit Gold- und blauem Fayencedekor. Der Außenschrein war so riesig, dass er die Grabkammer fast zur Gänze ausfüllte. Es war nur noch Platz für einen schmalen umlaufenden Gang von etwa einem halben Meter.

Während die Grabbauer noch arbeiteten, begannen Kolonnen von Männern, Tuts Besitztümer in die Vorkammer zu schaffen. Kein persönlicher Gegenstand wurde als zu klein oder unwichtig erachtet – vom Brettspiel aus der Kinderzeit bis zum Reisebett. Stunde um Stunde arbeitete man, als zöge Tut mit seiner gesamten Habe in ein neues Domizil. Nach ägyptischem Glauben war das ja auch der Fall.

„Wir sind fertig, Herr“, meldete der Maurer und lud mit einer Handbewegung den Aufseher ein, das Werk zu begutachten. Der Mörtel war noch feucht, doch es war klar, dass ganze Arbeit geleistet worden war. Wollte ein Grabräuber in diese Kammer eindringen, müsste er gewaltige Willens- und Muskelkraft aufbringen. Um zum Leib des Pharao zu gelangen, hätte er eine neue Mauer durchbrechen und dann den komplexen Gesamtbau aus Schreinen und Särgen Stück für Stück auseinandernehmen müssen.

„Jetzt ruhst du in Frieden“, murmelte der Aufseher, stolz auf seine Leistung und seinen Professionalismus. „Du warst ein guter Pharao.“

Niemand sollte den König jemals wieder stören.

Neuntes Kapitel

Tal der Könige, 4. November 1922

Carter rauchte eine Zigarette, bereits die fünfte oder sechste an diesem Tag, und war wieder optimistischer Stimmung. Gemächlich ritt er auf seinem braun-weißen Muli ins Tal hinein. Vor ihm der gewundene Weg zwischen den steilen Felshängen, darüber blassblau der Himmel.

Unzählige Male war Carter in den letzten dreißig Jahren diesen Weg geritten, und der heutige Tag schien ein Tag zu werden wie jeder andere, erst Hoffnung, dann wieder Enttäuschung und Resignation. Vor dem Heimweg am Abend zuvor hatte er den Vorarbeiter instruiert, am nächsten Tag durch das lose Material bis zum Fels vorzustoßen. Nun fragte er sich, wie weit die Arbeit wohl fortgeschritten sein mochte.

Dreißig Jahre – eine lange Zeit für so ernüchternde, bedrückend magere Resultate. Kein Wunder, dass man in Luxor hinter seinem Rücken über ihn lachte.

Da fiel ihm die Stille im Tal auf. In der Grabungssaison war es nie still.

Neugierig stieg Carter aus dem Sattel und band das Tier im Schatten fest. Schon eilte der Vormann auf Carter zu und eröffnete ihm die Nachricht. „Man begrüßte mich mit der Mitteilung, dass eine in den Fels gehauene Stufe gefunden worden war“, erinnerte sich Carter später. „Dies schien zu gut, um wahr zu sein, doch schon nach kurzer Räumarbeit im Schutt sahen wir, dass wir es tatsächlich mit einer in den Fels geschlagenen Stufe zu tun hatten.“ Solche Treppeneingänge hatte Carter an vielen Gräbern gesehen; er sinnierte: „Fast wagte ich zu hoffen, dass wir nun endlich unser Grab gefunden hatten.“

Rasch erteilte er den Befehl zum Graben. Hinter der ersten, vom jungen Wasserträger gefundenen Stufe tauchten weitere auf, immer tiefer führten sie in den gewachsenen Fels hinein, einige Meter unterhalb des Eingangs zum Grab Ramses' VI.

Carter hatte lange genug im Tal gearbeitet, um zu wissen, dass diese Art von Treppe charakteristisch für Grabbauten war. Die Art und Weise, wie der Fels behauen worden war, verriet es.

Niemand brauchte den Männern mehr zu sagen, was sie zu tun hatten. Von allen anderen Grabungspunkten eilten sie herbei. Während eine Gruppe sich durch den verhärteten Kalksteinschutt, der die Treppe bedeckte, in die Tiefe vorarbeitete, räumten andere das obere Treppenende ab, bis die Stufe komplett frei lag und die Größe und Gestalt der Treppe ahnen ließ.

Bei Sonnenuntergang ließ Carter die Arbeit einstellen. Gleich im Morgengrauen ging es weiter, im selben fieberhaften Tempo wie zuvor.

Am Nachmittag des 5. November war klar: eine große unterirdische Anlage war gefunden worden. Man brauchte nur noch vorzustoßen bis zum eigentlichen Eingang.

Selbst jetzt, da Schaufeln und Hacken klirrten und Staub die Luft erfüllte, regte sich wieder Carters Pessimismus. Welcher Art die unterirdische Kammer wohl sein mochte? War sie leer? War sie je benutzt worden? War es nur ein Lagerraum oder tatsächlich ein Grab? Und wenn ja, konnte es möglich sein, dass es ausnahmsweise den Plünderern entgangen war?

Ans Licht war nun eine – noch teilweise verschüttete – steile, gangartige Treppe gekommen, drei Meter hoch, zwei Meter breit. Sieben Stufen waren freigelegt.

Dann neun. Zehn. Elf.

An der zwölften Stufe wurde der obere Teil einer Tür sichtbar. In seinem Tagebuch beschreibt Carter sie als „vermauert, vermörtelt und versiegelt".

Versiegelt. Das war ein gutes Zeichen. Carter begann zu hoffen, dass sie – vielleicht nun doch, endlich – ein ungeöffnetes Grab gefunden hatten.

„Alles, buchstäblich alles konnte hinter diesem Gang liegen", notierte er. „Es bedurfte meiner ganzen Selbstbeherrschung, um nicht den Türeingang zu erbrechen und auf der Stelle weiterzusuchen!"

Aber mit der Suche war es zu Ende – vorerst. Bei Sonnenuntergang am 5. November befahl Carter, alle Arbeiten im Tal der Könige einzustellen.

Sosehr er darauf brannte weiterzugraben, so dringend weitergegraben werden musste – er gab den Männern die Order, den Eingang wieder zuzuschütten.

Luxor, 23. November 1922

Als der Zug aus Kairo in den Bahnhof Luxor schnaufte, waren seit der Entdeckung des Grabes fast drei nervenaufreibende Wochen vergangen.

Komplette Arbeitsruhe herrschte, seit die Treppe wieder zugeschüttet worden war. Wachen behüteten den Ort Tag und Nacht. Zur zusätzlichen Sicherheit waren Felsbrocken auf den Eingang gerollt worden.

Diese Maßnahmen waren äußerst wichtig. Gerüchte über den Fund hatten bereits Touristen in das Tal gelockt, worauf Carter im Tagebuch trocken bemerkte: „In der Kleinstadt Ägypten spricht sich alles schnell herum."

Eisern weigerte er sich, das Grab zu öffnen. „Lord Carnarvon war in England", erklärte er. „Aus Fairness ihm gegenüber musste ich warten, bis er kommen konnte. So schickte ich ihm am Morgen des 6. November folgendes Telegramm: HABE ENDLICH WUNDERBARE ENTDECKUNG IM TAL GEMACHT; EIN GROSSARTIGES GRAB MIT UNBESCHÄDIGTEN SIEGELN; BIS ZU IHRER ANKUNFT ALLES WIEDER ZUGEDECKT. GRATULIERE!"

Carnarvon kabelte postwendend, er werde in zwei Wochen eintreffen.

„So hatten wir eine Gnadenfrist von zwei Wochen, die wir verschiedenen Vorbereitungen widmeten, sodass wir, wenn die Zeit der Wiederöffnung kam, mit geringstmöglicher Verzögerung jede Situation bewältigen konnten, die sich stellte", schrieb Carter.

Die beiden Wochen verbrachte er in ständigen Selbstzweifeln und Hättest-du-doch-Überlegungen. Sein Leben stand und fiel nun mit diesem Grab.

„Eines machte mir Kopfzerbrechen, und das war die Kleinheit der Öffnung im Vergleich mit den gewöhnlichen Gräbern im Tal", schrieb er. „Könnte es das Grab eines Edlen sein, der hier mit königlicher Zustimmung beigesetzt wurde? War es eine Cachette, ein Versteck, in das eine Mumie und ihre Beigaben umgebettet worden waren? Oder war es tatsächlich das Grab des Königs, den ich seit so vielen Jahren suchte?"

Während die Tage langsam vergingen und die Nachricht sich wie im Flug in alle Welt verbreitete, wurde Howard Carter zur Berühmtheit.

Das ängstigte ihn. Nicht dass er den Ruhm fürchtete – nach jahrelangen Fehlschlägen und Kämpfen endlich Anerkennung, das konnte seinem Ego nur schmeicheln. War aber das Grab leer, würde man weltweit über ihn lachen und sein Ruf als ewiger Pechvogel wäre endgültig besiegelt.

Sich mühsam zusammennehmend, ging Carter seinen Alltagsbeschäftigungen nach. Schlaflose Nächte reihten sich aneinander, während er auf Lord Carnarvon und seine Familie wartete.

Und dann kamen sie endlich!

Der Zug hielt, und elegant gekleidet stieg der Earl aus seinem Erste-Klasse-Abteil. Seine Tochter Evelyn, eine zwanzigjährige Schönheit, folgte ihm. Im Vorjahr hatte Carter trotz des Altersunterschieds von fast dreißig Jahren eine schüchterne Liebelei mit Evelyn verbunden, doch da Carnarvon in Luxor Tag und Nacht nicht von Carters Seite gewichen war, hatte sich die Romanze nicht nennenswert entwickeln können.

Enthusiastisch begrüßte Carter die beiden und überreichte Evelyn einen weißen Blumenstrauß. Nun stand den dreien ein zehn Kilometer langer Eselsritt ins Tal der Könige bevor. Zuerst durch üppig grüne Felder außerhalb von Luxor. Dann per Fähre über den Nil, von dort auf staubigem Pfad zum Königstal.

Lady Evelyn zeigte sich fröhlich und strahlend wie immer, Lord Carnarvon dagegen schwach und müde. Er brauchte erst einmal Ruhe.

Die Öffnung des Grabes musste *noch* einen Tag warten. Ein enttäuschter Carter geleitete seine Gäste zu seinem Haus. Und verbrachte eine weitere schlaflose Nacht.

Tal der Könige, 24. November 1922

Am folgenden Tag erreichten Carter, Lord Carnarvon und Lady Evelyn die Grabungsstätte. Dreißig Jahre hatte Carter auf diesen Augenblick gewartet, aber auch für die Carnarvons muss die Spannung groß gewesen sein.

Die Felsbrocken wurden vom Grab weggerollt. Dann begannen Carters Männer mit der Freilegung der Treppe. Man konnte sie nicht einfach so frei räumen, als schaufelte man Sand aus einem Loch; je tiefer man kam, desto mehr Artefakte mischten sich in den Schutt.

Lady Evelyn war außer sich über die historische Bedeutung des Ganzen; liebevoll studierte sie jedes einzelne Keramikbruchstück, jedes Amulett – man nannte sie summarisch „Skarabäen“ –, das aus dem Schutt auftauchte.

Carters Begeisterung aber bekam einen Dämpfer. Für ihn zeigten diese Fragmente, dass er kein Grab gefunden hatte, sondern eine königliche Müllhalde. „Insgesamt deuteten die Indizien auf ein Versteck, nicht auf ein Grab“, notierte er mürrisch, „eine zusammengewürfelte Sammlung von Gegenständen aus Königsbesitz aus der 18. Dynastie.“

Gestempelt waren die Scherben mit Namen, die er gut kannte – Amenophis III., Echnaton, Thutmosis. Ernüchtert verbrachte Carter den Tag, indem er von der obersten Stufe aus zusah. Dumpf rechnete er damit, dass seine Laufbahn hier womöglich nun ein Ende fand – ein ziemlich schmähliches dazu.

Endlich „lag am Nachmittag des 24. die gesamte Treppe frei, sechzehn Stufen insgesamt, und wir konnten die versiegelte Tür in Augenschein nehmen“, schrieb er.

Eine schreckliche Entdeckung wartete auf ihn: „Das Grab war nicht vollständig unversehrt, wie wir gehofft hatten.“

Jemand war Carter zuvorgekommen.

Denn als jetzt die ganze Tür frei im Licht stand, war klar zu sehen, dass an einem Teil die ursprünglichen Lehmsiegel aufgebrochen worden waren. Grabräuber waren eingedrungen, und nach der Ausplünderung hatte noch zur Zeit der 18. Dynastie die Verwaltung der königlichen Totenstadt den Eingang neu versiegelt.

Carters Gedanken rasten in die falsche Richtung. Konnte der Einbruch in der Moderne erfolgt sein? Unmöglich. Die Arbeiterhütten und die lose Erde über dem Felsboden datierten das Grab in die Zeit von Ramses VI. oder früher. Sprich: Wer immer in das Grab eingedrungen war, hatte es in einem Zeitfenster von zweihundert Jahren getan, zwischen der Regierungszeit Echnatons und derjenigen Ramses’.

Eines gab Carter Hoffnung: Die Tür trug das Siegel Tutanchamuns.

Dies führte zu weiteren Fragen: Durfte man daraus schließen, dass der geheimnisvolle König, über den man so wenig wusste, hier begraben lag? Oder war es nur ein Zeichen dafür, dass er zugegen oder an der Macht gewesen war, als die Überreste oder die Besitztümer anderer hier zur Ruhe gebettet beziehungsweise eingelagert worden waren? Schließlich war das gleiche Siegel auch schon an der Tür des Grabes zu sehen gewesen, das Davis einstmals Tutanchamun zugeordnet hatte.

Bei Anbruch der Dämmerung und Einstellung der Arbeit drehten sich Carters Gedanken immer noch um das Siegel, quälten sich mit der Frage: Tutanchamun? Wenn ja, konnte die größte Entdeckung der modernen Archäologie bevorstehen.

Der nächste Morgen musste die Antwort bringen. Carter plante, bei Tagesanbruch der erste Mensch zu sein, der nach dreitausend Jahren die Tür des Grabes aufbrach.

Tal der Könige, 25. November 1922

Die Zeit war gekommen. Fast. Ehe die Tür niedergerissen werden konnte, mussten die königlichen Siegel fotografisch dokumentiert werden.

Diese Ehre fiel Lord Carnarvon zu, dem Präsidenten des örtlichen „Camera Club“ im heimischen England. Im blassen Morgenlicht stand der Earl nun am Fuß des steilen Treppenschachtes und berechnete Belichtungszeiten und Blenden – er war ein sehr professioneller, engagierter Amateur. Das Letzte, das Carnarvon gewollt hätte, wäre ein technischer Fehler gewesen, der zu schlechten Bildern geführt hätte – oder, schlimmer, zu gar keinen Bildern.

Carter seinerseits war außer sich vor Anspannung. Komplizierend war hinzugekommen, dass ein verhasster Bürokrat von der Altertümerverwaltung eingetroffen war, um die Öffnung zu beaufsichtigen: Rex Engelbach, von Carter und Carnarvon wegen seiner Gesichtsblässe „Forelle" getauft, behauptete steif und fest, sein Amt gebe ihm das Recht, die erste Person zu sein, die das Grab betrete.

Carter hatte Engelbach, diesen aufgeblasenen Gecken, der keine ägyptologischen Referenzen besaß, nie gemocht, doch an diesem Morgen ließ er ihn einfach links liegen. Nach langen Gräberjahren voll harter Arbeit und Fehlschlägen war nun endlich der Augenblick gekommen, da Carter das Grab Tutanchamuns betreten sollte. Dies war nicht die Zeit, sich mit Beamten herumzustreiten. Fest stand: Engelbach würde nicht als Erster ins Grab kommen. Nur über Carters Leiche.

Mit dem Skizzenbuch in der Hand stieg Carter die Treppe hinab, um die Siegelabdrücke zu zeichnen, jeden einzelnen. Die Zeichnungen sollten als zusätzliche Dokumentation neben Carnarvons Fotos dienen, und nun arbeiteten die beiden Freunde Seite an Seite am Boden des engen Treppenschachtes. Carters Zeichnungen waren maßstabgetreu und präzise im Detail. Keine Einzelheit entging seinem Auge. Erst am späten Vormittag, nach Fertigstellung der letzten Zeichnung, stieg er mit Lord Carnarvon die Treppe wieder hinauf.

Nun war es Zeit. Carter befahl seinen Arbeitern, die Tür niederzubrechen. „Am Vormittag des 25.", schrieb er, „entfernten wir die Türvermauerung, die aus unbehauenen, sorgfältig vom Boden bis zum Türsturz geschichteten Steinen bestand, mit stark vermörtelter Außenseite, welche die Siegelabdrücke trug."

Angestrengt spähten die Zuschauer am oberen Ende der Treppe in die Tiefe, doch Schatten und Schutt machten es schwer, etwas zu erkennen.

Carter stieg die Treppe hinunter und nahm den Eingang in Augenschein. Er erblickte den Anfang eines schmalen Ganges. Der glatte Fußboden wies mit einer Neigung ins Felsinnere, ein abwärtsführender Gang.

Dieser Gang, schrieb Carter, „war vollständig mit Steinen und Geröll ausgefüllt, wahrscheinlich dem eigenen Abraum, der bei seinem Bau entstanden war. Wie die Außentür selbst zeigte diese Gangfüllung deutlich, dass das Grab erbrochen und wieder geschlossen worden war: Die unberührten Partien bestanden aus reinweißem Splitt, vermischt mit Staub, die durchbrochenen Partien hauptsächlich aus dunklem Feuerstein."

Wie weit der Gang in die Erde hineinführte, war unmöglich zu sagen. Aber eines war sicher: Die Grabruhe war schon gestört worden.

„In der oberen linken Ecke war die Originalfüllung des Ganges irregulär durchbrochen worden", notierte Carter. Jemand hatte sich auf der Suche nach dem, was drinnen wartete, hier durchgegraben.

Eilig fotografierte Carnarvon die Geröllfüllung. Dann gab ein müder Carter die Order, den Gang frei zu räumen, allen Splitt und Schutt hinauszuschaffen. Irgendwo musste der Gang enden.

Wenn es das Glück wollte, hatten die Räuber nicht alles mitgenommen.

Tal der Könige, 26. November 1922

Kurz nach dem Lunch – Carter hatte kaum einen Bissen angerührt – siebten er und Lady Evelyn gerade einen Korb Schutt durch, da kam ein Arbeiter angerannt: Man hatte eine zweite Tür gefunden.

Mit vor Freude hämmerndem Herzen machte sich Carter auf, wieder die Treppe hinabzusteigen und die neue Entdeckung zu begutachten.

Stürmische und nervenaufreibende 24 Stunden lagen hinter ihnen. Bis in die Nacht hatten die Arbeiter gegraben und Korb auf Korb Abraum aus dem Gang geschafft. Dennoch war bei Arbeitsschluss noch kein Ende des Tunnels abzusehen gewesen.

Komplizierend kam hinzu, dass der Abraum durchsetzt war mit, in Carters Worten, „Topfscherben, Krugsiegeln, Alabasterkrügen (ganz und zerbrochen), bemalten Keramikvasen, zahlreichen Fragmenten kleinerer Gegenstände und Wasserschläuchen" – weitere Indizien, dass es sich vielleicht um eine antike Müllhalde, nicht um ein Grab handelte.

Beim ersten Tageslicht war die Arbeit weitergegangen. Carter und Lady Evelyn siebten jeden neuen Korb Schutt sorgsam durch und fahndeten nach historischen Spuren. In allererster Linie war Carter Ägyptologe. Für ihn war diese Fleißarbeit geboten, um alle historischen Relikte zu sichern. Statt den Abraum einfach wegzuwerfen, wie es Theodore Davis getan hätte, katalogisierte und dokumentierte Carter jede Neuentdeckung, egal wie klein oder scheinbar unbedeutend sie war.

Den aufgeregten, ungeduldigen Zuschauern – die darauf brannten, ins Grab zu gelangen, und buchstäblich in der Wüstensonne brieten – wird diese Dokumentationsarbeit als eintönige Zeitverschwendung und unnötige Verzögerung vorgekommen sein.

Eine Welle der Erregung durchlief die Menge, als Carter nun die Stufen hinabschritt, hinter ihm Lord Carnarvon und Lady Evelyn. Sie drängten in dem engen Gang nach vorn, während die Arbeiter sich an ihnen vorbei zum Ausgang drückten.

Staub und „fiebrige Spannung“ erfüllten die Luft.

Die zweite Tür war fast eine Kopie der ersten. Schwache Siegelabdrücke waren in die Oberfläche gestempelt – mit dem Namen Tutanchamun.

Doch auch diese Tür war in der Antike schon aufgebrochen worden. Sie trug überdies die Siegel der königlichen Totenstadt, was Carter pessimistisch stimmte. „Es war ein Versteck, das wir zu öffnen im Begriff waren, kein Grab“, schrieb er.

Dennoch trat er vor und begann in die obere linke Ecke der Tür ein Loch zu brechen. Mit zitternden Händen entfernte er Mörtelbrocken und Steine.

Lord Carnarvon reichte ihm eine lange, schlanke Eisenstange. Carter packte sie mit festem Griff und rammte sie in das kleine Loch, bis sie zur anderen Seite durchstieß. Vorsichtig schwenkte er sie umher. Kein Widerstand – keine Wand aus Kalksteinschutt oder Keramikscherben, nur Luft.

Er war durchgebrochen in eine Kammer.

Was dort auf ihn wartete, wusste er nicht. Doch nun war der große Augenblick da. War es ein Versteck, oder war es ein Grab? Es gab nur einen Weg, das festzustellen. „Dort, hinter der versiegelten Tür, lag die Antwort auf die Frage“, erinnerte sich Carter.

Er erweiterte das Loch, das er mit der Stange geschlagen hatte, mit bloßen Händen. Er war jetzt der einzige Ausgräber.

Dieses Recht hatte er sich, wie er glaubte, verdient.

Zehntes Kapitel

Tuts Palast, 1324 v. Chr.

Es waren die Augen, die sie verrieten – immer wieder die Augen. Deshalb achtete Anchesenamun in erster Linie auf die Augen, wenn Mitglieder des Königshofes in diesen gefährlichen Zeiten vor ihr Angesicht traten. Zu früher Stunde, allein in ihrem Privatgemach – einem steinernen Saal, der schwach von der Morgensonne erhellt wurde –, wappnete sie sich für einen weiteren Tag.

War der Blick des Besuchers leicht gesenkt, so dachte dieser, sie habe ihren Gemahl umgebracht. Ebenso der Besucher, der ein starres, gezwungenes Lächeln zeigte und ihren Blick mied.

Den Gesichtsausdruck derjenigen, die ihr glaubten, konnte sie gar nicht genau beschreiben. Von diesen gab es im Palast aber nicht allzu viele. Man hatte sie, wie es schien, abgeurteilt und für schuldig befunden.

„Ihr habt gerufen, Majestät?“, fragte Juje. Beim Eintritt in die Räume der Königin verneigte sich die Kammerzofe, sodass Anchesenamun sie nur schwer beobachten konnte.

Nach Tutanchamuns Tod gehörte der gesamte Palast der Königin, doch sie bevorzugte nach wie vor ihre Gemächer. So fühlte sie sich wohler. Sicherer. Die einzige Veränderung, die sie im Palastleben vorgenommen hatte, war, Tutanchamuns Geliebte hinauszuwerfen.

„Schreib einen Brief für mich“, befahl sie Juje. Sie spähte dabei über die Schulter des Mädchens, weil sie nicht bei einer Handlung ertappt werden wollte, die als Verrat gedeutet werden konnte.

Juje kaute ein frisches Stück Schilfrohr weich, tauchte es in ein Tintenfass und zog einen frischen Bogen Papyrus hervor.

„Mein hochverehrter König Schuppiluliuma“, diktierte die Königin mit unsicherer Stimme.

Prüfend blickte Anchesenamun das Mädchen an, ehe sie fortfuhr. Wenn sie Juje nicht vertrauen konnte, wem dann? Wieder überkamen die Königin Zweifel, ob es klug war, einen Brief an den König der Hethiter zu schreiben. Die Hethiter aus dem Norden – dem heutigen Anatolien – waren Ägyptens Feinde, und jahrhundertelange Kriege hatten tief sitzendes Misstrauen zwischen den Völkern gesät.

Doch Anchesenamun hatte einen Plan, eine weitblickende Vision, segensreich für Ägypten jetzt und in der Zukunft. Die Hethiter waren mächtig, hatten eine schlagkräftige Armee und starke Führer. Eine Ehe zwischen der Königin und einem hethitischen Königssohn konnte Ägypten für die nächsten Jahrhunderte den Rücken stärken.

Sie fuhr fort: „Mein Gemahl ist tot, und ich habe erfahren, dass du erwachsene Söhne hast. Dies ist ein glücklicher Zufall für uns beide. Schick mir einen Deiner Söhne. Ich werde ihn zum Mann nehmen und er wird König von Ägypten sein.“

Anchesenamun hielt inne und suchte nach den rechten Worten, um den Brief abzuschließen. Heraus brachte sie nur den einen Gedanken, der ihr unablässig quälend durch den Kopf ging: „Ich fürchte um mein Leben.“

Fragend blickte Juje zu Anchesenamun auf. Wie konnte die Königin derartiges sagen?

Nun hatte Anchesenamun endlich Gelegenheit, Juje in die Augen zu blicken. Die Kammerzofe glaubte ganz klar, dass die Königin ihren Mann ermordet hatte.

SEIT GENAU 28 TAGEN litt die Königin tiefe Angst. Jeden einzelnen Tag hatte sie gezählt. Nun ging sie allein im Innenhof des Palastes spazieren, während die Sonne aufging, zum 29. Mal seit Tutanchamuns Tod.

Wasserplätschern aus einem nahen Springbrunnen und das Zwitschern der Sperlinge, die durch den Obstgarten flogen, vermittelten ihr ein trügerisches Gefühl der Ruhe. Doch hatte sie ihr Morgenmahl nicht angerührt und war so aufgeregt, dass nicht einmal ein Schluck Wasser über ihre Lippen gekommen war.

Heute musste es so weit sein. Daran glaubte sie fest. Aller anderen Dinge im Palast konnte sie sich nicht sicher sein.

Vierzehn Tage brauchte ein Bote für die Reise von Theben zum Hethiterreich. War alles gut gegangen, müsste heute ein Prinz im Palast eintreffen und ihr seine Hand zum Ehebund bieten. Natürlich würde sie annehmen. Von Stunde zu Stunde war Eje anmaßender geworden und trat im Palast wie ein Pharao auf. Durchsetzen konnte er seinen Anspruch aber nur dadurch, dass sie ihn heiratete. Traf der Hethiterprinz ein, würde die Angelegenheit ein für alle Mal geregelt. Eje würde wieder zum Gemeinen werden und den Rest seiner Tage als Wesir verbringen. Wenn er Glück hatte.

Da ertönten schwere Schritte. Die Zofe konnte das nicht sein.

Anchesenamun wandte sich um und sah Eje vor sich.

„Guten Morgen, Hoheit", begrüßte er sie steif. Es lag noch etwas anderes in seinem Blick. Schadenfreude.

„Wesir."

„Was macht dir Sorgen?"

Sie holte tief Atem, um sich zu beruhigen. „Das geht dich nichts an."

Während die Königin stehen blieb, setzte sich Eje, die Hofetikette verletzend, auf eine Bank. Das allein war vermessen, eine Beleidigung.

„Steh auf!", fuhr die Königin ihn an.

Der Wesir lächelte, erhob sich und trat einen Schritt auf sie zu. „Hoheit, bis zur Beisetzung deines Gatten ist noch viel Zeit. Wir müssen die Thronfolge besprechen. Hast du einen Plan?"

Sie schwieg.

„Hoheit, du brauchst einen König an deiner Seite, der Ägypten regiert."

„Den werde ich auch bekommen", erwiderte sie.

„Niemand im Land ist dafür geeigneter als ich …"

„Ich sagte, ich werde ihn bekommen. Bitte schneide diese heikle Frage nicht mehr an, bis mein Mann zur Ruhe gebettet ist."

Sie wurden unterbrochen von Juje, die einen schnellen Blick mit Eje tauschte. Die Königin bemerkte den Blick sofort. Konnte es da ein Einverständnis geben? Sie schob den Gedanken beiseite. Juje würde sie nie verraten. Und dennoch war sie sich sicher, dass irgendetwas hinter ihrem Rücken vor sich ging.

„Ein Bote möchte dich sprechen, Hoheit", meldete Juje.

„Wer ist es?", wollte Eje wissen.

„Das geht dich nichts an", wies ihn Anchesenamun zurecht. Ihr Herz hämmerte. „Du bist entlassen, Wesir."

Ein dunkelhaariger Mann wurde nach Ejes Weggang in den Palasthof geführt. Am Tor hatte der Besucher ein kleines Gefolge zurückgelassen. Ein einziger Blick sagte der Königin, dass es sich nicht um einen Hethiterprinzen handelte.

„Was hat das zu bedeuten?", fragte die Königin. Niedergeschmettert blickte sie Juje an.

Die Kammerzofe zuckte die Achseln, während der Hethiter, sichtlich verlegen, nach Worten suchte.

„Ich habe eine Nachricht von meinem König." Er reichte der Königin ein Schreiben, das sie rasch las. Dann sprach der Hethiter die Nachricht mündlich aus. „Wo ist der Sohn des Pharaos? Was ist aus ihm geworden?"

Heftiger Zorn packte Anchesenamun. „Siehst du hier ein männliches Kind durch den Palast wandern? Siehst du einen jungen Prinzen im Kriegswagen umherfahren? Oh, was gäbe ich für einen Jüngling! Glaubt dein König, ich wollte ihn hintergehen? Wirkte mein Brief auf ihn unehrlich oder unklar?"

Der Hethiter trat von einem Fuß auf den anderen und senkte die Augen. „Was soll ich meinem König sagen?"

„Sag ihm dies: ‚Weshalb sollte ich dich belügen? Ich habe keinen Sohn, und mein Mann ist tot. Sende mir einen deiner Söhne, und ich werde ihn zum König von Ägypten machen.‘"

Unschlüssig stand der Hethiter da.

„Worauf wartest du?", rief die Königin. „Es ist keine Zeit zu verlieren!

Wir haben nur noch Zeit bis zur Beisetzung meines Gemahls, aber nicht länger."

Während der Hethiter aus dem Palast eilte, stahl sich Juje davon, um Eje zu suchen.

Die Königin blieb allein zurück.

An der ägyptischen Grenze, 1324 v. Chr.

Der Hethiterprinz hieß Zannanza.

Er und sein Gefolge ritten auf edlen weißen Pferden in Richtung Ägypten. Er hatte reines Hethiterblut, war Freude und Stolz seines Vaters. Mit 22 Jahren hatte Zannanza bereits Mut auf dem Schlachtfeld sowie Selbstsicherheit und diplomatisches Geschick bei Hofe bewiesen. Seine bevorstehende Heirat mit der Königin von Ägypten würde die beiden Länder vereinen und Geschichte schreiben. Zannanza würde dadurch zum neuen Pharao, mit einer Machtfülle, die nicht einmal sein Vater gekannt hatte.

Nun trank Zannanza aus einem Wasserschlauch und reichte ihn dann seinem Wesir weiter. „Siehst du sie?", fragte der Wesir.

„Sie sind ja nicht zu übersehen", entgegnete Zannanza.

Es schien, dass die Königin ein Begrüßungskomitee gesandt hatte. Eine kleine Gruppe Ägypter wartete an der Grenze und hatte in einer grünen Oase vor der Sonne Schutz gesucht. Zannanza stellte sich vor, dass sie Proviant bei sich hatten – Obst vielleicht. Und frisches Wasser. Er war den ganzen Tag scharf geritten.

Mit seinen Soldaten und Höflingen galoppierte Zannanza auf die Ägypter zu. Als sie eintrafen, kam ein schmerbäuchiger kleiner Mann zu Pferde langsam auf sie zu.

„Willkommensgruß! Ich bin Haremhab, der Königin General. Sie sendet ihre besten Wünsche, Prinz."

„Ich bin Zannan…"

Weiter kam der Hethiterprinz nicht. Er hatte die Bogenschützen hinter den Zelten nicht gesehen, auch den Pfeil nicht, der tödlich treffsicher heranschwirrte und ihn in die Stirn traf. Er stürzte aus dem Sattel. Königliches Blut floss als schillernde Lache in den Sand.

Zannanzas Gefolge erlitt ein ähnliches Schicksal. Wer den Pfeilen entkam, wurde gejagt und in Stücke gehauen. Während die Geier kreisten, stieg Haremhab aus dem Sattel und ging zu Zannanza hinüber.

Mit einem Schwertstreich trennte er den Kopf des Prinzen ab und hielt ihn hoch. Laute Jubelrufe bei seinen Leuten, die zu den Leichen hinüberliefen, um sie zu fleddern.

„Für die Königin." Haremhab grinste und warf den Kopf zum Abtransport nach Theben in einen Beutel.

Tuts Palast, 1324 v. Chr.

Bedrückende Düsternis im Thronsaal. Stundenlang hatten Anchesenamun und Eje seit dem Abendessen miteinander gestritten. Nun war es Mitternacht, und die Königin und der Wesir zankten beim Licht des Mondes. Schon seit einer Woche tobte diese Auseinandersetzung, und auch in dieser Nacht mäßigten sich die Kontrahenten nicht.

Laut und hitzig tönte die Gegenrede der Königin, Vorhänge und Topfpflanzen dämpften sie nicht mehr. Wer im Palast noch wachte, konnte ihre empörte Stimme hören, und das wusste sie.

„Irre dich nicht: Ich werde als König regieren. Und du wirst meine Königin sein." Sein gebeugter Nacken und sein Hängebauch ließen Eje aussehen wie Anchesenamuns Großvater, nicht wie einen Mann, der imstande war, einen königlichen Erben zu zeugen.

„Nie gebe ich dazu meine Einwilligung", schoss Anchesenamun zurück. Sie tigerte auf und ab, um Zeit zu gewinnen.

Wie auf ein Stichwort hin trat Juje ein.

„Was gibt es?", fragte die Königin. „Hast du Neuigkeiten? Sprich!"

Eje brach in Lachen aus. „Ja, sie hat Neuigkeiten. Sprich nur, sprich. Erzähl ihr das schöne Märchen vom Hethiterprinzen – der herbeigeritten kommt, um die Königin zu retten und Pharao zu werden."

Anchesenamun starrte ihn an. „Du wusstest …?"

„Natürlich wusste ich es." Wieder lachte er, dann wandte er sich Juje zu. „Die Zofe war eine nützliche Spionin. Bitte, Juje, überbringe der Königin die Nachricht, nach der sie so dürstet."

Quälende Scham überkam Juje, und sie konnte der Königin nicht in die Augen sehen. Schließlich sprach sie, leise und monoton. „Die Hethiter haben dein Sendschreiben erhalten, Majestät. Ihr König hat einen Sohn nach Ägypten geschickt, der dich heiraten und an deiner Seite als König dienen soll."

„Und?", drängte Anchesenamun.

„Und diesen Prinzen, der Zannanza hieß, hat General Haremhab an der Grenze abgefangen. Der Prinz und seine Männer wurden getötet. Ein Kurier ist heute mit der Nachricht eingetroffen – und mit diesem hier."

Juje stellte einen Lederbeutel auf den Tisch. Eje trat vor und kippte den Inhalt auf den Boden. Mit dumpfem Knall schlug der Kopf des Prinzen auf die Fliesen.

Anchesenamun taumelte zurück. Der Atem stockte ihr, als sie den Kopf ansah und schließlich den Wesir anblickte.

Jeder Rest von Ehrerbietung war bei Eje nun verflogen. Offener Hohn sprach aus seiner Stimme. „Du bist eine Verräterin. Ich habe die Priester in der Hand, ich habe das Geld in der Hand, ich habe Haremhab in der Hand. Triff eine kluge Wahl, Majestät. Du kannst mich heiraten und dein Leben retten. Du kannst auch den Tod wählen, dann wirst du sterben wie dein Gemahl.“

Hochmütig wandte Eje sich um und schritt aus dem Raum, wobei seine Sandalen leise schlappten. Das Mädchen Juje nahm er mit. Noch in dieser Nacht sorgte er dafür, dass sie für immer schwieg – indem er ihr die Kehle durchschnitt. Konnte die Zofe die Königin verraten, konnte sie auch ihn verraten. Und dafür stand zu viel auf dem Spiel.

Der Trauring bestand aus Glas mit blauer Glasur. In seine Platte waren die Kartuschen der Jungverheirateten eingraviert: Eje und Anchesenamun.

Die Königin streifte den Ring auf den Finger und spielte die glückliche Braut. Feiernde füllten den Festsaal – bis tief in die Nacht sollte das Bankett dauern. Ochsen waren geschlachtet und am Spieß über offenem Feuer gebraten worden. Das Bier floss in Strömen. Sosehr sie sich auch danach sehnte, einfach stiller Zaungast zu sein: Anchesenamun war Ägyptens Königin. Jede ihrer Bewegungen wurde beobachtet, und die illustren Besucher aus der Oberschicht des Landes, einer eng verknüpften Kaste, waren neugierig, ob sie ihren neuen Mann wirklich liebte.

Deshalb war es so wichtig, den Ring zu tragen und in jedermanns Augen strahlend und beglückt zu wirken.

An der anderen Saalseite stand Eje mit Haremhab und verkörperte perfekt seine neue Rolle als betagter und begüterter Pharao. Er war vierzig Sommer älter als seine junge Braut und hatte bereits eine tyrannische Ehefrau seines eigenen Alters.

Wie lange Eje noch leben mochte, stand in den Sternen. Und was dann? Würde Anchesenamun gezwungen sein, erneut zu heiraten? Und wen? Einen Ausländer vielleicht?

Die einzige Lösung – so sah es Anchesenamun – war, mit Ejes Kind schwanger zu werden. Einen anderen Weg, sich zu schützen, sah sie nicht.

Während das Fest immer lärmender und ausgelassener wurde, fühlte sich Anchesenamun jählings fiebrig und verschwitzt. Brechreiz stieg in ihr auf. Nach wenigen Augenblicken lag sie auf den Knien und erbrach sich auf den Fußboden.

Diener eilten herbei, um der Königin zu helfen. Eje hielt von der anderen Saalseite aus die Augen auf sie gerichtet, kam ihr aber nicht zu Hilfe.

Sie blickten sich in die Augen, die Königin und ihr neuer Gemahl. Sie sah seinen Ausdruck des Dünkels und des Triumphs und tat ihr Bestes, ihn zu erwidern.

Als das fehlschlug, scheuchte Anchesenamun die Diener mit einer Handbewegung fort und stand schwankend auf. Doch sie stürzte sofort wieder, schlug diesmal mit dem Kopf auf und verlor das Bewusstsein.

Der Hethiterprinz hatte die Pest eingeschleppt, und die Seuche hatte sich auf die Königin übertragen. Diese offizielle Erklärung würde Eje abgeben und auch in die Geschichtschroniken eintragen lassen.

Wenige Tage später war Anchesenamun tot. Eje fügte sich dem Wunsch seiner älteren Frau und ließ Anchesenamun weder in seinem eigenen noch in Tuts Grab beisetzen.

Stattdessen wurde der Leichnam der Königin flussabwärts fortgeschafft und an die Krokodile verfüttert.

Elftes Kapitel

Tal der Könige, 26. November 1922

Mit bloßen Händen versuchte Carter das Loch so weit zu vergrößern, dass man hindurchblicken konnte. Er war schweißbedeckt und rang nach Luft; seine tabakgebräunten Fingerspitzen schmerzten vom Zerren an grobem Mörtel und scharfkantigen Steinen.

Hinter ihm stand Lady Evelyn, daneben ihr Vater. Weiter hinten im Gang wartete eine Handvoll Arbeiter, angezogen von der Aussicht auf die Belohnung, die es geben musste, wenn man heute hier eine große Entdeckung machte.

„Forelle“ Engelbach glänzte durch Abwesenheit. Er hatte sich zur Inspektion einer anderen, mehrere Kilometer entfernten Grabungsstätte fortbegeben. Eigentlich sollte Carter auf ihn warten, ehe er eine Kammer oder ein Grab betrat. Davon konnte nun keine Rede mehr sein.

Als das Loch von der Decke hinab bis auf Augenhöhe reichte, entzündete

Carter eine Kerze und hielt sie an die Öffnung, um zu prüfen, ob vielleicht giftige Gase entwichen. Heiße, seit drei Jahrtausenden eingesperrte Luft fegte heraus und ließ die Kerze flackern.

Als die Flamme sich beruhigt hatte, steckte Carter die Kerze durch das Loch. Dann presste er sein Gesicht an die Öffnung, fühlte jahrhundertealten Staub an der Wange. Einen Arm im Innern, mit ruhig gehaltener Kerze, konnte er nun in die Kammer blicken. Er versuchte, in der Finsternis etwas zu erkennen.

„Zuerst sah ich gar nichts", schrieb Carter später. „Dann, als sich meine Augen an das Licht gewöhnten, traten langsam Einzelheiten hervor. Seltsame Tiere, Statuen, Gold – überall das Funkeln von Gold. Einen Augenblick lang – der den anderen wie eine Ewigkeit erschienen sein muss – war ich sprachlos vor Verblüffung."

„Können Sie etwas sehen?", fragte Lord Carnarvon ungeduldig.

„Ja", erwiderte Carter. „Wunderbare Dinge!"

„Lassen Sie mich schauen", verlangte der Earl. „Jetzt bin ich dran."

Gegen alle Höflichkeit ignorierte ihn Carter. Zu viele Jahre hatte er auf diesen unglaublichen Moment gewartet. Er sah seine kühnsten Träume übertroffen. Es war geschafft, endlich! *Wunderbare Dinge.*

Carter tauschte die Kerze gegen eine elektrische Lampe. Langsam, wie gebannt, ließ er den Strahl über den Inhalt der Kammer gleiten. „In der ganzen Geschichte der Ausgrabungen", so Carter, „hatte man nie so Großartiges geschaut, wie es uns jetzt das Licht unserer elektrischen Lampe enthüllte."

Das Grab – oder Versteck, je nachdem – enthielt nicht nur einige wenige antike Preziosen. Es quoll über vor Gold und unschätzbar wertvollen Kostbarkeiten.

Carters Auge begann jetzt Umrisse zu erfassen, und im Geist katalogisierte er bereits den Kammerinhalt. An der gegenüberliegenden Wand standen „drei große vergoldete Liegen, deren Seitenteile die Gestalt monströser Tiere hatten, mit seltsam gelängten Körpern, aber Köpfen von erstaunlichem Realismus."

„Rechter Hand", schrieb er weiter, „standen zwei lebensgroße Königsfiguren in Schwarz einander gegenüber wie Wächter, mit goldenen Röcken, goldenen Sandalen, bewaffnet mit Keule und Stab, an der Stirn die schützende heilige Kobra."

Eine Überfülle bot sich dem Auge: Körbe mit Einlegearbeit, Alabastervasen, Blumensträuße mit goldenen Blättern und Blüten, ein Thron aus vergoldetem Holz mit filigranen Intarsien und Schnitzereien.

Vom Boden bis zur Decke starrte der Raum vor Möbeln, Statuen, Keramik und dem gesamten Hausrat eines reichen Ägypters.

Zwei Hände rissen Carter zurück. Es war der genervte Carnarvon.

Die Füße fest auf den Steinboden gepflanzt, packte der erstaunlich kräftige Earl Carters Schultern und drängte ihn beiseite. Seine Lordschaft befand sich nicht bei bester Gesundheit und geriet dabei ziemlich außer Atem.

Doch alles war vergessen, als er Carter das elektrische Licht entriss und seinen Kopf durch die Öffnung presste.

Ein zweites Mal verschlug es Carnarvon den Atem.

Hinter ihm lehnte Carter an der Wand und strahlte Lady Evelyn an. Ihr Blick blieb auf Carter geheftet, sie staunte über die große Entdeckung, aber noch mehr über Carters Leidenschaft für seine Arbeit. Lady Evelyn war eine für Luxus und ein Leben auf Herrensitzen bestimmte Frau. Auf der gesellschaftlichen Leiter stand Howard Carter viele Stufen unter ihr. Dennoch hatte sich zwischen den beiden eine sehr starke Anziehung entwickelt. Lord Carnarvon hatte es sich angewöhnt, seine Tochter wachsam im Auge zu behalten.

Nur war er im Moment ja abgelenkt. So versanken Carters und Evelyns Blicke in dem dunklen Grabgang ineinander; „Entdeckerfreude" brodelte zwischen ihnen. Sie hatten Mühe, ihre Emotionen im Zaum zu halten.

Wie geblendet wandte sich Carnarvon schließlich um und winkte seiner Tochter, durch die Öffnung zu schauen. „Komm, komm. Es ist unglaublich, meine Liebe! Das musst du mit eigenen Augen sehen."

Erst da kam Carter wieder zur Besinnung und stellte sich die auf der Hand liegende Frage: Wenn dies ein Grab ist, wo ist dann die Mumie?

LEIDER türmte sich vor der Suche nach der Mumie ein entscheidendes Hindernis auf.

Der Wortlaut der carnarvonschen Konzession ließ sich dahingehend auslegen, dass der Entdecker eines Grabes auch das Recht hatte, es als Erster zu betreten. Das sah die Altertümerverwaltung – wie „Forelle" Engelbach vor zwei Tagen eindeutig klargemacht hatte – jedoch ganz anders.

Auf Order seiner Vorgesetzten hatte Engelbach verlangt, dass bei jeglicher Kammeröffnung einer seiner Mitarbeiter zugegen sein müsse. Bei Zuwiderhandlungen drohte eine empfindliche Strafe – Carter und Carnarvon büßten dann ihr Anrecht auf den darin gefundenen Schatz weitgehend ein.

Nach all den Jahren der Suche konnte Ungeduld jetzt also zur Folge haben, dass sie mit leeren Händen dastanden.

Als Engelbach Carters Grabungsstätte verlassen hatte, hatte er seinen ägyptischen Stellvertreter Ibrahim bis zu seiner Rückkehr mit der Wahrnehmung dieser Aufgabe betraut. Doch als Carter und seine Gruppe nun vor der zweiten Tür standen, befand sich auch Ibrahim nicht mehr im Tal. Er war nach Luxor zurückgekehrt, wo er auf Nachricht von Carter wartete.

So befand sich dieser in einem Dilemma: Entweder Ibrahim benachrichtigen oder ohne ihn zur anderen Seite durchbrechen.

Carter tat beides.

Nachdem er allen im Tunnel – auch den ägyptischen Arbeitern – ein Schweigeversprechen abgenommen hatte, kritzelte Carter hastig einen Zettel, auf dem er der Altertümerverwaltung seine Entdeckung meldete. Er gab den Zettel einem der Arbeiter und instruierte ihn, die Nachricht erst bei Sonnenuntergang zu überbringen.

Dann wandte er seine Aufmerksamkeit wieder der Wand zu. Er vergrößerte das Loch noch weiter.

Er wollte hineingehen und die Mumie finden.

LADY EVELYN war die Kleinste der Gruppe und wand sich als Erste durch das Loch ins Innere. Gebannt stand sie vor geisterhaft weißen Alabastervasen. Carter erweiterte das Loch, sodass auch der stämmigere Lord Carnarvon hindurchpasste. Dann betrat er selbst den später „Vorkammer" genannten Raum.

Es handelte sich um eine rechteckige Kammer, 3,60 Meter tief, 8 Meter breit. Klaustrophobisch niedrig die Decke, die Wände unbemalt, was Carter seltsam fand. Warum war die Kammer nicht ordnungsgemäß fertiggestellt worden?

Hier roch es nicht nur nach Staub und Vergangenheit, sondern auch nach Parfums und exotischen Hölzern. „Selbst die Luft, die man atmet – seit Jahrhunderten unverändert", staunte Carter.

Die Zeitlosigkeit des Augenblicks überraschte ihn und erfüllte ihn mit Demut. Im Staub sah man noch jahrtausendealte Fußabdrücke, und da stand noch ein Gefäß mit Mörtel für den Türbau. „Die noch geschwärzte Lampe, der Fingerabdruck auf der frisch gemalten Fläche, auf der Schwelle das als Abschiedsgruß niedergelegte Blumengewinde – man hätte glauben können, es sei erst gestern gewesen", sinnierte Carter.

Die drei Eindringlinge aus dem 20. Jahrhundert ließen den Lampenstrahl durch den Raum wandern. Gegen alles wissenschaftlich korrekte Verhalten nahmen sie die goldenen Gegenstände auch in die Hand.

Carter öffnete eine Schatulle, bemalt mit Bildern eines Pharaos, der seine Feinde im Kampf erschlägt. War es Tut? Drinnen lagen ein Paar Sandalen und ein mit bunten Perlen geschmücktes Gewand.

Lady Evelyn seufzte vor Entzücken, als sie einen goldenen Thron mit einem Bildnis des Pharaos und seiner Gemahlin aus bemaltem Holz entdeckte. Das Paar war sich ganz offenkundig in Liebe zugetan: Zärtlich berührte die Königin ihren König. In Carters Augen war dies „das Schönste, das man je in Ägypten gefunden hat“.

Draußen wurde es dunkel. Die Arbeiter und die letzten verbliebenen Zaungäste waren endlich nach Hause gegangen. In der Vorkammer schwelgte Carters Gruppe weiterhin in einer nicht enden wollenden Kette von Entdeckungen.

Zufrieden war Carter freilich noch nicht. Ein großes Geheimnis blieb ungelöst. Er tastete die Wände ab, suchte nach Zeichen weiterer Kammern.

An einem Punkt stieß er auf ein kleines Loch und leuchtete hinein. Auf der anderen Seite lag ein kleiner Raum, der ebenfalls vor Schätzen überquoll. Von einer Mumie war nichts zu sehen, deshalb widerstand Carter dem Drang, die Türvermauerung aufzubrechen.

Weiter suchte er, seine Hände strichen über die glatten Wände, tasteten nach verborgenen Öffnungen. Schließlich fand er eine! An der rechten Wand standen die zwei großen Statuen, die er bereits gesehen hatte, beidseits einer weiteren versiegelten Tür.

Es handelte sich offenbar um Wächterfiguren, die den Eingang behüteten, wie sie es schon jahrhundertelang getan hatten. „Wir standen an der Schwelle zu neuen Entdeckungen“, schrieb Carter, noch fassungslos ob des Erkannten. „Hinter der bewachten Tür lag also eine weitere Kammer, vielleicht eine ganze Abfolge von Kammern, und in einer davon mussten wir ganz ohne jeden Zweifel, umgeben von allem Prunk seiner Grabschätze, den Pharao finden.“

Wieder stand Carter vor der drängenden Frage: Warten oder nicht warten? Aufbrechen oder nicht?

Wieder entschied sich Carter, die möglichen Konsequenzen zu ignorieren und einen Blick ins Innere der nächsten Kammer zu werfen. Er hoffte nur, es werde keine bösen Langzeitfolgen haben. Was dann leider der Fall war.

Unten rechts an der verborgenen Tür fand Carter ein Loch, etwa einen Meter hoch, das in der Antike wieder vermörtelt worden war. Wiederum ein Zeichen, dass Grabräuber ihm zuvorgekommen waren.

Zum dritten Mal an diesem Tag schabte Carter Mörtel weg, den einst die königliche Gräberverwaltung dort hingestrichen hatte, zog Steine heraus, die als improvisierte Vermauerung gedient hatten, und leuchtete mit der Lampe nach innen.

Zuerst sah es nicht nach einer Kammer aus. Ein schmaler Gang?

Carter rutschte hindurch, als Erster der kleinen Gruppe. Mit den Füßen voran glitt er in einen tiefer liegenden Raum hinab. Mit der Lampe suchte er die Wände des engen Durchgangs ab.

Zunächst schien es, als spielte ihm das Licht einen Streich.

Dann merkte er, dass eine der Wände gar keine Wand war. Er stand in einer großen Kammer, nicht in einem engen Gang.

Die Wand direkt gegenüber dem Eingang, die ihn irritiert hatte, war die Seitenwand eines Schreins, mit Gold überzogen und blauen Fayence-einlagen verziert.

Er hatte die Grabkammer gefunden.

WÄHREND Lady Evelyn und Lord Carnarvon ihm eilends nachfolgten, untersuchte Carter den Schrein.

Er stand vor zwei mächtigen, mit einem Ebenholzriegel gesicherten Flügeltüren. Drinnen mussten, wie Carter vermutete, noch mehrere weitere Schreine ineinandergeschachtelt stehen. Erst nach Öffnung sämtlicher Schreine würde man den Sarkophag vorfinden, Särge – und die Mumie selbst.

Bei diesem Gedanken schlug Carters Herz höher. Hier lag definitiv eine Mumie. Grabräuber hätten sie nicht stehlen können, ohne die Schreine zu zerstören, und die Schreine waren in unversehrtem Zustand.

Mit Carnarvons Hilfe schob Carter langsam und vorsichtig den Riegel zurück. Die Flügeltüren klappten auf. Ein mit Goldrosetten verziertes leinenes Bahrtuch lag über dem nächsten Schrein. Carter hob das Tuch an und sah einen weiteren Beweis, dass die Mumie nicht gestört worden war: die Verriegelung der nächsten Tür trug ein königliches Siegel. Es war das Siegel der Totenstadt, mit einem Schakal und neun gefesselten Gefangenen – ein Indiz, dass hier ein Pharao ruhte.

Inzwischen war es fast Morgen. Die Gruppe forschte noch etwas weiter, verließ dann aber bald das Grab. Die Carnarvons brauchten Ruhe. Hitze und körperliche Arbeit waren sie nicht gewohnt. Auch Carter brauchte eine Pause, allerdings genügte ihm eine kurze.

Sie stiegen über die Treppe ins Freie, in nur wenigen Sekunden aus der Antike in die kühle spätnächtliche Luft der Gegenwart.

Hier standen immer noch Carters Männer Wache. Sie sicherten nun das Grab ab und blieben auch danach vor Ort, um dafür zu sorgen, dass kein Eindringling hineinkam.

Der größte Tag in Howard Carters Leben war zu Ende.

Tal der Könige, Dezember 1922

Während sich die Nachricht per Telegramm und Telefon über die Welt verbreitete, nahm sich der Entdecker im „Castle Carter" einen Augenblick Zeit, um über seine Funde und ihre weitreichenden Konsequenzen nachzudenken.

Gespenstisch stand ihm Tuts Tod vor Augen, während er aus dem Fenster seines hoch gelegenen Hauses ins Tal hinausblickte. Er versuchte, die Gesamtheit der Funde – die Bootsmodelle, die Streitwagen, die goldenen Schreine, die Statuetten in Mumiengestalt, die edelsteinbesetzten Amulette – in den richtigen Zusammenhang zu bringen, und fragte sich, wie ein so lebenssprühender junger Mann hatte zu Tode kommen können. Noch rätselhafter für Carter: Warum lag das Grab an dieser Stelle? Und wo war die Königin begraben?

„Politisch muss nach unseren Kenntnissen das Leben und die Regentschaft des Pharaos außerordentlich unruhig gewesen sein. Womöglich war er das Werkzeug verborgener politischer Kräfte, die hinter dem Thron arbeiteten."

Im Geist katalogisierte Carter die wertvollen Artefakte, die er gefunden hatte. Er schrieb von einem „bemalten Holzkasten … außen vollständig mit Gesso grundiert", von Schminktöpfen in der Gestalt von „Ochsen, Löwen, Hunden, Gazellen und Hasen". Am anrührendsten empfand er „intime Szenen aus dem Privatleben des Königs und der Königin." Doch wo war *ihr* Sarg?

Aufgefallen waren ihm einige Reliefs. Das eine zeigte Tut, begleitet von einem Löwenjungen, auf der Wildentenjagd mit Pfeil und Bogen, „während zu seinen Füßen die kindliche Königin kauert". Auf einer weiteren Darstellung reichte die junge Königin dem Gemahl „Getränke, Blumen und Spitzenkragen". Auf einer dritten goss der Pharao süßes Parfum in die Hand der Königin, während sie beisammensaßen. Deutlich war für Carter zu spüren, wie jung sie gewesen waren – und wie verliebt.

Nicht nur über die Gold- und Juwelenfunde im Grab staunte Carter, sondern ebenso sehr auch über die Fülle an Waffen. Im von der Grabkammer abgehenden Raum, den Carter „Schatzkammer" nannte, und in dem kleinen von der Vorkammer abgehenden Raum, der „Seitenkammer", hatte er ein wahres Arsenal entdeckt: dreizehn Kompositbogen, drei einfache Bogen und zwei Köcher; 278 Pfeile, viele mit Bronzespitze; und einen aufwändig mit Schnitzereien verzierten teilvergoldeten Bogenkasten.

Der größte Bogen ließ erkennen, dass Tutanchamun von beträchtlicher Körperkraft gewesen sein musste, denn der Bogen war rund zwei Meter lang. Tut war eindeutig nicht seines Vaters Sohn. „Der Besitzer dieses Bogens konnte das schnellste Tier zur Strecke bringen und sich gegen Feinde verteidigen", notierte Carter.

In einer Ecke, verloren zwischen den Jagd- und Kriegsbogen, stand ein kleiner Bogen, den Tut als Kind benutzt haben könnte. Er war nur einen halben Meter lang, sein einziger Pfeil maß nur fünfzehn Zentimeter.

Nein, Tut war gewiss kein Friedenskönig. Und ebenso gewiss hatte er neben dem Bogenschießen noch eine Leidenschaft für weitere Waffen. Die Seitenkammer enthielt auch mehrere Schilde, einen Lederkürass, der Tuts Brust und Schultern schützen sollte, sowie Schwerter, Wurfhölzer, Keulen und Dolche.

Wieder rätselte Carter über den Tod Tutanchamuns und kam zu dem Schluss, dass wahrscheinlich kein Unfall dahinterstand. „Verfrühter Verlust hängt noch als leise Aura über dem Grab. Der königliche Jüngling, offenkundig voller Leben, lebensfähig, lebenslustig, hat in ganz frühem Mannesalter – wer weiß, unter welchen tragischen Umständen? – seine letzte Reise aus dem sonnenbeschienenen Ägypten ins düstere Schreckensreich der Unterwelt angetreten", schrieb er.

Tal der Könige, 17. Februar 1923

Nach Dokumentation, Katalogisierung und Räumung der Vorkammer war es Zeit, die Grabkammer zu öffnen.

Carter hatte „Forelle" Engelbach nie erzählt, dass er die Kammer bereits betreten hatte, deshalb musste er am „offiziellen" Öffnungstag große Neugier heucheln, was den Inhalt der Kammer betraf. Und das musste überzeugend wirken. Als die Nachricht von der großen Entdeckung um die Welt gegangen war, brach in Luxor die Hölle los. Urplötzlich war Carter ein Star und ein Geschichtsexperte von Rang.

Zugleich war ein gewisser Streit losgebrochen. Ägyptische Bürokraten und ausländische Trittbrettfahrer, sie alle wollten sich einen Teil vom Kuchen abschneiden.

„Telegramme aus allen Weltteilen strömten herein. Binnen ein, zwei Wochen folgten ihnen die Briefe, eine Lawine an Korrespondenz, die bis heute anhält", schrieb Carter.

Nach den Glückwunschschreiben kamen „Hilfegesuche, Bitten um Souvenirs – selbst ein paar Sandkörner wären dankbar aufgenommen worden –, fantastische Geldangebote, Filmangebote, Urheberrechtsangebote an Modedesigns, Ratschläge zur Konservierung von Antiquitäten, Methoden zur Bannung böser Geister".

Für einen Mann wie Carter, der zur Zurückgezogenheit neigte, wurde das riesige Spektakel rasch unerträglich. Niemand hätte das voraussagen können, am wenigsten er selbst oder seine Kritiker in Luxor.

„Das Winter Palace macht Schlagzeilen", notierte der Ägyptologe Arthur Mace, den Carter in das Grabungsteam einbezogen hatte. „Keiner spricht mehr von irgendetwas anderem als dem Grab; überall schwärmen Zeitungsleute, und man wagt kein Wort zu sagen, ohne sich zu vergewissern, dass niemand mithört. Einige von ihnen suchen Zwietracht zwischen Carter und der Altertumsbehörde zu säen, und ganz Luxor ergreift Partei, für ihn oder gegen ihn. Archäologie plus Journalismus ist schlimm genug; kommt noch Politik hinzu, wird es ein bisschen zu viel."

Ein unerwartetes Problem entstand für Carter durch eine Entscheidung, die Carnarvon getroffen hatte. Im Bestreben, aus Tutanchamun möglichst viel Geld herauszuschlagen, hatte der Earl mit der *Times* einen Exklusivvertrag geschlossen, der dem Londoner Blatt das alleinige Recht zur Veröffentlichung aller Grabungsdetails gab. Dies empörte nicht nur die ägyptische Presse, sondern Zeitungen und Zeitschriften aus aller Welt, die sich darum rissen, von der Entdeckung des Jahrhunderts zu berichten.

Vielleicht am schlimmsten: Die Altertümerverwaltung und der ägyptische Staat versuchten das Grab in die Hand zu bekommen. Damit brach für Carter ein schmerzlicher, jahrelanger Kampf los.

Und dann war da noch Lady Evelyn. Lord Carnarvon war immer misstrauischer geworden, was die Beziehung zwischen Carter und seiner Tochter betraf; Spannungen zwischen den Männern brachen auf. Verbunden mit Carters neuem Ruhm, trieb dies einen Keil zwischen die beiden langjährigen Partner und Freunde.

Dennoch waren beide zugegen, als Politiker und Bürokraten aus Ägypten und England sich um den Grabeingang drängten. Carter führte die

Gruppe ins Innere. Die Wächterstatuen in der Vorkammer waren zur Seite geschoben worden, damit kein unvorsichtiger Ellbogen oder Hüftschwung sie traf. An der Wand zur Grabkammer war ein Holzpodium errichtet worden. Es sah aus wie eine Theaterbühne, und an diesem Tag war Howard Carter der Hauptdarsteller.

Er stieg auf das Podium, zog Jacke und Hemd aus und setzte dann die Spitze eines Meißels auf die Vermauerung. Mit einem mächtigen Hammerschlag begann er die Wand einzureißen.

Seitlich hinter ihm stand Arthur Mace, nahm die herausgehauenen Steine an und reichte sie weiter an eine Kette ägyptischer Arbeiter, die sie sammelten und dann aus dem Grab hinaustrugen.

Langsam erweiterte sich das Loch. Nach zwei Stunden war Carter „schmutzig, aufgelöst, verschwitzt" – und spielte seine Rolle perfekt.

Er schob sich in die Grabkammer und winkte den anderen, ihm zu folgen. Durchschlagend die Wirkung auf die Besucher: Sie rangen die Hände und schnappten nach Luft, geblendet von dem Anblick, der sich ihnen bot.

Carter konnte nur noch beiseitetreten und zuschauen. Erschöpfung machte sich bei ihm bemerkbar, sowohl von der körperlichen Arbeit der Türöffnung als auch von der seelischen Anspannung des täglichen Kampfes mit Carnarvon und der Presse. Insgeheim schmiedete er schon Pläne, das Grab wieder zu versiegeln und sich eine Woche in seinem Haus einzuschließen, um endlich wieder einmal Ruhe und Frieden zu haben.

Als die historische Besichtigung der Grabkammer Tutanchamuns vorüber war, sagten Carter und Carnarvon einander Lebewohl. Carter wollte nun an die Sisyphusarbeit der Katalogisierung des Grabinhalts gehen, eine Aufgabe, die Jahre in Anspruch nahm und die anzugehen er kaum abwarten konnte. Er glaubte, dies werde die Krönung seines Lebenswerks.

Carter und Carnarvon legten den größten Teil ihrer Zerwürfnisse bei, ehe der Earl am 23. Februar abreiste. Doch schon sechs Wochen später war Lord Carnarvon tot. Er starb an einer Blutvergiftung, die er sich zugezogen hatte, als er mit dem Rasiermesser versehentlich einen Mückenstich anschnitt.

Carter musste nun sich nun allein mit der ägyptischen Politik und Bürokratie abplagen. Das schaffte er nicht. Knapp ein Jahr später wurde er aus Tutanchamuns Grab und dem Tal der Könige ausgesperrt.

Ein letztes Mal waren ihm sein Ungestüm und seine Sturheit zum Verhängnis geworden.

Zwölftes Kapitel

Kairo, 1931

Der Trauring bestand aus Glas mit blauer Glasur, und er war immer noch sehr schön. In seine Platte waren die Namen EJE und ANCHESENAMUN graviert.

Ironischerweise war es Percy Newbury, Ägyptenveteran seit vierzig Jahren, der ihn jetzt in der Hand hin und her drehte. Percy stand in Kairo im legendären Souvenirladen des Engländers Robert Blanchard. Statt knallbunter Abklatsche ägyptischer Grabbeigaben verkaufte Blanchard echte Stücke – erworben natürlich von Grabräubern.

Seine bevorzugten Kunden waren europäische Touristen, doch hin und wieder fand auch ein Ägyptologe den Weg in seinen Laden, um nachzuschauen, ob eine neue Rarität auf den Markt gelangt war – ein sicherer Hinweis, dass irgendwo gerade ein Grab ausgeräumt wurde. Percy besaß bereits eine umfangreiche Sammlung von Amuletten und stöberte gerade in den Regalen nach einer neuen Preziose.

Auf den Ring war er zufällig gestoßen und hatte seine Bedeutung sofort begriffen.

Mehrmals las er die komplizierte Hieroglypheninschrift, um ganz sicherzugehen, dass er die Namen richtig verstanden hatte, und gestattete sich dann ein zufriedenes Lächeln. Der Ring, den er in seiner Handfläche hielt, löste ein Rätsel, das Howard Carter seit der Öffnung des Grabes von Tutanchamun auf der Seele lag: Was war aus Tuts schöner junger Witwe geworden?

An den Wänden des Grabes von Tutanchamun war Anchesenamun oder eine andere Gemahlin mit keinem Wort erwähnt. Und Ejes Grab – das ursprünglich für Tut bestimmt gewesen war – enthielt ein Bild der ersten Frau des Wesirs, doch ohne jeden Hinweis, dass er später eine andere genommen hatte.

„Wo haben Sie den denn her?“, fragte Percy und suchte möglichst beiläufig zu klingen, damit Blanchard den Preis nicht in die Höhe trieb.

„Aus dem östlichen Delta“, erwiderte Blanchard mit gleichmütigem Achselzucken.

Percy achtete peinlich darauf, keine Überraschung zu zeigen.

Wie hatte der Ring den weiten Weg von Theben an Kairo vorbei bis zur Mündung des Nils zurückgelegt? Seltsam, fürwahr. Andererseits: Er hatte dafür dreitausend Jahre Zeit gehabt. Zeit genug für verschlungene Wege.

Percy wollte zahlen, merkte aber, dass er seine Brieftasche vergessen hatte. Er zückte sein Notizbuch und kopierte die Inschrift sorgfältig. Dann legte er den Ring in die Vitrine zurück und raste mit der Absicht, rasch zurückzukehren und den Kauf zu tätigen, zum Hotel.

Vorher kritzelte er hastig eine Nachricht an seinen alten Freund, der sich inzwischen in England aufhielt.

> Mein lieber Carter! Gerade habe ich bei Blanchard einen Fingerring gesehen, der Anchesenamuns Kartusche neben dem Vornamen König Ejes zeigt. Das kann nur bedeuten, dass König Eje Anchesenamun geheiratet hat, die Witwe Tutanchamuns.

Percy warf den Brief ein und eilte zu Blanchards Antiquitätengeschäft zurück.

Er kam zu spät. Der Ring war gerade verkauft worden.

Tal der Könige, 1319 v. Chr.

General Haremhab betrauerte seinen Freund und Verbündeten Eje. Die beiden hatten sich gekannt, seit sie junge Männer gewesen waren. Bei der Einsiegelung Ejes in den Sarg, der einst für Tut bestimmt gewesen war, erfüllte Schwermut Haremhabs Herz. Die Narbe auf seinem Gesicht glühte rot.

Wie seltsam, dachte er, dass ich einen Mann mitten durchs Herz stechen und trotzdem betrauern kann.

Er ließ den Blick über die Trauergemeinde schweifen, die an Ejes Grab stand, und suchte dabei Augenkontakt mit einigen alten Freunden. Das Grab lag an einem verborgenen Ort, wenn auch nicht weitab vom Tal der Könige.

Haremhab konnte verstehen, warum Eje hier bestattet werden wollte – die Stätte war versteckt und abgelegen, weshalb es Grabräubern schwerer fallen mochte, sie zu finden. Andererseits verfluchte er seinen ehemaligen Verbündeten, dass er sich solch einen Ort ausgesucht hatte. Die Sonne sank, und bis er wieder in der Stadt wäre, würde es dunkel sein.

Schließlich lächelte er aber doch. Das waren sehr angenehme Probleme. Denn am Ende der Fahrt mit dem Streitwagen würde er nicht in sein altes Haus oder in eine Kaserne zurückkehren. Sondern triumphierend in den Palast einziehen.

General Haremhab war jetzt Pharao.

Während die Knechte die Teller und Weinkrüge des Totenmahls einsammelten, kletterte Haremhab einen steinigen Pfad zum provisorischen Stall hinunter. Eine lange Reihe Trauergäste folgte ihm. Im Stimmengewirr unterschied er die Dialekte von Memphis und Achetaton. Der Hohepriester führte die Prozession.

Trotz Ejes Tod herrschte Feststimmung. Vielleicht lag es am Wein, vielleicht aber auch daran, dass Eje allseits unbeliebt gewesen war.

Dennoch hoffte Haremhab, dass auch sein eigener Tod so freudig begangen werden würde, mit Festgästen aus ganz Ägypten. Er feierte gern.

Aus der Ferne hörte Haremhab Pferde wiehern und erkannte daran, dass sein Stallknecht jetzt seine beiden Renner vor den Wagen spannte. Er war in Stimmung, ihnen die Zügel schießen zu lassen und im Höchsttempo nach Theben zurückzurasen.

Welche Art Pharao wirst du sein?, fragte er sich.

Ein großer Pharao. Wie Amenophis III.

Ja, groß. Haremhab der Große. So möge man mich nennen.

Sogleich wusste Haremhab, was jetzt zu tun war: Reinen Tisch machen.

Noch beim Abstieg zu seinem Wagen beschloss der grimmige General, Achetaton, die von Echnaton errichtete Stadt, dem Erdboden gleichzumachen. Die gesamte Stadt. Alles.

Und wo immer die Namen Tut und Eje in Tempelwände gemeißelt waren, sollten sie weggeschlagen werden. Allein sein eigener Name sollte bleiben.

Das ganze Land sollten seine Soldaten absuchen. Es mochte Jahre kosten, aber die Namen seiner Vorgänger sollten ausgelöscht werden. Pharaonen wie Tut sollten im Grab vermodern, ihre Erlasse gestrichen, ihre Gebote aufgehoben werden. Es sollte so sein, als hätte es Tutanchamun und seine hübsche Frau nie gegeben.

Tief in Gedanken ergriff Haremhab die Zügel seines Kriegswagens. Nun, da er Pharao war, begleitete ihn eine große Garde Leibwächter, doch er nahm sie kaum wahr. Herrisch stürmte er nach Theben zurück, im Kopf nur den einzigen Gedanken: Die Geschichte umschreiben.

Mehr als drei Jahrtausende lang blieb sie umgeschrieben.

Palm Beach, Florida, heute

Ich saß in meinem Büro mit Ausblick auf den Lake Worth, war aber mit meinen Gedanken in der Wüste. Wenn ich das Exposé zu einem Buch schreibe, kritzle ich manchmal das Wort *Hineinversetzen* oben auf die

Seite. Damit meine ich: Mach das Kapitel für den Leser so lebendig wie möglich, versetze dich hinein. Ich wusste: Diese Story war schon von sich aus voller Leben – jedenfalls in meiner Fantasie. Und nichts konnte fantastischer sein als das, was dem armen Tut 1925 widerfuhr, mehr als zwei Jahre nach der Entdeckung seines Grabes. Ich konnte es selbst kaum glauben.

Ohne Howard Carter wären die ganzen späteren Forschungen natürlich unmöglich gewesen. Jahre hatte er allein dafür gebraucht, Tuts Überreste aus der Grabkammer herauszuholen. Der Prozess begann in dem Augenblick, in dem die Ziegelwand zwischen Vor- und Grabkammer aufgebrochen wurde. Reporter drängten sich vor dem Grab und warteten atemlos auf Neuigkeiten. Zweifler im Zirkel der Ägyptologen glaubten immer noch, dass Carter nichts weiter als ein – wenn auch reich bestücktes – Versteck gefunden hatte. Von Tutanchamuns Mumie nach wie vor keine Spur.

Armer Carter! Und es wurde für ihn nur noch schlimmer.

Als seine Arbeiter das Holz an den Scharnieren auseinandergestemmt und die Schreinwände abgebaut hatten, war die Arbeit noch längst nicht getan. Es gab schließlich einen weiteren, kleineren Schrein. Auch dieser musste Stück für Stück auseinandergenommen werden.

In ihm stand ein weiterer Schrein. In diesem ein weiterer.

Insgesamt vier Schreine, ineinandergeschachtelt wie eine russische Puppe.

Endlich drang Carter bis zum Sarkophag vor. Er sah, dass der Deckel aus Rosengranit bestand und einen Sprung in der Mitte hatte, als habe jemand mit einer Keule oder einem Hammer daraufgeschlagen. Aber wer würde dergleichen tun? Und aus welchem Grund?

Zumindest war Carter ziemlich sicher, nun Tut gefunden zu haben. Die beiden äußeren Särge wurden geöffnet.

Politische Querelen kamen dazwischen. Carnarvon starb auf rätselhafte Weise. Und die Ägypter sperrten Carter ein Jahr lang aus.

Im Oktober 1925 kehrte er zurück, um den letzten, massiv goldenen Sarg zu öffnen. Unmäßig viel Salböl war über die Mumie gegossen worden. Als Tutanchamun – zum ersten Mal in der neuzeitlichen Geschichte – von Menschenaugen erblickt wurde, war er von einer schwarzen Harzschicht bedeckt: Noch immer umgab ihn das Geheimnis.

Was dann geschah, gehört zum Erschreckendsten dieser ganzen Entdeckergeschichte.

Dr. Douglas Derry von der Universität Kairo war hinzugezogen worden, um den Leichnam zu untersuchen. Als Anatomieprofessor hielt man ihn für geeigneter als Carter. Darüber konnte man streiten. Gegenüber Tut, der regelrecht festgeschweißt war in seinem Grab, ergriff Derry, gelinde gesagt, extreme Maßnahmen. Erst versuchte er, die Mumie frei zu meißeln. Dann versuchte er, das Harz im Salböl mit heißen Messern weich zu bekommen. Und dann tat Derry das Unglaubliche: Er nahm eine Säge und schnitt Tuts Körper entzwei.

Tuts Palast, 1324 v. Chr.

Auf Zehenspitzen schlich der Soldat Abdul in den Raum. Hinter einer Statue versteckt hatte er gewartet, bis die Königin ihren kranken Gemahl verließ. Er wusste, dass er nur wenige Minuten hatte, um die Tat zu begehen und aus dem Palast zu entkommen.

Unschuldig und hilflos sah der Pharao in seinem Bett aus, wie ein Kind. Ein Anflug von Reue überkam den Soldaten, wich aber rasch wieder harter Entschlossenheit und dem Bewusstsein, dass das, was er vorhatte, zum Wohl Ägyptens geschah. Geld hatte ihm der General versprochen und eine Beförderung. Der Wesir hatte ihm den Handel noch versüßt mit einer Landschenkung und einigem Vieh.

So schritt der kaltblütige Mörder zum Bett des Pharaos. Er stellte sich breitbeinig hin, reckte sich empor und hob die Keule mit beiden Händen hoch über den Kopf.

Konnte es wirklich so einfach sein, einen Pharao zu ermorden? Abdul wartete regelrecht darauf, dass eine Wache aus der Deckung sprang oder dass Tut sich vom Bett aufrichtete, ihm in den Arm fiel und seine eigene Ermordung verhinderte.

Der Soldat fühlte das glatte Ebenholz in seiner Hand, und das Gewicht des Steins schien gerade richtig für das, was er vorhatte – schwer genug, damit die Waffe nicht vom Kopf des Königs zurückprallte, und leicht genug, damit sie den Attentäter beim Ausholen nicht aus dem Gleichgewicht brachte.

Da hörte Abdul erschrocken, dass der Pharao im Schlaf leise sprach. „Mutter", murmelte Tutanchamun.

Der Soldat senkte die Keule. Es war nicht richtig, den Pharao so zu töten. Stattdessen legte er seine starken Hände fest um den Hals des Königs und schnürte ihm die Luft ab.

Tuts Augen öffneten sich weit. Er wollte sich wehren, war aber zu schwach. Und dann war er tot.

Abdul hob die Keule auf und verließ den Raum so rasch und leise, wie er gekommen war. Noch in derselben Nacht wurde der Soldat in Stücke gehackt.

Palm Beach, Florida, heute

Die Malereien im Grab waren es, die die wahre Geschichte erzählten und den Kriminalfall lösen halfen.

Von der Wand der Grabkammer Tutanchamuns blickt Eje auf die Besucher herab. Man sieht ihn, mit einer Königskrone auf dem Haupt, das Ritual der Mundöffnung vollziehen. Dies war die Aufgabe des neuen Pharaos. Eje führte also nicht nur dieses Ritual aus, er war auch nach Tuts Tod so rasch auf den Thron gelangt, dass er die Grabkammer noch mit seinem eigenen Bild hatte ausmalen lassen können.

Ironischerweise waren diese beiden Männer, Todfeinde im Leben, jetzt in dieser stickigen Kammer auf ewig aneinandergekettet. Nie mehr würde Tut seinem Peiniger entkommen können.

Meine Recherchen ergaben, dass Ejes Grab mit ähnlichen Malereien ausgestattet ist. Wie in Tuts Grabkammer sieht man in Ocker- und Gelbtönen zwölf Wächterpaviane, welche die zwölf Stunden der Nacht symbolisieren. Ferner ist Eje auf der Jagd in den Sümpfen abgebildet. Nach Tuts Tod bestimmte Eje über die Malereien im Grab des jungen Pharaos und selbstverständlich auch über die eigenen.

Wichtiger noch: Eje ließ Anchesenamun kein einziges Mal in Tutanchamuns Grab darstellen. Das ist ungewöhnlich, denn fast immer ließen die Pharaonen ihre Lieblingsfrau an den Grabwänden verewigen. Anchesenamun war Tuts Lieblingsfrau und *einzige* Frau. Eje aber wollte sie ganz für sich, um damit seinen Thronanspruch zu sichern. Ganz klar zielte sein Plan darauf ab, Anchesenamun zu seiner Königin zu machen, so als hätte es Tut nie gegeben.

Wer also war für den Mord verantwortlich? Wer verschwor sich, Tut zu töten? Und warum?

Sie *alle* haben ihn getötet. Direkt nach Tuts Ermordung regierte ja die Königin als Pharao. Sie wollte Macht, eindeutig – das zeigt ihr Versuch, den hethitischen Prinzen zu heiraten. Das war grober Landesverrat. Welches Ziel hatte sie dabei? Macht – die Macht über Ägypten.

Sie alle drei – Anchesenamun, Eje und Haremhab – folgten Tut auf dem Thron. Eje hinterging Anchesenamun jedoch, indem er den Hethiterprinzen ermorden ließ. Er war schon fortgeschrittenen Alters und wusste, dass dies seine letzte Chance war, auf den Thron zu gelangen. Erst ermordete er den hethitischen Prinzen, dann tötete er Anchesenamun. Die Königin hatte sich zuvor mit dem Mord an Tutanchamun einverstanden erklärt. Zweifellos in Sorge, dass Tut ohnehin sterben werde, glaubte sie, den Hethiter heiraten zu können, um einen Erben hervorzubringen und sich so auf dem Thron zu halten.

Sie konnte nicht ahnen, dass Eje sie hintergehen und dann töten würde.

Und Eje konnte nicht ahnen, dass sein Verbündeter, General Haremhab, ihn seinerseits aus dem Weg räumen würde, um den Thron zu besteigen.

Tut kam durch eine Verschwörung der drei Menschen zu Tode, die ihm im Leben am nächsten gestanden hatten. Hunderttausende haben Tutanchamun-Ausstellungen besucht, Millionen glauben seine Geschichte zu kennen, aber kaum jemand weiß um die wahre Tragödie des Kindkönigs.

Fall abgeschlossen.

Heute ruht Tutanchamuns Mumie in dem schlichten Holzkasten, den Carter für ihn gebaut hat. Untersuchungen über die Jahre haben ergeben, dass sein rechter Knöchel gebrochen war und offenbar einen Verband getragen hatte; dass er rechts einen schweren Beinbruch erlitten hatte, der sich womöglich infiziert hatte; sogar, dass er an einem verlagerten Weisheitszahn litt.

Dennoch: Tut wurde ermordet.

London, 2. März 1939

Howard Carter starb allein, betreut nur von einer Nichte, die als Erbin die Schätze zu erwarten hatte, die er in mehr als dreißig Grabungswintern im Tal der Könige zusammengetragen hatte.

Vier Tage vergingen vom Tod bis zur Beisetzung, genug Zeit, dass die *Times* ihn als „den großen Ägyptologen" preisen konnte, „der Ruhm erwarb durch seine Teilnahme an einer der erfolgreichsten und spannendsten Großtaten in den Annalen der Archäologie".

Nachrufe in der *Times* waren ein Privileg. Normalerweise wurde nur Reichen, Berühmten, Exzentrikern und Überfliegern die Ehre zuteil.

Auf Carter hatten einmal alle vier Kategorien zugetroffen. Doch der romantische, vom alten Freund Percy Newberry geschriebene Nachruf verschwieg, dass Carters Ruhm schon lange zuvor verblasst, um nicht zu sagen erloschen war – und dass ihm nur noch Percy als Freund geblieben war. Traurig, schludrig, fast peinlich seine Beisetzung: Nur eine Handvoll Trauergäste erschien am Grab, bei Carters Geburtsdatum auf dem Stein hatte man sich um ein Jahr vertan, und, am bittersten, Carter wurde in einem einfachen Erdloch beigesetzt.

Für den Mann, der sein Leben der Suche nach prächtigen Pharaonengräbern gewidmet hatte, ein sehr würdeloser Abgang.

Doch ein versöhnendes Element gab es.

Jahre nach Beendigung ihrer Affäre erschien Carters einzige Liebe am Grab. Lady Evelyn war eine kleine Frau, teuer gekleidet, mit einem breitkrempigen schwarzen Hut. Ihr Vater hatte Carter die heimliche Romanze übel angekreidet. Und als Lord Carnarvon nur wenige Monate nach Tuts Entdeckung plötzlich gestorben war, hatte Lady Evelyn „das Richtige getan". Die Tochter des Fünften Earl of Carnarvon hatte Carter den Rücken gekehrt und eine gesellschaftlich – und finanziell – angemessenere Partie gefunden. Wenige Monate nach der feierlichen Öffnung des Grabes Tutanchamuns hatte sie geheiratet.

Nun stand Lady Evelyn im Frühlingsgras, vor Augen einen einfachen Sarg und ein tiefes Erdloch, so wie sie einst an Carters Seite ein anderes Grab vor Augen gehabt hatte. Vielleicht war das der Grund, weshalb sie gekommen war. Ganz gleich wie weit Carter und Lady Evelyn sich voneinander entfernt hatten – die Tatsache blieb bestehen, dass sie beide an einem Novembermorgen siebzehn Jahre zuvor die ersten Menschen nach dreitausend Jahren gewesen waren, die einen Blick ins Grab des Kindkönigs, genannt Tutanchamun, geworfen hatten.

Gemeinsam hatten sie Geschichte geschrieben und waren in aller Welt bejubelt worden.

„Ich sehe wunderbare Dinge", hatte Carter nach dem ersten Blick in die Grabkammer atemlos gesagt.

Jetzt atmete Carter nicht mehr.

Der Pfarrer schloss sein Gebetbuch, und Carter wurde ins Grab gesenkt. Lady Evelyn warf eine Handvoll Erde auf den Sarg, dann schritt sie langsam zurück zum Kiesweg, wo ihr Wagen und ihr Chauffeur auf sie warteten.

Carter starb im Alter von 64 Jahren an Krebs. Woran Tutanchamun im Alter von nur achtzehn Jahren gestorben war, gab Carter zeitlebens Rätsel auf. Auch Lady Evelyn grübelte darüber immer wieder nach. Ein wichtiger fehlender Stein im Puzzle Tutanchamun.

Nun schlief Carter in einem weit weniger erlauchten Grab in ungestörter Totenruhe.

EPILOG

Tal der Könige, 1300 – 500 v. Chr.

Das Rätsel um Tutanchamun vertiefte sich langsam, von Sandsturm zu Sandsturm, von Regenschauer zu Regenschauer.

Zuerst wehten die Wüstenwinde Tonnen von Sand durchs Tal der Könige, sodass die Grabräuber, die in Höhlen hoch über dem Talboden lebten, sich tief in ihre Behausungen verkrochen. Die Tür zu Tuts Grab war versiegelt und seit Jahrhunderten nicht mehr erbrochen worden.

Durch den Sand, der erst die tiefste Stufe vor der Tür begrub, dann die nächste, dann die nächste, erhielt die Tür eine noch bessere Versiegelung.

Schließlich war sie zur Gänze unter Schutt und Geröll begraben und den Blicken der Welt entzogen.

In diesem Tal regnet es nicht oft, aber wenn, dann fällt so heftiger Niederschlag, dass massive Erdbrocken von den Hängen ins Tal rutschen. Das Wasser verwandelt den Sand und den Kalkstein in eine Art Zement, sodass alles Darunterliegende unter einer harten Kruste begraben wird. Auf diese Weise verschwanden schließlich auch die letzten Stufen der Treppe, die in Tuts Grab führte.

Als hätte sie nie existiert.

Jeder Sandsturm, jeder Platzregen legte eine weitere Schicht darüber, bis die Treppe schließlich rund zwei Meter unter der Erdoberfläche lag. Der Ort des Grabes war nicht nur unkenntlich, er war vergessen.

Tief unter der Erde ruhte Tutanchamun, der Kindkönig. Die Wände waren fest und rissen oder brachen nicht durch das neue Gewicht, das auf ihnen lastete.

Auch litten die Schätze nicht durch Regen oder Nässe – sie waren, wenn überhaupt, jetzt noch besser geschützt als zuvor.

Tutanchamun lag allein, Jahr um Jahr, Jahrhundert um Jahrhundert, als wartete er auf den Tag, da irgendein Altertumsforscher einmal die Erd- und Kalkschichten wegkratzte.

Und – vielleicht – auch das Geheimnis seines Lebens und frühen Todes ans Licht brachte.

JAMES PATTERSON/MARTIN DUGARD

„Die Herausforderung und die Freude, eine Geschichte zu erzählen, treiben mich an."

Es gibt sie in der Computerära noch – Zeitgenossen, die ganz altmodisch mit der Hand schreiben. Der 1947 geborene Bestsellerautor James Patterson, der aus New York stammt und mit Frau und Sohn in Florida lebt, ist einer von ihnen. Kaum vorstellbar ist das Zeit- und Arbeitspensum, das er mit Stift und Papier absolviert: 350 Tage im Jahr sitzt er zehn Stunden täglich nicht nur am Schreibtisch, sondern immer auch an mehreren Titeln gleichzeitig. Nach der Beendigung einer ungeliebten Karriere in der Werbebranche widmet Patterson sich seit Mitte der Neunzigerjahre ausschließlich dem Schreiben und kommt durch seine disziplinierte, ja geradezu besessene Arbeitsweise auf eine stattliche Anzahl veröffentlichter Bücher – „so um die 60 bis 70", schätzt er selbst. Fast jedes wird ein rauschender Erfolg: 170 Millionen Patterson-Bücher sind mittlerweile weltweit verkauft worden. Kein Wunder, dass die *Zeit* Patterson den Titel „erfolgreichster Schriftsteller unserer Zeit" verlieh.

Um seine vielen Buchideen umsetzen zu können, zieht Patterson oft Koautoren heran. Sein 1961 geborener Landsmann Martin Dugard, der Sachbücher veröffentlichte und für Zeitschriften schreibt, übernahm bei *Königsmord* in London und Ägypten die „Laufarbeit als Historiker", wie Patterson es nennt: „Ich selbst vergrub mich in Bücher und die Onlinerecherche. Dann trugen wir unsere Notizen zusammen und begannen zu schreiben. Von dem Moment an, als mir die Idee kam und ich Marty einspannte, hieß es: Abtauchen ins alte Ägypten! Das Buch ist ein Krimi, aber die historische Dimension bedingte eine neue, zusätzliche Detektivarbeit. Wir mussten nicht nur die Figuren unseres Dramas kennen, sondern wissen, was sie aßen, wie sie sich kleideten, wie sie liebten – und wie sie einander möglicherweise umgebracht haben."

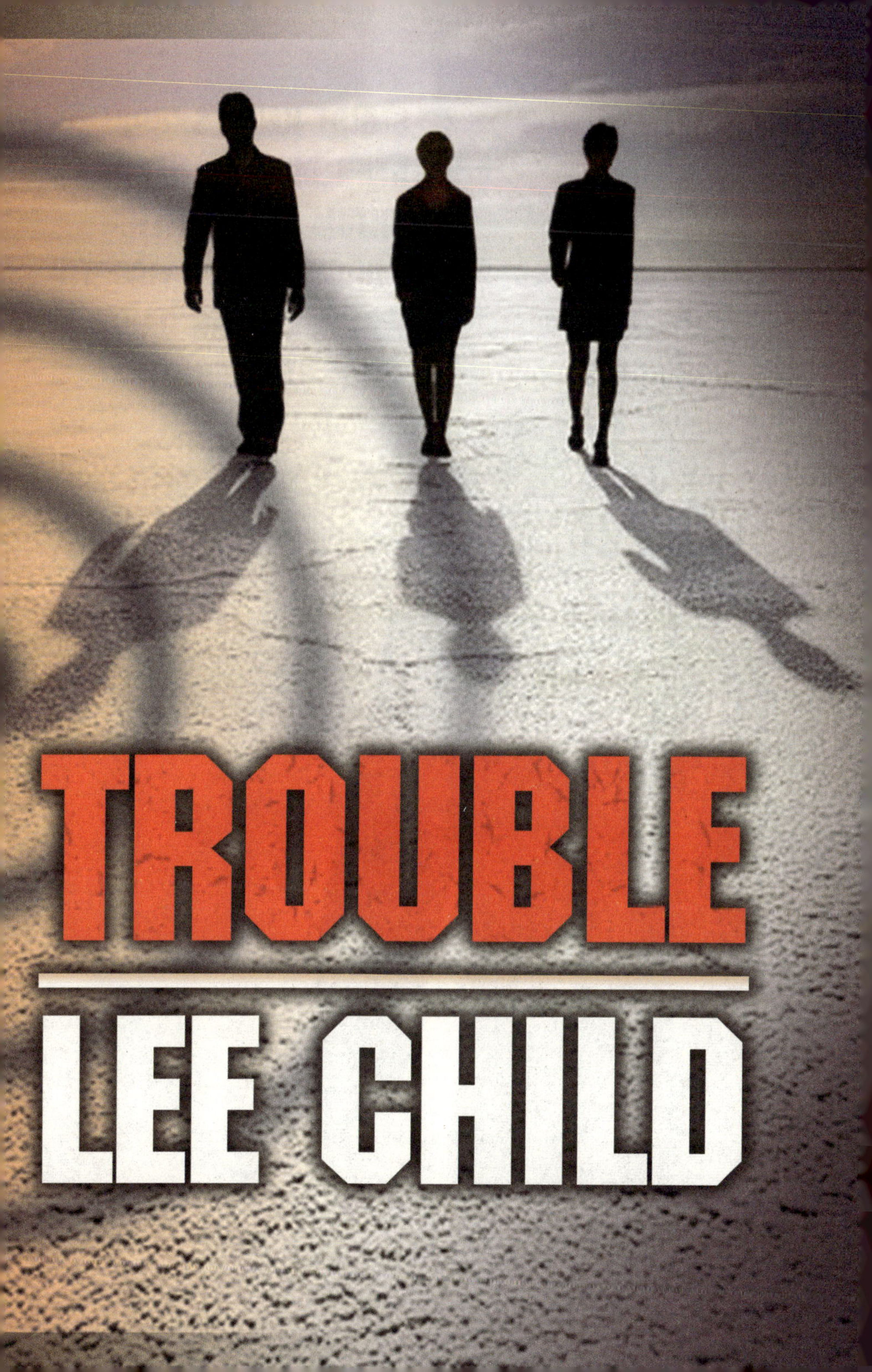
TROUBLE
LEE CHILD

ES GIBT KEINE SKRUPEL, WENN DIE GIER NACH REICHTUM UNERSÄTTLICH IST. DOCH ES GIBT MÄCHTIG ÄRGER, WENN MAN DABEI AN JACK REACHER GERÄT.

1

Der Mann hieß Calvin Franz, und der Hubschrauber war eine Bell 222. Franz hatte zwei gebrochene Beine, deshalb musste er auf einer Tragbahre festgeschnallt an Bord gebracht werden. Das war nicht weiter schwierig. Die Bell war geräumig: Der für Geschäftsreisen konzipierte zweistrahlige Hubschrauber bot Platz für sieben Fluggäste. Die Kabinentüren waren so breit wie die eines Kastenwagens und ließen sich weit öffnen. Die mittlere Sitzreihe war ausgebaut worden. Für Franz gab es auf dem Kabinenboden reichlich Platz.

Die Triebwerke liefen im Leerlauf. Zwei Männer schleppten die Bahre. Sie duckten sich im Rotorabwind und hasteten auf die Bell zu, einer rückwärts, einer vorwärts gehend. Als sie die offene Tür erreichten, hievte derjenige, der rückwärts gegangen war, einen der Tragegriffe auf die Türschwelle und duckte sich weg. Der andere Mann trat vor und schob die Bahre kräftig an, sodass sie ganz in die Kabine rutschte. Franz war bei Bewusstsein und hatte Schmerzen. Er schrie auf und warf sich etwas herum, aber nicht allzu sehr, weil seine Brust- und Schenkelgurte sehr straff angezogen waren. Die beiden Männer stiegen nach ihm ein, nahmen ihre Plätze in der Reihe hinter den ausgebauten Sitzen ein und knallten die Kabinentür zu.

Dann warteten sie. Der Pilot wartete.

Ein dritter Mann kam übers Vorfeld. Gebückt ging er unter den Rotorblättern hindurch und hielt eine Hand flach an seine Brust gepresst, damit seine Krawatte nicht im Wind flatterte. Er stieg neben dem Piloten ein.

„Los!“, befahl er, dann senkte er den Kopf, um sich auf den Zentralverschluss seines Gurtzeugs zu konzentrieren.

Als der Pilot die Leistungshebel nach vorn schob, verwandelte sich das träge *Wup-wup-wup* der Rotorblätter im Leerlauf in ein helles, drängendes Knattern, das dann vom Heulen der Triebwerke überlagert wurde. Die Bell hob senkrecht ab und drehte sich halb, bevor sie mit eingefahrenem Fahrwerk auf dreihundert Meter stieg. Dann senkte sie ihren Bug und knatterte nach Norden. Unter ihr glitten Gewerbeparks und kleine Fabriken vorbei. Klinkermauern leuchteten rot in der Abendsonne.

„Sie wissen, wohin wir wollen?“, fragte der Mann auf dem vorderen Sitz.

Der Pilot nickte, ohne etwas zu erwidern.

Die Bell ging auf Nordostkurs, tauchte ins nächtliche Dunkel ein. Sie überflog einen tief unter ihr liegenden Freeway, einen Strom aus weißen und roten Lichtern. Eine Minute nördlich des Freeways gingen die letzten kultivierten Flächen in kleine Hügel über, die mit niedrigem Buschwerk bewachsen und unbewohnt waren. Wenig später gingen die kleinen Hügel ihrerseits in niedrige, abgerundete Berge über. Die Bell knatterte weiter, stieg und sank, folgte den Geländekonturen unter ihr.

Der Mann auf dem Vordersitz drehte sich um und sah auf Franz hinab. Lächelte flüchtig und sagte: „Ungefähr noch zwanzig Minuten.“

Franz gab keine Antwort. Er litt zu starke Schmerzen.

Die Bell legte in zwanzig Minuten rund 86 Kilometer zurück und gelangte über die Berge weit in die unbesiedelte Wüste hinaus. Der Pilot hob den Bug an und flog etwas langsamer. Der Mann neben ihm drückte seine Stirn ans Fenster und starrte ins Dunkel hinunter.

„Wo sind wir?“, fragte er.

„Wo wir schon mal waren“, antwortete der Pilot.

„Höhe?“

„Tausend Meter.“

„Wie sind die Verhältnisse hier oben?“

„Still. Leichte Thermik, aber kein Wind.“

„Okay, dann los.“

Der Pilot wurde noch langsamer, bis er in den Schwebeflug überging. Der Mann auf dem Vordersitz machte den Kerlen in der letzten Reihe ein Zeichen. Die beiden schnallten sich ab. Einer kauerte nieder, hielt seinen Sicherheitsgurt mit einer Hand umklammert und entriegelte mit der anderen die Kabinentür. Der Pilot hob den Bug etwas an, sodass die Tür durch ihr Eigengewicht ganz nach hinten glitt. Dann senkte er den Bug wieder und flog einen langsamen Rechtskreis, damit Fliehkraft und Luftströmung die Tür offen hielten. Der zweite Kerl hievte die Tragbahre in einem Winkel von 45 Grad hoch. Franz war ein großer, schwerer Mann. Und er ließ sich nicht leicht unterkriegen. Seine Beine waren wertlos, aber sein Oberkörper war stark und versuchte den Gurt zu sprengen. Er warf seinen Kopf von einer Seite zur anderen.

Der erste Kerl zog sein Springmesser und benutzte es, um Franz’ Schenkelgurt zu durchtrennen. Dann zerschnitt er den Gurt über Franz’ Brust. Genau gleichzeitig brachte der zweite Kerl die Tragbahre ganz in die Senkrechte. Franz trat unwillkürlich einen Schritt nach vorn, auf seinem gebrochenen rechten Bein. Er schrie kurz auf, dann machte er instinktiv einen weiteren Schritt, auf seinem gebrochenen linken Bein. Wild mit den Armen rudernd, sackte er nach vorn. Das Übergewicht seines schweren Oberkörpers ließ ihn über die Drehachse der steifen Hüften kippen und beförderte ihn durch die offene Tür hinaus: in die von Lärm erfüllte Dunkelheit, in den Sturmstärke erreichenden Rotorabwind, in die Nacht.

2

Siebzehn Tage später. Jack Reacher war in Portland, Oregon, und ziemlich abgebrannt. In Portland, weil er irgendwo sein musste und der Überlandbus dort gehalten hatte. Ziemlich abgebrannt, weil er in einer Polizistenbar eine stellvertretende Staatsanwältin namens Samantha kennen gelernt und sie zweimal zum Abendessen eingeladen hatte, bevor er zwei Nächte bei ihr verbracht hatte. Jetzt war sie ins Büro gefahren, und er war zum Busbahnhof in der Stadtmitte unterwegs: mit noch vom Duschen nassem Haar, entspannt, ohne bestimmtes Ziel, mit einem sehr dünnen Packen Geldscheine in der Tasche.

Die Terroranschläge vom 11. September 2001 hatten Reachers Alltag in zweierlei Hinsicht verändert. Erstens hatte er jetzt neben seiner Klappzahnbürste einen Reisepass in der Tasche. In dieser neuen Ära erforderten zu viele Dinge einen Lichtbildausweis. Reacher war jemand, der sich treiben ließ, aber kein Einsiedler, ruhelos, aber nicht gestört, und hatte deshalb würdevoll nachgegeben.

Und zweitens hatte er sein Verfahren für Barabhebungen geändert. Nach seinem Ausscheiden aus der Army hatte er viele Jahre lang bei Bedarf seine Bank in Virginia angerufen und sich mit Western Union telegrafisch Geld an seinen jeweiligen Aufenthaltsort schicken lassen. Neue Sorgen über die Finanzierungsmethoden von Terroristen hatten dieses Verfahren jedoch praktisch unmöglich gemacht. Also hatte Reacher sich eine Kontokarte ausstellen lassen. Er trug sie im Pass bei sich und hatte als PIN die Zahl 8197 gewählt. Er betrachtete sich als Mann mit sehr wenigen Talenten, aber allen möglichen Fähigkeiten, von denen die meisten physischer Natur waren und mit seiner überdurchschnittlichen Größe und Stärke zusammenhingen; dazu gehörten auch die Gabe, dass er immer wusste, wie spät es gerade war, ohne auf die Uhr sehen zu müssen, und eine nicht unbedingt mit Intelligenz zusammenhängende Rechenbegabung. Deshalb die 8197.

Ihm gefiel die 97, weil sie die größte zweistellige Primzahl war, und er liebte die 81, weil sie unter buchstäblich unendlich vielen Zahlen die absolut einzige war, deren Wurzel mit ihrer Quersumme übereinstimmte. Keine andere nicht triviale Zahl im Kosmos besaß solch köstliche Symmetrie.

Seine Freude an Zahlenspielereien und sein tiefsitzendes Misstrauen gegenüber Geldhäusern zwangen ihn dazu, jedes Mal seinen Kontostand zu kontrollieren, wenn er Geld abhob. Er dachte immer daran, die Auszahlungsgebühr abzuziehen und jedes Vierteljahr den kümmerlichen Guthabenzins der Bank zu addieren. Aber trotz seines Misstrauens war er nie abgezockt worden. Sein Guthaben entsprach jedes Mal genau seiner Berechnung. Bis zu diesem Morgen in Portland, an dem sein Guthaben über tausend Dollar höher war als erwartet.

Exakt eintausenddreißig Dollar höher, als Reacher sich im Kopf ausgerechnet hatte. Offenbar ein Irrtum. Ein Fehler der Bank. Er drückte auf einen weiteren Knopf und forderte damit einen Minikontoauszug an. Aus einem Schlitz schlängelte sich ein dünner Papierstreifen, der die letzten fünf Kontobewegungen anzeigte. Drei davon waren Abhebungen an Geldautomaten. Eine betraf die Guthabenzinsen der Bank. Ganz unten stand eine vor drei Tagen erfolgte Einzahlung über eintausenddreißig Dollar in bar. Nun hatte er's schwarz auf weiß.

Tausenddreißig Dollar. 1030.

Keine auf den ersten Blick interessante Zahl, aber Reacher starrte sie doch eine Minute lang an. Natürlich keine Primzahl. Keine gerade Zahl außer zwei war eine Primzahl. Wurzel? Etwas weniger als 10,1. Teiler? Nicht viele.

Ein Irrtum. Oder vielleicht auch keiner.

Reacher zog seine fünfzig Dollar aus dem Automaten und angelte Kleingeld aus der Tasche. Eine Telefonzelle fand er im Busbahnhof. Die Nummer seiner Bank wusste er auswendig. Die Frau, mit der er sprach, war erstaunt, dass ein Kunde wegen eines Irrtums zu seinen Gunsten anrief.

„War vielleicht kein Irrtum", meinte Reacher.

„Zahlen Dritte häufig etwas auf Ihr Konto ein?", fragte sie.

„Nein."

„Dann ist es wahrscheinlich doch ein Irrtum, glauben Sie nicht?"

„Ich muss wissen, wer den Betrag eingezahlt hat."

„Darf ich fragen weshalb? Hier geht es um vertrauliche Informationen. Gewährt ein Irrtum der Bank einem Kunden Einblick in die finanziellen

Verhältnisse eines anderen, könnte das ein Verstoß gegen alle möglichen Bestimmungen sein."

„Die Einzahlung könnte eine Nachricht sein. Aus der Vergangenheit."

„Das verstehe ich nicht."

„Ich war früher mal bei der Militärpolizei", erklärte Reacher. „Braucht ein Militärpolizist dringend Unterstützung von Kollegen, gibt er über Funk den Code zehn-dreißig durch. Ich denke, falls ich den Einzahler kenne, könnte es sich um einen Hilferuf handeln."

„Hätte diese Person Sie nicht einfach angerufen?"

„Ich habe kein Telefon."

„Vielleicht eine E-Mail? Oder ein Telegramm. Oder sogar ein Brief?"

„Ich habe keine Adresse für solche Dinge."

„Wie setzen wir uns dann mit Ihnen in Verbindung?"

„Überhaupt nicht."

„Eine Einzahlung auf Ihr Konto wäre allerdings eine merkwürdige und sehr schwierige Art der Verbindungsaufnahme. Jemand müsste Ihr Bankkonto ausfindig machen."

„Genau das meine ich", erwiderte Reacher. „Das könnte nur eine clevere, einfallsreiche Person schaffen. Und wenn eine clevere, einfallsreiche Person Hilfe braucht, ist irgendwo etwas Schlimmes passiert."

Am anderen Ende herrschte Stille. Bis auf das Klappern einer Tastatur. „Das dürfte ich eigentlich gar nicht", sagte die Frau dann.

„Ich verpfeife Sie nicht."

Das Klappern der Tastatur verstummte. „Sie müssen mir schon ein bisschen helfen. Geben Sie mir Hinweise, damit ich den Namen nicht einfach so sagen muss. Handelt es sich zum Beispiel um einen Mann oder eine Frau?"

Reacher lächelte kurz. Die Antwort lag bereits in der Fragestellung. Es war eine Frau. Todsicher. Eine clevere, einfallsreiche Frau, die eine fantasievolle Querdenkerin war. Eine Frau, die von seinem fast zwanghaften Rechentrieb wusste. „Lassen Sie mich raten", sagte er. „Die Einzahlung ist in Chicago erfolgt."

„Ja, durch einen persönlichen Scheck auf eine Bank in Chicago."

„Neagley", folgerte Reacher.

„Das ist der Name, den wir haben", bestätigte die Frau. „Frances L. Neagley."

„Dann vergessen Sie, dass wir jemals miteinander geredet haben", entgegnete Reacher. „Das war kein Irrtum Ihrer Bank."

REACHER hatte dreizehn Jahre in der U. S. Army gedient, alle davon bei der Militärpolizei. Während dieser Zeit hatte er Frances Neagley zehn Jahre lang gekannt. Er war Offizier gewesen, erst Leutnant, dann Oberleutnant, Hauptmann und Major. Frances hatte standhaft jegliche Beförderung über den Master Sergeant hinaus abgelehnt. Als Stabsfeldwebel hatte sie sich geweigert, auch nur an die Offiziersschule zu denken. Reacher hatte nie richtig gewusst weshalb. Es gab viel, was er trotz ihrer zehnjährigen Bekanntschaft nicht über sie wusste.

Andererseits gab es viel, was er über sie wusste. Sie war clever und einfallsreich und gründlich. Und verdammt tough. Und eigenartig ungehemmt. Nicht in Bezug auf persönliche Beziehungen. Was ihre Person anging, war sie extrem verschlossen, und sie wehrte sich gegen jegliche Art körperlicher oder emotionaler Nähe. Ihre Ungehemmtheit war rein professionell. Hatte sie das Gefühl, etwas sei richtig oder notwendig, dann konnte nichts sie aufhalten – nicht einmal das, was Zivilisten vielleicht Recht und Gesetz genannt hätten. Reacher hatte sie einst zu einer Einheit für Sonderermittlungen geholt. Die meisten Leute hatten deren oft spektakuläre Erfolge auf Reachers Führungskraft zurückgeführt, aber er schrieb sie Frances Neagley zu. Sie beeindruckte ihn gewaltig. Manchmal ängstigte sie ihn fast.

Mittlerweile arbeitete sie bei einem privaten Sicherheitsdienst in Chicago. Das wusste er. Wenigstens hatte sie das vor vier Jahren getan, bei ihrer letzten Begegnung. Sie war ein Jahr nach ihm aus der Army ausgeschieden und hatte sich mit jemandem, den sie kannte, selbstständig gemacht.

Er grub noch mal in seinen Taschen und förderte weitere Münzen zutage. Rief die Auskunft für Ferngespräche an. Fragte nach Chicago. Gab den Namen der Firma an, wie er sich an ihn erinnerte. Die Telefonistin wurde durch eine Computerstimme ersetzt, die ihm eine Nummer nannte. Reacher hängte ein und wählte gleich wieder. Als sich eine Empfangsdame meldete, verlangte er Frances Neagley. Er wurde gebeten, einen Augenblick zu warten. Die dezente Musik erweckte in ihm die Vorstellung von kühlen weißen Korridoren und Kunstdrucken an den Wänden. Wahrscheinlich war die Firma größer, als er bisher angenommen hatte.

Ein Mann meldete sich: „Frances Neagleys Büro."

„Ist sie da?"

„Darf ich fragen, wer Sie sind?"

„Jack Reacher."

„Gut. Danke, dass Sie anrufen."

„Und wer sind *Sie*?"

„Ich bin Ms Neagleys Assistent."

„Ist sie da?"

„Sie ist nach Los Angeles unterwegs. In diesem Augenblick in der Luft, glaube ich. Sie möchte Sie so schnell wie möglich sehen."

„In Chicago?"

„Sie wird für ein paar Tage in L. A. sein. Ich denke, Sie sollten sie dort aufsuchen."

„Worum geht's überhaupt?"

„Das weiß ich nicht. Es hängt wohl nicht mit ihrer Arbeit zusammen. Sonst hätte sie eine Akte angelegt."

„In welchem Hotel wohnt sie in L. A.?"

„Auch das weiß ich nicht. Sie sagte, Sie würden sie dort schon aufspüren. Und wenn Sie sie nicht fänden, könne sie Sie nicht brauchen."

Reacher sah zu den mit laufenden Motoren bereitstehenden Bussen und der Abfahrtstafel hinüber. „An wen hat sie sich noch gewandt?"

„Es gibt eine ganze Liste mit Namen", antwortete der Assistent. „Aber Sie sind der Erste, der sich bei ihr meldet."

„Richten Sie ihr aus, dass ich unterwegs bin."

Mit einem Zubringerbus fuhr Reacher zum Flughafen Portland und buchte bei United Airlines einen einfachen Flug zum LAX, dem internationalen Flughafen von Los Angeles. Kabinengepäck besaß er keines. Er hatte keine Schlüssel, kein Handy, keine Armbanduhr. In dreißig Sekunden war er durch den Metalldetektor. Dann war er zum Flugsteig unterwegs, in Gedanken bei Frances Neagley.

Nicht mit der Arbeit zusammenhängend. Also eine Privatsache. Aber soviel er wusste, hatte sie keine privaten Angelegenheiten. Kein Privatleben. Sie hatte nie eines gehabt. Sicherlich hatte sie alltägliche Probleme, wie jeder Mensch. Aber er konnte sich nicht vorstellen, dass sie bei solchen Dingen Hilfe brauchte.

Was war also ihr Problem?

Eine ganze Liste mit Namen. Vielleicht hatte ihre Vergangenheit sie eingeholt. Vielleicht hatte eine lange hinausgeschobene interne Untersuchung begonnen. Reachers Sonderermittler hatten viele Verfahren abgekürzt, oft mit brutalen Mitteln gearbeitet. Irgendjemand, vielleicht Frances selbst, hatte den Slogan erfunden: *Mit den Sonderermittlern legt man sich nicht an.*

Er war endlos zitiert worden, als Versprechen, als Warnung. Mit unbewegter Miene und todernst gemeint.

Vielleicht *hatte* sich jetzt jemand mit den Sonderermittlern angelegt. Vielleicht hagelte es Vorladungen und einstweilige Verfügungen. Aber wieso sollte Frances ihn in diese Sache hineinziehen? Er lebte so anonym, wie das in Amerika überhaupt möglich war.

Er schüttelte den Kopf, gab auf und ging an Bord seines Flugzeugs.

Unterwegs nutzte er die Zeit, um sich zu überlegen, wo Frances sich verkrochen haben mochte. Früher hatte es zu seinem Job gehört, Leute aufzuspüren, und er war darin ziemlich gut gewesen. Erfolg beruhte auf Empathie. Man musste wie sie denken, wie sie fühlen. Sich in ihre Lage versetzen. Sie *sein*.

Also, was wusste er über Frances, um herauszufinden, in welchem Hotel sie abstieg? Nun, sie war sehr preisbewusst. Sie gab nicht gern Geld für etwas aus, was sie nicht brauchte. Und sie brauchte nicht viel. Keinen Zimmerservice oder ein Stück Schokolade auf dem Kopfkissen. Keinen flauschigen Bademantel oder in Zellophan versiegelte kostenlose Frotteepantoffeln. Nur ein Bett und eine Tür, die sich absperren ließ. Und Menschenmassen und Schatten und anonyme, von niedrigen Mieten und häufigen Mieterwechseln geprägte Viertel, in denen Barkeeper und Motelangestellte ein kurzes Gedächtnis hatten.

Folglich kam die Innenstadt nicht infrage. Beverly Hills ebenfalls nicht.

Wo also? Wo würde *ich* hingehen?, fragte Reacher sich.

Hollywood. Etwas südöstlich von dem guten Zeug. Auf der falschen Seite des Sunset Boulevards. Dort würde ich hingehen, dachte er. Und dort wird sie sein.

DAS FLUGZEUG landete etwas verspätet auf dem LAX, lange nach Mittag. An Bord hatte es keine Mahlzeit gegeben, und Reacher war hungrig. Das Frühstück bei Samantha, der Staatsanwältin in Portland, schien eine Ewigkeit zurückzuliegen.

Aber er machte keine Essenspause, sondern ging sofort zu den Taxis hinaus, wo er einen Koreaner mit einem gelben Toyota Minivan erwischte. Schweigend hockte er sich auf den Rücksitz und betrachtete das hitzeflirrende bräunliche Nachmittagslicht durchs Fenster. Palmen, Reklametafeln, Fahrbahnen. Und Autos, Ströme von Autos, eine Flut von Autos.

Der Taxifahrer nahm den Freeway 101 nach Norden, fuhr einen Block vor dem Sunset Boulevard ab. Reacher stieg auf der Ausfahrt aus und zahlte. Marschierte nach Süden, bog links ab und wandte sich nach Osten. Er wusste, dass es hier am Sunset auf beiden Seiten des Boulevards eine Ansammlung billiger Motels gab. Er hatte mehr als ein Dutzend abzuklappern. Das konnte eine Stunde dauern, vielleicht auch länger. Er war hungrig. Rechts voraus entdeckte er das Reklameschild eines „Denny's". Ein Schnellrestaurant. Er beschloss, erst zu essen und dann zu arbeiten.

Er überquerte die Drive-in-Spur. Ging an einer langen Fensterreihe vorbei. Sah Frances Neagley drinnen allein in einer Nische sitzen.

REACHER blieb einen Augenblick auf dem Parkplatz stehen und beobachtete Frances durchs Fenster. Sie hatte sich in den vier Jahren, seit er sie zuletzt gesehen hatte, kaum verändert. Sie musste jetzt näher an vierzig als an dreißig sein, aber ihr Haar war noch immer lang, schwarz und glänzend. Ihre Augen wirkten noch immer dunkel und lebendig. Sie war noch immer schlank und geschmeidig, verbrachte immer noch viel Zeit im Fitnessstudio. Das war offensichtlich. Sie trug ein enges weißes T-Shirt, und man hätte ein Elektronenmikroskop gebraucht, um ein Gramm Fett an ihren Armen zu finden. Oder sonst wo an ihrem Körper.

Sie war leicht gebräunt, was gut zu ihrem Teint passte. Ihr T-Shirt schien ein teures Markenprodukt zu sein. Insgesamt wirkte sie besser situiert, als er sie in Erinnerung hatte. Geregeltes Einkommen, erfolgreich, ins Zivilleben integriert. Einen Augenblick lang waren Reacher seine billigen Klamotten, seine abgetretenen Schuhe und sein zweitklassiger Haarschnitt peinlich. Als hätte sie's geschafft und er nicht. Dann verdrängte die Freude, eine alte Freundin wiederzusehen, diesen Gedanken. Er betrat das Restaurant und glitt in ihre Sitznische.

Frances hob den Kopf, sah ihn über den Tisch hinweg an und lächelte. „Hallo", begrüßte sie ihn.

„Ebenfalls", erwiderte er.

„Möchtest du essen?"

„Das hatte ich vor."

„Gut, dann wollen wir bestellen. Du bist ziemlich pünktlich gekommen."

„Tatsächlich?"

„Du hast meinen Assistenten aus Portland angerufen. Er hat die Anrufidentifizierung gesehen. Ich habe mir ausgerechnet, dass du geradewegs zum Flughafen fahren würdest. Dann ein Flug mit United und eine Taxifahrt hierher. Deine voraussichtliche Ankunftszeit war ziemlich leicht auszurechnen."

„Du hast gewusst, dass ich hierherkommen würde? In diesen Schuppen?“

„Wie du’s mir früher mal beigebracht hast.“ Frances lächelte erneut. „Man muss wie sie denken, sie *sein*. Also habe ich mir vorgestellt, wie du dich in mich hineinversetzen würdest.“

„Und ich dachte, *ich* hätte *dich* aufgespürt. Und? *Bist* du hier abgestiegen? In Hollywood?“

Sie schüttelte den Kopf. „Beverly Hills. Im ‚Wilshire‘. Ich bin vor zehn Minuten hergekommen, um dich aufzulesen.“

„Das Beverly Wilshire? Du hast dich verändert.“

„Eigentlich nicht. Aber die Welt hat sich verändert. Heutzutage brauche ich E-Mail, das Internet und einen Kurierdienst wie FedEx, Geschäftszentren und Portiers.“

„Neben dir sehe ich ja richtig altmodisch aus.“

„Du besserst dich. Du benutzt jetzt Geldautomaten.“

„Ein cleverer Schachzug, die Nachricht per Kontoauszug. Wenngleich etwas extravagant. Zehn Dollar und dreißig Cent hätten’s auch getan.“

„Ich dachte, du würdest vielleicht Geld für ein Flugticket brauchen.“

Reacher schwieg.

„Ich hatte bereits dein Bankkonto rausgekriegt. War keine große Mühe, sich dort einzuhacken. Reich bist du nicht.“

Er zuckte die Schultern. Tatsächlich war er fast arm. Seine Ersparnisse waren so weit abgeschmolzen, dass er sich gedanklich schon auf ein paar Monate Gelegenheitsarbeit einzustellen begonnen hatte.

Eine Kellnerin brachte ihnen die Speisekarte. Ohne einen Blick hineinzuwerfen, bestellte Frances einen Cheeseburger und ein Mineralwasser. Reacher entschloss sich ebenso schnell zu einem Thunfisch-Sandwich und heißem Kaffee.

„Willst du mir also erzählen, wofür dein Zehn-dreißig genau war?“, fragte er im Anschluss.

Frances’ Antwort bestand daraus, dass sie aus ihrer Umhängetasche ein schwarzes Ringbuch holte. Sie schob es ihm über den Tisch zu. Es enthielt die Fotokopie eines Autopsieberichts.

„Calvin Franz ist tot“, sagte Frances. „Ich glaube, dass ihn jemand aus einem Flugzeug geworfen hat.“

Früher, das heißt in der Army, war Calvin Franz ein Militärpolizist, exakt so alt wie Reacher und in dessen dreizehn Dienstjahren immer auf ziemlich ähnlichen Posten gewesen. Sie waren sich hier und dort begegnet, wie Offizierskameraden es manchmal taten, hatten in verschiedenen Weltgegenden Tuchfühlung gehabt, wenn ihre Ermittlungen sich überlagerten oder kollidierten. Dann hatten sie in Panama erstmals eng zusammengearbeitet. Diese Periode war kurz, aber sehr intensiv gewesen, und sie hatten im jeweils anderen Züge entdeckt, die beiden das Gefühl gaben, Brüder statt nur Kameraden zu sein. Nachdem Reacher den Auftrag erhalten hatte, eine Einheit für Sonderermittlungen aufzustellen, hatten Franz und er zwei Jahre lang sehr erfolgreich zusammengearbeitet und waren beste Freunde geworden. Dann waren neue Befehle gekommen, und ihre Einheit aus Sonderermittlern war aufgelöst worden. Reacher hatte Franz nie wiedergesehen.

Bis zu diesem Augenblick. Auf einem Autopsiefoto, das in ein aufgeschlagen auf einem klebrigen Resopaltisch in einem billigen Schnellrestaurant liegendes Ringbuch eingeheftet war.

Lebend war Franz kleiner als Reacher, aber größer als die meisten Leute gewesen. Schätzungsweise einen Meter neunzig groß, 95 Kilo schwer. Kräftiger Oberkörper, tiefe Taille, kurze Beine. In gewisser Weise primitiv wie ein Höhlenmensch. Trotzdem hatte er insgesamt nicht schlecht ausgesehen. Er war ruhig, entschlossen, tatkräftig und lässig unverkrampft gewesen. Seine ganze Art hatte andere Menschen Vertrauen zu ihm fassen lassen.

Auf dem Autopsiefoto sah er grässlich aus. Er lag nackt in einem Edelstahltrog, und seine Haut wirkte durch den Kamerablitz blassgrün.

„Wo hast du das her, Frances?“

„Ich kann so ziemlich alles beschaffen.“

Reacher blätterte um. Der Leichnam war 84 Kilo schwer gewesen. Als Todesursache war multiples Organversagen als Folge eines massiven Aufschlagtraumas angegeben. Beide Beine waren gebrochen, die Rippen eingedrückt. Im Blut hatte man Unmengen freier Histamine entdeckt. Der Körper war völlig ausgetrocknet gewesen; der Magen hatte nichts als Schleim enthalten. Die an der Kleidung gefundenen Spuren waren nicht weiter ungewöhnlich – bis auf unerklärliche Eisenoxidablagerungen in beiden Hosenbeinen, auf Schienbeinhöhe.

„Wo ist er aufgefunden worden?“, fragte Reacher.

„So achtzig Kilometer nordöstlich von hier in der Wüste, hundert Meter von der nächsten Straße entfernt. Keine hin- oder wegführenden Spuren.“

Die Bedienung brachte das Essen. Sie machten eine Pause, bis sie wieder allein waren.

„Zwei Deputys in einem Streifenwagen haben Bussarde kreisen sehen", erzählte Frances weiter. „Sie hielten an und fuhren hin, um nachzusehen. Sie gaben zu Protokoll, er habe ausgesehen wie vom Himmel gefallen. Das findet der Pathologe auch."

Reacher nickte. Er las eben die Schlussfolgerung des Gerichtsmediziners, die festgestellten inneren Verletzungen seien mit einem freien Fall aus ungefähr tausend Meter Höhe und einem Aufprall auf harten Sand vereinbar, sofern Franz flach auf dem Rücken aufgeschlagen sei – was aerodynamisch möglich war, wenn er bei diesem Sturz noch gelebt und mit den Armen gerudert hatte. Ein lebloser Körper wäre auf dem Kopf aufgekommen.

„Identifiziert haben sie ihn anhand seiner Fingerabdrücke", setzte Frances hinzu.

„Wie hast du davon erfahren?"

„Seine Frau hat mich angerufen. Vor drei Tagen. Offenbar standen wir alle in seinem Adressbuch. Alle seine alten Kameraden von früher. Ich war die Einzige, die sie erreichen konnte."

„Ich wusste gar nicht, dass er verheiratet war."

„Noch nicht sehr lange. Sie haben einen Jungen, vier Jahre alt."

„Hat er gearbeitet?"

„Ja, er war Privatdetektiv, hier in L. A. Beschäftigte sich hauptsächlich mit Personalüberprüfungen, Zeug aus Datenbanken. Du weißt, wie akribisch er immer war."

„Was wollte seine Frau von dir?"

„Nichts. Es mir nur erzählen."

„Sie will keine Antworten?"

„Die Polizei bearbeitet den Fall. Sheriffs des Bezirks L. A., um genau zu sein. Der Fundort liegt in der L. A. County. Dort ist die Polizei von L. A. nicht mehr zuständig, deshalb sind ein paar Deputys mit den Ermittlungen betraut. Sie ermitteln wegen dieser Flugzeugsache. Ihrer Ansicht nach ist die Maschine vielleicht aus Vegas nach Westen geflogen. Einen ähnlichen Fall hatten sie schon mal."

„Das war kein Flugzeug", widersprach Reacher. „Ein Flugzeug hat eine Überziehgeschwindigkeit von wie viel? Hundertdreißig Stundenkilometer? Er wäre aus der Tür kommend waagerecht in den Strömungssog geraten und gegen die Tragfläche oder das Leitwerk geknallt. Dabei hätte er deutliche Verletzungen davongetragen."

„Er hatte zwei gebrochene Beine."

„Wie lange dauert ein freier Fall aus tausend Metern?“

„Zwanzig Sekunden?“

„Sein Blut war voll freier Histamine. Das ist eine massive Schmerzreaktion. Bei zwanzig Sekunden zwischen Verletzung und Tod hätte sie kaum eingesetzt. Seine Beinbrüche waren mindestens zwei, drei Tage alt. Du weißt, was Eisenoxid ist?“

„Rost. Auf Eisen.“

Reacher nickte. „Jemand hat ihm die Beine mit einer Eisenstange gebrochen. Muss verdammt schmerzhaft gewesen sein.“

Frances schwieg.

„Und sie haben ihn hungern lassen“, fuhr Reacher fort. „Haben ihm nichts zu trinken gegeben. Er hatte zehn Kilo Untergewicht. Er wurde gefangen gehalten. Und gefoltert.“

Frances schwieg weiter.

„Es war ein Hubschrauber. Wahrscheinlich nachts. Schwebeflug in tausend Meter Höhe. Raus aus der Tür und senkrecht runter.“ Reacher schloss die Augen und stellte sich seinen alten Freund vor – wie er in der Dunkelheit fiel und fiel, sich überschlug, mit den Armen ruderte, ohne zu wissen, wo der Boden war. Ohne zu wissen, wann er aufschlagen würde. „Deshalb ist er wahrscheinlich nicht aus Vegas gekommen.“ Reacher öffnete wieder die Augen. „Für die meisten Hubschrauber wäre der Hin- und Rückflug zu weit. Ich tippe auf einen Standort in L. A. Die Deputys sind auf der falschen Fährte.“

Immer noch schweigend saß Frances da.

„Kojotenfutter. Die perfekte Entsorgungsmethode. Praktisch ohne Spuren. Die Luftströmung im freien Fall reißt alle losen Fasern und Haare mit. Da findet kein Spurensicherer etwas. Deshalb haben sie ihn auch lebend rausgeworfen. Sie hätten ihn vorher erschießen können, aber sie wollten nicht mal riskieren, eine ballistische Spur zu hinterlassen.“ Reacher klappte das schwarze Ringbuch zu, drehte es um und schob es wieder über den Tisch. „Aber das weißt du ohnehin schon alles. Stimmt's? Du stellst mich wieder auf die Probe. Um zu sehen, ob mein Gehirn noch funktioniert.“

Frances blieb stumm.

„Wozu hast du mich hergeholt?“, wollte er wissen.

„Weil die Deputys, wie du gesagt hast, auf der falschen Fährte sind. Du musst etwas unternehmen.“

„Ich werde etwas unternehmen. Verlass dich drauf. Sie sind so gut wie tot.

Niemand wirft meine Freunde aus Hubschraubern und überlebt, um davon erzählen zu können."

„Nein, ich möchte, dass du etwas anderes tust", sagte Frances. „Ich möchte, dass du die alte Einheit wieder zusammenholst."

3

Die alte Einheit. Sie war eine typische Erfindung der U. S. Army gewesen. Etwa drei Jahre nachdem alle Welt erkannt hatte, dass sie dringend benötigt wurde, hatte das Pentagon angefangen, über sie nachzudenken. Nach einem weiteren Jahr voller Ausschusssitzungen hatten die hohen Tiere beim Militär sich mit dieser Idee angefreundet und panikartige Bemühungen um ihre Verwirklichung ausgelöst. Da kein vernünftiger Kommandeur etwas damit zu tun haben wollte, war der Nukleus der neuen Einheit aus der 110. MP-Kompanie herausgeschnitten worden. Erfolg war wünschenswert, aber ein etwaiger Misserfolg musste sich leugnen lassen, deshalb machten sie sich auf die Suche nach einem fähigen Paria als Kommandeur. Logischerweise war die Wahl auf Reacher gefallen.

Er hatte es genossen, endlich einmal etwas richtig machen zu dürfen. Auf seine Art. Seiner Ansicht nach brauchte eine Einheit für Sonderermittlungen die Besten der U. S. Army, und er glaubte zu wissen, wer diese Leute waren. Er wollte eine schnelle und bewegliche kleine Einheit, die ohne Schreibstubenpersonal auskam, damit es keine undichten Stellen gab. Am Ende hatte er sich für acht Namen entschieden: Tony Swan, Jorge Sanchez, Calvin Franz, Frances Neagley, Stanley Lowrey, Manuel Orozco, David O'Donnell und Karla Dixon. Frances war die einzige Sergeantin. Alle anderen waren Hauptleute oder Majore, was in Bezug auf klare Befehlsstrukturen völlig verrückt war, aber Reacher wusste, dass zwischen neun Personen, die eng zusammenarbeiteten, eher laterale als vertikale Strukturen entstehen würden. Er wollte ein Team ohne Stars, ohne Egomanen, und erwartete von seinen Leuten, dass sie sich gegenseitig unterstützten und vor allem unerbittlich effektiv waren.

„Das liegt alles schon lange zurück", meinte Reacher.

„Wir müssen etwas unternehmen", insistierte Frances. „Alle gemeinsam. Kollektiv. Mit den Sonderermittlern legt man sich nicht an. Weißt du noch?"

„Das sollte nur die Moral heben. Demonstrative Kaltblütigkeit. Pfeifen im Walde."

„Es war mehr als nur das. Wir haben uns gegenseitig den Rücken freigehalten. Irgendjemand hat Franz ermordet, und wir können nicht einfach darüber hinwegsehen.“

Reacher schloss erneut die Augen und hatte sofort wieder das Bild vor sich: Calvin Franz, der sich überschlagend durchs Dunkel stürzt. „Diese Sache kann ich allein regeln. Oder mit dir zusammen. Aber wir können die alte Einheit nicht wieder aufleben lassen. Das funktioniert nie.“

„Wir müssen sie wieder aufleben lassen. Weil die anderen ein Recht darauf haben, beteiligt zu werden. Dieses Recht haben sie sich in zwei harten Jahren verdient. Und wir brauchen sie, Reacher. Weil Franz gut war. So gut wie ich, so gut wie du. Und trotzdem hat jemand ihm die Beine gebrochen und ihn aus einem Hubschrauber geworfen. Ich glaube, dass wir in dieser Sache alles brauchen, was wir an Hilfe bekommen können. Deshalb müssen wir die anderen finden.“

Reacher öffnete die Augen. „Die anderen hätten viel leichter zu finden sein müssen als ich.“

„Ich kann keinen von ihnen erreichen.“

„Was weißt du über die anderen sechs?“

„Fünf“, korrigierte Frances ihn. „Stan Lowrey ist tot. Verkehrsunfall in Montana. Der andere war betrunken.“

„Das hab ich nicht gewusst. Ich hatte Stan gern.“

„Ich auch.“

„Und wo sind die anderen?“

„Tony Swan ist stellvertretender Leiter des Sicherheitsdienstes bei einem Rüstungsunternehmen irgendwo hier in Südkalifornien. Eine neue Firma. Ganz neu gegründet. Er arbeitet erst seit ungefähr einem Jahr dort.“

Reacher nickte. Tony Swan. Ein kleiner, stämmiger Mann. Fast quadratisch wirkend. Freundlich, gutmütig, intelligent.

„Orozco und Sanchez sind draußen in Vegas“, fuhr Frances fort. „Sie haben gemeinsam ein Sicherheitsunternehmen, Hotels und Kasinos, auf Honorarbasis. Dave O’Donnell ist in Washington als Privatdetektiv tätig.“

Orozco und Sanchez: beide hager, zäh, beweglich und reizbar, wenn sie Bockmist witterten. O’Donnell war der Gewissenhafte gewesen und hatte den gesamten Papierkram der Einheit praktisch im Alleingang bewältigt. Er hatte wie ein Gentleman ausgesehen, aber immer ein Springmesser in der einen Jackentasche und einen Schlagring in der anderen gehabt.

„Karla Dixon lebt in New York“, schloss Frances. „Ermittelt freiberuflich für Banken und Börsenmakler. Sie versteht offenbar etwas von Geld.“

„Auf Zahlen hat sie sich schon immer verstanden“, entgegnete Reacher. Karla und er hatten manche freie Stunde damit verbracht, dass sie versuchten, berühmte mathematische Lehrsätze zu beweisen oder zu widerlegen. Ein hoffnungsloses Unterfangen, weil sie beide lausige Amateure waren, aber ein netter Zeitvertreib. Karla war schwarzhaarig, bildhübsch und zierlich: eine heitere kleine Person, die jedem Menschen das Schlimmste zugetraut und damit unweigerlich in neun von zehn Fällen Recht behalten hatte.

„Wieso kannst du sie nicht erreichen?“, fragte Reacher.

„Keine Ahnung. Ich hab versucht, sie anzurufen, aber keiner ruft zurück.“

„Du hast die anderen am selben Tag angerufen, an dem du das Geld auf mein Konto eingezahlt hast?“

Frances nickte.

„Das ist erst drei Tage her“, meinte Reacher. „Vielleicht sind sie alle beschäftigt. Vergiss die anderen einfach. Du und ich können für Franz eintreten. Nur wir beide.“

Frances faltete die Hände und ließ sie auf dem schwarzen Ringbuch ruhen. Schlanke Finger, gebräunte Haut, Muskelstränge und Sehnen. „Eine Frage. Nehmen wir mal an, ich hätte mir die Sache mit deiner Bank gespart. Nehmen wir mal an, du würdest in ein paar Jahren erfahren, dass Franz ermordet wurde – und dass wir sechs ohne dich losgezogen sind und ihn gerächt haben. Wie würdest du dich dann fühlen?“

Reacher überlegte einen Herzschlag lang. „Schlecht, vermutlich. Vielleicht betrogen. Ausgegrenzt. Okay, wir versuchen, die anderen zu finden. Aber wir warten nicht ewig.“

FRANCES hatte ihren Leihwagen auf dem Parkplatz stehen. Sie bezahlte das Mittagessen, dann gingen sie hinaus. Der Wagen war ein Mustang, ein rotes Cabrio. Sie stiegen ein, und Frances drückte auf den Knopf, der das elektrische Verdeck öffnete. Sie nahm eine Sonnenbrille vom Armaturenbrett und setzte sie auf. Stieß rückwärts aus der Parklücke und fuhr in Richtung Beverly Hills. Reacher saß schweigend neben ihr und kniff in der Nachmittagssonne die Augen zusammen.

Dreißig Meter westlich des Restaurants beobachtete ein Mann namens Thomas Brant aus einem beigefarbenen Ford Crown Victoria heraus, wie sie wegfuhren. Er benutzte sein Handy, um seinem Boss – einem Mann namens Curtis Mauney – eine Nachricht zu hinterlassen.

Fünf Wagen hinter Brants Crown Victoria parkte ein dunkelblauer viertüriger Chrysler mit einem Mann in einem dunkelblauen Anzug am Steuer. Auch er benutzte ein Handy.

„Sie hat gerade den Ersten von ihnen aufgelesen“, meldete er. „Wer das ist, weiß ich nicht. Ein großer Kerl, sieht wie ein Stadtstreicher aus.“

Dann hörte er sich an, was sein Boss antwortete, und sah ihn dabei vor seinem geistigen Auge, wie er sich mit einer Hand die Krawatte über seinem Hemd glatt strich, während er in der anderen den Telefonhörer hielt.

Wie sein Name vermuten ließ, lag das Beverly Wilshire am Wilshire Boulevard mitten in Beverly Hills. Es bestand aus zwei großen Kalksteinklötzen, zwischen denen die Zufahrt zum Parkservice hindurchführte. Frances bog mit dem Mustang dort ab.

Als sie hinter einem Pulk schwarzer Limousinen hielten, sagte Reacher: „Ich kann's mir nicht leisten, hier zu wohnen.“

„Ich habe dein Zimmer schon gebucht. Es geht auf meine Karte.“

„Ich werd's dir aber nicht zurückzahlen können.“

„Mach dir deswegen keine Sorgen. Vielleicht machen wir bei diesem Unternehmen sogar Beute, wenn die bösen Buben reich sind.“

Frances ließ den Schlüssel stecken und den Motor laufen. Ein Mann kam herbeigerannt und gab ihr ein Kärtchen mit ihrer Parkplatznummer. Sie ging die Stufen zum Hintereingang der Hotelhalle hinauf. Reacher folgte ihr. Sie lief durch einen belebten Korridor und trat in eine Empfangshalle, die in Größe und Form an einen feudalen Prunksaal erinnerte. Es gab eine Rezeption, eine Theke für Pagen und die Theke des Portiers, alle separat. Und es gab hellbeigefarbene Samtsessel, in denen elegant gekleidete Gäste saßen.

„Hier drinnen sehe ich wie ein Stadtstreicher aus“, brummte Reacher.

„Oder wie ein Milliardär. Heutzutage weiß das keiner mehr so genau.“

Frances führte ihn zur Rezeption, damit er einchecken konnte. Seine Zimmerreservierung lautete auf den Namen Thomas Shannon, der einst der Bassist in der Band des Bluesgitarristen Stevie Ray Vaughan und einer von Reachers Lieblingsmusikern gewesen war. Reacher lächelte und nickte dankend. Er vermied es möglichst, schriftliche Spuren zu hinterlassen.

Er wandte sich an Frances. „Wie nennst du dich hier?“

„Ich benutze meinen richtigen Namen. Derartige Tricks wären jetzt zu kompliziert.“

Der Hotelangestellte überreichte ihm eine Schlüsselkarte, die Reacher in seine Hemdtasche steckte. Er wandte sich von der Rezeption ab.

„Komm, wir wollen anfangen", sagte er.

SIE BEGANNEN in Frances' Zimmer, in Wirklichkeit eine Suite mit zwei Räumen. Das Wohnzimmer war hoch und luxuriös und in Blau- und Goldtönen gehalten. Es hätte ein Zimmer im Buckingham-Palast sein können. Auf dem Schreibtisch am Fenster standen zwei Notebooks. Daneben lagen fünf bedruckte Blätter. Fünf Namen, fünf Adressen, fünf Telefonnummern. Die alte Einheit ohne die beiden Toten und die beiden schon Anwesenden.

„Erzähl mir von Stan Lowrey", bat Reacher.

„Da gibt's nicht viel zu erzählen. Er ist aus der Army ausgeschieden, nach Montana gezogen und dann unter einen Lastwagen geraten."

„Was hat er in Montana gemacht?"

„Schafe gezüchtet, Butter hergestellt. In Montana werden keine Privatdetektive gebraucht. Aber dort lebte seine Freundin."

Reacher nickte. „Wieso können wir die anderen nicht erreichen?"

„Keine Ahnung."

„Woran hat Franz gearbeitet?"

„Das scheint niemand zu wissen."

„Hat seine Frau nichts erzählt?"

„Sie hat mir am Telefon nur berichtet, dass ihr Mann tot ist."

„Wir müssen sie persönlich befragen. Sie ist hier der offensichtliche Ausgangspunkt."

„Sobald wir's noch mal mit den anderen versucht haben", sagte Frances.

Reacher griff nach den fünf Blättern, gab ihr drei davon und behielt selbst zwei. Sie benutzte ihr Handy, er das Zimmertelefon auf einem Sideboard. Seine Nummern gehörten zu Karla Dixon und Dave O'Donnell. Er erreichte ihre Anrufbeantworter und hörte ihre längst vergessenen Stimmen. Er hinterließ beiden dieselbe Nachricht: „Hier ist Jack Reacher mit einem Zehn-dreißig von Frances Neagley im Beverly Wilshire in L. A. Seht zu, dass ihr euren Arsch hochkriegt und sie anruft."

Dann legte er auf und sah zu Frances hinüber, die auf und ab marschierend die gleiche Nachricht für Tony Swan hinterließ. „Hast du nicht auch ihre Privatnummern?", fragte Reacher.

„Sie stehen allesamt nicht im Telefonbuch. Mein Assistent in Chicago arbeitet noch daran. Die Computer von Telefongesellschaften sind erheblich sicherer geworden."

„Bestimmt hat jeder ein Handy. Hat heutzutage nicht jeder eines?"

„Deren Nummern weiß ich auch nicht."

„Aber selbst wenn sie unterwegs sind, können sie ihren Anrufbeantworter im Büro doch telefonisch abfragen, oder?"

„Problemlos."

„Swan ist stellvertretender Direktor. Er muss eine Sekretärin haben."

„Es heißt nur, er sei vorübergehend nicht im Büro."

„Lass mich mal versuchen."

Frances nannte ihm Swans Nummer, und er wählte. Hörte Swans Telefon am anderen Ende läuten und endlos weiterklingeln.

„Es meldet sich niemand."

„Vor einer Minute schon", sagte Frances. „Dies ist seine Direktdurchwahl."

Reacher versuchte es nochmals. Mit dem gleichen Ergebnis. „Verrückt. Wo zum Teufel steckt er?" Er kontrollierte den Vordruck. Die Adresszeile war leer. „Wo ist diese Firma?"

„Weiß ich nicht genau."

„Hat sie einen Namen?"

„New Age Defense Systems. So haben sie sich bisher gemeldet."

Er rief die Auskunft an, die ihm mitteilte, dass es unter New Age Defense Systems in den ganzen Staaten keinen Eintrag gebe. Er legte auf.

„Sie scheint wirklich neu zu sein. Wir müssen sie finden. Sie haben doch bestimmt irgendwo eine Produktionsstätte. Oder wenigstens ein Büro, damit Onkel Sam ihnen Schecks schicken kann."

„Das kommt mit auf unsere Liste. Nach dem Besuch bei Mrs Franz."

„Nein, vorher", widersprach Reacher. „Büros machen irgendwann Schluss. Witwen sind immer zu Hause."

Also rief Frances ihren Assistenten in Chicago an und gab ihm den Auftrag, den Firmensitz von New Age Defense Systems herauszubekommen. Soviel Reacher aus der Hälfte des Gesprächs mitbekam, der er lauschen konnte, schien es am aussichtsreichsten zu sein, sich in den FedEx-Computer einzuhacken – oder in den von UPS oder DHL. Jede Firma bekam Pakete, und Kurierfahrer konnten nicht an Postfächer zustellen, sie brauchten Adressen, wo leibhaftige Menschen den Empfang quittierten.

„Er soll auch die Handynummern besorgen", warf Reacher ein. „Die der anderen."

Doch Frances legte bereits auf. „Daran arbeitet er seit drei Tagen. Das ist nicht einfach." Sie trat ans Fenster und blickte auf die Leute hinunter, die ihre Wagen parkten. „Jetzt warten wir also."

Sie mussten keine zwanzig Minuten warten, dann meldete eines der Notebooks mit einem *Ping* den Eingang einer E-Mail von Frances' Assistenten in Chicago. Sie enthielt die freundlicherweise von UPS zur Verfügung gestellte Adresse von New Age. Tatsächlich sogar zwei Adressen. Eine in Colorado, eine in L. A.

Frances breitete einen Stadtplan aus, und sie fanden die Adresse im Niemandsland zwischen South Pasadena und East L. A.

„Das ist weit", seufzte Frances. „Der Stoßverkehr hat schon eingesetzt. Wir werden es nicht bis dorthin schaffen, bevor sie zumachen. Also wär's vielleicht besser, sich New Age für morgen aufzuheben und heute doch Mrs Franz aufzusuchen."

„Wo wohnt sie?"

„In Santa Monica."

„Franz hat in Santa Monica gelebt?"

„Nicht am Meer. Aber ich wette trotzdem, dass sein Haus hübsch ist."

Es war hübsch. Ein kleiner Bungalow in einer kleinen Straße auf halber Strecke zwischen dem Freeway 10 und dem Flughafen Santa Monica. Nicht gerade eine erstklassige Lage, aber das Haus präsentierte sich sehr gepflegt. Nach vorn hinaus zwei Panoramafenster mit der Haustür dazwischen. Eine Terrasse, auf der zwei Schaukelstühle standen. Sattgrüner Rasen, ordentlich gemäht. Eine kurze asphaltierte Einfahrt, glatt wie Glas. Reacher glaubte, in dieser kleinen Immobilie einen Ausdruck der perfektionistischen Persönlichkeit seines alten Freundes zu erkennen.

Frances parkte, und sie gingen zu der überdachten Haustür. Auch am Spätnachmittag war es noch ziemlich warm. Reacher roch das Meer.

„Wie viele Witwen haben wir schon aufgesucht?"

„Zu viele", erwiderte Frances.

Reacher wusste nicht genau, was sie hier erwartete. In der Vergangenheit hatte er immer mit Frauen zu tun gehabt, die nicht schon seit siebzehn Tagen verwitwet waren. Sehr oft wussten sie gar nicht, dass sie Witwen waren, bis sie es von ihm erfuhren.

„Wie heißt sie?", erkundigte er sich.

„Angela. Der Junge heißt Charlie."

Frances fand den Klingelknopf und legte eine Fingerspitze darauf: sanft, kurz, respektvoll. Ungefähr anderthalb Minuten später wurde die Haustür geöffnet. Scheinbar von Geisterhand. Dann blickte Reacher nach unten und sah einen kleinen Jungen, der sich nach der Klinke streckte.

„Du musst Charlie sein", sagte Reacher.

„Der bin ich", entgegnete der Junge.

„Ich war mit deinem Dad befreundet."

„Mein Dad ist tot."

„Ja, ich weiß. Ich bin deswegen sehr traurig. Ist es okay, dass du die Tür ganz allein aufmachst?"

„Ja", antwortete der Junge. „Das ist okay."

Er sah genau wie Calvin Franz aus. Die Ähnlichkeit war frappierend. Das gleiche Gesicht. Der gleiche Körperbau. Die kurzen Beine, die langen Arme. Und er hatte genau Franz' dunkle Augen, seinen ruhigen und beruhigenden Blick.

„Charlie, ist deine Mom zu Hause?", fragte Frances.

Der Junge nickte. „Sie ist in der Küche." Er ließ die Klinke los und machte einen Schritt zur Seite, um sie eintreten zu lassen.

Ein kleines Wohnzimmer, daran anschließend die Küche. Alles in Pastellweiß und Blassgelb gehalten. Die Fenster wurden von weißen Holzläden mit Lamellen beschattet. Als Reacher die Haustür hinter ihnen schloss, wurde der Verkehrslärm ausgesperrt, sodass sich Stille auf das Haus senkte.

Eine Frau trat aus der Küche. Sie schien etwas jünger zu sein als Frances. Sie war ziemlich groß und sehr schlank, hatte die hellblonden Haare und blauen Augen einer Skandinavierin. Sie war sorgfältig geschminkt und frisiert und wirkte völlig gefasst, aber in ihren Augen erkannte Reacher Verstörtheit, als trüge sie unter ihrer glatten Haut eine Maske aus Angst.

Einige Sekunden herrschte verlegenes Schweigen, dann trat Frances vor. „Angela? Ich bin Frances Neagley. Wir haben miteinander telefoniert."

Angela Franz lächelte automatisch und streckte ihr die Hand entgegen. Frances ergriff sie und drückte sie kurz.

Dann war Reacher an der Reihe. „Ich bin Jack Reacher. Mein herzliches Beileid zu Ihrem Verlust." Ihre Hand fühlte sich kalt und zerbrechlich an.

„Ihr Beileid haben Sie schon öfter ausgedrückt. Nicht wahr?"

„Ja, leider", antwortete er.

„Sie stehen auf Calvins Liste. Sie waren MP, genau wie er."

Reacher schüttelte den Kopf. „Nicht genau wie er. Nicht so gut. Ich habe ihn immer sehr bewundert."

„Er hat mir von Ihnen allen erzählt. Immer wieder. Manchmal ist es mir vorgekommen, als wäre er schon mal verheiratet gewesen. Mit Ihnen allen."

„Das Militär war wie eine Familie. Das heißt, wenn man Glück hatte."

Angela lächelte wieder automatisch. „Aber dann hat das Glück ihn im Stich gelassen, nicht wahr?"

Charlie beobachtete die Erwachsenen. Seine halb geschlossenen Franz-Augen betrachteten sie kühl und abschätzend.

„Wozu sind Sie hier?", fragte Angela unvermittelt.

„Um Ihnen unser Beileid auszudrücken."

„Aber Sie kennen mich nicht. Ich bin später auf der Bildfläche erschienen." Sie wandte sich ab, schien in die Küche gehen zu wollen. Dann überlegte sie es sich anders und ließ sich im Wohnzimmer in einen Sessel fallen. Legte beide Hände auf die Armlehnen. Reacher sah, wie ihre Finger sich bewegten. Nur ein kaum wahrnehmbares Muskelzittern.

„Ich bin hier, weil Calvin für mich da gewesen wäre, wenn's mich an seiner Stelle getroffen hätte", antwortete Reacher.

„Meinen Sie? Er hat das alles aufgegeben, als Charlie geboren wurde. Er wollte ein guter Vater sein. Bis auf das einfache, sichere Zeug hat er alles aufgegeben."

„Danach sieht es jetzt aber nicht aus. Woran hat er zuletzt gearbeitet?"

„Oh, Entschuldigung", sagte Angela. „Ich hätte Ihnen einen Platz anbieten sollen."

Im Wohnzimmer gab es kein Sofa, dafür war kein Platz. Stattdessen zwei Sessel und für Charlie ein Schaukelstuhl in Kindergröße. Die Sessel standen auf beiden Seiten eines kleinen offenen Kamins. In die Rückenlehne von Charlies Schaukelstuhl war mit einem Lötkolben oder einem glühenden Schüreisen sein Name eingebrannt. Ordentliche, aber keine professionelle Arbeit. Vermutlich das Geschenk eines Vaters für seinen Sohn.

Reacher nahm in dem Sessel gegenüber von Angela Platz, und Frances setzte sich auf die Armlehne. Charlie stieg über Reachers Füße hinweg und hockte sich in seinen Schaukelstuhl.

„Woran hat Calvin gearbeitet?", fragte Reacher erneut.

„Charlie, willst du nicht nach draußen gehen und ein bisschen spielen?", schlug Angela vor.

„Nein, ich möchte lieber hierbleiben", entgegnete ihr Sohn.

„Angela, woran hat Calvin zuletzt gearbeitet?", wiederholte Reacher.

„Seit Charlie da ist, hat er nur noch Personenüberprüfungen gemacht", antwortete sie. „Damit war gutes Geld zu verdienen hier in L. A. Jeder macht sich Sorgen, ob er etwa einen Dieb oder Junkie einstellt oder mit einem ausgeht oder einen heiratet. Calvin hatte ein Büro in Culver City. Ich sollte wohl hinfahren und seine Sachen holen."

„Würden Sie uns erlauben, es vorher zu durchsuchen?", fragte Frances.

„Das haben die Deputys bereits gemacht."

„Wir sollten es noch mal tun."

„Weshalb?"

„Weil er an etwas gearbeitet haben muss, das gefährlicher war als Personenüberprüfungen."

„Junkies ermorden Leute, stimmt's? Und Diebe manchmal auch."

Reacher sah zu Charlie und glaubte, Franz erwidere seinen Blick. „Aber nicht auf die Art und Weise, wie's passiert zu sein scheint."

„Durchsuchen Sie's meinetwegen noch mal." Angela stand auf und ging in die Küche. Kam mit zwei unbezeichneten Schlüsseln an einem teilbaren Schlüsselring aus Edelstahl zurück, einer groß, einer klein. Sie gab sie Frances. „Ich hätte sie gern zurück. Das waren seine persönlichen Schlüssel."

„Hat er hier Sachen aufbewahrt?", erkundigte sich Reacher. „Notizen, Unterlagen, irgendwas in dieser Art?"

„Hier?", fragte Angela zurück. „Als wir eingezogen sind, hat er aufgehört, Unterhemden zu tragen, damit in den Schubladen mehr Platz war."

„Was ist passiert, als Sie ihn zum letzten Mal gesehen haben?"

„Er ist morgens weggefahren – so wie immer."

„Hat er jemals mit Ihnen über seine Arbeit gesprochen?"

Sie wandte sich an ihren Sohn. „Charlie, möchtest du nicht was trinken?"

„Nein danke, Mom."

Reacher wiederholte seine Frage: „Hat Calvin jemals mit Ihnen über seine Arbeit gesprochen?"

„Nie sehr ausführlich. Manchmal wollten Filmstudios einen Schauspieler überprüfen lassen, um zu erfahren, welche Leichen er im Keller hatte. Dann hat er mir amüsanten Klatsch aus der Filmbranche erzählt."

„Ich kannte ihn als einen sehr geradlinigen Kerl. Er sagte immer offen, was er dachte. Hätten Sie etwas dagegen, wenn ich offen mit Ihnen rede?"

„Schießen Sie los."

„Ich glaube, dass es etwas gibt, was Sie uns verschweigen."

Angela setzte sich wieder. „Wieso glauben Sie das?"

„Ich fragte, woran Calvin gearbeitet hat, und Sie boten uns Sitzplätze an. Ich fragte Sie noch mal, worauf Sie Charlie fragten, ob er zum Spielen rausgehen will. Nicht um ihm Ihre Antwort zu ersparen, sondern weil Sie die so gewonnene Zeit dafür genutzt haben, sich eine ausweichende Antwort zurechtzulegen."

Angela sah Reacher direkt in die Augen. „Brechen Sie mir jetzt den Arm? Calvin hat mir erzählt, dass er gesehen hat, wie Sie einem Mann beim Verhör den Arm gebrochen haben. Oder war das Dave O'Donnell?"

„Wahrscheinlich ich. O'Donnell war eher ein Beinbrecher."

„Ich schwöre Ihnen, dass ich nichts verschweige. Ich weiß nicht, woran Calvin gearbeitet hat."

Reacher blickte tief in ihre verstörten blauen Augen. Er glaubte ihr. Ein bisschen. Sie verschwieg irgendetwas, aber es hatte nicht unbedingt etwas mit Calvin Franz zu tun. „Okay", sagte er. „Entschuldigen Sie bitte."

Kurze Zeit später verließen Frances und er mit einer Wegbeschreibung zu Franz' Büro in Culver City das Haus.

DER MANN namens Thomas Brant sah sie gehen. Sein Crown Victoria stand vierzig Meter westlich von Franz' Haus geparkt. Er nahm einen Schluck Kaffee und rief seinen Boss Curtis Mauney einhändig per Kurzwahl an.

Zur selben Zeit ging der Mann in dem dunkelblauen Anzug zu seinem dunkelblauen Chrysler zurück. Die Limousine parkte in der Zufahrt zwischen den beiden Gebäuden des Beverly Wilshire. Der Mann war um die fünfzig Dollar ärmer, mit denen eine Angestellte an der Rezeption sich hatte bestechen lassen, und entsprechend reicher an Informationen.

Er rief seinen Boss mit dem Handy an. „Nach Auskunft des Hotels heißt der große Kerl Thomas Shannon, aber auf unserer Liste steht kein Thomas Shannon."

„Wir können davon ausgehen, dass unsere Liste richtig ist", erwiderte sein Boss. „Darum glaube ich, dass Thomas Shannon ein falscher Name ist. Diese Typen halten offenbar an alten Gewohnheiten fest. Wir bleiben dran."

REACHER wartete, bis sie aus Franz' Straße raus waren, bevor er fragte: „Hast du den beigefarbenen Crown Vic hinter uns gesehen?"

„Den geparkten? Ja", bestätigte Frances. „Vierzig Meter westlich des Hauses, am Randstein gegenüber. Das Basismodell, Baujahr 2002."

„Ich erinnere mich, denselben Wagen vor dem Denny's gesehen zu haben, in dem wir waren."

„Bist du dir sicher? Alte Crown Vics gibt's massenhaft."

„Schon möglich."

„Willst du zurückfahren?"

Reacher überlegte kurz. „Nein. Hat vermutlich nichts zu bedeuten."

OBWOHL sich keiner der beiden besonders in L. A. auskannte, war Angela Franz' Wegbeschreibung gut genug, um sie geradewegs zum Büro ihres verstorbenen Mannes zu führen. Es befand sich in einem niedrigen, langgestreckten gelben Ladengebäude, das an ein kleines Postamt angedockt war. Erst kam eine Discount-Apotheke, dann ein Nagelstudio und eine chemische Reinigung, dann Franz' Büro. Hier hatte man die Glastür und das Schaufenster von innen bis in Kopfhöhe weiß gestrichen – sodass nur ein schmales Lichtband frei geblieben war –, und die Fläche wurde im oberen Teil durch einen schwarz eingerahmten Goldstreifen mit der Aufschrift CALVIN FRANZ – DISKRETE ERMITTLUNGEN begrenzt. Auf der Tür stand noch zusätzlich eine Telefonnummer darunter.

„Traurig", sagte Reacher. „Aus der großen grünen Maschine hierher."

„Es war seine freie Entscheidung", entgegnete Frances. „Dies hier war, was er jetzt wollte."

„Aber ich wette, dass dein Büro in Chicago nicht so aussieht."

„Nein. Das tut's nicht." Sie zog den Schlüsselring aus der Tasche, wählte den größeren Schlüssel aus, sperrte damit auf und zog die Tür auf. Aber sie ging nicht hinein.

Weil das gesamte Büro zertrümmert war.

Was es in diesem quadratischen Raum an Computern, Telefonen und sonstigen Geräten gegeben haben mochte, war längst verschwunden. Der Schreibtisch und die Aktenschränke waren auf der Suche nach einem Geheimfach mit Hämmern zertrümmert worden. Die Wandpaneele waren mit Brecheisen losgehebelt, die Isolierung dahinter zerfetzt worden. Die Deckenverkleidung war heruntergerissen worden. Die Fußbodenbretter hatte man hochgestemmt. Die Trümmer bildeten eine kniehohe Schicht.

„So gründlich wären Deputys aus der L. A. County nicht gewesen", bemerkte Reacher.

„Ausgeschlossen", bestätigte Frances. „Das waren die Mörder, die sichergestellt haben, was Franz über sie besaß."

„Die Deputys haben das hier gesehen und Angela nichts davon erzählt? Sie hat davon gesprochen, dass sie sein Zeug holen müsse."

„Natürlich haben sie ihr das nicht erzählt. Wozu sie noch mehr aufregen?"

Reacher wich einen Schritt auf den Gehsteig zurück und betrachtete die präzise goldene Schrift auf der Tür. Vor seinem geistigen Auge stellte er sich statt des Namens seines alten Freundes den Namen DAVID O'DONNELL vor. Dann SANCHEZ & OROZCO. Und KARLA DIXON.

„Ich wollte, unsere alten Kameraden würden ihre Anrufbeantworter abhören."

„Hier geht's nicht um uns als Gruppe", erklärte Frances. „Dieser Fall ist über siebzehn Tage alt, und trotzdem war noch niemand hinter mir her."

„Oder hinter mir. Franz war es allerdings auch nicht."

„Was soll das heißen?"

„Wen hätte er angerufen, wenn er in Schwierigkeiten war? Uns, klar. Aber nicht dich, weil du jetzt viel zu elitär und viel zu beschäftigt bist. Und auch nicht mich, weil mich außer dir kein Mensch hätte aufspüren können. Aber nehmen wir mal an, Franz hätte die anderen angerufen, die leichter erreichbar waren. Nehmen wir mal an, sie wären alle sofort hergekommen, um ihm zu helfen. Nehmen wir mal an, sie säßen jetzt alle im gleichen Boot …"

„Aber wer kann gleich sechs Leute auf einmal verschwinden lassen? Sechs *unserer* Leute?"

„Das mag ich mir gar nicht vorstellen." Reacher schwieg.

„Zwecklos, hier herumzustehen. Damit vergeuden wir unsere Zeit. Ich denke, wir können davon ausgehen, dass die Täter gefunden haben, wonach sie suchten."

„Ich denke, wir können davon ausgehen, dass sie's nicht gefunden haben", widersprach Reacher. „Normalerweise hört man zu suchen auf, wenn man das Gesuchte gefunden hat. Aber diese Typen haben nicht zu suchen aufgehört, weil sie das Gesuchte nie fanden."

„Wo ist es also?"

„Keine Ahnung. Was könnte es denn sein?"

„Schriftstücke, eine Diskette, eine CD-ROM, irgendwas in dieser Art. Er hat's nicht mit nach Hause genommen. Haus und Büro hat er strikt getrennt, glaube ich."

Man muss wie sie denken. Sie sein. Reacher wölbte seine Rechte und sah in die leere Handfläche hinunter. Er hatte nie eine Diskette benutzt oder eine CD-ROM gebrannt. Doch er wusste, was ein Datenträger war. Klein und dennoch äußerst wichtig. Wo hätte Calvin Franz etwas aufbewahrt, das klein, aber äußerst wichtig war?

Frances überlegte laut. „Vielleicht hat er's in seinem Wagen gehabt. Eine CD hätte er in seinem CD-Wechsler aufbewahren können."

„Leute, die so gründlich arbeiten, hätten auch seinen Wagen durchsucht.“ Reacher betrachtete das Chaos in dem verwüsteten Büro. Wölbte wieder seine Hand und starrte die leere Handfläche an. *Erstens: Was würde ich verstecken wollen?*

„Es *muss* ein Datenträger sein“, erklärte er. „Sie haben seinen Computer mitgenommen und darin möglicherweise Spuren von Kopiervorgängen entdeckt. Aber Franz hat ihnen nicht verraten, wo sich die Sicherungskopien befinden. Vielleicht haben sie ihm deshalb die Beine gebrochen. Trotzdem hat er dichtgehalten, und sie mussten selbst hier suchen.“

„Wo ist das Zeug dann?“

„Vielleicht bei irgendeinem Treuhänder. Ich würde wollen, dass jemand dafür verantwortlich ist.“

„Ein Bankschließfach“, schlug Frances vor. „An dem Ring hängen zwei Schlüssel.“

„Ich sehe hier keine Bank. Und ich gehe davon aus, dass er keinen größeren Umweg hätte machen wollen. Nicht bei diesen Verkehrsverhältnissen. Vielleicht einmal, aber nicht oft. Ist es bei Computernutzern nicht allgemein üblich, dass sie jeden Abend eine Sicherungskopie machen? Also wäre dies keine einmalige Sache, sondern Routine gewesen. Dann hätte er Abend für Abend etwas gebraucht, das sicher, aber dauernd zugänglich war.“

„Ich maile mir manchmal selbst irgendwelches Zeug.“

Reacher dachte kurz nach. Lächelte. „Da haben wir's.“

„Du glaubst, dass Franz das auch getan hat?“

„Nein. E-Mails wären wieder in seinem Computer gelandet, den die Kerle erbeutet haben.“

„Was dann?“

Reacher blickte die Ladenzeile entlang. Sah die chemische Reinigung, das Nagelstudio, die Apotheke. Das Postamt.

„Keine E-Mail. Gewöhnliche Post. Er hat irgendeine Art von Sicherungskopie angefertigt und sie jeden Abend in einen Umschlag gesteckt und in den Briefkasten geworfen. An sein eigenes Postfach adressiert. Denn dort vorn auf dem Amt hat er seine Post abgeholt. In seiner Bürotür gibt es keinen Briefschlitz. Er muss mit drei oder vier CDs gleichzeitig gearbeitet haben. An jedem beliebigen Tag waren zwei oder drei davon in der Post. Aber er konnte jeden Abend mit der Gewissheit heimfahren, dass seine neuesten Sachen sicher waren. Sie waren dem System anvertraut. Unzählige Postbeamte waren Tag und Nacht damit beschäftigt, auf sie aufzupassen. Unsere Postbürokratie ist ungefähr so sicher wie eine Schweizer Bank."

„Der kleine Schlüssel", murmelte Frances. „Nicht für ein Bankschließfach."

Reacher nickte. „Sondern für sein Postfach."

4 Aber die Postbürokratie hatte auch Nachteile. Es war später Nachmittag. Die chemische Reinigung hatte noch geöffnet. Das Nagelstudio hatte noch geöffnet. Die Apotheke hatte noch geöffnet. Aber das Postamt hatte geschlossen.

„Morgen also", sagte Frances. „Wir werden ohnehin den ganzen Tag im Auto verbringen. Wir müssen auch zu Swans Arbeitsstätte fahren. Außer wir trennen uns."

„Hier müssen wir unbedingt zu zweit sein", sagte Reacher. „Aber vielleicht kreuzt einer der anderen auf und übernimmt einen Teil der Arbeit."

„Das wünsche ich mir. Und nicht etwa, weil ich faul bin." Der Form halber zog sie ihr Handy heraus und sah auf den winzigen Bildschirm.

Keine Nachrichten.

AUCH AM HOTELEMPFANG wartete keine Nachricht auf sie. Keine Nachricht auf dem Anrufbeantworter des Telefons in Frances' Suite. Keine neuen E-Mails in ihren beiden Notebooks.

Frances mischte die fünf Vordrucke mit Kontaktinformationen wie eine Kartenspielerin und teilte Reacher Tony Swan und Karla Dixon zu.

Er benutzte das Telefon auf dem Sideboard und versuchte es zuerst mit Swan. Dreißig, vierzig Klingelzeichen, keine Antwort. Er wählte Karla Dixons Nummer in New York. Nach dem sechsten Klingeln meldete sich ihr Anrufbeantworter. Reacher hinterließ die gleiche Nachricht wie zuvor und fügte hinzu: „Bitte, Karla. Wir warten dringend auf deinen Anruf." Dann legte er auf.

Frances klappte ihr Handy zu und schüttelte den Kopf. „Nicht gut. Ich bekomme langsam ein richtig schlechtes Gefühl."

Reacher starrte aus dem Fenster. Es wurde allmählich dunkel. „Franz war an dem Morgen, an dem er verschwunden ist, nicht in seinem Büro. Angela hatte seine Schlüssel. An diesem Tag war er anderswohin unterwegs."

Frances schwieg.

„Und der Vermieter der kleinen Ladenzeile hat die Kerle gesehen. Franz' Tür war nicht aufgebrochen. Folglich haben sie dem Besitzer einen Schlüssel abgeluchst oder abgekauft. Deshalb müssen wir morgen zu allem anderen auch noch ihn ausfindig machen."

„Franz hätte mich anrufen sollen", seufzte Frances. „Ich wäre sofort gekommen."

SIE ASSEN im Hotelrestaurant, in dem eine Flasche stilles Wasser aus Norwegen acht Dollar kostete. Dann sagten sie sich Gute Nacht und suchten ihre jeweiligen Zimmer auf.

Das von Reacher war ein mit viel Chintz eingerichteter Würfel, zwei Stockwerke unter Frances' Suite. Er zog sich aus, duschte und legte seine Sachen ordentlich unter die Matratze, damit sie am Morgen wie gebügelt aussahen. Dann streckte er sich im Bett aus und starrte die Zimmerdecke an. Dachte eine Minute lang an Calvin Franz in einer Reihe von willkürlich aufeinanderfolgenden Bildern, aber auf allen war Franz in Bewegung: redend, lachend, voller Schwung und Energie. Dann tauchte Karla Dixon auf: zierlich, schwarzhaarig, ironisch, sie lachte mit Franz. Auch Dave O'Donnell war da: groß, blond, gut aussehend, ein Gentleman mit einem Springmesser. Und Jorge Sanchez: unverwüstlich, die Augen zusammengekniffen, mit einem nur angedeuteten Lächeln, das einen Goldzahn sehen ließ. Außerdem der vierschrötige Tony Swan und der rastlose Manuel Orozco, der ständig sein Feuerzeug auf- und zuklappte. Sogar Stan Lowrey war da, wippte mit dem Kopf, trommelte mit den Fingern einen Rhythmus, den nur er hörte.

Dann blinzelte Reacher all diese Bilder weg, schloss die Augen und schlief ein – um 22.30 Uhr, am Ende eines langen Tages.

HALB ELF ABENDS in Los Angeles war in New York halb zwei Uhr am nächsten Morgen, und die letzte Maschine von British Airways aus London war soeben verspätet auf dem JFK International gelandet. An dritter Stelle in der auf Abfertigung wartenden Schlange stand ein Passagier der ersten Klasse, der den größten Teil des Flugs verschlafen hatte. Er war mittelgroß, weder dick noch dünn, teuer angezogen, und er begegnete allen mit der selbstbewussten Höflichkeit, die Leute an sich haben, denen bewusst ist, dass sie sich glücklich schätzen können, ihr ganzes Leben reich gewesen zu sein. Er hatte dichtes schwarzes Haar, erstklassig geschnitten, und den mittelbraunen Teint und die regelmäßigen Züge eines Inders oder Iraners oder Syrers oder Algeriers oder sogar eines Israelis oder Italieners. Mit seinem britischen Reisepass kam er problemlos durch die Sicherheitskontrolle. Siebzehn Minuten nachdem er sich im Flugzeug losgeschnallt hatte, trat der Mann in die hell erleuchtete New Yorker Nacht hinaus.

AM FOLGENDEN MORGEN parkten Reacher und Frances den Mustang direkt vor Franz' verwüstetem Büro und gingen an der chemischen Reinigung, dem Nagelstudio und der Discount-Apotheke vorbei zum kleinen Postamt, das leer war. Das Schild mit den Öffnungszeiten bewies jedoch, dass es seit gut einer halben Stunde geöffnet hatte. Falls es einen morgendlichen Ansturm gegeben hatte, war er offensichtlich vorbei.

„Solange es leer ist, richten wir hier nichts aus", sagte Reacher.

„Dann sollten wir in der Zwischenzeit den Hausbesitzer ausfindig machen", schlug Frances vor.

Sie fragten in der Apotheke nach. Der ältere Mann hinter dem Ladentisch erklärte ihnen, der Hausbesitzer sei der Typ, der die chemische Reinigung betreibe. Sie betraten die Reinigung und fanden sofort den richtigen Mann. Er lief in dem beengten Arbeitsbereich herum, in dem es nach scharfen Chemikalien stank.

Reacher kam umgehend zur Sache. „Wann haben Sie Calvin Franz zuletzt gesehen?"

„Ich hab ihn kaum jemals gesehen", antwortete der Mann.

„Sie müssen ihn kommen und gehen gesehen haben. Ich wette, hier arbeitet keiner länger als Sie."

„Ich hab ihn manchmal gesehen, schätze ich."

„Wann haben Sie schätzungsweise aufgehört, ihn manchmal zu sehen?"

„Vor drei, vier Wochen."

„Kurz bevor die Kerle aufkreuzten und seinen Schlüssel verlangten?"

„Sie waren Cops."

„Haben sie ihre Dienstausweise vorgezeigt?"

„Ich bin sicher, dass sie's getan haben."

„Ich bin sicher, dass sie das nicht getan haben", wiedersprach Reacher. „Ich bin sicher, dass sie Ihnen stattdessen einen Hundertdollarschein gezeigt haben. Vielleicht auch zwei."

„Und wenn schon? Es ist mein Schlüssel, und das Gebäude gehört mir."

„Mr Franz ist tot. Jemand hat ihn aus einem Hubschrauber geworfen."

Der Reinigungsbesitzer zuckte nur die Schultern. „Ich kann mich nicht an die Kerle erinnern."

„Die haben Ihren Laden verwüstet. Was immer sie für den Schlüssel gezahlt haben, reicht nicht aus, um den Schaden zu beheben."

„Den Laden in Ordnung zu bringen ist mein Problem. Dieses Gebäude gehört mir."

„Was, wenn es stattdessen Ihr rauchender Aschehaufen wäre? Was, wenn ich heute Nacht zurückkäme und es anzünden würde?"

„Dafür kämen Sie ins Gefängnis."

„Das glaube ich nicht. Ein Kerl mit einem so schlechten Gedächtnis wie Sie könnte der Polizei keinerlei Hinweise geben."

Der Mann nickte. „Also gut. Es waren Weiße. Zwei Männer. Blaue Anzüge. Ein neues Auto. Sie haben wie jeder ausgesehen, der hier reinkommt."

„Nichts Besonderes an ihnen?"

„Ich würd's Ihnen sagen, wenn ich könnte. Das mit Ihrem Freund tut mir leid. Er war anscheinend ein ganz netter Kerl."

„Das war er", bestätigte Reacher.

FRANCES UND REACHER gingen zum Postamt zurück. Es war klein und verstaubt. Mit behördlichem Chic eingerichtet. Das mäßige Geschäft lief jetzt auf Hochtouren; vor dem Postangestellten hatte sich eine kleine Schlange Wartender gebildet. Frances drückte Reacher Franz' Schlüssel in die Hand und stellte sich an. Reacher trat an ein flaches Schreibpult im Hintergrund, griff nach dem angeketteten Kugelschreiber und gab vor, ein Formular auszufüllen. Sah zu Frances hinüber. In zwei, drei Minuten würde sie drankommen. Er nutzte die Zeit, um die in Reihen angeordneten Schließfächer zu begutachten.

Sie nahmen die gesamte Rückwand des Schalterraums ein. Sechs Reihen kleine Fächer, darunter vier Reihen mittlere, dann bis zum Fußboden drei Reihen große. Insgesamt 330 Schließfächer. Welches gehörte Franz?

Aufgrund seiner beruflichen Tätigkeit musste er immer ziemlich viel Post bekommen haben. Großformatige Briefsendungen. Kreditauskünfte, Bankunterlagen, Gerichtsprotokolle. Große, steife Umschläge. Folglich ein großes Schließfach. Aber welches der 54 großen Fächer?

Das ließ sich unmöglich sagen. Wer ein Postschließfach will, muss nehmen, was gerade verfügbar ist. Man folgt jemandem nach. Jemand stirbt oder zieht weg, sein Fach wird frei, man erbt es. Reine Glückssache. Eine Chance von 1:54.

„Guten Morgen", hörte Reacher Frances sagen. Er sah, dass sie an die

Spitze der kleinen Schlange gelangt war. Sah, wie sie sich nach vorn beugte. Sah, dass der Postangestellte ihr seine ganze Aufmerksamkeit schenkte.

Reacher ließ den Kugelschreiber fallen und zog Franz' Schlüssel aus der Tasche. Trat unauffällig an die Schließfachwand und versuchte es mit dem äußersten linken großen Fach. Fehlanzeige.

Er zog den Schlüssel heraus und versuchte es mit dem Schloss darunter. Fehlanzeige. Und mit dem Schloss darunter. Fehlanzeige.

Frances hatte eine lange, komplizierte Frage zu Luftpostsendungen.

Reacher trat einen halben Schritt nach rechts und versuchte es mit dem ersten Fach in der zweiten senkrechten Reihe. Fehlanzeige.

Vier abgehakt, noch fünfzig zu überprüfen. Zwölf Sekunden verbraucht, die Chancen jetzt auf zwei Prozent verbessert. Er versuchte es mit dem Schloss darunter. Fehlanzeige. Er ging in die Hocke und versuchte es mit dem unteren Fach. Fehlanzeige.

Er blieb in der Hocke und begann die dritte senkrechte Reihe von unten nach oben. Kein Glück mit dem unteren Fach. Kein Glück mit dem mittleren. Kein Glück mit dem oberen. Neun abgehakt, fünfundzwanzig Sekunden verstrichen.

Frances redete noch immer. Da nahm Reacher wahr, dass eine Frau sich an ihm vorbeiquetschte. Sie sperrte ihr Fach in einer der oberen Reihen auf. Zog einen Wust von Briefen heraus. Blieb stehen, um ihre Post gleich zu sortieren. Geh schon, forderte er sie stumm auf. Geh zum Papierkorb. Sie wandte sich ab. Reacher trat nach rechts und nahm sich die vierte senkrechte Reihe vor. Der Schlüssel passte nicht zum oberen Fach. Nicht zum mittleren. Nicht zum unteren.

Zwölf abgehakt. Die Chance jetzt 1:42. Der Schlüssel passte zu nichts in der fünften Reihe. Auch zu nichts in der sechsten. Ein Drittel erledigt. Die Chancen wurden immer besser. Frances redete unermüdlich weiter. Reacher wusste, dass die hinter ihr Wartenden allmählich ungeduldig und sich bald gelangweilt umsehen würden.

Die siebte senkrechte Reihe begann er wieder von oben. Kein Erfolg. Auch nicht beim mittleren Fach. Auch nicht beim unteren.

Der Angestellte erklärte Frances etwas, das sie nicht zu verstehen vorgab. Reacher trat einen halben Schritt nach rechts. Vor die achte Reihe. Der Schlüssel passte nicht zum oberen Fach. Im Schalterraum wurde es still. Reacher spürte Blicke in seinem Rücken. Er ließ die Hand sinken und versuchte es mit dem mittleren Fach. Das metallische Geräusch des Schlüssels kam ihm sehr laut vor.

Fehlanzeige.

Im Schalterraum herrschte Stille.

Reacher versuchte es mit dem untersten Fach. Drehte den Schlüssel.

Er bewegte sich. Das Schloss ging auf.

Reacher zog die kleine Tür ganz auf. Das Fach war übervoll. Gepolsterte braune Kuverts, große weiße Umschläge, Briefe, Kataloge, Zeitschriften.

Die Geräuschkulisse im Schalterraum kehrte zurück.

„Vielen herzlichen Dank für Ihre Hilfe“, hörte Reacher Frances sagen. Er vernahm ihre Schritte auf den Fliesen. Er schob den Inhalt des Schließfachs zu einem Stapel zusammen, klemmte ihn sich unter den Arm, sperrte das Fach wieder zu und verließ den Schalterraum, als wäre das die natürlichste Sache der Welt.

Frances wartete in dem vor Franz' Tür geparkten offenen Mustang auf ihn. Reacher beugte sich über die Beifahrertür, ließ den Stapel Post auf die Mittelkonsole fallen und stieg ein. Ging den Stapel durch und zog vier kleine gepolsterte Umschläge heraus, die in Franz' Schrift an diesen selbst adressiert waren.

„Für CDs zu klein“, sagte Frances.

Reacher riss einen der Umschläge auf und schüttelte einen kleinen silbernen Gegenstand heraus. Metall, flach, ungefähr sechs Zentimeter lang, eineinhalb Zentimeter breit, ziemlich dünn, mit einer Plastikkappe abgeschlossen. An einer Seite war 2 GB aufgedruckt.

„Was ist das?“, fragte Reacher.

„Ein USB-Stick“, erklärte Frances. „Ein neuartiger Diskettenersatz. Viel kleiner, aber mit der tausendfachen Speicherkapazität.“

„Was fangen wir damit an?“

„Wir stecken ihn in eines meiner Notebooks und sehen nach, was darauf ist.“

„Einfach so?“

„Außer der Inhalt ist passwortgeschützt. Was er wahrscheinlich ist. Ich vermute, dass wir drei Versuche haben, bevor die Dateien automatisch gelöscht werden.“ Sie ließ den Motor an.

Der Mann in dem dunkelblauen Anzug beobachtete, wie sie wegfuhren. Er hatte sich vierzig Meter entfernt hinter das Steuer seines dunkelblauen Chryslers geduckt. Jetzt klappte er sein Handy auf und rief seinen Boss an.

„Diesmal haben sie Franz' Büro links liegen gelassen“, erklärte er.

„Stattdessen waren sie ziemlich lange auf der Post. Ich vermute, Franz hat das Zeug an sich selbst geschickt. Deshalb konnten wir's nicht finden. Und sie dürften es jetzt haben."

FRANCES steckte den USB-Stick seitlich an einem ihrer Notebooks ein. Eine Sekunde lang passierte nichts, dann erschien ein Icon. Es glich einem vereinfachten Bild des Speichermediums, das sie eben eingesteckt hatte. Bezeichnet war es mit NO NAME. Frances tippte zweimal auf das Touchpad. Das Icon wurde bildschirmgroß und verwandelte sich in eine Passwortanforderung.

„Verdammt!", fluchte Frances.

„Unvermeidlich", meinte Reacher.

„Irgendwelche Ideen?"

In seiner Dienstzeit hatte Reacher häufig Computer-Passwörter geknackt. Dazu musste man sich wieder einmal in die Anwender hineinversetzen und wie sie denken. Franz war voller Gefühle und Loyalitäten gewesen, ein Freund von Wörtern, nicht von Zahlen.

„Angela, Charlie, Miles Davis, Dodgers, Koufax, Panama, Pfeiffer, Brooklyn, Heidi oder Jennifer", zählte Reacher auf.

Frances schrieb sich alles auf einer neuen Seite in ihrem Notizbuch mit Spiralbindung auf. „Wie kommst du auf die?"

„Angela und Charlie liegen auf der Hand. Seine Familie."

„Zu offensichtlich."

„Vielleicht. Vielleicht auch nicht. Miles Davis war sein Lieblingsmusiker, Sandy Koufax sein Lieblings-Baseballspieler, und die Dodgers waren sein Lieblingsteam."

„Alles möglich. Wieso Panama?"

„Dort war er 1989 eingesetzt. Ich glaube, dass Panama ihm die größte berufliche Befriedigung verschafft und er das bestimmt nie vergessen hat."

„Pfeiffer wie Michelle Pfeiffer?"

„Seine Lieblingsschauspielerin."

„Brooklyn?"

„Sein Geburtsort."

„Heidi?"

„Seine erste richtige Freundin."

„Sie hat nur fünf Buchstaben. Passwörter haben im Allgemeinen mindestens sechs Buchstaben. Sowieso war er jetzt ganz auf Angela fixiert. Und wer war Jennifer? Seine zweite Freundin?"

„Jennifer war sein Hund“, erklärte Reacher. „In seiner Kindheit.“

„Also alles möglich. Aber wir haben nur drei Versuche.“

„Nein, wir haben zwölf. Vier Umschläge, vier USB-Sticks. Fangen wir mit dem frühesten Poststempel an, können wir’s uns leisten, die ersten drei zu verbrennen. Die darauf gespeicherten Informationen sind ohnehin alt.“

Frances steckte den ältesten Datenträger ein und wartete, bis das Icon auf dem Bildschirm erschien. Sie klickte es an und verschob den Cursor gleich in das Passwortkästchen. „Willst du sie nach Priorität anordnen?“

„Versuch’s erst mit den Personen-, dann mit den Ortsnamen.“

„Okay. Fangen wir mit Musik an.“ Sie tippte *MilesDavis* und betätigte die Eingabetaste. Nach kurzer Pause baute sich das Bild neu auf und zeigte wieder die Dialogbox – diesmal jedoch mit der Anmerkung: IHR ERSTER VERSUCH WAR UNGÜLTIG.

„Einer weg. Jetzt zum Sport.“ Sie versuchte es mit *Dodgers*.

UNGÜLTIG.

„Zwei weg.“ Sie tippte *Koufax*.

Die Festplatte ihres Notebooks surrte, und der Bildschirm wurde schwarz.

„Was ist passiert?“, fragte Reacher.

„Die Daten werden gelöscht. Drei weg.“ Sie zog den USB-Stick von ihrem Notebook ab und steckte dafür den zweiten ein. Tippte *Jennifer*.

UNGÜLTIG.

Sie versuchte es mit *Panama*.

UNGÜLTIG.

Sie gab *Brooklyn* ein.

Der Bildschirm wurde schwarz, und die Festplatte surrte.

„Sechs weg. Du liegst null zu sechs hinten, Reacher.“ Frances steckte den dritten Stick ein. „Vorschläge?“

„Jetzt bist du dran. Ich scheine außer Form zu sein. Es muss etwas sein, was einem das Herz erwärmt, wenn man bloß an das Wort denkt.“

„Wie wär’s damit: ‚Mit den Sonderermittlern legt man sich nicht an‘?“

„Das wäre ein verdammt langes Passwort“, wandte Reacher ein. „Nimm stattdessen ‚Hände weg!‘. Acht Buchstaben.“

Frances tippte *Händeweg*. Betätigte die Eingabetaste.

UNGÜLTIG.

Sie gab *Sonderermittler* ein. Ließ ihren Zeigefinger über der Eingabetaste schweben. „Ja oder nein?“

„Versuch’s damit.“

UNGÜLTIG.

„Verdammt!“, sagte Frances nur.

Reacher dachte an Charlie. An seinen kleinen Schaukelstuhl mit dem eingebrannten Namen. „Versuch’s mit ‚Charlie‘. Das ist so naheliegend, dass kein Mensch glaubt, dass Franz den Namen tatsächlich verwendet hat.“

Frances zuckte die Schultern, dann tippte sie *Charlie*. Betätigte die Eingabetaste.

UNGÜLTIG.

Die Festplatte surrte und die Informationen wurden gelöscht.

„Neun weg.“ Frances steckte den vierten und letzten USB-Stick ein. „Nur noch drei übrig.“

„Wen hat er vor Charlie geliebt?“, fragte Reacher.

„Angela. Ebenfalls viel zu offensichtlich.“

„Versuch’s damit.“

„Ist das dein Ernst?“

„Ich bin ein Spieler.“

Sie tippte *Angela*. Betätigte die Eingabetaste.

UNGÜLTIG.

„Wie wär’s mit Angela Franz?“

„Noch viel schlimmer.“

„Oder mit ihrem Mädchennamen?“

„Den wissen wir nicht.“

„Ruf sie an und frag sie danach.“

Frances suchte nach der Nummer und klappte ihr Handy auf. Machte kurz Konversation und stellte dann die Frage. Reacher sah, wie ihre Augen sich kurz weiteten. Sie beendete das Gespräch.

„Ihr Mädchenname war Pfeiffer“, verkündete sie.

„Versuch’s damit. Das sind zwei zum Preis von einem. Dieses Passwort hätte ihm in zweifacher Hinsicht behagt.“

Frances tippte *Pfeiffer*. Betätigte die Eingabetaste.

UNGÜLTIG.

In der Suite war es heiß und stickig, die Luft abgestanden.

„Elf weg“, stöhnte Frances. „Nur noch einer übrig. Hopp oder topp. Die letzte Chance.“

„Wir sollten eine Pause machen. Wir fahren nach East L. A. und suchen Swan“, schlug Reacher vor. „Finden wir ihn, hat er vielleicht eine Idee. Wenn nicht, gehen wir zumindest mit neuem Elan an diese Sache heran.“

ZEHN MINUTEN SPÄTER waren sie in dem Mustang auf dem Wilshire Boulevard nach Osten unterwegs. Durch den MacArthur Park. Anschließend auf dem Pasadena Freeway nach Nordosten. Schließlich tief in einem Straßenlabyrinth mit Gewerbeparks und Ladenzeilen. Die Autoschlangen kamen nur stockend voran. Der Himmel wirkte braun verfärbt. Frances hatte einen groben Stadtplan im Handschuhfach. Reacher kniff die Augen zusammen und verfolgte die schwachen grauen Linien. Er hatte seinen Daumen auf den Punkt des Firmensitzes von New Age Defense Systems gelegt.

Als sie ankamen, sahen sie eine Granittafel mit dem eingemeißelten Firmennamen und einen luxuriösen Stahl- und Spiegelglaswürfel, von ausgedehnten Parkflächen mit ein paar Alibibäumen umgeben, hinter einem hohen Streckmetallzaun mit Bandstacheldraht. Das Haupttor stand offen. Frances machte halt, um den Lieferwagen eines Herstellers von Fotokopierern passieren zu lassen, dann fuhr sie durchs Tor und stellte den Mustang auf einem Besucherparkplatz ab.

Flache Stufen führten zum Eingang hinauf, durch dessen Automatiktür sie in eine große quadratische Halle mit Schieferboden und Wandverkleidungen aus Aluminiumpaneelen gelangten. Die Einrichtung bestand aus schwarzen Ledersesseln und einer langen Empfangstheke im Hintergrund. Dort saß eine ungefähr dreißig Jahre alte Blondine.

„Was kann ich für Sie tun?“, fragte sie.

„Wir möchten Tony Swan sprechen“, antwortete Reacher. „Wir waren beim Militär gut mit ihm befreundet.“

„Dann nehmen Sie bitte Platz.“

Während die Frau nach dem Telefonhörer griff, gingen Reacher und Frances zu den Ledersesseln hinüber. Nach ungefähr vier Minuten hörten sie das Klicken von Absätzen auf dem Schieferboden des Korridors, der seitlich hinter dem Empfang auf die Eingangshalle stieß. Eine Frau wurde sichtbar. Ungefähr vierzig, schlank, braunhaarig, moderne Kurzhaarfrisur. Zu ihrem taillierten schwarzen Hosenanzug trug sie eine weiße Bluse. Sie wirkte clever und kompetent.

Sie streckte ihnen die Hand entgegen. „Ich bin Margaret Berenson.“

Frances und Reacher nannten ihre Namen und schüttelten ihr die Hand. Aus der Nähe konnte man die bogenförmigen Narben eines alten Verkehrsunfalls unter ihrem Make-up erkennen. Sie trug keinen Ehering.

„Wir wollten Tony Swan sprechen“, sagte Reacher.

„Ich weiß“, erwiderte die Frau. „Kommen Sie mit.“

Eines der Aluminiumpaneele entpuppte sich als eine Tür, die direkt in einen kleinen Besprechungsraum führte. Er hatte wandhohe Fenster, die auf den Parkplatz hinausführten. Die vordere Stoßstange von Frances' Mustang war ungefähr anderthalb Meter entfernt.

„Ich bin die Personalchefin von New Age", sagte die Frau. „Ich will gleich zur Sache kommen: Mr Swan ist nicht mehr bei uns tätig."

„Seit wann nicht mehr?", fragte Reacher.

„Seit etwas über drei Wochen. Ich könnte ungezwungener darüber reden, wenn ich sicher wüsste, dass Sie in persönlicher Beziehung zu ihm stehen."

„Ich weiß nicht recht, wie wir das beweisen sollen."

„Nehmen wir mal an, ich würde Ihnen erzählen, dass er ein Stück Stein als Briefbeschwerer benutzt hat – könnten Sie mir dann sagen, woher dieses Stück Stein kam?"

„Von der Berliner Mauer. Er war beim Mauerfall in Deutschland stationiert. Er ist mit dem Zug hingefahren und hat sich ein Andenken gesichert. Und es ist aus Beton, nicht aus Stein. Mit Spuren eines Graffitos."

Margaret Berenson nickte. „Genau das habe ich auch gehört."

„Was ist also passiert? Hat er gekündigt?"

„Das nicht gerade. Sie müssen verstehen, dass dies eine neue Firma ist. Das ist immer mit Risiken behaftet. Was unseren Geschäftsplan betrifft, sind wir noch nicht dort, wo wir sein möchten. Deshalb mussten wir unseren Personalstand korrigieren. Als Erste haben wir die entlassen, die zuletzt zu uns kamen, was bedeutete, dass alle Stellvertreterposten gestrichen wurden. Ich habe meinen eigenen Stellvertreter verloren. Sobald unsere wirtschaftliche Lage sich bessert, werden wir Mr Swan bitten zurückzukommen. Aber bis dahin hat er bestimmt längst eine andere gute Stelle."

Reacher blickte durchs Fenster auf den halb leeren Parkplatz hinaus. Lauschte auf die Stille in dem Gebäude. „Okay", sagte er.

„Nicht okay", widersprach Frances. „Ich habe seit drei Tagen immer wieder versucht, ihn im Büro anzurufen, und bin jedes Mal damit vertröstet worden, er sei nur gerade nicht an seinem Platz."

Margaret Berenson nickte erneut. „Das ist professionelle Höflichkeit, auf die ich bestehe. Es ist viel besser, wenn Mr Swan die Partner seines persönlichen Netzwerks selbst benachrichtigen kann. So ist es ihm möglich, die Nachricht für sich vorteilhaft zu verpacken. Kann er sich an einen neuen Arbeitgeber wenden, als hätte *er* gekündigt, ist er in einer weit besseren Position, als wenn jeder wüsste, dass wir ihn freigesetzt haben."

„Als ich Swan anrufen wollte, hat sich gar niemand gemeldet", warf Reacher ein.

Sie nickte wieder. „Wir mussten auch Sekretärinnen entlassen. Die verbliebenen Mitarbeiterinnen können nicht alle Telefonate entgegennehmen."

„Was ist los mit Ihrem Geschäftsplan?"

„Darüber kann ich nicht im Einzelnen sprechen. Aber Sie waren in der Army. Dann wissen Sie, dass neue Waffensysteme nicht gleich von Anfang an funktionieren. Unseres braucht leider länger, als wir gehofft hatten."

„Was für eine Waffe bauen Sie überhaupt?"

„Darüber kann ich beim besten Willen nicht sprechen."

„Wo wird sie gebaut?"

„Natürlich hier."

„Ausgeschlossen. Sie haben einen Zaun, den ein Dreijähriger überwinden könnte, kein Wachhäuschen am Tor und eine unbewachte Eingangshalle. Das alles hätte Tony Swan nicht durchgehen lassen."

„Ich kann wirklich nicht über unsere Verfahren sprechen."

„Wer war Swans Boss?"

„Unser Sicherheitsdirektor. Ein pensionierter Lieutenant des Los Angeles Police Department."

„Und Sie haben ihn behalten und Swan gehen lassen? Da haben Ihre Kündigungsregeln Ihnen einen schlechten Dienst erwiesen."

„Es waren alles großartige Leute. Wir haben es sehr bedauert, auswählen zu müssen."

ZWEI MINUTEN SPÄTER saßen Reacher und Frances wieder in dem Mustang und hatten das ganze Ausmaß der Katastrophe deutlich vor Augen.

„Genau der falsche Zeitpunkt", erklärte Reacher. „Swan ist plötzlich arbeitslos, Franz ruft ihn an, weil er ein Problem hat, was soll Swan anderes tun? Er fährt natürlich gleich hin. Es sind nur zwanzig Minuten die Straße entlang."

„Er wäre auf jeden Fall hingefahren, arbeitslos oder nicht."

„Das hätten alle getan. Und ich vermute, dass sie's getan haben."

„Dann sind sie jetzt *alle* tot? Ich kann's einfach nicht glauben."

„Dafür wird jemand büßen müssen."

„Glaubst du? Wir haben nichts in der Hand und nur noch eine letzte Chance, das richtige Passwort zu finden. Und wir trauen uns nicht, diese Chance zu verspielen."

Sie benutzten dieselbe Route durch das Straßenlabyrinth zurück. Reacher stellte sich vor, wie Tony Swan vor über drei Wochen diese Strecke gefahren war. Um seinem alten Kameraden zu helfen. Und weitere alte Kameraden, die auf Franz' Hilferuf hin herbeieilten. Sanchez und Orozco, die auf dem Freeway 15 aus Vegas herüberkamen. O'Donnell und Karla Dixon, die mit dem Flugzeug von der Ostküste anreisten. Sich trafen, sich begrüßten.

Und gegen eine Art Mauer rannten.

Frances überließ den Mustang dem Parkservice des Beverly Wilshire, und sie betraten die Hotelhalle durch den Hintereingang. Dann fuhren sie schweigend mit dem Aufzug nach oben. Frances benutzte ihre Schlüsselkarte und stieß die Tür auf.

Sie blieb wie angewurzelt stehen.

In ihrem Sessel am Fenster saß ein Mann, der den Autopsiebericht über Calvin Franz las. Groß, blond, aristokratisch, locker.

David O'Donnell.

5

Mit ernster Miene sah O'Donnell auf. „Ich wollte mich erkundigen, was alle diese unhöflichen und beleidigenden Nachrichten auf meinem Anrufbeantworter bedeuten sollen." Er hielt den Autopsiebericht hoch. „Aber der erklärt natürlich alles."

„Wie bist du hier reingekommen?", wollte Frances wissen.

„Oh, bitte", erwiderte O'Donnell nur.

„Wo zum Teufel hast du gesteckt?", fragte Reacher.

„In New Jersey. Meine Schwester war schwer krank."

„Ist sie gestorben?"

„Nein, sie hat sich wieder erholt."

„Dann hättest du schon vor Tagen hier sein können."

„Danke für dein Mitgefühl."

„Wir haben uns Sorgen gemacht", erklärte Frances. „Wir dachten, sie hätten dich auch erwischt."

O'Donnell nickte. „Ihr solltet euch weiterhin Sorgen machen. Dies ist eine besorgniserregende Situation. Ich musste vier Stunden auf einen Flug warten. Diese Zeit habe ich genutzt, um ein paar Leute anzurufen. Franz hat sich nicht gemeldet. Warum nicht, ist mir jetzt natürlich klar. Aber auch keine Antwort von Swan oder Karla, Orozco oder Sanchez. Daraus habe ich geschlossen, dass einer von ihnen Schwierigkeiten hatte und alle anderen zusammengetrommelt hat. Automatisch ausgeschlossen waren Reacher und du, denn du spielst jetzt in einer viel höheren Liga, und wer zum

Teufel könnte Reacher irgendwo finden? Und ich leider auch, weil ich mich nicht dort befand, wo ich normalerweise bin."

„Die Erkrankung deiner Schwester war ein glücklicher Zufall für uns. Und wohl auch für dich."

„Aber nicht für sie."

„Wie bist du hier reingekommen?", fragte Frances erneut.

O'Donnell zog ein Springmesser aus einer Jackentasche und einen Schlagring aus der anderen. „Wer so was durch die Sicherheitskontrollen am Flughafen schmuggeln kann, kommt in jedes Hotelzimmer."

„Wie hast du's damit in ein Flugzeug geschafft?"

„Keramikmaterial", erklärte Reacher. „Metalldetektoren sprechen nicht darauf an. Darum werden diese Dinger auch nicht mehr hergestellt."

„Korrekt", bestätigte O'Donnell. „Kein Metall außer der Messerklinge, die nach wie vor aus Stahl besteht. Aber sie ist sehr klein."

„Freut mich, dich wiederzusehen, Dave", sagte Reacher.

„Ebenso. Aber ich wollte, die Umstände wären glücklicher."

„Die Umstände sind gerade um fünfzig Prozent glücklicher geworden. Jetzt sind wir wenigstens zu dritt."

„Was haben wir bisher?"

„Verdammt wenig. Außer dem Autopsiebericht über Franz haben wir zwei weiße Allerweltstypen, die sein Büro auf den Kopf gestellt, aber nichts gefunden haben, weil er alles wichtige Material an sein eigenes Postfach verschickt hatte. Wir haben es entdeckt und darin vier USB-Sticks gefunden, aber jetzt sind wir beim letzten Passwortversuch angelangt."

O'Donnell holte tief Luft und hielt sie länger an, als menschenmöglich zu sein schien. Dann atmete er sanft aus. Das war eine alte Angewohnheit von ihm. „Erzählt mir, mit welchen Wörtern ihr's bisher versucht habt."

Frances zeigte ihm die Seite in ihrem Notizbuch. Reacher beobachtete ihn, während er las. Er hatte ihn elf Jahre nicht mehr gesehen, aber O'Donnell hatte sich kaum verändert. Er hatte weizenblondes Haar, das vermutlich nie grau werden, und den Körperbau eines Windhundes, der nie Fett ansetzen würde. Sein Anzug war erstklassig geschnitten. Ähnlich wie Frances wirkte er gut situiert, wohlhabend und erfolgreich. Als hätte er's geschafft.

„Koufax hat nicht funktioniert?", fragte er.

Frances schüttelte den Kopf. „Das war unser dritter Versuch."

„Auf dieser Liste hätte er ganz oben stehen sollen. Franz hat sich an Ikonen orientiert, an Menschen, die er vergöttern, und Leistungen, die er bewundern konnte. Von allen, die hier stehen, hat nur Koufax alle Voraussetzungen erfüllt. Ein Baseball-Pitcher wie Sandy Koufax, ein Mann von großer Integrität, ganz allein auf seinem kleinen Hügel, vor dem entscheidenden Wurf … so wollte Franz sich selbst sehen. Sein Passwort müsste ein seiner Verehrung würdiges Idol sein. Auf knappe, maskuline Art ausgedrückt, auf ein einziges Wort beschränkt."

„Worauf tippst du?"

„Schwierig, wenn man nur einen Versuch hat. Was gibt's überhaupt darauf zu finden?"

„Etwas, was ihm zwei gebrochene Beine eingebracht hat", antwortete Reacher.

„Was ist unser Ziel hier?"

„Aufspüren und vernichten. Genügt dir das?"

„Nein. Ich will sie aufspüren, vernichten und auf die Gräber ihrer Vorfahren pissen."

„Du hast dich nicht verändert, Dave."

O'Donnell lächelte flüchtig. „Frances, was tut man nicht?"

„Man legt sich nicht mit den Sonderermittlern an."

„Korrekt. Das tut man nicht. Es wird Zeit zu fischen oder den Köder abzuschneiden. Lasst eure Ideen hören."

„Ich habe keine", bekannte Frances.

„Mach du's, Dave", forderte Reacher ihn auf. „Du denkst an etwas Bestimmtes. Das merke ich."

„Traust du mir?"

„Nur so weit, wie ich dich werfen könnte. Was ziemlich weit wäre, weil du so dürr bist. Wie weit genau, merkst du, wenn du Mist baust."

O'Donnell erhob sich aus seinem Sessel, trat an das Notebook auf dem Schreibtisch und tippte sieben Buchstaben.

Atmete tief ein und hielt die Luft an. Wartete. Betätigte die Eingabetaste.

Die Seite wurde geladen. Ein Dateiverzeichnis erschien. Ein großes, übersichtliches Inhaltsverzeichnis.

O'Donnell atmete aus. Er hatte *Reacher* eingegeben.

Reacher fuhr von dem Notebook zurück, als hätte ihn jemand ins Gesicht geschlagen. „Ah, Mann, das ist nicht fair."

„Er hat dich bewundert", erklärte O'Donnell.

„Das war wie ein Ruf aus dem Grab. Jetzt kann ich ihn erst recht nicht im Stich lassen."

Frances setzte sich vor ihr Notebook und starrte auf den Bildschirm. „Acht einzelne Dateien. Sieben bestehen nur aus Zahlen, die Nummer acht ist eine Namensliste."

„Zeig mir die Namen", bat O'Donnell.

Sie öffnete die Datei, die aus einer einzigen Seite bestand. Ganz oben war zu lesen: AZHARI MAHMOUD. Dann folgten ADRIAN MOUNT, ALAN MASON, ANDREW MACBRIDE und ANTHONY MATTHEWS.

„Der erste ist ein arabischer Name", stellte O'Donnell fest.

„Syrisch", präzisierte Frances. „Das vermute ich jedenfalls."

„Die anderen vier Namen kommen mir englisch oder schottisch vor", meinte Reacher.

„Bedeutung?", fragte O'Donnell.

„Auf den ersten Blick würde ich vermuten, dass Franz bei einer seiner Sicherheitsüberprüfungen auf einen Syrer mit vier bekannten Falschnamen gestoßen ist", antwortete Reacher. „Wegen der gleichen Anfangsbuchstaben. Vielleicht besitzt er Oberhemden mit eingesticktem Monogramm. Und vielleicht sind das britische Falschnamen, weil er britische Papiere hat, mit denen er hierzulande weniger aufzufallen hofft."

„Möglicherweise", stimmte O'Donnell zu.

„Zeig mir die Zahlen, Frances."

Sie schloss das erste Dokument und rief die erste Tabelle auf. Sie bestand aus einer Zahlenkolonne, deren Ziffern Brüche bildeten. In der ersten Zeile stand $^{10}/_{12}$, ganz unten $^{11}/_{12}$. Dazwischen standen ungefähr zwanzig ähnliche Brüche, unter denen $^{12}/_{13}$ und $^{9}/_{10}$ auffielen.

Die nächste Tabelle war im Wesentlichen gleich. Sie begann mit $^{13}/_{14}$ und endete mit $^{8}/_{9}$. Dazwischen standen wieder ungefähr zwanzig ähnliche Brüche.

Auch die dritte Tabelle sah nicht viel anders aus.

„Was ist das? Einfach nur Brüche?", fragte O'Donnell.

„Eher nicht. Sonst wären zehn Zwölftel gekürzt und als fünf Sechstel geschrieben worden."

„Vielleicht sind das Zahlen aus einem Spielbericht vom Baseball."

„Dann aber für ein Höllenspiel. Dreizehn Vierzehntel oder zwölf Dreizehntel würden massenhaft zusätzliche Innings und ein dreistelliges Ergebnis bedeuten, denke ich."

„Womit haben wir's also zu tun?"

„Zeig mir die nächste, Frances."

Auch die vierte Tabelle bestand aus einer langen Zahlenkolonne. Die

Nenner waren wieder Zahlen wie zwölf, zehn oder dreizehn. Aber die Zähler waren durchweg kleiner. Es gab sogar ein $^{5}/_{14}$.

„Sind das Zahlen aus einem Spielbericht, lässt jemand gewaltig nach“, bemerkte O’Donnell.

Der Trend setzte sich fort. In der fünften Zahlenkolonne standen Brüche wie $^{3}/_{12}$. Der beste Wert war $^{6}/_{11}$. Die sechste Tabelle enthielt $^{5}/_{13}$ als besten und $^{3}/_{13}$ als schlechtesten Wert. Die siebte und letzte Zahlenkolonne sah ganz ähnlich aus.

Frances schaute zu Reacher auf. „Das musst du rauskriegen. Du bist der Kerl für Zahlen.“

„Ist es möglich, sie mir auszudrucken? Ich kann nur darüber nachdenken, wenn ich sie auf Papier vor mir habe.“

„Ja, das geht unten im Geschäftszentrum. Deshalb wohne ich heutzutage in solchen Hotels.“

„Weshalb sollten die Täter wegen ein paar Zahlenkolonnen ein Büro verwüsten?“, fragte O’Donnell.

„Vielleicht war’s nicht deshalb“, entgegnete Reacher. „Vielleicht haben sie die Liste mit den Namen gesucht.“

Frances rief nochmals die Namensliste auf. Azhari Mahmoud, Adrian Mount, Alan Mason, Andrew MacBride, Anthony Matthews.

„Wer ist dieser Kerl?“, brummte Reacher.

DREI ZEITZONEN entfernt in New York war es drei Stunden später, und der schwarzhaarige, etwa vierzigjährige Mann, der ein Inder oder Iraner, ein Syrer oder Algerier oder sogar ein Israeli oder Italiener hätte sein können, kauerte im Bad seines Zimmers in einem Luxushotel an der Madison Avenue auf dem Fußboden. Im Bad gab es keinen Rauchmelder, aber einen Deckenentlüfter. Der auf den Namen Adrian Mount ausgestellte britische Pass brannte in der Klosettschüssel.

Fünf Minuten später war Adrian Mount im Klo verschwunden, und Alan Mason fuhr mit dem Aufzug in die Hotelhalle hinunter.

FRANCES machte einen Umweg über das Geschäftszentrum des Beverly Wilshire und druckte alle acht Seiten von Franz’ Geheimdatei aus. Dann gesellte sie sich wieder zu O’Donnell und Reacher, um mit ihnen im Hotelrestaurant zu Mittag zu essen. Der indirekt beleuchtete Raum war hoch und elegant und voller Leute, die Filmagenten oder Führungskräfte aus der Filmindustrie hätten sein können.

Frances und O'Donnell passten ohne Weiteres hierher. Sie trug zu einer weiten schwarzen Hose mit hohem Bund ein hautenges T-Shirt. O'Donnells grauer Anzug saß wie angegossen, und sein strahlend weißes Hemd wirkte frisch gebügelt, obwohl er es fünftausend Kilometer entfernt angezogen haben musste.

Reacher hingegen trug ein Hemd, das eine Nummer zu klein war und einen Riss in einem Ärmel hatte. Sein Haar war zu lang, seine Jeans sah so billig aus wie seine abgetretenen Schuhe, und das bestellte Gericht hätte er sich nicht leisten können.

Traurig, hatte er beim Anblick von Franz' kleinem Büro in der Ladenzeile gesagt. Was dachten Frances und O'Donnell wohl über ihn?

„Lass mich noch mal die Seiten mit den Zahlen sehen", bat er.

Frances reichte ihm die sieben Blätter, die sie rechts oben mit Bleistift fortlaufend nummeriert hatte. Er betrachtete sie rasch, nur oberflächlich, um sich einen Gesamteindruck zu verschaffen. Insgesamt 183 echte Brüche, keiner gekürzt. Echte Brüche, weil der oben stehende Zähler immer kleiner als der unten stehende Nenner war. Nicht gekürzt, weil $^{10}/_{12}$ und $^{8}/_{10}$ nicht als $^{5}/_{6}$ und $^{4}/_{5}$ ausgedrückt waren wie sonst üblich.

Deshalb konnten diese Zahlenpaare keine wirklichen Brüche sein, sondern Ergebnisse, Bewertungen oder Erfolgsquoten. Sie besagten: In zehn von zwölf Fällen oder in acht von zehn Fällen ist irgendwas passiert. Oder nicht passiert.

Auf jedem Blatt standen 26 solcher Ergebnisse, nur auf dem vierten waren es 27. Als Gewinn- oder Erfolgsquoten sahen die Werte auf den ersten drei Seiten ziemlich gut aus. Sie schwankten zwischen guten 87,0 und ausgezeichneten 90,7 Prozent. Dann folgte auf dem vierten Blatt ein dramatischer Absturz auf 57,4 Prozent. Die Ergebnisse auf dem fünften, sechsten und siebten Blatt fielen mit 36,8 sowie 30,8 und 30,7 Prozent immer katastrophaler aus.

„Hast du's schon?", fragte Frances.

„Keine Ahnung", antwortete Reacher. „Ich wollte, Franz wäre hier, um uns die Zahlen zu erklären."

„Wäre er hier, wären wir nicht hier."

„Wir könnten hier sein. Wir hätten alle gelegentlich zusammenkommen können."

„Wie bei einem Klassentreffen?"

„Das hätte Spaß machen können."

O'Donnell hob sein Glas. „Auf unsere abwesenden Freunde."

Auch Frances erhob ihr Glas. Und Reacher seines. Sie tranken Wasser, das vor zehntausend Jahren auf einem skandinavischen Gletscher gefroren und dann über Jahrhunderte hinweg in tiefere Lagen gelangt war, bevor es geschmolzen war und Bergbäche gebildet hatte. Sie tranken es zum Gedenken an Freunde, die sie vermutlich nie wiedersehen würden.

Aber ihre Vermutung war falsch. Eine dieser Personen hatte soeben in Las Vegas ein Flugzeug bestiegen.

Ein Ober servierte ihr Essen. Lachs für Frances, Huhn für Reacher und Thunfisch für O'Donnell, der jetzt sagte: „Ich nehme an, dass ihr bei Franz zu Hause wart."

„Ja, gestern", antwortete Frances. „In Santa Monica."

„Was habt ihr dort vorgefunden?"

„Eine Witwe und ein vaterloses Kind."

„Wir sollten uns auch Swans Haus ansehen."

„Wir kennen seine Adresse nicht."

„Wir könnten's noch mal mit der UPS-Masche versuchen", schlug Reacher vor.

„Okay." Am Tisch sitzen bleibend, benutzte Frances ihr Handy, um in Chicago anzurufen, und sah dabei mehr denn je wie eine Führungskraft aus der Filmindustrie aus.

Als sie fertig gegessen hatten, trug ein Piccolo die Teller ab. Ihr Ober legte ihnen Dessertkarten vor. Reacher überflog eine Liste von Nachspeisen, die mehr kosteten als eine Motelübernachtung in weiten Teilen der Vereinigten Staaten.

„Nichts für mich." Er dachte schon, Frances würde ihn dazu drängen, aber in diesem Augenblick klingelte ihr Handy.

Sie meldete sich, hörte zu und notierte sich etwas. „Swans Adresse", verkündete sie. „Santa Ana, in der Nähe des Zoos."

„Kommt, wir wollen gleich hin", drängte O'Donnell.

Sie nahmen seinen Wagen, einen viertürigen Leihwagen von Hertz mit Navi, und begannen nach Südosten zum Freeway 5 zu kriechen.

Der Mann namens Thomas Brant beobachtete, wie sie abfuhren. Sein Crown Vic war einen Straßenblock entfernt geparkt, er selbst saß von zweihundert Touristen umgeben auf einer Bank an der Einmündung des Rodeo Drive. Er benutzte sein Handy, um seinen Boss Curtis Mauney anzurufen.

„Jetzt sind's schon drei. Als fände hier ein Familientreffen statt."

Fünfzig Meter weiter westlich hockte der Mann in dem dunkelblauen Anzug zusammengesunken in seinem blauen Chrysler. Auch er rief seinen Boss an.

„Jetzt sind sie zu dritt. Ich halte den Neuen für O'Donnell. Folglich muss der Penner Reacher sein. Sie sehen aus, als wollten sie richtig zur Sache gehen."

Santa Ana lag weit im Südosten, unten in der Orange County. Die Kleinstadt befand sich dreißig Kilometer westlich der Santa Ana Mountains, von denen die berüchtigten Fallwinde kamen. Doch an diesem Tag war die Luft heiß und still, braun und stickig.

Das Navi in O'Donnells Mietwagen, das mit höflich insistierender Frauenstimme sprach, dirigierte sie südlich des Zoos durch gitterförmig angelegte Straßen und ließ sie links, dann rechts und noch einmal links abbiegen. Dann wurde ihnen gesagt, dass sie ihr Ziel erreicht hätten.

Was offensichtlich stimmte. O'Donnell hielt an der Einfahrt neben einem Briefkasten, der einen weißen Schwan darstellte.

„Erzählt mir bloß nicht, dass Swan das gebastelt hat", lästerte O'Donnell.

„Vermutlich ein Geschenk zum Einzug", meinte Frances.

Hinter dem Briefkasten führte eine betonierte Einfahrt zu einer Garage, die Platz für einen Wagen bot. Parallel dazu verlief ein etwas schmalerer Fußweg, der an einem Gartentor vor einem schlichten kleinen Bungalow endete. An beiden Toren hing ein Schild mit der Aufschrift Warnung vor dem Hund. Das Haus wirkte still und stumm.

„Fühlt sich leer an", sagte Frances. „Als wäre keiner zu Hause."

Reacher nickte. Das Gras war dürr und etwas zu lang, als hätte der Hausbesitzer vor etwa drei Wochen damit aufgehört, den Rasen zu sprengen und zu mähen. „Sehen wir uns mal um."

Sie stiegen aus und gingen zum Gartentor, das nicht abgesperrt war. Wenig später standen sie vor der Haustür. Reacher drückte auf den Klingelknopf. Wartete. Keine Reaktion. Die Tür in der Seitenwand der Garage war abgeschlossen. Auf der Rückseite des Hauses entdeckten sie eine weitere Tür. Auch sie war abgesperrt. Der Glaseinsatz in der oberen Hälfte gab den Blick auf eine kleine Küche frei: altmodisch, aber sauber und zweckmäßig. Leere Hundeschüsseln, die auf dem grünen Linoleumboden ordentlich nebeneinanderstanden.

Im Haus war es still – bis auf ein kaum wahrnehmbares unterschwelliges

Summen, von dem Reachers Nackenhaare sich ein wenig sträubten und das in seinem Hinterkopf ein Alarmsignal auslöste.

„Küchentür?“, fragte O’Donnell.

Reacher nickte. O’Donnell zog seinen Schlagring heraus. Theoretisch bestand dieser aus Keramikmaterial, aber er hatte nicht viel mit Tassen gemeinsam. Er war aus einem komplexen Mineralpulver hergestellt, das unter hohem Druck geformt wurde. Der Formprozess gestattete es, die Schlagflächen noch wirkungsvoller zu gestalten. Schlug ein großer Mann wie O’Donnell damit zu, musste man das Gefühl haben, eine Bowlingkugel mit Haifischzähnen habe einen getroffen.

O’Donnell streifte ihn über und ballte die Faust. Er trat an die Küchentür und klopfte leicht dagegen. Das Glas zerbrach, und ein dreieckiges Stück fiel nach innen. Zwei weitere leichte Schläge genügten, um ein Loch entstehen zu lassen, durch das O’Donnell eine Hand strecken konnte. Er streifte den Schlagring ab, schob den Arm hinein und drückte die innere Türklinke herab. Leicht schief in den Angeln hängend, schwang die Tür nach innen auf. Kein Einbrecheralarm.

Reacher trat als Erster über die Schwelle. Machte zwei Schritte und blieb stehen. Hier drin war das Summen lauter. Und hier drin lag ein Gestank in der Luft. Beides war unverkennbar. Das Geräusch stammte von einer Million hektischer Fliegen. Der Gestank kam von totem Fleisch.

Frances und O’Donnell drängten nach ihm herein. Und hielten ebenfalls inne.

„Wir haben’s geahnt“, sagte O’Donnell, vielleicht zu sich selbst. „Dies ist kein Schock.“

„Es ist immer ein Schock. Es bleibt hoffentlich immer einer.“ Frances bedeckte Mund und Nase mit einer Hand.

Reacher ging in die Diele. Einzelne Schmeißfliegen – groß, blau und glänzend – surrten zickzack durch die Luft, prallten mit winzigen papiernen Geräuschen gegen die Wände. Sie flogen durch eine halb offene Tür hin und her.

„Das Bad.“ Reacher stieß die Tür mit dem Fuß etwas weiter auf. Wedelte mit einer Hand vor seinem Gesicht herum und spähte durch die Fliegenwolke.

Auf dem Fußboden lag ein toter Hund. Einst war er ein deutscher Schäferhund gewesen. Er lag auf der Seite. Sein Fell war stumpf und verfilzt.

Reacher trat über die Schwelle ins Bad. Die Kloschüssel war leer. „Es ist sein Hund. Seht in den übrigen Zimmern und der Garage nach.“

Dort war nichts zu finden. Kein Anzeichen für einen Kampf, keinerlei Unordnung, keine Spur von Swan selbst. Sie kamen auf dem Korridor wieder zusammen.

„Was ist hier passiert?", fragte Frances.

„Swan ist weggefahren und nicht zurückgekommen", erwiderte O'Donnell. „Der Hund ist verhungert."

„Verdurstet", korrigierte Reacher ihn. „Hat ungefähr eine Woche lang überlebt, schätze ich. Zuletzt hat er aus dem Klo getrunken."

„Schrecklich", seufzte Frances.

„Allerdings. Ich mag Hunde. Wäre ich irgendwo sesshaft, hätte ich drei oder vier. Wir werden einen Hubschrauber mieten und diese Typen stückchenweise rauswerfen."

Von einem Papierhandtuch in der Küche rissen sie kleine Stücke ab, knüllten sie zusammen und steckten sie sich in die Nase, um den Gestank abzuschwächen. Richteten sich auf eine lange, gründliche Durchsuchung ein. Fanden jedoch nichts Bedeutsames. Alles wies darauf hin, dass Swan in sein Haus hatte zurückkehren wollen. Der Kühlschrank sah gut gefüllt aus, und im Mülleimer lagen Abfälle.

Das zweite Schlafzimmer diente offenbar als Arbeitsraum. Es gab einen Schreibtisch, ein Telefon, einen Aktenschrank und Wandregale, in denen sich der Krempel türmte.

Sie fingen mit dem Schreibtisch an. Entdeckten nichts. Der Aktenschrank enthielt den üblichen Papierkram: Versicherungspolicen, bezahlte Rechnungen, Quittungen. In einem Fach lagen tierärztliche Unterlagen. Der Schäferhund war alt, aber bei guter Gesundheit gewesen. Zwischen den Unterlagen fanden sich Belege für Überweisungen an eine Vereinigung, die für ethische Tierhaltung eintrat. Swan hatte großzügig an sie gespendet.

Als Nächstes kamen die Regale dran. Die drei fanden einen Schuhkarton voller Fotos aus Swans Zivilleben und Militärdienstzeit. Auf einigen war der Hund zu sehen. Auf anderen Reacher, Frances und O'Donnell, aber auch Franz, Karla Dixon, Sanchez, Orozco und Lowrey. Alle jünger, vor Jugend, Energie und Tatendrang strotzend.

Reacher trat an den Schreibtisch und nahm den Telefonhörer ab, drückte auf Wahlwiederholung. Eine rasche Folge elektronischer Pieptöne, dann ein surrender Wählton. Anschließend meldete sich Angela Franz. Reacher legte wortlos auf.

„Zuletzt hat er Franz angerufen", verkündete er. „Zu Hause in Santa Monica."

„Er hat sich zum Dienst gemeldet“, meinte O’Donnell. „Das wussten wir schon. Hilft uns nicht weiter.“

„Hier hilft uns überhaupt nichts weiter“, warf Frances ein.

„Aber vielleicht etwas, was nicht hier ist“, gab Reacher zu bedenken. „Sein Betonbrocken von der Berliner Mauer zum Beispiel. Außerdem fehlt ein Karton mit Zeug aus seinem Schreibtisch bei New Age.“

„Wie hilft uns das weiter?“

„Keine Ahnung. Aber je mehr wir wissen, desto eher haben wir mal Glück.“

Sie verließen das Haus durch die Küche und folgten dem Fußweg zum Gehsteig. Reacher schaute sich nach neugierigen Nachbarn um, konnte jedoch keine entdecken.

Aber er sah einen beigefarbenen Crown Victoria, der weniger als vierzig Meter von ihnen entfernt parkte. Motorhaube zu ihnen. Ein Kerl am Steuer.

„Bleibt ganz locker stehen und dreht euch wie für einen letzten Blick auf das Haus um“, sagte Reacher. „Macht dabei Konversation.“

O’Donnell wandte sich um. „Sieht wie eine Unterkunft für verheiratete Offiziere in Fort Hood aus.“

„Abgesehen von dem Briefkasten“, meinte Reacher.

„Mir gefällt er“, sagte Frances.

„Keine vierzig Meter westlich von hier steht ein beigefarbener Crown Vic geparkt“, erklärte Reacher. „Sein Fahrer beschattet uns. Genauer gesagt beschattet er Frances. Er war da, als ich mich auf dem Sunset mit ihr getroffen habe, und stand auch in der Nähe von Franz’ Haus. Ich denke, wir sollten mal feststellen, wer er ist.“

„Wie wir’s früher gemacht haben?“, fragte O’Donnell.

Reacher nickte. „Genau wie wir’s früher gemacht haben. Ich fahre.“

Nach einem letzten Blick auf Swans Haus wandten sie sich ab und stiegen in O’Donnells Leihwagen. Ohne sich anzuschnallen. Reacher ließ den Motor an, sah nach vorn, warf einen Blick in den Rückspiegel.

Die Straße war in beiden Richtungen frei.

Er riss das Lenkrad herum, trat kurz das Gaspedal durch und wendete mit quietschenden Reifen auf der Fahrbahn. Gab wieder Gas, beschleunigte dreißig Meter weit und bremste dann scharf. O’Donnell sprang vor dem Crown Vic aus dem Wagen, bevor Reacher erneut mit Gas und Bremse arbeitete und genau neben der Fahrertür des Crown Vic zum Stehen kam. O’Donnell hatte inzwischen schon die Beifahrertür erreicht. Als Reacher aus dem Wagen sprang, zertrümmerte O’Donnell mit seinem Schlagring die Seitenscheibe und trieb so den Fahrer aus dem Auto – Reacher direkt in die Arme. Reachers Faust traf ihn schnell und hart im Magen und im Gesicht. Der Kerl fiel rückwärts gegen seinen Wagen, kippte nach einem weiteren Schlag wie ein von einer Planierraupe entwurzelter Baum langsam zur Seite. Dann lag er auf dem Rücken ausgestreckt, unbeweglich, bewusstlos, stark aus seiner gebrochenen Nase blutend.

„Na, das klappt immerhin noch“, meinte O’Donnell.

Frances packte den Mann an seiner Sportjacke und öffnete sie auf der Suche nach einer Innentasche. Und hielt inne.

Weil der Kerl ein Schulterhalfter aus schwarzem Leder trug, in dem eine Glock 17 steckte. Und am Gürtel hing ein Lederetui mit einem Reservemagazin. Außerdem eine runde Ledertasche für Handschellen aus rostfreiem Stahl.

Reacher sah in den Crown Vic. Unter dem Armaturenbrett befand sich ein eingebautes Funkgerät. „Verflucht! Wir haben einen Cop außer Gefecht gesetzt.“ Er ging in die Hocke, tastete nach der Halsschlagader des Mannes. Fühlte seinen Puls, der stark und gleichmäßig war. Der Polizist atmete regelmäßig.

Frances durchsuchte seine Taschen und zog ein aufklappbares Lederetui heraus. Außer einer fest montierten verchromten Erkennungsmarke enthielt es hinter dem milchigen Plastikfenster einen Dienstausweis. „Er heißt Thomas Brant. Deputy Sheriff in der L. A. County.“

„Wir sind in der Orange County“, erklärte O’Donnell. „Hier ist er außerhalb seines Zuständigkeitsbereichs. Das war er auch am Sunset und in Santa Monica.“

„Glaubst du, dass uns das helfen würde?“

„Nicht sehr.“

„Machen wir’s ihm bequem und hauen schleunigst ab“, sagte Reacher.

O’Donnell nahm Brants Füße, und Reacher packte den Deputy unter den Schultern, damit sie ihn gemeinsam auf den Rücksitz seines Wagens hieven konnten. Dort ließen sie ihn in der stabilen Seitenlage zurück: auf der Seite liegend, ein Bein angewinkelt hochgezogen, sodass er ohne Erstickungsgefahr gut atmen konnte. Durch das eingeschlagene Seitenfenster kam frische Luft herein.

Sie stiegen wieder in O’Donnells Leihwagen. Die höfliche Navi-Stimme machte sich daran, sie zum Freeway zurückzugeleiten.

„Wir sollten diesen Wagen zurückgeben“, sagte Frances. „Sofort. Und dann meinen Mustang. Er hat sich bestimmt beide Kennzeichen notiert.“

„Und womit sollen wir dann fahren?“, fragte Reacher.

„Jetzt musst du irgendwas mieten.“

„Ich habe keinen Führerschein.“

„Dann müssen wir eben Taxis nehmen. Und das Hotel wechseln.“

O’Donnell wendete, fuhr statt nach Osten auf den Freeway 5 in Richtung Hotel nach Westen auf den 405er gen Flughafen. Auf dem Freeway war der Verkehr mehr als dicht. Sie kamen nur langsam voran.

„Erzähl mir von gestern“, forderte Reacher Frances auf. „Was du gemacht hast.“

„Ich bin zum LAX geflogen und habe den Mustang gemietet. Bin ins Hotel am Wilshire gefahren. Habe eingecheckt. Eine Stunde gearbeitet. Dann bin ich zu dem Denny’s am Sunset gefahren. Habe dort auf dich gewartet.“

„Du musst gleich vom Flughafen aus beschattet worden sein. Die Frage ist, wer wusste, wann und wo du ankommen würdest?“

„Der Cop natürlich. Er hat meinen Namen markiert, und das Heimatschutzministerium hat ihn benachrichtigt, sobald ich mein Ticket gekauft hatte.“

„Okay, weshalb?“

„Er ist mit dem Fall Franz befasst. Ich bin jemand aus dessen näherem Umfeld.“

„Dann werden wir also alle verdächtigt?“

„Schon möglich. Wenn’s keine anderen Verdächtigen gibt.“

LAX WAR ein einziges großes Chaos. Ständig nur halb fertig. O’Donnell schlängelte sich durch Baustellen, folgte Umleitungen und erreichte schließlich die Mietwagen-Rückgabe. Er parkte, und ein Mann in einer Hertz-Jacke kam herbeigeeilt und las den Strichcode am Rückfenster mit einem Handscanner ein. Das war’s: Fahrzeug zurückgegeben, Mietverhältnis beendet. Verbindung unterbrochen.

„Was nun?“, fragte O’Donnell.

„Nun fahren wir mit dem Shuttlebus zum Ankunftsgebäude und nehmen uns ein Taxi“, antwortete Frances. „Dann checken wir aus dem Hotel aus, und wir beide kommen mit meinem Mustang hierher zurück. Reacher kann so lange ein Hotel für uns suchen. Okay?“

Aber Reacher gab keine Antwort. Er starrte über den Parkplatz und durch das große Schaufenster der Hertz-Station. Beobachtete die vor dem Schalter anstehenden Kunden. Dabei lächelte er.

„Was?“, fragte Frances.

„Dort drinnen“, sagte Reacher. „An vierter Stelle. Siehst du die kleine Schwarzhaarige? Ich bin mir ziemlich sicher, dass das Karla Dixon ist.“

Als sie über den Parkplatz hasteten, waren sie sich mit jedem Schritt sicherer, dass es sich tatsächlich um Karla handelte. Sie war unverwechselbar. Schwarzhaarig, bildhübsch und zierlich. Sie wirkte wie immer entspannt, aber nie ganz ruhig, verbrannte ständig Energie. Sie trug enge schwarze Jeans und eine schwarze Lederjacke. Ihr dichtes schwarzes Haar war kurz geschnitten.

Als spürte sie die Blicke auf ihrem Rücken, drehte sie sich um und erwiderte sie, als hätten sie sich zuletzt vor ein paar Minuten statt vor Jahren gesehen. Dabei lächelte sie kurz. Ihr Lächeln war ein wenig traurig, als wüsste sie bereits, was passiert war. Reacher deutete auf sich, dann auf Frances und O'Donnell, hielt vier Finger hoch und formte mit deutlichen Lippenbewegungen: Nimm einen Viersitzer. Karla nickte und sah wieder nach vorn.

Schließlich bekam sie ein dickes gelbes Paket und den Schlüssel ausgehändigt. Sie nahm ihre Aktentasche und griff nach ihrem Rollenkoffer. Als sie hinaustrat, bedachte sie alle nacheinander mit einem Blick und sagte: „Tut mir leid, dass ich zu spät zu der Party komme. Aber eigentlich ist es ja keine richtige Party, oder?“

„Was weißt du bisher?“, fragte Reacher sie.

„Ich habe eure Nachrichten erst heute bekommen. Ich hatte keine Lust, in New York auf einen Direktflug zu warten. Die erste Möglichkeit war ein Flug mit zwei Stunden Aufenthalt in Las Vegas. In dieser Zeit habe ich mich ein bisschen umgehört und festgestellt, dass Sanchez und Orozco verschwunden sind. Sie scheinen sich vor ungefähr drei Wochen einfach in Luft aufgelöst zu haben.“

6

Karla hatte einen Ford 500 gemietet, der eine ausreichend große viersitzige Limousine war. Sie verstaute ihr Gepäck im Kofferraum und setzte sich ans Steuer. Frances nahm vorn neben ihr Platz, während Reacher und O'Donnell sich auf den Rücksitz quetschten. Karla ließ den Motor an, verließ den Flughafen und fuhr auf dem Sepulveda Boulevard nach Norden. In den ersten fünf Minuten redete sie als Einzige.

Sie hatte im Auftrag einer Großbank, die wegen möglicher illegaler

Praktiken besorgt war, als verdeckte Ermittlerin bei einem New Yorker Börsenmakler gearbeitet. Wie alle verdeckten Ermittler, die überleben wollten, hatte sie sich strikt an ihre Legende gehalten, was bedeutete, dass sie keinen Kontakt zu ihrem früheren Leben haben durfte. Aber irgendwann hatte sie ihren Anrufbeantworter heimlich von einem Münztelefon aus abgehört und so die zunehmend verzweifelten 10-30-Hilferufe mitbekommen.

Daraufhin hatte sie ihren Job samt Auftraggeber sausen lassen und war geradewegs zum JFK gefahren. Vom Flughafen Vegas aus hatte sie versucht, Sanchez und Orozco anzurufen. Deren Anrufbeantworter waren voll gewesen – immer ein schlechtes Zeichen. Also war sie mit dem Taxi zum Büro der beiden gefahren und hatte es verlassen vorgefunden, aber mit der Post von drei Wochen hinter der Tür.

„Das war's dann", sagte Reacher. „Jetzt sind wir nur noch zu viert."

Anschließend redete Frances fünf Minuten lang. Sie fasste ihre bisherigen Erkenntnisse so klar und präzise zusammen, wie sie es schon tausendmal gemacht hatte. Sie führte sämtliche Informationen, aber auch alle Spekulationen seit Angela Franz' erstem Anruf an. Sie erwähnte den Autopsiebericht, das kleine Haus in Santa Monica, das verwüstete Büro in Culver City, die USB-Sticks, den Besuch bei New Age, den verendeten Schäferhund, den unglücklichen Überfall auf einen Deputy aus der L. A. County.

„Schlussfolgerungen?", erkundigte sich Reacher.

Karla dachte nach, während sie im stockenden Verkehr dreihundert Meter zurücklegte. Sie bog auf den Freeway 405 in Richtung Norden ab.

„Vor allem eine", sagte sie dann. „Hier geht's nicht darum, dass Franz nur einige von uns angerufen hat, weil er glaubte, nicht alle seien verfügbar. Ich glaube, dass er nur die angerufen hat, die rasch bei ihm sein konnten. Swan, Sanchez und Orozco. Hier geht's um Schnelligkeit, Panik und Dringlichkeit. Um etwas, bei dem ein halber Tag einen Unterschied machen kann."

Im Wagen herrschte einige Augenblicke lang Schweigen. Der Verkehr lief flüssig. Karla kam glatt über die Kreuzung mit dem Freeway 10.

„Wohin fahren wir überhaupt?", fragte sie.

„Ich schlage das ‚Château Marmont' vor", antwortete Frances. „Es ist abgelegen und diskret."

„Und teuer", warf Reacher ein.

Etwas in seiner Stimme bewog Karla dazu, ihn kurz im Rückspiegel zu betrachten.

„Reacher ist abgebrannt“, erklärte Frances. „Er reagiert empfindlich, wenn andere Leute für ihn zahlen.“

„Ich wollte bloß höflich sein“, knurrte er.

Karla blieb bis zum Santa Monica Boulevard auf dem Freeway 405. Dann fuhr sie nach Nordosten in Richtung Sunset Boulevard weiter. „Einsatzbeschreibung“, sagte sie. „*Mit den Sonderermittlern legt man sich nicht an.* Diesem Grundsatz müssen wir vier Geltung verschaffen. Also brauchen wir eine Führungsstruktur, einen Plan und einen Etat.“

„Für die Finanzierung komme ich auf“, verkündete Frances. „Allein in diesem Jahr erhält der Privatsektor vom Heimatschutzministerium Aufträge im Wert von sieben Milliarden Dollar. Ein Teil davon landet bei uns in Chicago, und mir gehört die Hälfte des Gewinns.“

„Du bist demnach reich?“

„Reicher als in meiner Dienstzeit als Sergeantin.“

„Sind wir uns also darüber einig, dass Frances die Finanzierung übernimmt?“, fragte Karla.

Vier erhobene Hände. Zwei Majore und ein Hauptmann, die eine Sergeantin die Zeche zahlen ließen.

„Nun die Führungsstruktur“, fuhr Karla fort. „Ich nominiere Reacher als Kommandeur.“

„Ich auch“, stimmte O’Donnell zu.

„Gleichfalls“, schloss Frances sich an. „Alles genau wie früher.“

„Ausgeschlossen“, protestierte Reacher. „Ich habe diesen Cop zusammengeschlagen. Mit etwas Pech muss ich dazu stehen und es euch überlassen, ohne mich weiterzumachen. So vorbelastet darf ein Kommandeur nicht sein. Frances sollte das Kommando übernehmen.“

„Ich lehne ab“, erwiderte sie.

„Reacher, bis er verhaftet wird“, schlug Karla vor. „Dann Frances. Wer ist dafür?“

Drei Hände wurden gehoben.

„Das werdet ihr bereuen“, sagte Reacher. „Ich sorge dafür, dass ihr’s bereut.“

„Wie sieht also der Plan aus, Boss?“, wollte Karla wissen, und ihre Frage katapultierte Reacher weit in die Vergangenheit zurück – bis zu dem Tag, an dem er sie zuletzt von irgendjemandem gehört hatte.

„Genau wie immer“, antwortete er. „Wir spüren die Kerle auf, wir erledigen sie, und dann pissen wir auf die Gräber ihrer Vorfahren.“

DAS CHÂTEAU MARMONT war ein leicht heruntergekommener alter Prachtbau am Sunset Boulevard. Alle möglichen Film- und Rockstars waren dort schon zu Gast gewesen. An den Wänden hingen massenhaft signierte Fotos. Errol Flynn, Clark Gable, Greta Garbo.

Weil der Angestellte am Empfang auch Ausweise sehen wollte, gaben sie alle ihre richtigen Namen an. Ihnen blieb nichts anderes übrig. Dann teilte der Rezeptionist ihnen mit, er habe nur noch drei Zimmer. Also nahmen Reacher und O'Donnell gemeinsam eines und überließen den Frauen die beiden Einzelzimmer.

Anschließend fuhr O'Donnell mit Frances in Karlas Leihwagen ins Beverly Wilshire zurück, um ihr Gepäck zu holen und auszuchecken. Anschließend würde Frances den Mustang zum Flughafen zurückbringen und O'Donnell hinter ihr herfahren, um sie danach wieder ins Marmont zu chauffieren. Das alles würde ungefähr drei Stunden dauern. Reacher und Karla würden dableiben und versuchen, in dieser Zeit aus den Zahlen schlau zu werden.

Sie machten sich in Karlas Zimmer an die Arbeit. Reacher legte die sieben Tabellen nebeneinander auf das Bett und beobachtete, wie Karla sie studierte.

„Zwei Dinge fallen ins Auge", sagte sie sofort. „Es gibt keine hundertprozentigen Resultate. Kein zehn von zehn, kein neun von neun. Und die ersten drei Tabellen enthalten sechsundzwanzig Zahlen, die vierte siebenundzwanzig und die letzten drei wieder sechsundzwanzig."

„Das bedeutet was?"

„Keine Ahnung. Aber keines der Blätter ist voll. Es handelt sich also um keine fortlaufende Zahlenliste, sondern um sieben einzelne Kategorien von irgendwas. Die Ergebnisse werden ganz plötzlich schlechter."

„Was kann auf diese Weise wiederholt gemessen werden?"

„Alles, nehme ich an. Vielleicht sind Fehler aufgezeichnet worden, was bedeuten würde, dass die Ergebnisse besser, nicht schlechter geworden sind." Sie zuckte die Schultern. Trat ans Fenster, zog den verblassten Vorhang ein Stück weit auf und betrachtete die Hügel. „Ich mag L.A. New York gefällt mir besser. Aber der Kontrast ist hübsch."

„Vermutlich."

„Beschissene Umstände, aber es ist klasse, dich wiederzusehen."

Reacher nickte. „Geht mir ebenso. Wir dachten, wir müssten dich abschreiben. War ein scheußliches Gefühl."

„Darf ich dich umarmen?"

„Du willst mich umarmen?“

„Am Flughafen hätte ich euch am liebsten alle umarmt. Aber ich hab’s nicht getan, weil Frances das nicht mag.“

Karla wandte sich ihm zu, und Reacher schloss sie in die Arme und drückte sie fest an sich. Sie duftete zart. Er hob sie hoch und schwang sie herum, drehte sich langsam einmal mit ihr im Kreis. Als er sie wieder absetzte, stellte sie sich auf die Zehenspitzen und küsste ihn auf die Wange.

„Du hast mir gefehlt“, sagte sie. „Ihr alle habt mir gefehlt, meine ich.“

„Mir auch“, erwiderte er. „Ich wusste gar nicht, wie sehr.“

„Gefällt dir das Leben nach der Army?“

„Ja, mir gefällt’s gut. Aber wenn ich euch betrachte, habe ich das Gefühl, selbst nur Wasser zu treten. Ihr dagegen schwimmt.“

„Bist du wirklich abgebrannt?“

„Fast mittellos. Frances hat mir tausenddreißig Dollar auf mein Bankkonto überwiesen.“

„Wie der Funkcode zehn-dreißig? Clever gemacht.“

„Und für mein Flugticket. Ohne das Geld wäre ich noch als Anhalter hierher unterwegs.“

„Du wärst zu Fuß unterwegs. Dich würde kein vernünftiger Mensch mitnehmen.“

Reacher betrachtete sich in dem fleckigen alten Wandspiegel. Ein Meter fünfundneunzig, hundertzehn Kilo, Pranken wie ein Bär, langes Haar, unrasiert, Hemdsärmel mit zerschlissenen Manschetten.

Ein Stadtstreicher. Aus der großen grünen Maschine hierher.

„Darf ich dich etwas fragen, Reacher?“

„Nur zu.“

„Ich habe mir immer gewünscht, wir hätten mehr getan, als nur zusammenzuarbeiten. Du und ich. Ist’s dir auch so ergangen?“

„Ganz ehrlich? Ja, genauso.“

„Warum haben wir dann nicht mehr unternommen?“

„Wäre nicht richtig gewesen. Unsere Einheit wäre daran zerbrochen.“

„Wir hätten unsere Beziehung geheim halten können.“

„Das glaubst du selbst nicht.“

„Wir könnten sie jetzt geheim halten. Uns bleiben zweieinhalb Stunden.“

Reacher gab keine Antwort.

„Entschuldige, aber diese ganze schlimme Geschichte macht mir bewusst, wie kurz das Leben ist.“

„Hast du drüben an der Ostküste keinen Freund?“

„Im Augenblick nicht."

Reacher trat wieder ans Bett. Karla folgte ihm und blieb dicht neben ihm stehen. Die sieben Blätter waren noch immer nebeneinander ausgelegt. Er schob sie zu einem Stapel zusammen, legte ihn auf den Nachttisch. Fragte: „Weißt du bestimmt, dass du das willst?"

„Das weiß ich seit zwölf Jahren."

„Ich auch. Aber es muss unser Geheimnis bleiben."

Als sie danach im Bett lagen, meinte Karla: „Wir müssen weiterarbeiten." Reacher wälzte sich zur Seite, um die Blätter vom Nachttisch zu nehmen, aber sie sagte: „Nein, diesmal nur im Kopf. Da sehen wir mehr."

„Glaubst du?"

„Insgesamt hundertdreiundachtzig Zahlen. Erzähl mir von der Hundertdreiundachtzig als Zahl."

„Keine Primzahl. Durch drei und einundsechzig teilbar. Multipliziert man sie mit zwei, erhält man dreihundertsechsundsechzig – die Zahl der Tage eines Schaltjahrs."

„Ist dies also ein halbes Schaltjahr?"

„Nicht mit sieben Listen", antwortete Reacher. „Die Hälfte jedes Jahres würde sechs Monate und sechs Listen bedingen."

Karla schwieg nachdenklich.

Ein halbes Jahr, dachte Reacher. Sechsundzwanzig, siebenundzwanzig. „Wie viele Wochen hat das Jahr?", fragte er.

„Zweiundfünfzig."

„Wie viele Werktage?"

„Zweihundertsechzig bei Fünftagewochen, dreihundertzwölf bei Sechstagewochen."

„Wie viele Tage hätten dann sieben Monate aus Sechstagewochen?"

Sie überlegte kurz. „Hängt davon ab, welche sieben Monate man nimmt. Davon, wie die Sonntage verteilt sind. Auch davon, welcher Wochentag der erste Januar ist."

„Rechne noch mal nach, Karla. Es gibt nur zwei mögliche Antworten."

„Hundertzweiundachtzig oder hundertdreiundachtzig."

„Genau. Diese sieben Blätter entsprechen sieben Monaten mit Sechstagewochen. Einer der langen Monate hatte nur vier Sonntage. Deshalb die Anomalie mit siebenundzwanzig Tagen."

Karla schlüpfte unter der Bettdecke hervor, ging nackt zu ihrer Aktentasche und kam mit einem ledernen Terminplaner zurück. Sie legte ihn offen aufs Bett und verteilte die Blätter vom Nachttisch in einer Reihe darunter.

„Es handelt sich um dieses Jahr“, verkündete sie. „Um die letzten sieben Monate bis zum Ende des vorigen Monats. Ohne Sonntage sind es drei Monate mit sechsundzwanzig Arbeitstagen, dann einer mit siebenundzwanzig und danach wieder drei mit sechsundzwanzig.“

„Da hast du’s. Irgendwelche Sechstagezahlen haben sich in den letzten sieben Monaten ständig verschlechtert.“

„Jetzt sag mir, was diese Zahlen bedeuten.“

„Keine Ahnung“, erwiderte Reacher.

„Ich auch nicht“, seufzte Karla.

3200 KILOMETER horizontal von ihnen entfernt und elf Kilometer über ihnen befand sich der schwarzhaarige Mann, der sich gegenwärtig Alan Mason nannte, in der vorderen Kabine einer Boeing 757 der United Airlines auf dem Flug von New York nach Denver, Colorado. Er saß auf Platz 3A und hatte ein Glas Mineralwasser mit Kohlensäure auf dem Armlehnentablett neben sich und eine aufgeschlagene Zeitung auf den Knien. Aber er las nicht, blickte stattdessen aus dem Fenster auf die strahlend weißen Haufenwolken hinaus.

Und zwölf Kilometer südlich von ihnen verfolgte der Mann in dem dunkelblauen Anzug am Steuer seines dunkelblauen Chryslers sitzend David O’Donnell und Frances Neagley auf der Rückfahrt von der Hertz-Station auf dem Flughafen LAX.

„DAS HILFT UNS nicht weiter“, meckerte O’Donnell, und Frances meinte: „Die Spur ist eiskalt, und wir besitzen so gut wie keine nützlichen Infos.“

Sie hielten sich in Karlas Zimmer auf. Das Bett war gemacht. Reacher und Karla hatten geduscht und sich wieder angezogen. Die sieben Tabellen und der aufgeschlagene Terminplaner lagen jetzt auf der Kommode. Niemand bestritt, dass sie die letzten sieben Monate abbildeten. Aber keiner verstand, wie dieses Wissen ihnen nutzen könnte.

Karla schaute zu Reacher hinüber. „Was willst du tun, Boss?“

„Wir denken nicht klar“, antwortete er. „Wir sollten eine Pause machen und später darauf zurückkommen.“

„Früher haben wir nie Pausen gemacht.“

„Damals hatten wir noch fünf Augenpaare mehr.“

REACHER brach allein zu einem Spaziergang auf dem Sunset Boulevard nach Westen auf. Er kramte sein Geld aus der Tasche, um es zu zählen. Nicht mehr viel übrig. Er betrat ein Souvenirgeschäft und fand einen Kleiderständer mit heruntergesetzten Hemden. An einem Ende des Ständers hingen blaue Hemden mit weißem Muster aus glänzendem Material. Er nahm das größte heraus, fand einen Spiegel und hielt sich den Kleiderbügel unters Kinn. Das Hemd könnte passen. An den Schultern war es vermutlich breit genug, und die kurzen Ärmel würden das Problem lösen, ein Hemd mit ausreichend langen Ärmeln finden zu müssen. Er hatte Arme wie ein Gorilla, nur länger und dicker.

Mit Mehrwertsteuer kostete das Hemd fast 21 Dollar. Reacher zahlte bei dem Mann an der Kasse, riss die Etiketten ab, zog sein altes Hemd aus und schlüpfte sofort in das neue.

„Haben Sie einen Abfalleimer?“, fragte er.

Der Mann duckte sich, kam wieder hoch und brachte eine kleine Blechtonne mit einem eingesetzten Müllbeutel zum Vorschein. Reacher knüllte sein altes Hemd zusammen und warf es hinein.

„Gibt's hier in der Nähe einen Friseur?“, fragte er.

„Zwei Blocks nördlich“, antwortete der Mann. „Den Hügel hinauf. Schuhputzen und Haarschneiden in einer Ecke des Lebensmittelmarkts.“

IN DEM LEBENSMITTELMARKT gab es Bier aus Kühlschränken und Kaffee aus Pumpthermoskannen. Reacher nahm sich einen mittelgroßen Becher Hausmarke, schwarz, und ging damit zu dem Friseurstuhl. Auf dem Rand des Waschbeckens lagen mehrere Rasiermesser, und daneben stand ein Schuhputzstuhl, in dem ein hagerer Typ in einem Muskelshirt saß. Seine Arme waren von oben bis unten mit Einstichen übersät.

„Lassen Sie mich raten“, sagte er. „Rasieren und Haare schneiden? Macht acht Dollar.“

Reacher sah in seiner Tasche nach. „Zehn. Inklusive Schuhputzen und Kaffee.“

„Alles zusammen würde zwölf kosten.“

„Ich hab aber nur zehn.“

Der Kerl zuckte die Schultern. „Von mir aus.“

Eine halbe Stunde später befanden sich nur noch zwei Dollar in Reachers Tasche, aber die Schuhe waren sauber und das Gesicht so glatt wie schon lange nicht mehr. Sein Bürstenhaarschnitt war fast zu kurz geraten. Reacher begutachtete nochmals die Arme des Mannes im Muskelshirt.

„Wo ist hier in der Gegend Stoff zu kriegen?“, fragte er.

„Sie sind kein Konsument.“

„Für einen Freund.“

„Sie haben kein Geld.“

„Ich kann mir welches beschaffen.“

Der Kerl zuckte wieder die Schultern. „Hinter dem Wachsmuseum ist meistens eine Gang.“

Reacher kehrte ins Marmont zurück, indem er zwei Blocks weit auf den tiefer liegenden Canyonstraßen blieb und sich dem Hotel von hinten näherte. Unterwegs kam er an einem dunkelblauen Chrysler 300C vorbei, der am Randstein parkte. Am Steuer saß ein Mann in einem dunkelblauen Anzug, dessen Farbton fast genau dem des Autos entsprach. Reacher vermutete, dass es sich um eine Limousine mit Fahrer handelte. Wahrscheinlich hatte irgendein rühriger Autoverleiher auf der Suche nach einem Wettbewerbsvorsprung seine Fahrer einheitlich eingekleidet. L. A. war ein schwieriger Markt für Autovermietungen. Das hatte Reacher irgendwo gelesen.

Karla und Frances lobten sein neues Hemd höflich, nur O’Donnell lachte ihn deswegen aus. Über seinen Haarschnitt lachten alle drei, aber Reacher war das egal. Wenigstens hatte er kurz für Heiterkeit gesorgt.

Die Tabellen lagen wieder auf dem Bett. Sieben Monate mit 183 Tagen. Insgesamt 2197 Ereignisse.

„Es muss mehr als das hier geben“, schimpfte O’Donnell.

Reacher nickte. „Wir haben wirklich nicht viel, weil die Kerle sich praktisch alles geschnappt haben. Seinen Computer, seine Adressenkartei, sein Telefonverzeichnis. Uns bleiben nur Fragmente. Wie archäologische Grabungsfunde. Aber daran sollten wir uns lieber gewöhnen, weil uns nichts anderes in die Hände fallen wird.“

„Was machen wir also?“

„Mit der Gewohnheit brechen.“

„Mit welcher Gewohnheit?“

„Mich zu fragen, was ihr tun sollt. Vielleicht bin ich morgen nicht mehr da. Ich stelle mir vor, wie die Deputys in diesem Augenblick zu einer Großfahndung ausschwärmen. Ihr müsst endlich anfangen, selbstständig zu denken.“ Er wandte sich an Karla. „Hast du den Ford mit Zusatzversicherung gemietet?“

Sie nickte.

„Macht noch eine Pause. Dann fahren wir irgendwohin zum Abendessen. Ich lade euch ein. Wir treffen uns in einer Stunde unten in der Halle.“

Reacher übernahm Karlas Ford von dem Parkwächter des Hotels und fuhr auf dem Hollywood Boulevard nach Osten. Bog dann nach links auf die Highland Avenue ab. Dieses Viertel, zwei Blocks westlich der Kreuzung von Hollywood Boulevard und Vine Street, war früher anrüchig gewesen.

Reacher machte am Bordstein halt. Hinter dem Wachsmuseum verlief eine breite Durchfahrt. Eigentlich ein unbebautes schmales Grundstück, das von Autofahrern als Wendeplatz benutzt worden war, bis Drogenhändler es zu einer Verkaufspassage umfunktioniert hatten. Hier lief der Handel in der üblichen Dreiteilung ab. Ein Käufer bog von der Straße ab und fuhr langsamer. Ein Junge von etwa acht bis zehn Jahren näherte sich ihm. Der Fahrer gab seine Bestellung auf und übergab den Kaufpreis in bar. Der Junge brachte das Geld dem Mann mit dem Geldsack und lief dann zu dem Typen mit dem Stoff weiter, um die Ware zu holen. Der Fahrer beschrieb einen langsamen Halbkreis und traf auf der anderen Seite des Grundstücks erneut mit dem Jungen zusammen. Dort fand die Übergabe statt, und der Fahrer rollte wieder auf die Straße hinaus. Ein cleveres System, das Reacher von früher kannte. Das er schon früher ausgenutzt hatte.

Der Mann mit dem Geld saß mit einem schwarzen Nylonseesack zwischen den Füßen in der Mitte des Grundstücks auf einem Betonklotz. Er trug eine Sonnenbrille und würde mit irgendeiner Pistole bewaffnet sein, die ihm diese Woche gefallen hatte.

Reacher wartete.

Ein schwarzer Mercedes ML bremste und bog auf das Grundstück ab. Ein eleganter Geländewagen mit getönten Scheiben. Als der Mercedes an der Einfahrt hielt, kam ein kleiner Junge herbeigesaust. Seine Hand streckte sich weit nach oben und ergriff einen Packen zusammengefalteter Geldscheine. Der Wagen fuhr langsam weiter, und der Junge lief zu dem Mann mit dem Seesack hinüber. Das Geld verschwand in dem Sack, und der Junge rannte zu dem Mann mit dem Stoff. Der Mercedes begann seinen langsamen Halbkreis.

Reacher legte den ersten Gang ein. Sah prüfend nach Norden, prüfend nach Süden. Gab dann Gas, drehte das Lenkrad und raste auf das Grundstück. Hielt auf dessen Mitte zu, geradewegs auf den Mann mit dem Geldsack, während unter den Vorderrädern seines Wagens der Kies wegspritzte.

Der Mann mit dem Geldsack erstarrte. Wenige Meter vor ihm legte Reacher eine Vollbremsung hin und stieß die Fahrertür auf. Sie beschrieb einen weiten Bogen, traf den Kerl mit voller Wucht. Er ging rückwärts zu Boden. Der Ford kam zum Stehen, Reacher beugte sich aus dem Wagen und bekam den Seesack mit der linken Hand zu fassen. Warf ihn auf den Beifahrersitz, gab wieder Gas, knallte seine Tür zu und wendete innerhalb des Halbkreises, den der langsamere Mercedes beschrieb. Röhrte davon und holperte über den Randstein auf die Highland Avenue zurück. Im Rückspiegel sah er den zu Boden gegangenen und seines Geldsacks beraubten Mann und zwei flüchtende Kerle. Dann war er über die Ampel, wieder auf dem Hollywood Boulevard.

Von Anfang bis Ende nur zwölf Sekunden. Keine Reaktion. Keine Schüsse. Keine Verfolgung.

Es würde auch keine geben, vermutete Reacher. Sie würden den schlichten Ford, das scheußliche Hemd und den Bürstenhaarschnitt registriert und den Überfall einem hiesigen Polizeibeamten zugeschrieben haben, der in seiner Freizeit etwas für seine Altersversorgung tun wollte. Im Prinzip also Betriebskosten. Und der Mercedesfahrer würde dichthalten.

Reacher fuhr in weitem Bogen entgegen dem Uhrzeigersinn weiter. Niemand folgte ihm. Hoch in den Hügeln hielt er auf freier Strecke in einer Haarnadelkurve an, leerte den Nylonseesack aus und warf ihn aufs Bankett. Dann zählte er das Geld. Fast neunhundert Dollar, hauptsächlich in Zehnern und Zwanzigern. Mehr als genug für ein Abendessen. Sogar mit norwegischem Wasser. Und einem anständigen Trinkgeld.

Zehn Minuten später saß er in der Hotelhalle des Château Marmont in einem verblassten Samtsessel und wartete auf die anderen.

TATSÄCHLICH kostete das Abendessen Reacher weit weniger als neunhundert Dollar. Entweder aus Vorliebe oder um seine mageren Finanzen zu schonen, entschieden die anderen sich für einen lauten Hamburgerschuppen am Sunset Boulevard. Es gab nur Dosenbier und dicke, saftige Frikadellen.

Sie saßen an einem runden Vierertisch. Ihre Unterhaltung stockte und lebte auf, stockte wieder, als das Vergnügen, mit alten Freunden zusammen zu sein, von Erinnerungen an die anderen, die nicht hier sein konnten, überlagert wurde. Der runde Tisch bewirkte, dass der Mittelpunkt der allgemeinen Aufmerksamkeit willkürlich von einem zum anderen wechselte. Nachdem sie ungefähr eine halbe Stunde lang in Erinnerungen geschwelgt und sich gegenseitig auf den neuesten Stand gebracht hatten, kam das Gespräch schließlich auf Calvin Franz.

„Glauben wir seiner Frau, hat er alles außer routinemäßige Recherchen aufgegeben", sagte O'Donnell. „Weshalb sollte er sich dann plötzlich in eine so ernste Sache verwickeln lassen?"

„Weil jemand ihn darum gebeten hat", antwortete Karla.

„Genau. Diese Sache beginnt mit seinem Auftraggeber. Der muss etwas Besonderes gewesen sein."

„Vielleicht hat er sehr gut gezahlt", warf Frances ein.

„Oder vielleicht war er ihm irgendwie verpflichtet", meinte Karla.

Reacher hörte schweigend zu. In seinem Hinterkopf regte sich die Erinnerung an etwas, das Karla vor Stunden auf der Fahrt vom Flughafen in die Stadt gesagt hatte. Er schloss die Augen, kam aber nicht mehr darauf. „Wir sollten Angela fragen, ob er einen regelmäßigen wichtigen Klienten gehabt hat. Vielleicht hat er ihn zu Hause erwähnt. Wir fahren morgen früh hin. Außer die Deputys holen mich vorher ab. Dann könnt ihr ohne mich weitermachen."

Sie gingen ins Hotel zurück und trennten sich in der Halle. Sie waren sich stillschweigend darüber einig, dass sie Schlaf brauchten, um morgen frisch und munter loslegen zu können. Reacher und O'Donnell fuhren zusammen nach oben. Redeten nicht viel. Fünf Sekunden nachdem Reachers Kopf sein Kissen berührt hatte, schlief er bereits.

UM SIEBEN UHR wachte Reacher auf. Durchs Fenster schien die Morgensonne herein. O'Donnell betrat den Raum. Er hatte es eilig. Vollständig bekleidet, zwei Pappbecher mit Kaffee in den Händen.

„Ich habe einen Spaziergang gemacht", berichtete er. „Du steckst in der Klemme. Dieser Deputy parkt hundert Meter von hier entfernt. Sitzt einfach nur da, als würde er auf etwas warten. Er hat eine Metallschiene über der Nase, und die Seitenscheibe ist mit einem Müllsack zugeklebt."

Sie ließen sich das Frühstück auf Karlas Zimmer servieren. Regel Nummer eins, die Reacher vor vielen Jahren gelernt hatte, lautete: *Iss, wenn du kannst, weil du nie weißt, wann es wieder etwas gibt.* Vor allem nicht, wenn man kurz davor war, im System zu verschwinden. Reacher schaufelte Rührei, Schinken und Toast in sich hinein und kippte reichlich Kaffee hinterher.

„Wie haben sie uns so schnell gefunden?“, fragte Karla.

„Per Computer“, erklärte Frances. „Das Heimatschutzministerium und der PATRIOT Act. Sie haben jetzt jederzeit Zugriff auf alle Hotelregister. Amerika ist ein Polizeistaat.“

„Ich wollte, wir wären noch bei der Polizei“, klagte O'Donnell. „Heutzutage brauchte man sich viel weniger zu plagen.“

„Haut jetzt ab, Leute“, sagte Reacher. „Ich will nicht, dass ihr in diese Sache verwickelt werdet. Lasst euch vor dem Deputy nicht blicken. Fahrt zu Angela Franz. Versucht rauszukriegen, wer sein Klient war. Ich melde mich wieder, sobald ich kann.“

Er ging zurück auf sein Zimmer. Steckte seine Klappzahnbürste ein, verstaute Pass und Bankkarte sowie sieben- seiner restlichen achthundert Dollar in einem Seitenfach von O'Donnells Koffer, weil bestimmte Dinge nach einer Festnahme verschwinden konnten. Dann fuhr er mit dem Aufzug in die Halle hinunter, setzte sich dort in einen Sessel und wartete. Unnötig, aus dieser Sache ein großes Drama, eine Verfolgungsjagd durch Hotelkorridore zu machen. Denn Regel Nummer zwei, die ein Leben voller Pech und Unannehmlichkeiten ihn gelehrt hatte, lautete: Bewahre dir einen Rest Würde.

Er wartete. Dreißig Minuten. Sechzig. In der Hotelhalle lagen drei Tageszeitungen aus, und er las sie alle. Von vorn bis hinten. Sport, Feuilleton, Leitartikel, nationale und internationale Nachrichten. Und Wirtschaft. Neunzig Minuten. Nichts.

Nach zwei Stunden steckte Reacher die Zeitungen wieder in den Ständer. Trat an die Drehtür und sah hinaus. Heller Sonnenschein, blauer Himmel. Ein schöner Tag. Er trat ins Freie. Auf dem Gehsteig blieb es still. Nirgends geparkte Fahrzeuge. Keine Überwachung. Er bog nach links in den Sunset Boulevard ein. Wieder links am Laurel Canyon Boulevard. Erneut links auf die kurvenreiche Canyonstraße ab, die hinter dem Hotel vorbeiführte.

Geradeaus vor sich sah er den beigefarbenen Crown Victoria.

Der Wagen stand hundert Meter entfernt am linken Randstein geparkt. Still, bewegungslos, mit abgestelltem Motor. Wie O'Donnell gesagt hatte, war das zertrümmerte Beifahrerfenster mit einem schwarzen Müllsack zugeklebt. Der Fahrer saß am Steuer. Bewegte sich kaum, außer wenn er den Kopf drehte. Linker Seitenspiegel, geradeaus, rechter Seitenspiegel. Reacher sah die Aluminiumschiene aufblitzen, mit der die Nase des Deputy fixiert war. Der Kerl war allein, beobachtete nur und wartete. Aber worauf?

Reacher machte kehrt und ging auf dem Weg, den er gekommen war, ins Château Marmont zurück. Setzte sich wieder in seinen Sessel und hatte den Ansatz einer neuen Theorie im Kopf.

Seine Frau hat mich angerufen, hatte Frances erzählt. *Sie wollte es mir nur erzählen.*

Reacher hatte Charlie gefragt: *Ist es okay, dass du die Tür ganz allein aufmachst?* Und der Junge hatte geantwortet: *Ja, das ist okay.*

Und dann: *Charlie, willst du nicht nach draußen gehen und ein bisschen spielen?*

Reacher saß in der Hotelhalle und wartete darauf, seine Theorie bestätigt oder widerlegt zu sehen, je nachdem wer zuerst von der Straße hereinkam: seine alte Einheit oder eine Horde wütender Deputys aus der L. A. County.

SEINE ALTE EINHEIT kam zuerst herein, zumindest was noch von ihr übrig war. Sie machten verblüfft halt, als sie ihn entdeckten.

„Du bist noch da“, wunderte O'Donnell sich. „Große Klasse.“

„Was hat Angela gesagt?“

„Nichts. Sie weiß nichts von seinen Klienten.“

„Wieso bist du noch hier?“, wollte Karla wissen.

„Das ist eine sehr gute Frage“, antwortete Reacher. „Ist der Deputy noch dort draußen?“

Sie nickte. „Wir haben ihn vom Ende der Straße aus gesehen.“

Sie gingen nach oben auf Reachers und O'Donnells Zimmer. Als Erstes holte Reacher sein Geld, seinen Reisepass und seine Bankkarte wieder aus O'Donnells Koffer.

„Du rechnest anscheinend damit, dass du bleiben kannst.“

„Ich glaube schon, Dave.“

„Weshalb?“

„Weil Charlie die Tür ganz allein geöffnet hat.“

„Und das bedeutet?“

„Angela macht den Eindruck, dass sie ihre Mutterpflichten ernst nimmt. Dennoch hat sie dem Kleinen erlaubt, zwei wildfremden Menschen die Haustür aufzumachen. Sie hat jetzt nur noch Charlie. Trotzdem wollte sie ihn zum Spielen nach draußen schicken. In einen Garten an einer belebten Straße. Wieso tat sie das?“

„Keine Ahnung.“

„Weil sie wusste, dass der Deputy ihr Haus überwacht. Weshalb hat sie vierzehn Tage lang gewartet, bevor sie Frances anrief?“

„Sie war in Gedanken woanders“, meinte Karla. „Sie ist frisch verwitwet.“

„Schon möglich“, meinte Reacher. „Aber vielleicht wollte sie uns überhaupt nicht anrufen. Für sie waren wir längst Geschichte. Wir verkörperten die schlimme alte Zeit. Aber seht die Sache mal aus dem Blickwinkel der Deputys. Sie finden einen Kerl tot in der Wüste und identifizieren ihn. Danach stecken sie fest. Keinerlei Spuren, keinerlei Hinweise. Nach zwei frustrierenden Wochen kommt ihnen eine Idee. Angela hat ihnen alles von der alten Einheit, unserer Loyalität und unserem Slogan erzählt. Sie veranlassen Angela dazu, uns anzurufen, weil sie wissen, dass sie danach einfach im Hintergrund bleiben, uns beobachten und als Trittbrettfahrer von unseren Ermittlungen profitieren können.“

„Das ist lächerlich“, meinte O'Donnell.

„Aber genau das ist passiert, glaube ich. Angela hat gemeldet, dass sie Frances erreicht hat; dann haben sie Frances auf eine Beobachtungsliste gesetzt, sie beschattet, als sie ankam, und verfolgt, wie wir nacheinander eintrudelten. Und sie haben alles mitverfolgt, was wir seither getan haben. Polizeiarbeit durch Stellvertreter. Das war es, was Angela uns verschwiegen hat.“

„Unsinn!“

„Es gibt nur eine Methode, das festzustellen. Jemand muss einen Spaziergang um den Block machen und mit dem Deputy reden.“

„Glaubst du?“

„Karla sollte gehen. Sie war in Santa Ana nicht dabei. Falls ich mit meiner Annahme falschliege, erschießt der Kerl sie wenigstens nicht.“

Wortlos verließ Karla das Zimmer.

„Ich bin der Meinung, dass Angela heute nichts verschwiegen hat“, sagte O'Donnell. „Deshalb glaube ich nicht, dass Franz überhaupt einen Stammkunden hatte.“

„Wie sehr habt ihr sie unter Druck gesetzt?“, fragte Reacher.

„Wir brauchten sie nicht unter Druck zu setzen. Alles war sonnenklar. Sie hatte uns nichts zu erzählen. Ich kann mir nicht vorstellen, dass es einen solchen Klienten gegeben haben soll, ohne dass Angela wenigstens einmal seinen Namen gehört hätte.“

Reacher lächelte flüchtig. Das gefiel ihm an seinem alten Team. Auf seine Leute war hundertprozentig Verlass. Gaben sie eine Einschätzung ab, brauchte man nichts anzuzweifeln.

7

Nach einer halben Stunde kehrte Karla wieder. „Er hat mich nicht erschossen“, teilte sie den anderen mit.

„Das ist gut“, erwiderte Reacher. „Ist er wütend wegen seiner Nase?“

„Verdammt wütend.“

„Wie sieht’s also aus? Hat er irgendetwas eingestanden?“

„Er hat seinen Boss angerufen. Curtis Mauney. Sie wollen sich in einer Stunde hier mit uns treffen.“

„Okay. Sehen wir uns mal an, was der Typ hat.“

Sie verbrachten die Wartezeit in der Hotelhalle. Ohne Nervosität. Beim Militär lernt man zu warten. O’Donnell fläzte sich auf einem Sofa und reinigte sich die Fingernägel mit seinem Springmesser. Karla studierte die sieben Tabellen wieder und wieder. Frances hatte etwas abseits in einem Sessel an der Wand Platz genommen. Reacher saß unter einem alten gerahmten Foto von Raquel Welch. Die Aufnahme war spätnachmittags am Pool des Hotels gemacht worden, und das Licht wirkte so golden wie ihr Teint.

DER SCHWARZHAARIGE MANN, der sich Alan Mason nannte, wartete ebenfalls – auf einen Geheimtreff in seinem Hotelzimmer in Denver. Er hatte einen Koffer an der Wand stehen. Einen dunkelgrauen Hartschalenkoffer, teuer genug, um ihn wohlhabend erscheinen zu lassen, aber nicht so protzig, dass er unerwünschte Aufmerksamkeit erregt hätte. Der Koffer enthielt Wertpapiere, geschliffene Diamanten und Zugangscodes für Schweizer Bankkonten, die 65 Millionen Dollar wert waren.

Der schwarzhaarige Mann war ungewöhnlich nervös. Die Leute, mit denen er hier zusammentreffen würde, waren keine Menschen, denen ein kluger Mann im Umgang mit übertragbaren, nicht nachweisbaren Aktiva trauen durfte. Er ging ins Bad. Wusch sich zum fünften Mal an diesem Tag das Gesicht. Betrachtete sich im Spiegel. Biss die Zähne zusammen. Er war Alan Mason, und er hatte einen Auftrag auszuführen.

ALS ERSTER erschien der von Reacher zusammengeschlagene Deputy Thomas Brant in der Hotelhalle. Er hatte eine purpurrote Schwellung an der Stirn, und die Aluminiumschiene, die seine Nase fixierte, war so fest mit Pflaster auf seinen Wangenknochen befestigt, dass die Haut um seine Augen spannte. Er ging, als würde ihm jeder Schritt wehtun.

Ihm folgte ein Mann mittleren Alters, wohl sein Boss Curtis Mauney. Er war Ende vierzig, klein, stämmig und hatte den leicht erschöpften Gesichtsausdruck, der davon kommt, dass man zu lange dieselbe eintönige Arbeit getan hat. Er trug einen abgewetzten Aktenkoffer.

„Wer von euch hat meinen Mann flachgelegt?", wollte er wissen.

„Ist das wichtig?", fragte Reacher zurück.

„Sie können nicht einfach hier aufkreuzen und Polizisten angreifen. Waren Sie es?"

Reacher nickte. „Dafür entschuldige ich mich. Aber Sie hätten nur um unsere Hilfe zu bitten brauchen."

Mauney sah ihn mit verständnislosem Blick an. „Sie glauben, wir hätten Sie hergelockt, damit Sie uns helfen?"

„Stimmt das vielleicht nicht?"

Mauney schüttelte den Kopf. „Wir haben Sie hergeholt, weil Sie als Köder dienen sollen." Er nahm Platz und stellte den Aktenkoffer zwischen seine Füße. „Lassen Sie mich ein paar Dinge klarstellen. Wir sind Sheriffs aus der L. A. County, keine Hinterwäldler. Innerhalb von zwölf Stunden nach Auffindung von Franz' Leiche wussten wir, dass er einer von acht Überlebenden einer militärischen Eliteeinheit gewesen war. Und binnen vierundzwanzig Stunden wussten wir, dass drei weitere Angehörige dieser Einheit spurlos verschwunden sind. Einer hier, zwei in Vegas."

„Ihre Theorie lautet, dass jemand es auf uns acht abgesehen hat?"

„Ich hatte keine Theorie, aber das war natürlich eine Möglichkeit. Deshalb dachte ich, Sie könnten als Köder dienen, um mir zu helfen, die Täter aus der Deckung zu locken."

„Waren Sie in Vegas?"

„Nein."

„Woher wissen Sie dann, dass die beiden aus Vegas verschwunden sind?"

„Weil ich dort angerufen habe. Wir arbeiten viel mit der Nevada State Police zusammen, die ihrerseits viel mit den Cops in Vegas zusammenarbeitet. Ihre Leute, Sanchez und Orozco, werden seit drei Wochen vermisst, und ihre Wohnungen wurden völlig verwüstet."

„So gründlich wie Franz' Büro?"

„Vergleichbare Arbeit."

„Haben die Täter irgendwas übersehen?"

„Wieso? Haben sie etwas in Franz' Büro übersehen? Haben *wir* etwas übersehen?"

Mauney schien ein ziemlich guter Cop zu sein, und vielleicht konnten sie das in ihrem Sinne nutzen. Deshalb nickte Reacher. „Franz hat sich aus Sicherheitsgründen Computerdateien mit der Post geschickt. Die haben die Kerle übersehen. Und Sie haben sie übersehen. Aber wir haben sie sichergestellt."

„Aus seinem Postfach? Das ist nach Bundesgesetz strafbar. Sie hätten sich einen richterlichen Durchsuchungsbefehl besorgen müssen."

„Das konnte ich nicht. Ich bin nicht mehr bei der Militärpolizei." Reacher machte eine Pause. „Was haben die Typen in Vegas übersehen?"

„Soll das ein Tauschgeschäft werden?"

Reacher nickte. „Aber Sie fangen an."

„Gut. In Vegas haben sie eine Serviette mit einer handschriftlichen Notiz übersehen. Eine dieser Papierservietten, die beigelegt werden, wenn man sich was vom Chinesen kommen lässt. Sie lag zusammengeknüllt in Sanchez' Mülleimer. Ich vermute, dass er beim Essen war, als das Telefon klingelte. Er hat sich rasch etwas notiert, das er später in ein Notizbuch oder eine Datei übertrug, die wir nicht haben. Danach warf er die Serviette weg, weil er sie nicht mehr brauchte. Und das chinesische Essen zu bestellen scheint das Letzte gewesen zu sein, was er jemals in Vegas getan hat."

„Was hat er sich auf der Serviette notiert?"

Mauney hob den Aktenkoffer auf seine Knie, drückte die Schlösser, klappte den Deckel auf. Nahm eine Farbkopie heraus. Sie zeigte Knicke und Fettflecken, die geprägte Papierstruktur und eine hingekritzelte Halbzeile in Sanchez' vertrauter Handschrift: *650 zu $100k pro*.

„Was bedeutet das?", fragte Mauney.

„Ich kann auch nur raten."

Reacher betrachtete die Zahlen, Karla ebenfalls. Sie war still, in Gedanken versunken. Er vermutete, dass sie in der Zahl 650 etwas sah, das ihm entging. Er konnte sich nicht vorstellen was.

Der Buchstabe *k* bedeutete jedenfalls *tausend* und war eine vertraute Abkürzung für amerikanische Soldaten in Sanchez' Alter, die eine Technikerausbildung hatten oder lange in Übersee stationiert gewesen waren, wo Entfernungen statt in Meilen in Kilometern gemessen wurden. Daher bedeutete *$100k* nichts anderes als *hunderttausend Dollar*. Und das *pro* war eine gewöhnliche lateinische Präposition wie in *pro Stück*, *pro Person* …

„Keine Idee?", fragte Mauney. „Na gut. Und was haben Sie in Franz' Postfach gefunden?"

„Einen USB-Stick", erklärte Reacher. „Für einen Computer. Aber wir können das Passwort nicht knacken."

„Wir könnten's versuchen", schlug Mauney vor. „Es gibt ein Labor, mit dem wir zusammenarbeiten."

„Ungern. Wir haben nur noch einen Versuch."

„Das Ding ist ein Beweisstück, deshalb gehört es uns."

„Teilen Sie sich die Informationen mit uns?"

Mauney nickte. „Wir befinden uns hier offenbar in einem Teilungsmodus."

„Gut. Viel Erfolg." Reacher nickte Frances zu. Sie steckte eine Hand in ihre Umhängetasche und zog den silbernen Stick heraus. Gab ihn Mauney.

„Hinweise?", erkundigte sich dieser.

„Es ist bestimmt eine Zahl. Franz war eher ein Zahlenmensch."

„Okay."

„Übrigens, es war kein Flugzeug."

„Ich weiß", erwiderte Mauney. „Können Sie sich vorstellen, wie viele Hubschrauber es in Reichweite der Stelle gibt, wo wir ihn gefunden haben? Über neuntausend."

„Waren Sie in Swans Büro?"

„Er wurde entlassen. Er hatte kein Büro mehr."

„Haben Sie sich sein Haus angesehen?"

„Durch die Fenster. Es ist nicht verwüstet worden."

„Sie haben Nachforschungen über Swan, Sanchez und Orozco angestellt. Warum nicht über uns andere?"

„Weil ich mit dem gearbeitet habe, was ich damals hatte. Ich hatte Franz, Swan, Sanchez und Orozco. Alle vier zusammen, am letzten Abend, bevor Franz weggefahren und nicht wiedergekommen ist, von einer Überwachungskamera auf Band aufgenommen."

Mauney klappte nochmals seinen Aktenkoffer auf und holte ein schwarzweißes Standfoto vom Videoband einer Überwachungskamera heraus. Vier Männer, die Schulter an Schulter an einer Art Ladentheke standen. „Die Identifizierung habe ich mithilfe alter Schnappschüsse vorgenommen, die Franz in einem Schuhkarton in seinem Schlafzimmerschrank aufbewahrte", erklärte er. Dann reichte er das Foto entgegen dem Uhrzeigersinn an Frances, Karla, O'Donnell und Reacher weiter.

Manuel Orozco, der links außen stehend nach rechts blickte, war von der Kamera in seiner charakteristischen Ruhelosigkeit festgehalten worden. Dann kam Calvin Franz, geduldiger Gesichtsausdruck und beide Hände in den Taschen. Als Nächster folgte Tony Swan, der geradeaus schaute. Rechts außen stand Jorge Sanchez in einem bis oben zugeknöpften Hemd ohne Krawatte.

Alle vier sahen etwas älter aus. Orozco war an den Schläfen ergraut und hatte Falten um seine müde wirkenden Augen. Franz' Schultern wirkten nicht mehr ganz so muskulös wie früher. Swan war so breit wie eh und je, mit etwas mehr Bauch. Sanchez' oft finsterer Gesichtsausdruck war zu einer verdrießlichen Miene erstarrt.

Älter, aber vielleicht auch etwas klüger. Auf diesem Foto war eine Menge Begabung und Erfahrung versammelt. Vier harte Kerle. Nach Reachers Meinung vier der weltweit besten acht.

Wer oder was hatte sie in die Knie gezwungen?

Hinter ihnen, von der Kamera wegführend, waren enge Regalreihen zu sehen, die Reacher bekannt vorkamen. „Wo ist das?", fragte er.

„Das ist die Apotheke in Culver City neben Franz' Büro", antwortete Mauney. „Swan hat Aspirin für die Arthritis seines Hundes gekauft. Er hat ihm jeden Tag eine Vierteltablette gegeben."

„Wie viel Aspirin hat er gekauft?"

„Die Sparpackung. Sechsundneunzig Tabletten eines Generikums."

„Bei einer Vierteltablette pro Tag war das ein Vorrat für ein Jahr und neunzehn Tage." Reacher betrachtete die Aufnahme nochmals. Vier Männer, keine Eile, ein Routineeinkauf als Vorsorge für ein Haustier, die über ein Jahr weit in die Zukunft reichen sollte.

Sie haben's nicht mal kommen sehen.

„Kann ich dieses Bild behalten?", bat Reacher.

Mauney nickte. „Es ist eine Kopie."

„Wie geht's jetzt weiter?"

„Sie bleiben sichtbar und rufen mich an, falls Sie jemanden herumschnüffeln sehen." Mauney klappte seinen Aktenkoffer zu. „Keine selbstständigen Ermittlungen mehr, verstanden?"

Darauf gab Reacher keine Antwort. Er stand auf, drehte sich um und betrachtete erneut das Foto von Raquel Welch. In dem Bilderglas spiegelte sich die Hotelhalle. Frances, O'Donnell und Karla standen hinter ihm nun ebenfalls auf. Mauney ging schon in Richtung Ausgang. Aber Thomas Brant war in Gegenrichtung unterwegs. Auf ihn zu.

Reacher hielt seinen Blick auf das Glas gerichtet. Er wusste sofort, was passieren würde. Brant kam näher. Seine linke Hand schob sich nach vorn, seine rechte wurde etwas zurückgenommen, bildete eine Faust. Brant tippte Reacher auf die Schulter. Dieser warf sich unerwartet schnell herum und fing Brants rechte Gerade mit der linken Hand einen Viertelmeter vor seinem Gesicht ab. Hinter dieser Geraden steckte einiges an Gewicht.

Reacher atmete langsam aus und sah Brant in die Augen. „Ich habe mich bereits entschuldigt. Und ich tue es jetzt noch mal. Genügt Ihnen das nicht, warten Sie gefälligst, bis diese Sache vorbei ist. Dann können Sie ein paar Kumpel zusammentrommeln und über mich herfallen, wenn ich gerade nicht aufpasse. Okay?"

„Vielleicht mache ich das wirklich", zischte Brant.

Mauney kam zu ihnen zurück. „Keine Schlägerei. Weder jetzt noch später." Er schleppte Brant am Kragen weg.

Reacher wartete, bis die beiden nach draußen verschwunden waren, dann verzog er das Gesicht und schüttelte seine linke Hand heftig. „Verdammt, das brennt."

„Pack sie in Eis ein", schlug Frances vor.

„Nimm ein kaltes Bier in die Hand", riet O'Donnell.

„Sieh zu, dass du darüber hinwegkommst, und lass mich mit dir über die Zahl Sechshundertfünfzig reden", sagte Karla.

SIE LEGTE die sieben Tabellen ordentlich auf ihrem Bett aus. „Also", begann sie, „hier haben wir eine Folge von sieben Kalendermonaten. Irgendeine Art Leistungsanalyse. Der Einfachheit halber wollen wir von Treffern und Fehlschüssen sprechen. Die ersten drei Monate sind die Leistungen ziemlich gut, dann stürzen sie ab und werden stetig schlechter."

„Das wissen wir bereits", meinte Frances.

„Nehmen wir das erste Vierteljahr mal als Ausgangsbasis. Wir wissen, dass sie neunzig Prozent Treffer erzielen können, plus minus. Hätten sie diesen Leistungsstand halten können, hätten sie sich in den letzten vier Monaten exakt sechshundertfünfzig Fehlschüsse erspart."

„Tatsächlich?"

„Tatsächlich. Zahlen lügen nicht, und Prozentsätze sind Zahlen. Nach dem dritten Monat ist irgendetwas passiert, das ihnen dann sechshundertfünfzig vermeidbare Misserfolge einbrachte."

Reacher nickte. „Ich wollte, wir wüssten, über was genau wir reden."

„Sabotage", schlug O'Donnell vor. „Irgendwer ist dafür bezahlt worden, dass er irgendwas vermasselt."

„Sechshundertfünfzigmal? Und jedes Mal für hundert Mille?", fragte Frances.

„Die Zahlen passen zusammen", sagte Karla. „Es gibt einen klaren mathematischen Zusammenhang zwischen dem, was Franz, und dem, was Sanchez wusste."

Reacher trat ans Fenster und blickte hinaus. „Wir können davon ausgehen, dass Orozco über alles informiert war, was Sanchez wusste. Also fehlt uns nur noch, was Swan wusste. Von ihm haben wir nichts."

„In seinem Haus war nichts", sagte O'Donnell.

„Also muss es in seinem Büro sein."

„Er hatte kein Büro mehr. Er war bei New Age rausgeflogen."

„Aber erst neulich. New Age entließ Leute, ohne neue dafür einzustellen. Folglich steht sein Büro leer. Ich denke, wir sollten die *Dragon Lady* noch mal aufsuchen. Die Personalchefin, diese Berenson."

DER MANN in dem dunkelblauen Anzug verfolgte sie auf der gesamten Strecke in seinem dunkelblauen Chrysler. Kurz vor dem Freeway rief er seinen Boss an. „Sie sind nach Osten unterwegs. Alle vier in einem Wagen."

„Ich bin noch in Colorado", erwiderte sein Boss. „Behalten Sie sie für mich im Auge."

KARLA fuhr durchs offene Tor auf das Gelände von New Age und parkte auf dem Besucherparkplatz, sodass der Kühlergrill fast den glänzenden Glaswürfel der Firmenzentrale berührte. Der große Parkplatz war noch immer halb leer. Die Alibibäume standen bewegungslos in der stickigen Luft. Am Empfang hatte dieselbe Blondine Dienst.

„Kann ich was für Sie tun?", erkundigte sie sich.

„Wir müssen noch mal Ms Berenson sprechen", antwortete Reacher.

„Ich frag mal, ob sie Zeit hat."

Als Margaret Berenson kam, schüttelte sie allen die Hand. Sie öffnete die Aluminiumtür und wartete, bis die Besucher an ihr vorbeigegangen waren und den kleinen Besprechungsraum betreten hatten.

„Wie kann ich Ihnen heute behilflich sein?" In ihrem Tonfall lag ein wenig Gereiztheit. Ein gewisser Nachdruck auf *heute*, wie *schon wieder*.

„Tony Swan ist verschwunden", teilte Reacher ihr mit.

„Verschwunden? Das verstehe ich nicht."

„Er wird vermisst."

„Aber er kann überall sein. Ein neuer Job, vielleicht in einem anderen Bundesstaat. Oder eine Urlaubsreise, die er schon immer mal machen wollte. Unter solchen Umständen tun das manche Leute."

„Sein Hund ist in seinem Haus eingesperrt verdurstet", warf O'Donnell ein. „Er hat garantiert keine Reise gemacht, die er selbst geplant hatte."

„Sein Hund? Wie schrecklich!“, erwiderte Margaret Berenson. „Aber wäre das nicht ein Fall für die Polizei?“

„Die arbeitet daran“, antwortete Reacher. „Und wir ebenfalls.“

„Ich weiß nicht, wie ich Ihnen da helfen könnte. Mr Swan ist seit über drei Wochen nicht mehr bei uns.“

„Wir würden gern seinen Schreibtisch sehen. Seinen Computer. Seinen Terminkalender. Vielleicht gibt's Notizen mit irgendwelchen Hinweisen.“

„In diesem Haus gibt's keine Notizen. Aus Sicherheitsgründen arbeiten wir in einer völlig papierlosen Umgebung. Wir arbeiten ausschließlich an Computern. Wir haben ein gut funktionierendes Intranet mit sicheren Firewalls und automatischen Kontrollen nach dem Zufallsprinzip.“

„Können wir dann seinen Computer sehen?“, bat Frances.

„Das würde Ihnen nichts nützen. Verlässt jemand unsere Firma, wird seine Festplatte binnen einer halben Stunde ausgebaut und vernichtet. Das ist eine weitere Sicherheitsbestimmung.“

„Sie haben ganz schön strenge Vorschriften.“

„Ja, ich weiß. Mr Swan hat sie selbst eingeführt.“

„Vielleicht weiß sein Boss irgendetwas. Wie heißt er?“, fragte O'Donnell.

„Das darf ich Ihnen nicht sagen. Außerdem ist er momentan verreist.“

„Sie sind sehr diskret.“

„Darauf hat Mr Swan bestanden. Alle seine Verfahren sind weiter in Kraft.“

„War er in der Woche, in der er ausgeschieden ist, durcheinander oder besorgt?“

„Nicht dass ich wüsste.“

„Was könnte ihm Ihrer Meinung nach zugestoßen sein?“

„Ich weiß es wirklich nicht. Ich habe ihn noch zu seinem Wagen begleitet. Danach habe ich ihn nicht mehr gesehen.“

SIE STIEGEN wieder in Karlas Wagen, und sie stieß von der Spiegelglasfassade zurück. Reacher beobachtete, wie die Reflexion des Fords kleiner und kleiner wurde.

„Hier wird überhaupt nichts hergestellt“, bemerkte O'Donnell. „Dies ist ein ungesichertes Gebäude.“

„Offensichtlich. Sie müssen irgendwo eine abgelegene Fabrik haben, in der etwas hergestellt wird“, sagte Reacher.

„Mich würde interessieren, was sie produzieren.“

„Dann find es doch heraus."

„Ich kenne einen Typen, der im Pentagon für Beschaffungen zuständig ist", verkündete Frances.

„Ruf ihn an."

In seinem Hotelzimmer in Denver beendete der schwarzhaarige Mann, der sich Alan Mason nannte, seine Besprechung. Sein Geschäftspartner war auf die Minute pünktlich gekommen. Nach einem guten Anfang hatte es spürbare Fortschritte gegeben. Keine lahmen Ausreden, kein Versuch, Neuverhandlungen durchzusetzen. Nur die Lieferung zu den vereinbarten Konditionen: sechshundertfünfzig Stück zu je hunderttausend Dollar.

Mason hatte seinen Koffer geöffnet, und sein Geschäftspartner hatte den langwierigen Prozess begonnen, den darin enthaltenen Gegenwert aufzuaddieren. Schließlich hatte sich sein Geschäftspartner für ganz und gar befriedigt erklärt. Worauf der Koffer in dessen Besitz übergegangen war. Im Tausch dafür hatte Mason einen Schlüssel und ein Stück Papier erhalten.

Der Schlüssel war klein, alt, verkratzt und abgewetzt. Er passte in ein Vorhängeschloss, mit dem ein Container gesichert war, der im Hafen von Los Angeles auf seine Verschiffung wartete. Das Stück Papier war ein Seefrachtbrief, in dem angegeben war, der Inhalt des Containers bestehe aus 650 DVD-Playern.

Sobald sein Geschäftspartner gegangen war, zog Mason sich ins Bad zurück und verbrannte seinen Reisepass in der Kloschüssel.

Frances telefonierte auf dem Rücksitz von Karlas Wagen mit Chicago. Sie wies ihren Assistenten an, ihrem Kontaktmann im Pentagon eine E-Mail zu schicken und ihm mitzuteilen, sie sei nicht in ihrem Büro – also weit vom nächsten abhörsicheren Telefon entfernt – und habe eine Frage in Bezug auf das Produkt oder die Produkte von New Age Defense Systems. Sie wusste, dass ihr Kontaktmann lieber per E-Mail antworten würde, als zu riskieren, ihre Anfrage übers Handy zu beantworten.

„Du hast in deinem Büro abhörsichere Telefone?", fragte O'Donnell.

„Klar."

„Große Klasse. Wer ist der Typ?"

„Bloß ein Kerl, der mir verdammt viel schuldig ist."

Karla verließ den Freeway 101 am Sunset Boulevard und fuhr in Richtung Westen zum Château Marmont weiter. Der Verkehr stockte wieder mal. Ein Jogger hätte die Strecke schneller zurücklegen können. Als sie endlich ankamen, wartete vor ihrem Hotel ein Crown Victoria. Nicht Thomas Brants Wagen.

Curtis Mauney stieg aus, sobald Karla geparkt hatte, und kam herüber: klein, stämmig, ausgepowert, müde. „Hatte einer Ihrer Freunde eine Tätowierung auf dem Rücken?“, fragte er.

Mit sanfter Stimme. Ruhig. Mitfühlend.

„Oh, nicht doch!“, flüsterte Reacher.

MANUEL OROZCO hatte auf Kosten der U. S. Army vier Jahre lang an einem College studiert und angenommen, er werde als Offizier zur Infanterie gehen. Seine kleine Schwester hatte in irrationaler Panik befürchtet, er werde im Kampf fallen und so schwere Gesichtsverletzungen erleiden, dass seine Leiche sich nicht mehr identifizieren lasse und sie nie erfahren werde, was ihm zugestoßen sei.

Er hatte geglaubt, ihre Befürchtungen zerstreuen zu können, indem er sich auf dem Rücken quer über die Schultern in großen schwarzen Lettern seinen Namen und darunter seine Wehrstammnummer eintätowieren ließ. Als er damit nach Hause gekommen war, hatte er sich triumphierend das Hemd ausgezogen und war völlig verwirrt gewesen, als die Kleine nur noch heftiger geweint hatte.

Letztlich war er doch nicht bei der Infanterie, sondern als wichtiger Angehöriger bei der 110. MP-Kompanie gelandet, wo Reacher ihm sofort den Spitznamen Seesack verpasst hatte, weil sein breiter olivbrauner Rücken an den mit einer Schablone beschrifteten Seesack eines GI erinnerte.

Dreizehn Jahre später stand Reacher auf dem sonnenheißen Parkplatz des Château Marmont und sagte: „Sie haben eine weitere Leiche gefunden.“

„Ja, leider“, bestätigte Mauney. „In derselben Gegend. In einer kleinen Schlucht.“

„Orozco.“

„Stimmt. Das ist der Name auf seinem Rücken. Wer sind die nächsten Angehörigen?“

„Er hat irgendwo eine Schwester. Jünger.“

„Also sollten Sie ihn offiziell identifizieren. Wenn Sie so freundlich sein wollen. Das ist wirklich nichts, was eine kleine Schwester sehen sollte.“

Sie stiegen wieder ein, und Karla fuhr bis nach Glendale hinter Mauney her. Niemand sprach. Reacher, der wieder hinten neben O'Donnell saß, erinnerte sich an zahllose Szenen aus ihrer Zeit mit Orozco, der teils absichtlich, teils unabsichtlich ein Komiker gewesen war. Er war mexikanischer Abstammung gewesen, hatte sich aber viele Jahre lang als Australier ausgegeben. Und wie ein waschechter Aussie hatte er jedermann „Kumpel“ genannt. Obwohl er ein erstklassiger Offizier gewesen war, hatte er niemals richtig Befehle erteilt. Er hatte abgewartet, bis ein Untergebener begriff, was er tun sollte, und dann gesagt: *Wenn's recht ist, Kumpel, bitte.* Das war zu einem Slogan ihrer Einheit geworden, der so häufig zitiert wurde wie *Mit den Sonderermittlern legt man sich nicht an.*

O'Donnell räusperte sich. „Wir haben's bereits gewusst. Das ist keine Überraschung.“

Niemand antwortete.

ZUM BRANDNEUEN KLINIKZENTRUM der L. A. County in Glendale gehörte ein hochmodernes Leichenschauhaus für Gemeinden, die über kein eigenes verfügten.

Alle stiegen aus. Mauney ging voraus und führte sie in den Kühlraum. Die Stirnseiten von Dutzenden Kühlfächern nahmen drei Wände ein. Die mit Chemikalien geschwängerte Luft war bitterkalt. Mauney zog ein Kühlfach heraus. Es lief lautlos und leicht auf Kugellagern.

In dem Fach lag ein toter Mann, ein Latino. Hand- und Fußgelenke waren mit einem groben Strick gefesselt, der sich tief eingeschnitten hatte. Die Arme waren auf den Rücken gebunden. Die Tätowierung war im Lauf der Zeit leicht verblasst. Aber sie war unverkennbar. Kopf und Schultern waren fast bis zur Unkenntlichkeit entstellt.

„Er ist mit dem Kopf voraus gefallen“, sagte Reacher leise. „Weil er so gefesselt war.“

„Keine hin- oder wegführenden Spuren“, erklärte Mauney. „Erkennen Sie ihn wieder?“

„Er ist es“, bestätigte Reacher. „Manuel Orozco.“

„Mein Beileid.“

Danach herrschte einen Augenblick lang Schweigen.

Reacher brach es. „Wissen Sie, wann es passiert ist?“

„Unserer Schätzung nach vor Franz. Vor drei, vier Wochen. Aber das erfahren wir vielleicht nie genau.“

„Doch, das werden wir. Ich frage den Täter danach. Er wird noch darum betteln, mir alles erzählen zu dürfen.“

„Keine Ermittlungen auf eigene Faust, verstanden?“

„Träumen Sie nur weiter.“

MAUNEY blieb da, um den notwendigen Papierkram zu erledigen. Reacher, Frances, Karla und O'Donnell fuhren mit dem Aufzug wieder nach unten. Zuckten und zitterten vor unterdrücktem Zorn.

Sie kehrten zum Hotel zurück und gingen auf Karlas Zimmer, um weiterzuarbeiten. Aber sie befanden sich in einer Sackgasse. Sie hatten nichts, worauf sie hätten aufbauen können. Dieses Gefühl verstärkte sich noch, als sie in Frances' Zimmer überwechselten und dort eine E-Mail von ihrem Kontaktmann im Pentagon vorfanden:

> Sorry, nichts zu machen. New Age ist geheim.

„Er scheint dir doch nicht so viel schuldig zu sein", meinte O'Donnell.

„Doch, das ist er. Mehr, als ihr euch vorstellen könnt." Frances suchte in ihrer Ablage weiter. Bei einer anderen Nachricht desselben Absenders machte sie halt. Ausgeschriebener Vorname, andere E-Mail-Adresse. „Das ist eine einmal nutzbare kostenlose Mailadresse", erklärte sie und rief die Nachricht auf.

> Frances, ich habe mich sehr gefreut, von Dir zu hören. Wir sollten uns mal wieder treffen. Zum Abendessen und ins Kino? Und ich muss Dir Deine Hendrix-CDs zurückgeben. Vielen Dank fürs Ausleihen. Ich habe sie alle genossen. Der sechste Song des zweiten Albums ist dynamisch brillant. Lass mich wissen, wann Du wieder in Washington bist. Ruf bitte möglichst bald an.

„Du hast CDs von Jimi Hendrix?", fragte Reacher.

„Nein", antwortete Frances. „Den kann ich nicht leiden."

„Also verwechselt er dich mit einer anderen Frau", folgerte O'Donnell.

„Unwahrscheinlich", meinte Reacher.

„Er schickt mir eine unverfängliche Antwort von seiner Dienststelle aus, dann eine verschlüsselte Folgemitteilung von einer inoffiziellen Adresse. So ist er zweifach abgesichert", erläuterte Frances. „Die verschlüsselte Mitteilung enthält die Antwort auf meine Frage. Es hat irgendwas mit dem sechsten Song des zweiten Hendrix-Albums zu tun. Was war das zweite Hendrix-Album?"

„‚Electric Ladyland'?", warf O'Donnell in die Runde.

„Das war später", erwiderte Karla.

„‚Axis: Bold As Love'. Das war sein zweites Album", sagte Reacher.

„Und was ist der sechste Song?"

„Keine Ahnung.“

Also schlenderten sie den Sunset Boulevard entlang, bis sie einen Plattenladen fanden. Sie gingen hinein, sahen junge Leute, hörten laute Musik und entdeckten den Buchstaben H in den Rock-und-Pop-Regalen. Die dicht an dicht stehenden Jimi-Hendrix-Alben nahmen ungefähr einen halben Meter ein. „Axis: Bold As Love“ war dreimal vorhanden. Bei allen drei CDs war der Strichcode so auf die Plastikhülle geklebt, dass er die zweite Hälfte der Titelliste verdeckte.

Reacher nahm ein Exemplar und stellte sich an der Kasse hinter einem Mädchen an, das mehr Metall im Gesicht hatte als das Opfer einer Splitterhandgranate. Er zahlte dreizehn seiner restlichen achthundert Dollar und wurde erstmals in seinem Leben Besitzer eines digitalen Mediums.

„Pack sie aus“, forderte O'Donnell ihn auf.

Die Plastikhülle war unerwartet widerstandsfähig. Reacher benutzte einen Fingernagel, um eine Ecke aufzuschlitzen, und dann seine Zähne, um den Kunststoff zu zerreißen. Mit dem Zeigefinger fuhr er die Titelliste entlang. „‚Little Wing‘“, verkündete er.

„Hilft uns nicht weiter“, seufzte Karla.

„Was bedeutet das also?“, fragte O'Donnell.

„Es bedeutet, dass New Age ein Waffensystem herstellt, das Little Wing heißt“, erläuterte Reacher. „Klingt fliegerisch. Vielleicht eine Drohne.“

„Was machen wir jetzt?“, wollte Frances wissen.

„Was hat in der E-Mail gestanden?“

„Du weißt, was darin stand: Finde den sechsten Song des zweiten Hendrix-Albums.“

„Nein, du sollst bitte möglichst bald anrufen.“

„Lächerlich! Würde er's mir am Telefon erzählen, wenn er's mir nicht mal mailen will?“

„Er hat nicht ‚bitte ruf *mich* an‘ geschrieben. Er weiß, dass du jemanden kennst, der dir weiterhelfen kann. Vielleicht in Washington, weil er's eigens erwähnt hat und weil bei verschlüsselten Nachrichten jedes Wort zählt.“

Frances öffnete den Mund, um etwas zu entgegnen, aber dann hielt sie inne. „Dort gibt's eine Frau. Diana Bond. Sie arbeitet im Stab eines Typs im Kapitol. Und der sitzt im Verteidigungsausschuss. Er unterschreibt die Schecks, also muss er das Produkt kennen. Weiß er es, weiß sie es auch. Aber sie wird mir nichts verraten.“

„Doch, wird sie. Du rufst sie an und erzählst ihr, dass jemand den Namen Little Wing ausgeplaudert hat und du der Presse sagen wirst, dass die undichte Stelle sich im Büro ihres Bosses befindet – und sie sich dein Schweigen nur damit erkaufen kann, dass sie dir alles erzählt, was sie darüber weiß."

„Das ist unanständig."

„Das ist Politik. Wenn sie bei diesem Kerl arbeitet, kann ihr dieses Verfahren nicht ganz unbekannt sein."

„Müssen wir das wirklich tun? Ich will sie nicht in diese Sache hineinziehen."

„Das will dein Kumpel im Pentagon aber", warf O'Donnell ein. „Er hätte schreiben können, der sechste Song sei großartig gewesen. Aber er hat *dynamisch brillant* geschrieben – mit den Buchstaben *d* und *b*. Wie die Anfangsbuchstaben des Namens Diana Bond."

8

Frances bestand darauf, allein mit Diana Bond zu telefonieren. Als sie ins Château Marmont zurückkamen, zog sie sich in eine Ecke der Hotelhalle zurück und wählte mehrere Nummern nacheinander. Dann sprach sie längere Zeit ernsthaft mit jemandem. Zwanzig Minuten später gesellte sie sich wieder zu den anderen.

„Hat einige Zeit gedauert, bis ich sie an den Apparat kriegte", erzählte sie. „Zufällig hält sie sich nicht weit von hier entfernt auf. Sie ist für ein paar Tage auf der Edwards Air Force Base. Zu irgendeiner großen Präsentation."

„Deshalb wollte dein Kontakt, dass du möglichst bald anrufst", meinte O'Donnell.

„Was hat sie gesagt?", fragte Reacher.

„Sie kommt hierher", antwortete Frances. „Sie will mit uns persönlich reden. Sobald sie dort wegkann. Little Wing muss wichtig sein."

Sie fuhren zu ihrem Zimmer hinauf und benutzten den Routenplaner ihres Notebooks, um zu ermitteln, wann Diana Bond frühestens hier sein konnte. Edwards lag jenseits der San Gabriel Mountains in der Mojavewüste, ungefähr hundertzehn Kilometer nordöstlich von hier. Mindestens zwei Stunden Wartezeit.

„Ich mache einen Spaziergang", verkündete Reacher.

„Ich komme mit", meinte O'Donnell.

Sie gingen wieder auf dem Sunset Boulevard nach Osten, wo West Hollywood ins echte Hollywood überging. Es war früher Nachmittag, und wegen seines Bürstenhaarschnitts fühlte Reacher die Sonne auf seiner Kopfhaut brennen. „Ich sollte mir eine Mütze zulegen", sagte er.

„Du solltest dir ein besseres Hemd kaufen", schlug O'Donnell vor. „Du kannst dir jetzt eines leisten."

„Vielleicht mach ich das."

Sie sahen einen Laden, an dem sie auf dem Weg zum Plattengeschäft vorbeigekommen waren. Die Filiale einer beliebten Kette. Sie führte Jeans, Chinos, Hemden und T-Shirts. Und Baseballmützen. Reacher nahm eine und probierte sie auf. „Was hältst du davon?", fragte er.

„Die Mütze ist in Ordnung", urteilte O'Donnell.

Reacher behielt sie auf und ging durch den Laden zu einem niedrigen Tisch, auf dem T-Shirts gestapelt lagen. Er entschied sich für zwei Shirts in Größe XXL, nahm die Mütze ab und trug alle drei Kleidungsstücke zur Kasse. Lehnte eine Tragetüte ab, riss die Preisschilder herunter, zog sein Hemd mitten im Laden aus, warf es in den Mülleimer, zog die neuen T-Shirts übereinander, setzte die Mütze auf. Verließ das Geschäft.

„Du hättest das alte Hemd behalten können", bemerkte O'Donnell.

„Eine gefährlich schiefe Bahn", erwiderte Reacher. „Habe ich ein zweites Hemd, habe ich bald auch eine zweite Hose. Dann brauche ich einen Koffer. Und bevor ich mich's recht versehe, besitze ich ein Haus, ein Auto und ein Prämiensparkonto und fülle alle möglichen Vordrucke aus."

„Das tun viele Leute."

„Nicht ich."

„Wovor läufst du weg?"

„Davor, anders zu sein, als ich früher war."

„Wir sind jetzt alle anders als früher."

Reacher nickte. „Du hast es zu was gebracht, Dave. Das meine ich ernst. Ich habe Frances, Karla und dich angesehen und mich wie ein Loser gefühlt."

„Wirklich? Das Einzige, was wir dir voraushaben, sind Koffer."

„Aber was habe ich, das ihr nicht habt?"

O'Donnell gab keine Antwort. Sie bogen nach Norden auf die Vine Street ab, am helllichten Nachmittag in der zweitgrößten Stadt Amerikas, und sahen zwei Kerle mit Pistolen in den Händen aus einem langsam fahrenden Wagen springen.

DER SCHWARZE LEXUS fuhr sofort wieder an und ließ die beiden Kerle ungefähr dreißig Meter vor ihnen auf dem Gehsteig zurück. Es handelte sich um den Mann mit dem Geldsack und den mit dem Stoff von dem unbebauten Grundstück hinter dem Wachsmuseum. Ihre Pistolen waren AMT Hardballers: aus rostfreiem Stahl hergestellte Kopien des Colts Government Kaliber .45, Modell 1911.

O'Donnells Hände griffen in seine Taschen. „Meinen die uns?"

„Mich." Reacher sah sich kurz um. Die Straße hinter ihm war voll gefährdeter Passanten. Er sah wieder nach vorn. „Wir sollten zusehen, dass wir von der Straße wegkommen."

„Verstanden."

Reacher bewegte sich langsam seitwärts. Die nächste Tür führte in den schmalen Salon einer Kartenlegerin. „Einen Meter zurück und links, Dave."

O'Donnell fixierte weiter die Kerle, ließ sie nicht aus den Augen. Gleichzeitig machte er zwei Schritte rückwärts und glitt rasch nach links. Reacher riss die Tür zum Salon der Kartenleserin auf und ließ O'Donnell an sich vorbei eintreten. Die beiden Männer waren jetzt bis auf zwanzig Meter herangekommen. Reacher folgte O'Donnell auf den Fersen. Der Salon war leer bis auf eine junge Frau, die an einem großen Tisch saß. Auf diesem Tisch mit seiner bodenlangen roten Samtdecke lagen mehrere Stapel Tarotkarten.

„Haben Sie ein Hinterzimmer?", fragte Reacher.

„Nur eine Toilette", antwortete die junge Frau.

„Gehen Sie dort rein, und legen Sie sich auf den Boden. Sofort!"

Sie bewegte sich nicht, bis O'Donnell seine Hände aus den Taschen zog. Der Schlagring an seiner rechten Faust blitzte wie ein grinsender Hai. Das Springmesser in seiner linken Hand schnappte mit einem Geräusch auf, als zerbräche ein Knochen. Die Kartenlegerin sprang auf und flüchtete.

„Wer sind die Knilche?", fragte O'Donnell.

„Sie haben mir gerade diese T-Shirts gekauft."

Reacher hob die Tischdecke hoch, ließ sich auf die Knie nieder und rutschte rückwärts unter den Tisch. O'Donnell folgte ihm auf der linken Seite und zog die Decke wieder zurecht. Als er sie leicht mit seinem Messer berührte, erschien vor seinen Augen ein Schlitz, den er mit den Fingern etwas verbreiterte. Dann schnitt er auch für Reacher einen Sehschlitz in die Tischdecke. Reacher stemmte beide Hände flach gegen die Unterseite des Tischs. O'Donnell nahm sein Springmesser in die Rechte und stemmte sich mit der Linken wie Reacher von unten gegen die Platte.

Dann warteten sie.

Die beiden Kerle waren in ungefähr acht Sekunden an der Tür. Sie blieben stehen und spähten durch den Glaseinsatz, bevor sie die Tür öffneten und hereinkamen. Blieben vor dem Tisch stehen, mit vorgehaltenen Waffen.

O'Donnell benutzte seine freie Hand für den Countdown. Daumen, Zeigefinger, Mittelfinger. *Eins, zwo, drei.*

Bei *drei* schleuderten Reacher und O'Donnell den Tisch mit explosiver Wucht in einem Viertelkreis nach vorn hoch. Die Tischplatte schlug den Kerlen gegen Gesicht und Brust. Die beiden knallten in einer Wolke aus Tarotkarten auf den Rücken und blieben mit rotem Samt drapiert unter der Tischplatte liegen. Reacher stand auf, stellte sich wie ein Surfer auf den umgekippten Tisch. O'Donnell nahm den Männern die Hardballers ab und benutzte sein Springmesser dazu, den Kerlen den Daumenballen zu zerschneiden. Schmerzhafte Wunden, die verhindern würden, dass sie wieder eine Pistole hielten, bevor ihre Verletzungen geheilt waren.

„War kein großes Problem", sagte O'Donnell.

Er verstaute seine Keramikkollektion wieder und steckte sich eine Hardballer unter seinem Jackett in den Hosenbund. Die zweite Pistole gab er Reacher, der sie in die Hüfttasche schob und seine T-Shirts darüberzog. Dann traten sie wieder in den Sonnenschein hinaus.

ALS SIE die Hotelhalle betraten, wartete Curtis Mauney dort auf sie. Wie zuvor müde wirkend, wie zuvor mit seinem Aktenkoffer auf den Knien.

„Wer ist Adrian Mount?", fragte er.

Azhari Mahmoud, Adrian Mount, Alan Mason, Andrew MacBride, Anthony Matthews. Der Syrer und seine vier falschen Namen. Informationen, von denen Mauney nicht wusste, dass sie sie besaßen.

„Keine Ahnung", erwiderte Reacher.

Mauney klappte seinen Aktenkoffer auf und nahm ein Blatt Papier heraus. Übergab es Reacher. Oben stand HEIMATSCHUTZMINISTERIUM. Der Druck war undeutlich und verschwommen. Es sah wie ein Fax einer Kopie einer Faxkopie aus. Das Ganze machte fast den Eindruck, als wäre es das Ergebnis eines Hackerangriffs. Der Text bezog sich auf einen mittlerweile drei Tage zurückliegenden Flug, den ein Mann namens Adrian Mount gebucht hatte. Erster Klasse, einfach, Heathrow nach JFK, Sitz 2K, letzter Abendflug. Über die Homepage von British Airways gebucht, von welchem Ort der Welt aus auch immer.

„Das war noch im Speicher des Faxgeräts im Büro von Sanchez und Orozco", erläuterte Mauney. „Es muss die Antwort auf eine Anfrage sein.

Wir glauben, dass sie mehrere Namen auf eine inoffizielle Überwachungsliste gesetzt haben."

„Mehrere Namen?"

„Wir haben etwas gefunden, das wir für die ursprüngliche Anfrage halten. Die beiden haben wichtige Unterlagen an sich selbst adressiert zur Post gegeben – genau wie Franz." Mauney zog aus dem Aktenkoffer die Fotokopie einer Seite, die mit Orozcos Schrift bedeckt war. *Adrian Mount, Alan Mason, Andrew MacBride, Anthony Matthews, Ankunft über HSM prüfen.* Unordentliches Gekritzel, in großer Eile geschrieben.

Der Name Azhari Mahmoud fehlte.

„HSM", fuhr Mauney fort. „Das Heimatschutzministerium. Wissen Sie eigentlich, wie schwierig es für Zivilisten ist, von dort eine Auskunft zu bekommen? Ihr Kumpel Orozco muss eine Menge Gefälligkeiten eingefordert haben. Ich muss wissen, wie sich das ergeben hat."

„Vermutlich im Zusammenhang mit dem Kasinogeschäft."

„Möglich, obwohl die Sicherheitsdienste in Vegas sich nicht unbedingt Sorgen machen, wenn Schurken in New York landen."

„Ist dieser Adrian Mount tatsächlich in New York eingetroffen?"

Mauney nickte. „Der Computer der Einreisebehörde hat ihn in Terminal vier registriert. Er fuhr in ein Hotel in der Madison Avenue. Und dann verschwand er. Ohne die geringste Spur zu hinterlassen. Aber ein gewisser Alan Mason flog nach Denver, Colorado."

„Und dann?"

„Das wissen wir nicht. Die Überprüfung läuft noch."

„Und Sie glauben, dass das alles derselbe Kerl ist?"

„Natürlich ist es derselbe Kerl. Die identischen Anfangsbuchstaben sind Beweis genug. Primitiv, aber praktisch."

„Wer ist er also?"

„Keine Ahnung. Wir warten noch darauf, dass die Behörde uns das Foto von seiner Einreise schickt. Hat Orozco jemanden mit diesen Anfangsbuchstaben gekannt?"

„Weiß ich nicht. Ich hatte seit zehn Jahren nicht mehr mit ihm gesprochen. Aber danke, dass Sie uns auf dem Laufenden halten."

„Kein Problem. Nochmals mein Beileid."

DER MANN in dem dunkelblauen Anzug telefonierte, in dem dunkelblauen Chrysler sitzend, mit seinem Handy.

„Sie sind wieder im Hotel", meldete er. „Alle vier."

„Sind sie uns schon auf die Spur gekommen?“, fragte sein Boss.

„Ja, ich denke, sie sind uns ziemlich dicht auf den Fersen.“

„Okay, dann wird's Zeit, sie zu erledigen. Lassen Sie sie dort und kommen Sie zurück. In ein paar Stunden schlagen wir zu.“

SIE GINGEN auf Karlas Zimmer, wo O'Donnell in gewohnt methodischer Art die Hardballers überprüfte. Die Pistolen waren unbeschädigt, sauber, geölt und voll funktionsfähig.

O'Donnell stand auf und trat ans Fenster. „Was haben wir bisher?“

Diese Frage war Teil ihrer alten Routine gewesen. Reacher hatte darauf bestanden, die gesammelten Informationen immer wieder zu sichten und im Licht späterer Erkenntnisse neu zu bewerten. Diesmal antwortete jedoch nur Karla.

„Das Einzige, was wir haben, sind vier tote Freunde.“

Im Raum herrschte Stille.

„Kommt, wir gehen zum Abendessen“, schlug Frances vor. „Zwecklos, dass wir vier Überlebenden uns tothungern.“

Reacher musste an den Burgerschuppen am Sunset Boulevard denken. Der Lärm, die Frikadellen, das Bier. Der runde Vierertisch. Die Unterhaltung. Wie sich der Mittelpunkt der allgemeinen Aufmerksamkeit ständig von einem zum andern verlagert hatte. *Ein Redner, drei Zuhörer.*

„Fehler“, sagte er.

Frances musterte ihn. „Essen ist ein Fehler?“

„Nein. Ein Denkfehler. Ich habe voreilig falsche Schlüsse gezogen. Weil Franz zuerst tot aufgefunden wurde, haben wir einfach angenommen, die ganze Sache drehe sich um ihn. Als wäre er die treibende Kraft gewesen, der Redner, und die anderen drei nur Zuhörer. Aber was, wenn er nicht der Redner, wenn die ganze Sache Orozcos Fall war? Für einen seiner Klienten? Oder Sanchez'? Wen hätten sie gerufen, wenn sie Hilfe gebraucht hätten?“

„Franz und Swan.“

„Genau. Was, wenn Franz einen Panikanruf von Orozco oder Sanchez bekommen hätte? Das wäre jemand Besonderes für ihn gewesen, dem er sich verpflichtet gefühlt hätte. Dann hätte er ohne Rücksicht auf Angela oder Charlie anpacken und helfen müssen. Und Mauney glaubt, Orozco sei vor Franz tot gewesen. Das könnte bedeutsam sein.“

Schweigen im Raum.

„Orozco hat Verbindung zum Heimatschutzministerium aufgenommen“, fuhr Reacher fort. „So weit ist Franz nie gegangen. Aber wir wollen nicht zweimal den gleichen Fehler machen. Der Anstoß könnte auch von Swan gekommen sein."

„Swan hat nicht gearbeitet", wandte Karla ein.

„Dann kam er von Sanchez, nicht von Orozco."

„Eher von beiden gemeinsam."

„Dann ginge es eher um eine Sache in Las Vegas, nicht hier in L.A. Könnten diese Zahlen etwas mit Spielkasinos zu tun haben?", fragte Frances.

„Möglich", antwortete Karla. „Sie könnten zeigen, wie die Gewinne des Hauses zurückgehen, nachdem jemand ein System vervollkommnet hat."

„Welches Glücksspiel wird neun- oder zehn- oder zwölfmal am Tag gespielt? Karten?"

O'Donnell nickte. „Sechshundertfünfzig unvorhergesehene Gewinne zu durchschnittlich hundert Mille müssten jedem auffallen."

„Sie würden niemals jemanden über vier Monate hinweg sechshundertfünfzigmal gewinnen lassen", wandte Karla ein.

„Vielleicht ist's mehr als ein Einzelner. Vielleicht ist's ein Kartell."

„Wir müssen nach Vegas", entschied Frances.

Im nächsten Augenblick klingelte das Telefon auf Karlas Nachttisch. Sie nahm den Hörer ab, dann übergab sie ihn Reacher. „Mauney. Für dich."

Reacher meldete sich, und Mauney sagte: „Andrew MacBride ist gerade in Denver in ein Flugzeug nach Vegas gestiegen. Das erzähle ich Ihnen aus rein professioneller Höflichkeit. Keine Ermittlungen auf eigene Faust, verstanden?"

SIE BESCHLOSSEN, nach Las Vegas zu fahren, nicht zu fliegen. Die Hardballers hätten sie im Flugzeug nicht mitnehmen können, und sie mussten davon ausgehen, dass sie früher oder später Schusswaffen brauchen würden.

Nachdem Frances die Hotelzimmer bezahlt hatte, kämpften sie sich in Karlas Leihwagen durch ein Labyrinth verstopfter Straßen bis zum Freeway 15 vor. Er führte nach Norden durch die Berge und weiter bis nach Vegas.

Er führte auch an der Stelle vorbei, an der ihres Wissens ein Hubschrauber mindestens zweimal geschwebt hatte: tausend Meter hoch, mitten in der Nacht, mit offener Kabinentür. Reacher hatte nicht hinübersehen wollen, aber dann tat er es doch. Als der Freeway die letzten Hügel hinter sich ließ, schaute er unwillkürlich über die Wüstenebene nach Westen. Er stellte fest, dass O'Donnell das auch tat. Ebenso Frances. Und auch Karla. Sie nahm ihren Blick immer nur sekundenlang von der Straße und kniff ihre Augen wegen der untergehenden Sonne zusammen.

„Verdammt, wir haben Diana Bond ganz vergessen", sagte Frances plötzlich. „Sie kommt von Edwards nach L. A. Aber wir sind nicht mehr da."

„Spielt keine Rolle mehr", meinte Karla.

„Ich sollte sie anrufen." Aber Frances bekam mit ihrem Handy keine Verbindung mehr.

DER MANN in dem blauen Anzug telefonierte vom Parkplatz des Château Marmont aus. „Sie haben ausgecheckt und sind weggefahren. Alle vier."

„Wohin?", fragte sein Boss.

„Nach Vegas. Hat die Frau am Empfang mitbekommen."

„Sehr gut. Wir machen's dort. In jeder Beziehung besser. Fahren Sie hin, statt zu fliegen."

ALS DER SCHWARZHAARIGE MANN, der sich Andrew MacBride nannte, auf dem Flughafen Las Vegas aus dem Jetway trat, sah er als Erstes eine Reihe Spielautomaten. Sperrige Kästen in Schwarz und Silber mit neonblinkenden Fronten. Er beschloss, sein Glück zu versuchen. Er beschloss, das Ergebnis als Omen für zukünftige Erfolge zu werten.

Er setzte sich auf einen Hocker und nahm seine Kleingeldbörse heraus. Durch den Schlitz fallend erzeugten die Vierteldollarmünzen ein befriedigendes metallisches Geräusch. Eine rote LED-Anzeige zeigte ein Guthaben von fünf Spielen an. Gestartet wurden die Spiele über ein großes Touchpad. Es war von einer Million Finger abgenutzt und fettig. Der Mann drückte wieder und wieder darauf.

Die ersten vier Male verlor er. Beim fünften Mal gewann er.

Ein gedämpftes Glockenzeichen erklang, leises Sirenengeheul ertönte. Hundert Vierteldollarstücke rasselten eine Rinne hinunter und fielen klappernd in eine Metallschale neben seinem Knie.

LAS VEGAS erreichten sie um Mitternacht – nach Reachers Meinung genau die Zeit, wo die Stadt am besten aussah. Bei Tageslicht wirkte Vegas trivial, geschmacklos, bloßgestellt. Aber bei Nacht, wenn alle Lichter brannten, bot die Stadt ein wahrhaft fantastisches Bild.

Als Karla vor einem der glitzernden Paläste vorfuhr, stürzte sich eine Schar von Pagen und Angestellten des Parkservices auf sie, grapschte sich ihr Gepäck und fuhr ihren Wagen weg. Die Hotelhalle war voller Fliesen, Wasserbecken und Springbrunnen und erfüllt vom Scheppern der Spielautomaten. Frances trat an die Rezeption und bezahlte vier Zimmer.

Reacher sah ihr dabei über die Schulter. „Teuer", sagte er.

„Aber vielleicht eine Abkürzung", erwiderte sie. „Vielleicht haben sie Sanchez und Orozco hier gekannt. Vielleicht hatten sie sogar einen Sicherheitskontrakt mit ihnen."

Er nickte. Vegas schwamm buchstäblich in Geld. Die Wasserbecken und Springbrunnen waren ein Symbol dafür. So viel Wasser mitten in der Wüste zeugte von atemberaubendem Luxus. Das investierte Kapital musste gigantisch hoch, der Umsatz gewaltig sein. Hätten Sanchez und Orozco dazu beigetragen, dieses riesige Unternehmen zu sichern, wäre das sehr beachtlich gewesen. Er stellte fest, dass er stolz auf seine alten Kameraden war.

Frances verteilte die Schlüsselkarten, und sie einigten sich darauf, sich etwas frisch zu machen und sich in einer Viertelstunde zu treffen, um mit der Arbeit zu beginnen. Obwohl es nach Mitternacht war, war Vegas tatsächlich eine Stadt, die niemals schlief.

Reachers Zimmer lag im sechzehnten Stock. Es war ein düsterer Betonwürfel, dessen Einrichtung einen alten venezianischen Salon vorspiegeln sollte. Reacher klappte seine Zahnbürste auf und stellte sie in ein Glas auf der Spiegelablage im Bad. Er spritzte sich etwas kaltes Wasser ins Gesicht und fuhr wieder nach unten, um sich schon einmal umzusehen.

Selbst in einem teuren Hotel wie diesem waren die meisten Flächen im Erdgeschoss für Spielautomaten reserviert. Geduldig, unermüdlich und von Mikroprozessoren gesteuert schöpften sie einen kleinen, aber stetigen Prozentsatz des Geldstroms ab, der sich 24 Stunden am Tag und sieben Tage die Woche in sie ergoss.

Reacher ging in die nach hinten hinaus liegenden Säle weiter, in denen Roulette, Poker und Blackjack gespielt wurden. Er trat an die Kartentische, an denen es seiner Meinung nach am spannendsten war. Kartenspiele waren die einzige Glücksspielsparte, in der menschliche Intelligenz wirklich eingesetzt werden konnte. Ein Spieler, der Selbstdisziplin mitbrachte, über ein sehr gutes Gedächtnis verfügte und statistisches Grundwissen besaß, konnte seine Gewinnchancen erheblich verbessern. Das war kein Verbrechen. Doch damit konnte kein Mensch in vier Monaten fünfundsechzig Millionen verdienen. So hoch waren die Gewinne einfach nicht.

Zudem gab es hier reichlich Sicherheitsmaßnahmen. Überwachungskameras – manche groß und auffällig, andere klein und diskret. Männer und Frauen patrouillierten in Abendkleidung und mit Ohrhörern und Handgelenkmikrofonen wie Secret-Service-Agenten durch den Saal. Außerdem liefen zusätzliche Sicherheitsleute in Zivilkleidung herum. Reacher entdeckte binnen einer Minute fünf davon.

Er machte sich wieder auf den Rückweg in die Hotelhalle. Dort fand er Karla vor, die an einem der Brunnen wartete. Sie hatte geduscht und trug einen schwarzen Hosenanzug. Ihr noch feuchtes Haar war glatt zurückgekämmt. Sie sah verdammt gut aus.

Kurz darauf kreuzte O'Donnell auf. Derselbe Anzug, eine andere Krawatte, ein frisches Hemd. Dann trat Frances aus dem Aufzug. Sie trug ein strenges schwarzes Kostüm.

„Ich habe Diana Bond erreicht", berichtete sie. „Sie war da, hat eine Stunde gewartet und ist dann zurückgefahren."

„War sie sauer auf uns?", erkundigte sich Reacher.

„Sie ist in Sorge. Ihr gefällt's nicht, dass der Name Little Wing bekannt geworden ist. Ich habe ihr versprochen, mich wieder zu melden."

„Weshalb?"

„Sie macht mich neugierig. Ich weiß gern Bescheid."

„Ich auch. Im Augenblick interessiert mich, ob jemand in dieser Stadt fünfundsechzig Millionen ergaunert hat. Und wie."

„Kommt, wir fangen hier an", schlug O'Donnell vor.

Sie begannen an der Rezeption, wo sie den diensthabenden Sicherheitsmanager zu sprechen verlangten. Als der Portier wissen wollte, ob es ein Problem gebe, antwortete Reacher: „Wir glauben, dass wir gemeinsame Freunde haben."

Sie mussten lange warten, bis der Sicherheitsmanager vom Dienst erschien. Gesellschaftliche Besuche standen auf seiner Prioritätenliste offenbar ganz weit unten. Er war ungefähr fünfzig, schlank und fit, trug italienische Schuhe und einen Tausenddollaranzug. Er heiße Wright, stellte er sich vor und schüttelte allen die Hand.

Sie fanden eine ruhige Ecke und bildeten einen ordentlichen Kreis. O'Donnell wies seinen Washingtoner Detektivausweis vor. Karla hielt ihren daneben. Frances besaß eine Karte vom FBI. Reacher zeigte nichts vor.

„Haben Sie Manuel Orozco und Jorge Sanchez gekannt?", fragte er.

„*Habe* ich das?", fragte Wright zurück. „Oder *tue* ich das?"

„Sie haben. Orozco ist tot, und wir vermuten, Sanchez auch."

„Seit wann tot?“

„Seit drei, vier Wochen.“

„Freunde von Ihnen?“

„Aus der Army.“

„Das tut mir sehr leid. Ich habe sie gekannt. Sogar ziemlich gut. In der Branche hat jeder sie gekannt.“

„Haben die beiden für Sie gearbeitet?“

„Nicht hier. Wir beschäftigen niemanden von außerhalb. Das gilt für alle größeren Kasinos. Wir haben alles im eigenen Haus.“

„Woher kannten Sie Sanchez und Orozco dann?“

„Weil die Betriebe, für die sie arbeiteten, gewissermaßen Trainingslager sind. Hat jemand eine neue Idee, probiert er sie nicht in einem Kasino unserer Größe aus. Sie wird erst mal in kleinem Rahmen erprobt. Daher halten wir uns Leute wie Sanchez und Orozco warm, weil wir ihre Informationen brauchen. Wir treffen uns gelegentlich auf ein paar zwanglose Drinks.“

„Hatten sie viel zu tun? Haben Sie viel zu tun?“

„So viel wie Neros Feuerwehr beim Brand von Rom.“

„Haben Sie jemals den Namen Azhari Mahmoud gehört?“

„Nein. Wer ist das?“

„Das wissen wir nicht. Aber wir glauben, dass er unter falschem Namen hier ist. Irgendwo hier in Vegas. Können Sie Hotelreservierungen kontrollieren?“

„Ich kann natürlich unsere überprüfen. Und ich kann herumtelefonieren.“

„Versuchen Sie's mit Andrew MacBride und Anthony Matthews.“

„Subtil.“

„Woran merken Ihre Leute und Sie, dass ein Spieler betrügt?“, erkundigte sich Karla.

„Wenn er gewinnt“, antwortete Wright.

„Aber die Leute müssen gewinnen.“

„Sie gewinnen so viel, wie wir ihnen zubilligen. Ist es mehr, betrügen sie. Das ist eine Frage der Statistik. Zahlen lügen nicht. Es geht darum, wie sie betrügen, nicht, ob sie's tun.“

„Sanchez hatte sich auf einem Zettel eine Zahl notiert“, sagte O'Donnell. „Fünfundsechzig Millionen Dollar. Genau gesagt über vier Monate hinweg fünfundsechzigmal jeweils hundert Mille. Ist das die Art Zahl, die Sie als Betrug erkennen würden?“

„Was wäre das pro Jahr? Fast zweihundert Millionen?"

„Hundertfünfundneunzig", antwortete Reacher.

„Denkbar", sagte Wright. „Wir verlieren pro Jahr weit mehr als zweihundert Millionen. Aber zweihundert Millionen durch einen einzelnen Betrugsfall wäre natürlich ein verdammt hoher Einzelschaden. In diesem Fall würde ich anfangen, mir Sorgen zu machen."

„Den beiden hat es Sorgen gemacht. Wir glauben, dass es sie das Leben gekostet hat."

„Das wäre eine Riesensache. Fünfundsechzig Millionen in vier Monaten? Dafür müsste man Croupiers, Kartengeber und Sicherheitsleute anwerben. Man müsste die Kameras manipulieren und Videoaufzeichnungen. Auch die Kassierer müssten bestochen werden. Das wäre ein echter Großbetrug."

„So könnte es gewesen sein."

„Warum reden dann nicht die Cops mit mir?"

„Wir sind ihnen etwas voraus."

„Was soll das heißen?"

Reacher blieb ihm eine Antwort schuldig. Wright schwieg sekundenlang. Dann sah er sie nacheinander an. „Augenblick. Ich komme selbst drauf. Die Army? Sie sind die Sonderermittler. Ihre alte Einheit. Von der haben sie ständig erzählt."

„In diesem Fall verstehen Sie sicher unser Interesse", sagte Reacher.

„Geben Sie mir Bescheid, wenn Sie etwas rauskriegen?"

„Verdienen Sie es sich."

„Es gibt eine junge Frau", erklärte Wright. „Sie arbeitet in einer Bar mit so einer künstlichen Feuergrube in der Nähe des ehemaligen Hotels ‚Riviera'. Sie kennt Sanchez gut. Sie weiß bestimmt mehr als ich."

REACHER ließ sich von dem Portier erklären, wo das Riviera gewesen war. Die Wegbeschreibung führte zum entgegengesetzten, billigen Ende des Strips. Sie gingen zu Fuß durch die warme, trockene Wüstennacht. Jenseits der Dunstglocke und des Lichts der Straßenlampen standen fern am Horizont Sterne.

Sie bogen in ein Labyrinth aus von eingeschossigen Gebäuden gesäumten Straßen ab. Manche waren Motels, manche Restaurants, manche Bars. Alle warben mit Dauertiefstpreisen um Kunden. Sie kamen an fünf oder sechs Bars vorüber, bevor sie die mit dem Schild FIRE PIT fanden.

Ein schlichter Schuhkarton von einem Gebäude mit zu wenig Fenstern.

Drinnen waren fünfhundert Gäste, die tranken, lärmten, lachten. Purpurrote Wände, rote Kunstlederbänke. Die lange Bar war s-förmig, und der Schwanz dieser Schlange endete in einer kreisrunden Vertiefung mit einer künstlichen Feuerstelle, deren Flammen aus gezackten orangeroten Seidentüchern in grellrotem Licht tanzten. Aus verdeckten Lautsprechern kam laute Musik. Bedienungen in knappen Kostümen schlängelten sich mit hochgehaltenen Tabletts durch das Gedränge.

Reacher erkundigte sich bei einer Bardame nach Sanchez' Freundin und erfuhr, dass sie Milena hieß. Sie hatte seit Mitternacht frei und war heimgefahren, um zu schlafen und für die nächste anstrengende Zwölfstundenschicht am morgigen Tag fit zu sein. Um auf Nummer sicher zu gehen, stellte Reacher zwei Bedienungen die gleiche Frage und bekam von beiden die gleiche Antwort. Aber Milenas Adresse wollte ihm niemand nennen.

Sie kämpften sich durch das Gewimmel zurück ins Freie. Auch um ein Uhr morgens war Vegas noch hell beleuchtet und voller Leben, aber im Vergleich zum Inneren der Bar wirkte der Gehsteig so still wie die kalte graue Mondoberfläche.

„Plan?", fragte Karla.

„Wir sind morgen um halb zwölf wieder hier", gab Reacher zur Antwort.

„Bis dahin?"

„Nichts. Den Rest der Nacht haben wir frei."

Sie schlenderten gemütlich zum Strip zurück und bildeten auf dem Gehsteig eine Viererreihe.

Dreißig Meter hinter ihnen bremste ein dunkelblauer Chrysler scharf, scherte aus dem träge fließenden Verkehr aus und hielt am Randstein. Der Fahrer stieg aus, schloss seinen Wagen ab und ging mit der rechten Hand in der Tasche seines Jacketts rasch zu Fuß den Strip entlang.

IN LAS VEGAS war die Hotelzimmerdichte höher als in jeder anderen Stadt der Welt, aber Azhari Mahmoud befand sich in keinem davon. Er wohnte in einem gemieteten Haus in einem fünf Kilometer vom Strip entfernten Vorort. Dieses Haus war zwei Jahre zuvor für eine Operation gemietet worden, die dann doch nicht stattgefunden hatte.

Mahmoud stand in der Küche und hatte die Gelben Seiten aufgeschlagen vor sich auf der Arbeitsfläche liegen. Er blätterte in den Anzeigen von Leihwagenfirmen und versuchte sich auszurechnen, wie groß der Lastwagen sein musste, den er brauchen würde.

Am Strip gab es eine permanente Renovierungswelle, die wie Wasser in einer Badewanne hin und her schwappte. Einst hatte das Riviera den leuchtenden Schlusspunkt gebildet, hatte Investitionen ausgelöst, die wie Lauffeuer den Strip entlanggefegt waren. Bis die Neubauten das andere Ende erreichten, waren sie immer luxuriöser ausgefallen, und das Riviera hatte im Vergleich zu den neuen Gebäuden plötzlich alt und schäbig gewirkt. Deshalb hatte eine gegenläufige Kapitalflucht eingesetzt. Das Ergebnis war eine ungefähr einen Straßenblock lange Wanderbaustelle, die die neuen, eben errichteten Bauten von den etwas älteren trennte, die demnächst abgerissen werden sollten. Im gleichen Zug wurden die Fahrbahnen und der Gehsteig begradigt. Während der neue Strip schnurgerade verlief, führte die alte Route durch eine Trümmerlandschaft. Dort wirkte die Stadt auf einem kurzen Wegstück still und verlassen wie Niemandsland.

In genau dieser Ödnis schloss der Mann in dem dunkelblauen Anzug zu den Zielpersonen auf. Sie liefen zu viert nebeneinanderher, langsam, als hätten sie ein Ziel, aber keine Eile, es zu erreichen. Neagley ging links außen, Reacher und O'Donnell befanden sich in der Mitte, und Dixon bildete den rechten Flügel. Wie eine Marschkolonne, die den gesamten Gehsteig einnahm. Alle gemeinsam bildeten sie eine gut drei Meter breite Zielscheibe. Es war Neagley gewesen, die sich für den alten Gehsteig entschieden hatte, und die anderen waren ihr einfach gefolgt.

Der Mann in dem Anzug zog seine Pistole aus der Tasche seines Jacketts, eine südkoreanische Daewoo DP 51: schwarz, klein, illegal beschafft, nicht registriert, nicht nachweisbar. Ihr Magazin enthielt dreizehn Neunmillimeterpatronen. Sie wurde in der Art getragen, die ihr Besitzer aus langer beruflicher Erfahrung als einzig sichere Transportmöglichkeit betrachtete: gesichert und mit leerer Kammer.

Er beschloss, die größten Ziele zuerst zu erledigen. Vier Schüsse, drei Sekunden, aus sieben bis acht Meter Entfernung. Kein Problem.

Er sah nach vorn. Niemand. Er sah sich um. Niemand.

Er entsicherte die Waffe, packte den Lauf der Daewoo mit der Linken und zog mit der rechten Hand den Schlitten zurück. Spürte, wie die erste dicke Patrone nach oben in die Kammer gedrückt wurde.

Die Nacht war von allen möglichen Geräuschen erfüllt: dem Verkehr auf dem Strip, auf Hochhausdächern brummenden Klimaanlagen, surrenden Ventilatoren, dem gedämpften Getöse von hunderttausend eifrig spielenden Menschen.

Aber Reacher hörte, wie acht Meter hinter ihm der Schlitten einer Pistole zurückgezogen wurde. Es war genau das Geräusch, das niemals zu überhören er sich anerzogen hatte.

Er empfand keinen lähmenden Schock. Keine Panik. Kein ungläubiges Staunen. Keine Selbstzweifel. Er reagierte fast instinktiv. Er rammte O'Donnell seinen rechten Ellbogen so gegen den linken Oberarm, dass O'Donnell gegen Karla fiel, und prallte dann selbst, sich nach links werfend, gegen Frances. Sie stolperten beide, und als er in die Knie ging, hörte er hinter sich einen Schuss und spürte die Kugel durch die Lücke pfeifen, die eben noch durch seinen Rücken ausgefüllt gewesen war.

Bevor seine Knie den Gehsteig berührten, umfasste seine Rechte bereits die Hardballer, berechnete er schon Schusswinkel und -bahnen. Aber noch bevor er die Waffe entsichert hatte, war er entschlossen, nicht zu schießen. Er war mit Frances halb unter sich auf der Innenseite des Gehsteigs gelandet. Ihr Angreifer befand sich mitten auf dem Trottoir. Jede Kugel, die vom Gehwegrand aus durch seine Mitte ging, war in Richtung Straße unterwegs. Verfehlte Reacher den Kerl, könnte er ein vorbeifahrendes Auto treffen. Doch selbst wenn er ihn nicht verfehlte, könnte er eines treffen. Ein Stahlmantelgeschoss Kaliber .45 war in der Lage, durch Fleisch und Knochen hindurchzujagen.

Er entschied sich blitzschnell dafür, O'Donnell schießen zu lassen, der auf Karla gefallen war. Seine Schussbahn lief auf die Rohbauten zu. Ein Fehltreffer oder ein Durchschuss konnte keinen Schaden anrichten. Die Kugel würde in einem Sandhaufen stecken bleiben.

Reacher verfolgte, wie O'Donnells linker Arm sich bewegte. Sah seinen Daumen die Hardballer entsichern. Sah ihn abdrücken.

Zu tief, dachte Reacher. Das ist bestenfalls eine Beinverletzung.

Aber ein Oberschenkeldurchschuss mit einem Hochgeschwindigkeitsstahlmantelgeschoss Kaliber .45 war keine Kleinigkeit. Der Schenkelknochen des Verfolgers explodierte, als wäre dort eine Bombe detoniert. Gewaltiges Trauma. Lähmender Schock. Augenblicklicher katastrophaler Blutverlust.

Der Mann stand noch, aber seine Hand mit der Pistole sank kraftlos herab. O'Donnell war sofort auf den Beinen. Er legte die acht Meter im Spurt zurück und knallte dem Kerl seinen Schlagring ins Gesicht. Der Mann fiel auf den Rücken.

Spiel aus, basta.

9

Reacher half Karla beim Aufstehen. Frances rappelte sich allein hoch. O'Donnell bewegte sich am Rand der großen Lache, die sich durch das Blut aus dem Bein des Angreifers gebildet hatte. Ein gesundes menschliches Herz ist eine ziemlich leistungsfähige Pumpe, und die Oberschenkelschlagader dieses Kerls war zerfetzt.

Reacher ging in weitem Bogen um ihn herum, packte ihn am Kragen und schleifte ihn rückwärts, durchsuchte die Taschen. Keine Geldbörse, kein Ausweis, gar nichts. Nur Autoschlüssel und eine Fernbedienung an einem einfachen Stahlring.

An der Halsschlagader des Mannes ertastete Reacher noch einen schwachen, unregelmäßigen Puls. „Er macht's nicht mehr lange", meinte er.

„Gut geschossen, Dave", lobte Karla ihn.

„Klasse gemacht", schloss sich Reacher an.

„Was hast du gehört?"

„Den Schlitten. Das hängt mit der Evolution zusammen. Als ob ein Raubtier auf einen dürren Zweig träte." Reacher sah sich den Mann genauer an. „Ich glaube, ich erkenne ihn. An seinem Anzug. Den habe ich schon mal gesehen. Kann mich bloß nicht erinnern wo."

„Ich habe diesen Anzug noch nie gesehen." O'Donnell.

„Ich auch nicht." Frances.

„Ich ebenfalls nicht." Karla. „Aber das hier ist eigentlich ein gutes Zeichen, oder? In L. A. hat niemand versucht, uns umzulegen. Anscheinend kommen wir näher heran."

Reacher warf Frances die Pistole und die Autoschlüssel des inzwischen gestorbenen Angreifers zu und riss ein Feld eines Bauzauns ein. Er schleifte den Toten zwischen Kiesbergen über den unebenen Boden, bis er einen breiten Graben mit einer Sperrholzschalung erreichte. Dort wälzte Reacher die Leiche über den Grabenrand.

O'Donnell reichte ihm eine Schaufel. Jeder von ihnen musste zwanzigmal zum nächsten Kieshaufen laufen, bis der Tote wirklich nicht mehr zu sehen war. Frances fand ein Standrohr, rollte den Schlauch aus und spülte das Blut vom Gehsteig in den Rinnstein. Dann folgte sie den anderen rückwärts gehend von der Baustelle und spritzte ihre Fußabdrücke von dem sandigen Boden.

Reacher setzte das Stück Bauzaun wieder ein. Es gab nichts, was Passanten auffällig erscheinen würde. Ihnen blieb ein gewisser zeitlicher Spielraum. Zumindest ein paar Stunden.

„Okay", sagte Reacher. „*Jetzt* nehmen wir uns den Rest der Nacht frei."

Sie klopften den Staub aus ihren Sachen und gingen weiter den Strip entlang.

IN DER HOTELHALLE wartete Wright auf sie, der Sicherheitsmanager des Hauses. Man sah ihm sofort an, dass er wegen irgendetwas nervös war. Er führte sie in dieselbe ruhige Ecke der Hotelhalle, in der sie zuvor miteinander gesprochen hatten.

„Azhari Mahmoud ist in keinem der hiesigen Hotels", erklärte er. „Auch Andrew MacBride und Anthony Matthews nicht."

Reacher nickte. „Danke, dass Sie das überprüft haben."

„Und ich habe am Telefon ein paar Panikgespräche mit meinen Kollegen geführt. Wissen Sie, was ich rausgekriegt habe? Sie haben nur Müll erzählt. Auf keinen Fall ist diese Stadt in den vergangenen vier Monaten um fünfundsechzig Millionen Dollar betrogen worden. Das ist einfach nicht passiert."

„Wissen Sie das bestimmt?"

Wright nickte. „Meine Beruhigungsmittelrechnung schicke ich Ihnen. Heute Nacht habe ich praktisch eine Überdosis geschluckt."

SIE FANDEN eine von der Hotelhalle aus zugängliche Bar, luden sich gegenseitig zum Bier ein und saßen nebeneinander an vier beleuchteten Spielautomaten. Das Gerät vor Reacher simulierte wieder und wieder einen verlockend großen Jackpotgewinn.

„Wright wusste gleich, dass die gesamte Branche an so einem Betrug beteiligt sein müsste", sagte Karla. „Von dort aus ist es nur noch ein kleiner Schritt zu der Idee, der registrierte Cashflow lasse sich verfälschen. Sie könnten ein Trojanerprogramm installiert haben, das alles ganz normal erscheinen lässt."

„Wie könnten Sanchez und Orozco davon erfahren haben?", fragte Reacher.

„Vielleicht haben sie sich weiter unten in der Nahrungskette eingeklinkt und den Rest extrapoliert."

„Wer müsste daran beteiligt sein?"

„Leute in Schlüsselpositionen. Wie Wright selbst."

„Wir haben mit ihm geredet, und eine halbe Stunde später hat jemand versucht, uns zu erschießen", stellte O'Donnell fest.

„Sollen wir das Hotel wechseln?“, fragte Karla.

„Zwecklos. Wright hat Kumpel in ganz Vegas. Sperrt einfach eure Türen ab.“

Reacher befolgte den eigenen Ratschlag, als er später sein Zimmer betrat. Er legte den Schließhebel um und hängte die Sicherheitskette ein. Keine wirkungsvollen Mittel gegen einen entschlossenen Gegner, aber damit gewann man ein paar Sekunden Zeit, und mehr als ein paar Sekunden brauchte Reacher im Allgemeinen nicht.

EINE STUNDE nach dem Frühstück waren sie wieder auf dem Strip und zu der Bar mit der Feuergrube unterwegs. Las Vegas am späten Vormittag wirkte in der grellen Wüstensonne klein und exponiert.

Diesmal wussten sie genau, wohin sie wollten, und fanden eine Abkürzung. Die Bar war noch nicht geöffnet. Sie setzten sich auf eine niedrige Stützmauer, warteten. Es war sehr warm, fast heiß.

Als die Uhr in Reachers Kopf 11.40 Uhr anzeigte, erschienen die ersten Leute zur Arbeit. Sie kamen einzeln, zu zweit oder in lockeren Gruppen die Straße entlang. Reacher fragte alle Frauen, ob ihr Name Milena sei. Alle sagten Nein. Dann wurde es auf dem Gehweg wieder still.

Die Uhr in Reachers Kopf lief weiter. Eine Minute vor zwölf.

Frances sah auf ihre Armbanduhr. „Machst du dir schon Sorgen?“

„Nein“, erwiderte Reacher, weil er über ihre Schulter hinweg eine junge Frau entdeckte, die Milena sein musste. Sie war klein und zierlich, ein südländischer Typ, und trug Jeans und ein kurzes T-Shirt. Pechschwarzes langes Haar umrahmte ein hübsches Gesicht. Sie sah unglücklich aus.

Als sie bis auf fünf Meter herangekommen war, erhob sich Reacher von der Mauer und fragte: „Milena?“

Sie machte mit der plötzlichen Besorgnis halt, die jede Frau empfände, wenn sie auf der Straße von einem riesenhaften unbekannten Mann angesprochen würde. Sie spähte zum Eingang der Bar hinüber, als versuchte sie, sich ihre Chancen für eine rasche Flucht auszurechnen.

„Wir sind Freunde von Jorge“, setzte Reacher hinzu.

Sie sah ihn an, dann betrachtete sie die anderen, dann blickte sie wieder zu ihm auf. In ihrer Miene zeichnete sich allmähliches Verstehen ab. „Sie sind von der Army! Er hat mir erzählt, dass Sie kommen würden. Dauernd sagte er, wenn er jemals Schwierigkeiten hätte, würden Sie aufkreuzen.“

„Und jetzt sind wir da. Wo können wir miteinander reden?“

„Ich will drinnen nur rasch sagen, dass ich heute etwas später komme.“

Sie lächelte verlegen und verschwand in der Bar. Als sie wieder herauskam, hatte sie die Schultern gestrafft, als wäre eine Last von ihr abgefallen.

„Lassen Sie mich raten." Sie sah zu Frances. „Sie müssen Neagley sein." Sie nickte Karla zu. „Also sind Sie Dixon." Dann wandte sie sich den Männern zu. „Reacher und O'Donnell. Der Große und der Gutaussehende."

„Wir wollten mit Ihnen über Jorge reden", sagte Reacher.

Milena holte tief Luft und schluckte. „Er ist tot, stimmt's?"

„Wahrscheinlich. Jedenfalls wissen wir, dass Manuel Orozco tot ist."

„Nein!", stöhnte die junge Frau auf.

„Tut mir leid. Wo können wir hingehen, um miteinander zu reden?"

„Am besten zu Jorges Wohnung", schlug sie vor. „Sie sollten sie sehen."

„Wir haben gehört, dass sie verwüstet wurde."

„Ich habe ein bisschen aufgeräumt. Wir können zu Fuß gehen."

Zu fünft liefen sie den Strip entlang zurück. Die Großbaustelle war verwaist. Keine Aktivitäten. Kein Auflauf. Keine Cops.

Milena fragte noch zweimal, ob Sanchez wirklich tot sei.

Beide Male antwortete Reacher: „Wahrscheinlich. Aber seine Leiche wurde noch nicht gefunden."

„Aber die von Orozco schon?"

„Ja. Wir haben sie gesehen."

„Was ist mit Calvin Franz und Tony Swan? Warum sind sie nicht hier?"

„Franz ist tot. Swan vermutlich auch."

„Bestimmt?"

„Franz bestimmt."

„Aber nicht Swan?"

„Nicht sicher."

„Und auch Jorge nicht bestimmt?"

„Nicht bestimmt. Aber wahrscheinlich."

„Okay." Sie weigerte sich, die Hoffnung aufzugeben.

Sie passierten ein Luxushotel nach dem anderen. Dann sahen sie Apartmentgebäude. Milena blieb im Schatten eines grünen Vordachs stehen, unter dem sich der Eingang eines Gebäudes befand, das vier Renovierungszyklen zuvor die beste Adresse der Stadt gewesen sein mochte.

„Hier ist es", verkündete sie. „Ich habe einen Schlüssel."

In der Eingangshalle saß ein Portier. Er begrüßte sie, als würde er sie schon länger kennen. Milena ging zum Aufzug voraus. Sie fuhren in den neunten Stock. Blieben vor einer grün gestrichenen Wohnungstür stehen. Milena benutzte ihren Schlüssel.

Das Apartment hatte zwei Schlafzimmer, ein Wohnzimmer, Küche und Bad. Schlicht möbliert, hauptsächlich weiß. Die Wohnung eines Mannes: nüchtern, schmucklos.

Und völlig verwüstet.

Sie hatte Ähnliches mitgemacht wie Calvin Franz' Büro. Wände, Boden und Decke bestanden aus Beton und hatten deshalb nicht gelitten, aber alle Möbel waren demoliert. Überall lagen Bücher, Zeitungen und CDs verstreut. Der Fernseher und die Stereoanlage waren zertrümmert. Die Küche war nahezu völlig zerstört.

Milenas Aufräumen hatte sich darauf beschränkt, einige Trümmer am Rand zu stapeln. Sonst hatte sie nicht viel tun können.

Reacher öffnete die Tür, die ins Elternschlafzimmer führte. Das Bettgestell war zertrümmert, die Matratze aufgeschlitzt. Die Kleiderstangen im Kleiderschrank waren verbogen, die Regalbretter herausgerissen.

„Wann haben Sie Jorge zuletzt gesehen?", wollte Reacher von Milena wissen.

„An seinem letzten Abend in Vegas haben wir hier zusammen zu Abend gegessen. Chinesisches Essen zum Mitnehmen. Nur wir beide."

„Er hat sich etwas auf einer Serviette notiert."

Sie nickte.

„Weil jemand ihn angerufen hat?"

Sie nickte erneut.

„Wer hat ihn angerufen?"

„Calvin Franz."

Milena war so wacklig auf den Beinen, dass Reacher mit einem Unterarm die Porzellansplitter von der Arbeitsfläche in der Küche wischte, damit sie sich setzen konnte. Sie stemmte sich hoch und saß mit nach außen gedrehten Ellbogen auf ihren Händen, die sie unter die Oberschenkel geschoben hatte.

„Wir müssen herausfinden, woran Jorge gearbeitet hat", sagte Reacher. „Wir müssen herausfinden, was hinter diesen ganzen Scherereien steckt."

„Ich weiß nicht, was es war."

„Aber Sie haben ihn sehr gut gekannt. Er muss doch mit Ihnen über seine Arbeit geredet haben. Was ihm Sorgen machte."

„Das Geschäft ging schlecht. Das hat ihm Sorgen gemacht. Vor Jahren hatten sie immer einen Haufen Verträge. Aber die großen Betriebe haben sie nacheinander abserviert und alle haben ihre eigenen Sicherheitsdienste aufgebaut."

„Wir haben in unserem Hotel mit einem Mann gesprochen, der sagte, Jorge sei immer noch sehr beschäftigt gewesen."

Milena lächelte schwach. „Jorge und Manuel Orozco haben den Schein gewahrt. Sie waren zu stolz, um zu betteln."

„Was wollen Sie damit sagen? Dass alles den Bach runterging?"

„Im Eiltempo. Ab und zu haben sie etwas Muskelarbeit bekommen. Türsteher in verschiedenen Klubs, Falschspieler aus der Stadt befördern, solches Zeug."

„Haben Sie gesehen, was Jorge auf die Serviette geschrieben hat?"

„Natürlich. Ich hab das Geschirr abgeräumt. Er hat sich Zahlen notiert."

„Was haben sie bedeutet?"

„Keine Ahnung. Aber er war ihretwegen sehr besorgt. Er hat gleich Manuel Orozco angerufen. Auch Orozco war sehr besorgt."

„Wie fing das alles an? Wer war ihr Klient?"

Milena starrte Reacher forschend an. Dann musterte sie O'Donnell, dann Karla und zuletzt Frances. „Sie hören nicht zu. Sie hatten keine richtigen Klienten mehr."

„Aber irgendjemand muss mit einem Problem zu ihnen gekommen sein", insistierte Reacher. „Hat Jorge denn nichts davon erzählt?"

„Nein. An einem Tag saßen sie noch untätig herum, am nächsten rannten sie rum, als hätten sie Hummeln im Hintern. Orozcos Frau weiß vielleicht mehr."

In dem verwüsteten Apartment wurde es sehr still. Reacher starrte Milena verblüfft an. „Orozco war verheiratet?"

Sie nickte. „Sie haben drei Kinder."

Reacher sah zu Frances hinüber. „Wieso wussten wir das nicht? Wir haben Mauncy erzählt, die nächste Angehörige sei seine Schwester."

„Ich kann nicht alles wissen", erwiderte sie.

MILENA führte sie zu Orozcos Apartmenthaus. Es sah Sanchez' Gebäude sehr ähnlich. Das gleiche Alter, der gleiche Stil.

„Wie heißt seine Frau mit Vornamen?", erkundigte sich Reacher.

„Tammy", antwortete Milena. „Wir müssen sie wahrscheinlich wecken. Sie arbeitet nachts in einem Kasino. Danach bringt sie die Kinder zum Schulbus und geht dann sofort ins Bett."

Geweckt wurde sie jedoch von dem Portier. Er telefonierte nach oben. Nach langem Klingeln meldete sich jemand. Der Pförtner nannte Milenas Namen und fügte die der anderen hinzu.

Nun entstand eine weitere lange Pause. Reacher vermutete, dass Tammy Orozco die vier neuen Namen mit den nostalgischen Erinnerungen ihres Ehemanns verglich und zwei und zwei zusammenzählte. Dann würde sie vermutlich in ihren Morgenrock schlüpfen. Er hatte schon früher Witwen besucht. Er wusste, wie so etwas ablief.

„Sie möchten bitte hinaufkommen“, verkündete der Portier.

Sie fuhren mit dem Aufzug in den siebten Stock, wo eine Tür bereits einen Spaltbreit offen stand. Milena klopfte trotzdem an und führte sie dann hinein.

Tammy Orozco war eine zusammengekauerte kleine Gestalt auf dem Sofa. Wild zerzauste schwarze Mähne, blasser Teint, schwarz-weiß karierter Morgenrock. Sie ignorierte Reacher, O'Donnell, Karla und Frances völlig. Eine gewisse Feindseligkeit ging von ihr aus. Sie starrte nur Milena an und fragte: „Manuel ist tot, nicht wahr?“

Milena setzte sich neben sie und entgegnete: „Das sagen diese Leute. Tut mir schrecklich leid.“

„Jorge auch?“

„Das wissen wir noch nicht.“

Die beiden Frauen umarmten sich und weinten. Reacher ließ ihnen Zeit. Er kannte das. Die Wohnung schien größer zu sein als Sanchez' Apartment. Hier wirkte alles abgenutzt und unordentlich. Vielleicht weil die Wohnung drei Wochen zuvor verwüstet worden war, vielleicht aber auch, weil die überall herumliegenden Bücher, Spielsachen und Kleidungsstücke darauf schließen ließen, dass Orozcos drei Kinder noch ziemlich klein waren.

Endlich sah Tammy Orozco auf und fragte: „Wie ist es passiert?“

„Die Polizei kennt alle Einzelheiten“, antwortete Reacher.

„Hat er leiden müssen?“

„Er war sofort tot.“ So hatte er es vor langer Zeit gelernt. Das wurde von allen Gefallenen behauptet, wenn es sich nicht direkt widerlegen ließ. Für die Hinterbliebenen war es angeblich ein Trost, und in Orozcos Fall stimmte es sogar. Allerdings erst nach der Entführung, den Misshandlungen, dem Hubschrauberflug und dem zwanzig Sekunden dauernden freien Fall.

„Warum ist das passiert?“, fragte Tammy weiter.

„Das versuchen wir herauszubekommen. Deswegen sind wir hier.“

„Aber hier gibt's keine Antworten.“

„Es muss welche geben“, beharrte Reacher. „Jemand ist in ihrem Büro oder in einem der Kasinos mit einem Problem zu ihnen gekommen. Wir müssen herausfinden, wer das war.“

Nun folgte langes Schweigen, bis Tammy es brach. „Sie verstehen nichts. Diese Sache hatte nichts mit ihm zu tun. Überhaupt nichts. Auch nicht mit Vegas."

„Nicht? Wie hat es dann angefangen?"

„Mit einem Anruf aus heiterem Himmel. Einem Hilferuf von einem eurer Leute in Kalifornien. Von einem eurer ach so wertgeschätzten alten Kameraden aus der Army."

AZHARI MAHMOUD warf Andrew MacBrides Reisepass auf der Fahrt zu dem Lastwagenverleih U-Haul in einen Müllbehälter und verwandelte sich in Anthony Matthews. Er hatte einen Packen gültiger Kreditkarten und einen auf diesen Namen ausgestellten Führerschein in der Tasche.

Er hatte beschlossen, einen mittelgroßen Lastwagen zu mieten. Angestellte erinnerten sich an Leute, die etwas in größter oder kleinster Ausführung verlangt hatten, und ein mittelgroßer Lastwagen reichte für seine Zwecke aus. Er wusste, dass der Rauminhalt sich aus Länge mal Breite mal Höhe ergab. Somit ließen sich sechshundertfünfzig Kartons dreizehn lang, zehn breit und fünf hoch aufstapeln. Wenn er sie hochkant aufeinanderstapelte, würde es klappen.

Er wusste, dass alles klappen würde, weil er die am Flughafen gewonnenen hundert Vierteldollarmünzen noch in der Tasche hatte.

SIE SPRACHEN Tammy Orozco ihr Beileid aus, gaben ihr Curtis Mauneys Namen und ließen sie allein auf ihrem Sofa zurück. Dann begleiteten sie Milena zu ihrer Bar zurück. Sie musste sich ihren Lebensunterhalt verdienen und hatte an diesem Tag schon drei Stunden gefehlt.

„Tammy ist sauer auf Sie", sagte Milena. „Das tut mir leid."

„Es war zu erwarten", meinte Reacher.

„Sie lag schlafend im Bett, als die Mistkerle die Wohnung durchsuchen wollten. Man hat ihr einen Schlag auf den Kopf verpasst, sodass sie eine Woche lang bewusstlos war. Sie kann sich an nichts erinnern. Jetzt macht sie den unbekannten Anrufer für alle ihre Schwierigkeiten verantwortlich."

„Begreiflich", entgegnete Reacher.

„Aber ich werfe Ihnen nichts vor. Von Ihnen hat ja keiner angerufen." Milena verschwand in der Bar, ohne sich noch einmal umzusehen.

Reacher hockte sich wieder auf die Stützmauer. „Tut mir leid, Leute. Wir haben in dieser Stadt bloß einen Haufen Zeit vergeudet. Frances sollte das Kommando übernehmen. Ich bin nicht mehr in Form."

„Hierherzukommen war ein gemeinsamer Beschluss", erinnerte O'Donnell ihn.

„Mahmoud ist hierhergekommen", gab Frances zu bedenken. „Nicht nach L. A."

„Vielleicht ist er hier nur umgestiegen und befindet sich in diesem Augenblick in L. A. Er ist vorsichtig. Er legt falsche Spuren."

„Aber wir sind hier überfallen worden, nicht in L. A.", stellte Karla fest. „Das passt nicht zusammen."

Reacher hörte eine Sirene auf dem Strip. Ein Polizeiauto, das es eilig hatte. Er legte eine Hand über die Augen und beobachtete das sichtbare kurze Stück des Strips. Wartete.

Keine weiteren Sirenen. Vielleicht doch keine Entdeckung auf der Baustelle, nur ein Einsatz an einem Unfallort. Er machte einen Schritt, um sein Gesichtsfeld zu erweitern, um sicherzugehen. Sah hinter der Ecke eines Lebensmittelmarkts etwas blau aufblitzen. Ein in der Sonne geparktes Auto. Eine dunkelblau lackierte Stoßstange.

Dunkelblauer Lack.

„Jetzt weiß ich, wo ich diesen Kerl schon mal gesehen habe", sagte er.

Sie umstanden den Chrysler in vorsichtigem Abstand. Ein 300C, dunkelblau, kalifornisches Kennzeichen.

Frances holte die Schlüssel, die Reacher dem Sterbenden abgenommen hatte, aus ihrer Umhängetasche und betätigte die Fernbedienung. Die Blinker des Wagens leuchteten auf, als seine Türen entriegelt wurden.

„Er hat hinter dem Château Marmont gestanden", erklärte Reacher. „Der Anzug von dem Kerl hatte die gleiche Farbe wie die Lackierung. Ich habe ihn für den Chauffeur einer Mietwagenfirma gehalten, die originell sein wollte."

„Die anderen von unserer alten Einheit haben der Gegenseite gesagt, dass wir kommen würden", spekulierte O'Donnell. „Anfangs als Drohung und später dann zur eigenen Beruhigung. Deshalb hat man den Typ losgeschickt, um uns zu erledigen. Und dann hat er uns gleich nach seiner Ankunft auf dem Gehsteig entdeckt. Welch ein Glück!"

„Meinst du?", fragte Reacher. „Dann wünsche ich allen unseren Feinden noch viel mehr Glück."

Er öffnete die Fahrertür, glitt hinein und öffnete das Handschuhfach, holte eine Geldbörse und ein Mobiltelefon heraus. Mehr war nicht drinnen. In der Geldbörse steckten Geldscheine in einem Klappbügel. Über siebenhundert Dollar. Reacher nahm die Scheine an sich. „Das sind weitere zwei Wochen, bis ich einen Job finden muss", meinte er.

Er wandte sich den Kartenfächern zu. Sie enthielten einen gültigen kalifornischen Führerschein und vier Kreditkarten: zwei von Visa, eine von Amex und eine MasterCard. Alle waren auf einen Mann namens Saropian ausgestellt. Die auf dem Führerschein angegebene Adresse war eine Straße in L. A. Reacher ließ die Geldbörse auf den Beifahrersitz fallen.

Das Mobiltelefon war ein dünnes silbernes Klapphandy. Es zeigte fünf eingegangene Nachrichten an. Reacher übergab das Handy Frances. „Kannst du diese Nachrichten lesen?"

„Nicht ohne seine PIN." Sie blätterte in den Menüs und wählte eine Option aus. „Alle ein- und abgehenden Gespräche sind von derselben Nummer gekommen oder mit ihr geführt worden. Mit der Vorwahl 310. Das ist Los Angeles."

„Ein Untergebener, der seinem Boss Meldung erstattet. Und ein Boss, der seinem Untergebenen Befehle erteilt. Könnte dein Assistent in Chicago den Namen und die Adresse des Bosses rauskriegen?"

„Irgendwann schon."

„Okay, dann soll er gleich damit anfangen. Auch mit dem Kennzeichen dieses Wagens."

Frances benutzte ihr eigenes Handy, um ihren Assistenten anzurufen.

Reacher klappte das Handy des Toten auf, rief dessen letztes Gespräch auf und drückte die grüne Taste, um diese Nummer erneut zu wählen. Dann hielt er sich das Mobiltelefon ans Ohr und wartete.

Der Anruf wurde sehr hastig entgegengenommen. „Wo zum Teufel haben Sie gesteckt?", schimpfte eine Stimme.

Sie war tief. Ein Mann, nicht jung, nicht klein. Hinter der vorwurfsvollen Hastigkeit steckte ein gebildeter Westküstenakzent, professionell, aber mit deutlichen Spuren einer auf der Straße erworbenen Ruppigkeit. Reacher horchte angestrengt auf Hintergrundgeräusche. Aber er hörte nichts.

„Wo zum Teufel sind Sie? Was ist passiert?", fuhr die Stimme fort.

„Wer sind Sie?", fragte Reacher, als wäre er ohne sein Zutun falsch verbunden worden.

Aber der Typ biss nicht an. Er hatte die Anrufidentifizierung gesehen. „Nein, die Frage ist: Wer sind *Sie*?"

Reacher wartete kurz, dann antwortete er: „Ihr Mann hat letzte Nacht versagt. Er ist tot und begraben. Als Nächster sind Sie dran."

Am anderen Ende herrschte eine Weile Schweigen. Dann fragte die Stimme: „Reacher?“

„Sie kennen meinen Namen? Dann ist es nicht fair, dass ich Ihren nicht weiß.“

„Niemand hat jemals gesagt, das Leben sei fair.“

„Richtig. Aber fair oder nicht, genießen Sie den Rest, der Ihnen noch bleibt. Sie haben noch ungefähr zwei Tage zu leben. Maximal.“

„An mich kommen Sie nicht heran.“

„Sehen Sie aus Ihrem Fenster.“

Reacher hörte das Rascheln eines Jacketts, den Schwenk eines Drehstuhls. „An mich kommen Sie nicht heran“, wiederholte die Stimme.

„Wir sehen uns bald“, sagte Reacher. „Dann machen wir gemeinsam einen Hubschrauberflug. Genau wie die vorigen. Aber mit einem großen Unterschied. Meine Freunde wollten nicht raus, nehme ich an. Doch Sie werden darum bitten, springen zu dürfen. Das kann ich Ihnen versprechen.“ Er klappte das Handy zu.

„Erste Eindrücke?“, fragte Frances.

„Eine Führungskraft“, antwortete Reacher. „Ein Boss. Einzelbüro mit Fenster und geschlossener Tür. Und dass ich seine Nummer habe, scheint ihn nicht besonders zu beunruhigen. Sein Handy ist garantiert unter falschem Namen angemeldet. Dieser Wagen bestimmt auch.“

„Was machen wir jetzt?“

„Wir fahren nach L. A. zurück. Hier geht's um Swan, das ist jetzt klar. Wir müssen mit seinem ehemaligen Boss reden.“ Er wandte sich an Frances. „Du musst ein neues Treffen mit Diana Bond vereinbaren. Wir brauchen ein Druckmittel. Swans Boss packt vielleicht eher aus, wenn er weiß, dass wir etwas Lohnendes zu verschweigen haben.“

SIE KLAUTEN den Chrysler. Reacher fuhr zum Hotel. Während die anderen hineingingen, um zu packen, wartete er in der Spur für ankommende Gäste. Dieser Wagen gefiel ihm. Er war stark und leise. Er passte zu ihm.

Karla trat als Erste aus der Hotelhalle. Sie ging hinter einem Pagen mit ihrem Gepäck her. Dann erschienen die beiden anderen.

„Wir sind fündig geworden, was den Wagen betrifft“, erklärte Frances. „Er ist auf eine Scheinfirma namens Walter zugelassen, die nur aus einer Postfachadresse bei einem kommerziellen Anbieter in L. A. besteht.“

„Clever“, sagte Reacher. „Walter wie in Walter Chrysler. Ich wette, dass das Handy einer Firma Alexander gehört – wie in Alexander Graham Bell.“

„Die Walter Corporation hat sieben Autos geleast“, setzte Frances hinzu.

Reacher nickte. „Das müssen wir im Hinterkopf behalten. Irgendwo steht massive Verstärkung bereit.“

Karla verkündete, O’Donnell werde ihr auf der Rückfahrt in ihrem Leihwagen Gesellschaft leisten. Also entriegelte Reacher den Kofferraum des Chryslers, sodass Frances ihr Gepäck verstauen konnte, um dann rechts vorn Platz zu nehmen.

„Wo quartieren wir uns ein?“, fragte Karla durchs offene Fenster.

„Mal woanders“, erwiderte Reacher. „Wir brauchen jetzt die Art Unterkunft, auf die sie nicht gleich kommen. Ich schlage vor, dass wir’s mit dem ‚Dunes‘ am Sunset versuchen.“

„Was ist das?“

„Ein Motel, wie ich es mag.“

Reacher und Frances fuhren voraus. Bis zur Stadtgrenze herrschte dichter Verkehr, aber auf dem Freeway 15 nahm er merklich ab und Reacher stellte sich innerlich auf die monotone Fahrt durch die Wüste ein.

Die erste halbe Stunde verbrachte Frances damit, auf der Edwards Air Force Base telefonisch Fangen zu spielen, um Diana Bond zu erreichen, bevor ihr Handy keine Verbindung mehr bekam. Reacher konzentrierte sich auf die Straße vor ihm.

Barstow. Victorville. Lake Arrowhead. Dann ragten die Berge vor ihnen auf. Frances’ Handy klingelte, als sie sich wieder im Sendebereich eines Mobilfunkmasts befanden. Diana Bond rief an, um mitzuteilen, sie sei in Edwards abfahrbereit.

„Sie soll ins Denny’s am Sunset kommen“, sagte Reacher.

Er gab etwas mehr Gas und nahm die erste lange Steigung am Mount San Antonio in Angriff. Knapp eine Stunde später mieteten sie sich im Motel ein.

Das Dunes gehörte zu der Art Unterkunft, in der die Gäste eine Sicherheitsleistung für die TV-Fernbedienung hinterlegen mussten. Reacher bezahlte die vier Zimmer mit seinem erbeuteten Geld in bar, sodass sie ihre wirklichen Namen nicht nennen und sich auch nicht ausweisen mussten. Sie parkten die beiden Wagen außer Sichtweite der Straße und versammelten sich dann in der düsteren, ziemlich heruntergekommenen Lounge neben einem Wäscheraum – so anonym, wie es vier Menschen in der Los Angeles County überhaupt möglich war.

Ungefähr eine Stunde später rief Diana Bond an, um Frances mitzuteilen, sie biege gerade auf den Parkplatz des Denny’s ein.

Sie betraten das Foyer des Schnellrestaurants und fanden dort eine hochgewachsene Blondine vor, die auf sie wartete. Sie war ganz in Schwarz gekleidet: schwarze Jacke, schwarze Bluse, schwarzer Rock. Ein strenger Ostküstenstil, in einem kalifornischen Denny's gänzlich fehl am Platz. Sie war schlank, attraktiv, Ende dreißig. Sie wirkte leicht irritiert und leicht besorgt.

Frances stellte sie den anderen vor. „Das hier ist Diana Bond aus Washington, über die Edwards Air Force Base hergekommen."

Sie gingen durch das schäbige Lokal nach hinten und fanden dort einen runden Tisch. Als eine Bedienung erschien, bestellten sie Kaffee. Sie kam mit fünf schweren Bechern zurück, die sie aus einer Thermoskanne füllte. Nachdem jeder einen Schluck genommen hatte, herrschte Schweigen.

Dann sagte Diana Bond: „Ich könnte Sie alle verhaften lassen."

„Mich wundert's eigentlich, dass Sie das nicht getan haben", erwiderte Reacher.

„Ein Anruf beim Verteidigungsnachrichtendienst hätte genügt. Aber ich versuche, zivilisiert zu sein. Ich möchte Sie wirklich auffordern, diese Ermittlungen nicht fortzusetzen. Ich appelliere an Ihren Patriotismus. Hier geht's um die nationale Sicherheit."

„Wir vier haben gemeinsam sechzig Jahre in Uniform auf dem Buckel. Wie viele haben Sie?"

„Keines."

„Dann sind Sie nicht qualifiziert, über Patriotismus und nationale Sicherheit zu reden."

„Wieso um Himmels willen brauchen Sie Informationen über Little Wing?"

„Wir hatten einen Freund, der bei New Age arbeitete. Jetzt versuchen wir, seinen Nachruf zu vervollständigen."

„Das tut mir sehr leid. Aber ich möchte Sie trotzdem bitten, diese Nachforschungen einzustellen."

„Ausgeschlossen."

Diana Bond machte eine lange Pause. „Okay, wir tauschen. Ich informiere Sie in groben Zügen, und Sie schwören bei diesen sechzig Jahren in Uniform, nichts davon weiterzugeben."

„Abgemacht."

„Und nachdem ich dieses eine Mal mit Ihnen gesprochen habe, höre ich nie wieder etwas von Ihnen."

„Abgemacht."

Eine weitere lange Pause, als ränge sie mit ihrem Gewissen. „Little Wing ist ein neuartiger Torpedo“, erklärte sie dann. „Für die U-Boote der Pazifikflotte der Navy. Weitgehend konventionell, aber mit seiner neu entwickelten Elektronik erheblich besser steuerbar.“

Reacher grinste. „Netter Versuch, aber das nehmen wir Ihnen nicht ab. New Age ist eine Neugründung, die sich überall hätte niederlassen können, und hätte sie wirklich mit der Marine zu tun, hätte sie sich für San Diego oder Connecticut entschieden. Aber in der weiteren Umgebung von East L. A. gibt's nur Stützpunkte der Luftwaffe – darunter auch die Edwards Air Force Base –, und der Name Little Wing besagt, dass es sich um einen Flugkörper handelt.“

Diana Bond zuckte die Schultern. „Ich musste es versuchen.“

„Versuchen Sie's noch mal“, forderte Reacher sie auf.

Wieder eine Pause. „Es ist eine Infanteriewaffe. Für die Army, nicht für die Luftwaffe. New Age befindet sich in East L.A., um in der Nähe von Fort Irwin zu sein. Aber Sie haben Recht, es handelt sich um einen Flugkörper. Eine tragbare, von der Schulter abzuschießende Fla-Rakete. Die nächste Generation.“

„Was kann sie?“

Diana Bond schüttelte den Kopf. „Das darf ich Ihnen nicht sagen.“

„Das müssen Sie aber. Sonst ist Ihr Boss erledigt.“

„Das ist nicht fair!“

„Im Vergleich wozu?“

„Ich kann nur sagen, dass sie eine revolutionäre Neuerung darstellt.“

„Was kann sie also?“

„Sie dürfen nicht die Zeitungen anrufen. Damit würden Sie Ihr Land verkaufen.“

„Stellen Sie uns auf die Probe.“

„Ich kann's nicht glauben!“

„Das müssen Sie aber. Sonst braucht Ihr Boss morgen einen neuen Job.“

Sie schwieg wieder einen Moment. „Die Sache ist kompliziert. Sie kennen die Stinger?“

Reacher nickte. „Ich habe sie im Einsatz gesehen. Das haben wir alle. Sie steuert die Wärmesignatur der heißen Triebwerksabgase an.“

„Aber von unten. Sie muss ihr Ziel im Steigflug ansteuern. Das macht sie relativ langsam und schwerfällig. Sie ist im nach unten blickenden Radar sichtbar. Und sie kann durch Abwehrmittel wie Düppel oder Leuchtkörper getäuscht werden. Die Little Wing hingegen ignoriert ihr Ziel im Steigflug völlig. Sie greift es erst auf dem Weg nach unten an."

„Ich verstehe."

„Im Steigflug ist sie sehr, sehr schnell. Sie erreicht über zwanzigtausend Meter, wird dann langsamer, kippt um und beginnt zu fallen. Jetzt wird die Elektronik eingeschaltet und sie ist auf dem Weg, ihr Ziel aufzuspüren. Und weil die Erdanziehungskraft den größten Teil der Arbeit übernimmt, kann sie unglaublich präzise gesteuert werden."

„Sie stößt von oben auf ihre Beute herab", bemerkte Reacher. „Wie ein Habicht."

Diana Bond nickte. „Mit unglaublicher Geschwindigkeit. Im hohen Überschallbereich. Sie kann ihr Ziel nicht verfehlen, und nichts kann sie aufhalten. Flugzeuge sind von oben sehr verwundbar. Vor uns liegen ungefähr zwei Jahre, in denen unsere Boden-Luft-Raketen absolut unschlagbar sein werden. Vielleicht sogar etwas länger. Das hängt davon ab, wie rasch Abwehrmittel entwickelt und eingebaut werden. Deshalb ist diese Sache so heikel."

„Die Geschwindigkeit der Rakete wird Abwehrmaßnahmen schwierig machen", merkte Reacher an.

„Fast unmöglich. Die menschliche Reaktionszeit ist viel zu lang. Also muss die Abwehr automatisiert werden: Wir müssen darauf vertrauen, dass Computer den Unterschied zwischen einem Vogel in zweihundert Meter Höhe, einer Little Wing in zwanzig Kilometer Höhe und einem Satelliten in zweihundert Kilometer Höhe erkennen. Potenziell droht absolutes Chaos. Fluggesellschaften werden wegen der Gefahr von Terroranschlägen ebenfalls Abwehrmittel fordern. Aber der Himmel in der Umgebung von Flughäfen ist voll gestaffelter Verkehrsmaschinen. Fehlalarme wären die Norm, nicht die Ausnahme. Also müssten sie ihre Abwehrsysteme bei Start und Landung ausschalten – ausgerechnet dann, wenn sie am verwundbarsten sind."

„Eine Zwickmühle", warf Karla ein.

„Aber nur theoretisch", meldete sich O'Donnell zu Wort. „Unseres Wissens funktioniert die Little Wing nicht sehr gut."

„Die Prototypen waren in Ordnung", erwiderte Diana Bond. „Auch die Betatests sind erfolgreich verlaufen. Aber mit der Produktion gibt's Schwierigkeiten."

„Triebwerke oder Elektronik oder beides?"

„Elektronik. Die Triebwerkstechnik ist über vierzig Jahre alt. Die Feststofftriebwerke in Denver, Colorado, können sie im Schlaf bauen. Aber die

Elektronik verursacht immer wieder Ausfälle. Hier unten in L. A. Sie haben noch nicht mal mit der Massenproduktion angefangen. Bisher funktionieren nicht mal die Kleinserien richtig."

„Die Little Wing folgte dem alten Muster", spottete O'Donnell. „Ein Hirngespinst des Pentagons, das nur Geld verbrennt."

„Das System ist kein Totalversager. Manche der Einheiten funktionieren. Irgendwann wird die Little Wing perfektioniert werden." Diana Bond stand auf. „Ich müsste zurückfahren."

„Okay", sagte Reacher. „Vielen Dank, dass Sie gekommen sind."

NACHDEM Diana Bond gegangen war, starrte Reacher kurz aus dem Fenster, dann zog er einen Stapel Servietten aus dem Spender und stellte den Zuckerstreuer genau mittig darauf. Deutete auf den Zuckerstreuer und fragte Frances: „Weißt du, was das ist?"

„Zucker", antwortete sie.

„Nein, ein Briefbeschwerer. Und wer führt eine ungeladene Pistole mit sich?"

„Jemand, der so ausgebildet wurde."

„Ein Polizist. Oder ein ehemaliger Polizist. Vielleicht einer, der früher beim Los Angeles Police Department war."

„Und?"

„Erstens: Die Dragon Lady bei New Age hat uns belogen. Es gibt keine völlig papierlose Umgebung. Als wir zum ersten Mal mit ihr sprachen, hat sie uns erzählt, Swan habe seinen Berliner-Mauer-Betonbrocken als Briefbeschwerer benutzt. Aber wer benutzt in einer völlig papierlosen Umgebung einen Briefbeschwerer?"

„Das war vielleicht bloß eine Redewendung", wandte O'Donnell ein. „Briefbeschwerer, Souvenir, Schreibtischzierde, wo ist der Unterschied?"

„Beim ersten Besuch mussten wir an der Einfahrt warten. Aus dem Tor kam der Lieferwagen eines Herstellers von Fotokopierern. Nicht ganz einfach, in einer völlig papierlosen Umgebung Fotokopierer zu benutzen, hab ich Recht?"

Niemand sprach.

„Zweitens", fuhr Reacher fort. „Der Sicherheitsdirektor von New Age war früher beim LAPD. Ich wette, dass das auch auf die meisten seiner Leute zutrifft. Der Typ in Vegas hatte den Sicherungshebel umgelegt, keine Patrone in der Kammer. Grundausbildung." Er wandte sich an Frances. „Ruf Diana Bond noch mal an. Sie soll sofort zurückkommen."

„Sie ist eben erst weggefahren", wandte Frances ein.

„Sie kann umdrehen. Ihr Wagen hat bestimmt ein Lenkrad. Sag ihr, dass sonst morgen sehr viel mehr als nur der Name ihres Bosses in der Zeitung steht."

DIANA BOND brauchte eine halbe Stunde, um zurückzukommen. Diesmal blieb sie am Tisch stehen, funkelte Reacher wütend an. „Wir hatten eine Vereinbarung. Ich rede einmal mit Ihnen, Sie lassen mich in Ruhe."

„Sieben weitere Fragen", entgegnete Reacher. „Danach lassen wir Sie in Ruhe. Diese Fragen sind wichtig."

„Nicht für mich."

„Sie hätten weiterfahren können. Sie hätten den Verteidigungsnachrichtendienst anrufen können. Aber das haben Sie nicht getan. Machen Sie sich und uns also nichts vor. Sie werden antworten."

Diana Bond setzte sich.

„Erste Frage", begann Reacher. „Hat New Age irgendwo einen Konkurrenten mit vergleichbarer Technologie?"

„Nein. New Age hat ein einzigartiges Produkt."

„Zweite Frage: Will die Regierung wirklich Little Wing produzieren lassen, noch bevor die entsprechenden Abwehrmittel entwickelt wurden? Was, wenn eine Little Wing erbeutet und nachgebaut würde? Wollen wir riskieren, dass diese Waffe gegen uns eingesetzt werden könnte?"

„Dächten wir so, würde nie etwas Neues entwickelt."

„Erzählen Sie mir jetzt von der Kleinserienfertigung bei New Age."

„Ist das die dritte Frage?"

„Ja. Erklären Sie mir, wie so was abläuft."

„Der Zusammenbau erfolgt per Hand. In Reinräumen sitzen Frauen mit Duschhauben an Montageplätzen und arbeiten mit Lupenbrillen und Lötkolben. Im Durchschnitt produzieren sie pro Tag ein Dutzend Einheiten, sechs Tage in der Woche."

„Wann hat dieser Kleinserienbau begonnen?"

„Er läuft seit ungefähr sieben Monaten."

„Wie hat es geklappt?"

„Ist das die fünfte Frage?"

„Nein, eine Anschlussfrage."

„In den ersten drei Monaten tadellos. Sie haben ihre Ziele getroffen. Danach hat es mehr und mehr Ausfälle gegeben."

„Wer testet sie?"

„Der Leiter der Qualitätskontrolle. Er ist der ehemalige Chefkonstrukteur der Little Wing. Er weiß als Einziger, wie sie funktionieren sollte."

„Was passiert mit den ausgesonderten Einheiten?"

„Die werden vernichtet. Aber jetzt muss ich wirklich los."

„Letzte Frage: Haben Sie New Age wegen dieser Probleme den Geldhahn zugedreht? Hat die Firma Leute entlassen müssen?"

„Natürlich nicht. Sind Sie verrückt? Wir zahlen weiter. Wir müssen dieses Ding einsatzbereit machen."

Diana Bond ging zum zweiten Mal, und O'Donnell sagte: „Wir sollten feiern. Wir wissen jetzt, wie alles gelaufen ist."

„Und das ist ein Grund zum Feiern?", fragte Reacher.

„Wieso denn nicht?"

„Erzähl mir die Geschichte und beurteile sie dann selbst."

„Okay. Swan hat in seiner eigenen Firma ermittelt. Er wollte herausbekommen, weshalb die Erfolgsquote nach den ersten drei Monaten so dramatisch zurückgegangen ist. Er war besorgt wegen möglicher Insiderverwicklungen. Er brauchte Unterstützung von außen. Deshalb hat er Franz, Sanchez und Orozco angeheuert. Wem hätte er sonst trauen sollen?"

„Und?"

„Als Erstes haben sie die Produktion analysiert. Das waren all die Zahlen, die wir gefunden haben. Danach haben sie Sabotage ausgeschlossen. New Age hatte keine Konkurrenz, die davon hätte profitieren können, und das Pentagon hat nicht hinter den Kulissen gegen die Firma gearbeitet. Sie gelangten zu dem Schluss, der Leiter der Qualitätssicherung habe sechshundertfünfzig intakte Einheiten fälschlicherweise ausgesondert, damit die Firma sie als vernichtet abbuchen konnte, während sie in Wirklichkeit unter der Hand zum Stückpreis von hundert Mille verkauft wurden – an einen gewissen Azhari Mahmoud oder wie er sich sonst nennt. Daher die Namensliste und die Zahlen auf Sanchez' Serviette."

„Und?"

„Sie haben New Age vorzeitig mit ihren Ermittlungsergebnissen konfrontiert und wurden dafür ermordet. Die Firma hat sich eine Story ausgedacht, um Swans Verschwinden zu erklären, und die Dragon Lady hat euch damit abgespeist."

„Und nun sollen wir feiern?"

„Wir wissen jetzt, was passiert ist, Reacher. Das haben wir immer gefeiert. Und weißt du, was fast komisch ist? Du hast gesagt, wir sollten mit

Swans früherem Boss reden. Nun, wenn du mich fragst – ich glaube, dass wir das schon getan haben. Wer sonst sollte der Mann gewesen sein, mit dem du dieses Handygespräch geführt hast? Das war der Sicherheitsdirektor von New Age."

„Wahrscheinlich, ja."

„Wo liegt also das Problem?"

„Du hast gesagt, du wolltest sie aufspüren, vernichten und auf die Gräber ihrer Vorfahren pissen."

„Und das werde ich!"

„Wirst du nicht", widersprach Reacher. „Ich und die anderen übrigens auch nicht. Deshalb können wir nicht feiern."

„Sie sind hier in der Stadt. Sie sind ein leichtes Ziel."

„Sie haben sechshundertfünfzig funktionierende Elektronikpacks unter der Hand verkauft. Doch das ist nicht alles. Niemand kauft die Elektronik, wenn er nicht auch die Raketen und Abschussvorrichtungen droben in Colorado bekommen kann. Irgendein Typ namens Azhari Mahmoud besitzt jetzt sechshundertfünfzig Fla-Raketen der neuesten Generation, und wir können uns denken, wofür er sie verwenden will. Also müssen wir jemanden informieren, Leute."

Niemand sprach.

„Und nachdem wir das getan haben, wimmelt es keine Minute später von FBI-Agenten. Dann dürfen wir ohne Erlaubnis nicht mal mehr über die Straße gehen – und können erst recht nicht losziehen, um uns diese Kerle zu schnappen. Wir müssen untätig zusehen, wie die sich Anwälte nehmen und in den kommenden zehn Jahren ein Berufungsverfahren nach dem anderen durchlaufen."

Niemand sprach.

„Deshalb können wir nicht feiern", schloss Reacher. „Sie haben sich mit den Sonderermittlern angelegt, und wir können ihnen nicht das Geringste anhaben."

10

In dieser Nacht tat Reacher kein Auge zu. Er lag Stunde um Stunde wach und wurde von fiebrigen Halluzinationen heimgesucht. Calvin Franz, der sprach und lachte, voller Auftrieb und Energie. Jorge Sanchez, die zusammengekniffenen Augen, die Andeutung eines Lächelns. Tony Swan, ernsthaft, ein durch und durch anständiger Kerl. Manuel Orozco, die absurde Tätowierung, der falsche australische Akzent, die Witze, das Klicken des Feuerzeugs.

Lauter Freunde. Ungerächte Freunde. Im Stich gelassene Freunde.

Um fünf Uhr morgens gab Reacher auf, zog sich an und verließ das Motel. Er marschierte auf dem Sunset Boulevard zornig nach Westen, hoffte, jemand werde ihm in die Quere kommen, damit er an ihm seine Frustration abreagieren konnte. Aber auf dem Gehsteig herrschte gähnende Leere. Um fünf Uhr morgens war in L. A. niemand zu Fuß unterwegs.

Rechts voraus entdeckte er ein mit Maschendraht eingezäuntes unbebautes Eckgrundstück. An einer Bushaltestelle in der Seitenstraße hatte sich eine Gruppe Tagelöhner versammelt, die dort auf Arbeit warteten, braune Männer mit müden, stoischen Gesichtern. Sie tranken Kaffee am Wagen einer Missionsgesellschaft, der vor einer Art Bürgerzentrum stand. Reacher ging hin und zahlte hundert seiner geraubten Dollar für einen Becher Kaffee. Das sei eine Spende, erklärte er.

Der Kaffee war gut. Er trank ihn in kleinen Schlucken und lehnte sich dabei an den Zaun. Das Drahtgeflecht gab leicht nach und stützte seinen Oberkörper federnd wie ein Trampolin. So schwebte er dort – nicht ganz aufrecht, Kaffee im Mund, Nebel im Gehirn. Dann löste der Nebel sich auf, und er begann nachzudenken.

Hauptsächlich über Frances und ihren geheimnisvollen Kontaktmann im Pentagon. Bloß ein Kerl, der mir verdammt viel schuldig ist, hatte sie gesagt. Mehr, als ihr euch vorstellen könnt.

Als er seinen Kaffee ausgetrunken hatte, sah Reacher einen schwachen Hoffnungsschimmer und die Umrisse eines neuen Plans. Erfolgschancen: ungefähr fifty-fifty. Besser als Roulette.

Um sechs Uhr war er wieder im Motel. Er wollte die anderen wecken, aber in ihren Zimmern meldete sich niemand. Also ging er den Sunset entlang und fand sie im Denny's. Er gesellte sich zu ihnen und bestellte Kaffee, Pfannkuchen, Schinken, Wurst, Eier, Toast.

„Du hast Hunger", stellte Karla fest. „Wo warst du?"

„Spazieren."

„Konntest du nicht schlafen?"

„Nicht dran zu denken."

Die anderen stocherten in ihrem Essen herum. Sie sahen müde und niedergeschlagen aus.

„Wann lassen wir die Bombe platzen?", fragte O'Donnell.

„Vielleicht gar nicht", antwortete Reacher. „Grundregeln: Hat Mahmoud die Fla-Raketen schon, ist diese Sache größer als wir. Dann müssen wir es einfach hinnehmen und die zuständigen Stellen alarmieren. Er ist ein Kriegsherr, der den gesamten Nahen Osten in eine Flugverbotszone verwandeln will, oder ein Terrorist, der eine Aktion plant, im Vergleich zu der der 11. September wie ein Tag am Strand aussehen wird. In beiden Fällen müssten wir mit Tausenden Toten rechnen. Vielleicht mit Zehntausenden. Zahlen in dieser Größenordnung haben vor unseren eigenen Interessen Vorrang. Einverstanden?“

Karla und Frances nickten, ohne ihn anzusehen.

O'Donnell seufzte. „Wir müssen wohl davon ausgehen, dass Mahmoud die Raketen hat.“

„Nein“, widersprach Reacher, „wir müssen davon ausgehen, dass er über die Elektronik verfügt. Ob er die Raketen und Abschussvorrichtungen schon hat, wissen wir nicht. Da stehen die Chancen fifty-fifty. Nur wenn er alles zusammenhat, müssen wir Alarm schlagen.“

„Wie kriegen wir das heraus?“

„Frances zapft ihren Kontakt im Pentagon an. Sie fordert alle Gefälligkeiten ein, die er ihr noch schuldet. Er organisiert draußen in Colorado eine Art Inventur. Fehlen dort Raketen, ist die Sache für uns zu Ende. Ist der Bestand allerdings noch komplett, geht das Spiel weiter.“

Frances sah auf ihre Uhr. Kurz nach sechs an der Westküste, kurz nach neun im Osten. Sie klappte ihr Handy auf und tippte eine Nummer ein.

Frances' Kontaktmann war nicht dumm. Er bestand darauf, sie von außerhalb des Gebäudes anzurufen – und auch nicht von seinem eigenen Handy. Und er war clever genug, um zu wissen, dass jedes Münztelefon in einer Meile Umkreis um das Pentagon ständig überwacht wurde. Deshalb mussten sie eine Stunde warten, bis er durch die halbe Stadt gefahren war, um von einem Telefon an der Außenwand einer Bodega in der New York Avenue aus zu telefonieren.

Dann begann der Spaß. Frances erklärte ihm, was sie wollte. Er nannte ihr alle möglichen Gründe dafür, weshalb das nicht möglich sei. Sie fing an, ihre Guthaben bei ihm einzufordern. Reacher empfand gewisses Mitleid mit ihm. Nachdem der Kerl endlich nachgegeben hatte, folgte eine logistische Diskussion. Frances schlug vor, Offiziere der CID – der Army-Einheiten zur Ermittlung von Straftaten – sollten unangemeldet vorfahren, um die Bücher mit dem Lagerbestand zu vergleichen. Ihr Kontaktmann war einverstanden und wollte eine Woche Zeit. Sie gab ihm vier Stunden.

Vier Stunden später hatte sie Neuigkeiten.

New Age besaß keine eigene Fabrik in Colorado. Nur ein Büro. Die Firma ließ die Little Wing von einem etablierten Betrieb der Luftfahrtindustrie in Denver in Lohnfertigung bauen. Ein CID-Offizier hatte sie besichtigt und gezählt, und das Endergebnis hatte genau dem Buchbestand entsprochen. Bloß, dass derzeit genau sechshundertfünfzig Raketen in einem sicheren Lagerhaus versandfertig verpackt darauf warteten, zu einer Einrichtung in Nevada gebracht zu werden, wo sie verschrottet werden sollten.

„Warum?“, fragte O’Donnell.

„Die laufende Produktion wird als Modell zwei bezeichnet“, erläuterte Frances. „Der Restbestand des Modells eins soll verschrottet werden.“

„Worin besteht der Unterschied?“

„Modell zwei hat außen einen kleinen Pfeil aus Leuchtfarbe. Um das Laden bei Dunkelheit zu erleichtern.“

„Das ist alles?“

„Richtig.“

„Das ist ein Schwindel!“

„Natürlich ist das ein Schwindel. Aber so sehen die Begleitpapiere legal aus, wenn Mahmouds Leute damit aus dem Lagerhaus fahren.“

Reacher nickte. Ein Wachposten am Tor des Lagerhauses würde bis zum Tod kämpfen, um den unbefugten Abtransport von Waffen zu verhindern. Waren die Begleitpapiere jedoch in Ordnung, würde er die Ladung mit einem Lächeln und fröhlich winkend passieren lassen. Selbst wenn als Begründung das Fehlen eines kleinen Leuchtpfeils auf etwas herhalten musste, das mehr kostete, als er im Jahr verdiente. Reacher hatte erlebt, dass das Pentagon Dinge aus lächerlicheren Gründen verschrottet hatte.

„Wie passt der Elektronikpack daran?“, fragte er.

„Hinein“, korrigierte Frances ihn. „Nicht daran. In die Seite der Rakete ist eine Zugriffsluke eingelassen. Man schraubt sie auf und setzt den Elektronikpack ein. Danach sind Tests und eine Kalibrierung notwendig. Im Einsatz wäre das ein Job für Spezialisten. Wir müssen davon ausgehen, dass Mahmoud dafür jemanden hat. Sie würden nicht fünfundsechzig Millionen Dollar ausgeben, ohne gezeigt zu bekommen, wie man die Dinger zusammensetzt.“

„Können wir den Versand stoppen?“

„Nicht ohne Alarm zu schlagen.“

„Ist dein Kerl im Pentagon dir noch etwas schuldig?“

„Ich denke schon.“

„Sag ihm, dass jemand dich in dem Augenblick benachrichtigen soll, in dem der Transport abgeht. Bis die Raketen in Mahmouds Hand sind, besitzen wir völlige Handlungsfreiheit.“

Von diesem Augenblick an wurde die Sache zu einem Wettlauf mit der Zeit. Sobald das Tor des Lagerhauses in Colorado sich öffnete, würde in L. A. eine Tür anderer Art krachend zufallen. Aber dafür waren zunächst exakte Ortsbestimmungen erforderlich. Der Glaswürfel von New Age in East L. A. war anscheinend nicht der Mittelpunkt des Ganzen. Dort stand auch kein Hubschrauber. Und sie brauchten genaue Identitäten. Sie mussten wissen, wer eingeweiht gewesen und wer geflogen war.

„Ich will sie alle“, sagte Reacher.

„Auch die Dragon Lady?“, fragte Frances.

„Bei der Dragon Lady angefangen. Sie hat mich belogen.“

Sie brauchten Ausrüstung, Kleidung, Nachrichtenmittel und weitere Fahrzeuge. Was Waffen betraf, hatten sie zwei Hardballers und die Daewoo DP 51 aus Vegas. Jeweils dreizehn Schuss für die Hardballers und elf für die Daewoo. Nicht mal annähernd genug.

Frances versicherte, Geld spiele keine Rolle. Aber das beeinflusste den Zeitfaktor kaum. Sie brauchten vier nicht nachweisbare Prepaidhandys, vier anonyme Autos und Einsatzkleidung. Das alles zu beschaffen würde einen Tag dauern. Dann benötigten sie Waffen und Munition. Dafür mussten sie einen weiteren Tag rechnen. Es gab in L. A. einen florierenden Schwarzmarkt für nicht registrierte Waffen, aber es würde Zeit kosten, bis zu den Händlern vorzudringen. Zwei Tage, um die Ausrüstung zu beschaffen. Vermutlich zwei weitere Tage für Überwachung und Recherchen.

„So viel Zeit haben wir nicht“, betonte Reacher.

Azhari Mahmoud hingegen hatte Zeit für einen gemächlichen Lunch, den er in einem Straßencafé in Laguna Beach einnahm. Er wohnte nicht weit entfernt in einem gemieteten Apartment. In dieser Wohnanlage wechselten die Mieter häufig. Es war nicht ungewöhnlich, dort U-Haul-Lastwagen über Nacht geparkt zu sehen.

Seine Geschäftspartner bei New Age hatten darauf bestanden, die Little Wing dürfe nicht in den Vereinigten Staaten eingesetzt werden. Dieser Bedingung hatte er bereitwillig zugestimmt. Er hatte gesagt, er beabsichtige, die Waffen an der Grenze in Kaschmir gegen die indische Luftwaffe einzusetzen. Natürlich eine Lüge. Aber es war sinnvoll gewesen mitzumachen, um allen Problemen aus dem Weg zu gehen. Deshalb hatte er die Umstände mit dem Seecontainer und der Lagerung im Hafen auf sich nehmen müssen. Aber in Südkalifornien gab es massenhaft Tagelöhner. Mahmoud nahm an, dass sie keine halbe Stunde brauchen würden, um den U-Haul zu beladen.

REACHER fuhr Frances mit dem erbeuteten Chrysler zu einer Filiale ihrer Bank in Beverly Hills. Eine Viertelstunde später kam sie mit fünfzigtausend Dollar in einer braunen Sandwichtüte heraus. Anderthalb Stunden später hatten sie Kleidung und Mobiltelefone: Prepaidhandys in einfachster Ausführung, dazu Kfz-Ladegeräte und Ohrhörer. Ihre neue Kleidung bestand aus grauen Jeans, grauen Jeanshemden und schwarzen Windjacken, die sie in einem Discountladen am Santa Monica Boulevard erwarben. Dazu kamen Handschuhe, Wollmützen und Stiefel aus einem Trekkingladen in der Melrose Avenue. Sie erstanden auch vier Stablampen von Maglite: hell genug, um nützlich zu sein, klein genug, um nicht zu behindern.

Sie zogen sich im Motel um und verbrachten zehn Minuten damit, in der Lounge ihre jeweiligen Handynummern zu speichern und auszuprobieren, wie man Konferenzgespräche führte. Dann brachen sie nach Nordwesten zum Van Nuys Boulevard auf, um sich Gebrauchtwagen anzusehen. Binnen vier Stunden war Frances' Budget für Autokäufe erschöpft, und sie besaßen nun vier gebrauchte Hondas. Zwei tiefergelegte weiße Civics und zwei tiefergelegte silbergraue Preludes. Alle vier waren klapprig, aber sie fuhren, ließen sich lenken und bremsen, und niemand würde sie eines zweiten Blickes würdigen.

Mit dem erbeuteten Chrysler hatten sie jetzt fünf Autos, die sie zum Sunset Boulevard bringen mussten, aber nur vier Fahrer. Also mussten sie zweimal los. Dann fuhren sie zum Abendessen nach Pasadena.

In einer belebten Straße fanden sie eine Burger-Bar, in der sie an einem Vierertisch Platz nahmen: je zwei und zwei gegenüber, Schulter an Schulter in ihren grauen Jeansklamotten – fast eine Art Uniform. Niemand sprach darüber, aber Reacher wusste, dass alle sich gut fühlten. Konzentriert, energiegeladen, mit hohem Einsatz spielend.

Die alte Einheit, wieder zusammen. Beinahe.

AM FOLGENDEN MORGEN übernahmen O'Donnell und Frances die erste Observation bei New Age. Reacher und Karla hatten den Auftrag, Waffen zu besorgen. Sie besprachen die Sache beim Frühstück. Natürlich dachten sie nicht daran, die Pistolen legal zu erwerben. Weder Reacher noch Karla kannten die in Kalifornien gültigen Bestimmungen, aber sie vermuteten beide, dass man sich als Käufer ausweisen und registrieren lassen musste, bevor man die Waffe, vielleicht erst nach Ablauf einer Wartefrist von einigen Tagen, bekam. Daher schlug Karla vor, in einen benachbarten Bezirk zu fahren, in dem die Republikaner stärker vertreten waren – also nach Süden in die Orange County. Gemeinsam würden sie Pfandhäuser aufsuchen und mit Frances' Bargeld winken, um die hoffentlich weniger strengen Bestimmungen dort zu umgehen.

Sie fuhren gleich nach dem Frühstück los. Karla wollte es erst in Tustin versuchen. Sie hatte Schlimmes darüber gehört, oder Gutes, je nach Standpunkt.

„Was hast du vor, wenn dies alles vorüber ist?", fragte sie Reacher.

„Hängt davon ab, ob ich überlebe."

„Zweifelst du daran?"

„Wir sind nicht mehr so gut wie früher. Die anderen waren es jedenfalls nicht."

„Hättest du Lust, anschließend in New York vorbeizuschauen?"

„Würd ich gern."

„Aber?"

„Ich mache keine Pläne, Karla."

„Warum nicht?"

„Darüber habe ich schon mit Dave gesprochen."

„Leute machen Pläne."

„Ja, ich weiß. Leute wie Calvin Franz. Und Jorge Sanchez. Und Manuel Orozco. Und Tony Swan. Er wollte seinem Hund in den kommenden vierundfünfzigeinhalb Wochen jeden Tag eine Vierteltablette Aspirin geben."

FÜNFZIG KILOMETER nördlich von ihnen stand Azhari Mahmoud leicht schwitzend in der Sonne und verfolgte, wie der Seecontainer leer und sein U-Haul-Lastwagen voll wurde. Die Kartons waren kleiner als erwartet. Natürlich, sagte er sich, weil die Einheiten, die sie enthielten, kaum größer als Zigarettenpackungen waren. Sie als DVD-Player zu deklarieren war töricht gewesen, fand er. Außer sie gingen als persönliche DVD-Player durch, wie Leute sie an Bord von Flugzeugen mitnahmen.

Dann lächelte er in sich hinein. *Flugzeuge.*

Sieben Glocks. Eine war eine Glock 19. Die anderen sechs waren Glock 17, in gutem bis neuwertigem Zustand.

Aus Reachers Art von Laden, im billigsten Viertel der Stadt. Er hatte den größten Teil von Frances' Geld aus der Tasche gezogen, die Scheine aufgefächert und aus einer gewissen Höhe auf die Theke fallen lassen, sodass es befriedigend dumpf klatschte. Gebrauchte Scheine in größerer Menge waren schwerer, als die meisten Leute dachten.

Sie hielten bei einem zweiten Waffengeschäft und kauften Munition. Dann fuhren sie nach Norden zurück. Der Verkehr stockte immer wieder. Ungefähr auf der Höhe von Anaheim kam ein Anruf von O'Donnell in East L. A.

„Hier passiert nichts", teilte er Reacher mit. „Keinerlei Aktivitäten. Du hättest sie nicht aus Vegas anrufen sollen. Damit hast du sie in Panik versetzt. Jetzt haben sie sich komplett eingeigelt. Wir sind seit fünf Uhr hier, und in dieser Zeit ist keiner reingegangen."

„Nicht mal die Dragon Lady?"

„Negativ."

„Ich hatte gehofft, ihr könntet jemandem hinüber zu dem Herstellungsbetrieb folgen."

„Das wird nicht passieren."

„Genug", entschied Reacher. „Zurück zum Stützpunkt. Wer zuletzt ankommt, zahlt das Mittagessen."

Er selbst kam als Letzter an. Alle anderen Hondas standen auf dem Parkplatz, als er und Karla eintrafen. Dann gingen sie zu Fuß ins Denny's. Dort entdeckte Reacher als Erstes Curtis Mauney, der mit Frances und O'Donnell an einem runden Tisch saß. Reacher und Karla setzten sich dazu.

Nach kurzem gespanntem Schweigen sagte Mauney: „So sieht man sich wieder." Seine Stimme klang sanft. Ruhig. Mitfühlend.

„Sanchez oder Swan?", fragte Reacher.

„Dazu kommen wir gleich. Erzählen Sie mir erst, weshalb Sie sich verstecken."

„Wer sagt, dass wir uns verstecken?"

„Sie wohnen unter falschem Namen in einer Bruchbude in West Hollywood. Aber es war nicht schwierig, Sie aufzuspüren. Der Angestellte an der Rezeption hat geplaudert. Als Gruppe sind Sie physisch relativ auffällig."

„Sanchez oder Swan?", wiederholte Reacher.

„Tony Swan."

„Wo?"

„Im selben Gebiet."

„Einwandfrei identifiziert?"

„Er hat auf dem Rücken gelegen, mit hinter dem Körper gefesselten Händen. Seine Fingerabdrücke waren gut erhalten. Die Geldbörse steckte in der Hüfttasche. Mein aufrichtiges Beileid."

Die Bedienung kam herbei. Sie registrierte die Stimmung am Tisch und ging wieder.

„Warum verstecken Sie sich?", fragte Mauney abermals.

„Sie haben uns als Köder hergelockt. Wir wollen es den Leuten, die es vielleicht auf uns abgesehen haben, nicht zu leicht machen."

„Sie wissen noch nicht, wer sie sind?"

„Wissen Sie's?"

„Keine Vergeltung auf eigene Faust, okay?"

„Wir befinden uns hier am Sunset Boulevard, der nicht in Ihrem Revier liegt. Sprechen Sie auch für Ihre Kollegen vom Los Angeles Police Department?"

„War nur ein freundschaftlicher Rat."

„Zur Kenntnis genommen."

„Andrew MacBride ist in Vegas verschwunden. Aber ein Kerl namens Anthony Matthews hat einen U-Haul-Lastwagen gemietet."

„Der letzte Name auf Orozcos Liste."

Mauney nickte. „Endspiel."

„Wohin ist er damit gefahren?"

„Keine Ahnung." Mauney legte vier Visitenkarten auf die Tischplatte. Die Karten trugen seinen Namen und seine Telefonnummer. „Rufen Sie mich an. Vielleicht brauchen Sie Hilfe. Sie haben es hier nicht mit Amateuren zu tun. Tony Swan hat wie ein tougher Kerl ausgesehen – das, was noch von ihm übrig war."

Mauney verließ das Lokal. Kurz darauf kam die Bedienung zurück. Reacher konnte sich vorstellen, dass auch den anderen der Appetit vergangen war, aber sie bestellten trotzdem alle etwas. Aus alter Gewohnheit: *Iss, wenn du kannst*. Damit wäre Swan sehr einverstanden gewesen. Er hatte überall und jederzeit gegessen.

Niemand sprach. Draußen schien strahlend hell die Sonne. Reacher aß mechanisch, ohne überhaupt wahrzunehmen, was auf seinem Teller lag.

„Sollen wir wieder umziehen?", fragte Karla nach einer Weile.

„Mir gefällt nicht, dass der Kerl an der Rezeption uns verpfiffen hat", setzte O'Donnell hinzu.

„Wir brauchen nicht umzuziehen“, erklärte Reacher. „Mauney stellt keine Gefahr für uns dar. Und ich möchte es gleich erfahren, wenn sie Sanchez finden.“

„Wie geht’s also weiter?“, erkundigte sich Karla.

„Wir ruhen uns aus“, erwiderte er. „Nach Einbruch der Dunkelheit statten wir New Age einen Besuch ab. Es wird Zeit, aktiv zu werden.“

Er ließ Trinkgeld auf dem Tisch liegen und zahlte ihre Rechnung an der Kasse. Dann machten sie sich auf den Rückweg ins Dunes.

Sie versammelten sich in Reachers Zimmer, um die erworbenen Pistolen zu begutachten. Karla nahm die Glock 19 und erklärte, sie sei damit zufrieden. Aus den übrigen sechs Waffen suchte O’Donnell für sich und die anderen die drei besten Glock 17 heraus. Sie nahmen auch die Magazine der drei ausgesonderten Waffen dazu.

„Mit welchen Sicherheitsvorkehrungen müssen wir bei New Age rechnen?“, fragte Reacher.

„Mit modernsten Schlössern“, antwortete Frances, „und einer Alarmsicherung am Tor. Ich vermute, dass der Türöffner am Eingang nachts als Bewegungsmelder fungiert und diese Tür zusätzlich gesichert ist. Dazu kommen bestimmt massenhaft Bewegungsmelder und vielleicht zusätzliche Einbruchssicherungen an einzelnen Bürotüren. Alle mit telefonischer Alarmierung nach draußen.“

„Und wer wird darauf reagieren?“

„Das ist eine sehr gute Frage. Nicht die Cops, nehme ich an. Die sind ihnen nicht gut genug. Ich vermute, dass ein etwaiger Alarm direkt an den eigenen Sicherheitsdienst geht.“

„Wie viel Zeit bleibt uns, sobald wir durch die Sperre am Tor sind?“

„Wer sagt, dass wir da durchkommen? Wir haben keinen Schlüssel, und ein Schloss dieser Art lässt sich nicht mit einem rostigen Nagel öffnen.“

„Lass das meine Sorge sein. Wie viel Zeit bleibt uns, wenn wir drinnen sind?“

„Zwei Minuten. Unter solchen Umständen ist die Zweiminutenregel die einzig verlässliche Komponente.“

„Okay. Wir fahren um ein Uhr morgens los. Abendessen um sechs. Ruht euch ein bisschen aus.“

Die anderen drei gingen zur Tür. Reacher folgte ihnen mit den Schlüsseln des geraubten Chryslers in der Hand. Frances sah ihn fragend an.

„Den brauchen wir nicht mehr“, erklärte er. „Ich werde ihn zurückgeben. Aber vorher lasse ich ihn waschen. Wir sollten uns zivilisiert benehmen.“

NIEMAND hatte Lust, zum Abendessen ins Denny's zu gehen. Also ließen sie sich stattdessen Pizza kommen und verzehrten sie in der schäbigen Lounge.

„Einsatzziele für heute Nacht?", fragte O'Donnell.

„Drei", erläuterte Reacher. „Erstens: Karla durchsucht die Empfangstheke nach etwas Nützlichem. Zweitens: Frances findet das Büro der Dragon Lady und durchsucht es. Du und ich nehmen uns die übrigen Büroräume vor. Hundertzwanzig Sekunden, rein und raus. Drittens: Wir identifizieren die Sicherheitsleute, wenn sie aufkreuzen."

„Bleiben wir anschließend noch da?"

„*Ich* bleibe", antwortete Reacher. „Ihr anderen fahrt zurück."

Er ging in sein Zimmer, putzte sich die Zähne und duschte lange heiß. Dann streckte er sich auf dem Bett aus und machte ein Nickerchen. Seine innere Uhr weckte ihn pünktlich um halb eins morgens. Er putzte sich erneut die Zähne und zog sich an. Graue Jeans, graues Jeanshemd, schwarze Windjacke, Reißverschluss ganz hochgezogen. Stiefel fest geschnürt. Handschuhe angezogen. Die Chryslerschlüssel in einer Hosentasche, das Reservemagazin seiner Glock in der anderen. Das in Vegas erbeutete Handy in einer Brusttasche seines Hemdes, sein eigenes Handy in der anderen. Die Maglite in einer Jackentasche, die Glock in der anderen. Sonst nichts.

Er ging auf den Parkplatz hinaus. Die anderen waren schon da: eine schemenhafte Dreiergruppe, die sich von allen Lichtquellen fernhielt.

Reacher nickte O'Donnell und Frances zu. „Ihr beiden fahrt eure Civics." Er wandte sich an Karla. „Du fährst meinen Prelude, stellst ihn in der Nähe ab, Fahrtrichtung Westen, und lässt den Schlüssel stecken. Dann kommst du mit Dave zurück."

„Willst du den Chrysler wirklich dort zurücklassen?", fragte sie.

„Wir brauchen ihn nicht."

„Er ist voller Fingerabdrücke, Haare und Fasern."

„Jetzt nicht mehr. Dafür hat ein Haufen Burschen in einer Waschanlage an der Van Nuys gesorgt. Also los jetzt!"

Sie schlugen wie Baseballspieler die Fäuste leicht aneinander, ein altes Ritual, dann verteilten sie sich auf ihre Fahrzeuge. Reacher setzte sich ans Steuer des Chryslers, ließ den Motor an und fuhr auf die Straße hinaus. Im Rückspiegel sah er drei helle Scheinwerferpaare hinter sich aufgereiht. Ein improvisierter kleiner Konvoi.

In der großen Stadt wurde es ruhig, sobald sie am MacArthur Park vorbei den Freeway 110 erreichten. Schließlich verließen sie ihn und tauchten in das Straßenlabyrinth östlich davon ein. Drei Straßen vor dem Glaswürfel von New Age wurde Reacher langsamer, damit die anderen zu ihm aufschließen konnten. Vorsichtshalber drehte er mit ihnen in einem Straßenblock Abstand eine Runde um das Gebäude. Die dekorativen Bäume auf dem Parkplatz wurden von Tiefstrahlern angeleuchtet, deren Licht zum Teil die verspiegelte Fassade zurückwarf. Der Bandstacheldraht auf dem Zaun sah bei Nacht dunkelgrau aus. Das Haupttor war geschlossen.

Reacher streckte einen Arm aus dem Fenster und ließ seinen behandschuhten Zeigefinger kreisen. *Noch eine Runde*. Nach drei Vierteln davon deutete er auf den Randstein, an dem sie parken sollten. Sie stellten ihre Motoren ab und stiegen aus. O'Donnell machte sich die Mühe, bis ans Tor zu gehen, kam zurück und berichtete: „Das Schloss ist verdammt groß."

Reacher saß weiter am Steuer des Chryslers, dessen Motor im Leerlauf brummte. Sein Fenster stand immer noch offen. „Je größer sie sind, desto tiefer fallen sie", sagte er.

„Versuchen wir, lautlos reinzukommen?"

„Nicht sehr", erwiderte Reacher. „Wir treffen uns am Tor."

Die anderen gingen voraus, und er ließ den Chrysler langsam hinter ihnen herrollen. Vor dem Tor war eine Haltebucht angelegt, damit ankommende Fahrzeuge warten konnten, ohne die Straße zu versperren. Reacher bog auf die Ausweichstelle ab und rangierte mehrmals hin und her, bis die vordere Stoßstange des Chryslers fast das Tor berührte. Dann fuhr er rückwärts, bis er spürte, dass der gegenüberliegende Randstein die Hinterreifen blockierte. Mit dem linken Fuß auf dem Bremspedal stellte er den Wählhebel wieder auf D und fuhr alle vier Fenster herunter.

„Gleich fängt die Uhr an zu ticken!", rief er. „Zwei Minuten!"

Er ließ den Fuß auf dem Bremspedal und gab Vollgas, bis der ganze Wagen zitterte und bebte. Dann nahm er abrupt den Fuß weg, sodass der Chrysler nach vorn schoss. Er legte die kurze Strecke mit quietschenden, durchdrehenden, rauchenden Reifen zurück und krachte frontal gegen das Tor. Das Schloss gab sofort nach und das Tor sprang auf, während sich in dem Chrysler ungefähr ein Dutzend Airbags öffneten. Reacher lenkte mit einer Hand und hielt sich den anderen Arm schützend vors Gesicht. Die vier offenen Fenster ließen den Entfaltungsknall entweichen und retteten seine Trommelfelle. Vor ihm an der Außenwand des Gebäudes begann eine blaue Blinkleuchte zu blitzen.

Reacher beschleunigte wieder mit durchdrehenden Reifen, lenkte mit beiden Händen und zielte auf die Eingangstür. Als er sie erreichte, war er fast achtzig Stundenkilometer schnell. Die Vorderräder prallten so heftig gegen die niedrige Stufe, dass der ganze Wagen abhob und die Tür kniehoch über dem Boden durchstieß. Glas zersplitterte, der Türrahmen wurde herausgerissen, und der Chrysler schlitterte über den Schieferboden, demolierte die Empfangstheke und kam, bis zum unteren Rand der Frontscheibe mit Trümmern bedeckt, zum Stehen.

Reacher löste seinen Gurt und stieß die Tür auf. Zwängte sich aus dem Wagen. Überall um ihn herum flammten kleine weiße Blitzleuchten auf. Eine Sirene heulte. Er verfolgte, wie die anderen von draußen hereingestürmt kamen. Karla verschwand hinter der Empfangstheke, O'Donnell und Frances waren zur Einmündung des Korridors unterwegs, aus dem die Dragon Lady zweimal aufgetaucht war. Die hellen Lichtstrahlen ihrer Stablampen hüpften vor ihnen durch wirbelnde weiße Staubwolken. Reacher zog seine Maglite aus der Jacke und folgte ihnen.

Einundzwanzig Sekunden abgelaufen.

Auf halber Länge des Korridors passierte er zwei Aufzüge. Aber er riss die Treppenhaustür daneben auf. Nahm immer zwei Stufen auf einmal. Im Treppenhaus war das Heulen der Alarmsirene unerträglich laut. Er stürmte in den Korridor im ersten Stock. Die durch den Alarm ausgelösten Blitzleuchten verwandelten den Flur in eine höllische Disco. Bürotüren aus Ahorn führten vom Korridor ab. An den Türen waren Namensschilder befestigt. Frances war dabei, eine Tür mit dem Schild MARGARET BERENSON einzutreten. Die Tür gab nicht nach. Frances zog ihre Glock und gab drei Schüsse auf das Schloss ab. Als sie noch einmal gegen die Tür trat, schwang diese schief nach innen auf. Frances verschwand in dem Büro.

Reacher hetzte weiter. *Zweiundfünfzig Sekunden abgelaufen.*

Er lief an einer Tür mit dem Namensschild ALLEN LAMAISON vorbei. Sechs Schritte weiter kam die nächste Tür: ANTHONY SWAN. Er trat an die gegenüberliegende Wand, holte mit dem rechten Bein aus und traf die Tür mit einem gewaltigen Absatzkick knapp über dem Schloss. Das Ahornholz splitterte, und er warf sich mit einer Schulter dagegen, sprengte sie auf und taumelte über die Schwelle.

Dreiundsechzig Sekunden abgelaufen.

Er stand reglos da und ließ den Lichtstrahl seiner Stablampe durch das Büro seines toten Freundes gleiten. Es wirkte, als wäre Swan nur eben mal zum Mittagessen gegangen. An einem Kleiderständer hing seine Jacke. Reacher sah Aktenschränke, Telefone, einen Computer auf dem Schreibtisch. Kugelschreiber und Bleistifte. Und einen Briefbeschwerer auf einem Papierstapel. Ein faustgroßer, unregelmäßig geformter Klumpen ostdeutschen Betons, grau, mit schwachen Spuren eines aufgesprühten rot-blauen Graffitos. Reacher steckte den Briefbeschwerer ein. Rollte auch die Papiere zusammen, die darunter gelegen hatten, und schob sie in die andere Tasche.

Neunundachtzig Sekunden abgelaufen.

Er trat ans Fenster. Erspähte im Halbdunkel unter sich Karla, die schon wieder in Richtung Tor unterwegs war. Ihre graue Jeans und das Jeanshemd waren mit weißem Staub bedeckt. Sie sah wie ein Gespenst aus. Sie hielt Papiere in der Hand und trug ein weißes Ringbuch unter den Arm geklemmt. Die Blinkleuchte über dem Eingang tauchte sie in bläuliche Lichtblitze.

Noch sechsundzwanzig Sekunden.

Er sah O'Donnell unten wegrennen, als flüchtete er aus einem brennenden Haus: mit Riesenschritten, erbeutete Unterlagen an seine Brust gedrückt. Und eine Sekunde später Frances, die mit zwei Packen Schnellheftern in ihren Händen hinter ihm herspurtete, sodass ihr langes schwarzes Haar flatterte.

Noch neunzehn Sekunden.

Er durchquerte das Büro und berührte die am Kleiderständer hängende Jacke sanft an der Schulter, als steckte Swan noch darin. Dann setzte er sich in den Ledersessel hinter dem Schreibtisch.

Noch zwölf Sekunden.

Reacher sah in das irre Blitzen auf dem Korridor hinaus und wusste, dass er einfach nur zu warten brauchte. Früher oder später, vielleicht in weniger als einer Minute, würden die Männer aufkreuzen, die seinen Freund ermordet hatten. Er konnte einfach hier sitzen bleiben und sie nacheinander umlegen.

Noch fünf Sekunden.

Nur konnte er das natürlich nicht. Ihm war klar, dass es keine zuverlässige Methode gab, die richtigen Männer zu erwischen, bevor er von Tränengas und dem benachrichtigten Sondereinsatzkommando überwältigt würde.

Noch eine Sekunde.

Er schoss aus dem Sessel hoch, stürzte durch die zertrümmerte Tür und schlug einen doppelten Haken: links auf den Korridor hinaus und rechts ins Treppenhaus. Das Erdgeschoss erreichte er etwa zehn Sekunden über der

Zeit und rannte mit vierzig Sekunden Verspätung auf die Straße hinaus und auf den silbergrauen Prelude zu, der hundert Meter weit entfernt stand. Schwer keuchend warf er sich in den Wagen, knallte die Fahrertür zu und sah in der Ferne ein Scheinwerferpaar, das sehr schnell auf ihn zukam.

11

Insgesamt drei Limousinen kreuzten auf. Sie kamen herangerast, hielten kreuz und quer vor dem aufgesprengten Tor auf der Straße und blieben dort stehen: mit laufenden Motoren und aufgeblendeten Scheinwerfern. Drei nagelneue Chrysler 300C, dunkelblau, ziemlich identisch mit dem, der schon im Eingangsbereich der Firmenzentrale „geparkt" war.

Fünf Männer stiegen aus. Reacher war von den Scheinwerfern geblendet, konnte nicht allzu viele Einzelheiten erkennen. Aber ein schlanker Mann in einem Regenmantel schien das Kommando zu haben. Er starrte das demolierte Tor an und bedeutete den anderen, sie sollten sich davon fernhalten, als wäre es irgendwie gefährlich.

Ein ehemaliger Cop, dem es instinktiv widerstrebt, einen ungesicherten Tatort betreten zu lassen.

Dann verschwanden die fünf Männer hinter ihren Wagen. Die Motoren wurden abgestellt, die Scheinwerfer gingen aus, und auf der Straße herrschte wieder Halbdunkel.

Sie glauben, dies könnte ein Hinterhalt sein.

Reacher beobachtete sie, bis seine Augen sich an das Halbdunkel gewöhnt hatten. Dann zog er das aus Vegas mitgebrachte Handy aus der Tasche, rief die letzte Nummer auf und drückte die Anruftaste.

Wider Erwarten reagierte keiner der fünf Kerle darauf. Das Freizeichen war weiter zu hören, dann schaltete sich der Anrufbeantworter ein. Reacher unterbrach die Verbindung und wählte die Nummer noch mal – mit dem gleichen Ergebnis. Es war undenkbar, dass ein Sicherheitsdirektor im Alarmfall ausrückte, ohne sein Mobiltelefon eingeschaltet zu haben. Deshalb war keiner dieser fünf Männer der Sicherheitsdirektor von New Age. Auch der im Regenmantel nicht. Er war bestenfalls die Nummer drei, wenn man Swan als Nummer zwei berücksichtigte. Und er benahm sich wie eine Nummer drei, war langsam und schwerfällig. Hatte kein taktisches Gespür. Drei schwere Limousinen und vier Mann zur Verfügung. Sein Problem hätte längst gelöst sein müssen.

Zivilisten!, dachte Reacher. Er ließ den Motor an und fuhr davon.

PUNKT DREI UHR MORGENS fanden sie sich wieder in O'Donnells Zimmer ein. Die erbeuteten Dokumente lagen in drei ordentlichen Stapeln auf dem Bett. Reacher zog Swans Papiere aus der Tasche und legte sie daneben. Sie waren nicht sonderlich interessant. Obenauf lag ein Vorschlag zur Überstundenregelung für sein Sekretariat.

Auch O'Donnells Material war nicht sehr interessant, aber es bewies, dass der Glaswürfel ein reines Verwaltungszentrum war, das ohne strenge Sicherheitsvorkehrungen auskam, weil es dort kaum Wertvolles zu entwenden gab. Das Gebäude enthielt nur den Verwaltungsapparat von New Age Defense Systems. Was die Suche nach der Fertigungsstätte umso dringlicher machte.

In dieser Beziehung unterschied sich die Beute Karlas gewaltig. Sie hatte die zertrümmerte Empfangstheke durchsucht und einen Fund gemacht, der Gold wert war. In einer zersplitterten Schublade hatte sie das Telefonverzeichnis von New Age entdeckt: ein dicker Blätterstapel in einem weißen Ringbuch. Ganz vorn gab es ein Organigramm, das alle Abteilungen der Firma zeigte. In Kästchen standen Namen, und Striche verbanden diese durch die einzelnen Hierarchien nach unten. An der Spitze des Sicherheitsdienstes stand ein Mann namens Allen Lamaison. Seine Nummer zwei war Tony Swan gewesen. Unter Swan führten zwei Striche zu zwei anderen Männern, unter denen dann wieder fünf weitere standen. Von denen einer Saropian geheißen hatte und jetzt so tot wie Tony Swan war. Insgesamt neun Männer, zwei davon tot, sieben übrig.

„Sieh mal ganz hinten nach", sagte Karla.

Im letzten Teil fanden sich Kundennummern für FedEx, UPS und DHL, dazu die vollständigen Adressen und Telefonnummern des New-Age-Betriebs in East L. A. und des Vertragsbüros in Colorado.

Und bizarrerweise eine dritte Adresse mit einer fett gedruckten und doppelt unterstrichenen Anmerkung: KEINE LIEFERUNGEN AN DIESE ANSCHRIFT.

Die dritte Adresse war die des Betriebs, der die Elektronikpacks baute. Er lag auf halber Strecke zwischen Glendale und South Pasadena in Highland Park, vierzehn Kilometer östlich ihres Motels.

„Jetzt ein paar Seiten zurück", sagte Karla.

Reacher blätterte zurück. Dieser Abschnitt enthielt alle Nebenstellennummern in Highland Park.

„Sieh unter P nach", forderte Karla ihn auf.

Ziemlich in der Mitte stand der Eintrag PILOTENBÜRO.

„Wir haben den Hubschrauber gefunden!“, verkündete Karla.

Reacher lächelte ihr zu. Sein altes Team. Hätte er sie nach Atlanta geschickt, wären sie mit der Coca-Cola-Rezeptur zurückgekommen.

Frances hatte die Personalakten des gesamten Sicherheitsdienstes mitgenommen. Neun Dossiers. Reacher begann ganz oben mit Allen Lamaison. Auf der ersten Seite klebte ein Polaroidfoto von ihm. Ein muskulöser, stiernackiger Mann mit ausdruckslosen schwarzen Augen und auffällig kleinem Mund. Die Angaben zur Person besagten, dass er zwanzig Jahre lang beim Los Angeles Police Department gearbeitet hatte, die letzten zwölf in der Raub- und Mordkommission. Er war 49 Jahre alt.

Dann nahm Reacher sich die beiden Männer vor, die sich die dritte Position in der Hierarchie teilten. Der erste hieß Lennox. Einundvierzig, früher beim LAPD, grauer Bürstenschnitt, stämmig, fleischiges rotes Gesicht. Der zweite Typ war der Mann im Regenmantel. Er hieß Parker. Zweiundvierzig, früher beim LAPD, groß, schlank, mit blassem, hartem Gesicht.

„Sie kommen alle aus dem LAPD“, hob Frances hervor. „Den Unterlagen nach haben sie alle ungefähr gleichzeitig gekündigt.“

„Kann dein Assistent in Chicago uns ihre Lebensläufe beschaffen?“

Während sie ihr Handy aufklappte, um ihrem Mitarbeiter auf den Anrufbeantworter zu sprechen, sah Reacher sich die Fotos der übrigen vier Fußsoldaten an. Dann legte er ihre Dossiers und das über Parker auf einen Stapel. „Diese fünf habe ich heute Nacht gesehen“, sagte er.

„Wie waren sie?“, erkundigte sich O'Donnell.

„Miserabel. Richtig dumm und langsam.“

„Wie konnten wir vier Leute durch solche Luschen-Cops verlieren?“

„Weiß ich nicht.“

Zuletzt schlug Reacher Tony Swans Personalakte auf. Allerdings kam er nur bis zu dem Polaroidfoto. Es war viel schärfer als Mauneys Standbild von der Überwachungskamera. Swans Haar war dünner geworden und sah staubig grau aus. Er hatte starke Tränensäcke unter den Augen. Sein Hals wirkte noch dicker als früher. Reacher staunte darüber, dass es überhaupt Hemden in dieser Kragenweite gab. Wie Autoreifen.

„Wie geht's weiter?“, fragte Karla in die Stille hinein.

Reacher wusste, dass sie nur etwas fragte, um seine Gefühle zu schonen. Er klappte das Dossier zu. „Wer war eingeweiht, wer ist geflogen? Das müssen wir rauskriegen. Alle anderen dürfen noch ein bisschen länger leben. Dave und du kundschaftet den Betrieb in Highland Park aus. Frances und ich fahren nach East L. A. zurück.“

SIE VERLIESSEN das Motel um fünf Uhr morgens, lenkten ihre Hondas einhändig und telefonierten miteinander, wie es die meisten Pendler taten.

Reacher meinte, bestimmt seien Lamaison und Lennox bei dem Alarm sofort nach Highland Park hinausgefahren, um sicherzustellen, dass dort alles in Ordnung sei. Und da dem so sei, würden die beiden bei Morgengrauen am eigentlichen Tatort in East L. A. eintreffen, entscheiden, dass dort heute nicht gearbeitet werden könne, und allen einen Tag freigeben. Nur den Abteilungsleitern nicht, die bleiben müssten, um die Schäden zu registrieren und Listen mit den entwendeten Gegenständen aufzustellen.

Frances stimmte seiner Analyse zu. Und sie begriff den nächsten Teil des Plans, ohne nachfragen zu müssen, was einer der Gründe war, weshalb Reacher sie so mochte.

Sie parkten in hundert Meter Abstand zur New-Age-Zentrale auf verschiedenen Straßen, ohne die Absicht, sich zu verstecken. Zwei von vielen Autos, die hier überall standen. Die Sonne ging gerade auf. Ein Abschleppwagen war rückwärts an den demolierten Eingangsbereich von New Age herangefahren. Sein Stahlseil führte ins dunkle Innere. Der Kerl namens Parker war noch immer da und leitete die Bergung. Er hatte einen Fußsoldaten bei sich. Reacher vermutete, dass die drei anderen nach Highland Park geschickt worden waren, um Lamaison und Lennox abzulösen.

Das Stahlseil des Abschleppwagens straffte sich ruckend. Der dunkelblaue Chrysler kam rückwärts aus dem Foyer – sehr viel langsamer, als er hineingerast war. Er hatte Kratzer im Lack und einen Frontschaden. Insgesamt sah er jedoch erstaunlich gut aus. Er wurde auf die Stellfläche gezogen, wo der Fahrer die Räder mit Spanngurten sicherte, bevor er davonfuhr.

Sobald der Unfallwagen das Firmengelände verlassen hatte, traf sein unbeschädigter Zwilling ein. Ein weiterer blauer 300C, aus dem Allen Lamaison stieg, um das aufgesprengte Tor zu begutachten.

Reacher erkannte ihn sofort anhand des Fotos in seinem Dossier. In Person war er einen Meter achtzig groß und wog vermutlich etwas über hundert Kilo. Breite Schultern, schmale Hüften, dünne Beine. Er wirkte schnell und beweglich, trug einen grauen Anzug mit weißem Hemd und roter Krawatte. Obwohl es nicht windig war, hielt er die Krawatte mit einer Hand flach an seine Brust gedrückt. Er kletterte in den Wagen zurück, fuhr bis zum Gebäude weiter und stieg kurz vor dem demolierten Eingang wieder aus.

Nur um sicherzugehen, zog Reacher das aus Vegas mitgenommene Handy heraus und drückte die Wahlwiederholung.

Lamaison griff sofort in seine Tasche und brachte ein Handy zum Vorschein. Als er die Telefonnummer auf dem Display sah, erstarrte er.

Erwischt, dachte Reacher.

Er erwartete keine Antwort, aber Lamaison nahm den Anruf entgegen und fragte: „Was?"

„Wie läuft Ihr Tag?", erkundigte sich Reacher.

„Er hat gerade erst angefangen", antwortete Lamaison.

„Wie war Ihre Nacht?"

„Ich bringe Sie um! Wo sind Sie?"

„Wir haben L. A. vorsichtshalber verlassen. Aber wir kommen zurück. Sie sollten sich angewöhnen, ab jetzt immer auf der Hut zu sein." Reacher unterbrach die Verbindung.

Zehn Minuten später kreuzte Lennox in einem weiteren dunkelblauen 300C auf. Schwarzer Anzug, grauer Bürstenschnitt, stämmig, fleischiges rotes Gesicht. Die zweite Nummer drei, Parker gleichgestellt. Er trug ein Papptablett mit Kaffeebechern und verschwand damit im Gebäude.

Fünfzig Minuten später traf Margaret Berenson in einem silbergrauen Toyota ein. Sie parkte sorgfältig auf einem Platz in der Nähe des Eingangs. Dann arbeitete sie sich durch die Trümmer in das Gebäude vor. Zwei weitere Manager kreuzten auf, und Parker ließ sie ein.

Danach wurde es auf dem Gelände ruhig, und diese Ruhe hielt über zwei Stunden an.

Ungefähr in der Mitte dieser Wartezeit rief Karla aus Highland Park an. O'Donnell und sie waren seit kurz vor sechs auf ihrem Beobachtungsposten. Sie hatten verfolgt, wie Lamaison und Lennox weggefahren und Arbeiter gekommen waren. Um sich einen Gesamteindruck zu verschaffen, waren sie mit zwei Blocks Abstand einmal rund um die Fabrik gefahren.

„Dies ist der richtige Laden", erklärte Karla. „Mehrere Gebäude, kaum überwindbarer Zaun. Und nach hinten raus gibt's einen Hubschrauberlandeplatz mit einem Hubschrauber darauf – einer weißen Bell 222."

UM HALB ZEHN MORGENS verließ die Dragon Lady das Gebäude und ging zu ihrem Toyota.

Reachers Handy klingelte. „Fahren wir beide?", fragte Frances.

„Unbedingt", antwortete er. „Du dicht dran, ich dahinter. Los!"

Er streifte seine Handschuhe über und startete den Motor des Hondas im selben Augenblick, in dem Margaret Berenson den ihres Toyotas anließ.

Reacher fuhr zwanzig Meter, wendete in der Einmündung der nächsten Seitenstraße und rollte langsam am Zaun von New Age entlang zurück. Margaret Berenson war in flottem Tempo über den Parkplatz in Richtung Tor unterwegs. Einen Straßenblock entfernt sah Reacher Frances' weißen Civic. Margaret Berenson brauste durch das demolierte Tor und bog nach links ab. Frances setzte sich dreißig Meter hinter sie. Reacher fuhr langsamer und setzte sich ungefähr siebzig Meter hinter Frances.

Aus dem tiefergelegten Prelude hatte man nicht die beste Sicht, aber die meiste Zeit konnte Reacher den silbergrauen Toyota vor ihnen gut erkennen. Die Dragon Lady blieb deutlich unter der zulässigen Höchstgeschwindigkeit. Vielleicht war sie in Gedanken. Oder die Unfallnarben waren in ihrer Erinnerung ausgeprägter als in ihrem Gesicht. Sie bog nach rechts, fuhr in Richtung Nordosten. Bog links ab nach South Pasadena.

An der Gemeindegrenze änderte die Straße ihren Namen in Via Del Rey. Ein hübscher Name, ein hübscher Ort. Der kalifornische Traum. Sanfte Hügel, kurvenreiche Straßen, ewige Blüte. Margaret Berenson bog erst links, anschließend rechts ab und fuhr in eine ruhige Wohnstraße, die eine Sackgasse war. Reacher erhaschte im Vorbeifahren einen kurzen Blick auf hübsche kleine Häuser in der Morgensonne. Er hielt dreißig Meter nach der Einmündung hinter Frances an.

„Jetzt?", fragte sie übers Handy.

„Jetzt", bestätigte Reacher.

Sie stiegen aus, sperrten ab und liefen los. Bogen in die Sackgasse ein, umrundeten eine Kurve und sahen, wie das Garagentor eines Hauses auf der rechten Straßenseite geöffnet wurde. Margaret Berensons Toyota stand in der asphaltierten Einfahrt. Das Haus wirkte klein und gepflegt. Über dem Garagentor hing ein Basketballkorb. Drinnen sahen sie ein Fahrrad, ein Skateboard, einen Baseballschläger.

Die Bremsleuchten des Toyotas gingen aus, dann kroch er vorwärts. Frances spurtete los. Sie schaffte es bis in die Garage, als das Tor sich eben wieder zu schließen begann. Reacher, der ungefähr fünf Sekunden nach ihr ankam, benutzte seinen Fuß dazu, den Sicherheitsmechanismus anspringen zu lassen, der das Tor wieder öffnete, und duckte sich hindurch.

Margaret Berenson war schon ausgestiegen. Frances hielt sie mit ihrer behandschuhten Linken am Haar gepackt, während sie mit der Rechten ihre Handgelenke hinter ihrem Rücken umklammerte. Margaret Berenson wehrte sich, aber Frances drückte ihr Gesicht nach vorn gegen die Motorhaube. Daraufhin begann die Personalchefin zu schreien. Aber die Schreie verstummten sofort, als Frances sie wieder hochriss und Reacher zukehrte, dessen Faust ihren Solarplexus traf – nur einmal, fast sanft, aber kräftig genug, um ihr die Luft aus der Lunge zu pressen.

Reacher drückte den Knopf, der das Tor wieder herunterfuhr. Die Deckenbeleuchtung bestand aus einer schwachen nackten Glühbirne, die den Raum in trübes gelbliches Licht tauchte. In der Rückwand der Garage gab es eine Tür. Daneben war eine Alarmanlage angebracht.

„Ist die Anlage eingeschaltet?“, fragte Reacher.

„Ja“, bestätigte Margaret Berenson atemlos.

„Nein“, widersprach Frances. „Der Junge ist ungefähr zwölf. Mom war heute Morgen schon früh unterwegs. Der Junge musste allein zum Schulbus gehen. Die Alarmanlage hier einzuschalten gehört sicher nicht zu seinen normalen Aufgaben.“

„Vielleicht hat Dad sie eingeschaltet.“

„Dad ist längst nicht mehr hier. Mom trägt keinen Ring.“

Reacher versuchte die Tür zu öffnen. Sie war abgesperrt. Er zog die Schlüssel des Toyotas ab und fand einen Schlüssel, der ins Schloss passte. Die Tür ging ohne warnendes Piepen auf.

„Sie erzählen eine Menge Lügen, Ms Berenson“, sagte er.

Sie schwieg.

Reacher hielt die Tür auf, und Frances stieß die Hausherrin vor sich her in die Küche. Hier gab es einen Tisch mit zwei Stühlen. Frances drückte Margaret Berenson auf einen davon. Reacher ging in die Garage zurück und suchte herum, bis er auf einem Regal eine Rolle Gewebeband fand. Er ging damit in die Küche und nahm ein Messer aus dem Messerblock. Mit dem Gewebeband fesselte er Margaret Berenson an den Stuhl.

„Wir waren in der Army“, erklärte er ihr. „Das haben wir erwähnt, nicht? Um Informationen zu bekommen, haben wir uns immer zuerst an den Kompanieschreiber gewandt. Das sind in diesem Fall Sie. Beginnen Sie also zu reden.“

„Sie sind verrückt!“, stieß sie hervor.

„Erzählen Sie mir von dem Verkehrsunfall. Von Ihren Narben.“

„Das ist lange her. Es war schlimm.“

„Dieses Mal kann es noch viel schlimmer werden.“ Reacher legte das Küchenmesser auf den Tisch und ließ die Glock sowie Tony Swans Betonbrocken aus seinen Taschen folgen. „Ich lasse Ihnen die Wahl.“

Margaret Berenson fing zu weinen an. Es war ein verzweifeltes, hilfloses Schluchzen. Ihre Schultern bebten, Tränen fielen auf ihren Schoß.

„Nutzt nichts“, sagte Reacher. „Sie weinen vor dem falschen Kerl. Reden Sie lieber.“

„Ich kann nicht. Sonst tut er meinem Sohn etwas an.“

„Wer? Lamaison?“

„Das darf ich nicht sagen.“

„Sie müssen sich jetzt entscheiden, Margaret. Wir wollen wissen, wer eingeweiht war und wer geflogen ist. Im Moment zählen wir Sie noch dazu.“

„Er wird meinem Sohn etwas antun!“

„Betrachten Sie die Sache mal von unserem Standpunkt aus. Im Zweifelsfall legen wir Sie um.“

Sie schwieg.

„Seien Sie clever, Margaret. Wer auch immer Ihren Sohn bedroht – argumentieren Sie überzeugend gegen ihn, ist er tot. Dann kann er niemandem mehr etwas antun.“

„Darauf kann ich mich nicht verlassen.“

Reacher trat an den Kühlschrank und öffnete ihn. Nahm eine Plastikflasche Mineralwasser heraus. Schraubte sie auf, kippte das Wasser in den Ausguss und benutzte das Küchenmesser dazu, ein ovales Loch in den Flaschenboden zu schneiden. Dann steckte er den Flaschenhals auf den Lauf seiner Glock.

„Ein Eigenbauschalldämpfer.“ Er brachte die Pistole bis auf einen halben Meter an Margaret Berensons Gesicht heran. „Die Nachbarn werden rein gar nichts hören.“

Im Nachhinein betrachtet war es eine Geschichte, die Reacher im Voraus hätte schreiben können. Der Leiter der Qualitätskontrolle, ursprünglich Entwicklungsingenieur im Betrieb Highland Park, hatte Anzeichen für schweren Stress erkennen lassen. Er hieß Edward Dean. Zufällig war seine jährliche Leistungsbeurteilung fällig gewesen, und als ausgebildeter Profi hatte Margaret Berenson die mit ihm vorgegangene Veränderung registriert und eine Erklärung dafür gesucht.

Anfangs behauptete Dean, sein Umzug nach Norden sei die Ursache seiner Probleme. Um der Großstadt zu entfliehen, habe er sich außerhalb von Palmdale ein paar Hektar Wüste gekauft, und nun bringe ihn die höllische Fahrt zur Arbeit um. Aber das hatte Margaret Berenson ihm nicht geglaubt. Alle Pendler im Raum L. A. mussten höllisch weite Strecken fahren. Daraufhin hatte Dean eine Bemerkung über seine 14-jährige Tochter gemacht, was die Personalchefin vermuten ließ, er mache sich Sorgen, die Kleine könnte sich mit Bikern herumtreiben und mit Drogen experimentieren.

Kurz darauf verschwand Tony Swan. An einem Tag war er noch da, am nächsten nicht mehr. Natürlich machte sich Margaret Berenson sofort daran, sein Verschwinden aufzuklären. Swan besaß Informationen, die als geheim galten. Möglicherweise war die nationale Sicherheit gefährdet. Die Personalchefin stellte allen möglichen Leuten alle möglichen Fragen.

Dann kam sie eines Tages nach Hause und sah in ihrer Einfahrt Allen Lamaison mit ihrem Sohn Basketball spielen. Sie hatte sich schon immer vor Lamaison gefürchtet. Wie sehr, wurde ihr erst bewusst, als sie beobachtete, wie er ihrem zwölfjährigen Sohn die Haare mit einer Pranke zerzauste, die ihm leicht den Schädel hätte zerquetschen können.

Lamaison schlug vor, der Junge solle draußen bleiben und Freiwürfe üben, während er mit Mom hineingehe, um etwas Wichtiges mit ihr zu besprechen. Das Gespräch begann mit einem Geständnis. Lamaison erzählte Margaret Berenson haargenau, was Swan zugestoßen war. Er enthüllte auch, dass Dean an einem Spezialprojekt mitarbeitete, weil er nicht wollte, dass seine Tochter verschwand und Wochen später als drogenabhängige Gespielin einer johlenden Bikerhorde aufgefunden wurde. Oder dass sie überhaupt nie mehr aufgefunden wurde. Lamaison erklärte Margaret Berenson, so etwas könne auch ihrem Sohn zustoßen. Er sprach eine Warnung aus und erteilte ihr zwei Anweisungen. Die Warnung besagte, früher oder später würden alte Freunde aus Swans Militärzeit aufkreuzen und anfangen, Fragen zu stellen. Die erste Anweisung lautete, sie seien höflich, aber strikt abzuweisen, und die zweite, von diesem Gespräch dürfe niemals jemand erfahren. Lamaison fuhr davon, nachdem er mit ihrem Sohn noch ein paar Körbe geworfen hatte.

Reacher glaubte ihr. Leute wie Margaret Berenson dachten sich so etwas nicht aus. Das konnten sie gar nicht. Dazu war ihr Erfahrungshorizont nicht weit genug. Er schnitt sie mit dem Küchenmesser von ihren Fesseln los und half ihr aufzustehen.

„Wer war also eingeweiht?“, fragte er.

„Lamaison, Lennox, Parker und Saropian.“

„Was ist mit den anderen vier ehemaligen Cops?“

„Die kommen aus einer anderen Zeit. Lamaison vertraute ihnen in dieser Sache nicht. Aber sie tun, was er sagt.“

„Wieso hat er dann überhaupt Swan eingestellt?“

„Das war ich. Er wollte ihn gar nicht. Aber ich konnte unseren Chef davon überzeugen, dass wir noch jemanden brauchten, der kein ehemaliger Cop war. Der einen anderen Hintergrund hatte."

„Können Sie sich irgendwohin absetzen, bis diese Sache vorüber ist?"

„Das wird sie nie sein. Sie können Lamaison nicht schlagen."

Reacher sah zu Frances. „Können wir ihn schlagen?"

„Wie eine Trommel", antwortete sie.

„Aber sie sind zu viert", wandte Margaret Berenson ein.

„Zu dritt", korrigierte Reacher sie. „Saropian ist schon erledigt."

Sie machte eine nachdenkliche Pause. „Ich könnte in ein Hotel ziehen. Ich werde meinen Sohn von der Schule abholen."

Sie lief nach oben, um zu packen, und Reacher steckte Swans Betonbrocken wieder ein und zog die Plastikflasche von der Glock.

„Hätte das wirklich funktioniert?", fragte Frances.

„Das bezweifle ich. Aber es hat gut ausgesehen, stimmt's?"

Sein Prepaidhandy klingelte. Der Anruf kam von Karla. O'Donnell und sie waren seit nunmehr viereinhalb Stunden auf Beobachtungsposten in Highland Park und machten sich langsam Sorgen aufzufallen.

„Fahrt heim", wies Reacher sie an. „Wir haben, was wir brauchen."

Dann klingelte Frances' privates Handy. Ihr Assistent in Chicago.

„Erste Insiderauskünfte aus dem LAPD", berichtete sie Reacher anschließend. „Lamaison hat in zwanzig Dienstjahren achtzehn von der Innenrevision angestrengte Verfahren überstehen müssen – und alle gewonnen. Er ist ein Widerling, aber clever."

Margaret Berenson kam mit zwei Reisetaschen die Treppe herunter. Sie stellte beide in den Kofferraum des Toyotas. Reacher und Frances gingen zu ihren Autos, fuhren zurück und bildeten einen Konvoi als Geleitschutz. Margaret Berenson hielt vor einer Schule, kam mit einem kleinen braunhaarigen Jungen im Schlepptau wieder heraus. Dann fuhr sie ein kurzes Stück auf dem 110er, verließ ihn in Pasadena und steuerte ein kleines Hotel in einer ruhigen Seitenstraße an. Das Hotel verfügte über einen Parkplatz hinter dem Haus, auf dem der Toyota von der Straße aus nicht zu sehen war.

Reacher und Frances blieben noch eine Weile, damit Mutter und Sohn sich eingewöhnen konnten. Diese Zeit nutzten sie, um in der Bar neben der Hotelhalle eine Kleinigkeit zu essen. Reachers Handy klingelte, als er den letzten Schluck Kaffee nahm. Noch mal Karla. Sie war mit O'Donnell wieder im Dunes. Am Empfang hatte eine wichtige Nachricht von Curtis Mauney für sie gelegen.

„Wir sollen umgehend ins Klinikzentrum kommen“, berichtete sie.

„In dem wir wegen Orozco waren?“

„Ja.“

„Weil sie Sanchez gefunden haben?“

„Das hat er nicht gesagt. Aber er will sich mit uns nicht im Leichenschauhaus, sondern im Krankenhaus treffen. Geht's um Sanchez, lebt er noch!“

Auf dem 210er gerieten sie in einen Stau. Vor ihren Augen wand sich eine Schlange aus Fahrzeugen bis zum Horizont: in der Sonne glitzernd, Benzin verbrennend, statisch – ein klassisches Los-Angeles-Panorama.

Ein Blick in den Rückspiegel zeigte Reacher, dass Frances' Honda gleich hinter ihm stand. Er rief sie an.

„Ein Unfall“, informierte sie ihn. „Ich hab's im Radio gehört.“

„Klasse.“

„Hat Sanchez es bisher geschafft, kann er auch ein paar Minuten länger durchhalten.“

„Wobei haben die vier einen Fehler gemacht?“

„Keine Ahnung, Reacher. Dies war sicherlich nicht der schwierigste Fall, den sie jemals zu lösen hatten.“

„Sie müssen über irgendwas gestolpert sein. Irgendwas Unvorhersehbares. Womit hat Swan wohl seine Nachforschungen begonnen?“

„Mit Dean. Sein Verhalten muss der Auslöser gewesen sein. Schlechte Zahlen und ein gestresster Leiter der Qualitätssicherung bedeuten viel.“

„Was war Swans nächster Schritt?“

„Zwei Schritte parallel“, führte Frances aus. „Er hat Deans Lage abgecheckt und angefangen, zusätzliche Beweise zu sammeln.“

„Mithilfe der anderen.“

„Sie haben nicht nur geholfen. Er hat sie für sich ermitteln lassen, weil er selbst im Büro jederzeit abgehört werden konnte.“

„Und wie hätte Swan Deans Lage konsolidieren können?“

„Vielleicht hat er um Polizeischutz für ihn gebeten – oder wenigstens vereinbart, dass draußen bei ihm regelmäßig ein Streifenwagen vorbeifährt.“

„Lamaison kommt aus dem LAPD. Vielleicht hat er noch Verbindungen dorthin. Vielleicht haben seine Kumpel ihm einen Tipp gegeben.“

„Eher unwahrscheinlich, dass Swan sich an das LAPD gewandt hat“, meinte Frances. „Dean wohnt in der Nähe von Palmdale nördlich der Berge, außerhalb des Zuständigkeitsbereichs der hiesigen Polizei.“

Reacher überlegte kurz. „Was bedeutet, dass Swan doch nicht mit der Polizei gesprochen hat. Dort oben liegt Mauneys Reich, und er hat nichts von Dean oder New Age gewusst.“

„Aber Swan hätte Dean nicht ohne Schutz gelassen.“

„Dann war Dean vielleicht gar nicht der Auslöser. Möglicherweise hatte Swan was anderes entdeckt. Vielleicht kann Sanchez uns was dazu sagen.“

„Glaubst du, dass er noch lebt?“

„Man muss immer das Beste hoffen.“

„Aber aufs Schlimmste vorbereitet sein.“

In den folgenden zehn Minuten legten sie ungefähr zehn Wagenlängen zurück – sechsmal langsamer als ein Fußgänger.

Reachers Prepaidhandy klingelte. Wieder Frances.

„Nachrichten aus Chicago“, verkündete sie. „Wir haben Zugang zu Teilen des Zentralrechners des LAPD. Lennox und Parker waren Partner und so schlimm wie Lamaison. Sie sind gemeinsam ausgeschieden, um sich nicht im zwölften Untersuchungsverfahren in zwölf Jahren verantworten zu müssen. Etwa eine Woche, bevor Lamaison sie zu New Age holte.“

Zweihundert Meter weiter sahen sie vor sich in der Ferne, im Dunst, die Ursache des Staus. Auf der linken Spur stand ein defekter Wagen. Reacher beendete das Gespräch mit Frances und rief erneut Karla an.

„Seid ihr schon dort?“, fragte er.

„Ungefähr noch zehn Minuten.“

„Wir stehen im Stau. Ruft uns an, wenn's gute Nachrichten gibt. Meinetwegen auch, wenn's schlechte gibt.“

Sie brauchten eine weitere Viertelstunde, um den liegen gebliebenen Wagen zu erreichen. Danach löste der Stau sich auf, und zehn Minuten später erreichten sie das Klinikzentrum und stellten ihre Wagen auf dem Besucherparkplatz ab. Reacher entdeckte O'Donnells und Karlas Hondas.

Im Empfangsbereich des Krankenhauses herrschte Stille. Karla oder O'Donnell waren nirgends zu sehen, auch Mauney nicht. Reacher fragte am Empfang nach dem Polizisten, aber den kannte niemand. Er erkundigte sich nach Sanchez, aber den kannte auch niemand. Er fragte nach Leuten, die in die Notaufnahme eingeliefert worden waren, und wurde an eine andere Theke um die Ecke verwiesen. Dort hieß es, in den letzten Stunden sei kein Unbekannter aufgenommen worden – und ein Patient namens Jorge Sanchez sei ebenso unbekannt wie ein L.-A.-County-Sheriff namens Curtis Mauney.

Reacher ging auf den Parkplatz hinaus, um Karla anzurufen.

Keine Antwort.

Er versuchte es bei O'Donnell.

Keine Antwort.

„Hier ist irgendwas faul", meinte Reacher.

Frances zog Mauneys Visitenkarte heraus. Gab sie Reacher, der Mauneys Handynummer wählte.

Keine Antwort.

Seine Festnetznummer.

Keine Antwort.

Dann klingelte Frances' privates Handy. Sie hörte zu. Ihr Gesicht wurde blass. Wachsbleich. „Das war Chicago", erklärte sie. „Curtis Mauney war Allen Lamaisons Partner beim LAPD."

SIE MÜSSEN *über irgendwas gestolpert sein. Irgendwas Unvorhersehbares.*

Er hatte Recht gehabt, aber nur halb. Dean war ein wichtiger Faktor, aber auf ihn war Swan erst viel später gestoßen, als die anderen längst an Bord gewesen waren. Anders ließ sich das Ausmaß der Katastrophe nicht erklären. Reacher schloss die Augen und stellte sich vor, wie Swan im Gespräch mit Dean die ganze Wahrheit aus ihm herausholte. Sah, wie Swan direkt zu irgendeinem staubigen Sheriffbüro fuhr, mit Mauney sprach. Sah, wie Mauney nach dem Telefonhörer griff, womit Swans Schicksal besiegelt war. Und das von Franz, Orozco und Sanchez.

Reacher öffnete die Augen und sagte entschlossen: „Die beiden anderen verlieren wir nicht auch noch. Nicht, solange ich am Leben bin."

Sie ließen Frances' Civic auf dem Parkplatz stehen und nahmen Reachers Prelude. Sie hatten kein bestimmtes Ziel, fuhren nur, weil sie unterwegs sein wollten.

„Sie haben gewusst, dass wir früher oder später aufkreuzen würden", fasste Frances zusammen. „Als die Spannung zu groß wurde, haben sie das Ganze etwas beschleunigt. Mauney hat Angela Franz dazu gebracht, mich anzurufen. Eigens für Thomas Brant hat er sich die Story mit dem Köder ausgedacht. Er hat uns auf Schritt und Tritt überwachen lassen, uns scheinbar ins Vertrauen gezogen, indem er uns Dinge erzählte, die wir bereits wussten, sich erkundigte, was wir inzwischen herausbekommen hatten, und darauf wartete, dass wir aufgeben und sie nicht länger belästigen würden. Als das nicht passierte, beschlossen sie, die Initiative zu ergreifen und uns zu liquidieren. Erst in Vegas, jetzt hier."

Sie fuhren wieder auf den Freeway 210. Der Verkehr floss schnell dahin.

„Plan?“, fragte Frances.

„Kein Plan“, erwiderte Reacher.

Das von Karla erbeutete Telefonverzeichnis lag in O'Donnells Zimmer im Dunes, aber sie wollten sich nicht in der Nähe des Sunset Boulevard blicken lassen. Nicht zu diesem Zeitpunkt. Also kombinierten sie halb vergessene Fragmente der Adresse des Montagebetriebs in Highland Park und fuhren dorthinaus.

Das Gewerbegebiet mit seinen kleinen, sauberen Hightech-Fertigungsbetrieben war leicht zu finden. Schwieriger war es jedoch, den Betrieb von New Age aufzustöbern. Sie hielten Ausschau nach neutralen Gebäuden, Sicherheitszäunen und Hubschrauberlandeplätzen. Sie fanden mehrere.

„Karla hat den Hubschrauber als weiße Bell 222 bezeichnet. Würdest du diesen Typ erkennen, Frances?“

„In den letzten fünf Minuten habe ich drei weiße gesehen.“

„Wir brauchen also die genaue Adresse.“

„Dazu reicht die Zeit nicht. Das Dunes ist zu weit von hier entfernt.“

„Aber Pasadena nicht.“

Für den kurzen Abstecher nach Osten benutzten sie den 110er. Eine Viertelstunde später hielten sie vor dem kleinen Hotel und erzählten Margaret Berenson, was sie brauchten. Nach einer weiteren Viertelstunde fuhren sie an dem Betrieb vorbei.

Der Zaun war furchteinflößend. Brutal. Er war mindestens zweieinhalb Meter hoch, ungefähr einen Meter tief und bestand aus zwei straff gespannten Stacheldrahtzäunen, deren Zwischenraum mit Bandstacheldraht in Spiralen ausgefüllt war, während ausgezogene Bandstacheldrahtrollen das Ensemble krönten. Ein Panzer hätte ihn durchbrechen können, ein Pkw niemals. Und ein Mann mit einem Bolzenschneider würde sich verheddern und verbluten, bevor er zu einem Viertel durch war. Außerdem waren die Drahtrollen zu breit und zu locker, um das Anlegen einer Leiter zu ermöglichen.

Reacher fuhr einmal ganz um den Block. Das Betriebsgelände von New Age Defense Systems war mit jeweils hundert Meter Seitenlänge ungefähr einen Hektar groß. Vier Gebäude, eines groß, drei klein. Der Zaun hatte nirgends eine Schwachstelle und nur ein einziges Tor: eine breite Stahlkonstruktion, die auf Rollen lief und mit oben angeschweißten Bandstacheldrahtrollen gesichert war. Flankiert wurde es von einem Wachhäuschen.

„Da führt kein Weg hinein“, stellte Reacher fest.

„Sind Karla und Dave überhaupt da drinnen?“

„Jede Wette. Dieser Laden ist wie ein Privatgefängnis. Das sicherste Versteck, das es gibt. Und die anderen waren auch hier gefangen."

„Wie ist die Sache abgelaufen?"

„Mauney hat sie auf dem Parkplatz des Krankenhauses verhaftet. Vielleicht mit Unterstützung durch Lamaisons Leute. Beengte Verhältnisse, völlige Überraschung, was hätten sie tun sollen?"

Reacher fuhr weiter. Bog um eine Ecke und parkte einen halben Kilometer entfernt.

Frances' privates Handy klingelte. „Mein Kontaktmann aus dem Pentagon", berichtete sie nach dem Gespräch. „Die Raketen haben in Colorado soeben das Tor passiert."

12

Hat Mahmoud die Fla-Raketen schon, ist diese Sache größer als wir. Dann müssen wir es einfach hinnehmen und die zuständigen Stellen informieren. Reacher sah zu Frances. Sie starrte ihrerseits ihn an.

„Wie viel wiegen sie?", fragte er.

„Weiß nicht genau. Mehr als eine Stinger. Verpackt, mit Abschussvorrichtung und Ersatzteilen schätzungsweise fünfundzwanzig Kilo."

„Das wären sechzehneinviertel Tonnen."

„Ein mittelgroßer Lastwagen."

„Durchschnittstempo auf den Interstate Highways achtzig Stundenkilometer?"

„Wahrscheinlich."

„Auf der I-25 nach Norden zur I-80, dann westlich nach Nevada – das sind rund vierzehnhundert Kilometer. Also bleiben uns achtzehn Stunden, bevor wir Alarm schlagen müssen. Oder sagen wir vierundzwanzig, weil der Fahrer eine Ruhepause braucht."

„Sie fahren nicht nach Nevada", entgegnete Frances. „Sie wollen diese Dinger nicht vernichten, sondern einsetzen."

„Egal, wohin sie fahren, jedes größere Fahrziel liegt mindestens achtzehn Autostunden von Denver entfernt."

Sie schüttelte den Kopf. „Wir dürfen keine achtzehn oder gar vierundzwanzig Stunden mehr warten. Du hast selbst gesagt, dass es Zehntausende von Toten geben könnte."

„Ein moralisches Dilemma. Zwei Menschen, die wir kennen, oder zehntausend, die wir nicht kennen."

„Wir müssen die Behörden informieren."

„Das tun wir auch", bestätigte Reacher. „Aber nicht gleich."

„Mit ein paar Sondereinsatzkommandos auf ihrer Seite hätten Karla und Dave eine bessere Chance."

„Sie könnten aber auch sehr schnell als Kollateralschaden enden."

„Wir kommen nicht mal durch den Zaun. Karla wird sterben, Dave wird sterben, zehntausend andere werden sterben, und wir werden sterben."

„Du musst die Sache positiv betrachten. Vielleicht passiert das ganze Zeug, das du dir ausmalst, gar nicht. Weil wir gewinnen. Du und ich."

„Hier vielleicht. Aber später? Nur im Traum. Wir haben keine Ahnung, wohin dieser Lastwagen will."

„Das können wir später rauskriegen. Darin sind wir gut."

„Gut genug, um zehntausend Leben für zwei aufs Spiel zu setzen?"

„Das hoffe ich", antwortete Reacher.

ER FUHR anderthalb Kilometer nach Süden und parkte in einer Seitenstraße. Weit in der Ferne sah er den Hubschrauber von New Age stehen.

„Wie dürften ihre Sicherheitsmaßnahmen aussehen, Frances?"

„Normalerweise? Bewegungsmelder am Zaun, große Schlösser an allen Türen und Tag und Nacht einen Mann im Wachhäuschen. Aber heute Nacht werden sich dort drinnen sämtliche Sicherheitsleute von New Age befinden. Und wir sind draußen vor dem Zaun."

„Lass den Zaun Zaun sein. Das Tor genügt. Wann wird es völlig dunkel sein?"

„Sagen wir einundzwanzig Uhr, um ganz sicherzugehen."

„Sie fliegen nicht, bevor es Nacht ist. Uns bleiben noch sieben Stunden. Sieben von vierundzwanzig."

„Wir haben keine vierundzwanzig."

„Ihr habt mich zum Kommandeur gewählt. Wir haben, was ich sage."

„Das ist verrückt!"

„Ich werde nicht noch zwei verlieren."

Sie fuhren ein weiteres Mal um den New-Age-Block und prägten sich die örtlichen Gegebenheiten ein. Das Tor befand sich in der Mitte der Straßenseite des Quadrats. Das Hauptgebäude erhob sich mittig am Ende einer kurzen Zufahrt. Die drei Nebengebäude dahinter wirkten zufällig verstreut. Eines stand gleich neben dem Hubschrauberlandeplatz. Alle vier Gebäude hatten Außenwände aus verzinktem Wellblech. Hier gab es keine Bäume, nur unebenes braunes Gras und einen kleinen Parkplatz mit etwa einem Dutzend Billigautos darauf.

„Wo sind die Chrysler?“, fragte Reacher.

„Unterwegs“, antwortete Frances. „Auf der Suche nach uns.“

Sie fuhren zum Krankenhaus zurück, und Frances holte ihren Wagen vom Parkplatz. Die nächste Station war ein Supermarkt. Dort besorgten sie sich eine Schachtel Kaminzündhölzer und zwölf Einliterflaschen stilles Mineralwasser, jeweils sechs zusammen in Plastikfolie eingeschweißt. Danach hielten sie bei einem Geschäft für Autozubehör. Kauften einen roten Zwanzigliterbenzinkanister und eine Packung Poliertücher. Zuletzt fuhren sie zu einer Tankstelle und füllten den Kanister auf.

Sie verließen Glendale in Richtung Südwesten und fuhren auf Umwegen zum Motel zurück. Parkten einen Straßenblock entfernt und machten sich getrennt auf den Weg zu O'Donnells Zimmer.

Das Türschloss war aufgesprengt. Der Raum war völlig verwüstet. Alle bei New Age erbeuteten Unterlagen waren verschwunden, die restlichen Glock 17 waren fort, die Reservemunition war fort, die AMT Hardballers waren fort, Saropians Daewoo DP 51 war fort, die Maglites waren fort.

Karlas Zimmer war genauso verwüstet. Und Frances'. Und Reachers. Seine Klappzahnbürste lag zertrampelt auf dem Fußboden.

Sie suchten das Motel und seine Umgebung im Umkreis von einem Straßenblock nochmals ab. Aber da war niemand.

„Sie warten alle in Highland Park auf uns“, folgerte Frances.

Reacher nickte. Gemeinsam hatten sie zwei Glock 17 mit achtundsechzig Schuss sowie ihre letzten Einkäufe, die im Kofferraum des Prelude lagen. Zwei gegen sieben oder mehr. Kein Überraschungsmoment. Eine unüberwindbare Festung. Eine aussichtslose Situation.

„Wir können loslegen“, sagte Reacher.

Sie parkten in einer ruhigen Straße drei Blocks von dem New-Age-Fertigungsbetrieb entfernt auf gegenüberliegenden Straßenseiten. Beide konnten das Firmengelände überblicken.

Hinter dem Zaun hatte sich einiges geändert. Die Autos der Arbeiterinnen waren verschwunden; an ihrer Stelle standen jetzt sechs blaue Chrysler 300C. In der Ferne hinter den Autos sahen sie den Hubschrauber. Ein kleiner weißer Umriss.

Reacher hatte seine beiden Handys auf Vibrationsalarm eingestellt. Frances rief ihn an.

„Hast du dein Testament gemacht?“, fragte sie.

„Unnötig. Seit sie meine Zahnbürste kaputt gemacht haben, besitze ich nichts mehr.“

„Wie fühlst du dich dabei?“

„Schlecht. Ich habe diese Zahnbürste gemocht. Sie war schon lange mit mir zusammen.“

„Nein, ich meine den Rest.“

„Der ist okay. Ich kann mir nicht vorstellen, dass Karla oder Dave glücklicher sind als ich.“

„Im Augenblick sicher nicht.“

„Sie wissen, dass wir kommen.“

IN COLORADO rollte ein großer weißer Sattelschlepper auf der I-70 in Richtung Utah. Er war weniger als halb voll, machte aber trotzdem kein gutes Tempo wegen der Berge. Auf der I-15 Richtung Kalifornien würde er etwas schneller vorankommen. Der Fahrer rechnete mit einem Durchschnitt von achtzig Stundenkilometern. Von Haus zu Haus maximal achtzehn Stunden. Er würde unterwegs nirgends rasten. Er war ein Mann mit einer Mission.

AZḤARI MAHMOUD sah sich die Route zum dritten Mal auf dem Stadtplan an. Er rechnete damit, dass er drei Stunden brauchen würde. Vielleicht auch länger. Er musste fast ganz Los Angeles von Süden nach Norden durchqueren. Der U-Haul-Laster war langsam und schlecht zu fahren, und der Verkehr würde bestimmt albtraumhaft sein. Deshalb beschloss er, vier Stunden einzuplanen. Er stellte seinen Wecker, streckte sich auf dem Bett aus und versuchte, durch reine Willensanstrengung einzuschlafen.

REACHER starrte zum Horizont und versuchte das Licht zu beurteilen. Dabei behinderte ihn die getönte Frontscheibe. Er fuhr sein Fenster herunter. Noch mindestens eine Stunde Tageslicht und danach bestimmt eine Stunde Abenddämmerung. Dann erst völlige Dunkelheit. Er fuhr sein Fenster wieder hoch und lehnte sich zurück, um zu ruhen.

Er blieb entspannt, bis Allen Lamaison ihn anrief. Nicht auf Saropians Mobiltelefon, sondern auf dem Prepaidhandy. Die Anruferidentifizierung im Display zeigte, dass er Karlas Handy benutzte. Seine Stimme klang sehr selbstzufrieden.

„Reacher? Wir müssen miteinander reden.“

„Meinetwegen.“

„Sie taugen nichts. Sie haben bisher jede Runde verloren.“

„Außer Saropian.“

„Stimmt“, räumte Lamaison ein. „Und darüber bin ich sehr unglücklich. Aber wir werden einen Deal abschließen.“

„Nie im Leben.“

„Die Bedingungen sind ausgezeichnet. Möchten Sie sie hören? Sie können Ihren Freunden unendlich viele Schmerzen ersparen.“

„Wie?“

„Ms Neagley und Sie stellen sich jetzt, und wir behalten Sie alle eine Woche lang unter Aufsicht. Bis die Aufregung sich gelegt hat. Dann lassen wir Sie laufen. Alle vier.“

„Und wenn nicht?“

„Brechen wir O'Donnell Arme und Beine und probieren sein Springmesser an Ms Dixon aus. Danach verfrachten wir beide in den Hubschrauber.“

Reacher schwieg.

„Vergessen Sie die Little Wings“, fuhr Lamaison fort. „Dieses Geschäft ist unter Dach und Fach. Außerdem sind die Raketen ohnehin für Kaschmir bestimmt. Ein Dreckloch. Wenn sich dort eine Bande von Turbanträgern die Köpfe einschlägt, was kümmert uns das?“

Reacher schwieg weiter.

„Steht unser Deal also?“, fragte Lamaison.

„Wieso sollte ich Ihnen trauen? Ich komme rein, und Sie erledigen mich mit einem Kopfschuss.“

„Zugegeben, das ist ein Risiko. Aber ich denke, Sie werden es eingehen. Weil Sie für die Lage Ihrer Leute verantwortlich sind. Sie sind ihr Kommandeur und haben versagt. Sie werden alles tun, um sie zu retten.“

„Wo stecken Sie?“

„Ich bin mir sicher, dass Sie das wissen.“

Reacher sah durch die Windschutzscheibe, versuchte, durch das getönte Glas das Licht einzuschätzen. „Wir sind zwei Stunden von Ihnen entfernt“, sagte er mit leicht angespannt klingender Stimme.

„Wo sind Sie?“

„Südlich von Palmdale. Wir wollen Dean besuchen.“

„Kehren Sie sofort um!“, befahl Lamaison. „Um Ms Dixons willen. Ich wette, dass sie schreien wird. Ich halte das Telefon hin, damit Sie mithören können.“

Reacher überlegte kurz. „In zwei Stunden reden wir wieder miteinander."

Er beendete die Verbindung und rief Frances an. „In sechzig Minuten geht's los." Er lehnte sich zurück und schloss die Augen.

SECHZIG MINUTEN SPÄTER war der Himmel dunkelblau, fast schwarz. Reacher wählte wieder Frances' Nummer und unterbrach die Verbindung nach dem ersten Klingeln.

Ihr Fenster wurde heruntergekurbelt, und sie winkte: eine kleine blasse Hand in der Dunkelheit. Er ließ den Motor an, fuhr ohne Licht vom Randstein weg und umrundete das Betriebsgelände von New Age. Folgte dem Zaun auf der Rückseite und ließ seinen Wagen nach ungefähr zwei Dritteln der Seitenstrecke am Randstein ausrollen.

Er stieg aus und horchte. Der Arbeitstag im Gewerbegebiet von Highland Park war zu Ende. Die Straßen lagen dunkel und still da. Er öffnete den Kofferraum. Zertrümmerte die Beleuchtung mit der Faust. Schlitzte mit dem Daumennagel die Plastikfolie um die Wasserflaschen auf. Nahm eine heraus, schraubte sie auf, kippte das Wasser in den Rinnstein und stellte die leere Flasche wieder in den Kofferraum. Diesen Vorgang wiederholte er noch elfmal.

Dann hob er den Benzinkanister heraus. Er füllte die Flaschen sehr sorgfältig. Als die zwölfte Flasche voll war, enthielt der Benzinkanister immer noch acht Liter. Reacher riss die Packung Poliertücher auf. Die dreißig mal dreißig Zentimeter großen Tücher bestanden aus weißem Baumwollstoff. Reacher rollte sie eng wie Zigarren zusammen und schob sie in die Hälse der Benzinflaschen. Halb drinnen, halb draußen. Das Benzin wurde durch die Dochtwirkung nach oben gesaugt. Molotowcocktails.

Er rollte ein dreizehntes Poliertuch zusammen und legte es auf den Asphalt. Tränkte es mit Benzin aus dem Kanister. Er fand die Schachtel Kaminstreichhölzer und steckte sie ein. Nahm die Benzinflaschen nacheinander aus dem Kofferraum und stellte sie zwei Meter hinter dem Prelude in einer sauberen Reihe auf. Dann hob er das letzte Tuch auf und klemmte es am Kofferraumdeckel ein, sodass es zu drei Vierteln heraushing.

Showtime!

Er riss ein Streichholz an und hielt es an das durch den Kofferraumdeckel festgeklemmte Tuch, bis es hell brannte. Dann zündete er den ersten Molotowcocktail an dem brennenden Tuch an und warf ihn in hohem Bogen über den Zaun. Die Benzinflasche beschrieb einen feurigen Bogen und zerbarst am Betonfundament des Hauptgebäudes. Benzin explodierte in einem Feuerball, der zu einer kleinen brennenden Lache wurde.

Reacher warf die zweite Brandflasche. Sie schlug an derselben Stelle auf und zerplatzte. Nach einem kurz weiß glühenden Feuerball vergrößerte sich die brennende Benzinlache. Die Flammen begannen an der Blechverkleidung des Gebäudes emporzuzüngeln.

Den dritten Molotowcocktail warf Reacher direkt ins Feuer, den vierten auch. Mit der fünften Flasche zielte er etwas weiter nach links. Dort breitete sich ein neues Feuer aus. Die Nummern sechs und sieben folgten. Auch das Gras vor der Seitenwand des Gebäudes begann jetzt zu brennen. Die achte Flasche warf er in die Lücke zwischen den beiden Brandherden. Sie kam etwas zu kurz auf und setzte das Gras zweieinhalb Meter davor in Brand. Dadurch entstand ein unregelmäßig geformter Brandherd von ungefähr drei mal drei Metern. Die neunte Flasche warf Reacher mit mehr Schwung und weiter nach links. Sie explodierte in der Nähe des Gebäudeeingangs. Die zehnte Flasche zerplatzte nicht, sondern rollte über den Boden und verspritzte dabei brennendes Benzin, das knisternde Flammen durchs Gras jagte. Die elfte Flasche benutzte Reacher dazu, die Lücke an der Gebäudeecke zu schließen. Der letzte Molotowcocktail zerschellte hoch an der Fassade, sodass brennendes Benzin sich über die Wand ergoss.

Er öffnete den Kofferraumdeckel, zerrte das brennende Tuch heraus und trampelte darauf herum. Dann spähte er durch den Zaun. Flammen loderten entlang der Seitenwand und an der Fassade bis zum Eingang. Das Gebäude war weitgehend feuerfest. Aber drinnen würde es heiß werden.

Er schraubte den Benzinkanister zu, holte kräftig aus und schleuderte ihn wie ein Diskuswerfer. Der Kanister segelte über den Zaun, überschlug sich im Flug und prallte mitten in den Flammen auf. Eine Zehntelsekunde Pause, dann explodierte der Behälter mit einem riesigen weißen Feuerball. Zunächst sah es so aus, als würde das ganze Gebäude brennen. Als der Feuerball in sich zusammensank, loderten die Flammen doppelt so hoch wie zuvor, und die Farbe auf dem Profilblech hatte Feuer gefangen.

Reacher setzte sich wieder in den Prelude, ließ den Motor an, wendete und fuhr dorthin zurück, woher er gekommen war. Er parkte hinter Frances' Civic, stellte den Motor ab und sah aus dem Fenster. Von Weitem konnte er den Feuerschein erkennen. Wogende, dichte Rauchwolken, die von hell lodernden Flammen beleuchtet wurden. Ein anständiger Brand, der von Minute zu Minute größer wurde.

Die Feuerwehr kam in weniger als vier Minuten. New Age hatte offenbar ein Alarmsystem, das über eine Standleitung direkt mit der Feuerwehr verbunden war. Reacher hörte gedämpft schrilles Sirenengeheul und sah in der Ferne blaue Blinkleuchten aufblitzen. Er merkte, dass Frances den Motor ihres Wagens anließ, tat es ihr gleich und legte den ersten Gang ein. Dann wartete er. Die Sirenen wurden lauter, die Blaulichter heller. Die Löschfahrzeuge waren noch zwei Straßenblocks entfernt.

Frances fuhr los. Reacher folgte ihr. Sie wartete an der Haltelinie. Reacher befand sich dicht hinter ihr. Die Löschfahrzeuge waren noch einen Block entfernt, näherten sich rasch. Frances gab Gas, bog vor der Kolonne links ab. Reacher folgte ihr nur wenige Meter vor dem ersten Fahrzeug, dessen Druckluftfanfare ihn wütend anplärrte. Frances folgte dem Zaun entlang der Vorderfront des New-Age-Geländes. Reacher blieb ihr dicht auf den Fersen. Die Sirenen hinter ihm jaulten aufgebracht. Dann fuhr Frances wie eine anständige Bürgerin rechts heran und hielt. Reacher folgte ihrem Beispiel. Drei Löschfahrzeuge rasten an beiden vorbei. Hielten auf das Rolltor von New Age zu. Es öffnete sich.

Inzwischen waren Frances und Reacher in die nächste Seitenstraße abgebogen. Sie sprangen aus ihren Wagen, spurteten durch die Dunkelheit und holten das letzte Löschfahrzeug ein, als es zum Abbiegen bremste. Sie blieben auf seiner dem Wachhäuschen und dem Feuer abgewandten linken Seite, auf die niemand achtete, bis sie durchs Tor hindurch waren. Mit heulender Sirene und röhrendem Motor raste das Löschfahrzeug geradeaus weiter. Frances bog scharf links ab und folgte der Innenseite des Zauns. Reacher hastete halb links durchs Gras weiter. Nach zehn langen Sekunden ging er zu Boden und blieb mit ins Gras gedrücktem Gesicht auf dem Bauch liegen.

Eine Minute später hob er den Kopf. Er war etwa sechzig Meter von dem Feuer entfernt. Sicherheitspersonal von New Age rannte drüben am Zaun herum, versuchte zu erkennen, wer oder was den Brand ausgelöst hatte. Feuerwehrleute wuselten durcheinander, schleppten Geräte, rollten Schläuche aus.

Reacher drehte den Kopf zur Seite und bemühte sich, das Dunkel mit den Augen zu durchdringen. Zwölf, fünfzehn Meter entfernt sah er im Gras etwas Flaches, Längliches liegen, das Frances sein musste. Sie waren auf dem Gelände innerhalb des Zauns. Unentdeckt.

Die Feuerwehrleute brauchten acht Minuten, um den Brand zu löschen. Anschließend verbrachten sie weitere dreißig Minuten damit, die Asche abzulöschen und ihre Geräte wieder zu verstauen. Reacher nützte die Zeit, um so nahe an die Gebäude heranzurobben, wie er es wagte, und dann wieder von ihnen wegzukriechen. Als die Feuerwehr das Gelände verließ, lag er hundertfünfzig Meter von der Brandstelle entfernt im hintersten Winkel des Grundstücks.

Das ihm nächste Objekt war der Hubschrauber, der ungefähr siebzig Meter entfernt auf seinem Landeplatz stand. Daneben befand sich das erste kleine Nebengebäude. Das Büro des Piloten. Reacher hatte einen Kerl in einer Lederjacke herausstürmen sehen. Ungefähr dreißig Meter südlich lag der Firmenparkplatz. Dort waren die sechs blauen Chrysler geparkt.

Jenseits des Pilotenbüros stand das zweite Nebengebäude. Irgendein Lagerraum, vermutete Reacher. Der Einsatzleiter der Feuerwehr hatte einen raschen Blick hineinwerfen dürfen.

Dann kam das Hauptgebäude. Der eigentliche Fertigungsbetrieb. Dort liefen noch überall Leute im Freien herum. Reacher war sich ziemlich sicher, dass er Lamaison an Größe und Körperbau erkannte, als dieser durch die letzten Rauchschwaden stapfte. Auch Lennox und Parker waren da. Und noch andere. Mindestens drei.

Das dritte Nebengebäude stand weit entfernt von allem in der Reacher gegenüberliegenden Ecke des Geländes. Seine Tür hatte sich nicht geöffnet, und niemand war auch nur in seine Nähe gekommen. Das muss das Gefängnis sein, dachte Reacher.

Das Haupttor hatte sich hinter dem letzten Löschfahrzeug mit einem wuchtigen Aufprall geschlossen. Der Wachmann hielt sich weiter in seinem Häuschen auf. Die Lampe im Innern zeichnete einen leicht gelblichen Lichtkreis mit fünf, sechs Meter Durchmesser in die Dunkelheit.

Lamaison hatte vier Sicherheitsleute zu sich gerufen, um ihnen Anweisungen zu erteilen. Er ließ sie Paare bilden, die den Zaun kontrollieren sollten – zwei Männer im Uhrzeigersinn, zwei in Gegenrichtung. Sie streiften mit den Füßen durch Gras, noch hundertfünfzig Meter von Reacher entfernt. Er wälzte sich auf den Rücken. Betrachtete den Himmel. Inzwischen war es fast völlig dunkel. Die Nacht war mondlos. Nirgends ein Lichtschein außer dem schwachen orangeroten Widerschein der entfernten Stadt.

Er wälzte sich wieder auf den Bauch. Die Sicherheitsleute bewegten sich nur langsam voran. Sie hatten keine Taschenlampen. Lamaison verschwand im Hauptgebäude. Parker und Lennox waren nirgends zu sehen. Bereits drinnen, nahm Reacher an. Er behielt die suchenden Männer im Blick. Die im Uhrzeigersinn unterwegs waren, gehörten Frances, die anderen Kerle ihm. Falls sie ihr bisheriges Tempo beibehielten, würden sie etwas über vier Minuten brauchen, bevor sie in seine Nähe kamen.

Reacher kroch zwanzig Meter vom Zaun nach innen. Fand hinter einigen Grasbüscheln eine kleine Senke und drückte sich darin zu Boden. Zog sein Prepaid-Mobiltelefon heraus und wählte die Nummer von Karlas Handy.

Kaum mehr als hundert Meter entfernt nahm Lamaison den Anruf entgegen.

Reacher sprach so normal wie möglich. „Wir stehen auf dem Freeway im Stau. Wegen eines Auffahrunfalls."

„Blödsinn! Sie haben Benzinbomben über meinen Zaun geworfen." Lamaisons Stimme klang laut, angespannt, wütend.

Reacher legte seinen Zeigefinger auf die Lautsprecherschlitze und sah zu den Männern hinüber. Sie waren noch hundertzwanzig Meter entfernt und schienen nichts bemerkt zu haben.

„Ich weiß nicht, wovon Sie reden. Wir sitzen auf dem 210er fest."

„Bockmist, Reacher! Sie sind irgendwo hier in der Nähe. Sie haben einen Brand gelegt. Aber der war kümmerlich. Bestimmt haben Sie mitbekommen, wie schnell die Feuerwehr ihn gelöscht hat."

Reacher schwieg. Beobachtete nur seine zwei Zielobjekte.

„Der Deal hat sich erledigt", erklärte Lamaison.

„Augenblick. Ich denke noch immer darüber nach. Aber ich will einen Beweis dafür, dass die beiden noch leben. Sie könnten sie längst erschossen haben."

„Sie leben noch."

„Beweisen Sie's mir. Bringen Sie sie nachher ans Tor."

„Kommt nicht infrage. Sie bleiben, wo sie sind."

„Dann können wir nicht ins Geschäft kommen."

„Na gut. Überlegen Sie sich eine Frage, die nur diese beiden beantworten können. Wir fragen sie und rufen Sie dann zurück."

„Nein. Ich rufe noch mal an. Ich telefoniere nicht, wenn ich fahre."

„Sie fahren nicht. Wie lautet die Frage?"

„Fragen Sie sie, aus welchen Einheiten sie zur 110. MP gekommen sind." Reacher klappte sein Handy zu und steckte es wieder ein.

Die beiden Männer waren noch ungefähr siebzig Meter entfernt. Er kroch langsam und vorsichtig auf sie zu, parallel zum Zaun. Sah, wie die Tür des Hauptgebäudes aufging. Eine hochgewachsene Gestalt trat ins Freie. Vermutlich Parker. Er hielt auf das dreißig Meter entfernte Nebengebäude zu, schloss die Tür auf und ging hinein. Nach weniger als einer Minute kam er wieder heraus und sperrte hinter sich ab.

Tatsächlich das Gefängnis, dachte Reacher. Vielen Dank!

Die zwei Männer waren jetzt zehn Meter diagonal voraus.

Das Handy in seiner Tasche vibrierte. Er zog es heraus und schirmte es mit einer Hand ab. Angezeigt wurde Karlas Nummer. Lamaison.

Ich habe doch gesagt, dass ich noch mal anrufe. Kann jetzt nicht reden.

Reacher steckte das Handy wieder ein. Die Männer waren fast genau auf seiner Höhe, acht Meter links von ihm. Sie gingen vorüber. Reacher kam lautlos auf die Beine. Machte kurze Schritte und hob dabei die Füße, damit seine Sohlen das Gras nicht rascheln ließen. Er folgte den beiden Kerlen mit drei, dann zweieinhalb, dann zwei Meter Abstand. Sie hatten ein anständiges Format, breite Schultern, dicker Hals.

Er traf das Genick des Ersten mit einer gewaltigen rechten Geraden, in der hundertzehn Kilo und tagelang aufgespeicherte Wut lagen. Der Kopf des Mannes schnellte nach vorn, nach hinten und wieder nach vorn, bis sein Kinn an die Brust schlug. Als er zusammenbrach, wandte sein Kumpel sich ihm erschrocken zu. Reacher traf ihn mit einem Kopfstoß ins Gesicht. Der Kerl schlug der Länge nach hin.

Reacher setzte sich auf den Ersten, hielt ihm Nase und Mund zu. Wartete, bis er erstickt war. Es dauerte eine Minute. Dann wiederholte er das bei dem Zweiten. Eine weitere Minute.

Anschließend durchsuchte er ihre Taschen. Der Erste besaß ein Mobiltelefon, eine Pistole und eine Geldbörse mit Bargeld und Kreditkarten. Reacher steckte die Neunmillimeter SIG P226 und knapp zweihundert Dollar ein. Der Zweite hatte ebenfalls ein Mobiltelefon, eine SIG, eine Geldbörse. Außerdem O'Donnells Schlagring.

Letzteren ließ Reacher in seine eigene Tasche gleiten, schob die SIG hinten in den Hosenbund und steckte das Geld in die Hüfttasche. Dann kroch er in die Richtung weiter, in der er Frances vermutete. Von dort hatte er nichts gehört. Aber das beunruhigte ihn keineswegs. Frances in stockfinsterer Nacht gegen zwei Kerle – das war ungefähr so sicher, wie die Sonne im Westen unterging.

Er stieß auf eine weitere flache Senke, rastete darin, zog sein Handy heraus. Wählte noch mal Karlas Nummer.

„Wo zum Teufel haben Sie gesteckt?“, schnauzte Lamaison.

„Ich sagte doch, ich telefoniere nicht, während ich fahre.“

„Sie fahren nicht!“

„Warum habe ich mich dann nicht gemeldet?“

„Egal. Ms Dixon sagt, dass sie vor der 110. bei der 53. MP war, und O’Donnell nennt die 131. MP.“

„Gut. Ich rufe Sie in ungefähr zehn Minuten an, sobald wir da sind.“

Reacher beendete die Verbindung. Jetzt hatte er seine als Lebensbeweis dienenden Antworten. Das Problem war nur, dass keine der beiden auch nur im Entferntesten zutraf.

REACHER kroch im Gras nach Süden und hielt in der Dunkelheit Ausschau nach Frances. Nachdem er in raschem Tempo ungefähr fünfzig Meter zurückgelegt hatte, fand er stattdessen einen Toten. Blauer Anzug, weißes Hemd, gebrochenes Genick.

„Frances?“, flüsterte er.

„Hier“, meldete sie sich ebenso leise. Sie war nur wenige Meter entfernt, lag auf einen Ellbogen gestützt auf der Seite.

„Alles okay mit dir?“, fragte er.

„Alles bestens.“

„Wo ist der andere?“

„Hinter dir. Rechts.“

Reacher sah sich um. Der gleiche Typ, der gleiche Anzug, die gleiche Todesart. „Irgendwelche Probleme?“

„Kinderleicht“, antwortete sie. „Und leiser als du. Deinen Kopfstoß hab ich bis hierher gehört.“

Sie schlugen im Dunkel leicht die Fäuste aneinander. Das alte Ritual.

„Lamaison glaubt, dass wir von außerhalb des Zauns reinschauen. Er versucht, uns mit einem verlogenen Deal reinzulegen“, berichtete Reacher. „Ich ließ ihnen zum Beweis dafür, dass sie noch leben, eine persönliche Frage stellen. Karla sagte, dass sie bei der 53. MP, und Dave, dass er bei der 131. war.“

„Quatsch. Eine 53. MP hat’s nie gegeben. Und Dave kam direkt von der Offiziersschule zur 110.“

„Es war eine Mitteilung für uns“, erklärte Reacher. „Dreiundfünfzig ist eine Primzahl. Karla wusste, dass mir das auffallen würde. Fünf und drei ist acht. Sie will uns sagen, dass wir’s mit acht Gegnern zu tun haben.“

„Dann sind’s also noch vier. Lennox, Parker, Lamaison. Und noch einer. Wer ist der vierte Mann?“

„Das war Daves Nachricht. Er hat’s mehr mit Worten. Eins drei eins. Der dreizehnte Buchstabe des Alphabets und der erste. M und A: Mauney ist hier.“

„Ausgezeichnet. Das erspart uns die Mühe, ihn später aufzuspüren.“

Da begannen Mobiltelefone zu klingeln. Zwei verschiedene Klingeltöne, unsynchronisiert. Je eines in den Taschen der toten Männer. Reacher bezweifelte nicht, dass fünfzig Meter entfernt das Gleiche passierte. Ein Konferenzgespräch. Lamaison, der Verbindung mit seinen Patrouillen aufzunehmen versuchte. *Etwas Unvorhergesehenes.*

„Was würdest du jetzt tun, wenn du Lamaison wärst?“, fragte Reacher.

„Ich würde Leute in die Chrysler setzen und sie das Fernlicht einschalten lassen. Ich würde uns in weniger als einer Minute aufstöbern.“

Reacher nickte. „Was werden sie tun, wenn sie uns nicht finden?“

„Annehmen, wir seien irgendwie rausgekommen. Und dann werden sie in Panik geraten. Sie werden Karla und Dave umlegen und sich verkriechen.“

Reacher nickte wieder. „Genau das vermute ich auch.“

Er stand auf und rannte los. Frances folgte ihm. Er hielt geradewegs auf den Hubschrauber zu. Dieser stand sechzig Meter entfernt, groß und weiß und im Widerschein der Stadtlichter schimmernd. Reacher erreichte ihn in dem Augenblick, als die Tür des Hauptgebäudes aufflog und Licht und Männer ins Freie entließ. Er duckte sich seitwärts, um den Hubschrauber zwischen sich und ihnen zu behalten. Frances blieb dicht hinter ihm.

Drei Männer rannten zum Parkplatz hinüber. Sie hatten es verdammt eilig. Parker und Lennox. Und Lamaison. Für jeden Meter, den sie zurücklegten, bewegten Reacher und Frances sich im Uhrzeigersinn eine Handbreit um den Hubschrauber herum.

Dreißig Meter von ihnen entfernt sprangen drei Chryslermotoren an. Drei Scheinwerferpaare leuchteten auf, wurden auf Fernlicht geschaltet. Riesige grelle Lichtkegel.

Reacher und Frances glitten um den langen Bug der Bell 222 herum und drängten sich an die andere Rumpfseite. Die Autos strebten wie eine berstende Granate auseinander, rasten in willkürlich wechselnden Richtungen davon.

Binnen zehn Sekunden hatten sie die vier Toten entdeckt. Die Wagen kamen an zwei fünfzig Meter voneinander entfernten Punkten zum Stehen. Ihre Scheinwerfer ließen die vier unbeweglichen Gestalten grotesk lange Schatten werfen. Drei herumrennende Gestalten tauchten vor dem Scheinwerferlicht auf und verschwanden wieder im Dunkel.

„Hier können wir nicht bleiben“, meinte Frances. „Sie werden kommen und uns anstrahlen, als stünden wir in der Hollywood Bowl auf der Bühne.“

„Wie viel Zeit bleibt uns?“

„Sie werden den Zaun kontrollieren. Ungefähr vier Minuten.“

„Fang zu zählen an.“

Reacher rannte zum Hauptgebäude hinüber. Frances folgte ihm dichtauf. Die Eingangstür stand offen, das Licht brannte. Reacher ging geradewegs hinein, sehr leise, mit der Rechten an der Glock in seiner Tasche. Das Gebäude schien menschenleer zu sein. Rechts gab es eine Reihe kleiner Einzelbüros, und links lag der offene Produktionsbereich hinter einer raumhohen Glastrennwand. Dort gab es lange Werkbänke, komplexe Absaugvorrichtungen und einen geerdeten Metallgitterboden gegen statische Aufladung. An einer Bürotür stand EDWARD DEAN. An der nächsten MARGARET BERENSON. Das nächste Büro hatte Tony Swan gehört. Das danach gehörte Allen Lamaison. Die Tür stand offen.

Reacher atmete tief durch. Zog seine Glock aus der Tasche. Trat in die Tür. Sah einen Schreibtisch, Drehstuhl, Telefone, Aktenschränke. Nichts Ungewöhnliches.

Bis auf Curtis Mauney hinter dem Schreibtisch. Und einen an der Wand stehenden Koffer.

Frances betrat den Raum. „Sechzig Sekunden vorbei“, verkündete sie.

Mauney saß wie erstarrt am Schreibtisch. Auf seinem Gesicht fatalistische Resignation – wie bei einem Patienten mit einer schlimmen Diagnose, der auf eine zweite Meinung wartet, von der er jetzt schon weiß, dass sie nicht besser ausfallen wird.

„Lamaison war mein Partner“, stammelte er wie als Entschuldigung.

Reacher nickte. „Loyalität. Eine schreckliche Bürde, nicht wahr?“

Der Koffer war ein dunkelgrauer Hartschalenkoffer. In flachen Mulden neben den Schlössern klebte in Plastikbuchstaben das Monogramm des Besitzers: AM.

„Siebzig Sekunden vorbei“, sagte Frances.

„Was haben Sie vor?“, fragte Mauney.

„Mit Ihnen?“, fragte Reacher zurück. „Vorläufig noch nichts.“

Frances zielte mit ihrer Pistole auf Mauneys Gesicht. Reacher kniete sich hin und legte den Koffer flach auf den Teppichboden. Versuchte die Schlösser zu öffnen. Sie waren abgesperrt. Er legte die Glock zur Seite, schob seine Fingerspitzen unter den Rand der Schlösser, spreizte die Daumen ein und ruckte. Die Schlösser gaben sofort nach. Reacher hob den Deckel hoch.

„Zahltag“, sagte er.

In dem Koffer lagen Stahlstichzertifikate mit kunstvollen Guillochen, Kreditbriefe ausländischer Banken und schwere kleine Wildlederbeutel mit Zugschnüren.

„Neunzig Sekunden vorbei“, ließ sich Frances vernehmen.

Reacher faltete die Wertpapiere ordentlich zusammen und gab sie ihr. Dann reichte er ihr die Wildlederbeutel. Sie verstaute alles in ihren Taschen. Er ließ den Koffer liegen, wo er war: flach auf dem Fußboden, leer, mit aufgeklapptem Deckel, an eine Muschel erinnernd. Dann griff er nach seiner Pistole und wandte sich wieder Mauney zu.

„Zwei Minuten vorbei“, sagte Frances.

„Lamaison war mein Partner, Reacher.“

„Das haben Sie schon gesagt. Man weiß also, dass Sie hier sind?“

„Ich war schon oft hier. Sehr oft.“

„Nehmen Sie den Telefonhörer ab und weisen Sie den Wachmann an, das Tor in genau einer Minute zu öffnen.“

Mauney zögerte.

Reacher setzte ihm die Mündung der Glock an die Schläfe. „Sie haben sechs meiner Freunde verraten. Nehmen Sie den Hörer ab.“

Mauney tat es. Wählte. Reacher horchte angestrengt und vernahm den Wählton im Telefonhörer und die in hundert Meter Entfernung im Leerlauf brummenden Chryslermotoren. Der Wachmann meldete sich.

„Hier ist Mauney. Öffnen Sie in genau einer Minute das Tor.“ Er legte auf.

Reacher wandte sich an Frances. „Bin ich dein Kommandeur?“

„Ja“, bestätigte sie. „Das bist du.“

„Dann pass auf. Sobald das Tor aufgeht, rennen wir zu unseren Wagen und hauen mit Höchstgeschwindigkeit ab.“

„Und dann?“

„Wir kommen später zurück. Wir können es noch rechtzeitig schaffen, wenn wir jetzt schnell sind. Sie sitzen bereits in ihren Autos. Daher müssen wir uns wirklich anstrengen. Du bist viel schneller als ich, aber du darfst nicht auf mich warten. Sieh dich nicht mal um. Wir können es uns nicht leisten, auch nur einen Meter zu verlieren, keiner von uns beiden.“

„Verstanden. Drei Minuten vorbei.“

Reacher packte Mauney am Kragen und riss ihn hoch. Zerrte ihn aus dem Büro, den Korridor entlang, zum Ausgang hinüber. Und dann einen Meter weit ins Freie. In der Ferne hatten sich die drei Chryslers wieder in Bewegung gesetzt.

„Warte auf den Startschuss“, sagte Reacher zu Frances.

Er sah zu dem Wachmann in seinem Häuschen hinüber. Sah, wie das Tor sich zu öffnen begann. Er setzte Mauney wieder seine Glock an die Schläfe und drückte ab.

Sie spurteten los. Frances hatte sofort einen Vorsprung. Sie flog schier durch den Lichtschein beim Wachhäuschen, flitzte um das Ende des erst halb offenen Rolltors, sprintete auf die Straße hinaus, war verschwunden.

Reacher machte kehrt und rannte in Gegenrichtung davon. Fünfzehn Sekunden später befand er sich wieder hinter dem langen Bug der Bell 222.

13

Vielleicht hatten sie Frances laufen sehen und vermutet, Reacher sei vor ihr. Oder nur bemerkt, dass das Tor sich bewegte. Jedenfalls mussten sie den Schuss gehört haben. Und sie bissen an, reagierten sofort. Alle drei Wagen beschleunigten und rasten wild schlingernd in Richtung Straße.

Reacher beobachtete, wie sie verschwanden. Er wartete ab, bis alles wieder ruhig und dunkel war. Dann zählte er bis zehn und bewegte sich langsam die rechte Seite der Bell entlang bis zur Kabinentür. Probierte den Griff. Die Tür war unverschlossen.

Er drückte den Griff nach unten, die Tür ging auf. Er kletterte in die Kabine. Ließ die Tür hinter sich mit einem lauten Klicken einrasten. Er duckte sich und spähte aus dem Fenster, beobachtete das Pilotenbüro.

Keine Reaktion.

Er drehte sich in der Hocke um. Innen sah die Bell 222 wie ein aufgepusteter Minivan aus, bloß weniger kastenförmig. Mit insgesamt sieben Sitzen – zwei im Cockpit, drei in der Mitte, zwei hinten. Aber die mittlere Sitzreihe war ausgebaut. Alle Sitze waren klobige schwarze Ledersessel mit hohen Rückenlehnen und Sitzgurten. Die Wände waren mit gestepptem schwarzem Kunstleder verkleidet.

Hinter den Rücksitzen befand sich ein Stauraum. Ein Gepäckabteil, vermutete Reacher. Nicht sehr geräumig, aber groß genug. Er fand die Hebel, mit denen die Sitze sich nach vorn kippen ließen. Stieg über sie hinweg und setzte sich seitlich auf den Kabinenboden, mit dem Rücken gegen eine Wand. Er zog die erbeuteten SIGs aus seinem Hosenbund und legte sie neben seinen Knien auf den Boden. Er beugte sich vor und zog die Sitze wieder hoch, dann kauerte er sich zusammen, sodass man seinen Kopf nicht sehen konnte. Wartete. Fünf Minuten. Zehn.

Schließlich zeichneten sich auf den beschlagenen Scheiben Lichter ab. Drei Scheinwerferpaare, die sich näherten, dann verloschen. Die Chrysler befanden sich wieder auf dem Parkplatz.

Reacher horchte angestrengt nach draußen. Langsame Schritte und halblaute Stimmen. Der Klang von Misserfolg. Die Suche war vorüber.

Er wartete und wurde vom Stillsitzen kalt und verkrampft. Er stellte sich die Szenerie in vierzig Meter Entfernung vor. Mauneys Leiche am Eingang, der leere Koffer im Büro, Panik, Verwirrung, Sorge.

Reacher wartete zwanzig lange Minuten.

Dann öffnete sich vorn eine Tür. Der Hubschrauber wippte, als jemand einstieg. Die Tür schloss sich. Ein Sitz knarrte. Das Schloss eines Schultergurts klickte. Schalter wurden umgelegt. Instrumente begannen schwach orangerot zu leuchten und warfen Schatten auf die Kabinendecke. Reacher beugte sich etwas nach vorn, bis er durch den Spalt zwischen den Sitzen blicken konnte. Er sah den Lederärmel des Piloten, der seine Vorflugkontrollen durchführte. Reacher zog den Kopf zurück.

Plötzlich folgte ein unglaublich lauter Knall – der Anlasser. Die Triebwerke zündeten, und das Getriebe wurde eingekuppelt; die Rotorblätter liefen mit trägem *Wup-wup-wup* im Leerlauf. Das Drehmoment ließ die ganze Maschine auf ihren Federbeinen leicht schwanken, rhythmisch, als tanzte sie. Ein lautes Trommeln erfüllte die Kabine. Die Antriebswelle. Reacher klemmte sich die erbeuteten SIGs unter die Beine, damit sie nicht wegrutschten. Er zog seine Glock aus der Tasche und behielt sie seitlich neben sich in der Hand.

Eine Minute später riss jemand die Kabinentür auf. Ein Schwall verstärkten Triebwerkslärms drang ins Innere. Auf den Lärm folgte Karla, die wie ein Stück Holz in die Kabine geworfen wurde. Mit dem Rücken zu Reacher blieb sie auf der Seite liegen. Ihre Hände und Füße waren mit Sisalstricken gefesselt.

Zwei Minuten später wurde O'Donnell hereingewuchtet. Er blieb auf dem Bauch liegen. Man hatte ihn genauso gefesselt wie Karla. Sie lagen wie Klafterholz nebeneinander, kämpften gegen ihre Fesseln an.

Die Federbeine wippten wieder, als Lennox und Parker an Bord kletterten und auf den Rücksitzen Platz nahmen.

Reacher duckte den Kopf noch tiefer. Wartete.

Dann wurde die vordere Tür gegenüber dem Piloten aufgerissen. Allen Lamaison ließ sich in den Sitz fallen und befahl: „Los!“

Die Triebwerksdrehzahl nahm zu, die Kabine vibrierte, das Geräusch der Rotorblätter wurde zu einem sich beschleunigenden *Wip-wip-wip*.

Gleich darauf waren sie in der Luft. Reacher hatte das Gefühl, der Kabinenboden käme ihm entgegen. Er hörte, wie die Räder in die Fahrwerksschächte eingefahren wurden. Spürte Kurven und ein langes gleichmäßiges Steigen; dann kippte die Maschine leicht nach vorn, als sie in schnellen Geradeausflug überging.

Nach der Uhr in Reachers Kopf dauerte der Flug exakt zwanzig Minuten. Dann spürte er den Hubschrauber langsamer werden. Er beugte sich ein wenig nach vorn, brachte ein Auge an den Spalt zwischen den Sitzen und beobachtete, wie Lamaison seine Stirn ans Fenster presste und nach unten starrte. Sah ihn sich zu dem Piloten hinüberbeugen. Hörte ihn sprechen. Oder vielleicht bildete er sich nur ein, ihn sprechen zu hören. Er hatte diesen Dialog in Gedanken hundertmal rekonstruiert. Er hatte das Gefühl, ihn in all seiner grausamen Unvermeidbarkeit Wort für Wort zu kennen.

„Wo sind wir?“, fragte Lamaison.

„Über der Wüste“, antwortete der Pilot.

„Höhe?“

„Tausend Meter.“

„Wie sind die Verhältnisse hier oben?“

„Still. Leichte Thermik, aber kein Wind.“

„Okay, dann los.“

Reacher spürte, wie der Hubschrauber in den Schwebeflug überging. Lamaison drehte sich auf seinem Sitz um und nickte Parker und Lennox zu. Reacher hörte das Klicken, mit dem sich Gurtschlösser öffneten, Lederpolster atmeten auf. Wegen der geringen Stehhöhe bewegten sich Parker und Lennox mit gesenktem Kopf voran. Und breitbeinig, um auf dem schwankenden Boden Halt zu finden. Einer von ihnen würde leicht, der andere qualvoll sterben. Das hing davon ab, wer die Tür öffnete.

Lennox drehte sich halb um, ergriff den Schlossteil seines Sitzgurts und hielt ihn mit der linken Hand umklammert. Dann machte er ein paar kleine Seitwärtsschritte und tastete mit der Rechten nach dem inneren Türgriff. Er entriegelte ihn und drückte gegen die Tür. Sie öffnete sich halb; Wind und Lärm kamen hereingeheult. Der Pilot legte den Hubschrauber leicht schräg, sodass die Tür durch ihr Eigengewicht ganz aufging. Dann flog er einen langsamen Rechtskreis, damit Fahrt, Trägheit und Winddruck die Tür weit offen hielten.

Lennox sah sich um. Groß, rotgesichtig, massig, mit der linken Hand den Sitzgurt umklammernd.

Reacher beugte sich vor, ertastete mit der linken Hand den Hebel, der die

Sitzverriegelung löste. Die Rückenlehne schnellte nach vorn. Er riss die rechte Hand mit der Glock hoch, legte den rechten Unterarm flach auf die Hinterseite der Rückenlehne. Kniff ein Auge zu, zielte auf eine Stelle dicht über Lennox' Nabel. Und drückte ab.

Ein glatter Bauchdurchschuss. Ohne im Hubschrauber Schaden anzurichten, ging die Kugel durch die offene Tür in die Nacht hinaus. Eine rot aufblühende Rosette umgab das Einschussloch in Lennox' Hemd. Seine linke Hand ließ den Sitzgurt los. Mit panischer Angst im Gesicht balancierte er einen Viertelmeter von der Schwelle entfernt.

Reacher nahm einen minimalen Zielwechsel vor und traf ihn erneut, diesmal durchs Brustbein. Lennox sank in die Knie, wobei er sich leicht nach hinten neigte. Sein Oberkörper bekam Übergewicht und beförderte ihn aus der Tür hinaus in die Nacht. Das Letzte, was Reacher von ihm sah, waren die Sohlen seiner Schuhe.

Seit er den Sitz nach vorn geklappt hatte, waren nicht viel mehr als zwei Sekunden vergangen, aber Reacher erschienen sie wie zwei Leben. Vielleicht Franz' und Orozcos Leben. Er empfand unendliche Ruhe und Gelassenheit, plante sein Handeln wie Schachzüge, war sich aller Risiken und Chancen genau bewusst. Der Gegner hatte bisher kaum reagiert. Der Pilot hockte wie gelähmt auf seinem Sitz. Parker war in absurd gebückter Haltung erstarrt. Lamaison stierte auf die Stelle, wo Lennox gestanden hatte, als wäre er außerstande, das Geschehene zu begreifen.

Nun stand Reacher auf. Er kippte die zweite Rückenlehne nach vorn und kletterte wie eine albtraumhafte Erscheinung darüber: ein plötzlich aus dem Nichts auftauchender Riese. Mit an die Deckenverkleidung gedrücktem Kopf stand er breitbeinig da. In der linken Hand hielt er eine SIG, die genau auf Parkers Gesicht zielte, während die Glock in seiner Rechten auf Lamaison gerichtet war.

Der gefährlichste Augenblick. Nach vorn durfte Reacher auf keinen Fall schießen. Die Gefahr, irgendein wesentliches Teil der Avionik zu treffen, war viel zu groß. Er konnte Parker auch nicht zu Boden ringen, weil Karla und O'Donnell den gesamten Kabinenboden einnahmen. Der Pilot und Lamaison hingegen saßen angeschnallt auf ihren Sitzen; der Pilot brauchte nur wilde Manöver auszuführen, bis alle aus der Kabine flogen. Dabei würden sie zwar Parker opfern, doch Reacher glaubte nicht, dass das Lamaison schlaflose Nächte bescheren würde.

Aber stattdessen hob O'Donnell Kopf und Füße und ruckelte verzweifelt zwei Handbreit näher an Reacher heran. Karla bewegte sich in die entgegengesetzte Richtung, sodass zwischen den beiden kostbare dreißig Zentimeter Fußraum entstanden. Reacher nutzte ihn und rammte Parker die Mündung seiner SIG in den Bauch. Parker, dem dieser Schlag die Luft aus der Lunge presste, klappte zusammen und machte instinktiv einen Schritt in den Kanal, den Karla und O'Donnell geschaffen hatten. Reacher wich ihm wie ein Stierkämpfer aus, setzte eine Stiefelsohle flach auf Parkers Hintern, schob kräftig und ließ ihn blindlings in die Nacht hinausstolpern. Noch bevor Parkers Schrei verklungen war, hatte Reacher den linken Arm so um Lamaisons Hals geschlungen, dass die SIG auf den Piloten zielte; die Glock hielt er an Lamaisons Genick gedrückt.

Danach wurde alles leichter.

Die Bell befand sich immer noch im Schwebeflug. Die Tür blieb durch den Fahrtwind einladend weit offen. Reacher winkelte seinen Ellbogen stärker an und zog Lamaison in seinem Sitz höher, bis die Schultergurte sich ganz strafften. Dann legte er seine Glock weg, angelte O'Donnells Schlagring aus der Tasche. Er streckte den Arm aus und zog Karla so heran, dass sie mit dem Rücken zu ihm lag. Benutzte die scharfen Kanten des Schlagrings, um ihre Sisalhandfessel zu durchtrennen. Karla machte ihre Arme steif, und die Sisalfasern rissen langsam, eine nach der anderen.

Lamaison begann sich zu wehren, doch Reacher klemmte ihn noch fester ein, was allerdings den Nachteil hatte, dass die SIG nicht mehr präzise auf den Piloten zielte. Aber der saß einfach nur versteinert da und ließ die Bell weiter ihren langsamen Rechtskreis fliegen.

Reacher sägte blindlings weiter. Karla bewegte die Arme, hielt ihm neue Sisalstränge hin. Lamaison begann sich erneut zu wehren. Er war ein großer Mann, muskulös und kräftig. Aber Reacher war größer und stärker, und Reacher war zornig. Er drückte fester zu, achtete aber gleichzeitig darauf, dass Lamaison bei Bewusstsein blieb. Stur sägte er an dem Sisalstrick weiter. Plötzlich gab ein ganzes Faserbündel nach, und Karlas Handgelenke waren frei. Sie richtete sich auf. Reacher gab ihr den Schlagring sowie seine Glock und nahm die SIG von der linken in die rechte Hand.

Danach wurde alles viel leichter.

Karla handelte clever, indem sie den Schlagring ignorierte und zu Lamaison hinüberrobbte, in dessen Taschen sie eine weitere SIG und O'Donnells Springmesser fand. Zwei Sekunden später waren ihre Fußfesseln durchtrennt, zehn Sekunden danach war O'Donnell befreit.

Dieser packte den Piloten am Kragen und drückte ihm die Mündung einer SIG unters Kinn. Der Pilot blieb passiv.

Reacher beugte sich zu ihm hinüber und fragte: „Höhe?"

Der Pilot schluckte trocken, dann antwortete er: „Tausend Meter."

„Wir wollen etwas höher. Versuchen wir's mit fünfzehnhundert."

Als der Hubschrauber im Steigflug seinen langsamen Rechtskreis verließ, schwang die offene Tür mit einem Knall zu. In der Kabine wurde es still. Lamaison war in Reachers Würgegriff seltsam träge und passiv geworden. Als könnte er nicht glauben, dass all das wirklich passierte.

Reacher spürte, wie die Bell in den Schwebeflug überging. „Höher. Geben wir noch hundert Meter zu. Wir wollen eine ganze Meile."

Der Hubschrauber stieg erneut, langsam und präzise. Er drehte sich ein wenig und ging dann wieder in den Schwebeflug über.

„Eine Meile", meldete der Pilot.

Reacher wandte sich an Karla. „Mach die Tür auf."

Lamaison erwachte zu neuem Leben. Er wand sich, strampelte auf seinem Sitz und flehte: „Nein, bitte, bitte nicht!"

Reacher verstärkte den Druck gegen Lamaisons Hals. „Haben meine Freunde gebettelt?"

Lamaison schüttelte den Kopf.

„Natürlich nicht", zischte Reacher. „Sie hatten Stolz."

Karla packte den Schlossteil von Lennox' Sitzgurt und entriegelte die Tür. Sie drückte heftig, sodass die Tür aufsprang.

Reacher wandte sich an den Piloten. „Machen Sie wieder diese Karussellsache."

Der Pilot flog einen langsamen Rechtskreis. Ohrenbetäubender Lärm und kalte Nachtluft fluteten herein. Am Horizont hoben sich die Berge als schwarze Schattenrisse ab. Hinter ihnen war der Widerschein von Los Angeles zu sehen, dann verschwand dieser Ausblick wieder.

Karla setzte sich auf die nach vorn geklappte Rückenlehne von Parkers Sitz. O'Donnell packte den Piloten noch fester am Kragen. Reacher benutzte die Mündung der SIG dazu, kurz auf Lamaisons Gurtschloss zu schlagen. Zerrte Lamaison ganz über die Rückenlehne seines Sitzes und warf ihn auf den Kabinenboden. Stemmte ihm ein Knie zwischen die Schulterblätter und drückte ihm die SIG ins Genick. Lamaison hob den Kopf. Starrte in das schwarze Nichts hinaus. Kreischte laut.

Zu spät. Man erntet, was man gesät hat.

Reacher nahm die SIG in die linke Hand, umfasste mit seiner Rechten Lamaisons Hals wie mit einer Zange und drückte fest zu. Lamaisons Arterien wurden blockiert, sein Gehirn bekam nicht mehr genug Sauerstoff, er hörte auf zu kreischen. Reacher wälzte ihn auf den Rücken und setzte ihn wie einen Betrunkenen auf. Schob ihn mit den Füßen voraus auf seinem Hintern über den Kabinenboden.

An der Schwelle hielt er inne und hielt Lamaison dort mit auf den Rücken gedrehten Armen fest. Der Hubschrauber flog weiter seinen langsamen Kreis. Die Triebwerke heulten, und die Rotorblätter knatterten in voneinander unterscheidbaren Basstönen. Reacher spürte jeden einzelnen wie Herzschläge in seiner Brust. Minuten verstrichen, Lamaison kam wieder zu sich und stellte entsetzt fest, dass er wie auf einer hohen Mauer aufrecht am äußersten Rand der Kabine saß, sodass seine Füße im Nichts baumelten.

Eine Meile über der nächtlichen Wüste. Eintausendsechshundertneun Meter.

Reacher hatte sich in den letzten Tagen eine Rede zurechtgelegt. Sie war voll schöner Phrasen über Loyalität und Vergeltung, ein Nachruf auf seine vier toten Freunde. Aber als es nun so weit war, sagte er nicht viel. Lamaison war halb verrückt vor Angst, und der Lärmpegel war zu hoch. So beugte er sich lediglich vor und brachte seinen Mund dicht an Lamaisons Ohr.

„Sie haben einen großen Fehler gemacht. Sie haben sich mit den falschen Leuten angelegt. Das büßen Sie jetzt."

Dann setzte er seinen Absatz flach auf Lamaisons Kreuz und trat zu.

Es gab keinen Schrei. O'Donnell stieß den Piloten an; der richtete die Maschine auf und begann einen Linkskreis, sodass die Tür von selbst zuknallte. In der Kabine wurde es vergleichsweise still.

Karla umarmte Reacher herzlich. „Du hast echt bis zur letzten Minute gewartet, was?", scherzte O'Donnell.

„Ich hab mir überlegt, ob ich sie dich rausschmeißen lassen soll, bevor ich Karla rette", erwiderte Reacher. „Schwierige Entscheidung. Hat ihre Zeit gedauert."

„Wo ist Frances?"

„Hoffentlich bei der Arbeit. Die Raketen sind vor acht Stunden aus dem Tor des Lagerhauses in Colorado gerollt. Und wir wissen nicht, wohin sie unterwegs sind."

DER PILOT konnte ihnen nichts tun, ohne auch sich selbst umzubringen, deshalb ließen sie ihn im Cockpit allein, nachdem sie den Treibstoffvorrat kontrolliert hatten. Er war niedrig, für weit weniger als eine Flugstunde ausreichend. Hier oben gab es keinen Handyempfang. Reacher wies den Piloten an, tiefer zu gehen und nach Süden zu fliegen, um ein Signal zu finden.

Karla und O'Donnell klappten die Rückenlehnen der hinteren Sitze hoch und setzten sich hin. Reacher legte sich rücklings auf den Kabinenboden und streckte alle viere von sich. Er fühlte sich müde und niedergeschlagen. Lamaison gab es nicht mehr, aber das hatte niemanden zurückgebracht.

„Wohin würde man sechshundertfünfzig Fla-Raketen schicken?", fragte O'Donnell.

„In den Nahen Osten", antwortete Karla. „Und ich würde sie als Seefracht schicken."

Reacher hob den Kopf. „Lamaison sagte, sie seien für Kaschmir bestimmt. Er wollte wohl lieber diese Lüge glauben als die Wahrheit wissen."

„Und die wäre?"

„Terrorismus hier in den Staaten. Das liegt auf der Hand. Um Kaschmir streiten sich zwei Staaten. Regierungen haben Einkaufskommissionen, sie laufen nicht mit Hartschalenkoffern voller Wertpapiere, Kreditbriefe und Diamanten herum."

„Das habt ihr gefunden?", fragte Karla.

„Ja, in Highland Park. Im Wert von fünfundsechzig Millionen. Frances hat die ganze Beute. Du wirst sie für uns zu Geld machen müssen."

„Wenn ich überlebe. Vielleicht wird mein Flugzeug ja vor der Landung in New York abgeschossen. Acht Stunden bei achtzig Stundenkilometern ist bereits ein Radius von sechshundertvierzig Kilometern. Das ist ein Kreis mit fast eins Komma drei Millionen Quadratkilometern."

„Eine Million zweihundertsechsundachtzigtausend", präzisierte Reacher automatisch. „Aber wir mussten uns entscheiden: Wir konnten sie stoppen, als der Radius noch klein war, oder aber euch befreien, Leute."

„Danke", sagte O'Donnell. „Wie geht's jetzt weiter?"

„Mahmoud ist nicht dumm. Er hat gerade fünfundsechzig Millionen für Sachen ausgegeben, die im Prinzip nur Bauteile sind. Er muss darauf bestanden haben, dass irgendjemand ihm im Rahmen des Deals zeigt, wie man die verdammten Dinger zusammenschraubt."

„Wer?"

„Diana Bond hat uns erzählt, dass der Entwicklungsingenieur von New Age die Qualitätskontrollen durchführt, weil er weltweit der Einzige ist, der weiß, wie die Little Wing funktionieren soll. Und Lamaison hatte ihn in der Hand. Er hat seine Tochter bedroht."

„Lamaison wollte mit ihm also irgendwohin. Und du hast Lamaison aus dem Hubschrauber geworfen, ohne ihn vorher danach zu fragen.“

Reacher schüttelte den Kopf. „Lamaison sagte, der Deal sei im Kasten. Er wollte mit niemandem irgendwohin.“

„Wenn Lamaison nicht mit Dean verreisen wollte, müssen sie die Raketen wohl zu Dean bringen“, meinte Karla.

„Handys funktionieren wieder!“, rief der Pilot.

Reacher zog sein Prepaidhandy heraus, fand Frances’ Nummer. Drückte die grüne Taste. Frances meldete sich.

„Was hältst du von Deans Haus in der Wüste als Ziel?“, fragte er.

„Das ist es, todsicher“, stimmte sie zu. „Ich bin in zwanzig Minuten dort.“

Reacher wies den Piloten an, das Gebiet südlich von Palmdale anzusteuern. Dann rief er wieder Frances an. Sie hatte sich Deans Adresse von Margaret Berenson in deren Hotel in Pasadena besorgt.

Reacher forderte sie auf, bei Deans Haus mit aufgeblendeten Scheinwerfern im Kreis zu fahren. Er ließ sich auf dem linken Vordersitz nieder. Karla und O’Donnell übernahmen hinten die Seitenscheiben. So betrug ihr Blickwinkel 180 Grad.

Sie sahen nichts. Nur endlos weite Schwärze mit vereinzelten Lichtpunkten. Vielleicht Tankstellen.

Reacher versuchte wieder zu telefonieren. Keine Verbindung.

„Treibstoff wird echt knapp“, bemerkte der Pilot.

„Highway links von uns!“, rief Karla.

Reacher blickte nach unten. Zwei Autos waren nach Süden unterwegs, drei nach Norden. Er schloss die Augen und stellte sich die Straßenkarten vor, die er sich angesehen hatte. „Wir dürften eigentlich keinen Nord-Süd-Highway sehen. Wir sind zu weit westlich.“

Der Hubschrauber legte sich schräg, beschrieb eine lange Kurve nach Osten. „Ich muss bald landen“, sagte der Pilot.

„Sie landen, wenn ich’s Ihnen sage“, erwiderte Reacher.

Weit vor ihnen funkelte und glitzerte in der Ferne eine Ansammlung kleiner Lichter. Das musste Palmdale sein.

„Nach Süden“, befahl Reacher.

Der Pilot flog einen weiten Vollkreis, als wollte er den Horizont mit einem imaginären Suchscheinwerfer ausleuchten.

Sie sahen nichts. Eine Handyverbindung gab es hier nicht.

„Höher. Wir müssen einen besseren Überblick bekommen."

„Ausgeschlossen", widersprach der Pilot. „Schauen Sie auf die Anzeige."

Reacher sah hin. Ihre Nadel lag links am Anschlag. Offiziell waren die Tanks leer. Er schloss die Augen und stellte sich die Karte vor. Margaret Berenson hatte gesagt, Dean habe über die höllische Fahrerei als Pendler geklagt. Nach Highland Park konnte er nur auf zwei Wegen gelangen: über die Route 138 oder über die Route 2. Die 2er war schmaler und kurvenreicher, und sie stieß in Glendale auf den 210er. Vermutlich war sie deswegen höllischer. Was bedeutete, dass Dean nicht südöstlich, sondern ziemlich genau südlich von Palmdale wohnen musste. Reacher sah nach vorn und wartete ab, bis die Ansammlung kleiner Lichter wieder in Sicht kam.

„Jetzt um hundertachtzig Grad zurück", wies er den Piloten an.

„Der Treibstoff ist alle."

„Los jetzt!"

Der Hubschrauber drehte sich. Senkte den Bug und knatterte weiter.

Sechzig Sekunden später entdeckten sie Frances.

Anderthalb Kilometer voraus und hundertzwanzig Meter tiefer sahen sie einen Lichtkegel kreisen und blinken. Anscheinend fuhr Frances mit größtem Lenkradeinschlag im Kreis und wechselte dabei zwischen Fern- und Abblendlicht. Der Effekt war spektakulär. Das Scheinwerferlicht glitt und tanzte über die kahle Landschaft und leuchtete Hunderte Meter weit. Wie ein Leuchtturm auf einer felsigen Steilküste. Im Westen fiel das Gelände in einen Arroyo ab, ein wasserloses Flussbett, das etwa zwanzig Meter breit und sechs Meter tief zu sein schien.

„Landen Sie dort in der Senke", befahl Reacher. „Aber lassen Sie das Fahrgestell drin."

„Warum?", fragte der Pilot.

„Weil ich es so will."

Der Pilot holte nach Westen aus, ging etwas tiefer und flog den Arroyo von Süden an. Dann ließ er die Bell wie einen Aufzug sinken. Setzte schließlich mit leichtem Stoß auf dem felsigen Untergrund auf. Metall kreischte, und der Kabinenboden neigte sich leicht nach rechts. Aus seinem Fenster sah Reacher Frances' Scheinwerfer, die durch den Sandsturm, den der Rotorabwind erzeugte, auf sie zugerast kamen.

Dann war der Treibstoff zu Ende. Die Triebwerke hörten zu arbeiten auf, und die Rotorblätter kamen zitternd zum Stehen.

Reacher war als Erster draußen. Er schickte Karla und O'Donnell voraus, damit sie sich mit Frances trafen. Dann wandte er sich durch die offen stehende rechte Cockpittür dem Piloten zu.

„Klasse Landung“, lobte er ihn.

„Danke.“

„Und diese Karussellsache. Wie Sie dort oben dafür gesorgt haben, dass die Tür offen blieb. Clever gemacht. Aber Sie hatten natürlich Übung.“

Der Pilot schwieg.

„Viermal“, fuhr Reacher fort. „Mindestens, soviel ich weiß. Diese Männer waren meine Freunde.“

„Lamaison hat mir befohlen, das zu tun, sonst hätte ich meinen Job verloren. Was ist mir anderes übrig geblieben?“

Reacher schüttelte den Kopf. „Sie hätten alles Mögliche tun können.“ Er lächelte.

Der Pilot entspannte sich ein wenig.

Reacher beugte sich hinein und tätschelte ihm die Wange. Eine freundliche Geste. Dann ließ er seine Hand hinter den Kopf des Piloten gleiten und brach ihm mit einem einzigen kräftigen Ruck das Genick.

Er schlug die Tür zu und ging davon. Sah sich nach zwanzig Metern noch mal um. Ein Hubschrauber in einem Arroyo, leicht schräg aufgekommen, Fahrwerk eingefahren, Tanks leer. Ein Absturz. Der Pilot noch im Cockpit, beim Aufschlag erlittene tödliche Verletzungen, ein bedauerlicher Unfall.

Nicht perfekt, aber glaubwürdig.

FRANCES hatte ungefähr fünfzig Meter von der Senke entfernt geparkt – etwa auf halber Strecke zu Deans Haustür. Ihre Scheinwerfer waren noch immer aufgeblendet, als Reacher den Civic erreichte. Frances, Karla und O’Donnell standen in einer engen Dreiergruppe beisammen.

„Alles okay?“, erkundigte sich Reacher.

Karla und O’Donnell nickten, Frances nickte nicht.

„Bist du sauer auf mich?“, fragte Reacher sie.

„Nein, aber ich wär’s gewesen, wenn du Mist gebaut hättest.“

„Du solltest inzwischen rauskriegen, wohin die Raketen unterwegs sind.“

„Das hast du doch bereits gewusst.“

„Ich wollte eine zweite Meinung. Also los, besuchen wir Mr Dean.“

Sie zwängten sich in den winzigen Civic, und Frances fuhr die fünfzig Meter bis zum Haus.

Edward Dean machte nach dem ersten Klopfen auf. Anscheinend hatten das Rotorknattern und Frances' Lichtspiele ihn geweckt. Er sah nicht gerade wie ein Raketenwissenschaftler aus, eher wie ein Footballtrainer. Reacher schätzte ihn auf Mitte vierzig. Er war groß, hatte strubbeliges aschblondes Haar, trug eine Trainingshose und ein T-Shirt, aber keine Schuhe. Schließlich war es kurz vor Mitternacht.

„Wer seid ihr, Leute?", fragte er.

Reacher erklärte ihm, wer sie und weshalb sie hier waren.

Dean hatte keine Ahnung, wovon er sprach. Reacher hatte erwartet, dass Dean leugnen würde. Aber seine Ahnungslosigkeit schien echt zu sein.

„Fangen wir von vorn an", sagte Reacher. „Wir wissen, was Sie mit den Elektronikpacks gemacht haben und warum Sie's tun mussten. Wir wissen Bescheid über die Drohung gegen Ihre Tochter."

Auf Deans Gesicht zeigte sich plötzlich ein Ausdruck wie bei Margaret Berenson.

„Wo ist sie?", erkundigte sich Reacher.

„Fort. Mit ihrer Mutter. Eine dringende Familienangelegenheit."

„Sie haben sie weggeschickt. Das war klug. Aber Lamaison ist tot. Ich hab ihn aus dem Hubschrauber geworfen. Und Parker und Lennox auch."

In Deans Augen blitzte Hoffnung auf, nur für Bruchteile einer Sekunde, im Halbdunkel schwer zu erkennen. „Das glaube ich Ihnen nicht."

„Zeig's ihm, Karla."

Sie zog die Geldbörse heraus, die sie Lamaison abgenommen hatte.

Dean ließ sie sich geben und drehte sich damit zu der Lampe im Flur um. Er sah den Inhalt durch und gab sie Karla zurück. „Das beweist noch nicht, dass Sie Lamaison erledigt haben."

„Ich kann Ihnen aber den Piloten zeigen", erwiderte Reacher. „Der ist auch tot. Ich habe ihn gerade umgebracht."

„Sie sind verrückt!"

„Und Sie haben nichts mehr zu befürchten. Gewöhnen Sie sich an den Gedanken. Aber wir müssen wissen, wer wann hierherkommt."

„Hier kommt niemand her. Das war nie vereinbart."

„Wirklich nicht?"

„Erzählen Sie's mir noch mal. Lamaison ist tot?"

„Er hat vier meiner Freunde ermordet. Wäre er nicht tot, würde ich weiß Gott nicht hier stehen und meine Zeit mit Ihnen vergeuden."

Dean nickte langsam. Er gewöhnte sich allmählich an den Gedanken. „Aber ich weiß noch immer nicht, wovon Sie reden. Okay, ich habe falsche Testberichte abgezeichnet, was schrecklich ist, das gebe ich zu, aber mehr habe ich nicht getan. Es war nie im Gespräch, Raketen zusammenzubauen oder jemandem zu zeigen, wie's gemacht wird."

„Wer kann das sonst noch?"

„Die Montage ist ganz einfach. Muss sie auch sein. Soldaten sollen sie während eines Einsatzes vornehmen können."

„Neun Stunden", sagte Frances plötzlich.

„Weitere dreihundertfünfzigtausend Quadratkilometer", setzte Karla hinzu.

351 035, dachte Reacher automatisch. Allein dieser Zuwachs war größer als die Hälfte von Texas. Eine Kreisfläche wird mit der Formel „Radius im Quadrat mal Pi" berechnet, und es war dieses „im Quadrat", das die Fläche so rasch größer werden ließ.

„Sie kommen hierher", sagte Reacher. „Es kann nicht anders sein."

Dean bat sie herein. Sein Haus war ein langgestreckter niedriger Bungalow aus gelblichem Beton und Holz. Es gab einen riesigen Wohnbereich mit Navajoteppichen, abgewohnten Möbeln und einem offenen Kamin, in dem noch Asche aus dem vergangenen Winter lag. Eine Menge Bücher, eine Stereoanlage, überall CDs. Alles zusammen sah wie der in Erfüllung gegangene Wunschtraum eines Stadtflüchtlings aus.

Als Dean in die Küche ging, um Kaffee zu machen, sagte Karla: „Neuneinhalb Stunden."

Reacher verstand es sofort. Ging man von einer Durchschnittsgeschwindigkeit des Lastwagens von achtzig Stundenkilometern aus und nahm Pi als 3,14 an, war das potenzielle Suchgebiet nach neuneinhalb Stunden genau 1 813 664 Quadratkilometer groß.

Alle schwiegen eine Weile, bis Dean den Kaffee brachte. Dann erkundigte Reacher sich bei ihm: „Haben Sie die Elektroinstallation hier selbst gemacht?"

„Teilweise."

„Haben Sie Kunststoffkabelbinder?"

„Jede Menge. In der Werkstatt nach hinten raus."

„Sie sollten nach Palmdale fahren. Frühstücken Sie irgendwo."

„Jetzt gleich?"

„Jetzt gleich. Bleiben Sie auch zum Mittagessen. Kommen Sie erst nachmittags zurück."

„Wieso? Was passiert hier?"

„Weiß ich noch nicht genau. Aber Sie sollten nicht dabei sein."

Dean blieb noch einen Augenblick sitzen. Dann nahm er seine Schlüssel und ging hinaus. Sie hörten seinen Wagen anspringen und wegfahren. Im Haus wurde es wieder still.

„Neun drei viertel Stunden“, verkündete Karla. Der Kreis hatte jetzt eine Fläche von 1 910 376 Quadratkilometern.

„Er kommt“, sagte Reacher.

In einem der Bücherschränke fand er einen Straßenatlas und rechnete sich aus, dass Denver achtzehn Stunden entfernt war, was eine Ankunft gegen sechs Uhr morgens wahrscheinlich machte. Aus Mahmouds Sicht ideal. Lamaison hatte ihm sicher von der Drohung gegen Deans Tochter erzählt, und er würde sich ausrechnen, dass die Kleine um sechs Uhr morgens auf jeden Fall zu Hause wäre. Was Dean nachdrücklich an seine Verwundbarkeit erinnern würde. Mahmoud tauchte vielleicht unangemeldet auf, aber dass er davon ausging, das Gewünschte zu bekommen, stand außer Zweifel.

Gegen fünf Uhr morgens begann der Himmel im Osten hell zu werden. Um halb sechs machte Reacher einen Spaziergang. Dean besaß keine Nachbarn. Er wohnte von Tausenden Hektar Wüste umgeben. Wertloses, sonnenverbranntes Land. Die Hochspannungsleitung verlief in Nord-Süd-Richtung, bis sie sich im Dunst verlor. Von Südosten her führte eine Schotterstraße zu Deans Anwesen. Sie war mindestens anderthalb Kilometer lang, vielleicht auch länger.

Reacher folgte ihr ein Stück, dann drehte er sich um und kontrollierte, was Mahmoud bei seiner Ankunft sehen würde. Der Hubschrauber war nicht zu entdecken. Reacher fuhr Frances' Civic hinter die Garage. In hundert Meter Entfernung sah er einen flachen Felsblock, der in Form und Größe an einen Sarg erinnerte. Er ging dorthin, holte Tony Swans Betonbrocken aus der Tasche und stellte ihn wie ein kleines Denkmal auf den Felsen.

Auf dem Rückweg warf er einen Blick in die Werkstatt. Er fand schwarze Kabelbinder und nahm acht der längsten mit. Sie waren ungefähr einen halben Meter lang, dick und steif. Er ging ins Haus zurück, um zu warten.

Sechs Uhr kam, aber Mahmoud nicht. Jetzt hatte der Kreis eine Fläche von fast sechseinhalb Millionen Quadratkilometern. Sechs Uhr fünfzehn: etwas über 6,7 Millionen. Halb sieben: sieben Millionen.

Genau um 6.32 Uhr klingelte das Telefon, nur einmal, kurz und leise.

„Jetzt geht's los“, sagte Reacher. „Eben hat jemand die Telefonleitung gekappt.“

Sie traten an die Fenster. Warteten. Dann erkannten sie etwa fünf Kilometer südwestlich einen glitzernden weißen Punkt. Ein Fahrzeug, das eine Staubwolke hinter sich herzog, die von der Morgensonne wie ein Glorienschein angestrahlt wurde.

SIE WARTETEN angespannt und schweigend. Fünf Minuten später hörten sie das Knirschen von Steinen unter schweren Reifen und das gedämpfte Brummen eines ausgeleierten V8-Motors. Das Knirschen verstummte, der Motor wurde abgestellt, und kurz darauf wurde an die Haustür geklopft.

Reacher ging den Flur entlang. Öffnete die Tür. Sah draußen einen Mann mit einem mittelgroßen Kastenwagen im Rücken. Der Lastwagen war ein gemieteter U-Haul, weiß und rot. Der Mann war ungefähr vierzig, mittelgroß, mittelschwer, teuer gekleidet, aber etwas verknittert, hatte dichtes, glänzendes und erstklassig geschnittenes schwarzes Haar und den mittelbraunen Teint sowie die regelmäßigen Züge, die man für die eines Inders oder Iraners, eines Syrers oder Algeriers oder sogar eines Israeli oder Italieners hätte halten können.

Azhari Mahmoud wiederum sah einen zerzausten riesenhaften Weißen vor sich. Kräftige, harte Handgelenke, gewaltige Pranken, staubige graue Jeans und Arbeitsstiefel. Ein verrückter Wissenschaftler. Glücklich und zufrieden in dieser Bruchbude in der Wüste.

„Edward Dean?“, fragte Mahmoud.

„Ja“, antwortete Reacher. „Wer sind Sie?“

„Wie ich sehe, funktioniert hier kein Handy. Und ich habe zehn Kilometer von hier vorsichtshalber Ihre Telefonleitung durchtrennt. Ich bin ein Freund von Allen Lamaison. Sie sollen mir die gleichen Gefälligkeiten erweisen wie ihm.“

„Lamaison erweise ich keine Gefälligkeiten. Verpissen Sie sich!“

Mahmoud nickte. „Ich will’s anders ausdrücken. Die von Lamaison ausgesprochene Drohung gegen Ihre Tochter gilt weiter. Sie werden mir zeigen, wie man die Little Wing scharf macht.“

Reacher sah zu dem U-Haul hinüber. „Das kann ich nicht. Sie haben nur die Elektronikpacks.“

„Die Raketen sind unterwegs“, erklärte Mahmoud. „Sie werden bald eintreffen.“

„Wo wollen Sie sie einsetzen?“

„Hier und dort.“

„Innerhalb der Staaten?“

„Ziele gäbe es hier genügend."

„Ich tu's nicht."

„Doch, Sie machen mit. Genau wie bisher. Aus dem gleichen Grund."

Reacher zögerte kurz, dann sagte er: „Kommen Sie lieber rein."

Er trat beiseite. Mahmoud war es gewohnt, ehrerbietig behandelt zu werden, deshalb ging er durch den Flur voraus. Reacher traf seinen Hinterkopf mit einem schweren Schlag, der ihn zur Wohnzimmertür stolpern ließ. Dort trat ihm Frances entgegen, die ihn mit einem sauberen Kinnhaken zu Boden schickte. Eine Minute später lag Mahmoud gefesselt auf dem Boden im Flur: achterförmige Kabelbinder verbanden sein linkes Handgelenk mit dem rechten Fußknöchel und sein rechtes mit dem linken Knöchel. Die Fesseln waren sehr fest angezogen. Mahmoud, der eine blutige Unterlippe hatte, jammerte laut.

Reacher ging in den Wohnraum zurück, um auf den Lastwagen aus Denver zu warten.

Es handelte sich um einen weißen Sattelschlepper mit sechs Achsen. Der Fahrer war noch keine zwei Minuten aus dem Fahrerhaus geklettert, als er bereits wie Mahmoud gefesselt neben ihm am Boden lag.

Dann schleifte Reacher Mahmoud ins Freie und ließ ihn neben seinem U-Haul auf dem Rücken in der Sonne zurück. In Mahmouds Blick lag Angst. Er wusste, was ihm bevorstand. Reacher vermutete, er wäre lieber tot gewesen, deshalb ließ er ihn dort draußen lebend zurück. O'Donnell zerrte derweil den Fahrer hinaus und ließ ihn neben seinem Sattelschlepper liegen.

Nun zwängten sie sich alle vier in Frances' Civic und rasten nach Süden davon. Sobald die Handys wieder funktionierten, rief Frances ihren Kontakt im Pentagon an. Sie erklärte ihm, wo er suchen lassen solle und was er dort finden werde.

Reacher blickte aus dem Fenster, und bevor sie auch nur die Berge erreichten, sah er eine ganze Hubschrauberstaffel am Horizont nach Westen fliegen. Bell AH-1 vom nächsten Stützpunkt des Heimatschutzministeriums, vermutete er. Der Himmel war voll von ihnen.

Während einer Pause jenseits der Berge sprachen sie über Geld. Frances gab Karla die Wertpapiere und Diamanten, die diese nach New York mitnehmen und zu Geld machen sollte. Als Erstes würde Frances davon ihre Auslagen ersetzt bekommen; an zweiter Stelle stand die Einrichtung von Treuhandfonds für Angela und Charlie Franz, Tammy Orozco mit ihren drei Kindern und Sanchez' Freundin Milena; drittens sollte ein Tierschutzverein im Namen von Tony Swan eine großzügige Spende erhalten.

Dann wurde es heikel. Frances verdiente sehr gut, doch Reacher hatte den Eindruck, dass Karla und O'Donnell Geld brauchten, aber nicht darum bitten wollten. Deshalb schlug er vor, den verbleibenden kleinen Rest als Honorar unter ihnen aufzuteilen. Damit waren alle einverstanden.

Danach sprachen sie nicht mehr viel miteinander. Reacher stellte sich erneut die große Frage, was er den anderen voraushatte: Wäre der Stau auf dem 210er nicht gewesen, hätte er sich vor dem Krankenhaus besser durchgesetzt als Karla und O'Donnell? Ehrlich gesagt wusste er die Antwort darauf nicht.

Zwei Stunden später waren sie auf dem LAX. Sie ließen den Civic in einer Feuerwehrzufahrt stehen. Bevor sie sich trennten, blieben sie auf dem Gehsteig stehen, schlugen ein letztes Mal die Fäuste aneinander und versprachen sich zum Abschied ein baldiges Wiedersehen. Frances ging zu American. Karla machte sich auf den Weg zu America West. O'Donnell fahndete nach United. Reacher stand in der Hitze und schaute ihnen nach.

Er verließ Kalifornien mit fast zweitausend Dollar in der Tasche: von den Dealern hinter dem Wachsmuseum in Hollywood, von Saropian in Vegas und den beiden Mistkerlen bei New Age in Highland Park. Deshalb hatte er fast vier Wochen lang immer Geld in der Tasche. Schließlich blieb er auf dem Busbahnhof in Santa Fe, New Mexico, an einem Geldautomaten stehen. Wie immer rechnete er sich zuerst sein Guthaben aus, bevor er nachsah, ob die Berechnung der Bank mit seiner eigenen übereinstimmte.

Zum zweiten Mal in seinem Leben war das nicht der Fall.

Der Automat teilte ihm mit, sein Guthaben sei hundertelftausendachthundertzweiundzwanzig Dollar und achtzehn Cent höher, als er erwartet hatte.

111 822,18. Offenbar von Karla. Kriegsbeute.

Auf den ersten Blick war er enttäuscht. Nicht von dem Betrag. Mehr Geld hatte er nie besessen. Er war enttäuscht, weil er aus dieser Zahl keine Nachricht herauslesen konnte. Die Zahl hatte Hunderte Teiler. Ihr Kehrwert war langweilig, ihre Quadratwurzel ein langer Rattenschwanz von Ziffern, ihre Kubikwurzel noch schlimmer.

111 822,18. Karla war nicht mit dem Kopf bei der Sache gewesen.

Sie hatte ihn enttäuscht.

Oder vielleicht doch nicht.

Er drückte die Taste, um den Miniauszug anzufordern. Ein dünner Papierstreifen kam aus dem Schlitz. Die fünf letzten Bewegungen auf seinem Konto. Ganz oben auf der Liste stand noch Frances' erste Überweisung aus Chicago. Dann die fünfzig Dollar, die er auf dem Busbahnhof in Portland abgehoben hatte. An dritter Stelle sein Flug Portland–Los Angeles.

Viertens dann eine neue Überweisung: hunderteintausendachthundertzehn Dollar und achtzehn Cent.

Und am selben Tag eine weitere Überweisung: genau zehntausendzwölf Dollar.

101810,18. 10012.

Er lächelte. Karla war also doch mit dem Kopf dabei gewesen. Sogar mit dem Herzen. Die erste Überweisung war 10-18, bei der Militärpolizei der Funkcode für „Auftrag ausgeführt", sogar zweimal: 10-18, 10-18. O'Donnell und sie gerettet. Lamaison und Mahmoud besiegt.

Gut gemacht, Karla, dachte er.

Die zweite Überweisung gab Karlas Postleitzahl an: 10012. Greenwich Village. Wo sie wohnte. Ein geografischer Hinweis. Ein Wink.

Hättest du Lust, anschließend in New York vorbeizuschauen?, hatte sie gefragt.

Reacher lächelte wieder, knüllte den dünnen Papierstreifen zusammen und warf ihn in den Abfalleimer. Ließ sich von dem Gerät hundert Dollar auszahlen und besorgte sich eine Fahrkarte für den ersten Bus, den er sah. Er hatte keine Ahnung, wohin dieser fuhr.

Ich mache keine Pläne, Karla, hatte er geantwortet.

„Reacher ist nicht nur ein Haudrauf, er hat auch Köpfchen."

In seinem elften Abenteuer hat Jack Reacher neben dem gewaltsamen Tod seiner alten Freunde aus Army-Zeiten einen weiteren schweren Verlust zu beklagen: Sein treuer Weggefährte, die zusammenklappbare Zahnbürste, wird von den Mördern zertrampelt. Es spricht für den Humor von Reachers Schöpfer Lee Child, dass der Schriftsteller bei einer Lesereise in seiner Heimat England quasi zur Wiedergutmachung Reproduktionen ebendieses Utensils an das Publikum verteilte.

Der unter dem bürgerlichen Namen Jim Grant 1954 in Coventry geborene, heute mit Frau und Tochter in Manhattan und Südfrankreich lebende Bestsellerautor zeigt in *Trouble* seinen Protagonisten in neuem Licht: „Alle glauben, Reacher sei ein Mann fürs Grobe, für die Action, ein Kämpfer mit viel Körpereinsatz. Insofern hat es mir großen Spaß gemacht, mit seinem Talent für Arithmetik auch einmal seine geistigen Fähigkeiten in den Vordergrund zu rücken."

Dennoch fällt auf, dass Reacher in seinem Schmerz und seiner Trauer keinerlei Skrupel hat, seine Rachegelüste mit aller Härte auszuleben. „Ich halte *Trouble* nicht für brutaler als frühere Bücher", betont Lee Child. „Die unbestreitbare Gewalt steht für den inneren wie äußeren Abschluss einer sehr schlimmen Geschichte. Und das mögen die Leute. Jeder von uns ist mal in einer üblen Situation, doch im wahren Leben kann man meistens wenig dagegen tun. In der Fiktion jedoch ist es möglich, direkt darauf zu reagieren, und das hat auf die Leser einen heilsamen Effekt."

Von nun an
für immer
Dorothy Koomson

„Mummy Ryn", sagte Tegan und riss mich aus meinen Gedanken.

„Wie hast du mich gerade genannt?"

„Mummy Ryn", wiederholte Tegan. Ihr kleines Gesicht verzog sich, als würde sie gleich anfangen zu weinen. „Du hast doch gesagt, dass du meine neue Mummy bist", flüsterte sie. Ihre königsblauen Augen füllten sich mit Tränen.

Prolog

Um ehrlich zu sein, war ich schon so lange erschöpft und abgespannt, dass ich mich nicht mehr genau erinnere, wann ich begriff, dass mit mir etwas nicht stimmte. Egal wie viel ich schlief, ich war immer müde. Erst als Tegan mich bat, zu unserer Hausärztin zu gehen, wurde es mir so richtig bewusst. Meine vierjährige Tochter wies mich darauf hin, dass ich nicht mehr ich selbst war. Ich war zu erschöpft, um mit ihr zu spielen, und das war sie genauso leid wie mein Nasenbluten und meine Atemlosigkeit nach der kleinsten Anstrengung. „Mummy, wenn du zur Ärztin gehst, kann sie dich wieder gesund machen", sagte sie eines Tages aus heiterem Himmel. Sie sprach es aus, und ich folgte ihrer Aufforderung.

Ich saß im Sprechzimmer und erzählte der Ärztin, welche Beschwerden mir zu schaffen machten, und sie nahm mir Blut ab. Danach bestellte sie mich wieder ein, um weitere Untersuchungen durchzuführen. Mehr Tests mit Namen und Bezeichnungen, die ich bis dahin nur in den Arztserien im Fernsehen gehört hatte. Worte fielen, die im Fernsehen nie zu einem glücklichen Ende führten. Dann bekam ich den Anruf. Man sagte mir, ich solle unverzüglich in die Praxis kommen. Selbst da … und sogar noch, als sie mir sagte, wie leid es ihr tue, und dann von Therapien und Prognosen anfing, konnte ich es noch nicht begreifen.

Ungefähr eine Woche später saß ich, auf dem Weg zur Arbeit, im Bahnhof auf einer Bank, und eine Frau blieb neben mir stehen. Sie holte ihr Handy aus der Tasche und tippte eine Nummer ein. Sie sagte: „Hallo, hier ist Felicity Hallidays Mutter. Ich möchte nur Bescheid sagen, dass meine Tochter heute nicht zur Schule kommt, weil sie sich nicht gut fühlt."

Es zerriss mir das Herz. Ich brach in Tränen aus. Genau in diesem Augenblick traf mich die Erkenntnis, dass ich nie die Gelegenheit haben würde, einen solchen Anruf zu tätigen.

Alle benahmen sich schrecklich britisch und ignorierten mich, solange ich weinte, während mein Inneres in eine Million Stücke zerbrach.

Dann kam dieser Mann, dieser Engel, zu mir, setzte sich, legte den Arm um mich und ließ mich weinen. Der Zug kam und fuhr wieder ab. Genau wie der nächste und der übernächste. Und dieser Mann blieb bei mir, während ich heulte. Er wartete und hielt mich, bis ich aufhörte zu weinen. Dann erkundigte er sich behutsam, was mich so aus der Fassung gebracht hatte.

Zwischen Schluchzern stieß ich hervor: „Ich muss meinem kleinen Mädchen sagen, dass ich sterben werde."

Kapitel 1

Der Postbote zuckte zusammen, als ich die Haustür aufriss und ihn ungeduldig begrüßte.

„Ein besonderer Tag, wie?", fragte er.

„Ich habe heute Geburtstag." Ich grinste.

„Glückwunsch", erwiderte er und übergab mir die Post für alle vier Wohnungen in unserem Apartmenthaus. „Noch mal einundzwanzig, was?"

„Nee, ich bin zweiunddreißig und stolz darauf", gab ich zurück.

„Na dann, schönen Tag, meine Liebe", sagte er.

Ich schloss die Tür und stürmte die Treppe zu meiner Wohnung hinauf.

Ich hatte mir im Schlafzimmer bereits mein Geburtstagsfrühstück angerichtet: frische Croissants mit geräuchertem Lachs, drei Schokoladentrüffel und ein Glas edlen Champagner.

Heute sollte alles perfekt sein. Alles. Ich hatte es so geplant. Ich wollte mein Spezialfrühstück genießen, bis zum Mittag im Bett bleiben und meine Geburtstagskarten öffnen. Dann hatte ich einen Termin bei meinem Friseur. Mir schwebte eine radikale Veränderung vor – aus meinem üblichen kinnlangen Bob sollte ein Stufenschnitt mit schwungvollem Pony werden. Danach würde ich wieder nach Hause kommen und mich umziehen. Ich wollte ein Kleid mit goldenen Pailletten anziehen, das meiner dunklen Haut besonders schmeichelte. Später würde ich mit ein paar Kolleginnen in die Stadt gehen, um die ganze Nacht zu tanzen.

Ich schlüpfte vorsichtig ins Bett, um nichts vom Tablett zu stoßen, dann trank ich Champagner, riss die Glückwunschkarten auf wie ein kleines Kind und las lächelnd die Grüße.

Es war keine Ignoranz, dass sie mir nicht sofort auffiel. Sie sah aus wie alle anderen. Ich versuchte auch nicht, die Handschrift auf dem Umschlag zu entziffern. Ich öffnete ihn einfach, begierig darauf, die auf die Karte gekritzelten lieben Glückwünsche zu lesen. Mein Herzschlag setzte aus. Ich erkannte die Schrift, ehe ich die Worte erfasste. Und als ich den Text las, fing mein Herz an zu rasen.

> Liebe Kamryn,
> bitte ignoriere das hier nicht. Ich muss Dich sehen. Ich bin im St Jude's Hospital in der Londoner Innenstadt und liege im Sterben.
> Liebe Grüße, Adele
> PS: Du fehlst mir.

Hastig klappte ich die Karte zu. Erst jetzt merkte ich, dass auf der Vorderseite nicht die üblichen Geburtstagswünsche aufgedruckt waren, sondern die Worte ICH LIEBE DICH.

Ich schleuderte die glänzende Karte quer durchs Zimmer, als hätte ich mir die Finger daran verbrannt. Sie landete auf dem Wäschekorb, von wo sie mich anstarrte, mich herausforderte, so zu tun, als hätten sich die Worte nicht längst in mein Gedächtnis gebrannt.

Ich trank einen Schluck Champagner, doch er schmeckte wie Essig.

Noch immer starrte die Karte mich an. Ignorier mich, wenn du kannst, spottete sie.

Ich schlug die Bettdecke zur Seite, stand auf und ging zu der Karte. Leidenschaftslos riss ich sie erst in zwei, dann in vier Stücke. Dann stapfte ich in die Küche, trat auf das Pedal, um den Mülleimer zu öffnen, und ließ die Papierfetzen auf verrottende Gemüseabfälle fallen.

„So. Das halte ich von alldem und von dir!“, zischte ich die Karte und die Absenderin an.

Danach ging ich zurück in mein Bett. So war es schon besser. Viel besser. Ich nippte an meinem Champagner und aß mein Frühstück. Alles war wieder gut. Sogar perfekt. Genau wie es an meinem Geburtstag sein sollte.

Nichts konnte ihn verderben. Auch wenn sich die Leute noch so sehr anstrengten. Selbst wenn sie eine solche Nachricht unter dem Deckmantel einer Geburtstagskarte schickten. Das war verdammt schlau. Aber es würde nicht funktionieren.

DIE TÜR war angelehnt und leistete keinen Widerstand, als ich sie vorsichtig aufschob.

Als ich in ihr Sichtfeld trat, lächelte sie mich aus den weißen Kissen an. „Ich wusste, dass du kommen würdest“, flüsterte sie.

Dolce & Gabbana. Selbst jetzt, in der vermutlich finstersten Stunde ihres Lebens, trug Adele Designerklamotten – ein weißes D-&-G-T-Shirt. Sie hatte immer schon mehr Stil gehabt als Verstand.

Früher hätte ich diesen Gedanken, so verdreht er auch sein mochte, ausgeplappert, denn es hätte ihr gefallen. Heute konnte ich das nicht. Erstens hatte ich sie zwei Jahre nicht gesehen. Zweitens war ihr bei unserer letzten Begegnung Wimperntusche über die Wangen gelaufen und sie hatte Sachen ausgesprochen, die ich nicht hören wollte. Und drittens war sie jetzt krank.

Wir schwiegen, während eine Krankenschwester um Adele herumschwirrte und die Infusion überprüfte. Die Schwester hatte ein rundes, freundliches Gesicht und große braune, lächelnde Augen. Sie erinnerte mich stark an meine Mutter. Sie lächelte mir zu, als würden wir uns kennen, und wies Adele an, nicht zu viel zu sprechen. Dann ließ sie uns allein.

„Die Schwester da erinnert mich an deine Mum", sagte Adele, als das Schweigen sogar das Summen der Apparate übertönte.

Ich nickte zustimmend, brachte aber immer noch kein Wort über die Lippen. Ich konnte einfach nicht. Dies war nicht die Adele – Del, wie ich sie nannte –, die ich zu sehen erwartet und für die ich mich innerlich gewappnet hatte, um nach dieser langen Zeit wieder mit ihr zu reden.

Ich weiß nicht, womit genau ich gerechnet hatte; ich hatte mir kaum Gedanken darüber gemacht, als ich in den Zug gestiegen war, um die dreihundert Kilometer von Leeds nach London zu fahren, aber auf diesen Anblick war ich ganz bestimmt nicht vorbereitet. Wenn ich die Augen schloss, sah ich Del vor mir, wie ich sie in Erinnerung hatte: die honigblonde Lockenflut und den gesunden Schimmer ihrer cremeweißen Haut. Ihre Augen, die die blau-graue Farbe von poliertem Stahl hatten, und das Lächeln, das sie so großzügig an ihre Mitmenschen verschwendete.

Mit offenen Augen sah ich eine andere Del Brannon – eine veränderte.

Die Del, die in den Kissen lehnte, hatte eine grau, weiß und gelb gefleckte Haut. Das Gesicht war ausgezehrt, weil sie so viel Gewicht verloren hatte, und unter den tiefliegenden Augen zeichneten sich dunkle Ringe ab. Sie hatte einen königsblauen Schal um den Kopf gewickelt, wahrscheinlich um zu verbergen, dass ihr die Haare ausgegangen waren. Mir wurde eiskalt. Ihr wunderschönes Haar war weg. Ich hatte nicht gewusst, dass sie so aussah.

„Es ist schön, dich zu sehen", sagte sie mit krächzender Stimme. „Ich bin froh, dass du gekommen bist."

„Was ist mit deiner Stimme?", fragte ich.

„Das kommt von der Behandlung. Sie macht meinen Mund ganz trocken, und meine Zunge fühlt sich an, als wäre ihr ein Fell gewachsen."

„Mein Gott, erinnerst du dich noch daran, wie wir uns genauso fühlten, wenn wir uns am Abend zuvor betrunken hatten?“ Ich wollte Mitgefühl ausdrücken, doch so war es ganz und gar nicht herausgekommen.

Dels trockene, aufgesprungene Lippen verzogen sich zu einem Lächeln. „Typisch für dich“, sagte sie. „Kein anderer Mensch traut sich, solche Sachen zu mir zu sagen. Sie fürchten, ich könnte zusammenbrechen und vor ihren Augen sterben.“

„Was fehlt dir?“, erkundigte ich mich. Auch das klang falsch. Ich war es gewohnt, Probleme durch Taten zu lösen, und jetzt stand ich hier vor jemandem, der unter Schmerzen litt, und wusste, dass ich nicht das Geringste dagegen tun konnte. Deshalb klang ich so schroff. „Ich meine, was für eine Krankheit hast du?“

„Leukämie“, antwortete Del. „Es ist okay. Ich habe das, was mit mir geschieht, akzeptiert“, versicherte sie, als könnte sie meine Gedanken lesen. „Es hat gedauert, aber jetzt bin ich so weit. Ich weiß, dass du Zeit brauchst, bis du mich in diesem Punkt eingeholt hast.“

„Nur ein kleines Weilchen“, gab ich sarkastisch zurück.

„Ich musste mich schnell damit abfinden“, fuhr sie fort. „Ich musste Pläne machen. Es geht nicht nur um mich. Ich musste an die wichtigste Person in meinem Leben denken und daran, dass sich jemand um sie kümmert.“

Tegan. Sie sprach von ihrer Tochter Tegan. Wie bewältigte sie diese Situation? Wenn ich schon Probleme hatte, damit fertig zu werden, wie erging es dann einer klugen Fünfjährigen?

„Ich nehme an, du ahnst inzwischen, weshalb ich dich sehen wollte“, sagte Del nach einem weiteren langen Schweigen.

„Um mir ein schlechtes Gewissen zu machen, weil ich dich zwei Jahre ignoriert habe?“, fragte ich.

„Abgesehen davon ...“ Del holte tief Luft. „Ich möchte, dass du Tegan nach meinem Tod adoptierst.“

„Du machst Witze, oder?“

„Nein, Kamryn. Ich will, dass du meine Tochter adoptierst, wenn ich tot bin.“

„Also schön, Adele, wenn du das ernst meinst, dann gebe ich dir auch eine ernste Antwort: Nein. Ich hab es dir oft genug gesagt, ich werde nie Kinder haben.“

„Ich verlange ja auch nicht von dir, dass du Kinder bekommst – du sollst nur meins zu dir nehmen.“ Del atmete tief durch, was ihre Kräfte zu erschöpfen schien. Ihr Gesicht wurde noch grauer. „Ich hab die ganze

Schwerarbeit geleistet, die morgendliche Übelkeit, die Wehen ... Du brauchst nichts weiter zu tun, als für sie zu sorgen. Sei ihr eine Mutter. Liebe sie."

„Del, wir haben uns zwei Jahre lang kein einziges Mal gesprochen, und jetzt verlangst du von mir, dass ich ein Kind adoptiere?"

„Tegan ist nicht ‚ein Kind'", fauchte sie aufgebracht. „Sie ist dein Patenkind. Du hast sie mal geliebt, und ich weigere mich zu glauben, dass sich daran etwas geändert hat."

Das konnte ich nicht bestreiten. Ich hatte Tegan geliebt. Ich liebte sie immer noch.

Ich warf einen Blick auf das Foto auf dem Nachttisch. Es steckte in einem schlichten Glasrahmen – eine Großaufnahme von Tegan und Del. Tegan hatte die Ärmchen um den Hals ihrer Mum geschlungen, und beide grinsten in die Kamera. Tegan war in jeder Hinsicht eine Miniaturausgabe ihrer Mutter, bis auf die Nase. Die hatte sie von ihrem Vater geerbt.

„Kam, ich halte dich immer noch für meine beste Freundin", sagte Del. „Und du bist der einzige Mensch auf der ganzen Welt, dem ich meine Tochter anvertrauen möchte. Früher war sie wie dein Kind. Und ich weiß nicht, wie viel Zeit mir noch bleibt. Was wird aus ihr, wenn du sie nicht zu dir nimmst?" Ihre Brust hob und senkte sich heftig. Sie rang um Atem und hustete, und ihr abgemagerter Körper zuckte jedes Mal krampfhaft.

Ich legte eine Hand auf ihren Arm. „Bitte nicht", sagte ich in dem verzweifelten Bemühen, sie zu beruhigen. „Ich werde darüber nachdenken. Aber ich verspreche nichts, okay?"

„Danke", flüsterte Del, als sie sich wieder gefasst hatte. „Ich danke dir."

Wir verfielen in Schweigen.

„Kam", begann sie von Neuem. „Was damals passiert ist –"

„Hör auf!", fiel ich ihr warnend ins Wort.

„Du hast nie zugelassen, dass ich es dir erkläre", flehte sie.

„Ich will nichts davon hören und schon gar nicht darüber reden. Das ist erledigt. Belass es dabei." Diese Wunde war noch nicht verheilt.

Del hielt sich daran und wandte sich dem Foto auf dem Nachttisch zu. Sie lächelte matt, doch ich erkannte die Traurigkeit in ihren Augen. Tegan war Adeles Ein und Alles. Der Gedanke, die Kleine allein zurückzulassen, musste unerträglich für sie sein.

„Wo ist sie jetzt?", fragte ich, um die Anspannung im Raum zu lösen.

Del schloss kurz die Augen, bevor sie mit leiser Stimme die nächste Bombe platzen ließ: „Bei meinem Vater und seiner Frau."

War es so schlimm, dass sie Tegan tatsächlich bei diesen Leuten gelassen hatte? „Und wie läuft das?“, erkundigte ich mich so diplomatisch wie möglich, wobei ich am liebsten *Bist du verrückt?!* geschrien hätte.

„Es ist furchtbar. Seit ich hier bin, haben sie sie nur ein einziges Mal hergebracht. Ein Mal in vier Wochen. Und ich merke bei jedem Telefonat mit ihr, dass sie trübsinniger wird. Mein Vater und seine Frau wollen sie nicht bei sich haben, und das weiß sie. Kam, mir bleibt nur noch wenig Zeit, und die möchte ich mit ihr verbringen.“ Ihre stahlblauen Augen flehten mich an.

„Gibt es sonst niemanden, bei dem sie bleiben könnte?“, fragte ich. Ich wusste, dass Del keine weiteren Verwandten hatte, aber sie musste doch Freunde haben.

„Nein. Als mir klar wurde, dass ich ernsthaft krank bin, habe ich dir geschrieben, um dich zu fragen, ob du dich einige Zeit um Tegan kümmern könntest, aber du hast mir nie geantwortet.“

„Ich habe den Brief gar nicht geöffnet“, gestand ich wahrheitsgemäß.

„Das dachte ich mir. Ich habe auch andere Leute gefragt, aber eine so große Verantwortung wollten sie nicht übernehmen, also blieb nur mein Vater.“

„Wohnen sie immer noch in dem Haus in Guildford?“

„Ja.“

„Okay.“ Ich holte tief Luft. *Ich kann nicht glauben, dass ich das wirklich vorhabe.* „Wie wär’s, wenn ich hinfahre und nach ihr sehe?“

Dels Miene hellte sich auf. „Das würdest du tun?“

„Das heißt nicht, dass ich sie adoptieren werde. Ich sehe nur nach, ob es ihr gut geht, okay?“

„Danke.“ Del lächelte. „Danke, danke, danke.“

„Erinnert sie sich überhaupt noch an mich?“, fragte ich.

„Natürlich. Sie spricht immer noch von dir. Und sie fragt ständig, wann du aus dem Urlaub zurückkommst.“

„Urlaub?“

„Du warst von einem Tag auf den anderen weg, deshalb habe ich ihr erklärt, du würdest lange Ferien machen. Sie sollte denken, dass du eines Tages wiederkommst. Wir hätten es beide nicht ertragen, wenn uns nicht wenigstens die Hoffnung geblieben wäre, dass du irgendwann zu uns zurückkehrst“, sagte sie. Plötzlich fielen ihre Lider zu und blieben geschlossen.

„Wenn ich Tegan heute noch besuchen will, mache ich mich besser auf den Weg.“ Ich stand auf und hängte mir die Tasche über die Schulter.

„Richte ihr ganz liebe Grüße von mir aus.“ Dels Stimme war schwach. „Sag ihr, dass ihre Mummy sie sehr lieb hat.“

„Mach ich. Selbstverständlich.“ An der Tür drehte ich mich noch einmal zu ihr um und sah, dass sie eingeschlafen war. Dann ging ich.

ADELE UND ICH kannten uns fast unser halbes Leben lang – 14 von 32 Jahren. Wir hatten uns im ersten Collegejahr an der Leeds University kennen gelernt, als wir zusammen für eine Englischarbeit eingeteilt wurden.

Ich ächzte leise, als ich hörte, dass ich mit Adele Hamilton-Mackenzie eine Arbeitsgemeinschaft bilden sollte. Mit 18 war ich eine entschiedene Vertreterin der Arbeiterklasse, und nun wurde ich dazu gezwungen, mich mit einer höheren Tochter mit doppeltem Nachnamen und allem Drum und Dran zusammenzutun. Sie drehte ihren Blondschopf, suchte Kamryn Matika unter ihren Kommilitonen und nickte mir lächelnd zu. Ich tat es ihr gleich, bevor sie sich wieder nach vorn drehte. O Gott, dachte ich verbittert bei mir, sie bildet sich bestimmt ein, die Welt würde sich nur um sie drehen!

Am Ende der Stunde, als ich meine Bücher einsammelte, stand plötzlich ein schlankes junges Mädchen vor mir, das sich kleidete wie eine Fünfzigjährige – sie trug einen dunkelblauen Rollkragenpulli und eine dunkelblaue Bundfaltenhose. Sie grinste mich mit geraden weißen Zähnen an und warf ihre dichten blonden Locken nach hinten.

„Hi, ich bin Adele“, begrüßte sie mich, und ihre Stimme klang ebenso munter und lebhaft wie kultiviert. „Wie wär's, wenn wir uns einen Kaffee gönnen und über die Englischarbeit sprechen.“ Das war keine Frage, sondern ein subtiler Befehl.

„Ich denke, wir sollten nach Hause gehen, darüber nachdenken und uns in ein paar Tagen treffen“, entgegnete ich mit einem zähneknirschenden, falschen Lächeln.

Daraufhin sackte Adele geradezu in sich zusammen; sie ließ die Schultern sinken und blickte trübsinnig auf den Parkettboden. In Wirklichkeit war sie gar nicht so selbstbewusst, und ich war nicht so unverschämt und hartgesotten, wie ich vorgab. Anfangs vermittelte ich vielleicht den Eindruck, kühl und unnahbar zu sein, doch sobald sich mein Gewissen einschaltete, zerbröckelte diese Fassade – ich war kein echtes Miststück.

„Um ehrlich zu sein, ich bin kein Fan von Kaffee“, sagte ich so freundlich, wie es mir möglich war. „Wie wär's stattdessen mit einem Drink in der College-Bar?“

„Wenn du wirklich willst“, antwortete sie vorsichtig.

„Ja“, murmelte ich, obwohl ich mir einigermaßen manipuliert vorkam, „ich will es wirklich.“

„WAS IST Kamryn eigentlich für ein Name?“, fragte Adele mich.

„Ein erfundener“, lautete meine knappe Antwort.

„Es ist kein Schreibfehler? Du heißt Kamryn. K-A-M-R-Y-N“, buchstabierte sie. „Nicht C-A-M-E-R-O-N, Cameron wie der Jungenname?“

„Doch, eigentlich schon. Ich fand die andere Schreibweise nur lustiger. Ich liebe es, wenn mich die Leute danach fragen. Du scheinst ziemlich clever zu sein, weil du mir so schnell auf die Schliche gekommen bist.“

Adele zog die linke Augenbraue ein klein wenig nach oben und verzog ihren vom Lipgloss glänzenden Mund zu einem schiefen Lächeln. „Du bist nicht sehr nett, was?“, bemerkte sie.

„Wahrscheinlich nicht“, stimmte ich ihr zu. Ich war nicht von der redseligen Sorte. Ich fand, dass viel zu viele Menschen anderen ihre Herzen öffneten und freimütig von ihrem Leben erzählten. Warum sollte man einem anderen so viel Macht über sich geben?

„Wenigstens bist du dir darüber im Klaren“, sagte sie. „Ich mag dich trotzdem.“ Sie sah mich so freundlich und offen an, dass ich den Köder bereitwillig schluckte.

„Wieso das?“, wollte ich wissen.

„Du bist nett und hübsch.“ Sie klang sogar aufrichtig. „Ich habe bisher nicht viele nette Menschen kennen gelernt.“

„Du bist doch keine Lesbe oder so was?“, fragte ich barsch.

„Nein.“ Sie lachte. „Aber wenn ich eine wäre, würde ich mich definitiv für dich interessieren.“

„Das würde ich sogar verstehen“, log ich. Nicht einmal kleine, dicke, hässliche Männer interessierten sich für mich. Was ich ihnen nicht einmal verübeln konnte: Ich trug weite Klamotten, um mein Übergewicht zu verstecken, und trug nie Make-up auf meiner trockenen, pickeligen Haut; nur den krausen Mopp auf meinem Kopf zähmte ich, indem ich das Haar zu schulterlangen Zöpfen flocht. Ich bildete mir keineswegs ein, hübsch zu sein, und schon gar nicht, Männer auf mich aufmerksam machen zu können. Ich war weder witzig noch charmant noch sexy.

Adele lachte. „Das verstehst du überhaupt nicht“, fuhr sie fort. „Du meinst, die Menschen würden dich nicht mögen, deshalb versuchst du, so zu tun, als wäre es dir egal, was andere denken. Eine meiner Schulfreundinnen war wie du. Sie wurde gepiesackt, bis sie überhaupt kein Selbstvertrauen mehr hatte und sich vollkommen verschloss. Genau genommen war sie keine richtige Freundin. Ehrlich gesagt, ich habe nicht viele Freunde."

„Wenn du öfter solche Dinge von dir gibst, kann ich mir das gut vorstellen", fauchte ich. „Was macht dich eigentlich zu einer solchen Expertin? Augenscheinlich führst du doch ein perfektes Leben mit reichen Eltern, die dich auf die besten Privatschulen schicken konnten. Also, was weißt du schon von einem beschissenen Leben?"

Sie nahm ihr Glas und drehte es langsam zwischen den Händen. „Meine Mutter starb kurz nach meiner Geburt, weil es zu Komplikationen gekommen war. Mein Vater gab mir die Schuld an ihrem Tod. Er wollte nichts mit mir zu tun haben, deshalb verbrachte ich die meiste Zeit bei einem Kindermädchen, bis er wieder heiratete. Seine Frau kann mich nicht ausstehen, und sie macht kein Geheimnis daraus." Adele sah mich lächelnd an. „Ich habe nicht viele Freunde, weil ich mich zu sehr bemühe, was für andere ziemlich anstrengend ist. Aber ich war zu viel mit Menschen zusammen, die mich nicht mochten, und musste mich anstrengen, sie nicht noch mehr gegen mich aufzubringen. Du siehst, ich kenne mich ein bisschen aus mit einem beschissenen Leben."

Plötzlich fühlte ich mich wie eine Massenmörderin. „Tut mir leid", murmelte ich.

„Ist schon gut", sagte sie, warf ihr Haar zurück und strahlte mich an. „Das konntest du ja nicht ahnen."

„Hör zu, Adele, falls wir öfter zusammen ausgehen, dann musst du damit aufhören, die ganze Zeit so verdammt nett zu sein. Das ist unnatürlich."

Adeles stahlblaue Augen fingen an zu leuchten. „Du willst mit mir ausgehen?"

Ich zuckte lässig die Schultern.

Sie grinste. Dieses Lächeln brachte nicht nur ihr Gesicht zum Strahlen, sondern es zeigte Wirkung – ich schloss Adele ins Herz. Ganz fest.

Wir wurden nahezu unzertrennlich, weil wir miteinander erwachsen wurden. Sobald sich Adele ins Collegeleben eingewöhnt hatte, kleidete sie sich nicht mehr wie eine Fünfzigjährige, und sie machte der verängstigten Adele den Garaus, indem sie öfter Wutanfälle bekam.

Ich nahm unterdessen etliche Pfunde ab, lächelte öfter und brachte die Kamryn, mit der Adele in der College-Bar gesessen hatte, um die Ecke, als ich einem umwerfenden Mann den Sex verweigerte, weil er eine Unterhose mit Paisley-Muster trug.

Adele gehörte bald zu meiner Familie. Weihnachten, Ostern und über die Sommerferien fuhr sie immer mit zu mir. Ihr Vater und seine Frau störte es nicht, dass sie nie nach Hause kam. Wenn sie ihren Vater anrief, was sie erstaunlicherweise regelmäßig tat, war sie hinterher jedes Mal am Boden zerstört. Sie weinte und fragte sich ständig, was sie anders machen musste, damit er sie wenigstens ein kleines bisschen gernhatte.

Mr Hamilton-Mackenzie würde sich niemals ändern, das war mir klar, als ich mitbekam, wie tief seine Abneigung gegen Del war. Am Anfang unserer Bekanntschaft erzählte mir Adele von den Züchtigungsmaßnahmen ihres Vaters. Sie war des Öfteren mit gebrochenen Armen oder Beinen und einem nach seiner „Bestrafung" angeknacksten Kiefer ins Krankenhaus eingeliefert worden. Es war erstaunlich, empörend, bedrückend, dass niemand auch nur den geringsten Verdacht hegte.

Meine Familie war nicht perfekt, aber sie beschwerte sich lautstark, wenn ich nicht alle paar Monate nach Hause kam; sie rief mich regelmäßig an, um mit mir zu plaudern, und sie nahm Adele mit offenen Armen auf. Bei den Matikas fand sie ein neues Zuhause. Sie hatte das Gefühl, zu uns zu gehören.

Das Einzige, was zwischen uns treten konnte, war ein Mann.

Es war unwirklich, in London zu sein, der Stadt, aus der ich vor über zwei Jahren geflohen war. Aber es ging nicht nur um London, sondern um diese spezielle Gegend. Waterloo.

Ich wanderte durch das Gewühl in dem riesigen Bahnhof, und mit jedem Schritt bestürmten mich Erinnerungen. Dies war der Ort, an dem ich ihn kennen gelernt hatte. Auf einer Party nur ein Stück weiter in derselben Straße. Ihn, den Mann, der sich zwischen mich und Adele drängte. Es war allerdings nicht irgendein Mann, sondern Nate Turner, mein Verlobter.

Nate trat an einem kalten Aprilabend in mein Leben und sagte, er wolle nie mehr ohne mich sein. Ich empfahl ihm, diesen Anmachspruch bei einer Frau auszuprobieren, die ihn glauben würde.

„Ich werde dein Herz gewinnen", erklärte er ernst.

„Daran sind schon bessere Männer gescheitert", erwiderte ich ebenso ernst.

Achtzehn Monate später beschlossen wir, irgendwann zu heiraten. Und drei Jahre nach dieser Verlobung legten wir einen Termin fest. Unsere Beziehung war nicht perfekt, es war eher ein perfektes Einvernehmen. Er musste einiges einstecken und mit meinen Macken fertig werden.

Meine „Macken" waren nicht auf Anhieb erkennbar. Zu der Zeit, als ich Nate kennen lernte, erweckte ich nach außen hin den Anschein, als könnte mich nichts aus der Bahn werfen, als hätten mich all die Jahre, in denen ich mir hatte anhören müssen, wie dick und hässlich ich sei, nur dazu angespornt, erfolgreich zu werden. Meine Mitmenschen – und bis zu einem gewissen Grad auch Adele – ließen sich von dem selbstbewussten Image, das ich sorgfältig pflegte, täuschen. Aber Nate durchschaute mich. Er entdeckte beinahe sofort, was mir am meisten Angst machte: Menschen.

Das hatte schon vor den Bosheiten meiner Mitschüler angefangen. Mir schien das zu fehlen, was Menschen aneinander bindet, sie menschlich macht. Aus unerklärlichen Gründen wusste ich nie so genau, wie ich in bestimmten Situationen reagieren sollte. Ich fürchtete, das Falsche zu sagen oder Zorn auf mich zu ziehen, und so wurden Gespräche für mich zur größten Qual. Dadurch erweckte ich den Anschein, hochmütig zu sein, und in späteren Jahren hielten mich die Leute für hartherzig und gehässig.

Dann lernte ich Adele kennen und stellte fest, dass ich mich sehr wohl unterhalten konnte, und ich fing an zu glauben, dass ich doch nicht so verkorkst war, wie ich immer befürchtet hatte.

Ich war erst ein paar Wochen mit Nate zusammen, als er mir sagte, er habe mein Geheimnis entdeckt. Wir waren auf einem seiner Firmenfeste gewesen – er war Radioproduzent –, und von dem Moment an, als ich den Raum betrat, hatte ich gewusst, dass ich nicht in diese Gesellschaft passte. Ich war nicht so elegant gekleidet wie die anderen Frauen und strahlte nicht dieselbe Unbekümmertheit aus. Ich versuchte, höfliche Konversation zu machen, war mir jedoch im Klaren, dass ich mit jedem Wort bestätigte, dass ich anders war. Als Nate nach drei qualvollen Stunden fragte: „Sollen wir gehen?“, war ich aus der Tür, bevor er den Satz zu Ende gesprochen hatte. Später kuschelte er sich an mich und sagte: „Menschen machen dir Angst, stimmt's? Ich habe dich heute Abend beobachtet; in deinen Augen stand die nackte Panik.“ Da ich schwieg, fügte er hinzu: „Du brauchst keine Angst zu haben. Ich werde immer auf dich aufpassen. Ich finde dich großartig. Du bedeutest mir sehr viel, mein Liebes.“

Nate schien es egal zu sein, dass er sich auf eine Frau eingelassen hatte, die unter Umständen bedürftig und hilflos sein konnte. Er nahm mich, wie ich war, und liebte mich, ob ich mich nett oder garstig zeigte.

Allerdings war dieses Gefühl nicht nur einseitig. Auch ich ließ mir einiges von ihm gefallen. Wir waren im Gleichgewicht, Nate und ich. Eine perfekte Symmetrie von Liebe, Aufrichtigkeit und Vertrauen. In der Beziehung mit ihm waren, wie ich Adele nach etwa sechs Monaten gestand, „feste Bindung“ und „für immer“ keine Hirngespinste, sondern Realität.

ES WAR ein Samstagabend vor zwei Jahren. Del und ich hatten Tegan ins Bett gebracht und uns eigentlich mit Hochzeitsvorbereitungen beschäftigen wollen, da mein „großer Tag" in nur zwei Monaten stattfinden sollte, doch wir verquatschten uns. Statt die Sitzordnung für das Hochzeitsessen festzulegen, unterhielten wir uns über Dels neueste Eroberung.

„Wie er diesen Trick mit den Hüften macht – es ist … wow!", enthüllte sie mir. „Es bringt mich jedes Mal um den Verstand."

„Nate macht diese Sache mit dem Mund", vertraute ich ihr an. „Erst leckt er ganz langsam die Innenseiten meiner Schenkel, dann macht er das mit den Lippen … "

„Hm, ich weiß", meinte Del. Plötzlich erstarrte sie.

Mir stockte der Atem. Die Zeit schien einzufrieren.

Dels Blick kroch langsam in meine Richtung – ihre stahlblauen Augen waren weit aufgerissen vor Entsetzen.

Sie hatte es getan. Mit Nate. „Wann?", stieß ich mühsam hervor.

„Vor langer Zeit", flüsterte sie, ohne den Blick von meinen Augen zu wenden. „Vor einer Ewigkeit. Es war nur ein einziges Mal."

Tränen brannten in meinen Augen. War es weniger falsch, weil sie es nur einmal getan hatten? War einmal besser als zweimal oder als fünfzigmal?

Del warf einen flüchtigen Blick auf das Foto von Tegan, das auf dem Fernseher stand. Es war eine instinktive Geste – die sie verriet.

„Nein", keuchte ich leise. Ich sah von Del zu dem Foto und wieder zurück. Unsere Blicke begegneten sich. Ihr Gesicht war kreidebleich.

Ich schüttelte den Kopf, wollte den Gedanken verscheuchen. Wieder sah ich das Foto an. Tegans Nase war äußerst verräterisch. Sie war Nates Tochter.

Plötzlich ergab alles einen Sinn. Jetzt wusste ich, warum mir Tegan so vertraut erschien. Weil sie die gleiche gerade Nase mit dem kleinen Schwung nach oben, dieselbe Augenform und dasselbe Grinsen hatte wie ihr Vater. Das alles hatte ich ständig vor Augen gehabt, doch mein Verstand hatte die Verbindung nicht hergestellt.

Ich hatte Del nach dem Vater gefragt, als sie erfuhr, dass sie schwanger war. Sie erzählte mir unter Tränen, es sei ein Versehen gewesen. Sie habe ihn durch die Arbeit kennen gelernt, aber er sei schon vergeben. „Wir wollten es beide nicht. Es ist einfach passiert – niemand hat Schuld daran."

Ich hatte mit ihr die Schwangerschaftskurse durchgestanden, sie in den Kreißsaal begleitet, und ich half ihr so viel wie möglich – und die ganze Zeit versuchte ich ihr klarzumachen, dass der Vater ein Recht darauf hatte, von seiner Tochter zu erfahren.

Ich war ein Riesentrottel. Ich hatte sie dazu gedrängt, der Liebe meines Lebens zu sagen, dass er sie geschwängert hatte.

Ich erhob mich vom Sofa, doch sobald ich auf den Füßen stand, kippte ich um ein Haar um, weil ein glühend heißer Schmerz meinen Magen versengte.

Nate hatte ein Kind. Nate hatte mit meiner besten Freundin ein Kind.

Ich packte mit zittrigen Händen meine Sachen zusammen.

„Kam, lass uns darüber reden", flehte Del. „Bitte, Kam."

Es war eine halbherzige Bitte. Wenn ich aufgewühlt war, war ich keine gute Gesprächspartnerin. Außerdem – was gab es da noch zu reden? Mein Verlobter hatte diesen schrecklichen Betrug begangen, und trotzdem plante er, in zwei Monaten „Ja, ich will" zu sagen. In acht Wochen – *acht Wochen* – wollte er aller Welt erklären, dass er mich liebte und allen anderen entsagte, bis dass der Tod uns schied. In der Vergangenheit hatte er allen anderen nicht entsagt, wieso sollte er es in Zukunft tun?

„Er weiß nicht, dass Tegan seine Tochter ist", sagte Del. „Und ich will nicht, dass er es erfährt. Ich möchte Tegan nicht verwirren. Was auch immer du jetzt vorhast, bitte zerstöre ihr Leben nicht. Sie kann nichts dafür."

Ich wünschte, ich wäre imstande gewesen, Del zu beschimpfen oder ihr eine schallende Ohrfeige zu versetzen. Doch ich hatte nicht das Zeug dazu. Mir blieb nichts anderes übrig, als zu gehen. Und nie wieder zurückzukehren.

„Ich bin hier, um Tiga zu besuchen", erklärte ich der Frau, die mir die Tür des großen Hauses in Guildford öffnete. Erst als sie mich verständnislos ansah, ging mir auf, dass ich die Einzige war, die Tegan „Tiga" nannte. „Ich möchte zu Tegan."

In Muriels Augen blitzte ein Funke des Erkennens auf. Sie war Dels Stiefmutter. Sie machte einen ehrbaren, normalen, sogar frommen Eindruck. Doch durch die Adern dieser Frau pulsierte die reine Bosheit.

Del hatte mir gezeigt, wozu diese Frau fähig war. Ich hatte die silbrig schimmernden Narben auf Dels Schenkeln gesehen – dort, wo ihre Stiefmutter ihre Zigaretten ausgedrückt hatte. Der kleine Finger an Dels linker Hand war schief angewachsen, nachdem diese Frau ihn ihr so verdreht hatte, dass das Gelenk ausgekugelt war.

„Ich bin Kamryn. Tegans Patentante", sagte ich betont ruhig, um meinen Hass zu verbergen. „Lucinda-Jaynes Freundin." In der Sekunde, in der sie ins College kam, hatte Del sich gegen „Lucinda-Jayne" und für ihren mittleren Namen Adele entschieden. Als wir den Collegeabschluss in der

Tasche hatten, ließ sie ihren Nachnamen offiziell von Hamilton-Mackenzie zu Brannon ändern, dem Mädchennamen ihrer Mutter. Ihr Vater nannte sie immer noch Lucinda-Jayne.

„Ja, ich erinnere mich an Sie." Muriel nuschelte ein wenig. Hatte sie den Nachmittag mit Sherry, Wein oder Gin Tonic verbracht?

„Also, kann ich Tegan sehen?", fragte ich.

„Sie empfängt im Moment keine Besucher. Die junge Dame wird gerade bestraft", erklärte sie verächtlich, „aber das geht Sie nichts an."

„Es geht mich sehr wohl etwas an." Ich sprach jedes einzelne Wort mit Bedacht aus, um nicht laut zu werden. „Ich bin ihre Patentante. Daher bin ich verpflichtet, mich um sie zu kümmern, falls ihrer Mutter etwas passiert."

„Sie werden ein andermal vorbeischauen müssen, denn, wie schon gesagt, sie sitzt eine Strafe ab."

Die Frau machte Anstalten, mir die Tür vor der Nase zuzumachen, und ich machte einen Satz vorwärts; sämtliche Muskeln in meinem Körper waren angespannt, als ich mit der flachen Hand gegen die Tür schlug und sie aufhielt. „Ich gehe nicht eher von hier weg, bis ich sie gesehen habe."

Resigniert gab Muriel die Tür frei, drehte sich um und ging voran die große Treppe hinauf, während sie so laut murmelte, dass ich sie verstehen musste: „Dabei wollen wir sie nicht mal hierhaben."

Vor einer weißen Tür blieb Muriel stehen. Im Schloss steckte ein Schlüssel, und sie streckte die Hand danach aus. Sie hatten Tegan eingesperrt!

Tegans Zimmer war doppelt so groß wie mein Wohnzimmer. An zwei Wänden standen weiße Regale, in einigen Fächern saßen Puppen, Kuscheltiere und Teddybären, in anderen waren Bauklötze, Spiele und Bücher. All das sah aus, als hätte noch nie ein Kind damit gespielt. In der Mitte des Raumes standen ein kleiner roter Plastiktisch und ein gelber Plastikstuhl. Tegan saß an diesem Tisch.

Sogar aus der Entfernung konnte ich erkennen, dass nichts in Ordnung war. Sie saß stocksteif auf dem Stühlchen, ihr kleiner Körper starr vor Angst. Das hellblonde Haar hing in schmutzigen Strähnen um ihr Gesicht, das pinkfarbene T-Shirt war schmuddlig. Sie starrte auf den Teller, der vor ihr stand.

Der Schreck traf mich knapp unter dem Solarplexus. Als ich Tegan das letzte Mal gesehen hatte, war sie ein Kind gewesen, das kaum stillsitzen, -liegen oder -stehen konnte. Ständig wollte sie rennen, spielen, lachen.

„Tiga", flüsterte ich und ging langsam auf sie zu. „Tiga, ich bin's – Tante Kamryn. Erinnerst du dich an mich?" Ich kauerte mich neben sie.

Ein paar Sekunden verstrichen, ehe sie nickte. Sie starrte aber weiterhin unverwandt auf den Teller, auf dem gräuliche alte Pellkartoffeln, trockene, verschrumpelte Erbsen und ein ausgetrocknetes Schweinekotelett lagen. Der Gestank nach verfaulten Lebensmitteln stieg mir in die Nase.

Ich kämpfte gegen den Würgereiz an. „Das ist ja prima. Und hat deine Mummy dir gesagt, dass du vielleicht eine Weile bei Tante Kamryn wohnen wirst?"

Tegan nickte.

„Und wie findest du das?"

Sie hob die Schultern und ließ sie wieder sinken. Dann sagte sie mit dünnem, heiserem Stimmchen: „Weiß nicht."

Ich streckte vorsichtig eine Hand aus, um ihr eine ungewaschene Strähne hinters Ohr zu streichen, damit ich ihr Gesicht sehen konnte, doch noch ehe ich sie berührte, zuckte sie zurück und hob die Händchen, als müsste sie sich vor einem Angriff schützen.

Ich erschrak. Sie dachte, ich würde ihr wehtun. Dann sah ich ihre rechte Hand – auf der geschwollenen Handfläche waren drei rote Striemen. Die blauen Flecken rund ums Handgelenk sahen aus wie Fingerabdrücke.

Plötzlich wusste ich, was ich zu tun hatte.

Mit großen Schritten durchquerte ich das Zimmer und trat an eine weiße Kommode. Ich riss die oberste Schublade auf, schnappte mir eine Handvoll T-Shirts und Tops, machte die Lade zu und öffnete eine andere. Nach und nach packte ich Tegans Kleidung zusammen.

„Das können Sie nicht machen!", schrie Muriel mich an.

Ich achtete gar nicht auf sie, sondern ging zu meiner Reisetasche, machte den Reißverschluss auf und stopfte alles hinein.

„Ich rufe die Polizei!", drohte sie.

Ich wirbelte zu ihr herum und funkelte sie an. „Ich bitte darum. Ich würde gern hören, wie Sie den Beamten erklären, warum Tegan seit Tagen nicht gewaschen wurde, wieso sie vor einem Teller mit verfaultem Essen sitzt und wie sie zu den Striemen und blauen Flecken an der Hand gekommen ist. Nein, warten Sie, ich rufe lieber gleich selbst die Polizei." Ich fasste in die Manteltasche und holte mein Handy heraus.

„Nehmen Sie sie mit. Wir sind froh, wenn sie von hier verschwindet", fauchte Muriel und stürmte aus dem Zimmer.

Ich drehte mich zu Tegan um und hockte mich neben sie hin. „Hast du ein Lieblingsspielzeug?", fragte ich sie.

Sie nickte argwöhnisch.

„Okay, dann hol es und alles andere, was du gernhast. Wir gehen weg von hier. Du kommst mit und bleibst bei Tante Kamryn."

Tegan beobachtete mich weiterhin misstrauisch. Wir hatten nicht die Zeit, lange zu diskutieren. Muriel hatte womöglich schon ihren Mann angerufen.

„Komm, Tiga, hol deine Sachen, dann können wir morgen deine Mummy besuchen."

„Mummy?" Das blasse Gesicht strahlte. „Mummy?" Sie ging zum Bett, kniete sich hin und holte einen bunten Rucksack hervor.

Ich lächelte ihr zu. „Weißt du, was heute für ein Tag ist?", fragte ich. „Mein Geburtstag."

„Glückwunsch", flüsterte sie.

„Danke", sagte ich. Dies ist auch der Tag, an dem ich wegen Kindesentführung verhaftet werde, fügte ich im Stillen hinzu.

Kapitel 2

Durch die Ritzen in den beigefarbenen Vorhängen sickerte Licht und versuchte, mein Hotelzimmer zu erhellen.

Acht Stunden zuvor hatte mich der Portier, der unser Gepäck trug, in dieses Zimmer geführt. Ich hatte mich für ein Hotel in der Nähe des St Jude's Hospital entschieden. Das Zimmer war klein, aber es hatte ein Doppelbett, ein Kinderbett für Tegan und einen Fernseher – mehr brauchte ich nicht.

Sobald der Portier gegangen war, trug ich Tegan zum Kinderbett. Sie schien mir schwer wie ein nasser Mehlsack, und mir taten die Arme ziemlich weh, weil ich sie so lange gehalten hatte. Als wir in das Taxi stiegen, das uns in die Londoner Stadtmitte brachte, war sie auf meinen Schoß geklettert, hatte die Arme um mich geschlungen und war eingeschlafen. Sie hatte sich nicht einmal gerührt, als ich aus dem Taxi stieg.

Ich legte sie behutsam in das Bettchen und erschrak zu Tode, als sie plötzlich die Augen aufriss. Sie war hellwach und vollkommen verängstigt.

Willkommen im Klub, Schätzchen, dachte ich. Auch ich hatte Angst.

„Was ist mit dir?", fragte ich vorsichtig. Die Befürchtung, sie könnte in Tränen ausbrechen, überwog alle anderen Ängste.

Tegan starrte mich weiterhin aus schreckgeweiteten Augen an.

„Möchtest du lieber in dem großen Bett schlafen?" Ich riet wild drauflos, warum sie so verstört war – abgesehen davon, dass sie entführt worden war und jetzt von einer Frau, die sie zwei Jahre lang nicht gesehen hatte, sozusagen als Geisel gehalten wurde.

Tegan nickte.

„Okay, aber zuerst gehen wir in die Badewanne, ja? Und vielleicht willst du ja auch was essen?"

Sie nickte erneut.

„Also schön." Ich überflog die Speisekarte und suchte nach etwas, was sie mögen würde. Burger und Pommes schienen mir das Richtige zu sein.

Dann kramte ich in den Taschen, bis ich einen blau karierten Schlafanzug fand, legte ihn auf das große Bett und ging ins Bad. Ich setzte mich auf den Wannenrand, um den Stöpsel zuzumachen und den Hahn aufzudrehen. Als die Wanne halb voll war, kippte ich Badezusatz ins Wasser.

Ich ging zurück zu Tegan und kniete mich vor sie hin. Ich zog ihr die Jacke aus und streifte ihr vorsichtig das schmuddlige T-Shirt über den Kopf. Ich musste mich sehr zusammennehmen, um mein Entsetzen zu verbergen. Tegan war zaundürr. Ihre Haut war dreckverkrustet und mit blauen Flecken und Wunden übersät. Wie konnten sie ihr so etwas antun? Meine Augen schwammen in Tränen.

Als sie ganz ausgezogen war, wickelte ich sie in ein großes weißes Badetuch und schloss sie in die Arme. „Alles wird gut, Schätzchen", sagte ich. „Ich werde gut auf dich aufpassen, okay?"

Während ich sie wusch, saß Tegan ganz still in der Wanne, blickte starr auf einen Punkt an der verkachelten Wand und wehrte sich nicht gegen die Berührungen mit dem eingeseiften Waschlappen.

Ihr blondes Haar fiel ihr in Wellen bis auf die Schultern, nachdem ich es getrocknet hatte. Sie sah unglaublich niedlich aus in ihrem blau karierten Schlafanzug. Niedlich, aber schweigsam. Wir zuckten beide zusammen, als es an der Tür klopfte. Nach ein paar fürchterlichen Sekunden fiel mir ein, dass das wohl der Zimmerservice mit unserem Abendessen war.

Ich brachte ihr den Burger, die Pommes und den Saft an das große Bett. Sie nahm den Burger zaghaft in die Hand, doch bevor sie hineinbiss, sah sie mich an, um sich zu vergewissern, ob sie das wirklich durfte.

Ich zeigte ihr mein strahlendstes Lächeln und nickte. Sie aß alles auf und trank den Saft aus, dann lehnte sie sich zurück und musterte mich mit großen, verängstigten Augen.

„Bist du müde?", wagte ich mich vor.

Sie nickte. Gut, sie hielt sich strikt an den Plan: baden, essen, schlafen.

„Also schön, dann komm, leg dich hin."

Ihre Mundwinkel wanderten nach unten, das kleine Kinn zitterte und die Augen füllten sich mit Tränen.

„Was ist los, Tiga?"

„Ich habe Angst, wenn ich allein bin", flüsterte sie, dann duckte sie sich, als erwartete sie Schläge.

„Soll ich mich neben dich legen?", fragte ich behutsam.

Sie nickte. Dann kuschelte sie sich unter die Decke, vergewisserte sich, dass ich ihr das Gesicht zugewandt hatte, machte die Augen zu und schlief sofort ein. Einfach so. Als hätte man einen Schalter umgelegt.

Wie war ich in diese Situation geraten? Hierhin, wo diese Sache, die man Adoption nannte, zu einem ernsten Thema geworden war.

Ich und ein Kind. Kamryn mit Kind. Das war nie vorgesehen gewesen.

Als ich jünger war, führten die meisten mein mangelndes Interesse an Kindern darauf zurück, dass ich dem richtigen Mann noch nicht begegnet war. Als Nate und ich von Heirat sprachen, dachten alle – Del eingeschlossen –, dass sich meine Einstellung ändern würde. Aber ich sagte immer: „Nate und ich werden keine Kinder haben. Das ist eines der grundlegenden Dinge, bei denen wir uns einig sind."

Ich betrachtete die Umrisse von Tegans Gesicht und sah Nate. Ich lächelte, als ich mich daran erinnerte, wie oft ich so dagelegen und Nate in unseren gemeinsamen Jahren beim Schlafen beobachtet hatte.

Kamryn und ich hatten in jüngeren Jahren oft mit Männern geschlafen, ohne Liebe oder echte Gefühle. Mein Beweggrund war Überdruss. Ich, Adele Brannon, hatte es satt, neue Männer kennen zu lernen und immer wieder auf den Richtigen zu hoffen, nur um dann herauszufinden, dass er es erneut nicht war. Ich glaubte an die Liebe, und während ich wartete, dass sie in mein Leben trat, konzentrierte ich mich darauf, den besten Sex mit den attraktivsten Männern von London zu haben.

Kamryn war anders – sie glaubte nicht an die Liebe. Nachdem sie von allen möglichen Männern mies behandelt worden war, beschloss sie, ihnen ein bisschen davon zurückzugeben. So wurde man, wenn man sich jahrelang anhören musste, man sei hässlich und dick. Als ich sie kennen lernte, war sie eine hübsche junge Frau, und je älter sie wurde, umso besser sah sie aus. Sie hatte riesige dunkle Augen, lange Wimpern und ein entwaffnendes Lächeln. Tragischerweise nahm sie sich selbst nie so wahr.

Als ein Liebhaber ihr vorschlug, eine Diät zu machen, um in ein Kleid Größe 38 zu passen, in dem er sie gern sehen wollte, veränderte sich Kamryn.

Er war der letzte Mann, der ihr das Gefühl gab, nichts wert zu sein. Danach beschloss Kam, keinen Mann so nahe an sich heranzulassen, dass er sie verletzen konnte.

Vor acht Jahren wurde alles anders. Wir waren abends in einem Klub, und wie immer fielen wir auf – Kam mit ihren Kurven, der dunklen Haut und dem schönen schwarzen Haar, ich mit meiner schlanken Figur, der blassen Haut und den blonden Locken. Ich kompensierte den Mangel an guten Angeboten mit Alkohol und sah zu, wie Kam die Männer, die sich ihr näherten, mit bissigen Bemerkungen und bösen Blicken abschmetterte.

Ich war betrunkener als sie, deshalb durfte ich im Taxi, mit dem wir zu unserer Wohnung in Nord-London fuhren, den Kopf in ihren Schoß legen.

„Ich werde es mit Nate tun", sagte sie.

„Ich dachte, du hättest schon mit ihm geschlafen", erwiderte ich, ohne die Augen zu öffnen.

„Das habe ich", bestätigte sie. „Ich meine, ich möchte mich wieder mit ihm treffen. Mich mit ihm verabreden – richtig mit ihm zusammen sein … Ich glaube, ich mag ihn."

Ich riss die Augen auf und richtete mich ruckartig auf. „Wirklich?", hakte ich nach.

Sie nickte, sah mich aber nicht an. Sie war verlegen; sie hatte eine Seite von sich preisgegeben, die ich seit Jahren nicht gesehen hatte. Kam war verliebt.

Seit ich im Krankenhaus bin, habe ich viel Zeit, einzelne Teile meines Lebens noch einmal Revue passieren zu lassen. Diese Nacht wird oft entstaubt und noch einmal durchgespielt, besonders der Teil, in dem sie sagt: „Ich glaube, ich mag ihn." Ich hatte als Erste erfahren, dass sie ihn liebte – Nate selbst gestand sie das erst einige Monate später. Ich fühlte mich geehrt, dass sie mir zuerst von ihrer Liebe erzählt hatte; das zeigte, wie viel sie von mir hielt.

Umso mehr hasse ich mich dafür, dass ich das zerstört habe, was die beiden hatten.

ÜBERTÖLPELT. Ausgetrickst. Reingelegt. Wie immer man es nennen wollte – man hatte es mit mir getan. Ich merkte es nicht bis zu dem Morgen, an dem Tegan und ich gemeinsam in die Klinik gingen.

Ich öffnete die Tür zu Dels Krankenzimmer, und als Tegan zu ihr lief und auf ihr Bett kletterte, lächelte mich Del auf eine Art an, die mir verriet, dass sie wusste, dass meine Antwort Ja lautete. Dieses freche Biest hatte in ihrem Testament bestimmt, ich sollte nach ihrem Tod Tegans gesetzlicher

Vormund werden. Außerdem hatte sie die notwendigen Formulare angefordert, damit das Adoptionsverfahren so schnell wie möglich in Gang kam. All diese Papiere bewahrte sie fix und fertig in ihrem Nachttisch auf – das Einzige, was noch fehlte, war meine Unterschrift.

„Du könntest sie genauso gut jetzt gleich unterschreiben", sagte Del mit einem Grinsen.

„Ja, das könnte ich", entgegnete ich. Ich saß in der Falle: Ich konnte Tegan unmöglich nach Guildford zurückbringen, und ich konnte sie nicht in einem Heim aufwachsen lassen.

Sobald wir das Krankenzimmer betreten hatten, war Tegan wie verwandelt. Sie hatte kaum ein Wort mit mir gewechselt, seit ich sie von Guildford fortgebracht hatte, und jetzt plapperte sie ohne Unterlass und in Höchstgeschwindigkeit und machte nur Pausen, um die Wangen ihrer Mutter zu küssen.

Ich schlich mich aus dem Zimmer, um den beiden ein wenig Zeit zu zweit zu geben. Wie um alles in der Welt würde Tegan damit fertig werden, wenn …

Was, wenn Del wieder gesund wurde? Ich klammerte mich an diesen Gedanken wie an einen Rettungsanker im Meer der Verzweiflung, in dem ich zu versinken drohte. Del würde leben. Ganz bestimmt bildete ich mir nicht nur ein, dass sie heute besser aussah. Nicht so grau. Tegan um sich zu haben tat Del offensichtlich sehr gut. Darauf konnten wir aufbauen.

Etwa eine halbe Stunde später holte Schwester Nancy Tegan ab, um mit ihr in die Kantine zu gehen, und ich hatte Gelegenheit, mit Del zu sprechen.

„Vielleicht erholst du dich ja wieder", platzte ich heraus.

Del schüttelte leicht den Kopf. „Kam, dafür ist es zu spät."

Ich ließ mich nicht davon abbringen. „Es gibt so viele neue Therapien, alternative Behandlungsmöglichkeiten –"

„Kam", unterbrach sie mich streng. „Ich habe mich damit abgefunden, und du wirst das auch."

„Aber du musst kämpfen", flüsterte ich.

„Ich habe gekämpft. Deshalb bin ich noch am Leben. Kam …" Ihre Stimme brach. „Ich will leben. Ich möchte sehen, wie meine Tochter heranwächst, aber das werde ich nicht. Ich muss Pläne für Tegan machen, tun, was ich kann, um ihr Leben zu regeln. Dass sie bei dir sein kann, ist der Anfang."

Ich spürte, wie mir Tränen über die Wangen rollten.

„Ich habe ihr jede Menge Briefe geschrieben", sagte Del. „Zwanzig Geburtstagskarten, zwanzig Weihnachtskarten. Sie liegen alle bereit. Es ist erstaunlich, wie viel man mit einer Karte sagen kann, selbst wenn man sie Jahre im Voraus schreibt."

Ich biss mir auf die Unterlippe und ließ den Kopf sinken. Del würde in ein paar Jahren nicht mehr hier sein. In zwanzig Jahren. In fünf Jahren. Schon in einem Jahr. Ein grauenvoller Gedanke, dass jemand, den man liebte, keine Zukunft mehr hatte. Del musste sterben.

„Ich wollte kein Video aufnehmen. Ich möchte, dass sie sich an die gesunde Frau von den Fotos erinnert. Die Briefe werden dabei helfen – das hoffe ich zumindest." Dels Augen röteten sich. „Du musst sie lieben. Versprich mir das."

Ich wischte resolut meine Tränen weg. Natürlich würde ich Tegan lieben. Wenn es nicht so wäre, hätte ich mich gar nicht auf diese Sache eingelassen. „Del, nur weil ich zwei Jahre nicht mit dir geredet habe, heißt das noch lange nicht, dass ich aufgehört hab, euch beide gernzuhaben."

„Sie soll sich immer darauf verlassen können, dass jemand da ist, der sie liebt, egal was passiert. Versprich mir, dass du ihr das gibst – bedingungslose Liebe."

Ich nickte. „Ich habe Tiga immer geliebt. Und daran hat sich nie etwas geändert."

Del entspannte sich sichtlich. „Eins musst du mir noch versprechen."

„Was denn?"

„Wenn du sie adoptierst, erlaubst du ihr, dich Mummy zu nennen, wenn sie es will. Ich möchte, dass sie das Gefühl hat, jemanden zu haben, der all die Mutter-Tochter-Sachen mit ihr macht."

„Das bekommt sie alles. Aber es wäre nicht richtig, wenn sie Mummy zu mir sagt. Es ist … es ist nicht natürlich."

„Ein besseres Argument hast du nicht?", spöttelte Del.

„Okay, ich denke darüber nach. Aber ich verspreche nichts."

Schweigen senkte sich über uns, bis Del sagte: „Kam, wegen Nate –"

„Del, bitte nicht", unterbrach ich sie. „Ich kann mich jetzt nicht damit befassen. Regeln wir das ein andermal. Du hast gesagt, du hättest noch ein paar Monate … Ich werde mich von meiner Arbeit beurlauben lassen. Wenn die Ärzte grünes Licht geben, suche ich eine Wohnung für uns drei, und dann kommst du nach Hause. Ich werde lernen, wie ich dich pflegen muss. Ich möchte bei dir sein, wenn …" Ich schluckte. „Ich will bei dir sein."

„Das würdest du tun?"

Ich nickte. Bestimmt sah man meinem Gesicht an, was in mir vorging.

Schon der Gedanke, ein Kind zu mir zu nehmen, hatte mich abgeschreckt, konnte ich dann wirklich am Sterbebett eines Menschen sitzen, den ich liebte, und zusehen, wie das Leben aus ihm wich? Ich musste es tun. Del hatte sonst niemanden. Und wenn ich an ihrer und sie an meiner Stelle wäre, würde sie für mich dasselbe tun. „Klar tue ich das, Del", sagte ich.

Wir sahen uns in die Augen, und für einen kurzen Moment fühlte ich mich zurückversetzt in die College-Bar, in der sie mein Herz erobert hatte. Alles Gute an ihr, ihre innere Schönheit strahlte zu mir herüber.

„Du kannst dich glücklich schätzen", sagte ich mit einem frechen Grinsen. „Das würde ich für niemanden sonst tun."

„Ich fühle mich geehrt", erwiderte sie mit einem kleinen Lachen.

Kapitel 3

Eine Woche war ich jetzt in London, und es war fast, als wäre ich nie von hier weggegangen. Mittlerweile hatten Tegan und ich einen festen Tagesrhythmus entwickelt. Wir wachten beim ersten Morgengrauen auf, zogen uns an und gingen für etwa eine Stunde ins Krankenhaus, bis Del müde wurde, dann machten wir uns auf die Suche nach einer hübschen Parterrewohnung mit vier Zimmern.

Alle anderen Veränderungen, die nötig waren, um mein Leben dieser Situation anzupassen, waren wie von selbst vonstattengegangen. Ich hatte um ein halbes Jahr unbezahlten Urlaub gebeten, doch man hatte mir vorgeschlagen, die vergangene und die beiden nächsten Wochen als regulären Jahresurlaub zu nehmen und danach drei Tage pro Woche von zu Hause aus zu arbeiten. Wir konnten viel per E-Mail erledigen, außerdem konnte ich das Londoner Büro der Warenhauskette nutzen, bei der ich Marketingleiterin war. Ich wollte mich mit einem Immobilienmakler in Verbindung setzen, der meine Wohnung in Leeds für eine gewisse Zeit vermieten sollte. Es war alles organisiert. Wir brauchten nur noch eine Bleibe.

Doch der Tag begann nicht gut. Mein fünfeinhalbjähriges Mündel wollte nicht aufstehen, weil es am Abend zuvor spät geworden war. Sie war wegen unserer Zukunftspläne völlig aufgedreht gewesen.

Tegans neuester Wunsch war eine Katze. Es war das Erste, was sie bei unserem Krankenbesuch am Vortag zur Sprache gebracht hatte. Sie hatte die Tür zu Dels Zimmer geöffnet, war zu ihr gerannt, aufs Bett gehüpft und hatte sie mit Küssen übersät.

Del hatte wieder Farbe im Gesicht gehabt, und ich hatte das Glitzern in den stahlblauen Fenstern zu ihrer Seele wiedergesehen.

„Wie geht's dir?", fragte sie.

„Mir geht's gut. Wie immer", sagte ich. „Du siehst viel besser aus."

„Ich fühle mich auch besser. Aber du siehst erschöpft aus."

„Ach was." Ich war müde und konnte mich kaum erinnern, wann ich das letzte Mal eine ganze Nacht richtig durchgeschlafen hatte. Aber, was soll's, alles ist relativ.

„Darf ich eine Katze haben?", warf Tegan ein.

„Das musst du Kamryn fragen", sagte Del, womit sie mir den Schwarzen Peter zuschob, obwohl sie genau wusste, was ich von pelzigen Geschöpfen hielt.

„Darf ich?" Tegan sah mich flehend an.

„Nicht sofort, Schatz. Wir reden ein anderes Mal darüber." Das hieß nie.

Del biss sich auf die Lippen, um ihr Grinsen zu verbergen.

Als wir ins Hotel zurückgekommen waren, war Tegan aufgekratzt gewesen, sie hatte von der Katze geredet, die sie bekommen würde, und dass ihre Mummy bald wieder zu Hause wäre und dass sie heute zum Abendbrot Fischstäbchen essen würde. Sie hatte geplappert und geplappert. Vor noch nicht einmal einer Woche hatte sie kaum ein Wort mit mir gesprochen, und jetzt hörte sie gar nicht mehr auf zu reden. Um drei Uhr morgens war sie endlich eingeschlafen.

Jetzt, am Morgen, betrachtete ich das schlafende Kind. Ich würde sie noch ein wenig liegen lassen, entschied ich, als mich ein Klopfen an der Tür erschreckte. Ich sah auf den Radiowecker neben dem Bett – 7.55 Uhr. Viel zu früh für Besucher. Ich öffnete die Tür.

Im Flur stand Nancy, Adeles Krankenschwester. In dem Moment, in dem ich ihr ins Gesicht sah, wusste ich es. Doch gleichzeitig wehrte ich mich dagegen; ich war noch nicht bereit.

„Hallo Kamryn", sagte sie mit einem warmen, aber verhaltenen Lächeln.

„Hi."

„Wo ist Tegan?", wollte sie wissen.

„Sie schläft noch."

„Gut. Kann ich Sie sprechen? Am besten hier draußen auf dem Gang."

Wir gingen zum Ende des Flures. „Es tut mir leid, Kamryn", begann Nancy, und die flatternden Schmetterlinge in meinem Bauch ballten sich zu einem dicken Kloß zusammen. „Adele ist in der Nacht gestorben."

„Aber gestern hat sie doch viel besser ausgesehen", brachte ich heraus.

Meine Kehle war plötzlich wie zugeschnürt. „Und sie sagte, sie fühle sich besser.“

„Adele hat besser ausgesehen, aber ihr Zustand war schon seit Langem sehr schlecht. Wir waren alle überrascht, dass sie so gut durchgehalten hat.“

„Sie war doch nicht allein, oder?“ Mein Blick forschte in Nancys Gesicht.

Nancy schüttelte den Kopf. „Nein, ich war bei ihr. Sie hat mich gebeten, Tegan zu sagen, dass sie sie liebt, und Ihnen in ihrem Namen Lebewohl zu sagen.“

„Ich hätte bei ihr sein müssen. Ich hatte es ihr versprochen.“

„Sie wollte das nicht“, sagte Nancy behutsam und legte eine Hand auf meinen Arm. „Sie hat schon genug von Ihnen verlangt, und sie war glücklich. Adele hat so lange durchgehalten, weil sie nicht wusste, was aus ihrer Kleinen werden sollte. Aber als Sie kamen und ihr sagten, Sie würden für Tegan sorgen, war sie glücklich und konnte endlich loslassen. Deshalb sah sie besser aus – sie musste sich keine Sorgen mehr machen. Sie wusste schon gestern, dass das Ende nahe war. Als Sie weg waren, bat sie mich, Ihnen erst heute Morgen Bescheid zu geben, falls sie in der Nacht sterben sollte. Sie wollte Ihnen die Erinnerung daran, wie Sie gestern zusammen gelacht und gescherzt haben, nicht verderben, indem sie Sie bat zuzusehen, wie sie stirbt. Sie sollten sie lachend im Gedächtnis behalten.“

„Das ist typisch für Adele. Ein Kontrollfreak bis zum Schluss“, flüsterte ich verärgert. Hätte ich das gewusst, hätte ich mich richtig von ihr verabschiedet. Ich hätte sie geküsst und umarmt und ihr gesagt, wie sehr ich sie liebte.

„Sie hat nicht gelitten. Sie ist einfach eingeschlafen. Ich habe ihre Hand gehalten. Sie wusste, dass sie nicht allein war.“

„Ich wollte nicht, dass sie allein stirbt“, flüsterte ich. Ich hatte gedacht, uns blieben noch Monate, nicht nur wenige Tage. Warum hatte ich mir nicht angehört, was sie wegen Nate zu sagen hatte, und zugelassen, dass sie ihr Gewissen erleichterte? Ich wollte nicht, dass sie glaubte, ich würde sie immer noch dafür hassen.

Ich sah Nancy an. Wenn sie bei Adele geblieben war, hatte sie vermutlich die ganze Nacht nicht geschlafen. „Danke, Nancy. Danke für alles. Dafür, dass Sie all die Monate für sie da waren, dass Sie am Ende bei ihr waren und selbst hergekommen sind, um es mir zu sagen. Vielen Dank.“

Nancy ging.

Plötzlich gaben meine Beine nach, ich fiel auf die Knie und beugte mich vor, bis meine Stirn fast den gemusterten Teppichboden berührte. Die ersten Tränen schossen mir in die Augen. Sie hatte mich verlassen. Für immer. Meine beste Freundin war gestorben.

Eine zweite Tränenflut brach sich Bahn, und ich krümmte mich zusammen. Die Blockade, die mich davon abgehalten hatte, die Nerven zu verlieren, als ich an meinem Geburtstag die Karte bekommen hatte und plötzlich bis zum Hals in Erinnerungen an Del und Nate steckte, löste sich auf. Ich schluchzte hemmungslos.

TEGAN schlief noch. Ich legte mich neben sie und wartete, wie es mir schien, eine Ewigkeit. Ich wollte sie nicht wecken. Wenn ich sie weckte, musste ich es ihr sagen.

Ich hatte mich beruhigt. Bis zu dem Weinkrampf war mir nicht bewusst gewesen, dass ich zwei lange Jahre am Rande der Hysterie gelebt hatte. Immer hatte ich das Verlangen verspürt, meinen Gefühlen freien Lauf zu lassen, und gleichzeitig Angst gehabt, die Flut nicht mehr eindämmen zu können.

Tegan erschreckte mich, indem sie plötzlich die Augen aufschlug. Das tat sie immer.

„Warum hast du so rote Augen?“, fragte sie.

„Ich hab geweint“, antwortete ich.

„Warum?“, wollte sie wissen.

„Ich bin traurig wegen deiner Mummy.“

„Mummy?“ Sie setzte sich auf. „Besuchen wir Mummy heute wieder?“

Ich schüttelte den Kopf. „Nein, Schätzchen“, sagte ich.

„Ich will meine Mummy sehen.“

„Tiga, als deine Mummy dir erzählt hat, dass du bald bei mir wohnen wirst, hat sie dir da auch gesagt, wo sie dann ist?“

„Im Himmel bei Jesus und den Engeln“, antwortete Tegan.

„Hat sie auch gesagt warum?“

„Weil sie krank ist und Jesus und die Engel dann auf sie aufpassen.“

„Schätzchen, jetzt ist deine Mummy zu Jesus und den Engeln gegangen.“

„Und wann kommt sie wieder?“

„Tiga, sie kommt nicht mehr zurück, leider.“

„Das glaube ich dir nicht!“, schrie Tegan so laut, dass ich zurückschreckte. Sie kletterte aus dem Bett. „Ich will zu meiner Mummy!“, heulte sie. „Ich will meine Mummy sehen!“

Ich legte die Arme um sie. Sie drehte und wand sich und schrie, aber ich hielt sie fest, bis ihr Zorn verebbte und sie matt in meinen Armen hing und ihr Kopf an meine Schulter sank.

„Du hast immer noch mich", sagte ich.

„Ich will dich nicht", flüsterte sie heiser. „Ich will meine Mummy."

DER TÜRKNAUF drehte sich, und die Tür meines ehemaligen Jugendzimmers im Haus meiner Eltern ging langsam auf. Der Flur kam in Sicht und Tegan trat ein. Sie trug das wadenlange schwarze Satinkleid mit weitem Rock, das meine Mutter ihr gekauft hatte. Ihre Schönheit schnürte mir die Kehle zu, denn wir gingen nicht auf eine Party, wo sie die Menschen bezaubern konnte, sondern zum Begräbnis ihrer Mutter.

Nachdem Adele … Als es passiert war, hatten Tegan und ich unsere Sachen zusammengepackt und uns im Haus meiner Eltern in Ealing, einem westlichen Vorort von London, eingenistet. Ich hatte vor, ein paar Tage nach dem Begräbnis nach Leeds zurückzukehren. Nach dem heutigen Tag.

Tegan hatte sich wieder in dasselbe furchteinflößende Schweigen geflüchtet wie damals, als ich sie von Guildford weggeholt hatte. Sie weigerte sich, mit mir zu sprechen, wenn es nicht absolut notwendig war, aber ich musste immer in Sichtweite bleiben. Sie hockte sich vor die Tür, wenn ich duschte. Einmal war ich rasch zum Kiosk gelaufen, um eine Flasche Wasser zu kaufen, und als ich zurückkam, saß Tegan vor der Haustür. Als ich zu ihr ging, schlang sie die Arme um meine Beine und drückte sich an mich. In diesem Augenblick hatte ich begriffen, dass ich sie nicht allein lassen durfte.

Und jetzt stand Tegan in der Ecke meines Zimmers, während sie wartete, dass ich mich fertig machte. Mein Kleid war ein schlichtes, gerades Leinenkleid mit V-Ausschnitt und kurzen Ärmeln. Ich hatte es sozusagen im Vorübergehen im Einkaufszentrum von Ealing gekauft.

„Dein Kleid ist sehr schön", sagte ich.

Tegan schwieg. Es war schon schwer genug, mit alldem fertig zu werden, und das Begräbnis wurde bestimmt ein Albtraum, aber alles wurde eine Million Mal schlimmer, wenn Tegan mit ihrer Schweigekampagne gegen mich fortfuhr.

Doch es war nicht ihre Schuld. Was sollte eine Fünfjährige tun, deren Mutter gerade gestorben war und die sich jetzt an eine Ersatzmutter gewöhnen sollte, die sie zwei Jahre lang nicht gesehen hatte?

Ich richtete mich auf und bemühte mich zu lächeln. „Was hältst du von meinem Kleid?", fragte ich.

Da die Frage mehr als ein Nicken oder Kopfschütteln verlangte, antwortete sie gar nicht. Ich formulierte sie anders. „Gefällt es dir?"

Tegan nickte, zog die Mundwinkel nach oben und deutete damit fast ein Lächeln an. Zum Dank dafür, dass sie diesen ersten kleinen Schritt gemacht hatte, hätte ich sie um ein Haar in die Arme geschlossen. „Okay, ich bin bereit. Lass uns gehen."

Adele Brannon
(geborene Lucinda-Jayne Hamilton-Mackenzie)
verstarb kürzlich nach einem langen Kampf
gegen die Leukämie.
Sie hinterlässt ihre Tochter Tegan Brannon.
Die Trauerfeier findet am 31. Juni um 16 Uhr
in der St-Agnes-Kirche in Ealing statt.

In der Kirche saß Tegan regungslos und apathisch neben mir und beobachtete die Menschen, die auf der Kanzel standen und über ihre Mutter sprachen.

Meine ganze Familie war da. Sogar mein älterer Bruder, der in Japan arbeitete und lebte, war zum Begräbnis hergeflogen. Und Nancy, Adeles Krankenschwester, war mit ihrem Mann gekommen.

Adeles Vater war nicht erschienen. Er hatte nicht einmal Blumen geschickt. Die Beerdigung seiner Tochter interessierte ihn nicht. Das war die bittere Realität.

Ich hatte Mr Hamilton-Mackenzie an Adeles Todestag angerufen, und nach langem Schweigen sagte er: „Danke, dass Sie mich benachrichtigt haben." Er fragte nicht nach Tegan. Ich nahm an, dass er zu schockiert war.

„Ich lasse Sie noch wissen, wann die Beerdigung stattfindet", sagte ich, und er bedankte sich noch einmal, bevor er auflegte.

Eine Woche später – vor drei Tagen – hatte ich ihn noch einmal angerufen.

„Kamryn", begrüßte er mich warmherzig, „wie geht es Ihnen?"

Ich war verblüfft und glaubte für einen Moment, ich hätte eine falsche Nummer gewählt. „So gut, wie man es unter diesen Umständen erwarten kann", antwortete ich wachsam. „Ich rufe wegen der Beerdigung an. Sie ist am Freitag. Falls Sie irgendwelche besonderen Lieder oder die Verlesung bestimmter Bibelstellen bevorzugen, sagen Sie mir Bescheid."

Schweigen. Ich bildete mir ein, dass er Mühe hatte, sich zusammenzunehmen. „Ich werde nicht kommen. Weder meine Frau noch ich nehmen an der Trauerfeier teil."

Ich holte tief Luft. „Okay", sagte ich. Mir fehlte die Kraft, mich mit ihm anzulegen. Was hätte ich auch zu diesem Mann sagen sollen?

„Es ist nicht richtig, dass ich noch ein Mitglied meiner Familie begraben soll", sagte er in einem Tonfall, der jedem das Herz brechen würde, der nicht wusste, wie oft er Adele krankenhausreif geprügelt hatte. „Ich habe ihre Mutter begraben. Lucinda-Jayne war die Letzte meiner Familie, und ich kann nicht Abschied nehmen. Das verstehen Sie doch, Kamryn?"

„Was ist mit Tegan?", erwiderte ich schneidend. „Ist Ihre Enkelin kein Mitglied der Familie?"

Schweigen, das sich in die Länge dehnte und zu einem weit klaffenden Abgrund arroganter Selbstgerechtigkeit wurde.

„Leben Sie wohl", sagte ich schließlich und legte auf. Das war's. Das Ende. Er würde es nicht anfechten, wenn ich Tegan adoptierte. Er würde niemals versuchen, Kontakt zu seiner Enkelin aufzunehmen, und obschon ich deswegen erleichtert und froh war, machte mich seine Haltung auch unendlich traurig. Warum hat er seine Tochter nicht geliebt?

Ich legte den Arm um Tegans Schultern und konzentrierte mich auf den Priester, lauschte seiner Predigt über Leben und Tod und Adele. Er hatte meine Freundin nicht gekannt und wiederholte das, was ich ihm aufgeschrieben hatte. Doch er ging auch darüber hinaus und sprach über die Warmherzigkeit, die er in den Gesprächen mit Menschen, die Adele gut gekannt hatten, gespürt hatte. Darüber, dass sie eine wundervolle Freundin gewesen sein musste. Und er wies darauf hin, dass sie eine Tochter hatte und dass er Adeles Tochter in guten Händen wisse.

Die letzten Gebete wurden gesprochen, das letzte Lied gesungen. Ich erhob mich mit der Trauergemeinde und folgte den vier Männern – zwei von ihnen waren meine Brüder –, die den Eichensarg auf ihre Schultern hoben und aus der Kirche trugen. Noch während ich meine Gedanken sammelte, entdeckte ich ihn. Seine große Gestalt – in einem schwarzen Anzug, schwarzen Hemd mit schwarzer Krawatte –, sein von der Trauer gezeichnetes Gesicht, das kurze braune Haar. Ich schnappte nach Luft und war momentan stocksteif vor Schreck. Nate!

In der Kapelle des Krematoriums fand ein kurzer Gottesdienst statt, an dem nur meine Familie teilnahm. Langsam verschwand der Sarg hinter einem schweren schwarzen Vorhang. Es war vorbei. Ich biss mir auf die Unterlippe und blieb sitzen, während alle die Kapelle verließen. Sobald ich allein war – Tegan war mit meinen Eltern hinausgegangen –, trat ich vor den Vorhang.

Eine Million Gedanken wirbelten mir durch den Kopf. Jeder hinterließ eine brennende Spur. Adele. Tegan. Arbeit. Tod. Leben. Nate.

Was hatte er in der Kirche zu suchen gehabt? Er hatte an der Beerdigung einer Freundin teilgenommen. Woher wusste er, dass Adele gestorben war? Vielleicht hatte er die Todesanzeige gesehen. Mir war nie in den Sinn gekommen, dass er da sein könnte. Liebte er sie? Aber beide hatten beteuert, es sei nur ein einziges Mal passiert. Und ich war davon ausgegangen, dass sie sich in den letzten zwei Jahren nicht gesehen hatten.

Natürlich konnte ich mir dessen nicht sicher sein. Ich würde niemals herausfinden, was wirklich geschehen war … Was stimmte nicht mit mir? Ich sollte an Del denken. Aber Nate drängte sich immer wieder in den Vordergrund. Meine Erinnerung an das letzte Zusammentreffen mit ihm war klarer als an das mit Del. Ich erinnerte mich an den gequälten Blick, mit dem Nate mir nachgesehen hatte, als ich durch die Tür ging. Ich hatte meine Sachen zusammengepackt und betrachtete ihn noch einmal – sein unrasiertes Kinn, das ungewaschene Haar und die übernächtigten Augen. Bevor ich die Tür hinter mir schloss, hörte ich ihn noch „Geh nicht“ sagen.

Mit Adele hatte ich kein großes Finale gehabt. Ich zermarterte mir das Gehirn und konnte mich nicht erinnern, welche Worte ich als Letztes an sie gerichtet hatte. Ich wusste es nicht mehr, und das brach mir das Herz. Mir war doch klar gewesen, dass mir nicht mehr viel Zeit mit ihr blieb – warum hatte ich nicht auf alle Einzelheiten geachtet? Wieso hatte ich mir nicht jede Sekunde eingeprägt?

Der schmerzhafte Knoten in meinem Magen zog sich plötzlich zusammen. Nate. Ich dachte auch an Nate, weil ich mich nicht mit dem befassen wollte, was als Nächstes auf mich zukam.

Ich wünschte, ich wäre ein besserer Mensch und könnte mich auf die Aussicht, ein Kind großzuziehen, freuen. Ich würde mein Leben völlig auf den Kopf stellen müssen, um Tegan das zu geben, was sie brauchte. Um ihr ein neues Zuhause zu schaffen.

Ich hörte Schritte auf dem hellen Holzboden, richtete mich auf und versuchte, die Gefasstheit auszustrahlen, die ich in den letzten Tagen zur Schau getragen hatte. Alle hielten mich für stark, tapfer und unerschrocken, doch in Wahrheit machte Kamryn Matika allen etwas vor.

Als eine Hand sich in meine schob, zuckte ich zusammen. Tegans große blaue Augen waren fest auf mich geheftet. Sie fragte mit dünner, bebender Stimme: „Bist du meine neue Mummy?“

Ich nickte. „Ja, Liebes, das bin ich.“

Kapitel 4

Wie findest du dein neues Zuhause?“, fragte ich Tegan.

Sie saß genau in der Mitte meines cremefarbenen Sofas und drückte die Stoffpuppe an sich, die sie zu ihrem ersten Geburtstag geschenkt bekommen und „Meg“ genannt hatte.

„Es riecht komisch“, antwortete Tegan aufrichtig.

Das Mädchen hatte Recht. Meine Wohnung stank nach Fisch und anderem, was während meines sechswöchigen Aufenthalts in London im Abfalleimer langsam vor sich hin gemodert hatte.

„Warte“, sagte ich, stieg über unser Gepäck, das in dem langen, schmalen Flur stand, und ging in die Küche. Ich brachte den Abfall nach draußen zu der schwarzen Mülltonne, dann wusch ich mir im Bad die Hände. Ich ging zurück in die Küche und schob das Fenster auf. Der Gestank würde sich bald verflüchtigen.

Tegan saß still auf dem Sofa und schwieg. Sie wartete darauf, dass ich ihr sagte, was als Nächstes kam. Leben, ja. Aber wie?

„Dies hier wird dein Zimmer“, erklärte ich ihr. „Wir schaffen das Sofa in die Küche. Wir kaufen dir ein Bett, und wir streichen die Wände neu, die Farbe darfst du dir selbst aussuchen …“ Tegan sah mich an, während ich einfach drauflosredete. „Jedenfalls kommt der Schreibtisch in mein Schlafzimmer, und die Küche nutzen wir auch als Wohnzimmer. Wie findest du das?“

Wir waren am Morgen in den Zug nach Leeds gestiegen. Ich hatte einen Lieferwagen mit Fahrer bestellt, der Adeles Kisten, unsere größeren Gepäckstücke und alles andere, was wir nicht tragen konnten, zu meiner Wohnung brachte. Als ich zu der Spedition gegangen war, wo Adeles Sachen lagerten, war ich entsetzt gewesen, dass ihr ganzes Leben, 32 Jahre, in zehn Umzugskisten passte. Die meisten enthielten Sachen, die ich an Tegan weitergeben sollte.

„Hör zu“, sagte ich. „Wir brauchen etwas zu essen und andere Kleinigkeiten wie Shampoo für dich. Wie wär’s, wenn wir einkaufen gehen?“

EINE VERSCHWÖRUNG. Es war eine Art Verschwörung. Wer konnte ahnen, dass es so viele Sorten Shampoo gab? Mein Shampoo kaufte ich in dem Friseursalon, wo ich mir alle sechs Wochen die Haare glätten ließ. Ich brauchte mich nie mit den Shampoosorten für europäisches Haar auseinanderzusetzen. Und welches war für ein Kind geeignet?

Warum hat Adele mit mir nie über solche Dinge gesprochen?, dachte ich und bekam plötzlich Angst. Natürlich ging es nicht nur um das Shampoo – es stand stellvertretend für vieles. Meine kleine Schutzbefohlene hatte Vorlieben und Abneigungen, von denen ich keine Ahnung hatte.

Ich stützte mich auf den Einkaufswagen und suchte mit meinem Blick die Regale ab. „Weißt du noch, welches Shampoo du immer benutzt hast?", fragte ich Tegan. Sie schüttelte den Kopf. Aus dem Augenwinkel sah ich, dass eine Supermarktangestellte in unsere Richtung kam. „Entschuldigen Sie", sagte ich. „Ich suche ein Shampoo für Kinder." Ich deutete auf Tegan, die sie pflichtbewusst anlächelte. „Können Sie mir sagen, welches das beste ist?"

„Oh, hm …" Die Frau wandte sich dem Regal zu.

Bevor sie etwas sagen konnte, mischte sich eine andere Kundin ein. „Das wissen Sie nicht?"

Wir drehten uns alle um. Eine mollige Frau um die vierzig sah uns an.

„Verzeihung, reden Sie mit mir?", fragte ich.

„Ja. Warum haben Sie nicht Ihre Arbeitgeber gefragt, bevor Sie in den Supermarkt gegangen sind?", wollte die Frau wissen. „Die Eltern der Kleinen wissen doch sicher, welches Shampoo sie benutzen."

Oh, plötzlich begriff ich: eine schwarze Frau mit einem kleinen weißen Mädchen – das konnte nur eines bedeuten: Die Frau war ein Kindermädchen. Sah ich aus wie ein Kindermädchen? Ich schaute an mir herunter: ausgebeulte Jeans und kaputte Turnschuhe. Wenn man mich so sah, würde man nicht auf die Idee kommen, dass ich eine erfolgreiche, 32 Jahre alte Marketingleiterin war, das musste ich zugeben. Aber wieso dachte diese Person nach einem einzigen Blick auf mich: Angestellte? Genauso gut hätte ich Tegans Stiefmutter sein können.

„Was geht Sie das an?", gab ich ruhig zurück, obschon ich stinksauer war.

Die Supermarktangestellte machte sich aus dem Staub; womöglich holte sie für den Fall, dass es zu einer tätlichen Auseinandersetzung kam, einen Sicherheitsmann.

„Was machen Sie mit diesem Kind?"

„Wenn Sie es unbedingt wissen wollen", fauchte ich, „sie ist mein Kind. Ich bin ihre Mutter."

„Wissen ihre Eltern, dass Sie vorgeben, ihre Mutter zu sein?" Die Stimme der Frau wurde lauter und die Leute drehten sich nach uns um.

„Ich gebe gar nichts vor", zischte ich.

„Was machen Sie dann?", brüllte die Frau.

Was ich mache? Ich tue mein Bestes, um nicht in Tränen auszubrechen, weil ich das richtige Shampoo nicht finde. Ich kann mich gerade noch davon abhalten, jeden Abend eine Flasche Wodka zu köpfen und so lange zu trinken, bis meine beste Freundin wieder zum Leben erwacht, mein Verlobter kein Betrüger mehr ist und ich immer noch als regionale Marketingchefin des Unternehmens, dem ich sieben Jahre meines Lebens geopfert habe, in London lebe.

Tegan zupfte an meiner Jeans, bis ich zur ihr hinunterschaute.

„Ich möchte das hier“, sagte sie und hielt mir eine grellorangefarbene Shampooflasche hin. Ich grinste Tegan an, die mich überraschenderweise anstrahlte, als ich das Shampoo in den Wagen legte.

Die Frage „Was machen Sie dann?“ hing noch in der Luft. Ich sah die neugierige Frau an und zeigte ihr mein reizendstes Lächeln.

„Was ich mache? Ich kaufe ein Shampoo.“

Tegan nahm meine Hand und wir schoben den Wagen in den nächsten Gang.

Mein Herz raste. So etwas würde in den kommenden Wochen, Monaten, vielleicht Jahren noch öfter vorkommen. Außenstehende würden nicht auf Anhieb glauben, dass ich ihr gesetzlicher Vormund war, ihre „Mutter“. Ich hatte den Adoptionsantrag abgeschickt und erfahren, dass die Angelegenheit nicht so reibungslos verlief, wie ich es mir vorgestellt hatte. Es konnte Monate oder sogar Jahre dauern.

„Mummy Ryn“, sagte Tegan und riss mich aus meinen Gedanken.

„Wie hast du mich gerade genannt?“

„Mummy Ryn“, wiederholte Tegan, als würde sie jeden Tag „Mummy“ zu mir sagen und nicht wie früher Tante Ryn.

„Warum sagst du Mummy?“, hakte ich nach.

Ihr kleines Gesicht verzog sich, als würde sie gleich anfangen zu weinen. „Du hast doch gesagt, dass du meine neue Mummy bist“, flüsterte sie. Ihre königsblauen Augen füllten sich mit Tränen, und ihr Tonfall bezichtigte mich der Lüge.

Ich kauerte mich vor sie. „Das bin ich auch“, beteuerte ich. Ich strich ihr übers Haar und lächelte beschwichtigend.

Sie schüttelte den Kopf. „Aber du bist nicht meine echte Mummy. Meine echte Mummy ist im Himmel und sie kommt nicht zurück.“

Ich hatte einen Kloß im Hals. „Das stimmt“, bestätigte ich leise.

„Und du bist nicht mehr meine Tante Ryn, oder?“

„Ich denke nicht.“

„Also bist du Mummy Ryn“, schloss sie. Ich war beeindruckt von ihrer Logik. Das bewies, wie intelligent sie war.

„Okay, ich bin Mummy Ryn. Was wolltest du mich fragen?“

Tegan schniefte, wischte sich mit dem Handrücken über die Augen und schluckte. „Darf ich eine Schokolade haben?“

„Ja, aber nur wenn du dein Gemüse aufisst.“ Verantwortungsbewusste Erwachsene sagten solche Dinge, oder?

Ihr herzförmiges Gesicht fing an zu strahlen. Sie schüttelte den Kopf. „Wir haben gar kein Gemüse“, kicherte sie und deutete auf die Lebensmittel im Einkaufswagen.

Es war so lange her, seit ich ihr Lachen gehört hatte, dass ich es nicht über mich brachte, ihr Gemüse aufzuzwingen. „Jetzt hast du mich erwischt“, sagte ich grinsend. „Also kein Gemüse für heute. Aber ab morgen essen wir lauter gesunde Sachen. Okay?“

Sie nickte. Dann schlang sie die Arme um meinen Hals, drückte mich kurz und ließ wieder los.

Heftige Übelkeit überfiel mich. Was sollte werden, wenn mein Adoptionsantrag abgelehnt wurde?

ICH HATTE bereits ein Leben, bevor ich Tegan erbte. Dieses Leben bestand aus Arbeit. Ich war Marketingleiterin bei der Kaufhauskette Angeles. Aus dem vor hundert Jahren in Leeds gegründeten Kurzwarenladen hatte sich ein großes Unternehmen entwickelt, doch das Hauptbüro befand sich nach wie vor in Leeds. Vor sieben Jahren hatte ich in der Londoner Filiale als Marketingassistentin angefangen und mich hochgearbeitet; mittlerweile war ich unter dem Marketingchef Ted Payne die zweitwichtigste Angestellte des Gesamtunternehmens. Meine Hauptaufgabe war die Herausgabe der Zeitschrift *Living Angeles*. Ich hatte Ted geholfen, das Magazin ins Leben zu rufen. Ursprünglich hatte ich vor meiner geplatzten Hochzeit nur einen Monat in Leeds verbringen sollen, um das Erscheinen der ersten Ausgabe vorzubereiten. Nachdem ich Nate und Adele verlassen hatte, hatte ich Ted gefragt, ob ich dort den Posten als Marketingleiterin, den er mir seit Ewigkeiten anbot, haben könne.

Als ich mir drei Monate nach meiner Flucht aus London endlich die Wohnung in Horsforth, einem Vorort von Leeds, gekauft hatte, musste ich mich jeden Abend regelrecht zwingen, dorthin zu fahren, um mich der Leere und Stille dort zu stellen. Ich fuhr morgens um sieben ins Büro und kam nach zehn Uhr abends so müde zurück, dass ich nur noch ins Bett kroch. Ich arbeitete sogar an den Wochenenden, nur um nicht allein in der Wohnung sein zu müssen.

Im Laufe der Zeit lockerte ich meine Arbeitszeiten natürlich ein wenig und schloss bei Angeles echte Freundschaften. Zum einen mit Betsy Dawali, mit der ich mir ein verglastes Büro teilte. Zum anderen mit meinem Chef Ted Payne.

Ted war um die fünfzig und außergewöhnlich attraktiv. Er war noch dazu ein durch und durch anständiger, stets ruhiger und aufrichtiger Mensch – eine ungeheuer reizvolle Mischung.

Nachdem ich mit Tegan nach Leeds zurückgekehrt war, besuchte er mich eines Abends. Er war nervös. Es gefiel mir nicht, ihn so zu sehen. Er war immer ausgeglichen und stark, nie zaghaft oder unsicher. Er wusste in jeder Lage Rat. Als ich ihn angerufen hatte, um ihm zu sagen, dass ich ein Kind zu mir nehmen würde, hatte er mir – statt der ursprünglichen Regelung – Sonderurlaub wegen eines Trauerfalls und so etwas wie Elternzeit gewährt.

Ted musterte mich lange. „Kamryn …", begann er. „Ich habe Neuigkeiten. Ich wollte dich nicht beunruhigen, solange du weg warst, aber … ich … ich höre bei Angeles auf. Ava und ich übersiedeln nach Italien. Wir wollen dort noch einmal ganz von vorn anfangen."

„Das ist … wunderbar für dich. Aber du wirst mir sehr fehlen."

„Du wirst kaum merken, dass ich weg bin", sagte er lachend.

Ich fiel nicht in sein Lachen ein. Ted wusste, wie viel er mir bedeutete.

Nachdem ich damals meinen neuen Posten angetreten hatte, arbeiteten wir oft bis spät in die Nacht zusammen an der Zeitschrift *Living Angeles*, ehe er mich zu meinem Hotel begleitete. Auch an einem ganz bestimmten Freitagabend hatte er mich nach Hause gebracht, sich an der Hotelrezeption von mir verabschiedet und mir ein schönes Wochenende gewünscht. Ich war auf mein Zimmer gegangen, hatte mich im Dunkeln auf die Bettkante gesetzt und die Hände gerungen. Minuten später klopfte es an meiner Tür. Es war Ted.

„Kamryn", sagte er besorgt, „ist mit dir alles in Ordnung?"

„Ich hätte morgen heiraten sollen", gestand ich. „Aber es ist vorbei. Ich heirate nicht. Ich bin ganz allein."

Er nahm mich in die Arme und ich brach zusammen. Er führte mich zum Bett und legte sich neben mich, hielt mich und strich mir übers Haar, während ich zwischen Schweigen und Schluchzen hin und her schwankte. Er betrachtete mich mit einem besorgten Blick. In diesem Moment bestand zwischen uns ein stillschweigendes Einverständnis, dann küsste er mich und ich erwiderte den Kuss. Ich wusste, dass er verheiratet war und sich zwar vor Kurzem von seiner Frau Ava getrennt hatte, aber bereits mit ihr über einen neuen Anlauf sprach. Ich tastete nach einem seiner Hemdknöpfe, doch er hielt meine Hand fest. „Ich … ich …“, stammelte er, „es tut mir leid. Ich bin wieder mit Ava zusammen. Tut mir leid.“

Ich war erleichtert. Ich war mir nicht sicher gewesen, ob ich wirklich mit ihm hatte schlafen wollen. Ted umarmte mich noch einmal und ging, und obwohl wir nie wieder über dieses Wochenende sprachen, waren wir uns noch näher gekommen. Er hatte meine verwundbare Seite kennen gelernt, und ich erlebte ihn sechs Monate später so, als seine Frau ihn wieder verließ und ich eine Nacht lang zusah, wie er sich bis zur Besinnungslosigkeit betrank, und dann dafür sorgte, dass er sicher nach Hause kam.

„Dann ist zwischen dir und Ava also wieder alles in Ordnung?“, fragte ich ihn jetzt.

„Absolut.“ Seine bekümmerte Miene strafte ihn Lügen.

„Was ist es dann? Was verheimlichst du sonst noch?“

„Es ist nicht leicht, dir das zu sagen. Man hat bereits Ersatz für mich gefunden. In den letzten Wochen hab ich mit ihm zusammengearbeitet, um ihm alles zu übergeben.“

„Willst du damit sagen, dass man mir nicht einmal die Chance gibt, mich für die Stelle zu bewerben? Halten sie mich für so unfähig?“

„Das ist es nicht, Kamryn. Du weißt, dass du den Job jetzt, wo du ein Kind hast, nicht machen kannst. Du müsstest oft bis spät in die Nacht arbeiten und öfter nach London und Edinburgh fahren.“

Die Hitze der Entrüstung begann in den Füßen und brannte sich ihren Weg bis in meine Haarspitzen. „Sie übergehen mich, weil ich ein Kind habe?“

„Sie wollen jemand Neuen, jemanden, der die Marketingstrategie von Angeles mit unverstelltem Blick betrachtet.“

„So etwas würde nicht passieren, wenn ich ein Mann wäre, stimmt's?“

„Ich sage nicht, dass ihre Einstellung richtig ist“, erklärte Ted ruhig, „aber würdest du wirklich auf die Zeit mit Tegan verzichten wollen?“

Ted hatte natürlich Recht, trotzdem war ich aufgebracht. „Sie hätten mir die Entscheidung überlassen sollen. Ich arbeite seit sieben Jahren für Angeles und werde so behandelt?“

„Sie waren bereit, dich von London aus arbeiten zu lassen, und jetzt haben sie dir Urlaub gegeben, damit du die Beerdigung arrangieren und die erste Zeit mit Tegan zusammen sein kannst, das ist doch ein Beweis, wie sehr die Unternehmensleitung dich schätzt“, argumentierte Ted.

„Und es hat sie auch auf die Idee gebracht, meine Prioritäten könnten sich geändert haben. Mein Gott, ich bin richtig sauer“, erklärte ich. Es ging nicht nur um die Stelle. Ich hatte das Gefühl, vollkommen machtlos zu sein. Man hatte mir ein Kind aufgehalst, und jetzt wurden wichtige berufliche Entscheidungen über meinen Kopf hinweg gefällt. Ich war nicht mehr Herrin meines eigenen Schicksals. „Und wie ist der neue Marketingchef?“

„Luke Wiseman? Ehrgeizig“, antwortete Ted diplomatisch. Es wurde schlimmer. „Er wurde durch Headhunter für diese Position ausgesucht.“ Und noch schlimmer. „Er hat seinen Abschluss in der Harvard Business School gemacht.“ Und noch schlimmer. „Er hat viele Ideen, und genau das braucht Angeles.“

„Wahrscheinlich hast du Recht“, sagte ich resigniert.

TEGAN stand mit einem Pinsel in der Hand vor einer Dose mit roter Farbe. Ihr kleines Gesicht drückte Freude und gleichzeitig Unsicherheit aus.

„Darf ich wirklich auf die Wand malen?“, vergewisserte sie sich.

„Ja, mit jeder Farbe, die dir gefällt.“

Am Tag zuvor waren wir im Baumarkt gewesen und hatten Schablonen – Tiere, Sterne, Monde, Sonnen, Delfine, Fische – und rote, blaue, braune, gelbe und grüne Farbe gekauft. Das war ein wenig günstiger, als das ganze Zimmer neu zu streichen.

„Darf ich dahin einen Fisch malen?“ Tegan deutete auf die Fläche unter dem Fenster. „Mit Rot?“

„Ja, probier's mal.“ Ich suchte die Fischschablone heraus, klebte sie mit Tesa an die Wand und trat beiseite, damit die Künstlerin sich ans Werk machen konnte.

Tegan tupfte die Farbe zaghaft auf und war sehr vorsichtig, um nicht über den Rand der Schablone zu klecksen.

Der Fisch wirkte ganz verloren – ein einziger Farbfleck in einem großen cremeweißen Meer.

„Sehr gut, und was kommt als Nächstes?“, fragte ich.

„Ein Elefant“, entschied Tegan. „In Blau?“

„Wenn die junge Dame Blau wünscht, soll die junge Dame Blau haben.“

Wir brauchten fast den ganzen Nachmittag, um die Tiere rund um das Zimmer zu malen. Wir standen neben den abgedeckten Möbeln und betrachteten unser Werk. Es war hübsch. Tegan hatte sehr schön gemalt. Wahrscheinlich hatte sie das Talent ihrer Mutter geerbt. Auch ihr Vater war künstlerisch begabt. Nate hatte immer irgendetwas auf Papierschnipsel gezeichnet. Seit ich ihn bei der Trauerfeier gesehen hatte, hielt sich Nate hartnäckig in meinem Bewusstsein.

„Like A Virgin“ kam im Radio und verdrängte Nate einstweilen. An seine Stelle trat das Bild des Popstars Madonna in Weiß. Ich hielt Tegan meine Hand hin und sie legte ihre mit verschiedenen Farben beschmierten Fingerchen auf meine Handfläche. Ich wiegte mich in den Hüften und riss Tegan mit. Wir tanzten beide im Takt und wirbelten durch das Zimmer. Plötzlich warf sie den Kopf zurück und lachte.

„Like A Virgin“ ging in Cyndi Laupers „Girls Just Want To Have Fun“ über. Wir beide warfen gleichzeitig die Arme in die Höhe und tanzten nebeneinander.

„Das ist das Lieblingslied von meiner Mummy“, sagte Tegan lachend. Als ihr bewusst wurde, was sie getan hatte, blieb sie unvermittelt stehen. Sie hatte von ihrer Mutter gesprochen, obwohl wir beide sie in der vergangenen Woche mit keinem Wort erwähnt hatten.

Auch ich hielt inne. Mein Herz klopfte wild. Tegan und ich standen nur da und sahen einander an – jedes einzelne Wort des Songs schnitt wie Glas in unsere Haut.

Schließlich ging ich zum Radio und schaltete es aus. Die unvermittelte Stille war ohrenbetäubend. Ich hatte keine Ahnung, wie ich mit Momenten des spontanen Angedenkens umgehen sollte. Ich hatte mir angelesen, wie man einem Kind bei einem Todesfall half, aber Lesen war kein Ersatz für persönliche Erfahrung. Und in keinem Artikel stand geschrieben, wie man Schuld und Groll in den Griff bekam, wenn sie gemeinsam auftraten. Schuld, weil man das schreckliche Ereignis für einen Augenblick vergessen hatte, und Groll, weil ein geliebter Mensch einen verlassen hatte. Ich wusste nicht, wie ich Tegan erklären sollte, dass sie wütend und traurig, verwirrt und verletzt sein durfte und dass Lachen trotz des Schmerzes erlaubt war.

Ich deutete auf den cremeweißen Kaminsims. „Okay, was malen wir dahin?“, fragte ich.

Tegan zuckte die Schultern. In ihren großen königsblauen Augen schimmerten Tränen. Vor wenigen Sekunden hatten ihre Mundwinkel beim Lachen nach oben gezeigt, jetzt deuteten sie wieder nach unten.

„Wie wär’s mit einer Sonne?“, fragte ich. „Eine große gelbe Sonne. Und vielleicht ein paar grüne Hügel?“

Sie sah mich unverwandt an und nickte dann.

„Gut. Was noch?“

„Einen Baum“, flüsterte sie.

„Schön, Bäume. Ich glaube, ich kann Bäume malen. Sonst noch etwas?“

„Schokoladenblumen.“

„Würde es dir etwas ausmachen, wenn ich dic Blumen so male wie die rot-weißen Bonbons mit dem Wirbelmuster? Vielleicht haben wir nicht mehr genug braune Farbe, wenn die Bäume fertig sind.“

Sie betrachtete eine Weile die Wand, dann nickte sie zustimmend.

„Ich glaube, deiner Mummy hätten die Sonne, die Hügel, die Bäume und die Blumen, die eigentlich Bonbons sind, gefallen“, sagte ich. „Sie könnte sie viel besser malen als ich“, fügte ich hinzu.

Tegans feuchte, fragende Augen musterten mich lange. „Meine Mummy hat ganz viele Bilder gemalt“, sagte sie schließlich.

„Ja, das stimmt. Und sie war sehr gut. Also komm“, sagte ich. „Wenn wir mit dem Malen fertig sind, ziehen wir los und kaufen ein Bett für dich.“

„IST DAS wirklich mein Zimmer?“, fragte Tegan. Sie stand auf der Schwelle. Es hatte eine Woche gedauert, bis alles eingeräumt war. Betsy – die Frau, mit der ich das Büro teilte – hatte ihren Bruder Brad vorbeigeschickt, damit er uns half, die Möbel umherzuschieben. Der Computer, der Drucker und andere Bürosachen hatten in meinem Schlafzimmer eine neue Heimat gefunden. Das eigentliche Problem waren meine Bücher. Ich besaß mehr als fünfhundert Bände, die bisher in Regalen im Wohnzimmer gestanden hatten. Ich hatte nur noch Stauraum im Flur – fünf Wandschränke, die zur Hälfte mit Adeles Kisten gefüllt waren. Der kleine Fernseher, der bis dahin in der Küche gestanden hatte, war in Tegans Zimmer angeschlossen worden.

In dem Zimmer, das sie jetzt mit großen Augen betrachtete. Ihre Bettwäsche war himmelblau mit weißen Wolken. Neben dem Fenster stand ein heller Holzschrank, unter dem Fenster eine helle Kommode. Gegenüber vom Kamin befand sich eine große Spielzeugkiste, und es gab ein Regal für Bücher. Zu guter Letzt hatte ich in bunten Buchstaben *Tegan* an die Tür gemalt.

„Ja, das gehört alles dir. Hier drin kannst du machen, was du willst“, antwortete ich.

Sie machte vorsichtig ein paar Schritte und setzte sich aufs Bett.

„Ich dachte, du möchtest heute vielleicht in deinem eigenen Bett schlafen, aber wenn du willst, darfst du auch bei mir bleiben.“

„Mir gefällt dieses Bett“, erklärte sie. „Es ist groß genug für mich.“

„Prima. Und jetzt mach ich uns einen heißen Kakao. Warum probierst du nicht deinen Fernseher und das Videogerät aus?“

Tegan nickte eifrig, sprang vom Bett auf und lief zu dem kleinen Fernseher, der neben dem neuen Videoapparat stand, für den ich viel Geld ausgegeben hatte. Geldausgeben schien in letzter Zeit meine Hauptbeschäftigung zu sein, und ich war erschrocken, wie teuer alles war. Jetzt, da ich zwei Mäuler zu stopfen hatte und für zwei sorgen musste, wurde es knapp. Die liebe Del war ein hoffnungsloser Fall gewesen, was Geld anging. Doch erst nach ihrem Tod begriff ich wirklich, wie sorglos sie gewesen war. Und wie unverantwortlich. Sie liebte ihre Tochter, hatte ihr aber nichts hinterlassen. Sie hatte keinerlei Ersparnisse. Vermutlich dachte sie, wie ich auch, sie hätte alle Zeit der Welt, um in finanzieller Hinsicht vernünftig zu werden.

Ich ließ mir Zeit mit dem Kakao, denn ich wollte Tegan die Gelegenheit geben, sich mit ihrem neuen Zimmer anzufreunden.

Als ich mit den Bechern zu ihr ging, steckte sie Meg gerade in ihr Bett.

„Ich mag das Zimmer“, informierte sie mich, als sie mir einen Becher aus der Hand nahm.

„Ich bin froh, dass es dir gefällt, Tiga“, sagte ich. „Ich habe noch etwas für dich.“

„Ein Geschenk?“ Ihre Augen leuchteten.

„So etwas Ähnliches.“ Ich sprang auf und ging in die Küche, um ein Erinnerungsstück zu holen, das ich am Abend zuvor ausgegraben hatte.

„Ich weiß, dass dich das vielleicht zuerst traurig macht, aber ich finde, du sollst es trotzdem haben.“ Ich zeigte ihr die Fotografie von ihr und Adele, die auf dem Nachttisch im Krankenhaus gestanden hatte. Die beiden steckten die Köpfe zusammen und strahlten aus dem Glasrahmen.

Tegan zögerte. Ihre Augen waren groß vor Angst.

„Du musst das Foto nicht aufstellen, Schätzchen.“ Ich fürchtete, dass ich sie zu früh damit konfrontiert hatte. „Ich hebe es auch für dich auf, wenn du willst.“ Was hatte ich mir nur dabei gedacht? Ich wollte mir doch auch nicht den ganzen Tag Fotos von Adele ansehen, warum sollte sie das wollen?

Tegan stand auf, ging zum Fernseher und stellte die Fotografie darauf. „Ich finde, es sollte hier stehen. Ist das okay, Mummy Ryn?“

Ich nickte und lächelte. „Dort ist wunderbar, Liebes.“

DIE DIREKTORIN blätterte die Papiere durch. Ich sah ihr schweigend zu, und natürlich saß Tegan ganz still in dem Sessel neben mir.

Woher hatte sie so viele Papiere, so viele Informationen über Tegan? Als ich in der Schule angerufen hatte, um mich zu erkundigen, was ich tun musste, um ein Kind für das nächste Trimester anzumelden, hatten sie mich gebeten, den Namen des Kindes, seine frühere Adresse sowie den Namen der letzten Schule zu nennen, aber ich hatte keine Formulare ausfüllen müssen.

Ich hatte um einen Termin bei der Direktorin gebeten, denn ich wollte Tegan nicht in eine Umgebung schubsen, ohne sie mir vorher anzusehen. Als wir von zu Hause zur Broadgate Primary School gingen, musste ich immer wieder Tegans Hand loslassen, um mir den Schweiß von der Handfläche zu wischen. Ich konnte mich nicht erinnern, jemals mit einem solchen Lampenfieber zu einer Besprechung gegangen zu sein.

„Mrs Matika …", begann Mrs Hollaby und sah mich an.

„Nennen Sie mich Kamryn."

Ihr Gesicht verzog sich zu einem professionellen, einstudierten Lächeln. „Kamryn", aus ihrem Mund klang mein Name wie eine Anweisung, „schade, dass Ihr Partner nicht mitkommen konnte."

„Ich habe keinen Partner", gab ich leise zurück.

Mrs Hollaby legte die Stirn in Falten. „Sind Sie die Erziehungsberechtigte?"

„Ich bin Tegans gesetzlicher Vormund", erläuterte ich und warf einen Blick auf Tegan, um klarzustellen, dass ich in ihrem Beisein nicht darüber diskutieren wollte.

Die Direktorin verstand und streckte ihre lange Hand nach dem Telefonhörer aus. Ich sah zu, wie sie eine Nummer eintippte. Dann bat sie jemanden, in ihr Büro zu kommen. Ein paar Minuten später trat eine junge Frau ein. Nach einem kurzen Gespräch mit Mrs Hollaby ging sie vor Tegan in die Hocke und stellte sich als Maya vor. Sie fragte Tegan, ob sie mitkommen und ein paar andere Kinder aus der Spielgruppe kennen lernen wolle.

Tegans Kopf zuckte zu mir und sie sah mich aus schreckgeweiteten Augen an.

„Du darfst, wenn du willst. Willst du?" Ich lächelte aufmunternd.

Sie nickte.

„Dann lauf", sagte ich. „Ich hol dich später ab, okay?" Ich sah ihnen nach.

„Sie kommt bestimmt gut zurecht", behauptete Mrs Hollaby.

Ich wandte mich ihr wieder zu. „Ich weiß. Ich mache mir nur Gedanken."

„Das sehe ich." Sie arrangierte ihr Gesicht zu einer besorgten Miene.

Ich seufzte tief und fügte mich ins Unvermeidliche. Ich bot einer Wildfremden Zugang zu meinem Leben. Seit Nate und Adele hatte ich mich keinem Menschen mehr geöffnet. Teilt man mehr als nötig von sich mit, wird man nur verletzt. „Ich bin Tegans gesetzlicher Vormund“, begann ich. „Ihre Mutter, meine beste Freundin, ist vor Kurzem gestorben. Sie hat mir Tegan sozusagen hinterlassen. Ich werde sie adoptieren. Ihre Mutter ist erst seit drei Wochen to… nicht mehr bei uns, aber ich habe bereits einen Adoptionsantrag gestellt.“

„Haben Sie sich an eine Sozialarbeiterin gewandt?“, fragte Mrs Hollaby.

„Ich, äh, dafür hatte ich bisher noch keine Zeit“, sagte ich. „Ich dachte, wenn Tegan in der Schule ist, können Sie mir vielleicht eine Spielgruppe oder etwas Ähnliches empfehlen, wo sie in den Ferien hingehen kann, während ich arbeite. Aber ich werde mich mit einer Sozialarbeiterin in Verbindung setzen. Versprochen.“

Sie berührte meine Hand. „Ich tadle Sie nicht, Kamryn. Ich habe nur gefragt, weil diese Frauen helfen können. Nicht nur bei der Adoption, sondern auch bei allen anderen Problemen, die Sie vielleicht haben. Sie helfen Ihnen auch, jemanden zu finden, mit dem Tegan sprechen kann.“

Worüber sollte Tegan sprechen müssen?, fragte ich mich, während in meinem Kopf die Alarmglocken schrillten.

„Trauer und Verlust sind für jeden schwer zu bewältigen“, erklärte mir Mrs Hollaby. „Wenn Tegan Schwierigkeiten hat, sich auszudrücken, dann braucht sie unter Umständen jemanden, mit dem sie darüber reden kann. Und für die Adoption müssen Sie sich ohnehin an eine Sozialarbeiterin wenden.“

„Okay. Ja. Das war mir klar, denke ich.“

„Es gibt Unterstützung, Sie müssen nur darum bitten.“

Ich konnte nicht um Hilfe bitten; meine Situation zu erklären war das Äußerste – zuzugeben, dass ich Probleme hatte, war ausgeschlossen. „Also, werden wir, das heißt, wird Tegan angenommen? Hat sie einen Platz in Ihrer Schule?“

Sie nickte. „Ja, sie lebt in unserem Einzugsbereich, und es war mir eine Freude, sie kennen zu lernen. Sie scheint ein nettes Kind zu sein.“

„Das ist sie. Und gibt es so etwas wie Spielgruppen?“

„Ja natürlich. Wir haben hier eine Spielgruppe. Sie ist von acht Uhr morgens bis halb sieben am Abend geöffnet. Wir geben den Kindern Frühstück, Mittagessen und einen kleinen Imbiss am Nachmittag, bevor sie abgeholt werden. Wir schaffen einen Platz für Tegan.“

„Vielen Dank, das ist wunderbar“, sagte ich. „Sollen wir jetzt nach Tegan sehen?“

Die Sonne blendete mich fast, als ich auf den Spielplatz kam. Erst suchte ich in den Winkeln nach Tegan, doch ich entdeckte sie nicht. Mein Herz fing an zu rasen. Doch dann sah ich, dass sie mit vier anderen Mädchen zusammenstand. Die fünf schienen in ein Gespräch vertieft zu sein. Tegan schaute auf, unsere Blicke trafen sich und sie strahlte. Sie hob Meg, die sie in der rechten Hand hielt, hoch und winkte, dann widmete sie sich gleich wieder der Unterhaltung.

„Wie es aussieht, hat sie bereits Anschluss gefunden“, bemerkte Mrs Hollaby.

„ICH HABE viele andere Kinder kennen gelernt“, erzählte Tegan. Sie hielt meine Hand und schwang sie hin und her, während sie neben mir herhüpfte. „Da ist Crystal. Sie hat einen kleinen Bruder – er heißt Cosmo. Und Ingrid, sie hat einen großen Bruder, er heißt Lachlan. Und Matilda. Sie hat ganz viele Brüder. Darf ich morgen wieder in die Schule, Mummy Ryn?“

„Morgen nicht, aber nächste Woche. Hat es dir denn gefallen?“, wollte ich wissen.

„Ja.“ Sie war richtig aufgeregt. „Ich habe viele Freundinnen. Crystal und Ingrid und Matilda.“

Ich hatte weder als Kind noch als Erwachsene so schnell Freundschaften geschlossen. Doch Tiga hatte in dieser Hinsicht keine Probleme.

„Kommst du nächste Woche auch mit und spielst mit uns?“, fragte Tegan.

„Nein, ich gehe zur Arbeit.“

Plötzlich blieb Tegan stehen. „Warum?“, rief sie in Panik.

„Weil ich erwachsen bin, und Erwachsene müssen arbeiten. Aber du kannst den ganzen Tag mit deinen Freundinnen spielen und mir dann alles erzählen.“

„Dann kommst du später in die Schule?“

„Ja, am Abend. Und dann erzählst du mir, wen du noch kennen gelernt hast.“

„Versprichst du mir, dass du danach kommst?“, beharrte sie.

„Ja, ich verspreche es.“

Tegan grinste mich an und hüpfte weiter. „Weißt du was?“, sagte sie.

„Was?“

„Crystal hat eine Katze.“

Kapitel 5

Vor dem Büro im neunten Stock zögerte ich, bevor ich die Hand hob, um anzuklopfen.

In dem Büro saß Luke Wiseman, der neue Marketingchef von Angeles. Er hatte mich am dritten Tag meiner Rückkehr zur Arbeit per E-Mail zu sich bestellt, weil er ein wenig mit mir plauschen (seine Wortwahl, nicht meine) wollte.

An meinem ersten Arbeitstag hatte mich Tegan, die an ihrem ersten Tag in der Spielgruppe kein bisschen aufgeregt gewesen war, am Schultor extra fest gedrückt. „Viel Spaß bei deiner Arbeit“, sagte sie, als wäre ich das Kind und sie die Erwachsene.

Die Zugfahrt in die Stadt war nervenaufreibend gewesen. Die ganze Zeit hatte ich mir vorgenommen, mich nicht von Luke Wiseman einschüchtern zu lassen, und als ich im zehnten Stock vor meinem Büro angekommen war, war mir danach, mich zu übergeben oder aber ihm eine Ohrfeige zu verpassen, um ihm zu zeigen, wer hier wirklich der Boss war. Zehn Minuten nach meiner Ankunft hatte ich erfahren, dass er bis Freitag in London sein würde.

Da ich meinem Widersacher vorerst nicht entgegentreten musste, hatte ich mich entspannt und es genossen, dass die Kollegen in meinem Büro vorbeischauten, um mir ihre Neuigkeiten zu erzählen und nachzufragen, was ich in den letzten Wochen getrieben hatte. Betsy, die in unserem Büro fast zwei Monate allein gearbeitet hatte, bot ständig an, mir Tee zu kochen, und kam immer wieder zu mir gelaufen, um mich in die Arme zu nehmen. „Du könntest mich wegen sexueller Belästigung am Arbeitsplatz anzeigen“, sagte sie irgendwann. „Am liebsten würde ich dich abknutschen.“

„Die Freude beruht auf Gegenseitigkeit“, antwortete ich ein wenig überrascht, aber hocherfreut, weil man mich vermisst hatte.

Ted hatte sich am Vortag auf seine übliche würdevolle, bescheidene Art verabschiedet. „Leb wohl, Kamryn. Wir bleiben in Verbindung.“ Und das war's – Ted war weg.

Heute war Freitag. Jetzt musste ich mich Luke stellen. Ich holte tief Luft, stählte mich innerlich und klopfte an die Tür. Sekunden später rief eine volltönende Baritonstimme: „Herein!“

Der Mann hinter dem Schreibtisch stand nicht auf, als ich näher kam. Im Gegenteil – er lehnte sich zurück und machte keinen Hehl daraus, dass er mich von oben bis unten musterte. Ich hingegen betrachtete ihn diskreter.

Ein markantes Gesicht. Die schwarzen Haare waren kurz geschoren, was das Gesicht noch eindrucksvoller machte. Am auffallendsten waren seine Augen – sie hatten eine klare, ins Orange spielende haselnussbraune Farbe. Als er sich streckte, war deutlich zu erkennen, wie durchtrainiert er war.

Während ich ihn betrachtete, huschte der Blick aus Mr Wisemans Haselnussaugen von meinem rabenschwarzen Haar zu meinen dunkelbraunen Augen, meinem ungeschminkten Mund, meinem schlanken Hals, über meinen unter einem roten T-Shirt und einer schwarzen Hose versteckten Körper. Abscheu verhärtete seinen Blick. Offensichtlich begeisterte ihn nicht, was er sah.

„Setzen Sie sich!", befahl er.

„Warum, wird dieses Gespräch lange dauern?", gab ich in demselben feindseligen Ton zurück.

Er lächelte unvermittelt. „Bitte, Kamryn", sagte er herzlich und deutete auf den Stuhl vor seinem Schreibtisch, „nehmen Sie Platz."

„Ich möchte lieber stehen bleiben", antwortete ich und erwiderte sein charmantes Lächeln mit einem, das zu hundert Prozent falsch war. „Ich habe viel zu tun."

Meine Reaktion ließ sein aufgesetztes Lächeln etwas verblassen. Er betrachtete mich einen Moment. „Was machen Sie heute Abend?", fragte er.

„Wie bitte?" Wollte er mich einladen?

„Ich habe mit allen Abteilungsleitern zu Abend gegessen, um herauszufinden, was sie über das Marketing von Angeles denken. Und mir ihre Verbesserungsvorschläge anzuhören. Sie sind die Letzte auf meiner Liste … von der Marketingabteilung. Deshalb dachte ich, wir könnten das hinter uns bringen, falls Sie heute Abend nichts anderes vorhaben."

Ich war tief beeindruckt von den vielen Beleidigungen, die er in einen so kurzen Monolog packen konnte. 1. „… die Letzte auf meiner Liste." 2. „… falls Sie heute Abend nichts anderes vorhaben." – Natürlich hatte jemand wie ich an einem Freitagabend keine Verabredung. 3. „… es hinter uns bringen."

„Heute Abend würde es mir passen", sagte ich mit meinem falschen Lächeln.

„Dann treffen wir uns um halb sieben im Foyer", erwiderte er.

ICH KAM, wie die große Uhr über dem Empfangspult anzeigte, um 18.32 Uhr ins Foyer. Luke war schon da, er trug einen Trenchcoat über seinen modischen Klamotten. Als ich aus dem Lift stieg, schaute er auf seine Armbanduhr, ehe er mir sein falsches Lächeln schenkte – man hätte meinen können, ich hätte ihn zwei Stunden warten lassen.

„Ich bin doch nicht zu spät, oder?“, sagte ich und blieb vor ihm stehen.

„Nur ein paar Minuten“, antwortete er knapp. „Ich habe in einem Restaurant gleich hier um die Ecke einen Tisch reservieren lassen für …“ Er sah wieder auf seine Rolex. „Wir haben nur noch sieben Minuten. Wir sollten uns beeilen, wenn wir uns nicht noch mehr verspäten wollen.“

Nachdem wir dem Maître d'Hôtel unsere Mäntel überreicht hatten, wurden wir an einen Tisch für zwei in der Mitte des bereits gut besuchten Restaurants geführt. Wir bestellten, reichten dem Kellner die Speisekarten und lehnten uns zurück.

„So, Kamryn, erzählen Sie mir ein wenig von sich“, forderte Luke mich auf.

„Was wollen Sie wissen?“, fragte ich. Ich sah auf den Stiel meines Weinglases, um seinem Blick auszuweichen. Jedes Mal wenn ich ihm ins Gesicht schaute, entdeckte ich in seinen Zügen unverhohlenen Abscheu. Ich war mir nicht sicher, warum er eine so tiefe Abneigung gegen mich gefasst hatte – schließlich hatte er die Stelle und nicht ich. Trotzdem machte er sich nicht die Mühe, seine Antipathie zu verbergen.

„Alles, was Sie mir erzählen wollen.“

„Also schön. Ich bin zweiunddreißig und arbeite seit sieben Jahren für Angeles. Ich habe *Living Angeles* zusammen mit Ted gegründet. Die Zeitschrift war meine Idee, aber ich prahle nicht gern. Ich liebe meine Arbeit, und ich find es sehr schade, dass Ted gegangen ist.“

Mr Wisemans linke Augenbraue hob sich langsam. „Eigentlich wollte ich etwas über Sie erfahren“, sagte er von oben herab. „Über Ihr Leben. Nicht über Ihre Arbeit. Sind Sie verheiratet? Haben Sie Kinder?“

„Nein, ich bin nicht verheiratet“, gab ich sarkastisch zurück. „Ich habe keinen Lebensgefährten und keine … Lieber Himmel!“ Ich sprang auf und warf dabei den Stuhl um, packte meine Tasche und stürmte ohne ein weiteres Wort zu Luke aus dem Lokal.

Tegan! Ich hatte sie vergessen.

Ich rannte die Straße hinunter und kramte gleichzeitig in meiner schwarzen Ledertasche nach meinem Handy. Ich wählte die Nummer der Schule. Nichts geschah. Der Akku war leer – deshalb hatten sie mich auch nicht erreicht.

Ich entdeckte ein gelbes Taxilicht auf einem Wagen und hätte mich fast vor die Reifen geworfen, während ich brüllte: „Taxi!“ Das Auto kam mit quietschenden Bremsen knapp vor mir zum Stehen und ich sprang auf den Rücksitz. „Broadgate-Grundschule, Horsforth! Und ich bezahle Ihnen das Doppelte, wenn Sie mich in weniger als fünfzehn Minuten hinbringen."

Das imposante Schulgebäude war verlassen, als wir dort ankamen. Ich lief zum Tor und versuchte es aufzustoßen – es war nicht verschlossen. Ich rannte zu der großen blauen Eingangstür und stieß dagegen – auch sie war nicht abgesperrt.

„Tegan?", rief ich. Meine Stimme hallte durch die Flure. Was, wenn sie nicht hier war? Wenn jemand sie mitgenommen hatte?

In einer Tür am Ende des Korridors erschien ihr blonder Schopf. Ich lief zu ihr, ging in die Knie und nahm sie in die Arme. „Es tut mir so leid", sagte ich dicht an ihrem Ohr.

Maya, die junge Lehrerin, kam aus dem Klassenzimmer. „Sie hatte Angst, dass Ihnen etwas passiert ist", erklärte sie. „Insbesondere weil wir Sie auf dem Handy nicht erreichen konnten."

„Der Akku ist leer. Entschuldigung. Ich wurde im Büro aufgehalten. Es tut mir leid. Das wird nicht wieder vorkommen. Ich habe einfach zu spät auf die Uhr gesehen."

„So etwas kann doch passieren", antwortete Maya, und ihrem Tonfall war anzuhören, dass sie gern hinzugefügt hätte: Aber hoffentlich nur einmal.

„Okay. Tiga, komm, lass uns nach Hause gehen." Ich sah in das fünf Jahre alte Gesicht. In den blauen Augen schimmerten Traurigkeit und Angst. Das hatte ich zu verantworten. Es war meine Schuld, dass sie sich im Stich gelassen gefühlt hatte. „Ich verspreche dir, dass ich dir so etwas nie wieder antun werde."

Schweigen. Ein Schweigen wie an dem Tag, an dem ich sie von Guildford weggeholt hatte. Jetzt fürchtete sie sich wieder vor mir und war unsicher, ob ich wirklich für sie da sein würde, wenn sie mich brauchte. Oder ob sich ihr Leben wieder auflösen würde, wie schon einmal. Und das nur, weil ich nicht mehr daran gewöhnt war, jemandem von meinen Plänen zu erzählen. Das musste sich ändern, denn so etwas durfte ich Tegan auf keinen Fall mehr zumuten.

„Es tut mir leid, ehrlich", sagte ich zu Tegan, während ich Cornflakes in eine Schale schüttete und vor ihr auf den Tisch stellte. Sie sagte nichts, schaute bloß auf ihr Frühstück und wartete auf die Milch. Sie war erst fünf Jahre alt, aber schon Expertin darin, jemandem die kalte Schulter zu zeigen.

„Hör zu.“ Ich zog mir einen Stuhl neben sie. „Da ist dieser schreckliche Mann in meinem Büro – er heißt Luke und ist mein neuer Chef.“

Tegan löffelte Cornflakes in ihren Mund.

„Ich sollte mit ihm zu Abend essen, und er ist ganz furchtbar. Er ist scheußlich.“

„Wie ein Monster?“, fragte sie. Endlich nahm sie mich zur Kenntnis.

„Ja, genau wie ein Monster.“

„Oh.“ Sie nickte – offensichtlich brachte sie ein wenig Verständnis für meine missliche Lage auf.

Wir erschraken beide, als jemand an der Wohnungstür klingelte, schauten uns an und überlegten, wer das sein könnte. Es klopfte wieder, und ich lief durch den Flur.

Vor mir stand Luke in seiner vollen Lebensgröße von knapp eins neunzig. Er trug eine lose sitzende Jeans und ein weißes T-Shirt, das über der muskulösen Brust spannte.

„Luke!“ Ich hatte völlig vergessen, dass ich ihn nach der Bestellung des teuren Essens in dem Restaurant sitzen gelassen hatte.

„Ja, das ist genau die Wirkung, die ich gern auf Frauen ausübe … ganz besonders auf die Frau, die meine Gesellschaft so sehr genossen hat, dass sie aus einem Restaurant geflohen ist.“ Er hatte einen roten Regenmantel über dem Arm – höchstwahrscheinlich meinen.

Ehe ich zu einer Erklärung ansetzen konnte, tauchte Tegan an meiner Seite auf, schlang die Arme um meine Beine und starrte Luke an.

„Und wen haben wir da?“, fragte Luke und ging vor Tegan in die Hocke.

„Das ist Tegan“, antwortete ich. „Tegan, das ist Luke aus meinem Büro.“

Luke lächelte – diesmal war es ein echtes Lächeln, das auch seine Augen freundlich machte. „Freut mich, dich kennen zu lernen, Tegan.“

Tegan sah ihn an. Dann schaute sie zu mir auf. „Er sieht gar nicht aus wie ein Monster, Mummy Ryn“, erklärte sie mir.

Luke wandte sich mir ebenfalls zu und zog fragend eine Augenbraue hoch.

Ich wandte den Blick ab.

„Ich wollte nur nachsehen, ob bei Ihnen alles in Ordnung ist“, sagte Luke. „Ihr Handy war ausgeschaltet, also habe ich Betsy nach der Adresse gefragt. Ich hoffe, das macht Ihnen nichts aus. Oh, und ich dachte, ich bringe Ihnen das hier gleich mit.“

Ich nahm ihm den Regenmantel ab. „Danke, und ja, es ist alles in Ordnung bei uns.“

„Wir gehen in den Zoo“, meldete Tegan sich zu Wort, ohne den Blick von Luke zu wenden.

„Ach ja?“, meinte Luke.

„Tun wir das?“, fragte ich.

„Du hast gesagt, wir könnten in den Zoo gehen!“, rief Tegan anklagend.

„Ja, irgendwann, aber nicht heute.“

„Dann mache ich mich wohl besser auf den Weg“, sagte Luke.

„Mummy Ryn, Luke kann uns doch mit seinem Auto zum Zoo fahren.“

„Nein, das kann er nicht“, wehrte ich hastig ab.

„Warum kann ich das nicht?“, wollte Luke wissen.

„Vielleicht haben Sie gar keinen Wagen.“

„Und was meinen Sie, wie ich hergekommen bin?“

„Ich bin mir sicher, Sie haben an einem Samstag Besseres zu tun, als uns zum Zoo zu fahren.“

„Nichts, was nicht warten könnte.“

Ich musste mich wohl oder übel geschlagen geben. Ich musste Tegan ihren Willen lassen, schließlich hatte ich sie am Abend zuvor zu Tode erschreckt. Einen Tag lang Tiere zu betrachten war das Mindeste, was ich tun konnte. „Danke, Luke, es wäre toll, wenn Sie uns fahren würden“, sagte ich mit zusammengebissenen Zähnen.

WIE MAN ES an einem sonnigen Samstag im Sommer erwarten konnte, herrschte im Zoo, etwa 25 Kilometer außerhalb von York, Hochbetrieb. Ganze Horden waren dorthin unterwegs, dabei war es noch nicht einmal Mittag, als Luke auf den überfüllten Parkplatz bog.

Auf der anderthalbstündigen Fahrt hatte hauptsächlich Tegan die Unterhaltung bestritten, sie hatte Luke mit Fragen über den Zoo regelrecht bombardiert. Ich saß still auf dem Beifahrersitz und bemühte mich, nicht zu schmollen, weil ich gezwungen war, den Tag mit diesem Idioten zu verbringen.

Tegan bekam rosafarbene Zuckerwatte in die Hand gedrückt und versenkte sich in die Betrachtung der Tiere.

„Ich nehme an, sie war der Grund für Ihren überstürzten Aufbruch gestern Abend“, raunte Luke.

„Ja“, antwortete ich.

Er vergewisserte sich, dass Tegan uns nicht hören konnte, und flüsterte: „Sie haben sie vergessen?“

Ich nickte und er wich angewidert zurück. „Vermutlich machen Sie das noch nicht lange.“

Ich drehte den Kopf, um ihm direkt ins Gesicht sehen zu können. Mich hatte bereits eine Fünfjährige beschämt, es sollte ihm nicht gelingen, dass ich mich noch schlechter fühlte. „Da vermuten Sie richtig“, sagte ich.

Er erwiderte meinen Blick standhaft und unbewegt. Inmitten des Stimmengewirrs und der Tierlaute wuchs unsere wechselseitige Abneigung noch mehr.

„Mummy Ryn!“, rief Tegan und zerrte an meiner Hand. Damit zwang sie mich, das Blickduell mit Luke zu beenden. „Können wir zu den Affen gehen?“

„Natürlich.“ Wir machten uns auf den Weg zu den Affen.

„Wegen der Arbeit …“, begann Luke.

„Ja?“

„Würde es Ihnen etwas ausmachen, wenn wir das Gespräch, das gestern so abrupt endete, jetzt fortsetzten?“

„Selbstverständlich nicht“, brummte ich. Ich musste meinem neuen Chef beweisen, dass mich ein Kind nicht an der Arbeit hinderte, dass ich tüchtig und fähig war.

„Sie und Ted hatten eine enge berufliche Beziehung …“, Luke verstummte und ließ die Feststellung in der Luft hängen.

„Ja, das stimmt“, bestätigte ich ohne Scham.

„Ich verstehe.“ Ich hatte wohl seine Vermutungen bestätigt.

„Die meisten Kollegen dachten natürlich, wir würden es bei jeder sich bietenden Gelegenheit miteinander treiben“, flüsterte ich, damit Tegan nichts mitbekam.

„Ich habe keinerlei Anschuldigungen gegen Sie ausgesprochen“, verteidigte sich Luke. „Ich bin einfach besorgt, dass die Marketingabteilung jetzt, da Ted nicht mehr da ist, nicht mehr so gut funktioniert.“

„Sie meinen, Sie haben die boshaften Bemerkungen gehört, Ted hätte mich auf diesen Posten gehievt, und jetzt nehmen Sie an, ich hätte mit ihm geschlafen, um den Job zu bekommen.“

Wir blieben vor dem Affengehege stehen und Tegan riss die Augen weit auf vor Staunen. „Affen“, hauchte sie.

„Sie sind Chef aller Marketingabteilungen des Unternehmens, und ich hätte eigentlich erwartet, dass Sie alles tun, um gut mit Ihrer engsten Mitarbeiterin auszukommen und sie nicht vorzuverurteilen, bevor Sie sie überhaupt kennen gelernt haben“, sagte ich mit gedämpfter Stimme.

„Wären Sie da gewesen, hätte ich mich nicht auf Klatsch stützen müssen, um mir ein Bild von Ihnen zu machen!“, zischte er zurück.

„Ja, Sie haben Recht“, gestand ich ein. „Wollen Sie wissen, was das Schlimmste an den Gerüchten war? Ted liebt seine Frau hingebungsvoll; er hat es immer getan.“

Luke versuchte, mich wieder zu einem Blickduell zu zwingen, doch ich kauerte mich neben Tegan.

„Ein Baby-Affe.“ Ich folgte mit dem Blick ihrem Finger, der auf eine Äffin zeigte, die ein Junges im Arm hielt. „Das ist die Mummy, stimmt's?“, sagte Tegan.

„Ja, Liebes.“

„Die Affenmummy ist nicht in den Himmel gegangen zu Jesus und den Engeln“, stellte Tegan mit leiser, sachlicher Stimme fest.

„Nein, mein Schatz.“

Ihr Blick wirkte konzentriert, als müsste er ein Geheimnis ergründen. Ich wünschte, sie würde mit mir reden und mir erzählen, was in ihr vorging.

„Können wir uns die Schlangen ansehen?“, fragte Tegan, als sie aus ihren Tagträumen erwachte.

„Okay“, sagte ich und stand auf.

„Ich hole uns ein Eis“, verkündete Luke.

„Mummy Ryn möchte Schokoladeneis“, erklärte Tegan. „Sie mag Schokolade.“

Luke musterte mich abfällig. „Ja, das sehe ich.“

„Gut, also zu den Schlangen“, sagte ich. „Nur zu, Luke, bringen Sie uns zu Ihrem Anführer.“

DAS GING fast den ganzen Tag so: Tegan bestimmte, in welcher Reihenfolge sie die Tiere sehen wollte, Luke und ich diskutierten leise und nutzten jede Gelegenheit, um uns anzugiften. Tegan schien nichts von der Gewitterstimmung zu spüren.

Auf der Heimfahrt kam sie auf die Idee, im Park ein Picknick zu veranstalten.

„Wie wär's, wenn wir uns das Picknick für ein anderes Mal aufheben, Liebes?“, fragte ich. „Wir machen ein Minipicknick, wenn wir heimkommen.“

„O… okay“, erwiderte sie enttäuscht. „Darf Luke auch dabei sein?“

„Wenn er will“, sagte ich und wusste instinktiv, dass er wollte. Die Hoffnung, er würde sich aus dem Staub machen, war vergeblich.

„Möchtest du zu dem Picknick bei uns zu Hause mitkommen?“, fragte Tegan.

Luke schaute in den Rückspiegel und ein echtes Lächeln erhellte sein Gesicht. „Das wäre sehr schön. Danke für die Einladung, Tegan“, sagte er.

Ich schloss die Wohnungstür auf und Tegan führte Luke in die Küche. Während sich die beiden an den Esstisch setzten und spielten, bereitete ich das Picknick zu. Sie setzten ein hundertteiliges Puzzle zusammen, anschließend holte Tegan ihren Malblock und den Plastikeimer mit den Buntstiften, um gemeinsam mit Luke die Tiere zu malen, die sie im Zoo gesehen hatten. Ich stellte die Sandwiches, den Salat und die Limonade neben sie auf den Tisch.

Luke ließ sich auf das Spiel mit Tegan mit derselben Intensität ein, wie er eine neue Marketingstrategie für Angeles planen würde. Bei einem anderen wäre dieses Interesse liebenswert gewesen, doch da es sich um Luke Wiseman handelte, fand ich es nur schön für Tegan, einen Spielkameraden mit dem gleichen geistigen Horizont zu haben.

Als die Uhr acht schlug, stand ich auf und verkündete: „Okay, Tiga – Zeit fürs Bett.“

„Muss ich?“, jammerte sie und versuchte im selben Moment ein Gähnen zu unterdrücken.

„Du kannst ja kaum noch die Augen offen halten.“ Ich wandte mich an Luke. „Sie müssen jetzt gehen. Tegan muss wirklich ins Bett.“

„Okay.“ Luke legte den roten Stift weg und erhob sich.

„Kommst du morgen wieder?“, wollte Tegan wissen.

„Wenn ich darf“, sagte Luke.

„Du musst Mummy Ryn fragen“, erklärte Tegan ihm. „Sie wird nicht böse.“

„Ist es okay, wenn ich morgen noch mal herkomme?“, fragte Luke.

„Wenn Sie wirklich nichts Besseres zu tun haben“, entgegnete ich.

„Nichts, was nicht warten könnte“, beteuerte er.

„Gut, dann ist das geregelt. Auf Wiedersehen, Luke.“ Ich ging zu Tiga und hob sie vom Stuhl.

Luke ging widerstrebend zur Tür. „Tschüss, Tegan“, verabschiedete er sich.

„Tschüss“, flüsterte sie. „Bis morgen.“

Sobald Luke die Tür hinter sich zugemacht hatte, brachte ich Tegan zu Bett, zog ihr die Kleider aus und den Schlafanzug an. „Gute Nacht“, sagte ich.

„Nacht“, flüsterte sie. „Du magst Luke nicht.“

„Er ist ganz in Ordnung.“

„Ich mag ihn“, erklärte sie. „Darf er mein Freund sein?“

Wenn es sein muss, hätte ich am liebsten gesagt, aber ich hielt den Mund. Wartete und wartete … Schon bald bewegte sich ihre Brust gleichmäßig auf und ab.

Wir hatten uns heute gut amüsiert. Trotz Luke hatten wir uns zum ersten Mal richtig vergnügt, seit Adele uns verließ.

Luke war groß, gut aussehend und unglaublich charmant – zu Tegan. Sie hatte ihn sofort ins Herz geschlossen. Vielleicht steckte doch etwas Gutes in ihm; unter der Überheblichkeit und Abneigung gegen mich war er womöglich ein anständiger Mensch. Einer, mit dem man sich anfreunden konnte. Wenn Tegan ihn mochte, würde mir das möglicherweise auch gelingen.

Ich wachte mitten in der Nacht auf, alles war still. Ich blinzelte benommen und überlegte, wo ich war. Erst dann fiel mir auf, dass mein Gesicht feucht war. Ich hatte im Schlaf geweint. Wieder einmal.

Abrupt setzte ich mich auf. Tegan! War die Wohnung so still, weil Tegan etwas zugestoßen war? Ich stand auf und tapste zu ihrer Tür. Vorsichtig schob ich sie auf und spähte ins Zimmer. Tegan schlief friedlich. Alles war gut.

Ich stolperte ins Bad und spritzte mir kaltes Wasser ins Gesicht. Als ich mich aufrichtete, fiel mein Blick in den Spiegel. Die Heulerei im Schlaf musste aufhören. Das war weder für meine Augen noch für meine Haut gut. Und auch nicht für mein Gemüt, weil ich jedes Mal beim Aufwachen erschöpfter war als beim Einschlafen. Sobald ich ins Land der Träume driftete, war es mir nicht möglich, die Schuldgefühle wegzuschieben, die sämtliche Gedanken überschatteten.

Ich hatte Adele sterben lassen, ohne die Dinge zwischen uns zu bereinigen. Vielleicht hatte sie sich gefragt, ob ich sie immer noch hasste und ihr immer noch Vorwürfe machte, als sie Nancy gebeten hatte, mir Lebewohl zu sagen. Es war furchtbar von mir, Adele nicht die Gelegenheit gegeben zu haben, über Nate zu sprechen. Selbst wenn ich ihr nicht verzeihen konnte, hätte ich mir zumindest ihre Erklärungen anhören müssen.

Ich wandte mich vom Spiegel ab – ich konnte mir selbst nicht mehr in die Augen schauen.

„Also hier hängen all die coolen Kids herum“, bemerkte Luke, als er sich auf meiner Picknickdecke zurücklehnte. Es war der letzte Samstag in den Sommerferien, und ein paar auserwählte Schüler der Spielgruppe von der Broadgate Primary School veranstalteten ein Picknick im Horsforth Park. Sie spielten Schlagball, aßen, tranken Limonade. Ich badete mich im Schein von Tegans Beliebtheit. Ich hatte früher nie zu den Coolen oder Beliebten gehört, doch Tiga schon. Crystal, Matilda und Ingrid bildeten den Kern der Clique, und alle hatten ihre Geschwister dabei, sodass fast zwanzig Kinder auf dem Rasen herumtobten. Meine Freude, dass Tiga so schnell Anschluss gefunden hatte, hatte bis zu dem Moment gedauert, als sie Lukes Telefonnummer verlangte, um ihn zu dem Picknick einzuladen.

„Muss das sein?“, stöhnte ich.

„Ja. Es wird ihm gefallen“, antwortete sie. Selbstverständlich sagte er zu und versprach, die Verpflegung mitzubringen. Er brachte so viel, dass er beim Picknick alle hätte füttern und ihnen für den Rest der Woche noch Lunchpakete hätte mitgeben können.

Trotzdem mochte ich ihn deshalb nicht lieber. Es gab wohl kaum etwas, womit sich mein Chef bei mir einschmeicheln konnte. Dieses Gefühl beruhte auf Gegenseitigkeit. „Ich habe noch nie zwei Menschen erlebt, die sich so wenig leiden können wie ihr zwei“, hatte Betsy nach einer Besprechung mit Luke festgestellt.

„Dann bilde ich mir das also nicht nur ein. Es ist wechselseitig, oder?“, fragte ich.

„Allerdings! Zu allen anderen ist er reizend … Warum kann er dich nicht ausstehen?“

„Er findet, dass ich aussehe wie ein Straßenköter“, antwortete ich. Mir drehte sich der Magen um, als ich das aussprach. Er mochte mich nicht, weil er mich hässlich fand – das war der einzige Grund.

Das Schlimmste war, dass ich mich nicht nur im Büro mit ihm abgeben musste, weil Tegan ihn immer wieder bat, zu uns zu kommen. An drei Samstagen und zwei Sonntagen in Folge tauchte er auf, um mit Tegan zu spielen. Wahrscheinlich hatte er anfangs nur nachsehen wollen, ob ich Tegan auch gut behandelte, aber nun kam er einfach vorbei, um sie zu besuchen. Soweit ich wusste, hatte Tegan sich noch nie so sehr auf jemanden eingelassen, deshalb war es mir unmöglich, ihn zum Teufel zu schicken. Auch wenn er mich nicht mochte, erkannte ich doch, dass man ihm trauen konnte.

Ich stützte die Ellbogen auf die bunt karierte Decke und lehnte mich zurück, um den Kindern zuzusehen.

„Warum nennt Tegan Sie Mummy Ryn?“, wollte Luke wissen.

„Ich habe sie nicht zur Welt gebracht, aber sie betrachtet mich als ihre Mutter."

„Ich meinte eigentlich das ‚Ryn'. Warum Ryn und nicht Kamryn oder Kam?"

„Als sie noch ganz klein war, nannten die Leute mich oft Kam, und ich habe sie immer korrigiert und gesagt: ‚Ryn. Mein Name ist Kamryn.' Tegan dachte, ich würde Ryn heißen, weil sie es so oft gehört hatte."

„Eine gute Geschichte", meinte Luke und brachte sogar ein kleines, echtes Lächeln zustande. „Und wie sagen ihre Freunde zu Ihnen?"

„Ich weiß nicht – ‚Die seltsame Frau, bei der Tegan wohnt'?"

Lukes Gesicht legte sich in Falten, als er laut loslachte, und darüber musste ich wiederum lachen. Wir lachten und sahen uns an. Vielleicht war er doch kein so übler Bursche. „Sie sollten öfter lächeln", bemerkte er. „Es steht Ihnen. Und wenn Sie ein paar Kilo abnehmen würden …"

Meine Mimik versteinerte augenblicklich. Während ich an die karierte Decke starrte, brannte mein Gesicht vor Verlegenheit. Er fand mich dick und hässlich. Mein ganzes Leben lang hatte ich solche Dinge zu hören bekommen und nicht hingehört. Doch dieser Mann hatte mich verletzt. Aber warum? Weil mir seit Jahren niemand seine Abneigung so unverblümt gezeigt hatte?

„So wie das klang, wollte ich es gar nicht sagen", rechtfertigte sich Luke, nahm die Aussage damit jedoch keineswegs zurück. Es hatte nicht so geklungen wie beabsichtigt, aber er meinte es so.

Ich wandte mich ab, um meinen Schmerz zu verbergen. Das würde ich nicht noch einmal durchmachen. Ich hatte Jahre gebraucht, um ein wenig Selbstwertgefühl aufzubauen, und durfte nicht zulassen, dass dieser Kerl alles zunichtemachte.

Ich bemühte mich, ihn aus meinem Bewusstsein zu verdrängen, und sah gerade in dem Moment auf, in dem ein gelber Tennisball auf uns zuflog. Luke sprang auf und spurtete über den Rasen, um sich dem Spiel anzuschließen. Sobald er weg war, legte ich mich auf die Seite, stützte einen Ellbogen auf und beobachtete Tiga. Alle paar Minuten schaute sie nach mir, und wenn sich unsere Blicke begegneten, strahlte sie übers ganze Gesicht, hob die Hand und winkte fröhlich; erst wenn ich zurückwinkte, wandte sie sich wieder dem Spiel zu.

Es gab vielleicht bessere Beschäftigungen für einen Samstagnachmittag, aber in diesem Augenblick fiel mir keine einzige ein.

Das wird ein langer Heimweg, dachte ich, als wir aufbrachen. Tegan sah aus, als würde sie an Ort und Stelle einschlafen, doch sie half mir, das übrig gebliebene Essen zusammenzupacken. Luke war in Richtung Toiletten verschwunden, und ich wollte unbedingt weg sein, wenn er zurückkam.

„Entschuldigen Sie – Mrs Brannon?", fragte eine weibliche Stimme. Tiga und ich sahen auf.

Neben uns stand eine der Mütter. Ich hatte sie schon öfter gesehen, wenn ich Tiga von der Schule abholte.

Ich stand auf und wischte mir Grashalme und Erde von den Händen. „Ich bin nicht Mrs Brannon. Mein Name ist Matika – Kamryn Matika. Ich bin Tegans Vormund."

„Ich verstehe", behauptete sie, obwohl man ihr die Verwirrung ansah.

„Es ist eine komplizierte Geschichte", sagte ich. „Und Sie sind …?"

„Mrs Kaye, Della Kaye. Ich habe mir überlegt … Matilda, meine Tochter, fragt mich ständig, ob Tegan nicht mal mit zu uns kommen darf."

„Natürlich", antwortete ich, aber dann wurde mir klar, dass ich ein wenig voreilig zugesagt hatte. „Tegan hat nie etwas erwähnt."

„Du musst doch immer so viel arbeiten", sagte Tegan entschuldigend.

„Es macht mir nichts aus, wenn du deine Freundin besuchst", sagte ich. „Du darfst zu ihr, wann immer du willst." Ich wandte mich an Mrs Kaye. „Wann würde es Ihnen denn passen?"

„Ich wollte Ihnen den Vorschlag machen …", begann Mrs Kaye, „dass ich die Mädchen nachmittags immer von der Schule abhole. Dann kann Tegan bei uns bleiben, bis Sie von der Arbeit heimkommen."

„Sind Sie sicher, es wird Ihnen nicht zu viel?" Ich war überwältigt von dem freundlichen Angebot.

„Ich kümmere mich schon um sechs Kinder – eines mehr macht keinen Unterschied."

Tegan wirkte etwas verängstigt. Vielleicht wollte sie gar nicht zu Matilda gehen und hatte deshalb nie etwas gesagt. „Wie wär's, wenn ich das mit Tegan bespreche und mich bei Ihnen melde?"

Mrs Kaye war einverstanden, gab mir ihre Telefonnummer und verabschiedete sich.

Als ich ihr nachsah, wurde mir das Herz schwer. Warum hatte Tegan mit mir nie darüber gesprochen? Ich breitete die Decke wieder aus, setzte mich und klopfte auf den Platz neben mir. „Komm, setz dich noch einen Moment zu mir."

Tegan biss sich auf die Unterlippe und ließ sich im Schneidersitz nieder.

„Tiga, du weißt doch, dass du mir alles erzählen kannst, oder?“, begann ich. „Ich meine, wenn du deine Freundinnen besuchen möchtest oder etwas mit ihnen unternehmen willst, sag mir einfach Bescheid, dann organisieren wir das. Okay?“

„Aber ich weiß doch, dass du so viel arbeiten musst“, sagte sie mit dünnem Stimmchen.

„Das spielt keine Rolle …“ Ich verstummte, denn mir dämmerte, dass sie womöglich schon ein paar Geburtstagsfeiern verpasst hatte, weil sie mir nichts davon gesagt hatte. „… Ich bin dir nicht böse. Nicht ein bisschen.“

Ihre Schultern sackten herunter, als sie befreit aufatmete.

„Möchtest du denn nach der Schule zu Matilda gehen?“, fragte ich. Wenn ja, würden wir eine Menge Geld sparen, das wir sonst für die Betreuung nach der Schule ausgeben müssten.

„Ja, ich möchte zu ihr gehen.“

Ich grinste sie an. Mehr als alles andere wünschte ich mir, dass sie eine Freundin hatte und sich nicht nur mit mir abgab. Und nicht nur mit Luke. Ein so kontaktfreudiges Kind wie Tegan brauchte Anschluss außerhalb unserer kleinen Einheit, das hatte sogar ich verstanden. „Gut, das freut mich“, sagte ich. „Und ich werde Mrs Kaye erklären, dass du mich jeden Tag um halb fünf anrufen musst.“ Diese Vereinbarung hatten wir nach dem Tag getroffen, an dem ich vergessen hatte, sie abzuholen. Sie rief mich jeden Tag im Büro an, um nachzufragen, wann ich sie abholen würde.

„Gut, dann komm“, sagte ich. „Lass uns alles zusammenpacken.“

„Darf Luke heute mit uns zu Abend essen?“, fragte sie.

„Wenn er will.“

„Er will ganz bestimmt“, behauptete Tegan entschieden.

„Wir werden sehen, ob er will.“

„Ob wer was will?“ Mein Herz machte einen Sprung, als ich Lukes Stimme hörte. Ich sah ihn an. Selbst nachdem er ein paarmal ums Spielfeld gerannt war, sah er noch tadellos aus: Auf der Hose war nicht der kleinste Grasfleck. Seine Beine, die mit hellbraunen Haaren bedeckt waren, waren in der Sommersonne sogar ein bisschen braun geworden.

„Na ja, wir haben uns gefragt, ob Sie zum Abendessen kommen wollen.“

Luke strahlte vor Freude, und ich konnte mir vorstellen, wie er als Junge ausgesehen hatte. Was war geschehen, dass aus dem fröhlichen Jungen ein so unerträglich arroganter Mann geworden war?

„Das ist großartig!“, rief er aus.

SEIT ICH wieder arbeitete, war das Büro, das ich mit Betsy teilte, ein Treffpunkt der Kolleginnen aus anderen Abteilungen. Ich glaube, es hatte schon während meiner Abwesenheit angefangen – die Leute hatten Betsy Gesellschaft geleistet, und mittlerweile war es ihnen zur Gewohnheit geworden, hin und wieder vorbeizuschauen.

„Ich glaube, ich könnte mich in ihn verlieben“, sagte Betsy am Montag nach Tegans Schulpicknick. Sie redete über einen Mann, den sie vor einer Woche kennen gelernt hatte. Sie hatte gerade Ruby von der Buchhaltung eine SMS von ihm gezeigt. „Er sieht umwerfend aus. Ich glaube, er könnte der Richtige sein.“

Als ich Betsy so sah, wurden Erinnerungen wach. Adele hatte das mehr als einmal mit demselben verträumten Gesichtsausdruck gesagt.

„Oh, bitte, das sagst du immer“, wiegelte Ruby ab.

„Das stimmt überhaupt nicht!“, protestierte Betsy.

„Ich weiß, wovon du sprichst“, sagte ich mit einem Lächeln. „Aber gutes Aussehen ist nicht alles.“ Ich legte eine wirkungsvolle Pause ein. „Beweglichkeit und Einfallsreichtum im Bett sind viel wichtiger.“

„Freut mich, dass in unserem Unternehmen so eifrig über Marketingideen diskutiert wird, Kamryn“, ertönte Lukes tiefe Stimme. Keine von uns hatte gehört, wie er das Büro betreten hatte. Mein Magen drehte sich schier um, als ich die Vision in Anthrazit in unserer Tür anstarrte. Das war wieder ein Beweis dafür, dass ich eine unprofessionelle, unzureichende Untergebene war, die er so schnell wie möglich loswerden musste.

Ruby eilte ohne ein Wort hinaus, Betsy saß wie angewurzelt da.

„Betsy, könnten Sie mich bitte für einen Moment mit Kamryn allein lassen?“, sagte Luke und versprühte mit seinem Lächeln den reinsten Charme.

Widerstrebend ging sie hinaus. Luke stellte sich neben meinen Schreibtisch. Er stand bedrohlich über mir. Wie gewöhnlich ließ er den Blick unbeeindruckt über mich schweifen. Und ich fühlte mich sofort zerzaust.

„Ja?“, fragte ich und straffte die Schultern, um Selbstbewusstsein zu demonstrieren.

„Hören Sie, Kamryn“, begann er, „wir hatten einen schlechten Start.“

Ich sah ihn überrascht an. „Ja, das könnte man so sagen“, entgegnete ich und überlegte, wann die Schimpfkanonade beginnen würde.

„Wir müssen zusammenarbeiten und sehen uns auch außerhalb der Arbeitszeit, weil Tegan mich gern um sich hat.“

Ich betrachtete ihn schweigend.

„Nach dem Samstag … die Essenseinladung … Ich war unglaublich gerührt. Dann habe ich über das Ganze nachgedacht und bin zu dem Schluss gekommen, dass wir uns dämlich verhalten. Ich hoffe, wir können unsere Probleme bereinigen und einen Weg finden, um gut miteinander auszukommen." Offenbar machte ich einen skeptischen Eindruck, denn er fügte hinzu: „Na gut, vielleicht kommen wir nicht gut miteinander aus, aber es muss doch möglich sein, dass wir uns nicht mehr so angiften."

„Okay", erwiderte ich.

„Schön." Er atmete tief durch. „Tut mir leid, dass ich mich benommen habe, als könnten Sie Ihren Job nicht anständig erledigen. Ich hätte Sie nicht so voreilig beurteilen dürfen."

Ich schwieg.

„Und es tut mir auch leid, dass ich mir diese lächerlichen Gerüchte über Sie und Ted überhaupt angehört habe. Normalerweise gebe ich nichts auf solches Gerede am Arbeitsplatz."

„Danke, dass Sie das alles ausgesprochen haben. Und ich möchte mich auch entschuldigen, weil ich Sie einen engstirnigen, arroganten Idioten genannt habe", rächte ich mich, obwohl ich nicht mit dem Herzen dabei war.

„So haben Sie mich nie genannt."

„O doch. In Gedanken. Sehr oft sogar."

Ein winziger Ausdruck von Belustigung umspielte seine Mundwinkel. „Also, können wir noch einmal von vorn anfangen?", fragte er.

„Ja, ich glaube, das haben wir vereinbart."

Luke lächelte – nicht charmant, aber auch nicht spöttisch. „Es ist mir ernst, ehrlich."

Ich erwiderte das Lächeln. „Mir auch."

Als ich später von einer Besprechung mit dem Verkaufsleiter der Kinderabteilung zurückkam, fand ich einen Twix-Riegel auf meinem Schreibtisch und dazu die Botschaft: *Tegan sagte, dass Sie Schokolade mögen. Luke*

Kapitel 6

Licht torpedierte meine Sinne, als ich die Augen einen winzigen Spalt öffnete. Ich musste sie sofort wieder schließen. Der Mund, der Kopf und die Augen fühlten sich an, als wären sie angeschwollen und schrecklich empfindlich. Das war der Anfang einer Migräne.

Ich hatte keine Zeit für eine Migräne. Mein Kind musste für die Schule zurechtgemacht werden, dann musste ich zur Arbeit. Der Schraubstock um meine Schläfen zog sich fester zu.

Vielleicht kann Mrs Kaye vorbeikommen und Tegan zur Schule bringen, dachte ich, verwarf die Idee jedoch wieder. Sie hatte sechs Kinder zu versorgen und konnte sich so kurzfristig nicht auch noch um ein siebtes kümmern.

Oder vielleicht Luke? Er würde sofort herkommen und Tiga in die Schule bringen – für sie würde er alles tun. Und für mich auch, wie es schien.

Er hatte Wort gehalten und einen Neuanfang gemacht. In den zwei Wochen seit dem Picknick hatte er mich kein einziges Mal angefaucht oder eine meiner Ideen auf Anhieb verworfen. Endlich gehörte ich wieder zum Team, und das Gefühl, wertlos zu sein, ließ nach. Und auch außerhalb des Büros wurden wir richtig gute Freunde. Ich war überzeugt, dass Luke sofort herkommen würde, wenn ich ihn anrief. Ich musste nur die Hand ausstrecken und den Telefonhörer abnehmen.

Zeit verstrich. Ich konnte mich immer noch nicht rühren. Der Wecker klingelte und ich hatte nicht einmal die Energie, ihn auszuschalten. Ich war wohl noch einmal eingeschlafen, denn das Nächste, was ich bewusst wahrnahm, war, dass Tegan neben meinem Bett stand.

„Mummy Ryn, wir müssen aufstehen", flötete sie.

„Ich … ich kann nicht", stammelte ich. „Ich fühle mich gar nicht gut."

„Bist du krank?", fragte sie.

„Ja, Tiga. Tut mir leid."

Ihre Augen wurden riesengroß, dann wirbelte sie herum und stürmte aus dem Zimmer.

Ich sammelte all meine Kräfte, umfasste den Rand der Bettdecke und schob sie weg. Ich musste ein paar Sekunden stillhalten, bevor ich mich aufsetzen konnte. Beim Aufstehen schwankte ich so sehr, dass ich mich am Nachttisch festhalten musste. Dann tastete ich mich an der Wand entlang bis zur Tür und durch den Gang. Noch ein Schritt und noch einer. Ich stieß mich von der Wand ab. Geschafft. Ich stand auf Tegans Schwelle.

Sie saß im Schneidersitz auf ihrem Bett, drückte Meg an ihre Brust und wiegte sich vor und zurück. Ihr Gesicht war verzerrt, als würde sie mit den Tränen kämpfen.

„Tegan, was ist los?", fragte ich und lehnte mich an den Türrahmen.

„Du bist krank und gehst in den Himmel zu Jesus und den Engeln, wie meine Mummy", sagte sie anklagend.

„Tiga, ganz bestimmt nicht. Ich habe nur Migräne, Kopfschmerzen – die vergehen wieder. Sie –“ Die Türglocke unterbrach mich. „Hallo“, sagte ich durch das Holz.

„Ich bin’s – Luke“, ertönte eine Stimme.

Was hatte er bei Morgengrauen hier zu suchen? Ich machte die Wohnungstür auf.

Er trug dasselbe blaue Hemd mit dunkelblauer Krawatte und den schwarzen Anzug, die er am Vortag im Büro getragen hatte. „Hi, ich habe jemanden in der Gegend besucht und dachte, ich könnte euch beide zur Schule und zur Arbeit fah… Lieber Himmel, Sie sehen ja schrecklich aus“, sagte er. „Kamryn?“

Lukes Stimme klang, als stünde er am anderen Ende eines Tunnels.

„Sind Sie …“

Ich hatte das Gefühl, als würde mein Gehirn gesprengt, und plötzlich zersplitterte die Welt um mich herum in pulsierende rosa Lichter. Dann wurde alles weiß.

Ganz sachte öffnete ich die Lider. Das Licht stach mir nicht mehr wie vorhin ins Gehirn. Etwas Kühles, Feuchtes lag auf meiner Stirn, das der Migräne die Spitze nahm – es war ein Waschlappen.

„Ah, Sie sind wach.“ Luke saß auf einem Küchenstuhl neben meinem Bett, hielt ein Buch in den Händen und sah mich besorgt an.

„Wo ist Tegan?“, krächzte ich.

Er deutete auf die andere Seite des Bettes. Ich drehte den Kopf. Tegan, noch immer im Pyjama, hatte sich wie ein Kätzchen neben mir zusammengerollt und schlief tief und fest.

„Sie wollte Sie nicht allein lassen.“

„War ich ohnmächtig?“

Luke nickte. „Als Sie umgekippt sind, wurde Tegan richtig hysterisch. Sie schrie immerzu, Sie würden in den Himmel gehen wie ihre Mum. Sie weigerte sich, in die Schule zu gehen, und behauptete, Sie gingen ohne sie in den Himmel, wenn sie weg wäre.“

Ich betrachtete ihr schlafendes Gesichtchen. Plötzlich gingen ihre Augen auf. Sie setzte sich auf und blinzelte mich an. „Geht’s dir besser?“, fragte sie.

„Ein kleines bisschen.“ Vergeblich bemühte ich mich, ganz normal zu sprechen.

„Hey, T, du könntest Kamryn in der Küche was zu trinken holen. Ich hab was auf den Tisch gestellt", sagte Luke, und zu mir gewandt, fügte er hinzu: „T hat mir erzählt, dass Sie Migräne haben. Ich habe mit Ihrer Ärztin telefoniert, sie sagt, Sie sollten viel trinken."

Sobald Tegan weg war, beugte sich Luke zu mir. „Habe ich das richtig verstanden – Tegans Mutter ist kürzlich gestorben?", fragte er mit gedämpfter Stimme.

Ich nickte.

„Wie lange ist das her?"

„Nicht lange."

Tegan kam zurück, ein Glas in beiden Händen. Ich nahm ihr das Glas ab und trank. „Danke", sagte ich.

„Wirst du wieder gesund?" Tegan rang die kleinen Hände. Mir wäre nie in den Sinn gekommen, dass sie einen Zusammenhang zwischen meiner Migräne und dem Tod herstellen könnte. Andererseits – wieso sollte sie nicht?

„Ja, ich bin bald wieder ganz gesund", versicherte ich Tegan und streckte die Hand nach ihr aus. Sie nahm sie, und auf einmal war ich wieder bei der Beerdigung. An diesem Tag hatte ich auch ihre Hand gehalten, als mich plötzlich die Furcht vor der Verantwortung für ein Menschenleben überkam. Ich musste dafür sorgen, dass Tegan erwachsen wurde, dass sie glücklich und gesund war und eine gute Ausbildung erhielt. Alleinerziehende Mütter oder Väter waren in der Gesellschaft verschrien, dabei sollten sie als Helden gefeiert werden. Wie man Kinder ganz allein großziehen konnte, ohne unter der Last zusammenzubrechen, war mir ein Rätsel. Ich versuchte es erst seit zwei Monaten und war schon fertig mit den Nerven. Sosehr es mir, die immer allein zurechtgekommen war, auch widerstrebte, ich musste zugeben, dass ich jemanden brauchte.

Luke klopfte auf seine Schenkel. „Komm auf meinen Schoß, T, dann können wir Kamryn etwas vorlesen, bis sie wieder eingeschlafen ist." Er fing an zu lesen und ermutigte Tegan, den Wörtern mit dem Fingerchen zu folgen. Ich schloss die Augen.

ALS ICH das nächste Mal aufwachte, saß Luke immer noch an meinem Bett und las. „Hi", sagte er. Ich streckte den Arm aus, aber Tegan lag nicht neben mir.

„Ich hab sie überredet, ein wenig fernzusehen", meinte er.

„Danke, Luke. Vielen Dank für alles."

Er beugte sich vor, nahm das Wasserglas und reichte es mir. „Ich habe in

Tegans Schule angerufen und die Situation erklärt. Und im Büro habe ich Bescheid gesagt, dass ich die nächsten Tage nicht kommen werde. Sie sind krank, also werde ich von hier aus arbeiten. Es ist offensichtlich, dass Sie jemanden brauchen, der sich um Sie beide kümmert."

„Ich brauche niemanden", fauchte ich.

Luke presste die Lippen zusammen, wollte nicht auf meinen Angriff eingehen. „Nun, ich dachte, ich bleibe eine Weile hier, wenn's recht ist."

„Im Büro werden alle jetzt schon denken, dass wir miteinander schlafen." Ich zog die Bettdecke bis unters Kinn. Ich trug keinen BH und nur ein weißes T-Shirt – und das vor einem Mann, der Probleme mit meiner Figur hatte.

Luke senkte verlegen den Blick. Plötzlich ging mir ein Licht auf. Luke wohnte in Alwoodley. Horsforth lag nicht gerade auf seinem Weg zur Arbeit. „Warum, sagten Sie, waren Sie in der Gegend?"

„Ich, äh, habe jemanden besucht."

Wir sahen uns in die Augen, und ich wusste genau, was er meinte.

„Blond oder brünett?"

„Blond. Hübsch. Toller Körper. Und keine Angst, ihn einzusetzen."

„Schön für Sie."

„Ich denke, wir sollten reden. Kamryn, ich bin mir durchaus bewusst, dass ich mich Ihnen gegenüber idiotisch verhalten habe, aber Sie waren auch nicht gerade umgänglich. Und jetzt komme ich allmählich dahinter, warum Sie so kratzbürstig sind. Sie trauern."

Ich wandte den Blick ab.

„Ich behaupte nicht, dass ich verstehe, was Sie durchmachen, aber eines weiß ich ziemlich genau: Weder für Sie noch für Tegan ist es gut, die Gefühle unter Verschluss zu halten." Damit traf er einen Nerv: Schadete ich Tegan, indem ich meine Empfindungen nicht offen zeigte?

„Im Ernst, Kamryn, Sie können mit mir reden. Von mir erfährt kein Mensch etwas." Er wartete darauf, dass ich ihm mein Herz ausschüttete. Ich schwieg.

„Okay", sagte er mit einem Seufzer. „Ich war verlobt und wollte heiraten. Wir haben uns in Harvard kennen gelernt. Ich war viel unterwegs, deshalb waren wir zehn Jahre lang immer mal wieder getrennt, aber jedes Mal wenn ich nach New York zurückkam, rauften wir uns wieder zusammen. Das letzte Mal waren wir drei Jahre ein Paar." Luke fasste in die Innentasche seines Jacketts, nahm seine Brieftasche heraus und zeigte mir das Foto seiner Freundin. Lange blonde Haare, makellose Haut, wohlgeformte Augenbrauen, weiche Lippen. Sie war atemberaubend schön. „Ihr Name ist Nicole, und wir hatten den Termin für die Hochzeit schon festgesetzt. Dann wurde mir die Stelle in London angeboten. Ich nahm an, dass sie mit mir kommen würde, doch das lehnte sie ab. Sie war sich nicht mehr sicher, ob unsere Beziehung Bestand haben würde. Also kam ich allein nach England. Wir telefonieren jede Woche, und ich trage immer noch ihr Foto bei mir und …“ Er hielt inne und starrte eine Weile auf den Teppich. „Ich klammere mich an die Hoffnung, dass sie ihre Meinung noch ändert. So. Keine Menschenseele in England weiß davon. Ich vertraue darauf, dass Sie es für sich behalten, denn auch nach achtzehn Monaten schmerzt mich die Trennung noch. Ich möchte sie immer noch zurückhaben.“

Ich musste mein Entsetzen darüber verbergen, dass Luke, mein Chef, vor meinen Augen zu einem menschlichen Wesen wurde. Er vertraute sich mir an. Er hatte es getan, damit ich mich ihm auch offenbarte. Aber es machte mir Angst, ausgerechnet ihm mein Herz auszuschütten. Doch eigentlich ging es nicht um mich, sondern um Tegan. Sie liebte Luke.

„Okay“, begann ich. Ich erzählte ihm die ganze Geschichte, angefangen von dem Abend, an dem ich von Adeles und Nates Techtelmechtel erfahren hatte, bis hin zu dem Tag, an dem Luke in unser Leben getreten war.

„Und mit alldem sind Sie ganz allein fertig geworden?“ Er stieß einen leisen Pfiff aus. „Kein Wunder, dass Sie so zickig waren.“

„Und was ist Ihre Entschuldigung für Ihre Arroganz?“, gab ich zurück.

„Das liegt in meiner Natur.“

Ich grinste.

„Wenn Sie es zulassen, würde ich Ihnen gern ein wenig helfen.“ Seine Aufrichtigkeit überraschte mich. Seine Geschichte hatte ihn menschlich gemacht.

„Warum?“

„Weil ich Tegan mag.“

„Da muss doch mehr dahinterstecken.“

„Vielleicht, vielleicht auch nicht. Eines Tages werde ich Ihnen davon erzählen.“

Tegan rettete Luke vor weiteren Fragen. Sie hüpfte ins Zimmer und sprang auf mein Bett. „Geht’s dir besser?“, fragte sie.

„Viel, viel besser. Ich kann sogar aufstehen und mit ins Wohnzimmer kommen.“

Tegan nahm meine Hand, führte mich behutsam zum Sofa und wir ließen uns beide fallen. „Da Sie ohnehin schon stehen, Luke, könnten Sie eigentlich Wasser aufsetzen“, sagte ich.

„Ja, setz Wasser auf, Luke.“ Tegan kicherte.

„Woran ist Ihr letzter Sklave gestorben?“, brummte Luke, als er den Wasserkessel einschaltete.

„An Widerworten“, gab ich zurück.

Er spähte über die Schulter und ich brachte ein Lächeln zustande. Er grinste. Ich könnte diesen Mann eines Tages sogar mögen, ging es mir durch den Kopf.

„WENN SIE bitte nebenan warten könnten, während ich ein bisschen mit Tegan plaudere?“ Die Sozialarbeiterin war gut. Sie formulierte den Satz so, als wäre es eine Bitte, aber in Wirklichkeit war es ein Befehl.

Ich verließ unsere Wohnküche, die wie alles andere in der Wohnung auf Hochglanz poliert war, ging in mein Zimmer und setzte mich aufs Bett. Ich musste akzeptieren, dass die Sozialarbeiterin herauszufinden versuchte, ob ich Tegan schlecht behandelte. Aber würde Tiga, auch wenn ich nicht da war, überhaupt etwas Negatives über mich äußern? Sie war zwar ein freundliches und kontaktfreudiges Kind, konnte gleichzeitig aber auch sehr verschlossen sein. Sie hatte kein Wort über das verloren, was in Guildford vorgefallen war, würde sie es dann zugeben, wenn sie bei mir unglücklich wäre?

Dreißig quälende Minuten später durfte ich wieder in die Küche. Tiga grinste, als ich mich aufs Sofa setzte. Sie kletterte auf meinen Schoß und sorgte dafür, dass Meg mir ein Küsschen auf die Wange gab. „Meg hat dich heute sehr lieb“, sagte sie, dann rutschte sie von meinem Schoß und ging hinaus.

Ich sah die Sozialarbeiterin an. Sie war um die dreißig, hatte schmale Lippen und ausdruckslose Augen. Ich konnte nicht erkennen, was in ihr vorging.

„Also, genüge ich den Anforderungen?“, erkundigte ich mich.

„Das zu beurteilen ist nicht der Zweck meines Besuches“, entgegnete sie.

„Aus welchem Grund sind Sie dann hier?“, fragte ich. Sie konnten mir nicht verwehren, dass ich für Tegan sorgte, denn das hatte Adele in ihrem Letzten Willen so verfügt, aber sie konnten mir die Adoption verweigern und würden nie zugeben müssen, dass die Hautfarbe der eigentliche Grund für den negativen Bescheid war.

„Wie kommen Sie mit allem zurecht?“, wollte sie wissen, meine Frage umgehend.

„Gut.“

„Ist es nicht anstrengend, plötzlich ein Kind zu haben?“

„Nein, eigentlich nicht.“

„Und wie geht es Ihnen mit einer Vollzeitstelle und der Verantwortung für ein Kind?“

„Gut.“

„Und mit Ihren Arbeitszeiten ist es kein Problem, Tegan von der Schule abzuholen?“

„Nein, sie geht nach der Schule zu einer Freundin und ich hole sie von dort ab.“

„Kinder streiten oft. Was geschieht, wenn Tegan und ihre Freundin sich nicht mehr verstehen?“

„In der Schule wird für nachmittags eine Kinderbetreuung angeboten. Ich müsste mein Büro ein wenig früher verlassen, um Tegan pünktlich um sechs Uhr abzuholen, aber dann würde ich eben die Mittagspause durcharbeiten.“

„Und das würden Sie auf sich nehmen?“

„Versuchen Sie mir nahezulegen, dass ich meinen Job aufgeben soll? Das könnte ich mir nämlich nicht leisten, und bei einer Teilzeitarbeit wären wir noch knapper dran als jetzt.“

„Dann ist Ihre finanzielle Lage also nicht besonders rosig?“

„Das ist doch nichts Ungewöhnliches in diesen Zeiten, oder?“ Allmählich wurde ich ärgerlich. Warum wollte mir diese Frau aus allem, was ich sagte, einen Strick drehen?

„Wer ist Luke?“, fragte sie unvermittelt.

„Mein Chef“, antwortete ich vorsichtig. „Er ist ein anständiger Mensch.“

„Tegan sagte, er sei ihr bester Freund“, warf die Sozialarbeiterin ein.

„Ja, sie verstehen sich gut …“ Also, er ist ihr bester Freund, wie?, dachte ich eifersüchtig.

„Sie sagte auch, dass Sie nie böse mit ihr sind.“

„Ach ja? Ist das schlimm?“

„Nein, nur ungewöhnlich. Sind Sie wirklich nie böse mit ihr oder halten Sie sich nur im Zaum?“

„Tiga ist das artigste Kind der Welt; sie hat nie etwas getan, was mich gegen sie aufgebracht hätte.“ Ich überlegte einen Moment. „Gar nie.“

„Sie glauben, dass sie nicht richtig aus sich herauskommt?“

„Möglicherweise …“ Angst keimte in mir auf. „Mir ist nie der Gedanke gekommen, dass sie sich nicht widersetzt, weil sie Angst vor mir hat. Das glauben Sie doch, oder? Dass sie sich vor mir fürchtet. Aber ich würde ihr nicht wehtun. Niemals.“

„So etwas habe ich keineswegs gedacht“, sagte die Frau. „Ich frage mich lediglich, ob sie professionelle Hilfe in Anspruch nehmen sollte, um besser über den Tod ihrer Mutter hinwegzukommen.“

„Das ist nicht nur ein Vorschlag, oder? Es ist eine Anweisung“, sagte ich.

„So würde ich das nicht sagen.“

„Wie dann? Dass Sie die Adoption nicht befürworten, wenn ich nicht mit ihr zu einem Psychologen gehe?“

„Warum denken Sie nicht darüber nach?“, sagte sie, ohne meine Frage zu beantworten. Sie ging absichtlich nicht auf mich ein. Zum zweiten Mal. Sie stand auf. „Ich werde Sie in ein paar Monaten wieder besuchen, um zu sehen, wie Sie und Tegan zurechtkommen. Es war schön, Sie beide kennen zu lernen.“

HEXE!, dachte ich. Ohne es auszusprechen, hatte sie mir zu verstehen gegeben, dass ich nicht ausreichend für Tegan sorgte. Ich half Tegan nicht, mit dem Tod ihrer Mutter fertig zu werden, ich hinderte sie daran, dass sie aus sich herauskam, ich schadete ihr.

„Mummy Ryn?“

„Ja?“, brauste ich auf, doch als ich meinen Tonfall hörte, nahm ich mich zusammen. Ich atmete tief durch und drehte mich zu Tegan um. Sie saß am Esstisch und malte. Sie machte keinen verstörten Eindruck auf mich.

„Ja, Tiga?“, wiederholte ich.

„Wann kommt Luke zurück?“

„Ungefähr um zehn Uhr.“

„Aber dann muss ich ja längst im Bett sein!“

„Ich weiß, aber er muss den weiten Weg von London hierherfahren, er kann nicht früher kommen. Vielleicht besucht er dich ja morgen.“

„Aber ich male ihm gerade ein Bild.“

„Dann gib es ihm morgen.“ Ich wandte mich wieder dem Vorratsschrank zu, starrte auf die Konserven und wartete auf eine Inspiration.

Ich hörte, dass Tegan vom Stuhl kletterte. „Und wenn er morgen nicht zu uns kommt?“, fragte sie.

„Wahrscheinlich kommt er. Er besucht dich samstags doch fast immer.“

„Aber wenn nicht?“

Ich weiß es nicht!, hätte ich fast geschrien. Ich holte tief Luft. Sie hatte keine Schuld an meiner Laune. Ich wirbelte herum. Sie stand direkt hinter mir, und als ich mich umdrehte, stieß ich gegen die Schale mit dem schmutzigen Malwasser, die sie in den Händen hielt. Das graue Wasser spritzte auf mein Kleid. Tegan schnappte erschrocken nach Luft und blieb wie angewurzelt stehen.

Ich starrte auf mein fleckiges Kleid, für das ich so viel Geld ausgegeben hatte. Es war meine erste Anschaffung gewesen, nachdem ich von London nach Leeds gezogen war. Es stand für meinen Neuanfang. Ich liebte dieses Kleid. Jetzt war es ruiniert, genau wie mein Leben. Ruiniert. Zerstört. Nicht mehr zu reparieren.

„Ich hab genug von dir!“, brüllte ich. „Du machst mich wahnsinnig!“

Tegan zuckte zusammen und erstarrte vor Angst.

„Geh in dein Zimmer“, flüsterte ich angestrengt, um nicht wieder laut zu werden. Sie musste gehen, bevor ich etwas sagte, was nicht wiedergutzumachen wäre.

Ohne Protest machte sich Tiga davon. Ich hingegen rührte mich nicht von der Stelle. Der Schreck saß mir in den Knochen. Um ein Haar hätte ich Tegan vorgeworfen, dass ich mich nicht von Sozialarbeiterinnen herablassend behandeln lassen müsste, wenn sie nicht wäre. Ohne sie wäre *ich* jetzt Marketingchefin von Angeles und käme heute von einer Geschäftsreise nach London zurück. Ich könnte tun und lassen, was ich wollte.

Tränen stiegen in mir auf. Ich schlug die Hände vors Gesicht und sah all die Möglichkeiten an meinem geistigen Auge vorüberziehen, wie ich das Ganze in den Sand setzen konnte.

„TIGA“, flüsterte ich einige Zeit später, als ich die Tür zu ihrem Zimmer aufschob. „Tiga, es tut mir leid.“

Sie saß mit angezogenen Beinen auf ihrem Bett und hielt Meg umklammert.

„Ich hab es nicht so gemeint. Es tut mir ehrlich …“ Ich hielt inne, als ich sah, dass der Schrank und die Kommodenschubladen ausgeräumt waren. Tegan hatte ihre bunte Reisetasche unter dem Bett hervorgezogen – sie lag weit geöffnet auf dem Boden. Ein paar Sachen hatte sie schon eingepackt. Mein Herzschlag beschleunigte sich. Hatte ihr die Sozialarbeiterin gesagt, dass sie woanders leben konnte, wenn es ihr bei mir nicht gefiel?

„Was ist los?“, fragte ich in Panik. „Warum packst du deine Sachen?“

„Bitte schick mich nicht zurück zu Nana Muriel“, sagte Tegan und duckte sich.

„Wie kommst du auf die Idee, dass ich dich zu Nana Muriel schicken könnte?“

„Weil ich unartig war“, antwortete sie. „Ich will nicht zu Nana Muriel. Ich will bei dir bleiben.“

„Hast du deshalb deine ganzen Kleider aus dem Schrank geholt?“

Sie nickte.

Mir wäre nie im Leben eingefallen, dass Tegan überhaupt in Betracht zog, ich könnte sie nach Guildford zurückschicken. War sie deshalb so fügsam, weil sie glaubte, ich würde sie dorthin zurückbringen, wo sie geschlagen wurde und nichts zu essen bekam?

„Tiga …“ Ich hielt inne, als sie verängstigt das Gesicht verzog, als erwartete sie ein strenges Urteil. „Tiga, du bleibst bei mir, bis du groß bist.“

Ihre Miene entspannte sich ein klein wenig.

„Du musst Nana Muriel nie wiedersehen.“

Endlich sah sie mir in die Augen.

„Ich werde mich für immer um dich kümmern“, stellte ich klar. „Tiga, dies hier ist dein Zuhause. Auch wenn du erwachsen bist, wirst du dort, wo ich lebe, immer ein Zuhause haben. Ich … ich werde immer für dich da sein und für dich sorgen. Verstehst du das?“

„Auch wenn ich böse bin?“, fragte sie.

„Das warst du gar nicht, es war doch nur ein Versehen. Und ich entschuldige mich dafür, dass ich dich angeschrien habe.“

„Jetzt kann Luke dein schönes Kleid gar nicht sehen“, bemerkte sie.

Für einen Moment war ich perplex und sah ihr forschend ins Gesicht. Sie erwiderte arglos meinen Blick. Sie wusste nicht, dass sich seit meiner Migräne vor vier Wochen etwas Grundlegendes zwischen mir und Luke geändert hatte. Er war nicht nur menschlich geworden, ich betrachtete ihn seither auch als Mann. An den Wochenenden blieb er oft noch, nachdem Tegan zu Bett gegangen war, und wir redeten bis drei, vier Uhr morgens. Tegan ahnte nicht, dass ich beunruhigende Gedanken hegte, was Luke betraf. Nein, er würde mich nicht in meinem schönen Kleid sehen, und das war gut so. „Das ist wahrscheinlich auch besser so“, sagte ich zu Tegan. „Also, willst du bei mir bleiben?“, fragte ich, Mr Wiseman aus meinem Bewusstsein verdrängend.

Tegan schniefte und nickte.

„Gut. Ich bin wirklich froh darüber.“

Tiga streckte mir Meg entgegen und tat so, als würde die Stoffpuppe meine Wange küssen. „Meg hat dich heute ganz doll lieb."

„Ja, allmählich wird mir das klar. Sollen wir deine Kleider wieder aufräumen, Liebes? Und als besondere Belohnung darfst du heute aufbleiben, bis Luke kommt."

Sie riss die Augen auf vor Begeisterung. „Wirklich? Ganz ehrlich?"

„Ja", bestätigte ich und wusste, dass ihr um halb neun, spätestens um neun die Augen zufallen würden.

DIE VERLOCKUNG, Luke zu sehen, war für Tegan allerdings ein sehr starker Anreiz, und als er um Viertel nach zehn klingelte, war sie noch hellwach.

Luke kam mit Geschenken beladen. So wie ein Vater, der sich schuldig fühlte, weil er geschäftlich zu viel unterwegs war. Luke brachte Tegan immer etwas mit, wenn er verreiste. Aber heute übertraf er sich selbst – er schleppte fünf Plastiktüten in jeder Hand in meine Wohnung.

„Menschenskind, wie viel hast du ausgegeben?", fragte ich.

„Äh, nicht viel. Eine Bekannte von mir arbeitet in einer Spielzeugfabrik."

Ich zog eine Augenbraue hoch. „Ach ja? Das scheint mir ja eine überaus gute Bekannte zu sein", bemerkte ich.

Luke vermied den Blickkontakt. Ich hatte ihn ertappt.

„Komm, T", sagte er, „lass uns nachsehen, was in den Tüten ist." Er holte ein Mitbringsel nach dem anderen hervor, und – dafür hätte ich ihn küssen können – die meisten Geschenke waren pädagogisch wertvoll.

„Danke!", kreischte Tegan und stürzte sich mit so viel Schwung auf Luke, dass er nach hinten kippte. Sie fing an, auf seinem Bauch herumzuspringen, und schien sein Stöhnen gar nicht zu hören.

„Sieh mal, Mummy Ryn! Ich hüpfe auf Luke!" Sie kicherte.

Ich lächelte. Das war die alte Tiga. Liebenswert, lebhaft, temperamentvoll. Luke hatte diese Eigenschaften wieder hervorgelockt; es schien, als hätte er die Zeit zurückgedreht.

„Mummy Ryn, darf ich Luke ein Küsschen geben als Dankeschön?", rief sie und hüpfte noch heftiger auf und ab.

„Wenn es Luke nichts ausmacht."

Tiga sah Luke an.

„Selbstverständlich macht mir das nichts aus", keuchte er.

Sie beugte sich vor und pflanzte ihm schmatzend einen Kuss auf die Stirn, dann setzte sie sich zurück und sah mich erwartungsvoll an.

„Was?“, fragte ich und überlegte, ob ich etwas nicht mitbekommen hatte.

Tegan seufzte theatralisch, als wäre ich schwer von Begriff. „Du musst Luke auch küssen.“

Ich wich entsetzt einen Schritt zurück. „Na ja, ich bin mir sicher, er will deinen besonderen Kuss nicht durch meinen verderben.“

„Feigling“, hauchte mir Luke lautlos zu. In seinen Augen blitzte der Schalk.

„Ich finde, du solltest noch ein wenig auf ihm hüpfen, Tiga.“

Ihre Miene hellte sich auf, und seine verzog sich vor Entsetzen.

„Hast du geweint?“, fragte Luke eine gute Stunde später. Er hatte Tiga vier Geschichten vorgelesen, bis sie eingeschlafen war. Jetzt setzte er sich auf die andere Seite des Sofas neben mich.

Ich hatte in den Spiegel geschaut, bevor er in die Wohnung gekommen war – meine Augen waren weder rot noch geschwollen. Woher wusste er, dass ich geweint hatte? „Warum fragst du?“

„Du hast diesen Ausdruck in den Augen, den ich in der ersten Zeit unserer Bekanntschaft oft gesehen habe. Anfangs habe ich ihn als Abscheu gedeutet, aber jetzt weiß ich, dass du damals aus Trauer um Adele geweint hast.“

Ich konnte ihm nicht sagen, warum ich geweint hatte. Er sollte nicht wissen, dass mir im Umgang mit Tegan sein Geschick fehlte.

„Also, wer war die Frau, mit der du in London geschlafen hast?“, wollte ich wissen.

Luke schwieg. Eine Abfolge von Empfindungen – Scham, Freude, Verlegenheit und Schuld – zeichnete sich auf seinem Gesicht ab. „Ich nehme an, der Besuch der Sozialarbeiterin ist nicht besonders gut verlaufen“, bohrte er weiter, entschlossen, mich zu einer Aussprache zu bewegen.

Ich war jedoch noch entschlossener, ihm nichts von dem Termin zu erzählen. „Es war wohl eine neue Eroberung, sonst hätte sie dich nicht mit Spielsachen überhäuft.“

Luke musterte mich abschätzend. „Ich hatte es nicht geplant“, sagte er, sich, wie es schien, geschlagen gebend. „Ich mochte sie, obwohl sie eigentlich nicht mein Typ war. In letzter Zeit hab ich viel darüber nachgedacht, wie mein Typ aussieht und ob es nicht ein wenig engstirnig war, mich immer nur mit einem ganz bestimmten Frauentyp abzugeben. Und ich glaube, meine Gefühle haben sich mit meiner Logik verheddert …“

„Ich hab Tegan angeschrien“, platzte ich heraus. Es war mir unerträglich, mehr zu hören.

„Und deshalb hast du geweint?“

Ich nickte.

„Das ist nichts Schlimmes – jeder verliert hin und wieder die Beherrschung.“

„Du verstehst das nicht – ich hab die Nerven verloren und gesagt, ich hätte genug von ihr … Um ein Haar wäre mir herausgerutscht, dass sie mein Leben ruiniert hat.“

„Aber du hast es nicht ausgesprochen, das ist das, was zählt.“

„Dann ist es also nicht wichtig, dass ich es denke?“

Das verblüffte ihn. „Ryn, es ist eine schreckliche Tatsache, aber sie hat dein Leben komplett auf den Kopf gestellt, demoliert, also ruiniert. Es gibt aber auch schöne Ruinen.“

Nett von ihm, dass er es versuchte.

„Was hat die Sozialarbeiterin gesagt?“

Ich gab ihm eine kurze Zusammenfassung.

„Hexe!“, schimpfte er, als ich geendet hatte.

„Tegan war vollkommen verschreckt“, sagte ich und schüttelte den Kopf, um das Bild ihres entsetzten Gesichts vor meinen Augen zu vertreiben. „Das war mein Werk.“

Luke rutschte näher zu mir heran und legte die Hand an meine Wange. „Es wird alles gut“, beschwichtigte er. „Du bist ein guter Mensch.“ Seine Stimme wurde eine Spur leiser. „Du bist ein großartiger Mensch.“

Mein Blick wanderte über die Umrisse seines Gesichts. Ich mochte ihn. Diese Erkenntnis traf mich wie ein Vorschlaghammer. Dies hier war mehr als nur sexuelles Interesse. Ich hatte ihn gern. Seine Hand an meiner Wange beschleunigte meinen Herzschlag. Der Körperkontakt gefiel mir, er war angenehm und tröstlich.

Das Schweigen zwischen uns knisterte vor Erwartung. Eigentlich müssten wir uns küssen. Sein Kopf müsste sich meinem nähern, seine Lippen müssten meine berühren und mein Tag wäre vollkommen … eine vollkommene, unaussprechliche Katastrophe. Ich war mir ziemlich sicher, dass er mich als Freundin mochte, aber er fühlte sich nicht so zu mir hingezogen wie ich mich zu ihm. Und er liebte noch immer Nicole.

„Ich gehe jetzt besser mal das Geschirr spülen“, sagte ich und stand auf. Er rührte sich nicht, als ich in den Küchenbereich ging. „Hast du schon gegessen?“, fragte ich, ohne mich umzusehen.

„Äh, nein“, antwortete er. Ich hörte, dass er aufstand.

„Es sind noch Nudeln übrig – willst du welche?“ Ich holte einen Teller aus dem Schrank und häufte Penne mit selbst gemachter Tomatensoße darauf. Luke nahm mir den Teller ab und ging zum Tisch. Er tastete nach der Gabel, merkte, dass keine auf dem Tisch lag, und drehte sich genau in dem Moment um, in dem ich ihm eine hinhielt. Wir tauschten ein vertrautes Lächeln, wie es Paare taten, und wieder spürte ich diesen Kick, mehr als Lust, weniger als Liebe: einen waghalsigen Gefühlscocktail, der in fantastischem Sex enden würde … und in maßlosen Schwierigkeiten.

Zwei Minuten später streifte ich die Gummihandschuhe über und drehte den Heißwasserhahn auf. Als ich das Geschirr ins Wasser gab, tauchte Luke mit seinem leeren Teller in der Hand neben mir auf.

„Hast du die Nudeln inhaliert, oder was?“ Ich nahm ihm den Teller aus der Hand und versenkte ihn im Spülwasser.

„Ich hab gar nicht gemerkt, wie hungrig ich war, bis ich zu essen angefangen habe – und obwohl deine Nudeln es verdient hätten, sie mit Genuss zu essen, konnte ich mich nicht beherrschen. So ergeht es mir jedes Mal, wenn ich etwas davon kriege.“

„Ist das deine Art zu sagen, dass ich eine gute Köchin bin?“

Luke drehte sich mir ganz zu. Sein Gesicht wirkte unschuldig und lieb. „Keine gute Köchin – eine exzellente Köchin.“ Als ich nicht auf seine lachhafte Bemerkung einging, fragte er: „Spülen oder abtrocknen? Ich habe gegessen, also helfe ich auch beim Abwasch.“

„Okay, dann abtrocknen.“ Ich drückte ihm ein Geschirrtuch in die Hand, und wir arbeiteten ganze dreißig Sekunden in kameradschaftlichem Schweigen, bevor er sagte: „Du bist wirklich eine gute Mutter; mir ist schleierhaft, wie jemand daran zweifeln kann.“

Ich warf ihm einen Seitenblick zu und beobachtete, wie energisch er einen Teller abtrocknete. Er war nervös. Mr Arroganz persönlich war nervös.

„Tegan ist ein reizendes Kind, und das ist zum großen Teil dein Werk. Du übst einen großartigen Einfluss auf sie aus, du sorgst hingebungsvoll für sie und machst ihr Mut. Es ist …“

„Ist ja gut“, sagte ich und ließ den Teller, den ich in den Händen hatte, ins Spülwasser gleiten. „Du redest, als wäre ich Mary Poppins. Das bin ich nicht. Ich bin Kamryn – Kamryn, die ständig Mist baut.“

„Du bist zu kritisch mit dir selbst“, stellte er kopfschüttelnd fest. „Du erkennst einfach nicht an, dass du in Tegans Leben viel Gutes bewirkt hast. Und auch in meinem. Ich habe mich sehr verändert, weil du …“

„Flirten Sie mit mir, Mr Wiseman?“, schnitt ich ihm das Wort ab.

Er legte einen Teller auf das Abtropfbrett. „Machen Sie sich über mich lustig, Ms Matika?“

„Ich bin leichte Beute für dich, wenn du mich weiter so über den grünen Klee lobst.“

Noch ehe ich mir überlegen konnte, was er oder ich als Nächstes tun würden, spürte ich Lukes starke Hand an meiner Taille. Er drehte mich zu sich und unvermutet lagen seine Lippen in einem atemberaubenden Kuss auf meinen. Ich war so erschrocken, dass ich ein paar Sekunden brauchte, um den Kuss zu erwidern. Sein muskulöser Körper drängte sich an mich. Seine Hände liebkosten meinen Rücken. Schwer atmend lösten wir uns voneinander und sahen uns tief in die Augen.

„Bett?“, flüsterte er.

Ich nickte.

Sobald ich die Schlafzimmertür zugemacht hatte, packte Luke mich erneut und küsste mich leidenschaftlich, während meine Hände die festen Konturen seines Körpers erforschten. Bei jeder Berührung strömte mehr Verlangen durch meine Adern.

Als Luke sein Hemd auszog und seine muskulöse Brust entblößte, gab es keinen Zweifel daran, was geschehen würde. Ich schnappte insgeheim nach Luft, nicht nur wegen seiner perfekten Figur, sondern auch wegen der Aussicht, mit ihm zu schlafen. Mit Luke. Mit dem Chef. Sämtliche Gerüchte über ihn und mich würden wahr werden.

Er setzte sich auf mich, schob mein weißes T-Shirt hoch und küsste meinen Nabel. Ich schloss die Augen, bog mich ihm entgegen und seufzte …

„Mummy Ryn, warum hast du deine Sachen an?“, fragte Tegan dicht an meinem Ohr.

„Hm?“, brummte ich. Ich tastete meine Beine ab. Sie steckten tatsächlich in Jeans. Und ich hatte definitiv einen BH an, denn ich spürte, wie er ins Fleisch schnitt. Und ich trug ein T-Shirt. Moment mal, hat Luke mir dieses T-Shirt nicht ausgezogen?, überlegte ich verschlafen. Luke! Ich sah neben mich, aber er war nicht da.

„Schläfst du immer in deinen Sachen?“, wollte Tegan wissen und begann aufs Bett zu klettern. Ich half ihr geistesabwesend, während ich mir das Gehirn zermarterte. Das Letzte, woran ich mich erinnerte, war, dass Luke mich mit Küssen übersät hatte. Wir waren kurz davor gewesen, miteinander zu schlafen. So weit war es offensichtlich nicht gekommen.

„Nein, Schätzchen, du hast mich doch schon im Pyjama gesehen“, sagte ich.

„Warum hast du ihn nicht an?"

„Weil ich zu müde war, um mich auszuziehen." Ich zuckte innerlich zusammen bei dem Gedanken: Ich hatte mit einem unglaublich gut aussehenden, halb nackten Mann im Bett gelegen und war eingeschlafen. Der letzte Mann, mit dem ich Sex gehabt hatte, war Nate, und das lag über zwei Jahre zurück. Seither hatte Sex nicht auf meiner Tagesordnung gestanden. Ich war so sehr damit beschäftigt gewesen herauszufinden, wer ich war, dass Sex zu einer Sache wurde, der ich mich wieder widmen würde, wenn ich die Bruchstücke von mir wieder ordentlich zusammengesetzt hatte. Die erste Hürde wäre, jemand Neuem zu erlauben, intim mit mir zu werden. Ich hatte gedacht, das wäre leicht, doch als es darauf ankam, hatte ich mich ausgeklinkt.

„Von wem ist der Brief?", fragte Tegan und deutete auf den Nachttisch. Ein zusammengefaltetes Blatt mit meinem Namen darauf lehnte an der Lampe. Ich nahm es in die Hand – es waren eigentlich zwei Briefe. Auf dem anderen Bogen stand *Tegan*. Den las ich ihr vor.

> „Liebe T,
> danke für das Bild von mir im Zoo. Hoffentlich sehen wir uns bald wieder. Pass auf Ryn auf, sie ist sehr müde.
> Liebe Grüße – Luke"

Meinen Brief las ich leise.

> Hi Ryn,
> ich hielt es für besser zu gehen für den Fall, dass Tegan in Dein Zimmer kommt – wir hätten viel erklären müssen, wenn sie gesehen hätte, dass wir in einem Bett schlafen. Danke für das Abendessen. Lass uns irgendwann wieder zusammen abspülen, ja?
> Bis bald – Luke

„Ist der auch von Luke?", erkundigte sich Tegan.

Ich biss mir auf die Unterlippe und nickte mit einem schwachen Lächeln. Tegan sah mich mit gerunzelter Stirn an. „Magst du Luke?", fragte sie.

„Ja, ich mag Luke." Ich legte den Arm um sie.

„Magst du ihn mehr als mich?"

„Natürlich nicht!", kreischte ich. „Tiga, ich liebe dich." Das hatte ich ihr bis dahin noch nie gesagt. „Ich mag Luke, aber dich liebe ich. Ich werde nie jemanden so lieben wie dich. Niemals."

„WIR STELLEN gar nichts Schlimmes an“, sagte Tegan.

Ich zog eine Augenbraue hoch und sah das kleine Mädchen an, das auf Lukes Schoß saß. Er hatte es sich auf meinem roten Sitzsack gemütlich gemacht. Beide blickten mich unschuldig an.

„Und das soll ich glauben?“, fragte ich.

„Wir stellen ehrlich nichts an“, beteuerte Luke in demselben Tonfall wie Tegan. Vierzehn Tage waren seit unserem ersten Kuss und der Nacht, in der ich eingeschlafen war, vergangen. Am Morgen danach war er zu uns gekommen und hatte so getan, als wäre zwischen uns nichts vorgefallen. Er nahm uns zu einem Ausflug mit und plauderte wie immer. Auch als Tegan auf der Heimfahrt einschlief, vermied er es, über die Nacht zu sprechen. Als ich die Wohnungstür aufschloss, fragte ich mich allmählich, ob er überhaupt mit mir geflirtet hatte.

Nachdem Tegan gebadet war, sich einige Geschichten angehört hatte und endlich überzeugt war, dass sie schlafen musste, ließ sich Luke neben mir aufs Sofa fallen. „Sie kann einen fix und fertig machen“, sagte er.

„Ich weiß“, antwortete ich. „Ich mache mich besser ans Abspülen.“

Bevor ich aufstehen konnte, umfasste er mein Handgelenk. „O nein, das tust du nicht.“ Er drückte mich wieder in die Polster und küsste mich fordernd. „Ich musste mich heute sehr zusammenreißen“, erklärte er. „Wenn ich eine Anspielung gemacht oder dich auch nur zu lange angesehen hätte, hätte ich ganz bestimmt die Beherrschung verloren.“

Ich atmete erleichtert auf. „Oh, Gott sei Dank. Ich habe mich schon gefragt, ob ich mir das alles nur eingebildet hätte.“

„Nein, das hast du nicht.“ Er küsste mich wieder, leidenschaftlich und bedächtig. „Ich würde gern mit dir ins Bett gehen, aber nur wenn ich dich nicht wieder einschläfere.“

Und das war’s. Wir gingen ins Bett, und ich schlief erst ein, als Luke gegangen war. Ich wollte nicht, dass er über Nacht blieb, damit Tegan uns nicht zusammen im Bett sah.

Adele war im Hinblick auf Männerbekanntschaften sehr vorsichtig gewesen. Nur wenige hatten ihre Tochter überhaupt kennen gelernt. Tegan sollte einen Mann nicht in ihr Herz schließen, der aus ihrem Leben verschwand, sobald die Affäre zwischen ihm und Adele beendet war. Wieder einmal hatte ich alles falsch gemacht. „Mein“ Mann war in unser Leben getreten, bevor ich mit ihm geschlafen hatte. Wenn aus uns beiden nichts wurde, würden wir uns trotzdem weiterhin sehen müssen, denn für Tegan würde die Welt einstürzen, wenn Luke sie nicht mehr besuchte. Deshalb hielten wir uns auch noch nach zwei Wochen bedeckt und versuchten herauszufinden, ob uns mehr verband als nur Leidenschaft. Die Anzeichen standen günstig. Luke verbrachte mindestens drei Abende in der Woche bei uns. Ich genoss seine Gesellschaft. Und seinen Körper.

Heute hatte Luke angeboten, sich mit Tegan zu beschäftigen, während ich mir die Haare wusch.

„Seid ihr sicher, dass ihr zurechtkommt?“, fragte ich.

„Ja, wir machen auch nichts kaputt“, versicherte Luke.

Warum sagte er das?

„Versprochen“, setzte Tegan hinzu. „Wirklich, ganz ehrlich.“

Ich seufzte leise und verschwand im Badezimmer. Wenn Luke jetzt mehr an meinem Leben teilhaben wollte, musste ich ihnen vertrauen.

Ich kniete mich vor die Wanne, beugte den Kopf darüber und machte mir die Haare nass, dann legte ich den Duschkopf beiseite und schäumte meine schwarzen Locken ein. Ich war ganz entspannt – ein eigenartiges Gefühl. Ich spülte meine Haare gründlich aus und rieb sie mit dem Handtuch ein wenig trocken, ehe ich die Spülung auftrug. Sie musste zehn Minuten einwirken. Ich könnte die Zeit nutzen, um nachzusehen, was die beiden …

Ich schlich barfuß über den weichen Teppichboden im Flur zum Wohnzimmer, damit sie mich nicht hörten. Sie saßen noch genauso da wie vor zehn Minuten. Tegan hielt meinen Globus fest und Luke drückte den Zeigefinger auf eine Stelle.

„Es war sehr heiß dort“, sagte Luke. „So heiß, dass ich einen Sonnenstich bekam.“

„Was ist ein Sonnenstich?“, wollte Tegan wissen.

„Das bekommt man, wenn man zu viel Zeit in der prallen Sonne verbringt. Davon wird man krank.“

„Bist du fast gestorben?“, fragte sie.

„Nein, aber mir ging’s überhaupt nicht gut.“

„Meine Mummy ist gestorben“, sagte Tegan.

Mein Herz blieb stehen. Mir gegenüber erwähnte sie ihre Mum kaum, und ich wusste auch nicht, wie ich das Thema Adele ansprechen sollte. Die Angst, sie oder mich selbst aus der Fassung zu bringen, hielt mich davon ab. Konnte Luke damit umgehen?

„Sie ist im Himmel bei Jesus und den Engeln“, fügte Tegan hinzu.

„Ich weiß“, sagte Luke. „Ryn hat es mir erzählt. Vermisst du sie?“

Tegan biss sich auf die Lippe und nickte. „Manchmal“, flüsterte sie leise. „Ich will ihr was erzählen und kann es nicht. Ich wollte ihr meine Hausaufgabe zeigen – ich hab ein Extrasternchen dafür bekommen, weil ich sie so gut gemacht habe. Aber ich konnte sie ihr nicht zeigen."

„Hast du mit Ryn darüber gesprochen?"

„Nein", hauchte sie so leise, dass ich mein Ohr näher an die Tür bringen musste, um sie zu verstehen. „Sie weint, weil meine Mummy in den Himmel gegangen ist. Ich will nicht, dass sie traurig ist."

Woher wusste sie, dass ich wegen Adeles Tod weinte? Ich hatte in ihrem Beisein nie auch nur eine Träne vergossen. Ich weinte nur in der Nacht, wenn ich allein war. Vielleicht entdeckte sie, wie Luke auch, die Leere in mir, nachdem ich geweint hatte.

„Ich weiß, dass Ryn traurig wäre, aber noch trauriger würde es sie machen, wenn sie wüsste, dass du ihr nicht sagst, wenn dich etwas bedrückt. Wenn du über deine Mummy reden willst, dann sag es ihr. Es wird ihr nichts ausmachen. Sie liebt dich. Versprichst du mir, dass du mit ihr redest?"

Im ersten Moment reagierte Tegan nicht, dann nickte sie kurz und entschieden. „Ja, Luke."

„Braves Mädchen."

LUKE schlang seinen eins fünfundachtzig langen Körper um meine eins zweiundsechzig – allmählich gewöhnte ich mich daran. In dieser Nacht war er noch anhänglicher als sonst und schmiegte sich an mich. „Ryn …"

„Hm?" Ich wappnete mich innerlich, denn seine zögerliche Stimme schien mir nichts Gutes zu verheißen.

„Es tut mir leid, dass ich dich so mies behandelt habe", platzte er heraus.

„Wie?" Damit hatte ich überhaupt nicht gerechnet.

„Die Sachen, die ich zu dir gesagt habe, und wie ich dich angesehen habe, das, was ich über dich dachte …" Er schwieg kurz. „Es tut mir entsetzlich leid. Ich habe mich gründlich geirrt. Du bist schön. Äußerlich und innerlich. Ich sehe, was du für Tegan tust und wie du mit mir umgehst, obwohl ich so scheußlich zu dir war … Es tut mir ehrlich von Herzen leid."

„Ach, Schnee von gestern. Vielleicht hattest du ja auch Recht. Ich meine, ich bin ein bisschen –"

„Hör auf!", schnitt er mir streng das Wort ab und legte die Finger auf meine Lippen. „Mach keine Witze darüber. Das ertrage ich nicht. Ich hasse mich dafür, dass ich so furchtbar zu dir war."

„Ist schon gut", beschwichtigte ich ihn. „Du warst nicht der Erste, und ich bezweifle, dass du der Letzte bist."

„Wie hältst du das aus?“ Luke drückte mich noch fester an sich.

„Ich lasse es einfach nicht mehr an mich herankommen. Ich habe mir ein dickes Fell zugelegt und glaube das, was andere sagen, einfach nicht mehr.“

„Trifft das auch für gute Dinge zu?“

Ich dachte darüber nach. „Ich nehme es an.“

„Dann glaubst du nicht, dass die Leute dich mögen?“, fragte er.

„Das hab ich nicht gesagt – ich lasse mich davon nur nicht beeinflussen. Wenn die Menschen mich mögen, ist es fabelhaft, aber es hält mich nicht davon ab, weiter zu existieren. Wenn sie mich nicht mögen, ist es auch gut, weil es mir egal ist und ich trotzdem weiter existiere.“

„Das ist ein trauriges Leben.“

„Luke, wenn du als Kind in der Schule jeden Tag hörst, du seist hässlich, dick, doof, dann musst du dir entweder ein dickes Fell wachsen lassen oder du kannst dich gleich begraben lassen. Und jetzt rate mal, wofür ich mich entschieden habe. Ich musste alles an mir abprallen lassen – das riet mir mein Überlebensinstinkt.“

„Aber du brauchst diesen Instinkt nicht mehr.“

„Das sagst du, aber ich habe da vor nicht allzu langer Zeit diesen Kerl kennen gelernt, der mich auf Anhieb nicht leiden konnte, weil ich nicht sehr hübsch und nicht dünn bin. Wenn ich meinen Überlebensinstinkt nicht gehabt hätte, wäre ich zu einer Zeit, in der ich wirklich stark sein musste, am Boden zerstört gewesen.“

„Es tut mir leid. Und du bist umwerfend. Dein Körper ist göttlich. Du bist göttlich.“

„Du musst das nicht sagen. Ich habe mich damit abgefunden. Fast.“

„Ich bin in einem Kinderheim aufgewachsen“, sagte Luke.

„Wirklich?“

„Deshalb weiß ich, dass es traurig ist, mit einem Überlebensinstinkt zu leben.“

Deshalb bist du so wild darauf zu helfen. „Oh!“

„Meine Eltern sind beide noch am Leben. Meine Mutter ist Engländerin, sie stammt aus einer sehr wohlhabenden Familie. Mit sechzehn lernte sie meinen Vater, einen Spanier, kennen. Ihre Familie warf sie aus dem Haus, als sie schwanger wurde. Mein Dad war erst achtzehn, aber sie haben es miteinander versucht. Es war ein hartes Leben, und als ich etwa zwei Jahre alt war, hat meine Mum uns verlassen und ist wieder zurück zu ihren Eltern gegangen. Mein Dad hielt noch ein paar Jahre durch, und wir hatten auch gute Zeiten. Ich erinnere mich, dass wir seine Verwandten besuchten, die in der Nähe wohnten, und dort diese wunderbaren spanischen Gerichte zu essen bekamen. Seiner Familie gegenüber tat er immer so, als käme er bestens zurecht, aber heute weiß ich, dass er depressiv war.

Als ich sieben war, holte mich das Jugendamt von meinem Vater weg, weil ich zwei Wochen nicht in der Schule gewesen war. Ich werde diesen Tag nie vergessen. Ich weinte und rief nach meinem Dad, und er hat keinen Finger gerührt. Er saß nur da und sah zu, wie sie mich wegbrachten."

Ich drehte mich zu Luke und hielt ihn fest, während er weitererzählte.

„Als sie mich in ein Heim steckten, hatte ich schreckliche Angst. Sie vermittelten mich an Pflegeeltern – ich war bei vielen. Einige waren gut, andere grauenvoll. Aber es war egal, denn ich habe mich immer so schlecht benommen, dass sie mich ins Heim zurückschickten. Das war dumm, aber ich dachte, solange ich im Heim blieb, wusste mein Dad, wo ich war. Er würde kommen und mich abholen.

Als ich zehn Jahre alt war, wollte mich keine Pflegefamilie mehr aufnehmen. Ich blieb also im Heim. Und mir wurde klar, dass mein Dad niemals kommen würde. Ich beschloss, mich auf niemanden mehr zu verlassen und mich ganz darauf zu konzentrieren, mein Leben in den Griff zu bekommen. Und als ich das Heim mit sechzehn verließ, war ich ganz gut gerüstet: Ich hatte die mittlere Reife in der Tasche, nahm mir ein möbliertes Zimmer, bekam einen Teilzeitjob, schaffte das Abitur und ging an die Universität.

Außerdem hatte ich bis dahin einige Lektionen gelernt. Zum Beispiel die, dass meine Mum mich nicht wollte." Luke atmete ein paarmal tief durch, um nicht die Kontrolle zu verlieren. „Ich fand heraus, dass sie einige Jahre zuvor nach Australien übergesiedelt war. Ich schrieb ihr, wie es mir ergangen war, und sie schrieb mir zurück, sie habe all das Zeug hinter sich gelassen – sie bezeichnete mich tatsächlich als ‚Zeug' – und ich solle keinen Kontakt mehr mit ihr aufnehmen."

Ich war erschüttert über diese Grausamkeit.

„Das hat mich ziemlich schwer getroffen. Ich konnte mir nicht erklären, warum sie mich nicht haben wollte. Ich brauchte zwei weitere Jahre, um den Mut aufzubringen, meinen Vater anzurufen. Er stimmte einem Treffen zu, aber er war wieder verheiratet, hatte zwei kleine Kinder und konnte mich nicht gebrauchen. Das war noch verletzender als die Abfuhr meiner Mutter, denn ich erinnerte mich an die Zeit, die wir zusammen verbracht hatten."

„O Liebling …“ Das erklärte vieles. Seine Arroganz, sein unablässiges Streben nach Perfektion.

„Ich bewundere dich so sehr. Du hast mir erzählt, wie Tegan gezeugt wurde, und trotzdem hast du sie zu dir genommen und kümmerst dich liebevoll um sie.“

„Danke.“

Luke nahm mein Gesicht in die Hände und sah mir in die Augen. „Ich meine es ernst. Ich möchte, dass du mir glaubst: Du bist großartig. Du hast verhindert, dass es Tegan so ergeht wie mir.“

„Du selbst bist auch nicht so schlecht“, gab ich zurück. Mir war klar, dass Luke für sein Leben geschädigt war. Ich drückte einen tröstenden Kuss auf seine Lippen und er erwiderte ihn. Er legte all seine Traurigkeit und Verzweiflung in diesen Kuss.

Später war ich versucht, ihn zum Bleiben zu überreden. Er sollte nicht allein sein, nachdem er so viel von sich preisgegeben hatte. Aber ich durfte nicht riskieren, dass Tegan uns zusammen sah. Luke nahm mir die Entscheidung ab, indem er aufstand und sich anzog. „Bis bald“, sagte er an der Tür und ging.

Ich beobachtete von meinem Schlafzimmerfenster aus, wie er aus dem Haus ging und die Wagentür öffnete, um einzusteigen. Statt den Motor zu starten, legte er den Kopf auf die Hände am Lenkrad und fing an zu weinen. Als ich sah, wie seine breiten Schultern bebten, wollte ich ihm zeigen, dass er von jemandem geliebt wurde. Dass Tegan und ich ohne ihn verloren wären.

Ich nahm mein Handy und wählte seine Nummer. Nach dem vierten Klingeln meldete er sich.

„Komm zurück“, sagte ich.

„Aber Tegan …“, protestierte er.

„Du kannst ja gehen, bevor sie wach wird. Komm einfach zurück.“

Er kam zurück und schlief in meinen Armen ein.

„Ist Luke dein Freund?“

Ich brachte Tegan gerade zu Bett. „Warum fragst du das?“ Ich legte das Buch beiseite, aus dem ich ihr vorgelesen hatte. Sie lag unter ihrer Bettdecke, ihr frisch gewaschenes Haar war unter einem pinkfarbenen Seidentuch verborgen. Wie die meisten schwarzen Frauen trug ich nachts ein Kopftuch, damit meine Haare sich im Schlaf nicht zu sehr verhedderten, und als Tegan mich so sah, wollte sie sich unbedingt auch ein Tuch um den Kopf wickeln.

„Weil Regina Matheson gesagt hat, dass ein Mann und eine Frau Freund und Freundin sind, wenn sie sich ganz oft sehen."

„Das hat sie gesagt?" Es gab keine Möglichkeit, länger darum herumzureden, ich musste Tegan die Wahrheit sagen. Aber wie? „Wäre es schlimm für dich, wenn Luke mein Freund wäre?", fragte ich.

„Nein!", kreischte sie. „Küsst du ihn?", wollte sie dann wissen. „So wie die Leute im Fernsehen?"

„Manchmal", antwortete ich vorsichtig. Ich war mir nicht sicher, ob ich eine solche Unterhaltung mit einem Kind führen sollte. „Gute Nacht, Tiga."

„Ist er trotzdem noch mein Freund?", fragte sie.

„Aber natürlich", versicherte ich ihr. „Er wird immer dein Freund bleiben."

„Und du bist immer noch meine neue Mummy?"

„Ja, Schätzchen."

„Aber du bist nicht meine echte Mummy, oder?"

„Wieso fragst du?" Mir schwante nichts Gutes.

„Regina Matheson hat gesagt, dass du nicht meine echte Mummy sein kannst, weil wir nicht dieselbe Hautfarbe haben. Du bist schwarz, und ich bin weiß. Und sie sagt, dass ich gar keine echte Familie habe, weil ich keinen Daddy habe."

Tief in meinem Inneren glomm Zorn auf. Diese Regina Matheson wollte ich mir einmal vorknöpfen. Die Umstände waren schon schlimm genug, auch ohne dass ein Kind Tegan weismachte, sie würde zu niemandem gehören.

„Weißt du was? Ich bin mir sicher, dass Reginas Mutter ihre Tochter sehr liebt, aber sie hat sie sich nicht selbst ausgesucht. Sie musste nehmen, was sie bekam. Aber ich habe dich ausgesucht und entschieden, dass du für immer bei mir bleiben sollst."

„Und bist du froh, dass du mich ausgesucht hast?"

„Ich bin nicht nur froh, Schätzchen, ich bin hingerissen!", rief ich und kitzelte Tegan, und ihr wundervolles Lachen erfüllte das Zimmer.

„Meine Mummy hat mich auch oft gekitzelt", sagte Tegan, immer noch kichernd.

„Ich weiß", sagte ich und versuchte zu lächeln. Plötzlich war mein Hals wie zugeschnürt.

„Wie sieht es im Himmel aus?", fragte Tegan. Ihre Stimme klang schon schläfrig.

Ich schüttelte bedächtig den Kopf. „Das weiß ich nicht."

„Sieht es dort so aus?" Sie deutete auf das Bild über dem Kaminsims. Die grünen Wiesen, die braunen Baumstämme, die grünen Blätter, die große gelbe Sonne, die weißen Wolken am blauen Himmel und die rot-weißen Wirbel, die Blumen darstellen sollten.

„Vielleicht, Liebes. Aber ich weiß es nicht."

„Wenn es so ist, dann gefällt es meiner Mummy im Himmel."

„Ja bestimmt, aber ich glaube, es würde ihr auch gefallen, wenn es ein paar Kleiderläden gäbe."

„Nacht, Mummy Ryn."

Ich ging ins Wohnzimmer und erschrak, als ich Luke auf dem Sofa vor dem Fernseher sah. Während des Gesprächs über Adele hatte ich tatsächlich vergessen, dass er da war.

Er neigte den Kopf zur Seite und kniff die haselnussbraunen Augen zusammen. „Wie wär's, wenn du ins Bad gingest, um zu weinen? Ich warte hier, bis du dich beruhigt hast."

„Ich fühle mich so schuldig", sagte ich. Reden. Das war im Moment das Beste. Mich mit meinem Freund aussprechen.

„Weswegen?"

„Wegen allem. Weil ich nicht da war, als Adele mich brauchte. Weil ich Tegan an jenem Abend total vergessen habe. Weil ich nicht in der Lage bin, sie so großzuziehen, wie es ihre Mutter getan hätte. Obendrein gibt es in Tegans Klasse noch so eine blöde Göre, die ihr erzählt, ich wäre nicht ihre echte Mutter und würde es auch nie sein. Ich habe Angst, dass Tegan sich im Stich gelassen fühlt, weil sie zu niemandem gehört, nicht einmal zu mir."

„Okay, lass uns eins nach dem anderen klären. Ich weiß, dass du das nicht gerne hörst, aber professionelle Beratung wäre ein Schritt in die richtige Richtung."

„Psychologische Beratung für mich?", fragte ich, als ich endlich begriff, was er meinte.

Er nickte. „Tegan ist nicht die Einzige, die einen geliebten Menschen verloren hat. Und anders als Tegan hast du eine Menge ungelöster Probleme. Du musst mit jemandem darüber sprechen – abgesehen von mir. Ein Psychologe könnte dir helfen, alles im richtigen Zusammenhang zu sehen. Vielleicht nimmt dir das einen Teil deiner Schuldgefühle. Ryn, ich weiß, dass diese Sozialarbeiterin dir eine Höllenangst eingejagt hat, aber ich denke, du solltest dich wieder auf die Adoption konzentrieren. Bring T zu einem Psychologen, beschaff dir die nötigen Formulare, tu, was immer nötig ist, um sie zu einer Matika zu machen."

Ich seufzte leise. Es hatte leicht reden – „was immer nötig ist" –, weil er keine Ahnung hatte. Ihm war nicht bewusst, dass ich mit Nate Verbindung aufnehmen musste, um Tegan zu adoptieren.

Kapitel 7

Wessen Idee war es, an einem Samstag in die Stadt zu fahren? Wir drängelten uns durch die Menschenmassen, nachdem uns Seine Königliche Hoheit Luke Wiseman in die Stadt chauffiert hatte. Er hatte entschieden, dass wir den Tag hier verbringen sollten. „Wir werden uns amüsieren", behauptete er, um Tegan Brannon, die Lebenskünstlerin in Person, auf seine Seite zu ziehen und dadurch meinen Protest im Keim zu ersticken.

„Ich möchte mir die Möbel bei John Lewis ansehen", meinte Luke.

Ich hielt Luke, der Tegan auf den Schultern trug, die Glastür des größten Konkurrenten von Angeles auf und ging zur nächsten, um auch die aufzuhalten. Ich strebte die Aufzüge an, als eine Frau, die offenbar noch nicht mitbekommen hatte, dass Winter war, in einem Supermini mit der Schulter gegen mich stieß. Gleichzeitig prallte ihre Einkaufstüte, in der sich etwas Schweres, Gläsernes befand, gegen mein Schienbein. Statt sich zu entschuldigen, funkelte sie mich böse an und ging weiter.

Miststück! Ich bückte mich, um mein lädiertes Schienbein zu reiben, dann richtete ich mich auf und kollidierte im nächsten Moment mit einer anderen kompakten menschlichen Gestalt.

Wollen mich hier alle niedermetzeln oder was?!, wütete ich im Stillen und bedachte den Nächsten, der auf Kollisionskurs mit mir war, mit einem bitterbösen Blick. Diesmal zuckte ich nicht vor Schmerz zusammen, sondern vor Schreck. Nate.

Wochen waren vergangen, seitdem Luke mir geraten hatte, die Adoption voranzutreiben, doch ich hatte mich noch nicht dazu entschließen können, mit Nate Kontakt aufzunehmen.

Er war genau so, wie ich ihn in Erinnerung hatte; markante Gesichtszüge, aufreizend verwuschelte braune Haare und große dunkelblaue Augen, die immer noch mühelos meine tiefsten Geheimnisse ergründen konnten. Seine Nase war gerade und zeigte an der Spitze ein klein wenig nach oben.

„Du bist es doch, oder?“, fragte er, weil ich nichts sagte. „Ich habe keine Halluzinationen?“

Ich machte mich bereit, eine Antwort zu geben, als Luke mit Tegan auf seinen Schultern auftauchte. Er sah mich an, erkannte das Entsetzen in meinem Gesicht und wandte sich der Person zu, die ich unverwandt anstarrte. Fast konnte ich hören, wie sich sein Herzschlag beschleunigte. „Wir warten da drüben auf dich“, raunte mein Geliebter mir zu und ließ uns allein.

„Nathaniel“, flüsterte ich. „Was machst du hier?“

„Ich wohne hier“, antwortete er.

„Was? In Leeds?“ Das konnte nicht sein, das durfte nicht sein!

„Ja. Ich meine, nein. Ich wohne in Tadcaster. Das liegt auf halbem Weg von Leeds nach York. Ich hab seit ungefähr einem Jahr eine Stelle als Radioredakteur. Offenbar lebst du immer noch hier in Leeds“, stellte er fest.

„Offenbar tue ich das.“

Nates Gesichtsausdruck veränderte sich – der Schock wich der Trauer. „Wie kommst du zurecht, seit …“ Er verstummte.

Ich zuckte die Achseln. „Ganz gut. Und wie geht's dir?“

„Ebenso. Ich hatte überlegt, mich bei dir zu melden, aber ich war nicht sicher, wie du reagieren würdest. Ich wollte dich nicht noch zusätzlich belasten.“

Er konnte nicht ahnen, wie zerrissen und verletzt ich die meiste Zeit war – niemand außer vielleicht Tegan konnte das verstehen. Ich hielt nur durch, wenn ich den Schmerz ignorierte. Würde ich mich meinen Empfindungen stellen, würden mich der Kummer, die Schuld und die Reue vernichten. Deshalb verbannte ich alle Emotionen an einen anderen Ort, um mich irgendwann einmal damit zu befassen. Nate rieb durch seine bloße Anwesenheit Salz in die noch viel zu frischen Wunden.

Nate verstand auf Anhieb, dass ich nicht darüber reden wollte, und wechselte das Thema. „Dein Freund?“, fragte er. Er deutete mit dem Kinn in Lukes und Tegans Richtung.

„Ja.“ Ich lächelte stolz.

„Und das ist seine Tochter?“

Ich löste den Blick von Luke und sah Nate mit gerunzelter Stirn an, um nach einem Anzeichen des Erkennens zu suchen. Nichts. Es überraschte mich nicht, dass er Adeles Tochter nicht wiedererkannte. Er hatte keinerlei Interesse an Kindern.

„Nein. Er kümmert sich um sie.“

„Oh.“ Er lächelte ein wenig. „Niedliches Kind.“

Ich war drauf und dran zu sagen: Es ist dein Kind. Doch mir wurde gerade noch rechtzeitig bewusst, dass dies nicht der richtige Rahmen war. Soll ich es ihm überhaupt sagen?, überlegte ich und starrte ihn an. Tegan hatte gerade erst so etwas wie eine Familie gefunden. Meine Eltern waren ihre Großeltern – sie nannte sie Nana Faith und Grandpa Hector –, meine Geschwister waren ihre Tanten und Onkel und deren Kinder ihre Cousins und Cousinen. Wann immer sie von einem Besuch bei den Kindern meiner Schwester in Manchester zurückkam, erzählte sie endlose tolle Geschichten von ihren Erlebnissen. Aber Tegan und Nate waren blutsverwandt. Auch wenn ich ihn nicht in meinem Leben haben wollte, war ich es Tegan schuldig, ihm zu sagen, dass er eine Tochter hatte.

„Hör zu“, sagte ich, „wir sollten reden … über alles.“

Nate war sichtlich erstaunt. „Das willst du wirklich?“

Ich nickte. „Kannst du mir eine Nummer geben, unter der ich dich erreichen kann?“

Er fasste in seine Manteltasche, nahm eine Visitenkarte heraus und reichte sie mir. Ich steckte sie ein und wir verabschiedeten uns steif und knapp. Ich ging ohne einen Blick zurück zu Luke und Tegan.

„Wer ist der Mann?“, fragte Tegan.

„Er ist ein Freund von ganz früher“, erwiderte ich.

„Hat er meine Mummy auch gekannt?“, wollte sie unerwarteterweise wissen.

„Ja, das hat er.“

„Weiß er, dass sie in den Himmel zu Jesus und den Engeln gegangen ist?“

„Ja, Schätzchen, das weiß er. Und er war traurig deswegen, aber er ist auch froh, dass er sie gekannt hat, bevor sie in den Himmel ging.“

Tegan strahlte – das haute mich um. Ich hätte eher mit Tränen gerechnet, aber sie schien tatsächlich glücklich zu sein. „Er ist nett. Können wir ihn wiedersehen?“

Ich spürte, dass Lukes Blicke Löcher in mein Gesicht brannten.

„Vielleicht“, antwortete ich. „Mal sehen.“

Vor acht Jahren hatte ich ein Café in Nord-London betreten und Nate entdeckt, der, in eine Zeitung vertieft, an einem Tisch saß. Einen Monat nachdem ich ihn kennen gelernt hatte, hatte ich mich hier zum ersten Mal mit ihm verabredet. In meinem Bauch flatterten Millionen Schmetterlinge.

„Hi“, sagte ich.

Er sah auf. Auf seinem freundlichen Gesicht breitete sich ein Lächeln aus, die Fältchen in den Augenwinkeln kräuselten sich. „Hi“, grüßte er zurück. „Du bist noch schöner, als ich dich in Erinnerung hatte.“

Wir bestellten Kaffee und einen Schokoladenmuffin, den wir uns teilten. Und wir redeten. Sein Charme und sein Witz nahmen mich für ihn ein. Doch ich wusste genau, was passieren würde. Ab einem gewissen Punkt würde er mich verändern, kontrollieren oder verlassen wollen. Und wenn ich Gefühle investierte, würde alles nur umso schlimmer.

Ich wusste, wie ich ihn aus meinem Leben katapultieren konnte. „Den nächsten Kaffee trinken wir bei dir“, entschied ich.

Nate lehnte sich nach hinten. „Hm …“, brummte er und verzog das Gesicht. Wies er mich nach seinen Komplimenten jetzt zurück?

„Du willst nicht, dass ich mit in deine Wohnung komme?“, wollte ich wissen.

„Doch, ja! Aber bei mir herrscht Chaos, und ich möchte nicht, dass du einen schlechten Eindruck von mir bekommst. Und ich habe weder Milch noch Zucker noch Kaffee daheim … “

„Nate“, warf ich ein, „hast du Kondome?“

Er nickte.

„Dann ist es mir egal, wie deine Küche ausgestattet ist.“

SPÄTER, viel später zog mich Nate an sich, um zu schmusen, bevor er einschlief. Mein Plan – mit ihm schlafen, weggehen und damit rechnen, dass er sich nie wieder meldete – war nicht aufgegangen. Statt der Distanz, die mit einem One-Night-Stand einhergeht, fühlte ich etwas. Zuneigung, Leidenschaft, Zärtlichkeit durchfluteten mich. Jedes Mal wenn ich Nate ins Gesicht schaute, fiel mir das Wort *amato* – Geliebter – ein. Das war Wahnsinn – ich hatte ihn erst zweimal in meinem Leben gesehen.

Aber ich hatte noch nie solchen Sex gehabt.

Ich wollte diese Verwirrung nicht. Ich wollte nichts für ihn empfinden. Ich machte mich aus seiner Umarmung frei und sammelte hektisch meine Kleidung ein. Nate setzte sich auf. „Gehst du?“

„Ja, ich gehe. Ich hab noch was vor.“

„Oh, okay.“ Er stützte sich auf einen Ellbogen und sah mir bei der Suche nach meinen Socken zu. „Es war schön heute, Kamryn.“

„Mhm.“ Ich fand die noch fehlende Socke unter dem Bett.

„Kamryn“, sagte er ernst, als wäre ihm klar geworden, dass ich wirklich gehen wollte. „Sehe ich dich jemals wieder?“

Das brachte mich aus der Fassung. Ich hatte erwartet, dass er einen Schlussstrich zog. Dass er mich für eine Schlampe hielt, weil ich bei der ersten Verabredung mit ihm geschlafen hatte, und dass er taktvoll jeden weiteren Kontakt vermeiden würde. Deshalb regte ich mich ja so darüber auf, dass ich den Sex mit ihm so genossen hatte. Ich würde ihn nicht wiedersehen. Und das tat weh – mehr, als ich gedacht hatte.

Ich hauchte einen Kuss auf meine Handfläche und blies ihn ihm zu. „Mal sehen."

„Das war er, stimmt's?", sagte Luke, als ich mich neben ihn aufs Sofa fallen ließ. „Das war Tegans Vater", flüsterte er leise, für den Fall, dass Tegan, die oft hörte, was sie nicht hören sollte, noch wach war.

„Ja."

„Hast du es ihm gesagt?"

„Ich fand, ein Kaufhaus sei nicht der geeignete Ort dafür."

„Dann siehst du ihn also wieder?"

„Ja", antwortete ich.

Luke schloss für einen Moment die Augen. „Warum?"

„Wenn ich Tegan adoptieren will, brauche ich Nates Genehmigung."

„Seine Genehmigung?", wiederholte Luke ungläubig. „Machst du Witze?"

„Sein Name steht auf Tegans Geburtsurkunde. Und da mir bekannt ist, wo er sich aufhält und dass er noch am Leben ist, muss ich seine Genehmigung einholen. Er ist Tegans leiblicher Vater, deshalb muss er offiziell auf das Sorgerecht verzichten."

„Warum hast du mir das nicht erzählt?"

„Das Letzte, was ich will, ist, Verbindung mit Nate aufzunehmen. Ich wusste immer, dass ich von seinen Eltern erfahren würde, wo er zu erreichen ist, aber ich wollte nicht mit ihm persönlich sprechen."

„Du empfindest immer noch viel für ihn", stellte Luke fest. „Aus diesem Grund willst du nicht mit ihm in Kontakt treten – du misstraust deinen Gefühlen."

„Das ist lächerlich", erwiderte ich.

Luke musterte mich forschend; Unsicherheit spiegelte sich in seinen Augen, ehe er sich abwandte. Ich wusste, was in ihm vorging. Er war eifersüchtig. Hatte Angst. Kam sich minderwertig vor.

„Es ändert nichts an unserer Beziehung", beteuerte ich. „Ich … ich liebe dich."

Das tat ich nicht. Natürlich nicht. Ich hatte ihn gern, aber es war noch viel zu früh, um von Liebe zu sprechen. Ich hatte mit Nate die Liebe kennen gelernt; und dies hier war etwas ganz anderes, mit Luke war es ständig ungewiss. Was wäre geschehen, wenn Tegan nicht wäre? Ohne sie würden wir uns immer noch anfeinden.

„Wirklich", bekräftigte ich, als er mich skeptisch ansah. „Ich liebe dich."

„Gut zu wissen", antwortete er und entspannte sich endlich.

Man konnte alles Mögliche auf eine Liebeserklärung erwidern, aber „Gut zu wissen" war wohl kaum eine passende Antwort.

„DAS IST ein hübsches Kleid. Wohin gehst du?", wollte Tegan wissen und zappelte fröhlich in Lukes Griff.

„Das hab ich dir doch schon erzählt. Ich gehe mit dem Mann, den wir in der Stadt gesehen haben, zum Essen", erklärte ich, wohlwissend, dass jedes Wort ein Schlag für Lukes ohnehin angeknackstes Ego war.

„Und wo wollt ihr essen?", fragte Luke.

„Ich treffe mich mit ihm in dem Restaurant, in dem wir beide unser erstes verhängnisvolles Dinner hatten, erinnerst du dich?"

Mein Freund hatte es nicht ausgesprochen, doch er fürchtete, dass ich die Wohnung als seine Freundin verließ und als Nates Verlobte wieder zurückkam. Er fürchtete, dass dieses Treffen für mich eine Verabredung war. Es war keine Verabredung. Ich legte kein Make-up auf, benutzte nur ein wenig Wimperntusche, und mein „hübsches" Kleid war das Kleid aus roter und orangefarbener Seide, das mir Luke als Ersatz für das andere Seidenkleid geschenkt hatte, das Tegan mit ihrem Malwasser ruiniert hatte. Ich hatte es nicht angezogen, weil es mir gut stand – denn das war nicht unbedingt der Fall –, sondern weil Luke es mir gekauft hatte. Ich wollte ihm damit zeigen, dass ich an ihn denken würde. Sonst konnte ich nichts tun, um ihn zu beruhigen.

„Gut, ich mach mich besser auf den Weg. Okay, Liebes, benimm dich anständig … Danke, dass du auf Tegan aufpasst, Luke – das weiß ich ehrlich zu schätzen."

Luke trat zu mir in den düsteren Flur. Sekunden verstrichen, er schwieg und sah mich nur an.

„Bis später", sagte ich schließlich und wandte mich ab.

„Ryn." Er nahm meinen Arm, zog mich zurück und küsste mich zärtlich. „Ich liebe dich", sagte er, während er sich von mir löste. Nie zuvor hatte er diese drei Worte ausgesprochen. Ich dachte eigentlich, er hätte mit seiner Antwort „Gut zu wissen" deutlich genug ausgedrückt, dass er mich nicht liebte. Jetzt untergrub er mit seiner Liebeserklärung meine Überzeugung. Aber ich würde mich immer fragen, ob ihn wahre Gefühle dazu bewogen hatten oder die Angst, ich könnte mit einem anderen schlafen.

Luke stand schweigend da und wartete auf meine Antwort.

Ich sagte: „Gut zu wissen." Das war ein Hinweis darauf, dass er – gleichgültig, was wir füreinander empfanden und ob wir uns liebten oder nicht – nicht der Einzige war, der grausam sein und jemandem seine Zuneigung vorenthalten konnte. Nicht nur er hatte Gefühle.

Erstaunt und verletzt schreckte er zurück. Ich ging, ohne mich noch einmal umzusehen.

VERSCHWOMMEN. Genauer kann ich nicht beschreiben, wie ich das wahrnahm, was geschah, als ich Adeles Wohnung nach ihrem unbeabsichtigten Geständnis verließ. Ich erinnere mich, dass ich nach Hause ging und dass ich dachte, ich wäre dort sicher, denn Nate war an diesem Abend mit seinen ehemaligen Freunden aus der Wohngemeinschaft unterwegs. Und ich weiß noch, dass ich beschloss, nach Leeds zu fahren, da ich am Montag ohnehin zur Fertigstellung der ersten Ausgabe von *Living Angeles* erwartet wurde.

Und ich erinnere mich, dass ich Nate eine Nachricht auf den Telefonblock kritzelte und sie auf den Küchentisch legte: *Ich weiß, was du getan hast.*

Als ich wieder richtig zu Bewusstsein kam, lag ich angezogen auf dem Hotelbett in Leeds und starrte blind auf den Fernseher. Das Telefon hatte schon ein paarmal geklingelt, ehe ich begriff, was der Lärm zu bedeuten hatte. Ich griff nach dem Hörer.

„Hier ist ein Mr Turner, der Sie sprechen möchte, Madam", informierte mich der Portier.

Nate stand auf, als ich im Foyer auf ihn zuging. „Ich habe alle Hotels in Leeds angerufen, um dich zu finden", erklärte er.

„Lass uns in die Bar gehen", schlug ich ruhig und gefasst vor.

„Komm nach Hause", sagte er, sobald wir saßen. „Dann können wir reden und alles klären."

„Es gibt nichts zu klären. Ich weiß, was mit dir und … und …" Meine Stimme versagte, weil allein der Gedanke an das, was ich sagen wollte, ungeheuerlich war.

„Kam, wir hatten keine … es war nur ein Mal. Nur ein einziges Mal."

„Du hast mich betrogen und es ist aus!", zischte ich.

„Es kann doch nicht einfach so alles zu Ende sein“, flehte er. „Wir sind seit sechs Jahren zusammen, wir heiraten in zwei Monaten. Wir müssen darüber reden.“

„Okay, lass uns reden. War sie besser als ich? Williger? War sie –“

„Hör auf damit!“, schnitt er mir das Wort ab. „So war es nicht.“

„Worüber sollten wir sonst reden?“

„Darüber, wie sehr ich dich liebe. Dass ich dich auf jeden Fall zurückhaben will. Dass ich alles tun möchte, um meinen Fehler wiedergutzumachen. Alles.“

„Dann verschwinde und lass mich in Ruhe.“ Ich stand auf. Ich war benommen vor Müdigkeit. „Ich möchte nichts mehr mit dir zu tun haben.“

Nate schloss die Augen, als könnte er nicht glauben, dass er in diese Falle getappt war.

„Ich hole bald meine restlichen Sachen. Und ich möchte meine Hälfte der Wohnung ausbezahlt haben, damit ich mir etwas Eigenes kaufen kann. Und, bitte, wenn du jemals etwas für mich empfunden hast, dann sag meinen Eltern nicht, warum die Hochzeit platzt … bitte. Ich würde sterben, wenn jemand davon erfährt. Und … ich denke, das ist alles. Leb wohl, Nate.“

Ich ging. Ich sah ihn noch einmal, als ich drei Monate später meine Sachen aus der Wohnung holte. Er war da, während ich packte, sagte jedoch nichts. Erst als ich ging, meinte er: „Geh nicht.“ Ich blieb stehen und drehte mich zu ihm um, denn ich wusste, dass ich ihn zum letzten Mal sah, dann verließ ich die Wohnung.

NATE stand auf, als ich mich seinem Tisch im Restaurant näherte. „Hi“, begrüßte er mich, kam um den Tisch herum und küsste mich auf die Wange.

Er sah gut aus. Sein 35-jähriges Gesicht wirkte immer noch kraftvoll. Seine Haut war glatt und goldbraun, was mich immer überraschte, weil er blaue Augen hatte und seine Eltern – und Tegan – sehr weißhäutig waren.

Der Kellner kam mit den Speisekarten an unseren Tisch und wir bestellten das Essen. Keiner von uns sagte etwas – wir warteten beide, dass der andere ein Gespräch anfing.

„Es ist fast so wie bei unserer ersten Verabredung“, stellte Nate mit einem kleinen Lachen fest und sah mir in die Augen.

„Ja, allerdings haben wir uns nicht lange mit Verabredungen aufgehalten, stimmt’s?“

„Wir hatten uns zum Kaffee verabredet!“, protestierte Nate.

„Und es endete bei dir zu Hause."

„Ich dachte, ich würde Weihnachten, Ostern und Geburtstag an einem Tag erleben", gestand er. „Schon damals wussten wir beide, dass wir füreinander bestimmt waren, nicht?"

„Nein, Nate, du dachtest das", stellte ich klar. „Ich hatte ein ganz anderes Ziel: Ich wollte dich nämlich loswerden."

„Was?" Er wich entsetzt ein Stück zurück.

„Ich bin mit zu dir gegangen, weil ich mir einbildete, du würdest Reißaus nehmen, wenn ich gleich bei der ersten Verabredung mit dir schlafe."

„Oh." Nate lehnte sich im Stuhl zurück und starrte auf das weiße Tischtuch. Meine Offenheit war grausam und unnötig, das wusste ich selbst. Ich hatte mit voller Absicht eine schöne Erinnerung zerstört. Ich öffnete den Mund, um ihm zu erklären, dass ich nur so gehandelt hatte, weil mir meine Gefühle für ihn solche Angst eingejagt hatten, aber er brachte mich mit einem strengen Blick zum Schweigen. „Du hättest alles Mögliche tun können – in die Flucht geschlagen hättest du mich damit nicht", sagte er. „Ich hatte mich schon in dich verliebt. Ein für alle Mal."

Jetzt war ich dran, den Blick zu senken. Das war typisch für Nate – wenn er meine Launen nicht mit Stoizismus bekämpfte, dann sprach er ganz offen von seinen Gefühlen. Und ich fühlte mich schrecklich.

Die Vorspeisen wurden serviert. Beide machten wir keine Anstalten, uns mit dem Essen zu befassen, auch nicht als der Kellner weg war.

„Du hast mich auch völlig aus der Bahn geworfen", gab ich zu. „Als ich an diesem Abend nach Hause kam, wusste ich, dass ich dich wiedersehen musste, und zwar bald. Nie zuvor hatte mich jemand so berührt wie du. Ich konnte nicht einmal mehr daran denken, mit einem anderen zusammen zu sein – nach diesem Kaffee gab es nur noch dich."

Nates Züge entspannten sich zu einem erstaunten Lächeln. Er grinste immer noch, als er anfing zu essen.

Ich grinste zurück und die Spannung wich. Wir drehten die Zeit um acht Jahre zurück. Wir redeten und redeten über nichts. Als der Kellner uns die Rechnung brachte, hatte keiner von uns beiden etwas Neues über den anderen erfahren. Nate wusste weder etwas von Tegan noch davon, dass ich ihn bei der Beerdigung gesehen hatte, noch dass mein Freund Luke hieß.

„Darf ich dich nach Hause begleiten?", fragte Nate.

„Wir können nicht bis nach Horsforth gehen – das sind etliche Kilometer. Und wie willst du dann nach Tadcaster kommen?"

„Unwichtige Details", wehrte er mit einer Handbewegung ab.

„Also schön. Wir gehen, bis wir müde werden, dann nehmen wir ein Taxi."

Wir traten hinaus in die von Straßenlaternen erleuchtete Nacht. Wir wanderten schweigend durch die menschenleere Straße. Es war schon nach Mitternacht, und ich hatte noch nicht das Geringste unternommen, um der Verwirklichung meines Vorhabens näher zu kommen. Ich sah Nate verstohlen an.

„Ich spüre, dass du mich beobachtest", sagte er, blieb stehen und drehte sich zu mir. „Ich erinnere mich, dass du das früher oft getan hast, insbesondere wenn du dachtest, ich würde schlafen."

„Du wusstest es? Warum hast du nie etwas gesagt?"

„Weil es mir gefallen hat." Nate kam einen Schritt näher, ohne mich aus den Augen zu lassen, und streckte die Hände aus. „Sieh dich nur an", murmelte er. Weiße Atemwölkchen stiegen von seinem Mund auf. Ich rechnete damit, dass er mein Gesicht zwischen die Hände nahm, doch stattdessen strich er meinen Mantelkragen glatt und schaute mir dabei tief in die Augen. Ich war wie hypnotisiert. Er lachte leise. Seine Hände glitten über meine Schlüsselbeine nach unten, zwischen meine Brüste zum obersten Mantelknopf. „Du hast dich verknöpft." Ich schaute nach unten. Tatsächlich hatte ich den Mantel falsch zugeknöpft.

Ich sah ihm in die Augen und gab ebenfalls ein leises Lachen von mir.

Nate heftete seinen Blick auf mich, während er vorsichtig den obersten Knopf öffnete, dann den nächsten und so weiter, bis alle Knöpfe offen waren. Dann zog er den Mantel wieder zusammen und knöpfte ihn richtig zu.

„Danke", murmelte ich.

Er kam noch näher. „Kam", flüsterte er, als seine Lippen meine berührten.

„Ryn", korrigierte ich ihn automatisch und wich zurück. „Niemand mehr nennt mich Kam. Ich bin Ryn."

„Ich werde nicht denselben Spitznamen benutzen wie er."

„Er hat nicht damit angefangen", gab ich zurück.

Nates Lippen streiften wieder über meine, und für eine Sekunde wollte ich nachgeben. Alles geschehen lassen. Abrupt drehte ich mich weg. „Nate, ich muss dir etwas sagen."

„Ich will nicht hören, dass du ihn heiraten wirst." Er ballte die Hände zu Fäusten.

„Es hat überhaupt nichts mit Luke zu tun." Als ich den Namen meines Geliebten aussprach, zuckte er zusammen. „Ich glaube, wir sollten uns setzen."

„Okay. Gleich sind wir am Park."

Wir gingen die zehn Minuten zum Hyde Park, ohne ein Wort zu wechseln, und setzten uns dort auf die nächste Bank.

„Es geht um Tegan", begann ich.

Nate wandte sich mir zu. „Um Adeles Tochter?", fragte er mit gerunzelter Stirn.

Ich nickte und hoffte, dass ihm ein Licht aufginge.

Plötzlich dämmerte es ihm. „O Gott", murmelte er. „Ich bin so ein Idiot. Neulich – das war sie, stimmt's? Wie geht es ihr nach …?"

„Es geht ihr gut. Wir haben schlechte und bessere Tage. Man hat mir geraten, sie zu einem Psychologen zu bringen."

„Man hat dir geraten, sie zu einem Psychologen zu bringen?"

„Tegan lebt bei mir. Ich ziehe sie groß. Ich bin ihr gesetzlicher Vormund."

„Du?" Nate war fassungslos.

„Ja, ich. Was dagegen?", fauchte ich. „Sie hat sonst niemanden. Ich bin ihre Patentante, und ich musste diese Verantwortung übernehmen. Ich habe sie schon immer sehr gemocht."

„Du bist ein besserer Mensch als ich. Ich hätte es nicht fertiggebracht. Ist es das, was du mir sagen wolltest?"

Ich schüttelte den Kopf. „Es geht um Tegans Vater."

Er zog überrascht die Augenbrauen hoch. „Ihren Vater? Hast du herausgefunden, wer er ist?"

Ich nickte.

„Und will er in Tegans Leben eine Rolle spielen?"

„Das weiß ich nicht. Ich habe es ihm noch nicht gesagt. Ich weiß nicht, wie er es aufnimmt."

„Nicht sehr gut, könnte ich mir vorstellen", sinnierte Nate. „Soll ich dich begleiten, wenn du zu ihm gehst? Wenn du willst, komme ich mit."

„Herrgott noch mal! Nathaniel, seit wann bist du so begriffsstutzig?!", herrschte ich ihn an.

„Ich verstehe nicht", sagte er.

„Nate, du bist es. Du bist Tegans Vater."

TEGANS GESICHT bewegte sich im Schlaf. Ihre Lippen waren leicht geöffnet, die Haare unter dem pinkfarbenen Tuch versteckt. Ich wandte mich ab und schluckte. Im Wachzustand war sie die Miniversion von Adele, im Schlaf hatte sie das Gesicht ihres Vaters.

Es war nach vier Uhr morgens. Ich war vor ein paar Minuten nach Hause gekommen und sofort zu Tegan gegangen, um nach ihr zu sehen. Natürlich war alles in Ordnung mit ihr. Ich schniefte. Widerstreitende Gefühle drängten danach, sich in einem Tränenstrom zu entladen. Ich suchte in meiner Manteltasche nach einem Taschentuch, stattdessen umschlossen meine Finger die Strumpfhose, die ich hastig in die Tasche geschoben hatte, bevor ich auf der Straße vor Nates Wohnung ins Taxi gestiegen war. Wie sollte ich Luke das erklären?

NATE hatte mich wie versteinert angestarrt, sobald ihm die Bedeutung der Worte „Du bist Tegans Vater“ klar geworden war. „Was? Wie …?“, stammelte er.

„Nate, es ist wahr. Du bist ihr Vater.“

Seine Hände rieben erst über die kreidebleichen Wangen, dann über die Augen. „Keine Kinder. Wir waren uns immer einig – keine Kinder. Und jetzt erzählst du mir … was? Dass ich ein Kind habe?“

Ich nickte.

„Du musst dich irren. Ich kann nicht ihr Vater sein. Das ist unmöglich. Adele hat doch immer behauptet, ein One-Night-Stand mit einem Kerl, der sie nicht liebte …“ Nates Stimme versagte, denn ihm dämmerte, dass sie ihn mit diesen Worten beschrieben hatte.

„Und du hast dich nie gewundert, dass sie, neun Monate nachdem sie mit dir geschlafen hatte, ein Baby bekam?“

„Nein. Warum sollte ich? Sie hat mir nie auch nur den kleinsten Hinweis gegeben.“ Wieder fuhr er sich mit den Händen übers Gesicht. „Wie lange weißt du es schon?“

Ich senkte den Kopf und schaute auf meine Hände.

„Als du die Hochzeit abgesagt hast! Du hast es herausgefunden und mir kein Wort gesagt, du bist einfach … Verdammt!“ Er sprang auf.

„Adele wollte nicht, dass du es erfährst. Sie wollte das Leben ihrer Tochter nicht durcheinanderbringen. Sie bat mich, dir nichts zu sagen.“

„Was zum Teufel redest du da?“, brüllte er. „Du warst mit mir zusammen, nicht mit ihr – mit mir! Du hättest es mir sagen müssen!“ Er funkelte mich wütend an, dann ging er fort. Die dunkle Nacht verschlang ihn gierig.

Ich lief meinem Exverlobten hinterher. „Nate!“, rief ich. „Bitte! Bleib stehen! Lass mich …“ Als ich mit meinen hohen Hacken auf einer Eisplatte ausrutschte und unsanft auf der Erde landete, verschlug es mir die Sprache.

Ich kauerte auf dem steinigen Boden, und die Kälte sickerte durch meine

Kleidung. Ich nahm den schmerzenden linken Knöchel zwischen die Hände. Mein rechtes Knie tat so weh, dass es mir Tränen in die Augen trieb. Die schwarze Nylonstrumpfhose war zerrissen und blutig.

„Bist du in Ordnung?", fragte Nate, der plötzlich vor mir stand.

Ich schaute zu Boden, damit er meine Tränen nicht sah, und nickte. Er half mir aufzustehen, und ich stützte mich auf ihn, während ich zur nächsten Bank hinkte. Er nahm meine Beine, legte sie auf seinen Schoß und betrachtete das aufgeschlagene Knie und den angeschwollenen Knöchel. Dann holte er ein Papiertaschentuch aus seiner Tasche. „Keine Angst, es ist sauber", sagte er und wischte den Dreck und das Blut von der Wunde.

Ich starrte in die Dunkelheit, während er mein Knie verarztete.

„Sie war auch meine Freundin", sagte er leise und traurig. „Sie war eine meiner engsten Freundinnen und sie ist gestorben. Und niemand hat mir Bescheid gesagt. Ich musste es durch eine Todesanzeige erfahren." Er hörte auf, die Wunde abzutupfen. „Warum hast du mir nichts von ihrem Tod gesagt? Hasst du mich so sehr?"

„Ich hasse dich nicht, Nate – ich hab einfach nicht daran gedacht. Es war für mich schwer genug, nach ihrem Tod einen Tag nach dem anderen zu bewältigen. Ich hatte so viel zu erledigen, dass es mir gar nicht in den Sinn gekommen ist, dich zu benachrichtigen."

Nate schloss die Augen. „Nachdem du mich verlassen hattest, habe ich sie angerufen, um zu fragen, warum sie es dir erzählt hat. Sie sagte, es wäre ein dummer Zufall gewesen, aber ich hab sie angeschrien und ihr gesagt, dass sie unser aller Leben ruiniert hätte." Er schüttelte den Kopf. „Ich möchte, dass du begreifst, dass es nicht geplant war."

Ich schaute in den Nachthimmel, und der kalte Wind blies über mein Gesicht. „Nate, ich möchte nicht darüber reden. Nachdem ich nach Leeds gezogen war, musste ich mich immer übergeben, wenn ich an dich und Adele dachte … das tue ich auch heute noch manchmal. Wenn ich Tegan ansehe, fällt mir ab und zu ein, wie sie gezeugt wurde, und dann muss ich mich abwenden, weil ich den Gedanken nicht ertrage. Ich kann nicht darüber sprechen, okay?"

„Warum hast du mir dann von Tegan erzählt?"

„Weil du ein Recht hast, es zu erfahren. Und da ist noch etwas. Adele wollte, dass ich Tegan adoptiere. Aber wenn ein Elternteil des Kindes noch lebt und sein Wohnort bekannt ist, muss der Antragsteller dessen Genehmigung einholen. Damit ich Tegan adoptieren kann, musst du offiziell auf das Sorgerecht verzichten und es mir übertragen."

Nate schüttelte den Kopf. „Ich habe gerade erst erfahren, dass ich Vater eines Kindes bin, und du bittest mich, es aufzugeben?"

„Du willst keine Kinder haben, das hast du doch noch vor fünf Minuten selbst gesagt."

„Du wolltest auch nie Kinder, und trotzdem hast du eins zu dir genommen."

„Das musste ich. Ich war immer die zweite Bezugsperson für Tegan, das weißt du. Aber du bist zu nichts verpflichtet. Du kannst einfach –"

„Nein", fiel mir Nate ins Wort. „Wir können nicht hier darüber reden. Komm mit zu mir. Bitte."

„MUMMY RYN!" Tegans Stimme drang in mein Bewusstsein, und ich spürte, dass sie an meinem Arm zerrte.

„Ja?", brummte ich.

„Warum hast du deine Sachen noch an? Hast du wieder angezogen geschlafen?"

Ich ächzte. War ich wieder beim Sex eingeschlafen? Das wäre bescheuert, besonders da ich seit Jahren nicht mit Nate geschlafen hatte. Nate! Meine Augen flogen auf, und ich merkte, dass ich auf dem Sofa lag.

Bilder der vergangenen Nacht blitzten in meinem Gedächtnis auf: Nates Wohnung; wie er ein Pflaster auf mein Knie klebte; wie wir Tee tranken, aber nicht redeten; wie er mir ein Taxi rief. Ich hatte darauf bestanden, noch in der Nacht heimzufahren. Das war für uns beide besser. Zu Hause hatte ich als Allererstes nach Tegan gesehen und dann im Flur gestanden und nicht gewusst, ob ich zu Luke ins Bett kriechen sollte oder lieber nicht. Ich hätte ihn zwangsläufig geweckt, und dann hätten wir entweder geredet oder uns geliebt, und zu beidem hatte ich keine Lust. Zu guter Letzt hatte ich mich aufs Sofa gelegt und war eingeschlafen.

Luke stand am Herd und machte – dem Geruch nach zu urteilen – Eier mit Speck und Toast. Er wich meinem Blick aus.

„Siehst du, du hast dein Kleid noch an", sagte Tegan.

„Lass Ryn in Ruhe. Komm, setz dich an den Tisch und frühstücke", sagte Luke zu Tegan. „Warum legst du dich nicht noch ein wenig ins Bett?", schlug er mir vor. „Ich bring dir in einer Stunde ein Frühstück."

Er sah mich immer noch nicht an. Ich musste etwas richtigstellen, er durfte nicht denken, ich sei ihm untreu gewesen.

„Dein hübsches Kleid ist ganz verknittert", stellte Tegan fest.

Lukes Blick huschte über mich hinweg. Als er meinen derangierten

Zustand sah und die Strumpfhose, die halb aus der Manteltasche hing, zuckte er zusammen. „Los, geh ins Bett“, wies er mich an. „Ich bring dir nachher was.“

„Danke“, murmelte ich. Die Gelegenheit, seine Ängste zu beschwichtigen, war verstrichen. Und vielleicht bekam ich überhaupt keine Chance mehr dazu, und er glaubte weiterhin, ich hätte ihn betrogen.

Ich wachte auf, weil ich sanft geschüttelt wurde, und erblickte Luke, der auf der Bettkante saß.

„Ich dachte, ich wecke dich besser, bevor ich gehe“, sagte er. „Ich muss einiges erledigen. Wir sehen uns später.“ Er erhob sich, doch ich hielt ihn am Arm zurück.

„Was ist los?“

Er richtete seine haselnussbraunen Augen endlich auf mich. „Sag du es mir.“

Ich schwieg, denn ich wusste nicht, wie ich anfangen sollte.

„Ryn“, sagte er schließlich, „ehrlich gesagt habe ich keine Ahnung, wie ich mich verhalten soll. Du weißt, was ich für dich und Tegan empfinde – ihr beide seid mein Lebensinhalt geworden. Aber er ist ihr leiblicher Vater, und offensichtlich läuft zwischen dir und ihm etwas.“

„Das ist nicht wahr!“, protestierte ich.

„Nein? Wieso bist du dann letzte Nacht nicht ins Bett gekommen? Warum läufst du so eigenartig? Ich hoffe, du hast nicht mit ihm geschlafen, aber es würde mich nicht überraschen, denn du liebst ihn immer noch.“

„Ich habe dir gesagt, dass es vorbei ist.“

Luke ignorierte meinen Einwurf. „Damit kann ich nicht umgehen. Am besten verschwinde ich jetzt, und wir reden, wenn ich nicht mehr so wütend bin.“

„Okay.“ Im Augenblick würde ich nicht zu ihm durchdringen.

Trotz seiner Ankündigung blieb er sitzen und fragte: „Hast du es getan?“

„Nein. Ich habe ihn nicht einmal geküsst, Luke.“

„Wolltest du mit ihm schlafen?“, bohrte er weiter.

Ohne zu zögern, antwortete ich: „Nein.“

„Wirklich nicht?“

„Wirklich nicht. Ich habe ihm von Tegan erzählt, und wir haben auf der Straße Streit bekommen, dann bin ich auf dem Eis ausgerutscht und hab mir das Bein verletzt – aus diesem Grund hinke ich. Ich bin mit zu ihm nach Hause, um meine Verletzung zu verarzten – das war alles. Dann bin ich mit einem Taxi nach Hause gefahren. Und ich bin nicht ins Bett gekommen, weil es schon vier Uhr morgens war und ich dich nicht stören wollte."

„Wird er dir das Sorgerecht übertragen?"

„Ich weiß es nicht. Nachdem ich ihm gesagt hatte, dass er Tegans Vater ist, war er außer sich und nicht imstande, irgendwelche Entscheidungen zu fällen."

„Und du wolltest wirklich nicht mit ihm schlafen?"

„Wirklich nicht."

„Okay, gut. Rutsch ein Stück", sagte er und legte sich neben mich. Ich schlang die Arme um ihn, bevor ich die Augen zumachte und eindöste.

Es war die Wahrheit: Ich wollte nicht mit Nate schlafen. Ich wollte ihn küssen, ihn umarmen und ihn lieben. Und danach wollte ich zusehen, wie er ins Land der Träume driftete, aber zu keiner Zeit wollte ich bloß schnöden Sex mit ihm haben.

Natürlich konnte ich Luke das nicht sagen. Er würde es nicht verstehen. Er würde nicht verstehen, dass die letzte Nacht ein Zeitsprung in die Vergangenheit gewesen war; dass ich praktisch das Kostüm der alten Kamryn übergestreift hatte, aus dem ich nie ganz herausgewachsen war. Die Ereignisse um Adeles Geständnis hatten mir ein Leben entrissen, das ich geliebt hatte.

Außerdem würde ich Nate sowieso nicht wiedersehen – ich würde ihm die Papiere, die er unterschreiben sollte, zuschicken, und das war's. Es spielte also gar keine Rolle, was ich empfunden hatte.

Kapitel 8

D*ingdong!*

Ich sah zur Wohnungstür und überlegte, wer klingelte. Luke, der mit Tegan unterwegs war, hatte einen Schlüssel.

Ich öffnete die Tür einen Spalt und spähte hinaus.

Nate.

Ich hatte seit dem Abendessen vor einer Woche nichts von ihm gehört. „Was machst du hier?", fragte ich, und meine Stimme zitterte. „Woher weißt du, wo ich wohne?"

„Ich habe gehört, wie du dem Taxifahrer deine Adresse angegeben hast."

„Was willst du?" Feindseligkeit und Angst bestimmten meinen Ton.

„Ich will dich sehen und Tegan auch."

Ich zuckte zusammen. „Was? Warum?“

„Sie ist … hör mal, müssen wir das zwischen Tür und Angel besprechen?“

„Nein, nein.“ Ich trat beiseite, um ihn hereinzulassen.

Nate sah sich in meiner Wohnküche um. „Wo ist sie?“

„Luke hat sie nach ihrem Karatekurs zum Entenfüttern mit in den Park genommen.“

„Er nimmt sie oft irgendwohin mit, wie?“, knurrte Nate.

Einen so boshaft anklagenden Ton hatte ich noch nie aus seinem Mund gehört, und er erschreckte mich ein wenig. „Nate, hör auf damit, bitte.“ Ich berührte seinen Arm. „Das bist nicht du.“

Er gab seine starre Haltung mit einem tiefen Seufzer auf. „Nein, das bin nicht ich.“ Er schüttelte den Kopf. „Ich bin vollkommen durch den Wind. Die meiste Zeit weiß ich nicht, was ich tue oder fühle.“ Er ließ sich aufs Sofa fallen. Ich setzte mich neben ihn.

„Was machst du hier?“, fragte ich ihn noch einmal.

„Ich will Tegan sehen. Ich muss Verantwortung für sie übernehmen.“

„Wieso? Wirst du versuchen, das Sorgerecht für sie zu bekommen?“

Nate wich erschrocken zurück. „Gott, nein!“

„Warum willst du sie dann sehen?“

„Kamryn, sie ist meine Tochter. Ich wäre ein echter Schuft, wenn ich nicht einmal versuchen würde, sie kennen zu lernen, bevor ich sie aufgebe.“

„Du verstehst das nicht – sie stimmen der Adoption nicht zu, wenn du zu ihrem Umfeld gehörst. Dann könnten sie argumentieren, dass du durchaus in der Lage bist, dich um sie zu kümmern, und würden meinen Adoptionsantrag ablehnen.“

Er musterte mich eine Weile. „Hast du erwartet, dass ich meine Rechte als Vater mit einem Handstreich aufgebe und dann weitermache wie bisher?“

„Nein, natürlich nicht … ich weiß auch nicht.“

„Kam … Ryn, wir haben noch nicht einmal darüber geredet, was damals mit uns passiert ist. Ich gehe hier nicht eher weg, bis wir uns ausgesprochen haben.“

„Es geht hier nicht um uns, sondern um Tegan“, stellte ich klar. „Ich muss ihr die Stabilität bieten, die ihre Mutter ihr gegeben hätte, und dazu muss ich sie adoptieren.“

„Und hast du schon mal über die Möglichkeit nachgedacht, dass wir beide wieder zusammenkommen und Tegan gemeinsam großziehen könnten? Dass wir eine richtige Familie werden?“

Ich wandte mich ab. Plötzlich bekam ich keine Luft mehr. „Nimm sie mir nicht weg“, flehte ich. „Sie ist alles, was mir noch geblieben ist.“

Er legte die Arme um mich. „Warum sollte ich sie dir wegnehmen?“, fragte er. „Ich habe nur gesagt, dass wir den Versuch wagen und eine Familie werden könnten.“

„Und wenn ich dazu nicht Ja sage, unterschreibst du die Papiere nicht?“

„Das habe ich nicht gesagt. Ich wollte auch nicht, dass es so klingt, als würde ich dich unter Druck setzen. Ich möchte, dass wir unsere Probleme klären. Neulich haben wir uns nicht ausgesprochen.“ Nate fuhr mir mit den Fingern durch die Haare. Er wusste, dass mich das beruhigte. Ich liebte es, wenn mir jemand übers Haar strich oder meinen Hals küsste. Nate wusste das, Luke nicht. „Ich möchte die Verantwortung, die ich habe, annehmen. Ich sollte Unterhalt für Tegan bezahlen. Ich kann dir etwa zweihundertfünfzig Pfund im Monat überweisen.“

Das Geld wäre ein Gottesgeschenk. Luke hatte auch versucht, mir auszuhelfen, aber ich hatte bisher jedes Angebot, für Tegan zu zahlen, abgelehnt – ich war für sie verantwortlich, nicht Luke, und ich wollte mich nicht auf etwas verlassen, was man mir irgendwann wieder verwehren konnte.

„Ist das genug? Ich könnte dir eine größere Summe von meinen Ersparnissen geben. Ungefähr dreitausend?“

„Nate, ich … danke.“

„Ryn …“, begann er, schwieg jedoch, als er hörte, wie sich ein Schlüssel im Schloss der Wohnungstür drehte. Wir sprangen beide instinktiv auf und drehten uns zur Tür.

„Wir sind wieder da!“, rief Tegan, als sie und Luke hereinpolterten. Sie war in ihren roten Wintermantel gehüllt, auf dem Kopf die schwarze Pelzmütze, und blieb auf der Schwelle stehen, als sie den großen weißen Mann neben mir sah. Auch Luke, der zwei Schritte hinter ihr war, machte abrupt halt.

„War es schön im Park?“, fragte ich.

„Ja.“ Tegan strahlte. „Wer ist das?“

„Das ist Nate. Ich hab dir doch erzählt, dass er ein alter Freund von mir ist, erinnerst du dich?“

„Du hattest ein hübsches Kleid an“, sagte sie und beäugte Nate dabei.

Nate zog die Stirn kraus. „Nein, ich habe zwar schon einige hübsche Kleider gesehen, aber ich schwöre dir, ich hatte noch nie eines an.“

„Nicht du!“, kicherte Tegan. „Mummy Ryn. Sie hatte ein hübsches Kleid an, weil sie heiraten wollte.“ Sie deutete auf Nate. „Dich.“

Uns Erwachsenen verschlug es die Sprache.

„Das stimmt." Ich hatte mich als Erste von dem Schreck erholt. „Ich wusste gar nicht, dass du dich daran noch erinnerst."

Tegan grinste. „Doch."

Luke sah mich fragend an.

„Luke, das ist Nate. – Nate, dies ist mein Freund Luke."

Nate streckte die Hand aus. Luke schüttelte sie widerstrebend.

„Bist du auch Mummy Ryns Freund?", wollte Tegan wissen, als hätte sie uns nicht schon genug aus der Fassung gebracht.

„Ich war es mal vor langer Zeit", antwortete Nate. „Aber jetzt ist Luke ihr Freund."

Das schien Tegan zufriedenzustellen. Sie nickte zustimmend.

Luke sah aus, als hätte er große Lust, Nate niederzuschlagen. „Ich gehe wohl besser", meinte er.

Nates Blick begegnete für einen kurzen Moment dem von Luke, dann wandte er sich zu mir. „Ich muss auch los. Ich habe heute Abend noch einen beruflichen Termin. Tschüss", verabschiedete er sich von mir. „Luke." Er hielt ihm die Hand hin und Luke drückte sie. „Und Tegan …" Er bückte sich. „Bis bald mal wieder, ja?"

Sekunden danach fiel die Wohnungstür hinter ihm ins Schloss.

Luke signalisierte mir durch eine Kopfbewegung, ich solle ihm folgen. Wir gingen in mein Zimmer und er machte die Tür zu. „Es gefällt mir nicht, dass er herkommt!", zischte er.

„Ich hab ihn nicht eingeladen – er stand plötzlich vor der Tür."

„Was wollte er?"

„Tegan sehen."

Luke sah mich entgeistert an. „Er will sie?" Er klang so panisch, wie ich mich fühlte.

„Das weiß ich noch nicht. Aber er will plötzlich Verantwortung für sie übernehmen. Und das könnte sich auf meinen Adoptionsantrag auswirken."

„Mist." Luke setzte sich aufs Bett.

„Ich hab Angst, Luke." Ich setzte mich neben ihn und er legte den Arm um mich. „Ich hab Angst, dass er sich in sie verliebt und sie zu sich nehmen will, dann verliere ich sie und kann Adeles letzten Wunsch nicht erfüllen."

„Es wird alles gut", sagte er ohne Überzeugung.

Er verstand mich nicht: Ich fürchtete nicht nur, Tegan zu verlieren. Als ich vorhin sah, wie viel Mühe er sich mit Tegan gab, hatte ich mich gefragt, ob wir als Familie zusammenleben konnten – Nate, Tegan und ich. Ich hatte Angst, weil ich zum ersten Mal daran zweifelte, dass Luke in unserem Leben Platz hatte.

Ich schob mich durch die Menschenmenge in der schicken Bar Paragon in der Stadtmitte. Seit ich Tegan geerbt hatte, ging ich nicht mehr gern aus. Der Gedanke, sie Fremden zu überlassen, war zu schrecklich. Deshalb war ich froh, an Abenden wie diesem Luke zu haben. Heute gönnte ich mir zum ersten Mal seit Monaten nach Büroschluss einen Drink.

Ich suchte nach Nate. Wir wollten nur kurz etwas zusammen trinken, weil er am Abend in Leeds mit Freunden verabredet war. Ich entdeckte ihn an einem Tisch in der Ecke – er starrte in seinen halb leeren Bierkrug, und für mich stand bereits ein Glas Weißwein auf dem Tisch.

Ich hatte kaum den ersten Schluck genommen, als Nate fragte: „Willst du Tegan sagen, dass ich ihr Vater bin?"

„Ich weiß es nicht", antwortete ich. „Tegan ist ein kluges Mädchen. Sie weiß, dass du nicht grundlos bei uns herumhängst." Nate war nach seinem unerwarteten Besuch am letzten Samstag zweimal bei uns gewesen – einmal, um mir die Unterlagen für ein Bankkonto zu geben, das er für Tegan eingerichtet hatte. Zwei Tage später kam er mit der Geldkarte für das Konto vorbei. Tegan blieb in seiner Gegenwart vorsichtig, und Luke war ganz und gar nicht glücklich über Nates Besuche.

„So siehst du das? Ich hänge deiner Meinung nach bei euch herum?", fragte Nate. „Wie ein schlechter Geruch?"

„Lass das, Nate. Für Tegan ist ein Daddy jemand, den sie die ersten Jahre ihres Lebens nicht hatte, und jetzt … jetzt ist Luke ihr Daddy. Sie vergöttert ihn."

Nate hielt meinen Blick mit seinen dunkelblauen Augen fest. Er wollte mir Fragen über Luke stellen – ob ich ihn auch vergötterte. Aber er schwieg. Dann sagte er: „Ich habe eine Freundin."

Das hatte ich nicht erwartet. „Oh", hauchte ich.

„Ich bin erst seit zwei Wochen mit ihr zusammen", erklärte er.

Seit unserem Wiedersehen.

„Sie ist Produzentin in unserem Radiosender."

Sie sah ihn jeden Tag. Wahrscheinlich flirteten sie in der Teeküche.

„Sie ist nett, du würdest sie mögen."

Ich lenkte das Gespräch in eine andere Richtung. „Warum interessierst du dich so für Tegan?"

„Bestimmt nicht, weil ich sie benutzen will, um dich zurückzubekommen, wie du denkst."

„Das denke ich nicht."

„Schön, und es ist dir auch nie in den Sinn gekommen, was?"

Beschämt senkte ich den Blick. Natürlich war mir der Gedanke schon durch den Kopf gegangen. Ich wusste jedoch, dass es nicht so war. Solche Gedanken brachten das Leben auf einen einfachen Nenner; sie machten Nate zu einem berechnenden Mistkerl, der nie so gut sein konnte wie Luke, weil er sein eigenes Kind als Druckmittel missbrauchte. In Wahrheit wusste ich, dass Nate nicht so war. Er war nicht hinterlistig. Gerade deshalb hatte mich sein Betrug damals so getroffen.

„Es ist meine Pflicht, mich um meine Tochter zu kümmern", erklärte er. „Du weißt, dass ich meine Pflichten ernst nehme. Ich übernehme sogar die Verantwortung für diese eine Nacht mit Adele. Sie hat sich bittere Vorwürfe gemacht, aber ich war auch dabei. Ich …" Nate schwieg, vermutlich weil ich zitterte. „Entschuldige", flüsterte er. „Ich wollte dich nicht aufregen."

„Habt ihr oft darüber geredet?", fragte ich und versuchte mich zu beruhigen.

„Nein, so war das nicht. Ich hatte vor …" Wieder verstummte er, doch sein Gesichtsausdruck, der Schreck über seine eigenen Worte, verriet alles, was ich wissen musste.

„Du wolltest mich verlassen."

„Du musst das im Zusammenhang sehen, Kam. Ryn. Ich war zu der Zeit vollkommen durcheinander. Du und ich, wir waren …"

„Du wolltest mit mir Schluss machen? Wegen Adele? Du wärst lieber mit ihr zusammen gewesen?" Meine Stimme wurde mit jeder Silbe lauter. Adele hatte mir nie etwas davon gesagt.

„Kamryn, hör auf!", befahl Nate streng. „Ich wollte Schluss machen, weil du in einen anderen verknallt warst. Oder hast du das vergessen?"

Ich war wie ein Kaninchen vor der Schlange: Plötzlich war ich wie gelähmt. Ich konnte nicht glauben, was er da gesagt hatte.

„Deshalb müssen wir darüber reden", fügte Nate sanft hinzu. „Wir dürfen die Dinge nicht aus dem Zusammenhang reißen. Es ist so vieles vorgefallen … und ich war zu der Zeit wirklich fix und fertig."

„Aber …", begann ich. Doch schon im nächsten Augenblick wurde mir klar, dass ich lügen würde, wenn ich seine Behauptung abstritt.

Es war ein alberner Flirt mit einem Kollegen gewesen. Er kam von unserer Zweigstelle in Edinburgh, um sechs Monate bei uns zu arbeiten.

Wir aßen immer gemeinsam zu Mittag, und wir flirteten miteinander – mehr wurde nie daraus. Mir war nie aufgefallen, dass Nate überhaupt etwas davon mitbekommen hatte. „Ich habe dich nie betrogen", beteuerte ich.

„Das weiß ich. Aber ich dachte, ich hätte dich verloren, und wollte mich nicht länger quälen als nötig. Adele hat mich davon überzeugt, dass es ein Fehler wäre, Schluss zu machen."

Wie – indem sie mit dir geschlafen hat?

„Nein, nicht indem sie mit mir geschlafen hat – ich weiß, dass du das gerade gedacht hast. Sie hat lediglich ein paar Wahrheiten ausgesprochen. Und das brachte mich zu dem Entschluss, nicht aufzugeben. Sie ist so klug … sie war so klug. Ich vergesse immer wieder, dass sie nicht mehr da ist …"

„So geht es mir auch. Manchmal denke ich nicht daran, und dann kommt ein Anruf von Tegan und ich erinnere mich wieder … Ich kann nie wieder mit ihr sprechen. Man begreift nicht, wie lange ‚nie wieder' ist, bis man etwas nicht mehr tun kann. Besonders weil ich damals beschlossen hatte, nie mehr ein Wort mit ihr zu wechseln – und jetzt kann ich es nicht mehr."

Nate sah mich gequält an. „Ich muss dir etwas erzählen. Adele hat mir sechs Monate vor ihrem Tod eine SMS geschickt und mich gebeten, zu ihr zu kommen. Ich ging nicht hin. Dann rief sie mich an und fragte, ob ich mich für eine Weile um Tegan kümmern könnte, weil sie ins Krankenhaus müsste. Sie flehte mich an und ich sagte Nein." Er machte eine Pause und schluckte schwer. „Sie beteuerte immerzu, wie leid ihr alles tue und dass sie alles wiedergutmachen würde, wenn ich ihr nur die Gelegenheit dazu gäbe. Da habe ich ihr erklärt, ich würde sie bis an ihr Lebensende hassen."

Ich konnte mir gar nicht vorstellen, dass Nate so gemein sein konnte.

„Auch deshalb möchte ich mich um Tegan kümmern. Ich werde alles in meiner Macht Stehende tun, um Adeles Tochter das Leben leichter zu machen."

„Also hast du vor, in der Nähe zu bleiben?"

Er nickte bedächtig. „Vorerst." Er schob seinen Stuhl zurück. „Solltest du nicht nach Hause? Tegan und Luke fragen sich sicher schon, wo du bleibst."

Während ich zusah, wie Nate seinen Mantel anzog, blitzte in meinem Kopf das Wort *amato* wieder auf. Ich könnte wetten, dass seine neue Freundin genauso empfand. Liebte er sie auch? Mir dämmerte, dass er sich wahrscheinlich nur mit mir in dieser Bar verabredet hatte, weil er die Zeit bis zu einer Verabredung mit ihr totschlagen wollte.

„Dann hast du heute Abend also ein heißes Date?“, fragte ich.

„‚Heiß‘ würde ich es nicht unbedingt nennen, wir gehen essen.“

„Okay, ich wünsche dir viel Spaß.“

„Spaß ist nicht das Wort, das ich benutzen würde. Ich muss ihr klarmachen, dass aus uns nichts werden kann.“

„Warum nicht?“ Selbst ich hörte den hoffnungsvollen Ton in meiner Stimme.

„Du weißt warum“, gab Nate zurück. „Es gibt eine andere.“

Ich liebe ihn nicht. Ich liebe ihn. Ich liebe ihn nicht. Ich liebe ihn.

Es war mitten in der Nacht und alles schlief. Nur ich nicht. Seit Tagen konnte ich nicht richtig schlafen. Ich lag in der Dunkelheit und versuchte herauszufinden, was ich dachte und fühlte. Zu ergründen, ob ich Luke liebte oder nicht.

In letzter Zeit stimmte es zwischen uns nicht mehr, weil wir beide nicht wussten, was mit uns geschah. Mir war klar, dass Luke argwöhnisch war, was meine Gefühle für Nate anging, und ich war argwöhnisch, was Lukes Gefühle für mich anging. Für mich war alles anders geworden, nachdem ich „Ich liebe dich“ gesagt und er eine Woche gebraucht hatte, um die Worte zu erwidern. Plötzlich zweifelte ich alles an.

Ich liebe ihn nicht. Ich liebe ihn. Ich liebe ihn nicht.

Luke schmiegte sich an mich und drückte sein Gesicht in die Kuhle meines Halses. „Hm“, machte er. Am liebsten hätte ich ihn von mir gestoßen. Ich wollte nur allein sein.

Er versank wieder tief im Land der Träume. Ich schob vorsichtig seinen Arm von mir, stahl mich aus dem Bett und schlich hinaus. Auf halbem Weg zur Wohnküche blieb ich im Flur stehen und öffnete einen der Schränke. Ich hatte Adeles Umzugskartons hineingestellt und nie wieder angesehen.

Jetzt zog ich einen großen Karton mit der Aufschrift *Kleidung* heraus, trug ihn zum Sofa und spähte hinein.

Ganz obenauf lag ein Kleidungsstück aus Samt. Es war meine schwarze Samtjacke. Ich hatte sie Del vor Jahren einmal geliehen. Als ich die Jacke herausnahm, war ein Knistern zu hören. Ich steckte die Hand in die Taschen, und in der linken fand ich ein zusammengefaltetes Kuvert, auf dem in großen Lettern stand: Kamryn Matika.

Mit zitternden Fingern entfaltete ich die in Adeles Handschrift beschriebenen Papierbogen.

> Hey, meine Schöne,

begann der Brief. Ich konnte beinahe ihre Stimme hören.

> lass mich folgendermaßen anfangen: Ich liebe Dich. Ich bin mir sicher, dass ich keine Gelegenheit mehr hatte, Dir das zu sagen, bevor ich gestorben bin. Ich weiß, dass ich nicht mehr am Leben bin, denn sonst würdest Du diesen Brief nicht lesen, nicht wahr?
>
> Ich liebe Dich, Kam. Ich bin in meinem Leben nur von zwei Menschen geliebt worden – von Dir und Tegan, und ich habe Euch beide mehr geliebt als alles andere.
>
> Aber ich weiß, wie Du bist, Kamryn Matika – Du bist dickköpfig. Deshalb weiß ich auch, dass Du Dir meine Erklärungen nicht angehört hast. Aber Du musst erfahren, was damals mit Nate war. Es war ganz anders, als Du dachtest …

Es war nicht so, wie Kamryn dachte, es war keine Affäre. Ich sehnte mich nie in romantischer oder sexueller Hinsicht nach Nate – er war einfach ein sehr guter Freund. Es passierte in einer Zeit, in der alles durcheinandergeraten war.

Kamryn hat nie begriffen, wie sehr Nate sie liebte. Seine Liebe war grenzenlos. Und er muss sie wohl von Anfang an so geliebt haben, denn sie war ziemlich scheußlich zu ihm. Oft sagte sie, ich würde ihn nicht kennen, man müsse ihm hin und wieder den Kopf zurechtrücken. Wahrscheinlich war das ihre Art, ihm zu zeigen, dass es eine gegenseitige Sache war. Er liebte sie bedingungslos, und sie bewies ihm ihre Zuneigung auf mancherlei, wenn auch nicht immer offensichtliche Weise. An dem Tag, an dem sie mir eröffneten, dass sie heiraten wollten, war ich überglücklich.

Selbst da noch konnte Kamryn kaum glauben, dass Nate echt war. Sie machte sich andauernd Sorgen, dass er sie eines Tages verlassen könnte.

Zu der Zeit, als die Sache passierte, war Nathaniel am Boden zerstört. Er hatte Kam nach Leeds gefahren, wo sie beruflich zu tun hatte, und war gerade erst zurückgekommen. Er schaute bei mir vorbei, weil Kamryn ihn darum gebeten hatte. Sie machte sich Sorgen, wenn ich allein war. Man sah ihm die Erschöpfung an, doch da war noch etwas. Er wirkte verstört. Das fiel mir schon auf, als er zur Tür hereinkam. Er sagte, er würde nicht lange bleiben und wolle sich nur vergewissern, ob mit mir alles in Ordnung sei.

„Mir geht's gut, aber dir augenscheinlich nicht – was ist los, Nathaniel?“

„Ich glaube, Kamryn will mich verlassen. Sie hat einen anderen.“

„Nathaniel, Kamryn würde niemals eure Beziehung aufs Spiel setzen. Sie würde einen anderen Mann nicht einmal ansehen."

Er schüttelte den Kopf. „Du bist eine miserable Lügnerin, Adele. Aber danke, dass du es versuchst."

„Sie hat wirklich nichts gemacht", versicherte ich ihm. „Kam ist nicht der Typ für Seitensprünge."

„Nein, das ist sie nicht. Sie würde nicht mit einem anderen ins Bett steigen, aber ich schätze, ich sollte Schluss machen, bevor sie mich verlässt."

Ich war bestürzt. Ich musste ihm begreiflich machen, dass es nur eine kleine Krise war. „Hör zu, Nate, vielleicht hat sie jemanden kennen gelernt und hinterfragt einige Aspekte ihres Lebens, aber sie würde dich nie verlassen. Kamryn hat nie jemanden so geliebt wie dich."

„Ja", seufzte Nate und fuhr sich mit den Fingern durch die Haare. „Ich bin so verwirrt … Macht es dir etwas aus, wenn ich mich einen Moment hinlege, bevor ich nach Hause fahre?"

Er ging in Kamryns altes Zimmer. Stunden später schaute ich nach ihm. Er schlief tief und fest. Ich kauerte mich vors Bett und betrachtete sein Gesicht. Er sah so friedlich aus. Ich erschrak heftig, als er plötzlich die Augen aufschlug und mich ansah. Ich weiß nicht, was mit mir los war, aber ich tat es. Es war alles meine Schuld: Ich küsste ihn.

Nathaniel war überrascht, dann zog er mit einem Ruck den Kopf weg. Da wurde mir wieder bewusst, wer er war. Ich wollte weglaufen. Um Himmels willen, ich hatte den Verlobten meiner besten Freundin geküsst! Doch er packte mich am Arm und hielt mich fest. Mir war klar, was jetzt passieren würde. Wir küssten uns wieder, und dann geschah es. Es war keine von wilder Lust bestimmte Liebesnacht. Es war bedächtig, liebevoll, sanft – wunderschön. Seit langer Zeit war kein Mann mehr so zärtlich zu mir gewesen. Und für eine kurze Weile konnte ich mir vormachen, dass der Mann, der mit mir schlief, mich liebte.

Als ich aufwachte, saß Nathaniel angezogen auf der Bettkante. „Es tut mir ehrlich leid", flüsterte er. Selbst im Dunkeln sah ich, wie beschämt er war. Ich war es auch. „Wie soll ich das jemals wiedergutmachen? Ich habe das Schlimmste getan, was man sich nur vorstellen kann", sagte er.

Ich wusste, wie mies er sich fühlte, weil es mir nicht anders erging.

„Wenn sie zurückkommt", sagte Nate, „mache ich Schluss und ziehe aus. Sie will sowieso nicht mehr mit mir zusammen sein, also erzähle ich ihr, was ich getan habe. Aber ich werde nicht sagen, dass du es warst. Diese Sache soll eure Freundschaft nicht zerstören."

Ich durfte ihn das nicht allein ausbaden lassen. Wir hatten es beide getan. Wir redeten und redeten, bis wir übereinkamen, das Ganze zu vergessen. Und es funktionierte. Keiner von uns verspürte den Wunsch, die Sache zu wiederholen.

Dann fand ich heraus, dass ich schwanger war. Ich wusste sofort, dass Nate der Vater war und dass ich das niemandem sagen durfte. Nicht Kamryn und erst recht nicht Nathaniel. Er hätte Kam alles gebeichtet und sie hätte mir die Freundschaft gekündigt.

ALS ICH zum Ende kam, blieb ich auf dem Sofa sitzen und starrte ins Leere. Warum? Warum hatte Nate das getan? Ich wusste jetzt, dass Adele aus einem Impuls heraus gehandelt hatte. So war sie – impulsiv, spontan. Aber Nate überlegte sich immer alles ganz genau. Hatte er sich im Vorfeld vorgestellt, wie es wäre, mit Adele zu schlafen? Hatte er nur auf eine Gelegenheit gewartet, die sich schließlich ergeben hatte? Ich musste es wissen.

Ich nahm das Mobiltelefon und starrte die Tasten an. Ich konnte Nate nicht anrufen – nicht wenn Tegan und Luke in der Nähe waren. Ich hievte mich vom Sofa, schnappte mir meinen Mantel, schlich die Treppe hinunter und trat hinaus in die finstere Winternacht. Ich wählte Nates Nummer und nach dem fünften Klingeln meldete er sich verschlafen: „Hallo?"

„Warum hast du es getan?", fragte ich lauter als beabsichtigt.

„Kam?" Er räusperte sich. „Es ist vier Uhr morgens. Was machst du?"

„Ich muss es wissen. Sie hat mir erzählt, was passiert ist. Jetzt ist mir klar, wieso sie es gemacht hat. Aber ich weiß nicht, warum du es getan hast. Warum?"

„Himmel, Kam, was machst du? Wo bist du?"

„Auf der Straße."

„Was?" Ich merkte, dass er plötzlich hellwach war. „Wo auf der Straße?"

Ich schniefte. „Ich musste hinausgehen, weil sie in der Wohnung schlafen …"

„Kam, ich komme zu dir. Bleib, wo du bist. Ich bin gleich da … Okay?"

Knapp 35 Minuten später fuhr mein Ex mit seinem silbernen Audi vor. Er stieg aus und ich ging ihm entgegen. Wir trafen uns am Tor des Vorgartens. Auf seinem Gesicht zeichnete sich Verwirrung und Sorge ab. Bevor ich so recht begriff, was ich tat, holte ich aus und versetzte ihm eine schallende Ohrfeige.

Sekundenlang herrschte absolute Stille, dann hob Nate die Hand an die linke Wange. „Das war längst überfällig", sagte er.

Ich wollte ihn erneut schlagen, hatte aber Angst, ihm wehzutun. „Ich weiß, dass sie impulsiv war. Sie hat dich geküsst, ohne sich etwas dabei zu denken. Aber warum hast du sie festgehalten, als sie gehen wollte?"

Nate schwieg.

„Warum, Nate? Was habe ich dir getan? War ich so grässlich?"

Nate sah auf und nahm mich in die Arme.

Ich erstarrte, weil ich zu wissen glaubte, was er sagen würde: dass ich so ekelhaft zu ihm gewesen war, dass er es mir irgendwie heimzahlen musste.

„Weil sie mich, als ich mich nach dem Kuss so abrupt zurückgezogen hatte, so erschrocken ansah, und das erinnerte mich an dich. An unser erstes Mal. Kurz bevor du damals gegangen bist, hattest du denselben Gesichtsausdruck. Du warst erschrocken und überrascht. Es war nur ein flüchtiger Moment, aber er war so ehrlich, dass ich mich sofort in dich verliebt habe. Und in dieser Nacht mit Adele war ich so durcheinander wegen uns, weil unsere Beziehung am Ende war, und dann sah ich diesen Ausdruck wieder. Ich musste sofort an den Augenblick denken, in dem ich mich in dich verliebt hatte. Ich wünschte mir nichts mehr, als ihn noch einmal zu erleben. Ich wollte dich lieben, dich, so wie du damals warst, nicht die Frau, neben der ich die letzten sechs Monate existiert hatte. Was ich getan habe, war egoistisch. Ich habe Adele benutzt, um mich besser zu fühlen. Und nachdem sie dir davon erzählt hatte, gab ich ihr die Schuld an allem, wie ein richtiger Mistkerl. Kannst du dir überhaupt vorstellen, wie sehr ich mich dafür hasse, dass ich keinen Frieden mit ihr gemacht habe, bevor sie starb?"

„Ja, weil ich mich selbst noch mehr dafür hasse."

Nate zog sich ein wenig zurück. „Du hast dich nicht mit ihr ausgesprochen? Woher weißt du dann, was in jener Nacht passiert ist?"

Ich holte den zerknüllten Brief aus der Tasche. „Den habe ich vorhin gefunden", erklärte ich. „Ich dachte, du wüsstest, dass ich bisher keine Ahnung hatte."

„Du hast nie mit ihr darüber gesprochen? Warum nicht?"

„Ich konnte nicht einmal daran denken, geschweige denn darüber reden. Ich wollte nie ein Kind, aber wenn ich eines bekommen hätte, dann hätte es von dir sein sollen. Du bist der einzige Mensch auf der Welt, mit dem ich mir ein Kind hätte vorstellen können, und du hast eines mit einer anderen Frau gezeugt. Mit einer Frau, die ich liebte. Deshalb konnte ich nicht bleiben." Die Gedanken wirbelten in meinem Kopf herum und drängten alle danach, ausgesprochen zu werden. „Und ich dachte, ich hätte noch ein paar Monate, um mich daran zu gewöhnen, Adele wieder in meinem Leben zu haben, und um mich auf die große Aussprache vorzubereiten. Aber dann ist sie ganz plötzlich gestorben …“ Ich presste die Hände auf die Augen. „Ich konnte mich nicht einmal von ihr verabschieden oder ihr sagen, wie leid mir alles tut. Dass ich sie nicht hasse. Wie lieb ich sie habe. An dem Abend bin ich gegangen, ohne zu wissen, dass ich sie nie wiedersehen würde.“ Nate hielt mich fest, als sich die Gefühle der letzten Monate in einer wahren Flut Bahn brachen. „Ich bin ein schrecklicher Mensch. Sie lag im Sterben, und ich hab nicht zugelassen, dass sie sich alles von der Seele redet.“

„Es ist okay“, flüsterte er mir ins Ohr.

Irgendwann versiegten die Tränen. „Entschuldige“, flüsterte ich erschöpft. „Ich wollte das nicht.“ Ich brachte genug Energie auf, um Nate von mir zu schieben. „Nate, ich darf mich vor dir nicht so gehen lassen. Ich habe einen Freund, den ich liebe. Er ist derjenige, bei dem ich mich ausheulen sollte. Ich wollte nur wissen, warum es so gekommen ist.“

„Schieb mich nicht weg“, flehte er mit bebender Stimme.

„Wir sind nicht mehr zusammen, Nate. Je früher wir uns das bewusst machen, umso besser.“ Selbst ich zuckte zusammen, als ich die Kälte in meinem Ton hörte.

Er nickte und wandte sich niedergeschlagen ab.

„Es tut mir leid“, platzte ich heraus. Ich konnte ihn nicht so gehen lassen. Was, wenn ich ihn heute zum letzten Mal sah? Wenn mir mit ihm dasselbe passierte wie mit Adele? „Verzeih mir, dass ich das gesagt und dass ich dich geschlagen habe. Alles tut mir leid.“

Er war im Begriff gewesen, die Autotür zu öffnen, aber jetzt wirbelte er zu mir herum. „Mir tut auch alles leid. Ich habe das nie gesagt, aber es ist so. Dass ich unsere Beziehung kaputt gemacht habe, dass ich deine Freundschaft zu Adele zerstört habe, dass ich dir wehgetan habe. Das tut mir ehrlich leid.“

Ich nickte. „Ich melde mich bald wieder bei dir“, sagte ich.

„Ja.“ Der Motor sprang an, als ich die Haustür öffnete.

Ich ging hinauf, schloss so leise wie möglich die Wohnungstür auf und schlich ins Schlafzimmer. Mir fuhr der Schreck in die Glieder, als ich Luke angezogen auf dem Bett sitzend antraf.

„Ich habe Nate draußen auf der Straße gesehen“, sagte er leise. „Was war los?“ Er war wütend, aber auch voller Angst.

Ich ging langsam auf das Bett zu, legte mich hin. „Komm“, bat ich.

Luke zögerte, aber dann legte er sich doch zu mir und schmiegte sich an mich. Ich entspannte mich. „Was war los?“, raunte er ängstlich.

Ich erzählte es ihm.

Kapitel 9

Mummy Ryn“, sagte Tegan leise. Ich wusste, was sie sagen würde. In den letzten Wochen hatte sie sich verändert. Sie hatte kaum noch Appetit und zog sich oft zurück. Dann malte sie Bilder von einer Frau, die nur ihre Mutter sein konnte. Mir war klar, woran sie dachte, weil ich auch daran denken musste. Ich war nervös und rastlos – meine Schlafstörungen hatten sich vom chronischen zum kritischen Stadium entwickelt. Tagsüber brachte ich kaum Energie auf. Nates Mails und Anrufe beantwortete ich nicht. Ich hatte ihn seit der Konfrontation auf der Straße vor vierzehn Tagen nicht mehr gesehen.

„Ja, Tiga?“, entgegnete ich.

„Weißt du, dass bald Weihnachten ist?“, fragte sie vorsichtig, während sie auf meinen Schoß kletterte. Ich nickte. In knapp drei Wochen war Weihnachten. In einer Woche begannen die Ferien, und Tegan würde tagsüber bei den Kayes bleiben, bis ich sie abends abholte. Draußen war es überall weihnachtlich, und wir hatten in der Wohnung einen Baum aufgestellt. Tegan öffnete jeden Tag ein Türchen des Schokoladen-Adventskalenders, den Luke ihr mitgebracht hatte. Aber wo Vorfreude herrschen sollte, war bei uns nur Schmerz, Erinnerungen. Wir hatten noch nicht besprochen, was wir an dem großen Tag machen wollten. Bisher waren Tegan und ich nicht dazu imstande gewesen. Doch jetzt war Luke für eine Woche geschäftlich in New York, und ich wartete darauf, dass Tegan etwas über Weihnachten sagte, um zu sehen, ob sie sich an alles erinnerte oder ob ich mir ganz umsonst Sorgen machte.

„Es ist …“ Ihre Stimme versagte.

„Es ist auch der Geburtstag deiner Mummy“, beendete ich den Satz für sie. Adele hatte am ersten Weihnachtsfeiertag Geburtstag.

Sie nickte. „Hat man im Himmel auch Geburtstag?“, fragte sie.

„Äh … Vielleicht“, sagte ich. „Ich wüsste nicht, warum es nicht so sein sollte.“

„Wenn ich ihr eine Karte schicke, bekommt sie sie dann?“

„Das glaube ich eher nicht“, antwortete ich behutsam.

Tegan vergrub das Gesicht an meiner Brust. Ihre Schultern fingen an zu zucken. Sie hatte seit Adeles Todestag nicht mehr in meiner Gegenwart geweint.

„Warum kommt meine Mummy nicht zurück?“, fragte Tegan zwischen den Schluchzern. „War ich nicht brav genug?“

„Doch, Schätzchen“, sagte ich. „Aber deine Mummy war sehr, sehr krank.“

„Ich will, dass sie zurückkommt“, beharrte Tegan.

„Das will ich auch.“ Ein Gedanke keimte auf. „Tiga, hast du die ganze Zeit gedacht, deine Mummy würde zurückkommen?“

„Ja“, hauchte sie und schluchzte. „Vielleicht gefällt es ihr im Himmel nicht und sie kommt wieder. Vielleicht gefällt ihr Leeds besser.“

Offenbar hatten Adele und ich versagt, als wir ihr erklärt hatten, was der Tod ist. „Es tut mir leid, Liebes, aber deine Mummy kommt nicht zurück. Nie wieder. Ich weiß, wie schwer es ist, sich daran zu gewöhnen. Aber ich habe eine Idee – wir könnten den Weihnachtstag Adele-Tag nennen. Adele war der Name deiner Mummy, das weißt du doch, oder?“

„Ja“, flüsterte sie.

„Okay, wir werden einen Adele-Tag feiern. Wir basteln ganz besondere Adele-Karten und verschicken sie an alle, die wir kennen. Und wir können Bilder von ihr malen und ich zeige dir die Fotos in den Alben. Hm? Was hältst du davon?“

„Kommt Luke auch?“ Sie hatte aufgehört zu weinen – das war schon etwas.

„Nein. Das ist ein Tag nur für dich und mich. Keine Jungs.“

„Und was ist mit Mr Nate?“, wollte sie wissen.

„Himmel! Nein! Er ist auch ein Junge. Und damit wir Weihnachten nicht ganz verpassen, feiern wir es am nächsten Tag. Dann darfst du deine Geschenke aufmachen.“

„Dann darf Luke auch wiederkommen, ja?“, fragte Tegan.

„Wenn du ihn hier haben willst“, sagte ich.

„Ja. Und Mr Nate auch.“

„Wirklich? Warum?“ Nate war bei seinen drei oder vier Besuchen nach ihrer ersten Begegnung immer sehr nett zu ihr gewesen, aber er war nicht Luke. Und wenn Nate vorbeikam, dann immer nur für höchstens zehn Minuten. Warum wollte sie einen so wichtigen Tag mit ihm verbringen?

„Du magst ihn“, erklärte sie schlicht und schniefte die letzten Tränen weg.

„Aber das heißt doch nicht, dass er Weihnachten zu uns kommen muss, wenn du ihn nicht magst.“

„Ich mag ihn. Er ist lustig.“ Das überraschte mich noch mehr. Was hatte er getan, um sie zu diesem Urteil zu bringen?

„Also schön, wir werden sehen, ob er kommen kann. Vielleicht hat er ja auch etwas anderes vor.“ Ich drückte Tegan an mich. „Es ist nicht schlimm, wenn man weinen muss, weißt du“, sagte ich. Ich wollte nicht, dass Tegan sich zu einem zornigen, verbitterten Menschen entwickelte, weil sie Gefühle in sich hineinfraß. „Wenn du traurig bist, weil deine Mummy nicht mehr da ist, oder wenn du sie vermisst, kannst du jederzeit weinen, falls dir danach zumute ist. Und du kannst auch immer zu mir kommen, wenn du darüber reden möchtest.“ Ich strich ihr über das lange weiche Haar. Arme verletzliche Tegan. Mein armes, armes Baby.

„Was?“, fragte Luke, als ich ihm unsere Pläne für die Weihnachtsfeiertage darlegte. Ich hatte mich die ganze Zeit davor gefürchtet, mit ihm zu sprechen, und mich entschieden, es sei besser, wenn Tegan nicht in der Nähe war. Deshalb sagte ich es ihm im Büro.

Er stand mit verschränkten Armen vor meinem Schreibtisch – eine beeindruckende Erscheinung in seinem anthrazitfarbenen Anzug. Seine haselnussbraunen Augen loderten regelrecht vor Entrüstung. Er war nicht nur sauer, er war tief gekränkt. „Ich darf den ersten Weihnachtstag nicht mit euch verbringen, aber ich soll am zweiten mit deinem Ex zusammen sein?“, fragte Luke.

„Ich tue das für Tegan. Am ersten Feiertag müssen wir nur zu zweit sein. Und sie hat vorgeschlagen, Nate zu uns einzuladen. Das war nicht meine Idee.“

„Und wenn ich nur abends vorbeikomme?“, fragte er.

„Nein, Luke. Hier geht es um Tegan. Es ist der Geburtstag ihrer Mutter – der erste, seit Adele … seit sie gestorben ist. Ich kann nicht glauben, dass du nicht einsiehst, wie wichtig das ist.“

„Ich sehe es ja ein. Es ist nur … Ich habe auch keine Familie, schon vergessen? Normalerweise verbringe ich Weihnachten in New York bei Freunden, aber dieses Jahr hab ich ihre Einladung ausgeschlagen, weil ich dachte, ich hätte eine Familie, mit der ich feiern kann.“

„Das hast du auch, aber eben nicht schon am Fünfundzwanzigsten. Was soll ich machen, Luke? Der Tag wird schon schwer genug, auch ohne dass ich mir Gedanken machen muss, ob du mir den Laufpass gibst, weil du an diesem einen Tag nicht bei uns sein kannst. Es tut mir leid, Luke, aber Tegan steht an erster Stelle.“

Das Telefon auf meinem Schreibtisch klingelte, also nahm ich den Hörer ab.

„Ich bin's“, sagte Nate am anderen Ende der Leitung.

„Oh, hi.“ Mir wurde plötzlich viel zu warm. Ich drückte den Hörer fester ans Ohr, damit Luke Nates Stimme nicht hörte.

„Ich weiß, dass du im Büro bist und nicht lange reden kannst, aber du rufst mich nicht zurück und beantwortest meine Mails nicht“, sagte er keineswegs vorwurfsvoll. „Ich möchte kurz mit dir über Weihnachten sprechen. Es wird bestimmt schwer für dich und Tegan.“

„Ich wollte dich sowieso deswegen anrufen. Den Fünfundzwanzigsten verbringen Tegan und ich allein, aber sie wollte dich fragen, ob du am Sechsundzwanzigsten mit uns Weihnachten feiern möchtest.“

„Wird Luke auch da sein?“, wollte Nate wissen.

„Natürlich.“

„Dann ist das keine so gute Idee, meinst du nicht auch? Wie wär's, wenn ich am Heiligabend vorbeikomme und euch die Geschenke bringe?“

„Okay.“ Mir fiel ein Stein vom Herzen. Nicht nur weil ich jetzt nicht einen ganzen Tag Lukes miese Laune ertragen musste, sondern auch weil ich keine Zeit mit Nate verbringen wollte. Seit ich wusste, dass ich ihn nicht durch meine Widerborstigkeit dazu getrieben hatte, mit Adele zu schlafen, sondern weil ich mich von ihm zurückgezogen hatte, verstand ich Nate ein klein wenig besser, und dieses Quäntchen Verständnis war sehr gefährlich.

„Schön, dann am Heiligabend“, sagte er. „Können wir uns vorher noch mal treffen?“

„Äh … ich weiß nicht, ob das so gut wäre“, erwiderte ich nach einem Seitenblick auf Luke.

„Und Tegan? Bekomme ich sie vor Weihnachten noch mal zu sehen?“

„Wenn du willst. Ich kann sie ja mal für eine Stunde oder so bei dir abliefern.“ Das war ein Test, ob es ihm wirklich um Tegan ging oder nur über sie an mich herankommen wollte.

„Nicht sofort, vielleicht irgendwann einmal. Ich möchte sie ehrlich sehen. Und dich natürlich auch.“

Ich seufzte. „Okay, ich ruf dich an; vielleicht kannst du am Wochenende vorbeischauen. Ich werde sehen, ob Tegan dafür bereit ist. Tschüss, Nate.“

„Okay, Baby, ich liebe dich, tschüss.“ Er legte auf und es klickte in der Leitung. Wie vom Donner gerührt wiederholte ich im Geiste den letzten Satz. Als wir noch zusammen waren, hatte er jedes Telefonat so beendet.

„Und, kommt er zu Weihnachten?“, fragte Luke.

„Er …“, begann ich, ohne Luke anzusehen, damit mein Gesicht nicht verriet, was mir durch den Kopf ging. „Er kommt nur am Heiligabend kurz vorbei, um seine Geschenke für Tegan zu bringen.“

„Ryn, es tut mir leid, dass ich vorhin so mies zu dir war. Ich verstehe, dass ihr beide allein sein wollt, ich bin nur enttäuscht, das ist alles.“

„Ich weiß."

„Nein, das weißt du nicht. Zum ersten Mal in meinem Leben habe ich eine Familie – dich und ein Kind, das ich zu Weihnachten verwöhnen kann. Kannst du dir vorstellen, wie ich mich darauf gefreut habe? Aber es ist okay, wenn wir am Sechsundzwanzigsten zusammen sind. Es ist sogar großartig."

Ich nickte.

Nachdem er sich vergewissert hatte, dass uns niemand beobachtete, beug-te er sich zu mir und küsste mich. „Bis heute Abend, Liebes."

Er verließ mein Büro, und ich blieb mit meinem wild klopfenden Herzen allein. Immer wieder gingen mir Nates Worte durch den Kopf. Er hatte gesagt, dass er mich liebte. Liebte ich ihn auch? Wenn ja, was würde das für unser Leben bedeuten? Es ging jetzt nicht mehr nur um mich, wenn ich mir aussuchte, mit wem ich zusammen sein wollte. Tegans Gefühle zählten genauso wie meine. Wenn ich sie nicht hätte, wüsste ich sofort, für wen ich mich entscheiden würde.

Mein Handy piepste. Eine SMS von Luke: HAB VERGESSEN, DIR ZU SAGEN: ICH LIEBE DICH.

Wusste ich wirklich, für wen ich mich entscheiden würde?

DER ADELE-TAG dämmerte heran, und Tegan sprang aus dem Bett, noch bevor das erste Licht den dunklen Himmel erhellte.

Ihr Kopf erschien in der Tür. „Darf ich reinkommen?", fragte sie.

„Natürlich", sagte ich. Sie kletterte auf mein Bett und schlüpfte zu mir unter die Decke. Ich legte die Arme um sie. „Möchtest du erst dein Frühstück oder dein Geschenk haben?"

„Bekomme ich heute schon ein Geschenk?"

„Selbstverständlich, Madam. Heute ist Adele-Tag, und das heißt natürlich auch, dass es ein Geschenk gibt. Wir können das Geschenk aufmachen, frühstücken oder Nana Faith anrufen. Du darfst dir aussuchen, was du als Erstes tun willst."

Tegans Augen wurden groß, während sie überlegte. „Das Geschenk", flüsterte sie nach langem Grübeln.

„Okay", sagte ich. Ich öffnete die Schublade meines Nachttisches und nahm das Geschenk heraus – eine goldene Schachtel mit einer roten Schleife. „Hier, bitte."

Tegans Augen wurden noch größer. „Was ist da drin?", fragte sie. Ein anderes Kind hätte das Geschenk längst aufgerissen, nicht so Tegan – sie musste alles genau überlegen. Ich war auch so, immer ein wenig vorsichtig; Adele hingegen hätte die Schachtel in der Sekunde, in der sie wusste, dass das Geschenk für sie war, aufgemacht.

„Mach's auf und sieh nach“, riet ich Tegan.

Sie hob den Deckel ein klein wenig an und spähte in die Schachtel. „Ist das ehrlich für mich?“, hauchte sie.

Ich nickte.

Sie nahm die goldene Halskette mit dem runden Anhänger von dem dunkelblauen Samtbett und musterte das Medaillon eingehend. „Da sind ja Mummy und ich drauf“, sagte sie schließlich.

„Ja, das seid ihr.“ Ich hatte ein Foto von Tegan und Adele auf das goldene Medaillon kopieren lassen.

„Darf ich die immer tragen?“, fragte Tegan, während sie hingerissen die Kette in ihrer Hand betrachtete.

„Wenn du willst. Sie gehört dir.“

Sie hielt sie mir hin, damit ich sie ihr umlegen konnte. „Heb deine Haare hoch, dann kann ich den Verschluss zumachen“, sagte ich, ehe ich ihr die Kette um den Hals legte. „Bitte.“

Tegan ließ die Haare fallen, und als ihre blonden Strähnen die Schultern berührten, kam mir der Gedanke, dass ich vielleicht mit ihr zum Friseur gehen sollte. Mir gefiel Tegan mit langem Haar, aber was würde Adele wollen? Sie hatte es ihr immer schneiden lassen, sobald es Kinnlänge erreicht hatte.

Spielt das noch eine Rolle? Sie ist nicht mehr da, dachte ich aufsässig. Ich bekam sofort ein schlechtes Gewissen, weil ich so schreckliche Gedanken hegte. Das war Lukes Schuld, er hatte vor einigen Tagen den Samen der Rebellion gesät. Ich hatte laut darüber nachgedacht, in welche weiterführende Schule ich Tegan später schicken sollte. Ich erklärte Luke, dass ich keine Ahnung hatte, ob Adele sich gewünscht hätte, ihre Tochter solle eine reine Mädchenschule besuchen oder eine gemischte Schule.

Luke meinte dann: „Ryn, du bist nicht Adele.“

Ich war eingeschnappt. Hielt er mich tatsächlich für so dumm, dass ich mir einbildete, Adele ersetzen zu können? „Das weiß ich“, gab ich zurück.

„Dann hör auch auf, so sein zu wollen wie sie“, sagte er. „Du nennst Tegan deine Tochter, also benimm dich auch so, als wäre sie es. Grüble nicht dauernd, was Adele gewollt hätte, sondern mach, was du für das Beste hältst. Du bist jetzt für Tegan verantwortlich.“

„Ich tue mein Bestes“, verteidigte ich mich. Aber Luke hatte Recht – Tegan war jetzt mein Kind.

Ich sah sie an und fühlte mich beklommen. In Momenten wie diesem, wenn offenbar wurde, dass ich mich verpflichtet hatte, nicht nur für ihr leibliches, sondern auch für ihr seelisches Wohlergehen zu sorgen, spürte ich die Last besonders stark auf meinen Schultern. Ich war verantwortlich. Für alles. Für immer.

„Jetzt komm, Schätzchen. Lass uns telefonieren und frühstücken."

Im Wohnzimmer reichte ich Tegan das Telefon. „Hallo, Nana Faith … gut …" Sie lachte. „Du hast gesagt: Fröhlichen Adele-Tag." Sie strahlte, während meine Mutter mit ihr sprach.

Als ich Mum von unserem Adele-Tag erzählt hatte, hatte sie sich weitaus hilfsbereiter gezeigt als Luke. Und sie hatte gesagt: „Weißt du, Kamryn, ich bin sehr stolz auf dich, genau wie dein Vater."

„Wie bitte?" Ich war regelrecht erschrocken, dass Mum so etwas sagte.

„Tegan ist eine große Verantwortung", fuhr Mum fort. „Und du machst deine Sache gut. Sehr gut sogar." Mum rief oft an, um mit Tegan zu sprechen, und Tegan rief meine Eltern auch oft an. Sie liebten Tiga. Alle liebten Tiga.

Tegan beendete das Gespräch mit meiner Mum und sprach eine Weile mit Grandpa Hector. Als sie auflegte, fragte sie mich, ob sie meine Schwester Sheridan und ihre Kinder anrufen dürfe. Nachdem sie mit sämtlichen Familienmitgliedern telefoniert hatte, machte ich uns schließlich Rühreier und Toast zum Frühstück.

ADELE lag auf dem Rücken; eine Sonnenbrille verdeckte ihre Augen und ihre Haut glänzte von der Sonnencreme. Sie schaute schmollend in die Kamera. Ihr langes, gelocktes Haar – das Einzige, wie sie meinte, was sie von Marilyn Monroe unterschied – war wie ein Fächer um ihren Kopf ausgebreitet.

Tegan blätterte zur nächsten Seite meines College-Fotoalbums. Als Tegan ihren Großvater und Muriel entdeckte, blätterte sie hastig weiter. Wir nahmen uns ein anderes Album mit Aufnahmen von Adele, mir und Nate vor. Nate und ich auf dem Sofa, als ich noch mit Adele zusammenwohnte. Adele, im neunten Monat schwanger. Tegan in Adeles Armen, nur wenige Minuten nach der Geburt. Ich mit Tegan auf dem Arm.

Wir sahen uns alle Alben an, dann kochten wir Abendessen, und um sechs Uhr war Tegan so müde, dass sie freiwillig ins Bett wollte.

„Gute Nacht, Tiga", sagte ich, als ich ihre Nachttischlampe ausknipste.

„Ich will meine Mummy", flüsterte sie.

Ich wusste nicht, was ich antworten sollte, also strich ich ihr nur übers Haar. Ich hatte beschlossen, ihr die Weihnachtskarte, die Adele hinterlassen hatte, nicht vorzulesen – noch nicht. Es würde sie nur verwirren und sie in dem Glauben bestärken, Adele würde vielleicht eines Tages zurückkommen.

„Ich will meine Mummy“, flüsterte sie noch einmal, bevor sie einschlief.

Hatte ich mit dem heutigen Tag das Falsche getan? Hatte ich Tegan in Verwirrung gestürzt? Ich sollte mich besser verhalten wie bisher und nicht über Adele reden. Ich legte mich ins Bett, obschon es noch nicht einmal sieben Uhr war.

Ich wachte auf, als mich jemand anstieß. Tegan. Sie hob die Decke hoch und kuschelte sich an mich. Nach wenigen Minuten atmete sie langsam und gleichmäßig.

Wenigstens wusste sie, dass sie mich hatte. Ich war nicht ihre Mummy, aber ich war für sie da.

DIE SCHÖNSTE STUNDE des Tages war die, wenn Tegan badete, bevor sie ins Bett ging.

Seit Adeles Tod waren sieben Monate vergangen, und der Adele-Tag hatte Tegan endgültig klargemacht, dass sie nicht zurückkommen würde. Wir mussten unser Leben leben. Unser gemeinsames Leben. Jetzt, zwei Monate nach dem Adele-Tag, war Normalität eingekehrt. Luke kam die Woche über fast jeden Tag zu uns; an den Wochenenden fuhr er gar nicht zu seiner Wohnung in Alwoodley. Auch Nate schaute hin und wieder vorbei, trank eine Tasse Tee, unterhielt sich mit Tegan und ignorierte Luke, der in der Ecke saß und innerlich kochte. Luke hatte mich ein paarmal gefragt, ob Nate die Papiere unterzeichnen würde, aber ich hatte Nate nicht mehr danach gefragt, weil ich ihn zu nichts drängen wollte.

Tegan schöpfte Schaum vom Wasser und legte ihn auf meine ausgestreckte Hand. „Ist Luke mein Daddy?“

Ich geriet in Panik und hatte große Mühe, mir nichts anmerken zu lassen. In der ganzen Zeit hatte ich mir noch nicht zurechtgelegt, wie ich eine solche Frage beantworten sollte. „Warum fragst du das?“

„Regina Matheson sagt, jeder hätte eine Mummy und einen Daddy. Und ich hab ihr erklärt, dass ich nur eine Mummy Ryn und eine Mummy im Himmel habe, aber sie meint, ich müsse auch einen Daddy haben und dass Luke vielleicht mein Daddy sei. Ist er es?“

Wenn ich diese Regina Matheson in die Finger kriege, kann sie was erleben. „Luke ist nicht dein Daddy.“

„Aber ich habe doch einen Daddy, oder?“

„Ja. Ja, du hast einen Daddy, Tiga.“ Mein Mund war staubtrocken.

Tegan hörte auf, den Schaum mit den Händen einzufangen. Das Zittern in meiner Stimme hatte ihr verraten, dass etwas nicht stimmte, und sie fragte zögerlich: „Wie heißt er?“

Ich seufzte und biss mir auf die Unterlippe. „Nate“, sagte ich schnell.

„Mr Nate?“, fragte sie erstaunt und blinzelte. „Nicht Luke?“ Sie war enttäuscht.

„Nein, Schätzchen. Nate ist dein Daddy.“

„Muss ich jetzt in Mr Nates Haus wohnen?“, fragte sie nach langem Schweigen.

„Lieber Gott, nein!“, kreischte ich. „Du bleibst für immer bei mir, Tegan.“

„Und Luke. Wirst du Luke heiraten?“

„Ich weiß nicht – darüber hab ich noch nicht nachgedacht.“

„Wenn du Luke heiratest, wird er dann mein Daddy? Mein Daddy Luke?“ Sie verbarg nicht, wie glücklich sie dies machen würde.

„Ich nehme es an“, antwortete ich.

„Willst du lieber Mr Nate heiraten?“

„Nein.“ Nate und ich würden nicht wieder zusammenkommen, geschweige denn heiraten. Das kam nicht infrage, gleichgültig wie verrückt mein Herz spielte, wenn er in der Nähe war.

„Warum nicht?“

„Weil Luke mein Freund ist.“

„Warum ist Mr Nate mein Daddy?“

Musste ich jetzt wirklich auf Blümchen und Bienchen zurückgreifen? „Äh …“, begann ich. Dann stellte ich eine Gegenfrage, um sie abzulenken. „Macht es dir etwas aus, dass Nate dein Daddy ist?“

Tegan zuckte die Schultern. „Ich weiß nicht. Mr Nate ist lustig.“ Sie zog die Nase kraus. „Mr Nate schaut dich oft an. Manchmal lächelt er dabei. Du siehst ihn gar nicht an. Er mag dich mehr als mich.“

„Nate mag uns beide.“

„Hast du Mr Nate oder Luke lieber?“

Wenn ich das wüsste, könnte ich nachts besser schlafen. „Ich mag sie beide“, erklärte ich Tegan. „Aber Tegan mag ich am meisten.“

Sie strahlte. „Mummy Ryn, darüber muss ich nachdenken. Ich weiß nicht, ob ich möchte, dass Mr Nate mein Daddy ist“, erklärte sie.

Ich nickte. Und ich musste darüber nachdenken, wie ich ihr beibringen sollte, dass Nate ihr Daddy war, ob es ihr gefiel oder nicht.

NATE saß im Horsforth Coffee House vor einer Tasse Kaffee, den Kopf auf eine Hand gestützt.

Ich trat an seinen Tisch und er hob den Kopf. Die dunklen Ringe unter seinen Augen sagten mir, dass er nicht genügend schlief, die Wangenknochen, die sich deutlich unter der Haut abzeichneten, verrieten, dass er nichts aß. Und die langsamen, lethargischen Bewegungen zeigten, dass es ihn Mühe kostete, aufrecht zu sitzen.

„Ist alles in Ordnung mit dir?", fragte ich.

Er nickte beiläufig. „Alles bestens, meine Hübsche. Also, warum warst du am Telefon so ernst, worum geht's?"

Ich zögerte. In seinem Zustand war mein Anliegen sicherlich das Letzte, was er hören wollte. „Nate … ich möchte, dass du die Papiere unterschreibst, damit ich Tegans Adoption vorantreiben kann."

Nate sackte in sich zusammen und starrte kläglich auf den Tisch.

„Ich weiß, dass du sie magst, aber du magst sie nicht genug, um ihr Vollzeit-Daddy zu sein. Sie hat ihre Mutter verloren, und sie braucht die Stabilität, die ihr eine Adoption bieten würde. Das verstehst du doch, oder?"

Nate nickte müde.

„Also unterschreibst du?"

Wieder ein müdes Nicken. „Darf ich sie trotzdem besuchen?"

„Natürlich. Es würde sie sehr verletzen, wenn du plötzlich verschwindest. Sie ist immer noch durcheinander, weil du ihr leiblicher Vater bist, aber sie mag dich, Mr Nate. Sehr sogar. Was ich ihr nicht verdenken kann."

„Hör auf", murmelte er und schüttelte den Kopf. „Sei bitte nicht nett zu mir. Das erinnert mich nur daran, wie ich alles verpfuscht habe."

„Ich hätte nie gedacht, dass ich den Tag erlebe, an dem du mich bittest, nicht nett zu dir zu sein."

„Ryn, glaubst du allen Ernstes, ich würde deine Nähe suchen, wenn du so grässlich wärst, wie du es dir einbildest? Du hast dich immer um mich gekümmert und mir Mut gemacht, sodass ich glaubte, ich könnte alles bewältigen, solange du nur bei mir bist. Manchmal hab ich mich gefragt, warum du keine Kinder haben willst, wo du doch so wunderbar für andere Menschen sorgen kannst. Nicht nur für mich, auch für Adele …" Er schloss die Augen.

„Nate, lass uns nicht … Was du hier beschreibst, ist die perfekte Beziehung, aber das war es nicht. Ich habe dich in die Arme einer anderen getrieben. Ich hab dich so weit gebracht …"

Nates Faust donnerte auf den Tisch. „Hör auf!", schimpfte er. „Du denkst immer, du wärst an allem Schlechten schuld. Aber du hast mich zu gar nichts getrieben – ich habe dich betrogen. Es war nicht deine Schuld.“ Er beruhigte sich mit ein paar tiefen Atemzügen und mäßigte seinen Ton. „Ich habe es getan, ich habe alles kaputt gemacht.“

„Wie dem auch sei. Ich bin gleich mit Tegan und Luke im Park verabredet“, wechselte ich das Thema. Wenn ich mir weiterhin Gedanken über das machte, was war, würde ich wieder die Beherrschung verlieren. Das Risiko wollte ich wirklich nicht eingehen. „Ich mache mich besser auf den Weg.“

„Okay“, entgegnete Nate. „Darf ich dich hinfahren?“

„Klar.“

Wir verließen das Café und gingen unter dem grauen, wolkenverhangenen Himmel zum Parkplatz. Kurz bevor wir den silbernen Audi erreichten, drehte Nate sich zu mir um und zog mich an sich. „Hast du jemals daran gedacht, dass wir wieder zusammenkommen können?“, flüsterte er.

Nicht nur daran gedacht, sondern es gehofft, gewollt … Nates Lippen streiften meinen Hals. Er wusste haargenau, dass mein Widerstand bei Küssen auf den Hals dahinschmolz. Meine Knie wurden weich. Mit einem Mal war ich wieder die Kamryn von damals, die mit ihm an Bahnhöfen, auf der Straße oder in der Schlange an Supermarktkassen stand und der es gleichgültig war, was andere Leute von ihr dachten. Nates freie Hand grub sich in mein Haar, während er meinen Hals mit Küssen bedeckte.

„Ich hinterlasse keinen Knutschfleck“, murmelte er und brachte mich damit schlagartig in die Wirklichkeit zurück.

„Hör auf, hör bitte auf“, sagte ich und stemmte die Hände gegen seine Brust, bis er zurücktrat. „Das darf nicht sein“, sagte ich atemlos. „Niemals.“

„Ich weiß.“ Er drückte die Handballen gegen die Augen. „Alles läuft schief … Ich will wieder mit dir zusammen sein … Ich weiß, du hast ihn. Und das ist das Schlimmste. Ich mag ihn. Er hasst mich, das ist mir klar, aber es gefällt mir, wie er sich um Tegan kümmert …“ Nate kauerte sich nieder. „Erinnerst du dich an unseren ersten großen Streit? Du bist davongestürmt und hast dich zu Adele geflüchtet. Ich bin dir nachgegangen, und sie hat uns die Leviten gelesen: ‚Wenn ihr beide Schluss macht, findet keiner von euch Unterschlupf bei mir – ich ziehe zu Kams Eltern.‘ Weißt du noch?“ Ich nickte und er fuhr fort: „Es kommt mir so falsch vor, dass du wieder in mein Leben getreten bist und sie nicht mehr da ist.“

Nate trauerte. Ich hatte keinen einzigen Gedanken daran verschwendet, wie ihn Adeles Tod treffen würde. Sie war für ihn wie ein Familienmitglied gewesen. Selbstverständlich trauerte er um sie. Die Schuldgefühle infolge seines letzten Gesprächs mit ihr mussten ihn auffressen. Er hatte es mir immer wieder gesagt – als er mir angeboten hatte, für Tegan zu zahlen, als ich ihn gefragt hatte, warum er sich so um Tegan bemühte, und als wir uns auf der Straße vor meiner Wohnung ausgesprochen hatten. Nate hatte mich um Hilfe gebeten, mich angefleht, seinen Schmerz zu sehen, und ich hatte nicht zugehört.

Ich hockte mich neben ihn und legte ihm den Arm um die Schultern. „Komm, lass uns in den Park gehen. Wir sollten das alles für eine Weile vergessen."

„WAS HAT DENN der hier zu suchen?", raunte Luke mir aufgebracht zu.

Seine Augen waren riesengroß geworden, als er gesehen hatte, dass ich mit Nate auf die Schaukel zukam, auf der Tegan saß. Und er funkelte mich böse an, bis ich Nate und Tegan allein ließ und zu ihm ging.

„Nate hatte fast einen Zusammenbruch", antwortete ich. „Ich muss für ihn da sein. Er war einmal mein bester Freund – ich kann ihn nicht im Stich lassen."

„Ich weiß", räumte Luke ein. „Es gefällt mir nicht, aber ich habe Verständnis dafür."

Wir gingen zu den Schaukeln und sahen, dass Tegan Nate voller Neugier anstarrte. „Was ist mit dir, Mr Nate?", fragte sie. „Bist du krank?"

Nate lächelte und schüttelte den Kopf. „Nein, ich bin nur müde."

„Oh. Möchtest du in meinem Bett schlafen? Es ist ein sehr schönes Bett."

„Danke, aber ich habe zu Hause auch ein schönes Bett."

Die ersten Regentropfen fielen. „Schön, meine Lieben, ich denke, es wird Zeit, nach Hause zu gehen. Es fängt an zu regnen", sagte ich.

„Okay", erwiderte Tegan. „Kommst du zum Essen mit zu uns, Mr Nate?"

Nate sah Luke an. Luke zuckte die Schultern und wandte den Blick ab. Das kam einer Einladung so nahe, wie es ihm unter den gegebenen Umständen möglich war.

„Okay, Tegan, ich komme mit."

„Prima." Sie hielt ihm die Hand hin. „Du kannst mich Tiga nennen, wenn du willst", informierte sie ihn. „Nicht T, das sagt Luke zu mir. Aber Tiga."

„Okay, Tiga, ich danke dir."

VON DA AN verbrachte Nate viel Zeit bei uns, meistens auf Bitte von Tegan. Fast jeden zweiten Abend mussten wir Mr Nate anrufen und fragen, ob er zum Essen zu uns kommen wolle. Im Lauf der Zeit begriff Nate, dass weder Tegan noch ich ihn hassten, und gewann allmählich wieder seine alte Persönlichkeit zurück. Wir unterhielten uns sogar über Adele.

Dass ich über Del sprechen konnte, ohne in Tränen auszubrechen, bedeutete, dass es auch mir besser ging. Ich verarbeitete nach und nach all das, was geschehen war. Doch die Erkenntnis, dass ich kurz davor war, mich wieder in Nate zu verlieben, machte mir Angst. Das hieß, dass ich Luke nicht genügend Aufmerksamkeit schenkte, und wenn ich nicht aufpasste, lief ich Gefahr, ihn zu vertreiben. Ich hatte sogar damit angefangen, jeden Tag „Ich liebe dich" zu sagen.

„Wir benehmen uns wie ein verheirateter Kerl und seine heimliche Geliebte", stellte Luke fest. Wir waren getrennt aus dem Büro gegangen, um uns zum Mittagessen am Fluss zu treffen. Obwohl die meisten Kollegen längst ahnten, dass wir zusammen waren, hängten wir es nicht an die große Glocke.

„Stimmt", sagte ich lächelnd. Ich hatte ihn gebeten, sich mit mir zu treffen, weil ich mit ihm reden und das tun wollte, was ihm zweifelsfrei beweisen würde, dass ich mit ihm zusammen sein wollte, und nur mit ihm.

„Okay, Mr L, ich habe mich gefragt, ob du Lust hast, bei uns einzuziehen. Dann kannst du deine Wohnung aufgeben, und wir könnten anfangen zu sparen, um uns irgendwann eine größere Wohnung für uns drei kaufen zu können. Vielleicht sogar ein Haus mit einem kleinen Garten für Tegan."

Luke wandte sich ab, ohne etwas zu sagen. Sein Schweigen wuchs sich zu einer Stille aus, die unsere Beziehung für die nächsten Jahre zu überschatten drohte.

„Das ist ein großer Schritt", meinte er schließlich. „Ich muss darüber nachdenken."

Das ist alles, was du dazu zu sagen hast?, dachte ich. Wir waren wieder bei dem „Ich liebe dich"-„Gut zu wissen"-Spiel angelangt; wieder bekam ich einen Schlag ins Gesicht, nachdem ich ihm mein Herz geöffnet hatte. „Okay", murmelte ich. Wie oft ließ ich noch zu, dass Luke mir so etwas antat, bevor ich akzeptierte, dass ich Distanz wahren sollte?

„Das ist kein Nein", fügte er hinzu. „Nur … na ja, es ist ein großer Schritt."

„Das sagtest du bereits."

„Ich sehe eine gemeinsame Zukunft mit dir und T. Ich muss nur darüber nachdenk…"

„Ist schon gut", fiel ich ihm ins Wort. „Du musst mir nicht sofort eine Antwort geben. Nimm dir die Zeit, die du brauchst." Für mich bedeutete das nur eines: Luke liebte mich nicht.

„Du bist so still", stellte er fest.

„Ich denke nur nach“, erwiderte ich.

Luke seufzte. „Du würdest doch nicht wollen, dass ich, obwohl ich mir nicht sicher bin, deinem Vorschlag zustimme, nur weil du das hören willst, oder?“, fragte er.

„Natürlich nicht. Aber ich darf wenigstens enttäuscht sein, weil du nicht freudig die Gelegenheit nutzt, unsere Beziehung zu etwas Festem zu machen“, gab ich zurück.

„Ryn … ich will ehrlich zu dir sein. Ich habe daran gedacht, dich zu fragen, ob du mich heiraten willst. Aber wir sind noch kein Jahr zusammen. Wir können nicht nach so kurzer Zeit heiraten, so impulsiv bin ich nicht. Wenn wir uns zusammen ein Haus kaufen würden, wäre das nur eine halbe Sache, und ich bin nicht der Typ für halbe Sachen. Womit wir wieder bei einer Heirat wären … Verstehst du, warum ich gründlich über alles nachdenken muss? Das heißt nicht, dass ich dich nicht liebe oder mir nicht eine Zukunft mit dir vorstellen kann – es ist nur, dass ich das alles schon einmal durchgemacht habe, und es hat nicht funktioniert, wie du weißt.“

„Ja, Luke, das weiß ich. Und ich habe es auch schon einmal hinter mir. Gerade deshalb hätte ich erwartet, dass du mit mir zumindest darüber sprichst, wenn du an eine Heirat denkst.“

„Du hast auch nicht mit mir über deinen Plan gesprochen, ein Haus zu kaufen.“

„Und was tue ich deiner Meinung nach im Moment? Ich habe mir noch keine Häuser angesehen oder mir überlegt, wo wir in Zukunft leben sollen – ich habe das Thema angeschnitten, um all das mit dir gemeinsam zu entscheiden.“

„Hättest du meinen Heiratsantrag abgelehnt?“

Ich nickte. „Ich dachte, du wüsstest mittlerweile, dass ich jemand bin, der solche Entscheidungen ausführlich besprechen muss. Insbesondere jetzt, wo ich auch noch an ein Kind denken muss.“

„Ich verstehe, was du meinst … Wir beweisen, was unsere Zukunftsplanung angeht, nicht gerade großes Geschick, was?“

„Offensichtlich nicht.“

„Trotzdem möchte ich, dass wir eine gemeinsame Zukunft haben“, sagte Luke. „Wirklich. Und ich werde sorgfältig über alles nachdenken, okay?“

„Okay.“

Luke küsste mich auf den Mund, doch während er mich umarmte, drängte sich ein verräterischer Gedanke in mein Bewusstsein: Dieses Gespräch wäre vollkommen anders verlaufen, wenn ich es mit Nate geführt hätte.

Ein paar Stunden später saßen wir zur wöchentlichen Konferenz der Werbe- und Marketingabteilungen zusammen. Lukes Assistentin Carla stimmte mit den Abteilungsleitern den Terminkalender ab, in dem alle Besprechungen der drei Abteilungen für den kommenden Monat aufgelistet waren. „Ich habe gerade die Bestätigung bekommen, dass die Konferenz wegen der neuen Marketingkampagne in Edinburgh am Vierzehnten stattfindet, Luke. Soll ich Ihre Teilnahme zusagen?“, fragte sie.

Am Vierzehnten? Ich sah zu Luke hinüber, der blass geworden war.

„Luke?“, fragte Carla noch einmal, da er eine ganze Minute geschwiegen hatte. „Soll ich zusagen und Ihnen ein Hotelzimmer buchen?“

„Hm. Entschuldigung, Carla. Ja. Bitte bestätigen Sie meine Teilnahme.“

Meine Finger schlossen sich so fest um meinen Stift, dass die Plastikhülle zerbrach.

„Wenn es sonst nichts weiter gibt, beenden wir die Besprechung“, sagte Luke. „Danke an alle.“

Die anderen verließen den Konferenzraum. Ich blieb schäumend vor Wut sitzen. Luke blieb ebenfalls.

„Ich kann nicht glauben, dass du am Vierzehnten nicht hier bist“, sagte ich in ruhigem Ton. Ich musste mich gewaltig zusammenreißen, um ihn nicht anzuschreien.

„Das war auch nicht vorgesehen“, versuchte er mich zu beschwichtigen. „Ich hatte gehofft, es gäbe einen anderen Termin im Mai, an dem wir alle verfügbar sind.“

„Aber es ist Tegans Geburtstag! Wir planen schon ewig die Geburtstagsfeier.“

„Ryn, ich kann eine Besprechung wohl kaum mit der Begründung absagen, ich müsse zur Geburtstagsfeier eines Kindes.“

„Eines Kindes?“, wiederholte ich schneidend. „Seit wann ist Tegan nur irgendein Kind für dich?“

„Das hast du falsch verstanden.“

„Tatsächlich? Nun, das hier ist bestimmt nicht falsch zu verstehen: Ich nehme mein Angebot zurück; du kannst nicht zu uns ziehen“, sagte ich. „Wir können nicht mit jemandem zusammenleben, der seine Arbeit dem Mädchen vorzieht, das er fast ein Jahr lang wie seine eigene Tochter behandelt hat, und der dann so tut, als wäre sie für ihn nur irgendein Kind. Für Tegan bist du ihr Dad.“

„So war das doch nicht gemeint.“

„Gib dir keine Mühe.“

„Ich werde sehen, ob ich den Termin verschieben kann."

„Oh, bitte bring unseretwegen keine Opfer, Mr Wiseman. Ich möchte nicht, dass deine Kollegen den Eindruck haben, du würdest dich nicht genügend engagieren – wo du doch einen so tollen Beruf hast." Ich erhob mich. Mein Herz raste, als ich zur Tür ging.

„Wir sehen uns heute Abend", sagte er noch.

„Nicht in meiner Wohnung", erwiderte ich, ohne mich umzusehen. „Warum bleibst du nicht in deinem Apartment, an dem du vor ein paar Stunden noch unbedingt festhalten wolltest, und planst ein paar neue Besprechungen?"

Voller Wut stürmte ich den Gang hinunter. Dabei war ich auf mich ebenso zornig wie auf Luke, weil ich genau wusste, warum er sich entschlossen hatte, den Termin für diese Besprechung zu bestätigen. Es hatte eine Zeit gegeben, in der auch ich mich durch nichts von der Arbeit hätte abhalten lassen. Luke war immer schon äußerst ehrgeizig gewesen, und sosehr er Tegan auch liebte – sie war nicht seine Tochter und er trug keinerlei Verantwortung für sie oder für mich. Er durfte seinen Beruf über uns stellen.

Kapitel 10

Als Tegans sechster Geburtstag anbrach, war Luke nicht da. Er war im Büro und würde dann zu der Besprechung nach Edinburgh fahren. Nach der Konferenz hatten wir drei Wochen lang im Streit gelegen.

„Wenn dein Leben zu Ende geht, dann wirst du ganz bestimmt dankbar dafür sein, dass du an dem Tag, an dem Tegan sechs Jahre alt wurde, geschäftlich unterwegs warst", sagte ich am Abend vor seiner Abreise zu ihm.

„Bitte, Ryn … ich fühle mich ohnehin schon schlecht genug. Es tut mir leid."

„Sag das deinem Kind. Oh, ich meine, meinem Kind. Dem Kind."

Luke wich zurück und verzog das Gesicht, als würde er gleich anfangen zu weinen. Da wurde mir klar, dass ich zu weit gegangen war.

„Entschuldige", sagte ich, „das war scheußlich von mir. Ich weiß, dass du nicht so denkst. Lass uns einen Waffenstillstand schließen, ja?"

„Du hast jedes Recht, sauer zu sein – ich hätte nicht zusagen sollen. Ich betrachte Tegan als mein Kind. Das weißt du doch, oder?"

Ich nickte. „Ja, natürlich weiß ich das."

Wir küssten und versöhnten uns.

WIR HATTEN für die Geburtstagsfeier den Gemeindesaal und eine Hüpfburg für den Garten dahinter gemietet. Dreißig Kinder waren eingeladen, die meisten gingen in Tegans Klasse. Mrs Kaye hatte mir geholfen, die Feier zu organisieren, und Nate sprang sozusagen für Luke ein. Er fuhr mich am Tag vor dem Fest zum Supermarkt, wo wir zweihundert Pfund für Essen und Getränke ausgaben. Mein Kühlschrank war vollgestopft mit Lebensmitteln, und Nate versprach, in aller Herrgottsfrühe wiederzukommen und mir bei den Sandwiches zu helfen.

Ich stand schon seit fünf Uhr in der Küche und schmierte gerade Butter auf Brotscheiben, als Tegan um sieben Uhr hereinstürmte und kreischte: „Heute ist mein Partytag!“

„Ich weiß“, sagte ich, fing sie auf und wirbelte sie herum. „Will Tegan ihr Geschenk schon jetzt oder lieber auf der Party?“

„Jetzt!“, quiekte sie.

Wir gingen zum Sofa und ich holte ein Päckchen hervor, das ich versteckt hatte. Es war in Goldpapier eingepackt und hatte eine rote Schleife. „Dann mach es auf“, ermunterte ich sie.

Strahlend öffnete Tegan das Päckchen und riss Augen und Mund weit auf. „Oh!“, hauchte sie und nahm ein weißes Kleid mit roten Tupfen aus dem Papier. Es hatte einen weiten Rock, lange Ärmel und ein rotes Band in der Taille. „Ein Kleid!“, rief sie. „Ein ganz schönes Kleid!“

„Ich dachte, du willst es vielleicht zu deiner Feier anziehen.“

„Darf ich das? Wirklich ganz ehrlich?“

„Klar. Aber ich denke, du solltest dir auch Lukes Geschenk ansehen.“ Ich holte ein zweites Päckchen aus dem Versteck.

Tegan nahm behutsam das Papier ab und öffnete die Schachtel, in der weiße Schuhe mit roten Tupfen lagen. „Sie haben dasselbe Muster wie mein Kleid!“, flüsterte sie ehrfürchtig.

„Dann kannst du sie ja auch heute anziehen.“

„Danke!“, rief sie und warf sich mir an den Hals. „Die Sachen sind toll, Mummy Ryn.“

„Da ist noch ein Geschenk.“ Ich beförderte noch ein Päckchen zutage. Auf dem Anhänger stand: *Für Tiga, in Liebe, Nate.*

Tegan schnappte vor Freude nach Luft. „Mr Nate hat mir etwas geschenkt!“

Er hatte ihr eine kleine Seidentasche gekauft, die zum Kleid und zu den Schuhen passte.

„Sie ist sehr hübsch“, entschied sie. „Ich wünschte, meine Mummy könnte mich sehen.“

„Ich auch. Aber ich habe etwas von deiner Mummy für dich."

Tegans Augen wurden kugelrund. „Hat sie etwas vom Himmel geschickt?", flüsterte sie voller Staunen.

„Nein, Schätzchen, sie hat es mir gegeben, bevor sie in den Himmel gegangen ist." Ich holte ein Kuvert aus der Tasche meines Morgenrocks und reichte es Tegan.

Sie machte den Umschlag vorsichtig auf und nahm die Karte heraus. GLÜCKWUNSCH ZUM 6. GEBURTSTAG stand in schönen Buchstaben darauf. Tegan klappte die Karte auf.

Mein Liebling Tegan!
Alles Gute zum Geburtstag!

Es tut mir so leid, dass ich heute nicht bei Dir sein kann, aber ich werde Dich immer lieben. Vergiss das nicht, okay? Mummy hat Dich lieb. Ganz bestimmt erlebst Du heute einen wunderschönen Tag. Tanz für mich. Ich hoffe, Du bist nett zu Kamryn.

In Liebe, Mummy

Ein Lächeln erhellte Tegans Gesicht, als sie sich zu mir drehte. „Meine Mummy hat mich lieb", sagte sie. „Sie hat es mir geschrieben. Auf meiner Geburtstagskarte."

„Ich weiß."

Tegans Lächeln wurde noch breiter. „Du bist Kamryn, stimmt's, Mummy Ryn? Und bin ich nett zu dir?"

„Du bist mehr als nett – du bist wundervoll." Ich beugte mich zu ihr und schloss sie in die Arme. In letzter Zeit hatte ich oft das Bedürfnis, Tegan zu umarmen. Ich musste mich einfach vergewissern, dass sie da war. Wir hatten in den vergangenen Wochen unsere Rollen getauscht. Jetzt war ich diejenige, die sich davon überzeugen musste, dass sie in der Nähe war; dass sie mich nicht – wie Adele – im Stich lassen würde.

„Schön, mein Schatz", sagte ich und ließ sie los, „wir haben noch viel zu tun. Wie wär's, wenn du ins Bad gehst und dann frühstückst?"

Sie nickte. Sie nahm Meg in die eine Hand, in der anderen hielt sie die Karte. Wie sich später herausstellte, trug sie die Karte den ganzen Tag bei sich.

TEGAN strahlte, als sie ihre Prinzessinnen-Torte sah. Sie hatte schon den ganzen Tag gestrahlt und schien damit nicht aufhören zu wollen. Die Geburtstagsgäste versammelten sich um sie und sangen „Happy Birthday". Tegan überlegte sich einen Wunsch und blies die Kerzen mit einem Atemzug aus.

Nach der Tortenschlacht liefen die meisten Kinder, Tegan eingeschlossen, in den Garten zur Hüpfburg. Die beiden Mütter, die mich unterstützten, folgten ihnen nach draußen, sodass ich allein in der Teeküche stand. Nate war im Saal und unterhielt sich mit einem Jungen, der keinen rechten Anschluss fand. Kein Mensch, der ihn heute sah, wäre auf die Idee gekommen, dass ihm die Gesellschaft von Kindern nicht behagte.

Ich beobachtete Nate durch die Durchreiche in der kleinen Küche. Er trug ein T-Shirt mit V-Ausschnitt und eine Cargohose und sah nach einem Besuch beim Friseur richtig gut aus. Gesünder, kräftiger, attraktiv. Ich dachte nicht mehr „Geliebter", wenn ich ihn sah, aber ich … Ich verdrängte den Gedanken, noch ehe er Gestalt annehmen konnte. Es nutzte niemandem, wenn ich solchen Überlegungen nachhing.

Nate schaute plötzlich auf und unsere Blicke begegneten sich. Seine Lippen verzogen sich zu einem Lächeln und er zwinkerte mir zu. Ein verräterischer Schauer überlief mich. Auch das versuchte ich zu verdrängen.

Ich fuhr damit fort, den restlichen Kuchen für die Wundertüten aufzuschneiden, die ich den Kindern nach der Party mitgeben wollte, als Nate in die Küche kam.

„Kann ich dir bei irgendetwas helfen?", fragte er.

Ich drehte mich zu ihm um und stand ihm direkt gegenüber.

„Siehst du die Tüten dort?", fragte ich.

Er nickte, ohne die teuren Partytüten aus roter Folie auch nur eines Blickes zu würdigen.

„Es wäre hilfreich, wenn du die Kuchenstücke in die Tüten packen könntest. Du musst sie erst in eine Serviette wickeln."

Sein Blick wanderte von meinen Augen zu meinem Mund, verweilte dort einen Moment und richtete sich wieder auf meine Augen. Er hatte vor, mich zu küssen. Würde ich den Kuss erwidern? Oder würde ich ihn von mir stoßen und an meinen Freund erinnern?

„Okay", flüsterte er, zog sich plötzlich zurück und betrog mich um das Lustgefühl. Ich wusste, dass er das mit voller Absicht tat. Er wollte mich provozieren, damit ich den nächsten Schritt unternahm. Dieses Spiel hatte er nach einem Streit immer wieder gespielt, wenn er einen Beweis dafür brauchte, dass ich ihn ebenso begehrte wie er mich.

Er wusch sich die Hände und machte sich daran, die Kuchenstücke in Servietten einzupacken. „Komisch", sagte er in normalem Ton. „Du und ich und diese vielen Kinder … und wir verlieren nicht einmal die Nerven."

„Ich gewöhne mich allmählich an sie", erwiderte ich.

„Ich auch."

„Es ist schön, dich so entspannt zu sehen, Nate. Es scheint dir viel besser zu gehen."

„Ja. Dank dir und Tegan und Luke. Die letzten Wochen haben mir wirklich geholfen … Meinst du, es wäre so wie jetzt, wenn wir uns damals für Kinder entschieden hätten?"

„Bist du auf den Geschmack gekommen?", fragte ich.

Er überlegte kurz und schauderte. „Nein, ganz bestimmt nicht. In letzter Zeit kommt mir das öfter in den Sinn. Ich will kein Kind. Ich meine, kein weiteres."

„Ich auch nicht. Ich liebe Tegan, aber ein zweites würde ich nicht wollen."

„Und wie denkt Luke darüber?", erkundigte sich Nate. „Ich habe eher den Eindruck, dass er gern viele Kinder hätte."

„Vielleicht will er das", sagte ich. Noch hatten wir nicht ausdrücklich darüber gesprochen, aber ich wusste, dass er Vater werden wollte, und er wusste, dass ich mit alldem abgeschlossen hatte, als ich Tegan zu mir genommen hatte. Eine Diskussion über mehr Kinder würde das Ende bedeuten … das Ende von allem.

„Liebst du ihn, Kam?"

Ich sah auf und nickte. „Ja, das tue ich."

„Mehr als mich?"

„Meine Gefühle für dich gehören der Vergangenheit an, Nate."

„Du lügst. Du belügst mich und dich selbst."

„Ich hab keine Ahnung, wovon du sprichst", entgegnete ich.

„Ich behaupte ja nicht, dass du Luke nicht liebst – ich glaube, du bist hin und her gerissen und willst uns beide."

Ich packte Kuchenstücke in Servietten und ignorierte seinen Einwand.

„Ich liebe dich, Kam."

Meine Hände zitterten, als ich ein Kuchenstück auf eine Serviette legte.

„Ich will nur, dass du das weißt. Und ich möchte, dass du ehrlich zu dir selbst bist."

Ich starrte auf den Tisch. Es war nicht fair, dass Nate mir diesen Vorwurf machte. Insbesondere nicht, da ich wusste, dass Luke genauso dachte. Beide bildeten sich ein zu wissen, was ich fühlte, und wenn ich ihnen erklärte, wie ich wirklich empfand, akzeptierten sie nicht, was ich sagte.

„Mrs Brannon!" Regina Matheson kam in die Küche gerannt. Sie hatte immer noch nicht kapiert, wie ich hieß.

„Was ist?“, fragte ich.

„Tegan wird ganz blau“, berichtete sie.

„Was?“ Ich rannte durch den Saal und durch die offene Verandatür in den Garten. Ich hatte das Gefühl, überhaupt nicht vorwärts zu kommen.

Neben der Hüpfburg standen die Kinder still und ernst im Kreis. In der Kreismitte kauerte eine der Mütter neben Tegan. Tegan lag auf dem Rücken. Reglos. Sie hatte die Augen geschlossen, den Mund leicht geöffnet und ihr Gesicht war tatsächlich bläulich verfärbt. Und wurde mit jeder Sekunde blauer.

Ich schob die Frau neben Tegan beiseite und ging in die Knie. Ich drückte mein Ohr an Tegans Brust und lauschte. Ihr Herz schlug schwach. Aber sie atmete nicht.

„Nate! Ruf einen Krankenwagen!“, brüllte ich.

„Der ist schon unterwegs“, sagte er neben mir.

„Hat sie sich verschluckt, gewürgt?“, fragte ich die umstehenden Kinder.

„Sie hat sich eine Erdbeere in den Mund gesteckt“, erzählte Regina und deutete auf den Boden. Dort lag tatsächlich eine Erdbeere, aber sie sah gänzlich unberührt aus. Tegan hatte nicht hineingebissen, sich also nicht verschluckt – das bedeutete, sie war allergisch. Bei einer allergischen Reaktion brauchte man Antihistaminika und Adrenalin, damit das Herz weiterschlug. So viel wusste ich. Ich musste Tegan zum Atmen bringen und ihren Herzschlag aufrechterhalten.

Ich machte Mund-zu-Mund-Beatmung, dann drückte ich mehrmals behutsam die Hände auf ihre Brust. Keine Reaktion. Tegans Herz schlug noch, ich musste weitermachen, um sie ins Leben zurückzuholen. Wieder beatmen, wieder Massage.

Nates Stimme war zu hören. Dann spürte ich, wie mich seine starken Arme umschlangen und von Tegan wegzogen. Ich wollte mich wehren, doch dann erblickte ich zwei Sanitäter. Der erste legte eine Sauerstoffmaske auf Tegans Gesicht. Der zweite zog eine Spritze auf und stach in Tegans Arm. Nichts geschah.

Meine Knie gaben nach und ich landete auf der Erde. Es ist vorbei, dachte ich, als die Sanitäter besorgte Blicke wechselten. Sie ist tot.

Ich wanderte blindlings durch die Krankenhausflure, war seelisch und körperlich wie betäubt. Ich blieb stehen, lehnte mich an eine Wand und versuchte mich aufrecht zu halten, bis Nate mich in die Arme nahm und an seine Brust drückte.

„Liebes“, flüsterte er mir ins Ohr.

„Ich … ich dachte, ich dachte, sie ist … tot.“ Mir versagte die Stimme. Ich schlang die Arme um Nate und klammerte mich an ihn.

„Scht“, wisperte er, „es ist okay. Sie wird wieder gesund. Alles wird gut.“

„Aber es war so knapp“, flüsterte ich. Sie wäre beinahe gestorben. Tegan, mein Baby, um ein Haar tot! Hätten sich die Sanitäter nur ein paar Minuten mehr Zeit gelassen, hätte ich sie verloren. Jetzt schlief sie und atmete ohne Sauerstoffmaske. Doch ihr zerbrechlicher kleiner Körper in dem Krankenbett, angeschlossen an einen Herzmonitor, erinnerte mich an Adeles letzte Tage.

Nate sah mir ins Gesicht. „Es wird alles gut“, wiederholte er. „Ich sag's nicht gern, aber wenn es je einen Grund gab, auf Junkfood zurückzugreifen, dann ist es dieser. Man hat noch nie von jemandem gehört, der auf Burger allergisch ist, oder?“, sagte Nate in dem Versuch, mich aufzuheitern. Er betrachtete mich liebevoll und gleichzeitig besorgt. „He, wie wär's, wenn ich morgen diese Papiere unterzeichne, damit du die Adoption richtig angehen kannst? Oder schon heute Abend, wenn ich dich nach Hause bringe.“

„Wirklich?“

„Ja. Ich weiß nicht, warum ich es so lange aufgeschoben habe. Wahrscheinlich Schuldgefühle, weil ich Tegan mit dieser Unterschrift praktisch aufgebe. Aber heute ist mir erst richtig bewusst geworden, dass sie viel mehr dein Kind ist als meins. Vom Tag ihrer Geburt an warst du wie ein zweiter Elternteil für sie.“

„Danke“, flüsterte ich und drückte ihm voller Dankbarkeit einen Kuss auf den Mund. Es gab bessere Möglichkeiten, seinen Dank auszudrücken, das wusste ich, doch ich wollte ihn küssen, weil er in einer der dunkelsten Stunden meines Lebens für mich da gewesen war, weil er die Papiere unterschreiben und mir damit das geben wollte, was ich mir mehr wünschte als alles andere, weil der Mensch, der an meiner Seite sein sollte, nicht hier war.

Als sich unsere Lippen berührten, übertraf ein Gefühl jedoch alle anderen: Scham. Es war nicht Lukes Schuld, dass er nicht da sein konnte. Ich löste mich von Nate.

Langsam hob er die Hand und strich mit dem Daumen über meine Lippen. Bei dieser Berührung lösten sich meine Vorbehalte in Luft auf, und als er seine Lippen auf meine presste, ließ ich mich fallen. Ihn zu küssen war so vertraut. Einfach. Selbstverständlich. Es weckte Erinnerungen an eine Zeit, in der wir glücklich waren. Damals hatte ich diesen Mann geliebt.

Und ich liebte ihn auch jetzt. Aber ich liebte ihn anders als Luke. Luke! Plötzlich stand mir sein Gesicht vor Augen und ich stieß Nate weg. „Ich kann das nicht. Ich bin mit Luke zusammen."

„Tatsächlich?", murmelte Nate. „Warum küsst du dann mich, Kamryn?" Er betonte meinen Namen, als wäre er in Verlangen getaucht. Es hatte die beabsichtigte Wirkung: Meine Leidenschaft loderte lichterloh.

Ich wandte den Blick ab – auf keinen Fall wollte ich mich von Nate verführen lassen. Ich starrte die Kaffeemaschine an. Die Plastikstühle. Eine leere Krankentrage. Luke.

Luke stand nur ein paar Meter entfernt und schaute mich an. Uns. Sein Gesicht war ausdruckslos, als hätte der Schock, mich bei einem Kuss mit meinem Ex zu beobachten, alle Gefühle ausgelöscht. Ich hatte genau das getan, wovor er sich am meisten fürchtete.

Ich ging einen Schritt auf ihn zu. „Luke –" Weiter kam ich nicht, denn er schnitt mir das Wort ab: „Wie geht es Tegan?"

„Luke, es ist nicht so, wie –"

„Geht es ihr besser?", übertönte er mich.

Ich nickte. „Sie schläft. Sie wird sich wieder erholen."

Luke verdaute diese Information schweigend.

Nate trat einen Schritt vor. „Also …"

Luke durchbohrte Nate mit einem tödlichen Blick. „Kann ich sie sehen?", fragte er mich.

Wieder nickte ich. „Sie liegt in einem Privatzimmer – hier entlang."

Tiga lag auf der Seite in einem Bett, ihr Gesicht war aschfahl. Luke betrachtete sie mit einem bekümmerten Gesichtsausdruck. Ich wusste, dass dafür nicht der Vorfall auf dem Flur verantwortlich war – er litt, weil Tegan krank war. Ihr war etwas Schreckliches passiert, und er war nicht bei ihr gewesen, um sie zu beschützen.

„Wie hast du es erfahren?", flüsterte ich von meinem Platz an der Tür aus.

„Ich habe die Besprechung abgesagt. Ich bin hingefahren, wieder umgekehrt und zurückgekommen", antwortete er ebenfalls im Flüsterton. „Der Gedanke, dass ich Ts Geburtstag versäume, war unerträglich. Ich war in dem Gemeindesaal, und Mrs Kaye hat mir erzählt, was geschehen ist … Wird sie wieder ganz gesund oder gibt es irgendwelche Nachwirkungen?"

„Nein, sie wird sich vollkommen erholen", wisperte ich. „Sie bleibt über Nacht hier, nur für den Fall, dass es zu Komplikationen kommt, aber eigentlich müsste sie über den Berg sein."

Luke nahm Tegans kleine Hand in seine und drückte die Lippen auf den Handrücken. „Wir sehen uns morgen, Liebling“, raunte er. „Schlaf gut.“ Dann straffte er die Schultern und marschierte aus dem Zimmer, als wäre ich Luft.

Ich folgte ihm hinaus auf den Parkplatz. Dort konnte ich schreien und tat es auch. „Luke!“, brüllte ich mit einer Heftigkeit, die mich selbst erschreckte.

Er blieb stehen und wirbelte abrupt herum. „Was willst du?“, fragte er in erschreckend aggressivem Tonfall.

„Lass mich dir alles erklären.“ Ich wagte nicht, mich ihm zu nähern.

Er schüttelte den Kopf. „Ich brauche keine Erklärung. Es ist offensichtlich, was du treibst. Du hast mich vom ersten Tag an zum Narren gehalten. Ich war nur der Lückenbüßer, mit dem du glückliche Familie spielen konntest, bis er zu dir zurückkommt.“

„Du weißt, dass das nicht wahr ist.“ Ich war verletzt.

Luke nickte widerstrebend. „Ja“, gab er zu. „Ich weiß, dass das nicht wahr ist.“ Er trat einen Schritt auf mich zu. „Aber die Wahrheit ist, dass *ich* …“, er stach mit dem Finger in seine Brust, „… Tegan liebe. Ich würde alles für sie tun. Ich will ihr Vater sein! Und *er* … “, Luke deutete wütend auf das Krankenhausgebäude, „… er nicht. Er wird sie niemals so lieben wie ich.“

In diesem Punkt hatte Luke Recht. Vielleicht hatte Nate es versucht, aber es war immer nur bei dem Versuch geblieben. Würde er eine Möglichkeit sehen, sie jemals so lieben zu können, wie man es von einem Vater erwartete, wäre er niemals bereit, all seine elterlichen Rechte an mich abzutreten.

„Er lässt sich nur deinetwegen blicken. Begreifst du wirklich nicht, dass alles, was er tut, nur einem Zweck dient? Er will dir an die Wäsche.“

„Wenigstens gefalle ich ihm.“

Luke sah mich verwirrt an. „Was?“

„Zumindest weiß ich, dass ich Nate gefalle. Er fand nie, ich sei hässlich oder sollte abnehmen.“

Lukes Augen verdüsterten sich und er senkte den Kopf. „Ich kann nicht glauben, dass du das sagst. Das ist lange her – damals war alles anders.“

„Glaubst du, dass es deshalb weniger wehtut? Dass ich vergessen könnte, wie du mich angesehen hast?“

„Nein, wahrscheinlich nicht. Aber wenn ich mit deiner besten Freundin geschlafen und ein Kind mit ihr gezeugt hätte – das hättest du vergessen können, richtig?“

Jetzt ließ ich den Kopf sinken.

„Ryn … ich liebe dich“, sagte Luke. Sein Gesichtsausdruck war sanfter geworden. „Und ich wusste immer, dass es dich und Tegan nur im Doppelpack gibt. Aber ich verstehe nicht, dass du einen Mann willst, der deine Tochter nicht so liebt, wie du es tust.“

„Ich will Nate nicht.“

Luke seufzte und verdrehte die Augen. „Das glaube ich dir nicht. Und ich habe nicht vor abzuwarten, um herauszufinden, ob es so ist oder nicht.“

„Du verlässt mich?“ Ich war so schockiert, dass ich fast umgekippt wäre.

„Ryn, du kannst nicht einen anderen küssen und noch mit mir zusammen sein.“

„Aber so war es doch gar nicht. Ich habe nicht … ich hatte solche Angst um Tegan, und er war da, du nicht. Ich wollte dich an meiner Seite haben. Und er hat gesagt, dass er der Adoption zustimmt und die Papiere unterschreibt. Ich war nur –“

„Ryn“, fiel Luke mir ins Wort. „Erzähl das jemandem, den es interessiert.“ Er drehte sich auf dem Absatz um und ging.

„Was bin ich froh, dass es dir besser geht!“, sagte Luke zu Tegan. „Ich habe mir große Sorgen um dich gemacht.“

Ich stand an der Tür des Krankenzimmers und beobachtete die beiden. Tegans Gesicht war noch gezeichnet: Sie war blass von den Medikamenten, hatte dunkle Schatten unter den Augen und ihre Lippen waren gräulich.

Luke hatte ihr noch ein Geburtstagsgeschenk mitgebracht – ein Fotoalbum mit einem in Gold geprägten „T“ in der rechten unteren Ecke. Tegan hielt das Album in den Armen und beäugte Luke argwöhnisch. Sie spürte, dass etwas nicht stimmte.

„Was ist los, Luke?“, fragte sie.

„Nichts“, log er, wich jedoch ihrem Blick aus.

„Das sagt Mummy Ryn auch immer, wenn etwas nicht stimmt.“

„Also schön, da ist etwas“, gestand er. „Ich muss weg.“

„Wohin?“, hakte Tegan nach. Ich war genauso erstaunt über diese Eröffnung wie sie.

„Weißt du noch, dass ich im letzten Jahr in New York war?“

Sie nickte.

„Na ja, und jetzt muss ich wieder hin, um dort zu leben“, erklärte Luke. Tegans Gesicht drückte helles Entsetzen aus. „Ich hatte ein Bewerbungsgespräch, als ich in New York war“, fuhr er fort. Mir schwirrten tausend

Fragen durch den Kopf. „Und vor ein paar Wochen haben sie mir eine neue Stelle angeboten. Gestern habe ich ihnen zugesagt."

„Gehst du weg, weil ich krank war?", wollte Tegan wissen. „Ich werde nicht mehr krank, versprochen. Doppeltes Versprechen für immer und ewig."

Luke sah sie gequält an. „Natürlich nicht. Selbst wenn du nicht krank geworden wärst, würde ich gehen. Ich muss."

„Magst du mich nicht mehr?"

„Tegan, ich mag dich nicht nur, ich liebe dich. Ich wünschte, ich könnte bleiben, aber das geht nicht. Es tut mir leid."

Tegan sah ihn unglücklich an. „Bist du dann noch der Freund von Mummy Ryn?"

Ich hielt den Atem an.

„Das geht nicht, wenn ich in Amerika bin."

„Ich will nicht, dass du weggehst", sagte sie verzweifelt.

„Ich gehe nicht gern weg, Tegan, aber ich muss."

Sie zog die Mundwinkel nach unten und starrte auf ihre Hände. „Und du kommst nie wieder zurück?", fragte sie.

„Nein. Aber ich rufe dich an und schreibe dir." Luke schloss die Augen, als er sie umarmte. „Leb wohl, T. Tegan. Ich liebe dich."

„Leb wohl, Luke", flüsterte sie.

„Ich bin gleich zurück", sagte ich zu Tegan, als Luke hinausging, und folgte ihm. Ich musste verhindern, dass er uns verließ.

Er war in einigen Metern Entfernung stehen geblieben. Er lehnte an der Wand, hielt die Hände vors Gesicht und weinte. Ich ging zu ihm und schlang den Arm um ihn. „Können wir reden?", fragte ich.

Wir setzten uns in die Cafeteria, ohne jedoch etwas zu trinken. Eine Weile starrten wir beide schweigend auf den Plastiktisch vor uns.

„Luke, es tut mir entsetzlich leid, dass ich Nate geküsst habe", begann ich. „Ich kann mir vorstellen, wie sehr dich das verletzt hat. Ich hatte schreckliche Angst um Tegan ausgestanden und war vollkommen durcheinander. Aber ich möchte nur mit dir zusammen sein, Luke. Ich liebe dich. Ich will nicht, dass du gehst."

„Ryn, würden wir dieses Gespräch überhaupt führen, wenn Tegan Nate so lieben würde wie mich? Wärst du dann nicht längst wieder mit ihm zusammen?"

Ich war nicht der einzige Mensch auf der Welt, der von Zweifeln geplagt wurde, aber ich war die Einzige, die sich deswegen ständig verteidigen musste. Ich hatte genug davon. „Ich weiß es nicht, Luke", antwortete ich. „Aber lass mich dir eine Gegenfrage stellen: Wenn Tegan nicht gewesen wäre, hättest du dann jemals auch nur erwogen, dich mit mir anzufreunden?"

Nun musste er überlegen. Er konnte nicht einmal lügen.

„Und warum hast du mir nie von dem Bewerbungsgespräch in New York erzählt? Dass man dir eine Stelle angeboten hat?"

„Weil ich sie nicht annehmen wollte."

„Dieses Jobangebot war der eigentliche Grund, warum du nicht mit uns zusammenziehen wolltest, stimmt's? Du hast dir überlegt, ob du die Stelle annehmen sollst." Und ob du zu Nicole zurückwillst, fügte ich im Stillen hinzu.

„Das spielt doch jetzt keine Rolle mehr", erwiderte Luke. „Ich gehe."

„Ja, du gehst", sagte ich ruhig. Ich hatte mich entschuldigt und ihm alles erklärt, doch er hatte seine Entscheidung getroffen, und das war's.

„Ich hoffe, du wirst glücklich mit Nate", stieß er hervor.

„Danke", sagte ich, den Köder ignorierend. „Bleib bitte mit Tegan in Verbindung. Du wirst ihr fehlen."

„Hast du Luke Tschüss gesagt?", wollte Tegan wissen. Sie drückte das neue Fotoalbum fest an ihre Brust.

Ich nickte, dann setzte ich mich auf den Stuhl neben dem Bett und legte den Kopf auf ihren Schoß. „Ich werde ihn vermissen", sagte ich. In nicht einmal einem Jahr hatte ich drei geliebte Menschen verloren. Erst Adele, dann Ted und jetzt Luke.

„Mummy Ryn, geht Luke wirklich nach Amerika?"

„Ja."

„Ganz sicher? Ich glaube, er geht in den Himmel."

„Nein, bestimmt nicht, Tiga. Er geht nach Amerika. Und du bist nicht schuld daran. Er muss weggehen."

„Okay", sagte sie und begann mir über das Haar zu streichen, als wäre ich die Katze, die sie sich einmal so sehnlichst gewünscht hatte.

„Es wird gar nicht so schlimm – nur du und ich", sagte ich. „Wir kommen sicher gut zurecht."

Sie seufzte.

Es klopfte an der Tür. „Herein!", rief ich.

Die Tür ging auf und als Erstes streckte Meg den Kopf herein. Tegans Miene hellte sich auf.

„Sieh mal, was ich in meinem Auto gefunden habe“, sagte Nate und kam herein. „Ich dachte, du möchtest sie vielleicht bei dir haben, Tegan. Hatte ich Recht?“

„Ja.“ Tegan lachte. „Mr Nate, Luke ist nach Amerika gegangen“, berichtete sie, als Nate sich auf die Bettkante setzte. „Du gehst aber nicht nach Amerika, oder, Mr Nate?“

„Nein. Ich gehe nirgendwohin.“

Nate fixierte mich mit einem innigen Blick und meine Lippen kräuselten sich zu einem Lächeln, weil ich wusste, dass er uns nie verlassen würde.

Kapitel 11

Liebste Kamryn,

ich habe Schwester Nancy gebeten, Dir diesen Brief ein Jahr nach meinem Tod zu schicken. Ich versuche nicht, Dich als Geist heimzusuchen oder Ähnliches, ich möchte nur Verbindung mit Dir halten und ich will Dir ins Gedächtnis rufen, dass Du Deine Sache mit Tegan großartig machst. Woher ich das weiß? Eine Herausforderung hat Dich noch nie geschreckt, und bei der Aufgabe, mein Baby großzuziehen, wirst Du über Dich selbst hinauswachsen. Ich weiß, dass Tegan bei Dir in guten Händen ist.

Ich hoffe, Du hast inzwischen meinen anderen Brief gefunden, in dem ich Dir erkläre, was zwischen Nate und mir vorgefallen ist. Wenn Du ihn schon gefunden hast, dann weißt Du alles, und ich hoffe, Du hasst mich nicht mehr. Ich habe einen großen Fehler gemacht, und das tut mir leid. Aber ich habe eines gelernt: Das Leben ist zu kurz, um nachtragend zu sein. Meine Schöne, mach Deinen Frieden mit Nate, bevor es zu spät ist.

Erinnerst Du Dich an den Tag, an dem wir uns kennen gelernt haben? Du warst kratzbürstig, aber ich wusste, dass wir Freundinnen werden, weil Du, statt Deine Ablehnung standhaft durchzuziehen, doch auf einen Drink mitgekommen bist. Und Du warst einfach wunderbar – wenn auch nicht im herkömmlichen Sinn. Niemand hat mich davor oder danach so gut behandelt wie Du. Ich danke Dir dafür. Ich habe das nie gesagt, aber ich danke Dir, dass Du meine Freundin bist und dass Du so bist, wie Du bist.

Ich mache jetzt Schluss. Ich wollte Dir nur ordentlich Lebewohl sagen. Denn ich bin mir ziemlich sicher, dass wir keine Gelegenheit dazu hatten, und ich wollte mich von Dir verabschieden. Leb wohl, meine Schöne – ohne Bitterkeit und ohne traurige Gedanken.

In Liebe für immer

Adele

Kapitel 12

„Luke!“, ruft Tegan freudig.

Wir sitzen in einem Café etwa zehn Minuten von unserer Wohnung entfernt. Am Wochenende ist es ein Paradies für Eltern, weil sie hier Kaffee trinken, Zeitung lesen und etwas essen können, während die Kinder – gegen eine kleine Gebühr – unten in der Küche kochen lernen. Heute ist Pizza dran.

Ich blicke nach Tegans Ausruf nicht einmal von der Zeitung auf, weil sie das ständig macht. Es ist 16 Monate her, seit Luke gegangen ist, und anfangs habe ich mir auch oft eingebildet, ihn zu sehen, und nach ihm gerufen, aber jedes Mal war es eine Verwechslung und ich kam mir idiotisch vor. Tegan geht es immer noch so. Überall schwört sie, Luke gesehen zu haben.

„Hallo T.“ Beim Klang der tiefen, sanften Stimme stolpert mein Herz über einige Schläge. Tegan steigt auf den Stuhl, schlingt die Arme um seinen Hals und die Beine um seine Taille.

„Hallo Ryn“, sagt Luke.

„Hallo Luke“, antworte ich.

Er hat sich kaum verändert. Er ist immer noch groß und muskulös. Sein Kopf ist fast kahl rasiert, die Augen haben noch dieselbe ungewöhnliche haselnussbraune Farbe, seine Haut ist goldbraun. Der einzige Unterschied zu dem Luke, von dem ich mich auf dem Krankenhausparkplatz verabschiedet habe, ist der bleistiftdünne Bart rund um die Lippen und am Kinn.

„Dein Bart gefällt mir nicht“, erklärt Tegan ihm.

„Oh, vielen Dank, Madam.“ Er spricht mit Tegan, sieht aber mich dabei an. Wahrscheinlich denkt er auch, dass ich mich kaum verändert habe.

„Er kratzt. Das ist nicht schön. Mein Gesicht juckt.“

Luke schaut von mir zu Tegan. „Er ist so gut wie weg. Bei nächster Gelegenheit rasiere ich ihn ab.“

„Okay“, sagt sie. „Wirst du jetzt wieder Mummy Ryns Freund?“

„Schön, Tiga, es ist Pizzazeit, oder?“, werfe ich ein.

„Ja“, sagt sie widerstrebend. „Aber ich möchte auch mit Luke reden.“

Tegan gleicht in nichts mehr dem Mädchen, mit dem ich vor mehr als zwei Jahren nach Leeds gekommen bin – die Tegan von heute hat keine Angst mehr, mir ihre Meinung zu sagen.

„Du kannst mit Luke reden“, sage ich, „aber zuerst musst du deine Pizza machen. Nachher kannst du wieder herkommen und dich mit ihm unterhalten. Okay?“

„Okay.“ Ihr ist klar, dass sie diese Runde nicht gewinnen kann.

„Willst du allein in die Küche gehen oder soll ich mitkommen?“

„Komm mit“, sagt sie und greift nach meiner Hand. „Bis später, Luke.“ Wir steigen Hand in Hand die Holztreppe in die riesige Küche im Keller hinunter. Als ich wieder gehen will, legt Tegan die Arme um meinen Hals. „Danke, Mummy Ryn.“ Sie drückt mir einen Kuss auf die Wange.

Als ich die Treppe hinaufgehe, klopft mir das Herz bis zum Hals. Ich dachte, ich würde Luke nie wiedersehen, und habe mich damit abgefunden, nur durch seine Briefe und E-Mails an Tegan zu erfahren, was er treibt.

Er hat sich gesetzt und die Beine unter dem Tisch ausgestreckt. „Sie ist groß geworden“, sagt Luke, als ich mich zu ihm setze.

„Aber sie ist auch wieder zu einem kleinen Mädchen geworden, weil sie sich nicht mehr so viele Gedanken um Dinge machen muss, die im Leben einer Siebenjährigen keine Rolle spielen sollten. Es ist schön, diese Entwicklung zu beobachten.“

Der Kellner bringt Luke einen großen Becher mit Kaffee. „Ein Caffè mocha – schwacher Kaffee mit viel Schokolade, richtig?“, fragt er.

„Stimmt genau, mein Freund!“, sagt Luke lachend. „Freut mich, dass Sie sich erinnern.“

Der Kellner zieht sich zurück, und ich frage: „Warst du schon mal hier?“

„Ein paarmal … ich … na ja, ich bin am Wochenende oft hierhergekommen in der Hoffnung, einen Blick auf dich und T zu erhaschen, während ich versuchte, all meinen Mut zusammenzunehmen, um dich anzusprechen. Manchmal hat sie mich gesehen.“

Also hat sie sich nicht geirrt – Luke ist um uns herumgeschlichen. „Wann bist du aus den Staaten zurückgekommen?“, erkundige ich mich und schüttle die beunruhigende Vorstellung ab, dass er uns beobachtet hat.

„Vor ungefähr drei Monaten. Die Stelle war nichts für mich.“

„Ist deine Frau mit nach England gekommen?“

Luke hat Nicole sechs Monate nach seiner Abreise von Leeds geheiratet. Ein paar Tage nach der Hochzeit flatterte die Nachricht zusammen mit einigen Fotos ins Büro. Ich sah die Fotos auf Betsys Computerbildschirm. Ich sagte zu ihr all das, was sich in einem solchen Fall gehört – dass ich mich für ihn freue und so weiter –, und übergab mich auf der Toilette.

„Nein, sie ist noch in New York“, erklärt er. „Und sie bleibt auch dort. Meine Ehe hat auch nicht funktioniert.“

„Ich war überrascht, dass du so schnell geheiratet hast, aber ihr kanntet euch ja schon lange. Ich nehme an, es war nicht schwer, dort anzuknüpfen, wo ihr aufgehört habt."

„Wie sich herausstellte, war es doch nicht so leicht. Sie war nicht … Wie geht's Nate?" Unsere Blicke treffen sich, er sucht in meinen Augen nach einem Hinweis.

„Sehr gut. Er hat sich eine Wohnung in Leeds genommen, um näher bei … na ja, um eben näher zu sein. Er und Tegan sind gute Freunde. Sie lässt sich sogar ein paarmal in der Woche von ihm von der Schule abholen, damit ich länger im Büro bleiben kann." Ich bin immer noch nicht Marketingchefin von Angeles und werde es wohl auch nie werden, aber damit habe ich mich inzwischen abgefunden. Solange Tegan mich braucht, muss ich meine Karriere zurückstellen. „Es ist komisch, wie sie ihn herumkommandiert, und sie kochen zusammen wie ihr beide damals – die Küche sieht jedes Mal aus wie ein Schlachtfeld."

Luke saugt scharf die Luft ein und fragt gepresst: „Dann nennt sie ihn wohl auch Daddy, was?"

Ich lege meine Hand auf seine. „Wenn es nach Tegan geht, hat sie nur einen ‚Daddy', und der bist du."

„Wirklich? Immer noch?"

„Nur weil du weggegangen bist, heißt das noch lange nicht, dass sie nicht an dich denkt. Nate weiß das auch. Er hat nicht versucht, deinen Platz einzunehmen."

„Er ist ihr Vater."

„Ja, aber deswegen will er noch lange nicht ihr Dad sein. Er mag Tegan, er kümmert sich um sie, er liebt sie nur nicht so, wie du sie geliebt hast. Trotzdem hat er die Verantwortung für sie übernommen. Luke, er ist ein anständiger Kerl. Er mochte dich dafür, dass du dich so um Tegan gekümmert hast. Er wollte immer nur das Beste für sie, und weil es das Beste für sie war, einem anderen die Elternrolle zuzuweisen, tat er das auch. Er hat auf das Sorgerecht verzichtet und der Adoption zugestimmt."

„Wirklich?"

„An dem Tag, an dem ich ihm diesen Kuss gab, hat er es mir versprochen, und dieses Versprechen hat er auch gehalten. Und er bleibt ihr für immer erhalten – als ihr Vater, nicht als ihr Daddy."

„Bist du mit ihm …?"

„Nein."

„Warum nicht? Ich hätte gedacht, dass ihr …"

„Dass wir uns verloben und heiraten, noch bevor dein Flugzeug startet? Nein, Nate und ich konnten nicht wieder zusammenkommen. Es ist zu viel passiert, und wir beide haben uns zu sehr verändert."

„Dann hast du nicht einmal …?"

„Nachdem du weg warst, gelegentlich." Zwei Monate nach Lukes Abreise hatten Nate und ich zum ersten Mal wieder miteinander geschlafen. Und ein Jahr lang war er dann und wann abends bei mir geblieben, aber schließlich hatten wir dem ganz ein Ende gesetzt. Nate mochte Tegan, aber er wollte sie nicht ständig um sich haben, und ich hatte ihm den Seitensprung mit Adele zwar verziehen, ihn aber nicht vergessen. Diese Umstände würden uns immer trennen. „Aber Nate hat seit drei Monaten eine Freundin, und es sieht aus, als könnte etwas Festes daraus werden."

„Macht dir das etwas aus?"

„Nicht mehr so viel wie am Anfang."

„Mir gefällt nicht, dass es dir überhaupt etwas ausmacht", bemerkt Luke.

Ach, und ich soll die Tatsache, dass du geheiratet hast, geflissentlich übersehen? „Nate und ich, das konnte nicht mehr gut gehen. Ich meine – ich habe viel für ihn empfunden, aber ich hatte inzwischen diesen wunderbaren Freund." Die alte Kamryn liebte Nate mehr als sonst jemanden, er bedeutete ihr alles; die Kamryn, die Tegan großzog, liebte Luke und das Leben, das wir geschaffen hatten, die Familie, mehr. „Und obwohl Nate mich in Versuchung führte, habe ich nie aufgehört, diesen Freund zu lieben, obwohl er nach Amerika abgehauen ist und eine andere geheiratet hat."

„Ist das dein Ernst?"

„Sonst würde ich es nicht sagen."

Er nimmt meine Hände in seine. „Weißt du, erst Monate nachdem ich dich verlassen hatte, wurde mir klar, wonach du mich in der Krankenhaus-Cafeteria und auf dem Parkplatz gefragt hast", sagt er. „Ich dachte, du würdest mir vorwerfen, dass ich dich nicht so sehr liebte, wie Nate es tat. Aber dann begriff ich, dass du wissen wolltest, ob ich dich überhaupt liebe. Unabhängig von Tegan. Du hast nicht verstanden, dass Tegan uns lediglich zusammengebracht hat und dass ich mich nie mit dir eingelassen hätte, wenn ich nicht echte Gefühle für dich gehabt hätte. Ich habe mich an dem Tag, an dem du die Migräne hattest, in dich verliebt. Als ich erfuhr, wie T zu dir steht, war es, als würde sich ein Vorhang heben, und ich erkannte, wie wunderbar du bist. Deshalb konnte es mit Nicole nicht gut gehen – sie war nicht du. Ryn, du hast mir gefallen. Ich finde dich schön. Du bist die schönste Frau der Welt. Ich liebe es, wenn du eine Frage mit einer

Gegenfrage beantwortest, um Zeit zu gewinnen; wie du dich um andere sorgst und gleichzeitig so tust, als wäre dir alles egal; wie du –“

„Wenn du weiter solche Dinge sagst, komme ich noch auf die Idee, dass du mit mir flirtest“, unterbreche ich ihn.

Lukes Miene versteinert. „Deshalb habe ich dir nie solche Komplimente gemacht. Du hast mir klipp und klar gesagt, dass du nicht glaubst, was andere sagen, und deshalb habe ich geschwiegen. Ich habe versucht, dir mit Taten zu zeigen, wie ich fühlte. Und wir sehen ja, wie gut das funktioniert hat.“

„Es tut mir leid, Luke. Es gab nur einen Menschen in meinem Leben, der solche Dinge sagte und ernst meinte. Ich konnte einfach nicht glauben, dass es zwei Menschen geben kann, die so denken … Und du bist immer zurückgewichen, wenn ich einen Schritt auf dich zugegangen bin, und dann hast du mir klargemacht, dass du den Fluchtplan schon fix und fertig in der Schublade hast. Und du wunderst dich, dass ich nicht an deine Liebe glauben konnte?“

„Ja, ich bin ein Idiot. Sobald etwas nicht so läuft, wie ich es mir vorstelle, nehme ich Reißaus – so war es immer. Und dass Nate auf der Bildfläche erschien, war für mich das Schlimmste, was passieren konnte. Allerdings muss ich auch sagen, dass du ein Dummkopf bist, wenn du nicht geglaubt hast, dass ich dich unabhängig von Tegan liebe.“

„Ich bin froh, dass du zurück bist, Luke.“ Ich lächle ihn an, dann fällt mir ein, dass er gar nicht gesagt hat, ob er für immer bleibt. „Du lebst doch wieder hier, bist wieder ein Teil unseres Lebens, oder?“

„Ja, aber es muss sich einiges ändern.“

„Ich weiß. Und die erste Veränderung ist, dass ich Ehrlichkeit von dir verlange. Du musst mir alles erzählen – von Bewerbungsgesprächen bis zu Hochzeitsplänen mit mir oder jemand anders. Alles. Und ich halte es genauso.“

„Okay, damit kann ich leben.“

„Dann musst du akzeptieren, dass Nate immer zu unserer Familie gehören wird – in guten wie in schlechten Zeiten.“

Luke zieht einen Schmollmund und nickt knapp. „Okay, aber ich muss ihn nicht mögen, oder?“

Ich seufze. „Nein, vermutlich nicht. Es würde die Sache jedoch leichter machen. Ich will nicht, dass Tegan zwischen euch aufgerieben wird. Sie ist sehr klug, und wenn sie älter wird, bekommt sie alles mit. Also keine Bosheiten, okay?“

„Gut. Meine Bedingung ist, dass wir über Kinder reden."

Mein Herz wird bleischwer. „Ich weiß nicht …"

„Wir reden nur darüber. Es ist Tegan gegenüber nicht fair, dass sie keine Geschwister haben soll. Du hattest welche, warum darf sie keine haben?"

„Äh …"

„Wir reden nur, Ryn. Dass du eine Entscheidung triffst und ich kein Mitspracherecht habe – so geht das nicht in einer Beziehung. Wenn wir uns dagegen entscheiden, dann ist es eben so, aber wir diskutieren ausführlich darüber."

„Gut, wir diskutieren."

Er lächelt, beugt sich vor und küsst mich ausgiebig auf den Mund. Und ich erwidere den Kuss. Als er sich wieder zurücklehnt, steht plötzlich Tegan neben unserem Tisch und grinst von einem Ohr zum anderen. Hinter ihr steht eine weniger glückliche Kochlehrerin.

„Ms Matika, ich muss mit Ihnen wirklich über Tegans Benehmen sprechen!", erklärt sie aufgebracht. „Mitten beim Kochen ist ihr plötzlich eingefallen, dass sie lieber hier oben sein möchte."

Luke wendet sich ab, um sein Gesicht zu verbergen. Seine Schultern beben vor Lachen.

„Tegan, entschuldige dich bei …" Ich schaue auf das Namensschildchen. ADELE. Mein Herz macht einen Sprung, und plötzlich habe ich einen Kloß im Hals. „Tegan, entschuldige dich bei Ms Adele."

„Entschuldigung, Ms Adele", sagt Tegan und macht dabei einen angemessen betrübten Eindruck. „Ich wollte nicht unartig sein."

Einigermaßen besänftigt geht Adele vor Tegan in die Hocke. „Ist schon gut, Schätzchen. Wir sehen uns nächste Woche wieder."

Tegan nickt und behält ihre bekümmerte Miene bei, bis Adele verschwunden ist. Dann sieht sie mich flehend an. „Es tut mir leid, Mummy Ryn. Ich wollte bei Luke sein. Ich dachte, er geht vielleicht wieder weg."

„Luke bleibt für eine ganze Weile hier", sage ich. „Das stimmt doch, oder?"

„Aber sicher, Liebling. Ich bleibe so lange, dass ich euch bestimmt irgendwann auf die Nerven gehe."

Tegan strahlt. „Mummy Ryn, darf ich es Luke erzählen?"

„Natürlich, Baby."

„Ich habe einen neuen Namen bekommen", berichtet sie ihrem heimgekehrten besten Freund. „Ich heiße jetzt Tegan Brannon Matika. Ich habe denselben Namen wie Mummy Ryn. Jetzt sind wir eine richtige Familie."

„Das ist ja fantastisch!“, ruft Luke. „T, ich freue mich sehr für dich. Und für dich, Ryn. Wann hast du erfahren, dass dem Adoptionsantrag stattgegeben wird?“

„Vor zwei Wochen haben wir die endgültigen Papiere bekommen. Es war ein langer Weg – zwei Jahre musste ich mich mit Sozialarbeitern, Beratern, Psychologen und Gerichten herumschlagen, aber wir haben es geschafft, nicht, Liebes?“

Tegan nickt entschieden. „Mr Nate hat uns Sekt mitgebracht, aber ich durfte nichts davon trinken. Ich hab eine Limonade bekommen.“

Erst als ich mir die Adoptionspapiere ansah, die Tegans Geburtsurkunde ersetzen würden, begriff ich, was dieses Schriftstück in Wahrheit bedeutete: Ich brauchte mir keine Gedanken mehr darüber zu machen, dass ich Adele nicht mehr sagen konnte, dass ich ihr verziehen habe. Meine beste Freundin wusste, dass ich sie liebte, egal was geschehen ist, denn sie hat mir das Kostbarste geschenkt, was sie hatte. Und dass ich ihr kleines Mädchen durch die Adoption zu meinem kleinen Mädchen gemacht habe, ist der Beweis dafür, dass ich Adele verziehen habe. Sie hat mich nicht, wie ich die ganze Zeit dachte, mit List und Tücke dazu gebracht, Tegan zu mir zu nehmen – sie hat nur mein Leben verändert. Dass sie das tun würde, wusste ich schon an dem Tag, an dem wir uns kennen lernten.

„Weißt du was, Luke?“, fragt Tegan.

„Was, Schätzchen?“ Er lächelt, weil ich meine Tochter in den Armen wiege.

„Ich glaube, Mummy Ryn erlaubt mir, eine Katze zu haben.“

DOROTHY KOOMSON

„Schreiben ist beides: meine Arbeit und mein Hobby."

Dorothy Koomson wurde 1971 in London geboren, wo sie – nach einem Studium in Leeds – auch wohnte und arbeitete. Zwei Jahre ihres Lebens verbrachte die Autorin in Sydney, dort vollendete sie auch ihren Roman *Von nun an für immer*. Die Entscheidung, eine Zeit lang von England nach Australien zu ziehen, fällte die Autorin spontan: Nach einem Urlaub in Adelaide entschloss sich Koomson, nach „Down Under" zu gehen, da sie mit ihrem Leben in England unzufrieden war. Kurzentschlossen bewarb sie sich im Internet auf eine Stellenanzeige als Journalistin bei einer Frauenzeitschrift – sie bekam den Job, und bereits acht Wochen später saß sie im Flugzeug auf dem Weg in ein neues Leben. Mittlerweile ist die Autorin wieder in ihre Heimat England zurückgekehrt, arbeitet jedoch weiterhin für ein australisches Magazin, sodass sie ihr Weg noch oft nach Sydney führt.

Schon im Alter von 13 Jahren fing Dorothy Koomson an, Geschichten zu verfassen. Jeden Abend schrieb sie in ein Schulheft, was ihr einfiel, und trug die Fortsetzung am nächsten Tag ihren Klassenkameradinnen vor. Auch als sie begann, als Journalistin zu arbeiten, verlor sie das Schreiben von Geschichten nicht aus den Augen. Da sie am Anfang ihrer Schriftstellerkarriere ihren Beruf noch in Vollzeit ausübte, musste sie jede freie Minute nutzen, um an einem Roman zu schreiben – sei es im Zug zur Arbeit, vor dem Fernseher oder nachts.

Ihre Themen findet Dorothy Koomson im wahren Leben: sie beobachtet Menschen, hört ihnen bei ihren Unterhaltungen zu und überlegt, wie sie sich selbst in bestimmten Situationen verhalten würde. Mittlerweile ist Koomson Bestsellerautorin, deren Bücher in 26 Sprachen übersetzt werden. Sie hat bereits sechs Romane geschrieben – und hat noch viele Ideen für weitere Bücher.

Übersetzer
Königsmord: Dieter Kuhaupt
Trouble: Wulf Bergner
Von nun an für immer: Ursula Walther

Illustrationen und Fotos
Das Geheimnis der Wale: S. 4 (oben), S. 6: mauritius images/SuperStock, S. 7: Getty Images/Mike Parry, S. 8: Corbis/Amos Nachoum
Königsmord: S. 4 (unten), S. 124/125/126: Photodisc, Flickr
Trouble: S. 5 (oben): S. 248/249/250: Getty Images/Photonica
Von nun an für immer: S. 5 (unten), S. 426/427/428: Katy McDonnell

Autorenfotos
Jo Taitinger (Seite 123): Markus Schädel
James Patterson (Seite 247): Deborah Feingold
Lee Child (Seite 425): Sigrid Estrada
Dorothy Koomson (Seite 575): Ben Williams

Einband
Hauptmotiv: Getty Images/Cornelia Doerr; *Das Geheimnis der Wale:* mauritius images/SuperStock; *Königsmord:* Photodisc, Flickr; *Trouble:* Getty Images/Photonica; *Von nun an für immer:* Katy McDonnell.

Die ungekürzten Ausgaben von „Das Geheimnis der Wale", „Trouble" und „Von nun an für immer" sind im Buchhandel erhältlich.